上古
神话演义

Ancient Chinese Mythology

下   钟毓龙
著

人民文学出版社

上古神话演义
·
下

第一百〇一回

济水三伏三见　禹遇后夔、伯夷
泰山神圆常龙华谒禹　天地将斩朱獳

且说文命入朝,白过帝尧之后,仍来兖州作第二段工作。那兖州水流最大的一条是沇水,发源于王屋山,本不甚大,又经过洪水之泛滥,淤泥沉淀,旧时水道已化为乌有。九河既导之后,水势渐退。文命带了众人来一看,但见到处湖泽纵横,沮洳满地,有些居民已经从丘陵之上迁居到平地了,还有无数居民依然在高丘之上,不过不必巢木而已。文命先向海边寻觅沇水的古道,竟不可得。一路寻上来,亦不可得,暗想:我将沇水上流截断之后,莫非沇水就从此消灭了么?后来又一想,此州尽是平原,绝少险要,只需修理堤防畎浍等,不必我亲自督工,我去寻沇水吧。想毕,立叫苍舒、大临、尨降、季狸、叔达、仲戡、伯奋、梼戭八人,率领人夫,先到下游各处去修治,自己却领伯益、水平、之交、国哀等及天地十四将,径往上游而来,寻觅沇水故道。觉得这条水怪得很,似连非连,似断非断,一直到河水之滨,凿断之处,南岸汇成一个荥泽(现在河南荥泽县)。推究这个泽的来源,仿佛像北岸沇水劲疾穿过大河,向南岸冲来,潴蓄而成的。当初取名叫济水,原是为此。但在南岸仔细考察,却又不尽然,因为龙门山开通之后,河水的流势亦非常劲疾,两个劲疾相遇,河大而沇小,当然为河水所同化,冲不到南岸了。

文命再取出赤碧二珪来,向泽底一照,只见荥泽之底,泉流汩汩,竟从河底的北面潜流过来,才知道这沇水真是厉害,不能从上面联络,仍旧能从下面联络,真是世界上独一无二的。从前改沇水叫济水,表面上似乎不适用,实在非常适用,确切不移。犁娄氏在旁,有点不信,说道:"我到水底里去看看。"说罢,即入地而去。过了一会,出来报告道:"的的确确,我伏在水底一看,果见浑水汩汩,自西向东而去,只是河水中间有一道清流,自北而南,直到这荥泽的底里,向上溢出,真是奇事!"文命道:"沇水发源王屋山,汝等向在山上多年,于那边的地理情形必定熟悉。"七员地将给文命这一问,不禁都有点惭愧起来,说道:"某等向者所做,皆系不正当之事业,于地理上实未研究。"文命听了,遂吩咐众人相率渡河,径探沇水之源。

　　直到一座山上(现在河南济源市共山),只见源分为二,东源之深莫测,西边一源仿佛一个小池,周围六百八十五步,深约一丈。文命用赤碧二珪一照,觉得岩石之中还有水流,从上而下,此地尚非沇水之正源。于是带了众人,直上山来,一面用赤碧二珪,且走且照,约有九十里光景,已到山顶。只见一个极大之池,陶臣氏道:"原来沇水发源就在这个大池么?这个池,我们叫它太乙池。"众人正在谈论,文命却是不语,对着太乙池如有所思。隔了一会,叫从人将池水舀了一点来尝尝,遂向伯益道:"这水的质地,恐怕是重的,因为它的味道很浓,与寻常不同。从前一路寻不着它的故道,想来因为它质重善伏的缘故。我们这次下山去,细细考察,就可以知道它有几伏几现了。"伯益亦以为然,于是一同下山。自太乙池而下算一伏,到得那东西二源,是为一现;穿入黄河,直沉到底,是为一伏,再向南岸溢出为荥泽,是为一现;从此以东,又不见了,再寻到陶邱(现在山东菏泽市定陶区)之北,又出来了,又是一现。从此东北,一直到海,都是沮洳薮泽,弥望相连,与他水往往相混杂,但是总伏在下面,不用赤碧二珪照是辨不清了。

于是文命就依着沇水伏流之道,从荥泽起,一直到海,画成一根长线,督率人夫开掘,沇水故道于是才得恢复。(现在又早湮没了,只有一条小清河,从济南到海,据说就是旧时的济水。济南以上则无从寻觅,而伏流之说则凿凿有据。宋人沈括说,历下一带,凡发地皆是流水,所以山东省城一带,有名的泉水甚多,如同趵突泉之类。再上则在东阿县的阿井,尤为有名。拿了这井水来煎驴皮胶,叫作阿胶,其性趋下,清而且重,用搅浊水则清,故用以治淤浊及逆上之痰,颇有效验,就是济水伏流的功用。再上则河流混淆,已寻不出踪迹了。)济水下流,接着从大伾山分支东南来的漯河,从济水转入漯水,亦可以与河水相通。中流一带大的支流,是濉、沮二水以及汶水。濉、沮二水汇成雷夏泽,再向东流,与济水同注到菏泽中去。(现在山东西南部,北到蜀山湖,南到微山湖,大概都是从前菏泽的范围。)济水从菏泽里再分支合泗水而入淮。自菏泽以南,已是徐州境界。文命盼咐且慢修治,先将兖州治好。因为兖州尽是平原,受灾极重,所以修堤防与掘地之工很大。兖州治好,文命就率众来察看汶水。汶水发源泰山之东,地势较高,尚不甚为害。

一日,行到一处,听见路旁篱舍之中有金石之声,渊渊入神,非常动听。文命数年治水,焦心劳思,冠挂而不顾,履坠而不拾,一寸光阴都觉得可惜,是一个不肯偷安取乐的人,所以有几处地方在那里奏乐,即使邀他去听,亦不肯去。这次听到篱舍中的金石声,不觉驻足不前,静听了一会,向伯益道:"这个乐声,不比寻常奏乐者,必是非常之人,不可错过,倒要见他一见。"说着,便去叩门。里面金石声止了,少顷,一个中年人前来开门。文命见他器宇清整,态度庄严,就向他施礼道:"没有介绍,造次拜谒,殊觉冒昧。请问先生贵姓大名?"那人向文命一看,觉得姿貌不凡,后面又跟着无数文武从人,早猜到了,便拱手致敬道:"明公莫非就是崇伯么?失敬失敬。某姓姜,名嚏鸣,号伯夷,家父和崇伯是同僚,请到里面坐坐吧。"文命一面答应,跟他进去,一面便问:"尊大人是何人?"伯夷道:"家父现在帝都,任工务之职,单名一个倕字。"文命道:"原来就是姜世兄,幸遇幸遇。"说时,已到堂前,揖让而升。文命向堂中望去,只见四壁满布金石丝竹等乐器,却先有一个形容古怪的人,坐在里面的主席上,旁边又放着许多乐器。伯夷登堂之后,先向那人叫道:"夔兄,崇伯来了。"那人听说,就从席上蹶起,趯趯地跳过来。伯夷就向文命介绍道:"这位是敝友夔兄。"文命仔细一看,原来他下面只生一只脚,不禁诧异。行礼过了,伯夷请文命坐了首席,自己坐次席,夔仍旧坐主席。这时水平、伯益等虽都跟了文命进来,但因堂宇不广,又满悬乐器,无可容足,只好都站在阶下。文命先向伯夷问道:"世兄高才硕学,何不在尊大人处辅佐一切,兼为国家出力,倒反来此隐居,是何高见?"伯夷道:"某学识浅陋,还在研究时代,是以禀命家父出外游历,藉访师友。前月来此,与这位夔兄相遇,彼此一谈,倾盖如故,承夔兄不弃,留宿在此。此宅乃夔兄之宅,非小子之家也。"文命道:"适才雅奏,是世兄么?"伯夷道:"不是某,是这位夔兄。"文命听了,有点诧异。伯夷接着说道:"这位夔兄,于音乐一道,有感鬼神、通幽明的技能,刚才崇伯在外亦听得出么?"文命道:"是呀,刚才某因听得这乐声不凡,所以冒昧奉访,原来是夔先生的雅奏么,失敬失敬!"说着,重复与夔施礼,便问道:"先生音乐,高明极了,是自己研究而成的呢,还是有明师传授的呢?"夔道:"是某自己研究的。某生不幸,身体不全,既不能出外求师,只好一切杜撰了。荷承奖饰,惭愧之至,尚乞教诲。"文命道:"先生与伯夷兄研究切磋,亦有益处。"夔道:"不然,他研究的是礼,某研究的是乐。礼和乐,精神上虽有相通处,但是形式上迥乎不同。我们二人非常投契,不过交换知识,预备礼乐两种之沟通而已。"文命听说伯夷讲礼,便又和伯夷谈论了一会,觉得他对于治神人和上下之法,说得透彻之至,亦非常佩服,便说道:"某今日得遇两位,不胜荣幸,极想侍坐,久聆教益,奈受命治水,不敢延迟。鄙意拟请两位同某偕行,一则可以常共谈论,二则于两位亦无妨害。伯夷兄本是志在游历的人,某同事中亦颇有才能之士,一路谈谈,不嫌寂寞。夔先生正苦艰于步履,不能出游,某部下车舆一切现成,便利之至。未审二位尊意如何?"伯夷与夔听了,虽都谦逊,然而并无决绝之词,经文命再三敦劝,就都答应了。文命大喜,伯夷行李本属现成,夔亦进内收拾了,加入文命队里,一同上道,径向泰山而来。

众人刚到山麓,只听见山上一片音乐之声,渐渐异香扑鼻,远远地又看见许多人从山上下来。文命等大疑,暗想,这是何人?遂一面迎上去。不一时,渐渐近了,只见当头一个人,穿青色之袍,戴苍碧七称之冠,佩着通阳太平之印,骑着一匹小小青龙,凌空而来,后面跟着气象尊严、垂绅端冕的人,不知道有多少!那骑龙的人看见了文命,即跳下龙来,趋前几步,施礼道:"崇伯请了。"文命慌忙答礼,问道:"上仙何人?"那人道:"某姓圆,名常龙华,泰山神也。闻崇伯治水至此,所以特来迎接,如有驱策,敢效微劳。"文命道:"某此行,打算从贵山经过,去治青州,不知道青州水患现在如何?有无困难之处?还请指教。"圆常龙华道:"青州之地濒海,从前东北几千里之外,地体变动,余波震荡,及于此地,沿海一带居民受害者不少,现在已渐渐平静了。崇伯如欲周览形势,请从某来。"说罢,又指着左右两个骑龙的介绍道:"这是某之两佐命罗浮山神

（罗浮山现在广东惠阳区）和括苍山神（括苍山现在浙江丽水市）是也。"文命与他们一一为礼。那圆常龙华又向伯益说道："先生亦请过来。"伯益不解，就随了文命过去。圆常龙华走到那条小青龙边，说道："二位请跨上吧。"文命在华山是骑过龙的，这次已颇自然。伯益年幼，又兼初次，未免胆怯，跨上之后，由文命揽在怀中。圆常龙华亦跨上了，喝一声"起"，那青龙已冉冉上升，不一刻已到泰山绝顶。四面一看，真有众山皆小之势。圆常龙华指着东面一片白气茫茫的说道："这就是海。"又指着东北一带连绵不断的山岭原野说道："那边一直过去，都是青州之境。"文命和伯益望了一会，目不能穷其究竟。圆常龙华道："我们过去看吧。"那胯下的龙，似乎知道人意，立刻徐徐向东北而去。

一路上，圆常龙华指点道："这个下面，就是青州南境；那个下面，就是碣石山；再过去，就是嵎夷所居。从前碣石以西，尽是平原；碣石山东北，连着不咸山（现在关外长白山），西南连着泰山，做成陆地与海的屏障，是青州的中部。如今地势改变，碣石山四面渐渐沉下，海水与大陆日日接近，从那山缺之中灌进去，变成逆河，青州之地仿佛腰斩，不相连属。将来碣石山还要下沉，只留十几个尖峰，露出水面呢！这真是沧海桑田之变了。"圆常龙华一面说，文命和伯益一面听，一面看，觉得青州形势俯如指掌，不觉大快。过了片刻，龙头掉转，仍回到原处降下。文命向圆常龙华致谢，圆常龙华道："崇伯此去治水，工程并无困难，不过沿途妖魅，小有阻滞，但天地十四将足以了之，不足惧也。再会再会。"说着，与大众施礼，跨上青龙，与两个佐命领着九千五百个神君风驰电掣而去，瞬息不见。伯夷与夔是初次见到这种奇异之事，不觉咋舌。

过了泰山，已到青州南部，是个莱夷境界。文命先遣人到东北海边去预备船只，以便泛海。又取出一个铜做成的乌来，吩咐去备船之人将这鸟插在竿上,再将竿插在船上。原来那铜乌之中,具有机括,转动极灵,可以表示风向,如刮东风则乌头就向东,刮西风则乌头就向西。大海之中,以帆为主,全须视察风向、风力,以定进止。文命在微贱之时,料到将来治水必须有行船济海之事,所以预先创造这个铜乌,名叫司风乌。此次果然泛海,所以就拿出来应用了。预备船的人去了,文命叫过天地将来,说道:"泰山神说,前途有妖魅,汝等可分作两班,一前一后,各处巡逻,以防不测,但须小心。"众人答应,于是庚辰、童律、繇余三对作前队,狂章、大翳、乌木田三对作后队,黄魔、章商氏往来接应,分布已定,遂即前行。

一日,到了一座余峨之山,童律在前,发现一只怪兽死在地下,其状如兔而鸟喙、鸱目、蛇尾,不禁诧异,问大众道:"这是何兽?为什么会死在此地?"大众看了,都莫名其妙。兜氏道:"已死之兽,研究它做什么,且拿去与伯益作图画材料吧。"大众赞成,刚要用手去捉,不防那兽"仇余"的一声怪叫,立起就跑。鸿濛氏拍手笑道:"原来是假死,我们追上去吧。"追到山上,将那兽活捉了,齐到文命处献俘。大家都不知其名,文命只得又作法,叫了山神来。那山神是兽身人面带角的,说道:"这兽名叫'犰狳',其鸣声就是这两字,见则蝗虫为败,是有害之兽,请杀去吧。"于是伯益画出之后,就将它杀死,山神亦去了。

大众依旧前进,到得一座耿山,远望山上,绝无草木,而大蛇甚多。文命吩咐众人小心。那时庚辰等已调为后队,狂章等作前队,慢慢上山,逢蛇就斩,杀得那些蛇东窜西奔。众人正在高兴,忽听得后面一阵大喊,回头一看,只见黄魔手执双锤,如飞的向东北赶去。狂章等莫名其妙,只得退回来打听。哪知文命见了,就大声责备他们道:"叫你们小心巡山,何以还会得纵令妖物将我兵士衔去?"犁娄氏道:"某等正在山上,打蛇除道,绝不见有妖物,想系别处来的。"这时庚辰等在后方,听见前方停滞骚乱,不免上前探听,才知道大队正在进行之时,忽然一道黄光从东北面闪来,将一个兵士摄去,此刻黄魔追赶去了。庚辰道:"那么我们再去两个。"

说犹未了,只见一道黄光又瞥然而来,疾如飞电,一个工人又早为黄光摄起,凌空而去。庚辰眼快,哪敢怠慢,蓦地持戟纵身,直向那黄光刺去。黄光忽然一敛,不知所在,那工人坠落在十丈以外。众人忙过去看时,头已磕破,臂上爪痕甚深,血流不止。仔细一看,仿佛像虎爪所伤,正是不解。庚辰站在空中,四面望了一会,又俯首向狂章等道:"你们切须留心,恐防再来。"大众听了,人人自危。文命忽然想到,就说道:"有了。"回头吩咐横革:"将我那藏在箱箧里面王母所赠的十五面宝镜拿来。"横革取到了,文命依旧自己拿了一面,其余十四面分给天地十四将。那时黄魔已归来了,众人问他怎样,黄魔道:"我看准了黄光追过去,哪知转过几个山峰,约行了五六百里,那黄光倏然不见。到处寻找,不见踪迹,只有那摄去的工人躺在地上,业已被咬身死。细查被咬地方约有七八处,不像是一口所伤,脏腑和血都已吸尽无余,真是个妖怪呢。"文命指着宝镜说道:"这种宝镜能够照魑魅,想来对于各种妖魔亦都可照,所以我仍旧分给汝等,每人一面,汝等姑且拿去试试看,不知道有效没有。"

十四将领了宝镜,唯唯听命,拿了宝镜不住地四面照察。忽然见远远地方,黄光又是一闪。庚辰跳起空中用镜一照,仿佛像是一只狐狸,因为距离较远,那黄光飞行又速,所以不甚看得清楚,但觉其头甚大,尾部又是蓬蓬松松的,就下来告诉文命。文命大怒,遂作法,叫了耿山之神问道:"这山上有什么妖怪?"那耿山山神亦是个兽身人面而带角的,见文命问他,就说道:"此山无怪,只有一种异兽,名叫朱獳,其状如狐而鱼翼。"文命道:"那么是了,它现在正出来变化吃人,还说它不是妖怪么?"那山神道:"朱獳那兽,虽能变化,但向不食人,不过它出现之后,其国必有大恐慌之事,是个不祥之兽罢了。至于食人之兽,在此地东北数百里之外,一座凫丽山上,有一种兽,名叫蠪侄,其状如狐而九尾、九首,其音如婴儿,它是极喜吃人的。此地过去,未到凫丽山,还有一座姑逢之山,山上也有一种异兽,名叫獙獙,其状如狐而有翼,其音如鸿雁,也是个不祥之兽。它出现后,天下必定大旱,但是亦不吃人的。再过去几百里,有一座碙山,山上有一种异鸟,一种异兽,鸟名叫絜钩,其状如凫而鼠尾,善于登木,甚为不祥,现则其国多疫。兽的名字叫峳峳,其状如马而羊目,四角牛尾,其音如獆狗,亦甚为不祥,现则其国多狡客。在这条山系之中,小神知道有害于人的,只此几种,此外不知道了。"

文命听这山神拉拉杂杂地报了许多,心想青州地方怪物何其多!想系逼近嵎夷,沾染外国风气之所致。就发放那山神去了,叫了天地将过来,吩咐道:"据山神所报告的这许多怪物,大约只有九头九尾的蠪侄,是刚才来骚扰的东西。狐本通灵善变,再加以九头九尾,自然更不得了。现在我派大翳、卢氏、繇余、陶臣氏四个,先往凫丽山捣它的巢穴,如能擒获,最好,否则大队一齐进去,想来不难殄灭。其余朱獳、獙獙等兽,既为民害,亦非剿戮不可,我们就过去吧。"大翳等受命,半从空中,半从地下,先向凫丽山而行。走到一处,倏然间又见黄光,相离不远。繇余急忙用宝镜一照,果然是个九头九尾之狐,忙向大翳等道:"这次不可放过它。"一面说,一面用宝镜照着,紧紧追去。那蠪侄被宝镜之光所笼罩,不得潜踪,蹿到一座山上,发出一种婴儿声音,哑哑乱叫。忽然山后又飞出两只黄狐来,向大翳、繇余等乱扑。二人专心致志对付那蠪侄,猝不及防,将身一闪,那蠪侄顿时逃脱了宝镜光的笼罩,仍化黄光而逃。大罂一面再用宝镜的光照,一面与卢氏紧紧追赶,一面向鹔余说道:"刚才已经可以擒获了,为两个孽畜所误。你去剿除它吧,省得它再来帮助。这个妖物,我自问足以了之。"鹔余答应,与陶臣氏自去寻觅黄狐。这里大罂追赶蚕侄,直赶到凫丽山,那蚕侄又发出婴儿声音。卢氏叫大罂要留心,只见山旁穴中,忽拥出许多狐子狐孙,都是九头九尾的。大罂对卢氏说:"你用镜照住这老狐,待我先来歼灭它的子孙。"卢氏答应,大罂提起大刀,东扫西荡,霎时间杀了五六只,余外都逃散了。蚕侄本意是叫出这批子孙来,要想淆乱大罂二人,以为逃脱之计,哪知徒然牺牲了些子孙,仍旧逃不脱,只得奋死向卢氏扑来,作困兽之斗。卢氏一手拿镜照着,一手持斧抵御,却好大罂转身,手起一刀,挥为两段,料想不能变化了。两个人又山前山后搜寻它的巢穴,那些狐子狐孙都是修炼未成,尚不能变化的,统统给二人杀戮无余。但是穴内穴外,骸骨山积,亦可以见它们吃人之多了!于是二人将蚕侄挑了,回去献俘,并备伯益图画。路上遇见鹔余、陶臣氏二人,每人挑着一只狐尸,亦正要回去献俘。仔细一看,原来一只就是朱獳,一只就是獙獙,三种兽正是同恶相济的。四人会合,便一同归去。

第一百〇二回

天地将除妖鸟　崐夷九族朝禹

禹等遇疫

且说大翳等献上蚕侄、獭獭、朱獳尸体之后，文命道："现在三害已除，只有一鸟一兽，料想容易殄灭。十四面宝镜且归汝等佩带，等大功告成后再还我，如今汝等且去捉那鸟兽吧。"只见之交、国哀、真窥、横革四人上前说道："某等向随主公经历四方，自从天地将来了，事事由他们偏劳，某等殊觉惭愧。那一鸟一兽，请主公派某等去捉拿吧。"文命道："同是为国民效劳，何所谓偏？汝等忠勇，某所深知，奈现在所遇见的都是怪异，与寻常禽兽不同，所以朱、虎、熊、罴等专门驱除禽兽之人，某亦不令他们前去，何况汝等。我看还不如让天地将去吧。"横革等四人固请不已，文命方才允许。每人各带了二十个人，径向砠山进发。文命深恐他们有失，叫过黄魔、乌涂氏来，叫他们一上一下，远远地保护救应，二人领命去了。

且说横革等一路前进，到了砠山，只见山的东南面，临着砠水，东面有一个大湖泽，静悄悄的，不见一人一物。真窥道："鸟必有巢，兽必有穴，我们先寻鸟巢，后寻兽穴。"国哀道："我看还是分任吧。万一我们仰面寻鸟巢，那兽从旁跑出来，那么怎样呢？"之交道："不错。"于是议定，国哀、之交探兽穴，真窥、横革探鸟巢。正议之间，忽然兵士喊道："前面来了！"众人一看，果见前面坡上站着一只异兽，其状如马，四角牛尾。之交便招呼国哀，指挥四十人向前赶去。那兽看见大队人来，口中发出一种狗嗥之声，转身逃去。国哀等追不上，大叫可惜，只得转来，打算和真窥等商议，四面合围。哪知真窥等四十二人正围着一株大树，有几个弯弓搭箭，向上面连连射去。国哀不解，便问他们为什么。横革向树巅指道："絜钩鸟在这里了，它不能飞，但善于登木。起初在地下走，我们一赶，它顷刻之间缘树而上，已到最高之巅。我们正奈何它不得，想射它下来呢。"之交一看，这树足有八九丈高，枝叶扶苏，荫庇数亩，旁边一样大的古木还有好几株。那絜钩鸟从这树到那树，又从那树到此树，善于趋避，无论如何总射它不着，不觉大家都束手无策。之交道："此鸟已在此了，它既然不能飞，料不能逃走，且叫几个人监视在此，我们先去捉狓狓吧。"真窥、横革虽不愿意，然而亦无可如何，只得同到山后来寻狓狓。走不多路，只听见一片狗嗥之声，那狓狓正从山后如飞地直奔过来，仿佛后面有人追赶似的。许多兵士还以为它要冲过来噬人，慌忙退让。毕竟横革胆壮力大，阻住去路，一剑挥去，早已杀死。大家聚拢来一看，果然其状如马而羊目、四角、牛尾，但是当头一剑虽是横革砍的，背后还有血淋淋的伤痕，甚不可解。之交叫随从兵士，且将兽尸抬着，再去捉那絜钩。大家刚到大树之下，正要取弓箭来射，哪知这絜钩已从树上骨碌碌地滚下来。众人大喜，忙上去捉来，一看，只见鸟的腹上贯着一根小木，原来已经死了。众人至此，疑惑不解，都说是山神暗中帮忙。大家扛了鸟兽之尸去见文命，并将情形说明。文命笑道："想来是山神助力呢。"那时黄魔等已早归来，绝无言语。次日，文命率众人起身，只见一路都是柢树，时当九月，那柢叶已经黄落了。那些莱夷妇女，都在那里从事机织，便是男子做这个工作的亦不少。文命暗想，这个倒是大利之所在，于民生问题大有裨益，将来应该由政府设法提倡扩充,或者竟定为贡赋之一种,那么他们自然知道注重了。

不言文命心中筹划,且说大众行行已到了海滨,那时船只都已预备好。原来预备船只的人,所走是交通大路,所以到得早,而且不会遇到妖鸟怪兽。文命等大众须随山察看水源,到处勾留,所以到得迟,而妖禽怪兽的殄灭,亦足以迟延时日。当下大众下船,东望茫茫,波涛不作。仰面看那司风鸟,已高插在船首之上,只见它的头向着西北,原来是西北风,恰恰与文命的行程相逆。舟人正在那里忧虑,说道:"逆风难行。"文命便作法,叫了风神来,和他商酌,要借来三日的东南风。风神、飓母当然答应。文命等一帆风顺,过了碣石山、逆河口,驶抵北岸,已是青州北部。大家上岸,再向北行,只觉气候景物与南部顿然不同,朔风甚厉,呼号有声。这日晚间,宿在一座子桐山上,山下一条子桐水,西流到余如泽里去的。晚饭后,伯益、水平、伯夷、夔四人偶然走出帐外,观看夜色野景,只见那水中一道光芒,直向西边穿过去。过了一会,又是一道光穿过去,那边又有几道光穿过来,飞在空中,没于水中,正不知是什么东西。四人诧异,水平走归帐中,取了弓箭,等那光芒再飞起之时,觑准了一箭射去,光芒顿时消灭。众人归去,一宿无话。到了次日,水平约了伯益,一早去看,只见水中一条有翼的鱼,箭贯着,浮在那里,知道昨夜飞来飞去的就是它了。看得稀奇,忙取来献与文命。文命亦不认识,当即作法,叫了山神来问。山神道:"这个叫鳙鱼,其音如鸳鸯,夜飞而有光,见则天下大旱,是个不祥的东西,水中多着呢。"文命道:"那么我当除之。"山神去了,文命就叫七员地将,将泽中所有鳙鱼都杀死,以后就绝种了。

一日,行到一座北号之山,文命见山势险恶,深恐有怪物潜藏,便先叫了山神来问。山神道:"这山中有一鸟一兽,都是害人的。

鸟名叫作𩿧䳢,其状如鸡而白首,鼠足而虎爪,喜吃人。兽名叫獦狙,其状如狼而赤首,鼠目,其音如豚,亦喜吃人。崇伯前进时,须要小心。"文命谢了他,山神去了。文命便叫过天地将来,吩咐他们去擒捉。只见隤敳、朱、虎、熊、羆五个人上前说道:"某等受命驱除鸟兽,但一路以来都是天地十四将效力,某等虽则制服些寻常的豺虎等,但是算不得什么。这次请派某等前去,以免尸位溺职之嫌。"文命道:"山神叫我们小心,恐怕这一鸟一兽不比寻常,还是叫天地将去吧。"伯虎道:"据山神说,不过是一种吃人的鸟兽,并非妖魅可比。前日真窥、横革等,尚且擒鸟捉兽以效劳,某等职有专司,反不如他们,可耻极了,望崇伯准某等前去为幸。"文命听他们这样说,只能答应,吩咐小心。隤敳等欣然,带了几十个人,携了军器弓矢、网罟等,上山而去。

这里文命叫过黄魔、乌涂氏来吩咐道:"上次横革等捉絜钩㲋㲋,全仗尔等暗中帮助。这次隤敳等前去,恐亦非尔等暗中帮忙不可,尔等再辛苦一次吧。"黄魔道:"某等理应前去帮助,不过刚才山神所说,兽形如狼,狼性贪而狡;鸟名𩿧䳢,似含有魅意,与絜钩、㲋㲋迥乎不同。某等二人保护彼等数十人,深恐顾此失彼,请崇伯再多派两个吧。"文命道是,于是又添派兜氏、狂章二人同去。四人领命,自暗中去保护帮忙,不提。

且说隤敳等到了山上,只见无数乔木,连绵不断,浓荫密蔽,气象阴森,有些树木其状如杨,结实累累,甚像枣子,兵士看了,就要摘食。隤敳忙禁止道:"此中阴森,恐是二畜潜藏之所,尔等切须小心,勿贪口腹。"那时仲熊已叫人在林外布起网罟来,有些人四处探望,以觅禽兽。羆倡议道:"我看不如仿照伯益从前的方法,一把火烧去这个树林,使二畜不能潜藏,岂不大妙。"朱道:"我看不对,一则太残酷,且亦费事、费时。"刚说到此,忽闻空中啪啪之声,一只大鸟向林外直扑而来,其力甚猛,虽有网罟,哪里拦得住!那鸟伸出大爪,早将一兵士抓住,凌空而上。大众见了着忙,一齐大呼,有的跃起挥刀,有的拈弓即射,但是那鸟非常迅速,早已扬去。众人正在惋伤惊悼,不提防后面一兽已疾驰而来,又将一人衔去。陨敩等至此,才知道这事有点棘手了,又要防上面,又要防旁边,正在无法可想,只听啪啪之声又作,众人知道鸟又来了,举起兵器,向上乱舞。鸟见无隙可乘,站在树梢上,舒展它的翼毛,向着下面,效锦鸡之舞。那些兵士和陨敩等,顿然目眩昏迷,将兵器都放下了。鴅雀就从从容容地飞下来,将伯虎和一个兵士一爪一个,抓了就飞。刚上树巅,倏然一人横空飞来,举起一枪,将鴅雀刺死;接着又是一个,凌空飞来,将伯虎和兵士都救下树来,原来就是狂章和黄魔两个。他们在远地看见,本来想暗中帮忙,不露面的;现在事势紧了,只能拼命来救。那时受着鴅雀迷惑的兵士,尚是昏沉,狂章就探怀取出宝镜将各人一照,方才清醒,众人才知道鴅雀的厉害。伯虎为雀爪所伤,其势甚重,幸携有良药,急忙敷治,不致危险。陨敩忙叫人将伯虎及受伤兵士一总送回去休养,自己再与朱、熊、狂章等来寻獦狚。寻到一处,只见尸骨狼藉,血肉模糊,原来就是刚才被獦狚衔去的人,真是伤心惨目!可是不见獦狚的踪影。后来忽听得山穴之中,似有豚猪叫喊的声音,众人跑去一看,果然见一只赤首、鼠目、狼形的怪物,那四只脚却深入地中,仿佛有物绊住似的,因此没命地叫喊。黄魔知道是兜氏等暗中帮忙,变的把戏,便叫道:"我们都在此了,你们出来吧。"乌涂氏、兜氏就从地下钻出,每人一手握着兽的一脚,陨敩才知道他们是暗中来帮忙的,深深致谢。于是众人捆了活的獦狚,扛了死的鴅雀,掩埋被害兵士的尸身,回营来见文命。文命叫伯益图过形象,将獦狚杀死,与鴅雀一同掩埋,然后率众前进。

那时已到了嵎夷之地,这是从前帝尧初即位的时候,叫羲仲来寅宾出日之地。后来洪水泛滥,交通断绝,有几十年不曾隶属中国了。那考察天文的旧迹,约略还有几处可以辨认,然而大半已为嵎夷所侵占。嵎夷共有九种:一种叫畎夷、一种叫干夷、一种叫方夷,一种叫黄夷,一种叫白夷,一种叫赤夷,一种叫玄夷,一种叫风夷,一种叫阳夷。那些人民,大概是欢喜饮酒歌舞,但亦知道冠弁、衣锦、器用、俎豆,于文化上还不算野蛮。当下文命到了之后,召集九族酋长来,将中国的威德向他们宣示,叫他们将侵占的土地退还中国,再画定疆界,彼此确守。那九族酋长听了,有点不舒服,干夷、方夷两酋长同时起立,说道:"我们得到此地,并非得之于天朝,是得之于洪水的。洪水之时,天朝人员一个都没有在此,我们平洪水,披榛棘,好不容易才到这个地步,现在天朝反来趁此现成,要收回去,于理上似乎说不过去。"文命正色道:"普天之下,莫非王土。且前此有历史可凭,哪里可因为我们一时间不来管理,而就据为己有呢!"九夷酋长见文命态度严毅,词气强硬,又见军容甚威,天地十四将的状貌狰丑可怖,不觉畏服,情愿稽首归顺并返还侵地。文命就慰劳了他们一番,又设筵款待。

宴饮之间,问起他们的山川风土,有无害人之物。畎夷酋长道:"我们那里,气候土地都好,可以种田,并无害人之物。"阳夷酋长道:"我们那边,逼近海滨,太阳所出,气候是好,不过水灾受得很大,死伤不少,害人之物倒没有。"白夷酋长道:"我们那边一座钦山,山上有一种怪兽,名叫当康,见则天下大穰。据老辈说,六十年前曾经见过。当时天朝大圣帝派一个姓羲的大官,到此地来考察太阳,那时候年年好年岁,天下好太平呀!后来洪水之患一起,当康就不见,到去年,当康又出现,想起来年岁又要好,天下又要太平了。"文命道:"当康的形状怎样?"白夷酋长道:"其状如豚而有牙,它的鸣声就是'当康'二字。"文命道:"那么是个瑞兽了。"玄夷酋长道:"敝处有一座山,名叫女烝之山,一条石膏水,就发源于这山上,西流到鬲水中去。其中有一种怪鱼,名叫薄鱼,其状如鳣鱼,而只有一目,其音如人呕吐之声,见则天下大旱。据老辈说,三四十年前,这鱼出现了,后来天上十日并出,果然大旱,此刻又有人看见了,将来不知如何?"说着,回头向白夷酋长道:"如果大旱起来,贵国的当康要失其灵验了。"言未毕,方夷酋长儳着说道:"敝处刹山上,有一个怪兽,尤为可怕,其状如彘而人面,黄身而赤尾,名字叫作合窳,其音如婴儿,它逢人就要吃,逢着虫蛇亦就要吃,吃得满山都干干净净,人民统统远徙,虫蛇类亦都逃散无踪。据老辈说,它是洪水发生的前一年出现的,出现之后,天下就要大水,到如今它还盘踞在那座山里呢。"赤夷酋长道:"贵处这个合窳还不算凶,敝处太山上,有一只蜚兽,其状如牛而白首,一目而蛇尾,它在水中一游,水立刻干涸;它在草上走过,所有之草就立刻枯死;人遇到它,更不得了,一闻到它的气息,立刻生病,传染起来,可以灭族。所以有人说,这个蜚兽假使向天下游行一周,天下之人可以死尽,你看可怕不可怕呀!"文命听了,诧异之极,便问道:"贵处既有这种害人之兽,何以不设法去剪灭它呢?"黄夷酋长道:"何尝不想剪灭它。敝国向与赤国接境,这座太山是我们两国公共的,自从蜚兽出现之后,敝国就派兵去兜剿。哪知兵士未到山上,那股毒疠之气已扑鼻而来,兵士个个寒战吐泻,生疫病而死。而且传染极速,一而十,十而百,百而千,无法可救。敝国因此元气大伤,只能远徙到几十里以外以避之,哪里还能剪灭它呢!"风夷酋长道:"是呀,敝国僻处东北,终年多东北风,有一年偶然刮了两日西南风,人民染疫而死的就不少,据说就是受这蜚兽之害呢!"文命听到此处,更深骇异,说道:"有这等事!某既然来此,一定设法为诸位驱除。"

九夷酋长齐声道:"那么好极了!"大家又饮谈一会,席终散去。

　　文命于是就召集将佐,开会商议。伯益道:"吃人的兽,召灾的兽,其患尚小,倒是这个酿疫的蜚兽,实为可怕,说不得又要偏劳天地十四将了。"文命道:"这个当然。"当下便叫过乌木田、章商氏、大翳、卢氏四将来,吩咐道:"此地离太山不知有多少远,那蜚兽凶恶情形又不知如何。汝等且先去察看一番,归来报告,再行定夺。"四将答应,半从空中,半从地下去了。过了半日,忽见乌木田、大翳二将面色仓皇地先回来报告道:"厉害厉害!某等到那山相近之处,并没有看见那兽影,只觉一股腥毒之气直冲上来,不觉打了几个寒噤,顿时气力减少,头疼口苦。某等深恐有失,不敢再入重地,只好就回来了。"说罢,身上又是几个寒战。文命大惊,正觉没法,忽然章商氏、卢氏直从地下上来,刚要发言,但觉头重脚轻,支持不住,就倒在地上,神昏气促。这是因为他们在地下受到蜚兽便溺之毒,更为厉害之故。文命无可奈何,只得叫人将两将抬去,命医生医治。一面又问乌木田、大翳道:"汝等觉得怎样?"二人连说:"不要紧。"归到帐中,静坐起来,运用玄功,不到半日,都已痊愈。只有章商氏、卢氏二人是地将,功行较浅,受毒又深,病势缠绵不已。哪知后来伺候的人,触着这股气息也病了,连望病的人也病了。

　　不到几日,除七员天将之外,几于无人不病,而以章商氏、卢氏病势最笃。其余皆寒战头疼,神昏气促,个个呻吟,正是万帐沉沉,炊烟断绝。庚辰看到这个情形,觉得有点不妙,就和黄魔等商议道:"我看这事,只有求夫人去。你们在此好生调护看守,我多则两日,少则一日,必定转来。"黄魔等答应,庚辰遂冲天而去。这里六员天将,各处巡视抚问,递汤递水,忙得真不得了。文命有时偶然清醒,看看只有一个乌木田在旁,便问道:"大家怎样?"乌木田道:"大家都是如此,没得好。"文命道:"都不能起来么?"乌木田应道是。文命叹道:"我勤劳数载,满望将水土治平,上报先人,下救万民,不想今日竟遭此厄运,进退两难,死生莫卜,真是命也!"乌木田道:"崇伯切勿忧虑,庚辰已去求夫人了。"文命叹道:"我想,亦只有这一线之希望,天不绝我,夫人必来救我。"说罢,将心放下,又昏沉过去。又隔了一日,兵士、工人等逐渐死亡。乌木田到章商氏榻前,问道:"你今日如何?"章商氏绝无声息,俯身摸他肌肤,其冷如冰,原来早已死了!大翳去看卢氏,亦是如此,二人非常凄惨,深恐其余人等听了惊慌,反致病势加重,所以不敢声张。但是只有六个人,上上下下,要伺候这许多人,实在万万来不转,哪里还有工夫再为他们经营殡葬之事,只好随他们躺在床上。好在天气严寒,决无腐烂之虞。眼巴巴所望的,只等庚辰回来,有个解决。哪知左等也不来,右等也不来,看看已是三日了,死的人日多一日。兵士、工人不计之外,伯虎、苍舒、熊、罴、叔献、横革、昭明、大章等,都一个一个陆续死去。伯夷、伯益、龙降、季狸等亦濒于危。文命亦危在旦夕。黄魔和童律等说道:"庚辰说至迟两日必来,如今已四五日了,他还不来,甚为可怪。现在情形已糟到如此,只有崇伯还剩一口气,假使崇伯再不救,我们还要在这里干什么?我想我到夫人处走一趟,讨个实信吧。"童律道:"这话极是,不过我们此刻已只剩了六人,你去了后,我们又少一个,那么怎样办呢?"黄魔连声道:"决不会,决不会,我无论如何一定就转来,决不逗留。"说罢,就飞身腾空,没命地向巫山飞去。到了瑶台之下,只见云华夫人正端坐着。他就倒身下拜,气喘喘问道:"庚辰来过么?"云华夫人道:"早来过了,我叫他到别处去求药,你问他做什么?"黄魔道:"虽有灵药,不中用了,人已死去一半了,崇伯亦就要死了,要灵药做什么呢?"云华夫人斥他道:"亏你在我这里住了多少年,连'天命'两个字都没有明白么？如果崇伯治水不会成功，半途而死，我叫你们去帮助他做甚？你还不给我赶快转去！"黄魔听了，恍然大悟，连忙谢了夫人，又没命地飞回来。到了营中，见庚辰竟还没有来，大翳等忙问："怎样了？"黄魔将夫人之言说了一遍，大家听了虽则放心，但是四顾一看，情景殊属难堪，如游于墟墓之中，触处皆是死尸。过了一日，死去的总有一批。过了半日，死去的又总有一批。又过了一日，死去的竟十分之九有零，只剩得文命和鸿濛氏等五员地将了。又过半日，文命亦呼吸断绝，一命归阴。后来鸿濛氏等五将亦陆续死去，从此万帐寂寂，所有生物，只留黄魔、大翳、童律、狂章、繇余、乌木田六个人和在天空盘旋的一条应龙，以及在后曳尾的一个玄龟，守着这许多死尸。

第一百〇三回

聚窟洲返魂香　划除蜚兽
青州水患平

且说庚辰嘱咐了黄魔之后，纵身上天，如箭一般直向巫山而来，进了殿门，与旧时同僚亦不打话，径到瑶台之下，倒身下拜。云华夫人已知道他的来意，就问道："汝为蜚兽而来么？"庚辰道："是，那蜚兽疫气甚是厉害。"云华夫人道："我已修书一封在此，汝快去聚窟洲走一趟吧。"庚辰道："聚窟洲从前曾经跟了夫人去过，觉得很远呢，往返必须时日，恐怕缓不济急，怎样呢？"夫人道："不要紧，你快去吧。"庚辰听说，不敢违拗，接了书函，拜辞夫人，飞身空中，如风如电，径向聚窟洲而去。原来那聚窟洲是八方巨海中十大洲之一，在西海中申未之地，地方三千里，北接昆仑二十六万里，去东岸二十四万里，洲上多真仙灵官，宫殿比门，不可胜计。庚辰在空中飞行一昼夜方才到达，只见洲上狮子、辟邪、凿齿、天鹿、长牙、铜头、铁额等猛兽到处皆是。庚辰按照信面上所写的地址寻至一座大山旁边。那山形颇似人鸟之像，庚辰从前来过，知道它就叫神鸟山。山上多是些参天拔地的大木，与枫树的形状差不多，花和叶都发异香，数百里之外已能闻到它的香气。到得山边，那香气自然格外浓烈。山的左麓，显出一座巍焕的宫殿，庚辰知道已经到了，便去叩门。

里面走出两个首绾双丫髻的道童来，问明来意。庚辰便将书函递给了他。那道童入内而去,过了片时,道童出来邀庚辰入见。曲曲弯弯,走到一座院落之内,只见一位须髯飘拂、神采飞扬的真仙正在那里打坐习静。庚辰见了,忙拜下去。那真仙亦起身答礼,便叫庚辰在旁坐下,说道:"令主人云华夫人向我要的震灵丸,我此刻适值已经分送完了,现在你且稍待,我立刻制造来给你吧。"说着,两个道童早已取过一柄斧头来,那真仙接在手中,又吩咐道童,叫他们一切预备起来。道童齐声答应。真仙又向庚辰道:"和我同去看看吧。"庚辰应诺。真仙携了斧头与庚辰出门,到得山上,在那许多大树之中拣了一株,先用斧头之背将那树干打了一下,只听得一声大响,仿佛万牛齐吼。庚辰虽则是个神将,在不留意之中也不觉心惊神骇,便问那真仙道:"此是何树?"真仙道:"这树名叫返魂树。"一面说,一面仍用斧头发掘树根,须臾之间,已将树根的中心掘了一大块,又放下斧头,将树上的花叶枝条采取了一大把递给庚辰,说道:"你拿着吧。"庚辰答应,接在手中。真仙又携了斧头,带了那块树根之心同庚辰回到院里。那时两个道童早已将各物预备好。庚辰一看,原来丹灶上架着一个玉釜,釜内盛着清水,灶内火光熊熊。真仙便将那块树根之心放在釜内去煎。两个道童用玉盖盖上,约煎了一个时辰,真仙道:"好了。"两个道童忙将玉釜扛下,安放在旁边,又减去了灶内的薪炭,只剩了些微之火,再换一只玉釜放在灶上,随又用一根玉瓢将那只玉釜里煎出的汁水,一瓢一瓢地舀到这只玉釜里来。一个道童拿着一副长约三尺的玉筷,将舀在玉釜中的汁水不住地乱搅,足足又等了一个时辰,那汁水渐渐变成黑色,其胶粘已和饴糖相似。又隔了一会,真仙道:"好了。"两个道童便将玉釜又扛下来,提起一柄掌扇,尽力地向玉釜挥扇。又过了些时,那胶饴已冷而凝,两个道童先将丹灶等收拾了,再来将这胶粘似的物件搓起丸来。

这时庚辰在旁实在等得不耐烦了,暗想,我来的时候崇伯等的病已非常危急,走了一昼一夜,满望得到灵药就立刻转去,哪知偏偏不凑巧,神仙的灵药也有分送净尽的事情,要现成制合起来,得费去多少时辰!按照"山中方七日,世上已千年"的这个标准算起来,下界恐怕已经有几个月了。不要说人已尽死,恐怕早已腐烂完了,这个灵药拿回去还有什么用处呢!又想,当初与黄魔等约定,多则两日,少则一日,如今彼等不知道焦急到如何地步呢!一面想,一面不住地回顾日影。那真仙知道他的意思,便笑笑和庚辰说道:"足下性急么?不要紧呢。"说着,就将已经搓好的十粒交给庚辰,说道:"足下既然如此性急,就将此拿去吧,已尽够敷用了。可以分作两次,一次只需用五粒,不必多用,切须记牢。"庚辰问道:"怎样用呢?"那真仙道:"这个震灵丸又名惊精香,又叫返生香,又叫震檀香,又叫乌精香,又叫却死香,共总有六个名字。足下拿回去,假使人已死了,只要将此香烧起来,死者自能复生。"又指着刚才从树上折下来的那一大捆花叶枝条,说道:"这种分三次用,烧起来,香闻数百里。那个蜚兽的可怕,便是一股毒疠之气,如果有这香气一熏,那毒疠邪气自然消灭,即使寻常的凡夫亦可以制它的死命。足下可一并带去吧。"庚辰听了,欢喜之至,慌忙拜谢,怀了灵药,拿了一大捆树叶树枝,刚要动身,那个真仙道:"你飞来飞去,要一昼夜工夫,太吃力了,我助你一助吧。"说着,指指自己所坐的蒲团,叫庚辰立上去,喝一声"快",只见那蒲团早凌空而起,如电地向东方而行,比庚辰自己的飞行,不知道要快多少倍!幸亏庚辰是修炼多年、极有功行的神将,所以虽则如此之迅速,仍能稳立蒲团之上,绝无危险。不到两刻,已到崓夷之地,蒲团忽然渐渐降下。庚辰跳在地上,正想那个蒲团如何安插,哪知一瞥眼,蒲团已飞向西去,不知所在。庚辰至此,益叹那真仙道术之深,钦佩不止。

这时,繇余等六人在下面真所谓望眼欲穿,忽然见庚辰自天而下,个个踊跃,拍手道:"好!好!来了!来了!"庚辰忙问情形如何,乌木田道:"死了,死了,个个都死了,死尽死绝了,死去几十日了。可恨那些九夷的人,探得我们如此情形,近日都来欺侮,说我们无用,都是一批死尸。童律骗他们,说这个不是死,是辛苦极了,休息休息,以便驱除妖兽。他们不相信,更要想趁此来夺我们的器用、粮食等等。我们无法可施,只得腾起空中,舞弄兵器,用威力恐吓,又叫那应龙不时在空中盘舞,飞来飞去。他们才知道我们是神人,这几日不敢来胡闹了。"狂章忙止住他道:"闲话少说,大事要紧。"又问庚辰道:"你为什么去了这许多日子?究竟成绩如何?现在人已死久了,有无起死回生之方?"庚辰道:"有,有,有!"说着,就将经历的事迹说了一遍,又拿出返生香来给他们看,说:"这就是了,你们快些去弄点火来。"哪知这时炊烟久断,火种全无。黄魔没法,只得腾身而起,向远处去寻。

庚辰便走进营帐中来看文命,只见他仰面朝天,两脚挺直,怀中的赤碧二珪和玉简、宝镜等还是隐隐突起在胸前,面色却依然不改;又看那伯益、苍舒、横革、伯夷、鸿濛氏等亦个个如此;四面走了一转,七纵八横,都是尸体,实在阴惨之至。那时黄魔已将火种寻到,庚辰就取出五粒惊精香来,以文命所住营帐为中心,先烧了一粒,其余四方令童律、狂章、繇余、大翳各拿一粒去焚烧,陡然之间,异香扑鼻。隔不多时,但见文命、伯益及左右倒卧之人个个手足移动,渐渐伸手揩眼,或打呵欠,或转身侧卧,大概都已复生了。庚辰等极叹仙家灵药之灵,忽听见文命发问道:"我好睡呀!汝等在此烧什么香?好香呀!"接着东面榻上的伯益亦说道:"好香呀!"一霎时,左右前后的死人都能说话了,但是有几个人要想爬起来,却不能爬起。庚辰便跑到文命榻前,将一切经过情形细细向文命详述了一番。文命等无不诧异,都说道:"哦!我们已死去几十日么?"既而回想从前临危的情形,仿佛都有点记得,便又说道:"那么我们现在都是再生之人了,非你的大力不致于此。"于是大家齐向庚辰称谢。庚辰忙谦让道:"这都是国家的景运,天子的盛德,崇伯的洪福,夫人及聚窟洲真仙的援助,某哪里敢当呢。"

正说到此,只听得文命及众人的腹中无不辘辘雷鸣,顿时暴泻。这时众人身体怯弱无力,都不能起床,而又无人伺候,只得听其狼藉床褥之上。那所受的毒疠之气排泄殆尽,众人顿时觉得胸腹舒快,精神增长不少。隔了些时,有几个人竟能够自己挣扎下床。那排泄的毒疠之气本来臭秽难当,幸喜得那震檀香经久耐烧,气味极烈,氤氲不散,所以大家都不觉得,否则触到这股秽气,不免又要传染了。隔了一会,童律、狂章等走来报告,说焚香之后,所有各营已死之人无不尽活。文命听了大喜。庚辰便将五粒未用之返生香呈与文命。文命接来看了一看,依旧递与庚辰,说道:"这是上界的灵物,非凡人所可贮藏,仍旧归你收拾吧。"庚辰遂接了来,藏在身畔。这时忽闻外面似有喧哗之声,文命便问何事。繇余走出去一看,回来说道:"嵎夷的人闻到这种香气,有几个死去的人都活了过来。他们想得诧异,寻踪而来,知道香气是此地发出的,又看见此地的人个个活了,他们便倾心吐胆地欢呼拜服,所以一阵子大嚷。"文命道:"他们知道我们都死去过么?"繇余道:"他们知道。"就将他们来欺侮要夺器具之事说了一遍。文命道:"汝再出去抚慰他们一番吧。夷性狡诈,不可以威劫,只可以诚信相乎。"繇余出去,用好言抚慰一番,那嵎夷人个个欢天喜地而去。

文命等复活之后,不但病体痊愈,而且精神倍长。过了几日,文命就叫庚辰、童律二将拿了返魂树的花条枝叶往太山去剪除蚩兽。那返魂树的花条枝叶虽则采折多日,但香气仍旧馥郁,不减于在树上之时,已足以敌住蜚兽之恶气。到了太山相近,童律将花条枝叶分作三份,先将一份焚烧起来,与庚辰直到山顶,果见一兽,其状如牛而白首,一目而蛇尾,伏在那里。这兽看见二人,陡然站起,不住地将身体摇荡,想来是喷发毒气。但是返魂树的香气非常浓重,一点感觉不到。庚辰手起一戟,直刺其腹,顿然倒地。童律见了,就将手中燃烧的枝叶丢下,说道:"我们将这尸身抬回去吧,伯益要画它的形象呢。"庚辰道:"我看不必。这兽虽死,余毒尚存,抬回去恐怕不妙,不如埋葬了吧。"童律道:"且慢,我们先回去请示,如何?"庚辰道:"也好。"于是提起大戟,要想起身,哪知戟上都是腥血和兽的脏腑等。四山一找,虽有溪涧,并无滴水,无可洗濯,不得已,提了一支腌臜的戟,与童律回营复命。

这时营中与太山虽则相隔几百里,但亦微微闻到香气。但自从庚辰大戟提进之后,腥毒之气渐胜于香气,霎时众人又头晕心泛起来。文命刚说得一句:"我们过去看吧。"忽觉身体不能支持,便说道:"不对,我像又要生病了,不知何故?"众人齐道:"是呀,我们亦都难过呢。"庚辰猛然想到,不禁叫道:"啊哟!是我之过。"说着,提起腌臜大戟往外就走,要想到溪涧里去洗濯;后来一想不妙,溪水流下去,人民要饮食日用的,这种毒汁岂可洗在水里。于是纵身腾空,径到东海,洗涤净尽,然后回来,哪知众人旧病又发了。庚辰一想,还有五粒香在这里,何必等死了再烧呢,立刻禀明文命,一齐烧起来。果然是仙家灵物,不到一刻,大家都愈了。伯益道:"这蜚兽如此凶毒,我们就不去看吧。"乌木田道:"虽则不去看,不可以不埋,否则腐烂起来,秽气四播,其毒更凶。"大家都以为然。章商氏、卢氏道:"不好,不好,我们在地下受到它便溺之气,已经如此厉害,尸体埋藏,恐怕其毒更甚,将来贻害人民,还不如烧去它

— 940 —

吧。"叔献道："烧起来气息更甚,怎样呢?"卢氏道："不妨事,返魂树的枝叶还有呢,夹在里面烧起来,怕什么!"于是大家决议,先由庚辰拿了返魂树的枝叶到太山去烧起来,等到香气四达,众人各挑了干柴枯叶等上去,堆在地上。庚辰又用一根大木,将蜚兽尸身挑起,放在柴草上,然后又将所有柴草及返魂树枝叶统统放在上面,一齐烧起。一时烈焰冲天,蜚兽的尸体渐渐消化,足足烧了两个时辰方才竣事。这座山自从此次焚烧之后,香气经数日之久方才散尽。那时崛夷之人得到这个风声,竟有几个冒险上山来看的,归去传说。从此崛夷益发敬事中国,钦仰文命,不敢倔强了,闲话不提。

且说蜚兽烧毁之后,文命又吩咐黄魔、繇余、陶臣氏、犁娄氏道："现在蜚兽已除,为民害的只有刹山上的合窳和鬲水中的薄鱼了。合窳在山上,就归黄魔、繇余去捉;薄鱼在水中,归陶臣氏、犁娄氏去捉;能够活捉来,尤好,但须小心。"四人领命,各自分头而去。不到半日,陶臣、犁娄二氏已将薄鱼捉到,另外又附带一条怪鱼,其状如鲋,十个身体合着一个头,气息芳香,仿佛蘼芜。文命问道："这个是什么?"陶臣氏道："某等亦不认识。捉到薄鱼之后,归途经过一水,中有此鱼,因见它形状古怪,所以随手就捉一条来,以备伯益图画册中多一个材料。"众人看了,无不称奇。过了一会,只听见空中有婴儿啼声,陡见黄魔、繇余自上而下,手中捉着一只人面、彘身、黄身、赤尾的怪物,正是合窳。那婴儿啼声正是从它嘴里发出来的。水平听了,禁不住问文命道："可怪!这些吃人的凶兽,它们的鸣声总是和婴儿啼声一般,如从前所见的蛮侄、猵猵等等,这是什么缘故?"文命叹口气道："这是它们引诱人类、欺哄人类的一种好方法。婴儿是人人所怜爱的,婴儿之啼声纯是天机,绝无诈伪,亦是人人所喜的。它们以此来诱人哄人,自然人人都受它们的哄诱了。住在屋里的人听了之后,走出来看;路上走过的人听了之后,驻足而寻;然后它才能大吃特吃。假使声音咆哮猛厉,大家都远扬深匿,它哪里有得吃呢!所以世上有些枭黠狡诈的人,他要想攘夺权势,其初也,必定以最和善最动听的话来做标帜,如同取消苛捐杂税呀,维持贫苦人的生计呀,种种之类,叫得来人人入其彀中。等到他权势入手,立刻为所欲为,择肥而噬。但在他那噬人的时候,依然还要露出他的和善动听之声,仿佛虽则吃掉你们,仍旧是爱惜你们,要你们好的意思。这种方法就是从这种凶兽身上学来的呢。"苍舒、伯夷等听了亦个个叹息。

文命忽然回过头来问大章道:"昨日我叫你去邀九夷酋长,他们说今日一定来么?"大章道:"他们都说一定来。"正说时,那九夷酋长果然都到了,与文命见礼已毕,文命就说道:"我请诸位来非为别事,前日诸位所说几个害人之物,我已一一擒获。蛮兽最毒,杀了之后,即行焚化,不能邀诸位来看。合窳和薄鱼都活捉在此,请诸位看过,即便杀却,以除后患,诸位以为何如?"九夷酋长齐声道:"天朝天使如此为我们除害,使我们高枕无忧,我们实在感激之至。"文命便叫人将薄鱼、合窳一并杀去。干夷酋长看见那条一首十身之鱼,忙说道:"这个不是妖鱼,它名叫茈鱼,出在敝处洮水之中,是很多的,怎样拿它来当妖鱼?"文命道:"并不是当它妖鱼,因为这鱼中华所无,形状奇特,所以捉来看看。"干夷酋长道:"那么敝国将来多取几条来进贡,何如?"文命正色道:"不必不必,中华圣天子向来不贵异物,不宝远物,只要诸位从此之后遵奉号令,不侵不叛,使人民安居,那么圣天子就欣喜之至了。"九夷酋长听了,都免冠鞠躬说道:"敢不唯命是听。"文命大喜,当下就与各酋长划定疆界,随即班师,仍登舟循碣石山而南。

到了泰山之阴,那个地方平原甚多,西北与济水相接,中间最大之水有两条,一条叫潍水,一条叫淄水,都是自南向北流到逆河中去。自从洪水泛滥之后,这两河为泥沙所淤填,久已失其故道。文命拿玉简测量了高低形势,叫龙降、庭坚、叔献、季仲四人分头去修治。过了一个多月,工程完毕,青州一州又治好了。文命率领大众逾过泰山,择地驻扎,预备接续就治徐州,自己却带了真窥、横革、之交、国哀、伯益、水平、伯夷、夔和黄魔、大翳十人径入帝都。一则,每州治毕之后,照例入朝白帝;二则,新得到伯夷和夔二人,要荐之于朝廷,所以同去。

一日晚间,行到一座山边住宿,只见一道光芒如流星、如长虹,从山上直向溪中射去,水中溁洞有声,就不见了。水平道:"莫非又是鳎鱼么?"伯夷道:"二十年前某在此经过,知道这座山叫独山,下面的溪水叫末涂之水。那时天气大旱,自夏徂冬不下雨,据此地父老说,系一种怪物名叫儵蠕的为患。那儵蠕出在末涂水中,出入是有光的,不要是儵蠕么?"正说时,忽见那道光芒又从水中蹿起,直到山上。黄魔早耐不住,飞身过去,提起双锤向光芒猛击一下,那光芒忽敛,觉得有一物坠在地上。俯身一看,原来是和蛇一般的东西,忙用锤柄挑起,归来献与文命。文命等一看,是一条黄蛇,但有两翼,如鱼之鳍,确是异物。文命便命横革去叫一个土人来问。须臾来了一个老者,须发皓然,文命便问他道:"近来此地年岁好么?"老者道:"还好还好,但是今年恐怕难,有半个月不下雨了。"文命道:"半个月不下雨,有什么要紧?"老者道:"不然,独山上的怪物出现了,我们此地的旱灾少则一年,多则三年,历来如此,无可免的。"说罢咨嗟。文命听了,知道伯夷之言不谬,便又问道:"这怪物叫什么名字?是何形状?"老者道:"老辈相传,名叫儵蠕,形状倒没有见过,但看见飞进飞出,一条黄光,如虹霓而已。"文命道:"汝等此后可以安心,这个怪物我已替你们除去了。"说着,就将儵蠕的尸体指与他看。老者骇然道:"原来是这样一件

— 943 —

东西,可怕可怕!"说罢,便向文命称谢一番而去。伯益向文命道:"冀、雍、豫、兖四州,我们所经过的,虽有怪物,但是没有此番青州之多,真是可怪。"文命道:"国家多事的时候,妖魔小丑本来是随处出见,虐害人类,不足稀奇的。青州地邻外国,更沾染了外国的风气,或者竟仗着外族的势力,模仿着外族的方法,那么自然穷凶极恶,不易制治了。"大众听了都以为然。

第一百〇四回

九尾白狐向禹提亲　禹再过桐柏山,风雷震惊
霍山、潜山两储君骑龙迎禹　巫支祁之历史

且说文命入朝白帝,报告兖州、青州水患已平,帝尧竭力嘉慰,因问以后当治何地。文命对说,打算治徐州及豫州的大部。帝尧道:"数十年前,朕南巡走过长淮,见那泛滥之害甚大,现今更不知道糟到如何。汝此番去治,愿汝早日成功。"文命稽首受命。朝罢趋出,帝尧看见他行步甚为蹇滞,便又叫他转来,问道:"汝患足疾么?"文命道:"是。"帝尧道:"何以患足疾?"文命道:"臣连年治水,奔走的时候多,有时勉强而行,筋络遂受损伤,所以走起来两只脚不能相过。(现在巫觋道士等作法时,其踏步之状称为禹步,就是这个典故。)亦曾请医生医治,不能求速效,臣亦不能久待,只好随它去吧。"帝尧及太尉舜等听了,都太息道:"太辛苦了!"仔细一看,文命的面色亦觉憔悴,神气苍老。帝尧又问道:"汝今年已到三十岁么?曾娶过亲么?"文命对道:"臣今年尚未到三十岁,亦未曾娶过亲。"帝尧道:"三十而娶亲,是男子极迟的限度。汝虽则未到三十岁,但亦应该娶妻了。宗祧嗣续,关系匪浅,以从速娶妻为是。"文命连声答应道是。

退朝之后,文命又来见太尉舜,说起伯夷与夔两人之才德,请舜荐之于帝尧。太尉舜道:"崇伯所赏识的人当然不错,我明日就

保奏吧。"两人又谈了一会公事,文命就要动身。舜道:"且慢,刚才天子劝你娶妻,这话极不错。你以年纪论,真应该娶了。"文命道:"某非不想到,不过水患未平,哪有工夫顾及家事,且等几年再说。"舜道:"不是如此,治水固然要紧,娶妻亦属重要。况且你孑然一身,无兄无弟,尤其应该早点娶妻生子,上慰先灵,不能以治水为推托。况且娶妻不过一月半月之事,娶妻之后,即可以去治水,于工作并无妨害,何必固执呢!"文命听了,亦无话可说,只得答应道是。凑巧羲叔跑来,看见文命,就说道:"刚才天子劝崇伯娶亲,我倒有好几家才德兼备的女子认识,我和你执柯吧。"说着,历举了几家出来。文命听了,无所可否。太尉舜知道文命都不愿意,就说道:"且再谈吧。"当下文命辞了太尉出都。大章、竖亥两个是鲧的旧臣,本来极盼望文命早成家室,看到文命如此辛勤劳瘁,常常心中担忧,不过文命事忙,无机可说。如今听见天子、太尉都已敦劝,又有大臣作伐,而文命不愿,不觉同来谏劝。文命叹道:"我年已长,深恐时候太迟,失其制度,岂有不愿娶妻之理。不过我现在一则无暇,二则没有遇到可以和我匹配之人,所以只好延迟了。"大章道:"小人听说,羲叔举了好几个,都是富贵之家才德双全的女子,何不拣选一个呢?"文命听了笑道:"我的娶妻不愿于寻常女子中去寻,我亦不愿寻常的人来替我做媒。以我历来所经过的事迹推测起来,我如果娶妻,必有一种奇异的征应呢。"大章等见文命如此说,不便再言。

  文命出都之后,逾过王屋山,由河入济,一直到陶丘附近与大队会合,就商量去治淮水。可是过了沛泽,弥漫一片的都是水,南与江海相通,而且惊涛浊浪不住地掀簸,舟楫亦难通行。正在踌躇之际,只见远远有一个白色的动物蠕蠕地向北方而来,愈行愈近。仔细一看,原来是一只九尾的白狐,众人无不诧异。只见那白狐走到文命面前,忽然人立起来,将两只前足向文命一拱,口中发出人言道:"崇伯请了!"文命看了奇怪,大喝一声道:"你是什么妖怪?来此何事?"那九尾狐道:"我家在南方,涂山旁边有一个涂山国,那涂山国的国君就是我的苗裔。那国君的两个女公子美丽非常,才德兼备,要想嫁给崇伯,这是天缘,不可错过。"文命大怒道:"你是个畜类,涂山国君是你的一族,当然也是个畜类,难道我来和畜类为偶么?"那九尾狐听了,呵呵大笑道:"崇伯!你说我不是人类,这句话未免太轻率了。崇伯!你想想看,你自从得了云华夫人传授之后,所见过的神仙有多少,是不是一定是个人身?那形状怪异如海神禺虢、风神飞廉之类,是否都是畜生、不是神仙么?西王母蓬头戴胜,豹尾虎齿,莫非也是畜生么?你再自己想想看,你的真身如果出现起来,是人形呢,还是兽形呢?"这两句话一问,众人听了都莫名其妙,只有文命自己恰恰刺在心窝里,哑口无言,作声不得。九尾狐又接着说道:"这个叫半斤八两,天然的对偶,有什么亏负于你?况且现在我用这个九尾白狐的形状来见你,因为你前日有一句话,说你的娶妻必定有奇异征应,所以我来给你一个奇异征应,亦是来预先报告你一个祥瑞。你是聪明人,难道这个理由都想不到么?你要我是个人身,这又何难!"说着,将身一摇,转眼之间便化成一个白须老者,仙风道骨,气概不凡,拱拱手向文命道:"这次我是个人了,我的苗裔亦当然是个人了。这头姻事到底要不要?"文命至此,才知道他是个大仙,慌忙还礼道歉。又想想看,他的所谓祥瑞,白色就是我的衣服(原来文命痛父死于非命,故虽服满之后,仍着缟衣),九尾就是王者之证,莫非我将来有帝王的希望么?但是涂山氏的女儿究竟好不好,未曾打听过,哪里就好答应呢。正在踌躇,那九尾狐已知道文命的意思,就解释道:"这是天缘,不必迟疑了。涂山那边,近几百年来有一个歌谣,人人所唱

的,叫作:

> 绥绥白狐,九尾庞庞。我家嘉夷,来宾为王。成家成室,我造彼昌。天人之际,于兹则行。

照这个歌词看起来,岂不是应在崇伯,岂不是明明白白地说是天缘么?好了,不必迟疑了。"文命听了,还不能就答应。苍舒在旁代文命说道:"崇伯此时因治水事忙,无暇顾到婚姻私事,且待将来行到涂山的时候再议吧。"九尾狐道:"这种地理,我亦有点知道。治他种水,应该从下流治起,治这条淮水,却必须从上流治起。我要崇伯答应这件亲事,一半固然是为天缘,一半也是为治水的便利起见呢。"文命听到这句话,不免问道:"为什么淮水不能从下流治起呢?"九尾狐道:"我们涂山氏之国本在淮水旁边。洪水未起之先,淮水早先为患,可见洪水之患是天然的、普通的,而淮水之患是人为的、特别的。天然的,普通的,可以用普通的方法去治它;人为的,特别的,非先将它为患的根本解决了不可。这淮水为患的根本在上流,所以只能从上流治起。"文命忙问道:"所谓人为,究竟是什么人呢?"九尾狐道:"不是人,是个妖物,然而亦仿佛是个人。"文命道:"是什么妖物呢?"九尾狐道:"这个我现在还不能说。"文命道:"何以不能说?"九尾狐道:"当初这妖物为患的时候,我早知道,但是因为力量不及他,只好将国都迁让到南方去,以避其害。现在我若说出来,他一定知道,必来和我们寻仇。那时无人救援,无人抵御,涂山之民无噍类矣!"文命道:"我答应了这件亲事之后,又怎样呢?"九尾狐道:"答应亲事之后,我还要要求你到那边去就亲。你既在那边,自然能够救援我们,抵御妖物,我就可以相告了。"文命踌躇了一会,说道:"那么我就答应,但是婚姻大事,媒妁不可不请,六礼不可不备。我虽没有父母,亦须告过祖庙,才可议卜日期。草率成礼是不可能的。"九尾狐道："那个自然,只要你答应了,一切自可慢慢地商议。照例,男女姻事必须男家向女家提出求亲,我现在只好算一个串媒,请你告过庙之后就请正式媒人来求亲吧。不过路途遥阻,往返不便,最好到那时你和媒妁一向前来,较为省事。"文命亦答应了。九尾狐大喜,便拱手道："如此甚好,我在涂山恭候,再会再会。"说罢,化一道白光向南而去。叔献向文命道："这个是否妖狐?崇伯何以就答应他?"文命道："当初我亦疑心,后来细看他神气绝无妖意,又暗将轩辕宝镜向他一照,他亦绝无感觉。他说的话又如此至诚恳切,所以我就答应了,料来决无害我之心。"说罢,就叫大章过来,吩咐道："你快到石纽村去,代我设祭告庙,说我要娶于涂山了。"大章领命而去。

文命仍领了众人来治淮水,要行他那掘地注海的方法。哪知愈掘水愈多,泛滥愈甚,工人颇多溺死。偶然筑起一道堤防,不到一日,又被洪涛冲去。文命大怒,作起法来,大叫："淮水之神何在?"叫了半日,不见答应,料想九尾狐之话不错,于是改变方针,先从大野、东原、沂水、泗水等处着手,分派了工程,叫众人去做。自己决计到涂山去就姻,带了真窥、横革、之交、国哀、竖亥五个同行,其余人员一概不同去。因为此次婚礼务以简略为主,所以用不着多人。治水一切任务暂请伯益代理。天地十四将深恐路上或有危险,要求同去。文命一定不肯,说道："这是我的私事,不是公事,不敢以私假公。你们应该在此保护伯益,保护大众,就如保护我一样。"众将听了,只得罢休。

文命率领五人匆匆就道,沿着淮水之北而西,一路水势弥漫,洪波迭起,竟没有一个可以济渡之处。一直到淮水之源,又是桐柏山了,前次所坐、遇着风雨鬼怪的亭子依然尚在,六个人不免又进去歇足。文命坐下,回想前次过此之时,父亲尚在,如今父亲去世已久了;前次过此之时,尚未能得到各种神灵的佑助,如今治水居然已有些成绩,心中兔起鹘落,思潮正浓。忽听得雷声殷殷自上而来,狂风阵阵四面而至,在沙飞石走、天昏地暗之中,无数鬼怪的黑影又直向亭中扑来。文命非常诧异,怎样又会有这样事呢?前次赤手空拳,只能以正心诚意的功夫却此邪魔,此次则不然,胸有赤碧二珪,兼有轩辕宝镜,胆量愈壮,遂向真窥等道:"汝等休怕,且看他如何。"哪知道这次的妖魔亦较前次为凶恶,起初不过在亭外幢幢往来,后来竟渐渐到亭中来作扑攫之势。真窥等早已掣出武器,预备抵敌。文命亦暗将宝镜和赤碧二珪拿在手中。这时雷声愈大,风势愈狂,天色愈暗,几乎伸手不见五指,仿佛有两个身长丈余的魔鬼,伸着他如箕一般的大掌,猛向文命扑来。文命急将宝镜及赤碧二珪向外一照,三道光芒俨如烈日,直向外边射去。在那光芒之中,看出无数奇形怪状之魔,有面蓝如靛的,有发赤如朱的,有牙长二尺,露出口外如象的,有头生两角,角又生歧如鹿的,或如禽,或如兽,或如木石之形,种种怪相,不可胜纪。自从三道光芒齐射之后,那当头两个大魔吃了一惊,仿佛似受了打击,狂叫一声,声如怪鸟,尖而且厉,往后就逃。其余的亦都惊惶退窜,霎时间无影无踪,雷也止了,风也息了,天气亦清明起来了。国哀等都喜跃而起,说道:"真是宝贝,有这种力量!"文命收拾了三件宝物,说道:"我们赶快走吧,此地恐非乐土呢。"竖亥道:"有三件宝贝在此,怕他做甚?"文命道:"我两次经过此地,都遇着妖魔,这次情形又比前次凶恶。别人走过并没有听说如此,照此看来,难保不是专与我寻衅。我虽有三宝防身,但是他们能够号令风雷,本领也不小。或者这种尚不过是个小卒,还有渠魁在后亦未可知。我们深陷重地,众寡悬殊,何苦冒此险呢。"说罢,带了五人匆匆离了桐柏山,沿着山系的南麓而行。

走了几日,只见前面一座大山,突兀峥嵘,矗立天半,四面群峰攒簇,气象不凡。之交道:"好山好山!不知叫什么名字。"那时山麓中有几个村落,虽在水灾之中,独见整齐完善。文命暗想,这个诸侯必有才德,能够治民,看见一个村氓,就问他道:"汝等是何国人?"那村氓道:"我是阴国人。"文命听了,沉吟一会,说道:"我觉得阴国不在此地呀。"那村氓道:"是的,从前在淮水北岸,后来因为淮水泛滥,受灾甚重,万难居住。我国君和邻国君主开会商议,大家迁居吧,北面平原水势更厉害,所以迁到此地,如今已几十年了。"文命道:"从前邻近有一个涂山国么?"那村氓道:"有的,他们在我们之南的涂山地方(现在安徽怀远县),后来听说迁到大江以南去了(现在安徽当涂县)。"文命又探问阴侯的政绩,确是甚佳,心中非常佩服,但因私事匆促,未去拜访。又问那村氓,才知道这座大山叫作霍山,于是谢了村氓,就上霍山而来。

到得山半,忽听得音乐之声泛泛入耳,旋闻异香馥郁。文命举头四望,横革忽手指山坳大叫道:"在这里呢!"众人一看,只见树林隐约之中,有无数道者纷纷向前而来。过了一会,跑下一只大虎,虎背上跨着一位神人,头戴启明之冠,身穿青锦之袍,腰佩道君之玉策;后面又是一位神君,头戴参灵之冠,身穿紫光绣衣,腰佩朱宫之印,乘着赤龙之车,看见文命,一齐下来,拱手行礼道:"崇伯驾临,有失远迓,罪甚罪甚!"文命慌忙还礼,问道:"二位尊神是何法号?有劳玉趾,不安之至。"跨虎的神人道:"某乃霍山储君是也。"乘赤龙的神人道:"某乃潜山储君是也。"文命听见"储君"二字,甚为稀奇,暗想,天子的儿子称为储君,何以山神亦称储君?

正在想时,霍山储君已有点觉察,就说道:"小神等这个封号是黄帝轩辕氏封赠的。当初黄帝遍游天下名山,各有封号,如同青城山叫五岳丈人、敷浅原叫庐山使者。南岳衡山路太远,就封某等作为储君。"文命听了,方才恍然,便说道:"某从前治水,经过恒、华、泰各岳,都承各岳神出来招待,那是因公,帮助指教,某已觉万分不安。现在某以私事过此,又劳二位光降,某更觉惶悚之至。"潜山储君道:"崇伯嘉礼在即,某等理应前来道贺。况且崇伯驾临徐州,来治淮水,淮水为患,匪伊朝夕。其中有妖物凭陵作祟,尤觉不易措手,某等应该追随左右,稍效微劳。所以今日此来,一则贺喜,二则将妖物历史略为报告,亦是私而兼公之意。"

文命大喜,忙问淮水妖物究竟何类。霍山储君道:"那妖物名叫巫支祁,上彻天文,下通地理,力逾九象,术妙万端。所有千里之内,木魅、水灵、山妖、石怪,莫不听他的命令,受他的节制。他还有三个儿子,亦都有非常本领,第三个儿子尤为了得。他们父子四个占据了淮水流域,扬波跋浪,几十年来,受他们毒害的百姓不知道有几千几万。所以崇伯如要平治淮水,非先除去此妖不可。"文命听了,恍然道:"淮水发源桐柏山,那么桐柏山亦在他们的势力范围中么?"潜山储君道:"岂止桐柏山,自桐柏山以南,直至云梦大泽,更通到湘水之源,都有他的党羽到处潜伏呢。近二十年来,他又竭力扩张势力,振起洪水,将淮水下流与长江下流合而为一,他却随处往来,逍遥自在。他的三个儿子则到处收罗妖魔小丑,做他的党羽,以扩大他的地盘,打算立一个不可动摇的根基。总而言之,这个水妖真是世界古今第一奇妖。"文命听了这番话,心中默默筹划制伏巫支祁的方法。霍山储君道:"崇伯此刻且慢着手,等到嘉礼告成之后再处置他吧。"文命道:"百姓倒悬已久,渴望解除,今日既然知道这种底细,理应即刻动手去擒治他,何可以一人私事而废公务呢?"说罢,就和真窥、横革等道:"我此刻不到涂山去了,仍旧回转去吧。"真窥等未及答言,潜山储君道:"回去不得了,崇伯在桐柏山上伤了他的党羽,他的党羽已经报告巫支祁,巫支祁正下令到处搜捕崇伯呢。假使崇伯转去,岂不是投到他陷阱里去么?崇伯吉人天相,虽则决无意外,可是这几位尊从性命危险了。"文命道:"那么我即使到了涂山,完了姻事,哪里就能够飞渡过淮水去呢!还不是和现在一样。"霍山储君道:"到那时自有助手,不必着急。"文命没法,只得改变方针,吩咐真窥等仍旧到涂山去。潜山储君道:"涂山国现在已搬到江南,从此地去恐怕至少须三日以上。但是一路多是巫支祁的势力范围,危险可怕。某等打算设法送崇伯过去,既免跋涉之劳,又少妖魔之扰,崇伯以为何如?"文命听了,极道感谢。

霍山储君用手向山上一招,只见山顶上一乘科车冉冉凌空而来;又向山上高叫一声"来",只见一条苍龙,长髯下垂,拏舞而至。霍山储君道:"这两种都是某平日所坐的,现在请崇伯委曲,暂坐一坐吧。"文命答应,就与两储君深深道谢,然后跨上苍龙。潜山储君又招呼真窥、横革等五人坐在科车里,一切行李放在后面,小小一辆车子毫不觉其拥挤,真是可怪。众人都坐好了,霍山、潜山两储君向文命等拱手道:"再见再见,恕不远送。"又向那苍龙道:"送到涂山国。"那苍龙点点头,奋然升空而起,后面科车亦升起了。文命乘龙数次,颇有经验,虽则一人亦毫无恐怖。俯首看那两储君随从的灵官,满山满谷,约有三万之数,还是站立未散。文命心中颇感激两储君。那苍龙到得空中,昂首直向东行,激如飞矢。

第一百〇五回

禹娶于涂山　巫支祁袭禹

囚鸿濛氏　辛壬癸甲,禹出治水

且说文命跨在苍龙背上俯首下视,但觉左右前后万山迎送,一一地都向下面过去。陡然忽见一条匹练横亘在前,那龙身就向那匹练处渐低下去,仔细一看,原来就是大江。过了大江之后,龙身愈低,下面的房屋庐舍历历在目,渐渐连人声亦听见了。只觉有人大呼道:"乘龙快婿到了!大家快来欢迎。"那时苍龙已降于地面,文命跳下龙背,一看,原来落在一片广大原野之中,大声呼唤的就是九尾狐所化的老者,后面却站着无数衣冠济楚的人。九尾狐先上前向文命拱手道:"崇伯居然光降敝国,荣幸之至。"正说着,又来招呼真窥、横革等。那时五人亦早已下车,正在搬运行李。九尾狐忙叫他自己的人来代搬。搬完之后,科车与苍龙仍复上升,向西而去。

这里早有涂山侯派来迎接的车子六七辆,列于道左。九尾狐又过来向文命道:"客馆早已备好,请到客馆里去安歇吧。"于是文命等六人一齐上车,径向客馆而来。文命在车中细看,沿途景物清幽美丽,不觉叹道:"江南风景真是不恶!"正在想时,忽觉车行渐缓,原来已到山坡之上,两旁修竹幽篁,越显得不是尘嚣俗境。到了馆门,车轮停止,文命等一一下车。寻觅九尾狐已不知所在,但有两个衣冠济楚之人从后面车上下来,上前招呼。文命细问他们姓名、履历,才知道一个是上大夫,一个是中大夫,是涂山侯差来招待的。他们两个又吩咐从人将行李搬进去,又邀文命等入内。文命细看那馆中的铺陈结构,朴而不俗,简而不陋,恰合自己的心意。未曾坐定,就问那上大夫道:"刚才一位白须老翁哪里去了?"上大夫道:"这是敝国君的远祖呢,大家都叫他老祖宗,时隐时现,神灵异常。这次忽然降谕于敝国君主,说道:'你有两女,都是非常人,我已代为物色到一个佳婿,就是现在圣天子叫他在那里治水的崇伯,你看如何?'敝国君道:'能得如此,还有何说。只恐圣朝大臣不肯俯就,怎样呢?'老祖宗道:'是天缘,我去说媒,不会不成功。'过了几日,又降谕道:'崇伯已经允许,你们赶快预备房屋,崇伯就要到此地来就亲呢。'敝国君答应了,就在此地建设房屋,陈设一切。今日清晨,又降谕道:'崇伯今日必到,派某人某人同去迎接招待。'某等听了,就随着他前来。到不多时,果见崇伯自天而下。此刻老祖宗想来又隐去了。"文命道:"贵国一切大政亦唯老祖宗之命是听么?"中大夫道:"小事不来管,大事他一定来降谕。从前敝国本在淮水中流,有一年老祖宗传谕,说必须搬到此地,后来果然淮水泛滥,旧地已仿佛陆沉了。"

二人正在谈时,真窥、横革等已将行李安顿妥帖,也来陪坐,与二大夫攀谈,渐渐说起这次姻事。文命主张媒妁不可无,六礼不可废,现在一礼尚未备,且先将媒妁定了。之交做了男媒,上大夫做了女妁,纳采、问名、纳吉、纳征、请期这五礼由媒妁与女宅商酌,但备礼节,勿尚繁文。对于时间一层,尤须节省,不可迟延。因为受命治水,责任甚重,请求女府原谅。当下之交与上大夫领了这番意旨,就同车向涂山侯宫中而去,中大夫亦告辞去了。

这里文命与国哀等便来布置房屋,预备迎亲及成婚之用。但见这所客馆,前面是五开间,兼有耳舍,后面一个大院子,再后面是七开间,后面又是一个大院子。五开间东首并列着一所房屋,亦是五开间,后面乃是一所花园。五开间西首并列着亦是五开间,后面隔着院子,乃是湢室、炊室之类。文命相度了一转,正中五开间当然是行礼的礼堂,后面七开间当然是洞房,东首五开间就请之交、竖亥等五人住下,西首五开间可以宴乐宾客。

正在分配的时候,猛见空中落下三个人,竖亥出于不意,不禁大叫起来。文命一看,原来是庚辰、黄魔、大翳。慌忙问道:"汝等何故来此?"庚辰道:"自崇伯动身之后,夫人便饬人来召某等三人前去。那时夫人正在昆仑山,某等就到昆仑山去谒见。夫人道:'淮水怪巫支祁父子四个神通颇大,不可轻敌,汝等须要小心。'说罢,赐我神霄宝剑一柄,叫我们协力除妖。王母又命侍女拿出一根小小铁链和一个小金铃,吩咐某道:'你和他交战之时,只需如此如此,就可成擒了。'又说道:'巫支祁虽然可恶,但亦是天意使然,况且他修炼几千年,才得有这种本领,亦是太可怜。汝等如果捉住他,应体上天好生之德,向崇伯陈情,不要处死他,但将此铁索锁住,镇压他在地下,使他从此不能为患,就是了。'夫人和王母说到此处,某等拿了物件正要拜辞,夫人又说道:'崇伯此刻在涂山就姻,已为巫支祁父子所注目。那边是他势力范围,深恐他暗中滋闹,汝等可前往保护。'某等遵奉夫人之命,所以寻来。"文命听了,刚要开言,黄魔、大翳二人忽从身畔取出无数珍宝,堆在席上,说道:"这是王母和夫人叫某二人拿来,送与崇伯作贺礼的。"文命听了,益发感激,就倒身向西方稽首致谢。那时天已渐黑,之交和上大夫两个媒妁回来了,报告文命道:"涂山侯之意,妇道从顺为主,崇伯如何吩咐,决定遵命,绝无异言。"于是商定,纳采与问名同在一日,纳吉与纳征同在一日,请期一日,亲迎一日。名为四日,却是接连下去,次日是戊日,再次日是己日,再次日是庚日,再次日是辛日,决定辛日成婚。竖亥是守旧的人,听到此处,颇觉怀疑,就问道:"婚姻大事,百年好合,应该选择一个吉日。现在如此草草,未免太不尊重夫妇之礼了,还是请教卜人选择为是。"文命道:"合婚择日,自是正理,但是天下事有经有权。我现在抛弃职务,偷得空闲来办此事,以愈速为愈妙,只能从权,不能守经了。况且我看天下的人夫妇合婚,哪一个不选吉日?但是结果,是否个个都能够同偕到老、相敬如宾?其间中道仳离,脱鞯反目的,正不知多多少少,照此说来,合婚择日亦未见靠得住。我现在处变从权,求吾心之所安,就所以合乎天理之正。日子即使不吉,亦可化而为吉,何必选择呢!"竖亥听了,无话可说。(几千年以来,江淮间的人合婚择日,总以辛壬癸甲四日为标准,这个例就是夏禹开的。)

那时涂山侯早已叫人馈粟馈肉,并叫他的庶官不时来伺候,礼意优渥之至。到得次日上午,之交和上大夫就到涂山侯处行纳采之礼,下午又去行问名之礼,才知道涂山侯的长女名叫娇,次女名叫攸。再过一日,上午行纳吉之礼,下午行纳征之礼。文命性不爱珍宝,素无储蓄,又在客边,正苦无以为聘,忽想到西王母及云华夫人的贺礼恰恰好用以为聘。于是取出来一看,无非是火齐、明珠、白璧之类,内中有一根犀角,光泽可爱,文命留下,打算将来制成一带,以纪念佩服西王母和云华夫人的恩德,其余统统作为聘礼,送到涂山侯处。如此仙家至宝,众人目所未见,真可谓丰厚之极了。

再过一日,之交与上大夫又到涂山侯处行请期之礼,真窥、横革、国哀、竖亥等则布置预备,忙碌之至。古人婚礼是在夜间的,这日酉刻以后,文命穿了吉服,驾了彩舆,亲自执御,由媒妁领导,径到涂山侯宫殿里来亲迎。前面一个彩亭,里面安着两只白雁,用人夫抬着,一同前行。到殿下车,媒妁先入内通报,从者将两雁取出,放在正殿上面。文命入内,早有相礼者上前指引。文命上殿,又赞礼。文命向上拜手稽首,行了一个至敬的大礼。少时,涂山两女打扮得花枝招展,由侍妾陪着,都出来了。文命上前,对她们每人深深作了一个大揖,转身出门,在彩舆边立着,等两新人上了车,一个在左,一个在右,然后自己才上舆,站在当中,揽起六辔,那四马十六只脚就嗒嗒运动,拖着彩舆径向新馆而去。随后,两个媒妁及送亲人等并赠嫁侍妾亦另上他车,陆续地都跟上去。一时车如流水,热闹之至。涂山人民久闻文命大名,都来瞻仰丰采,以为状貌必定如天神似的,哪知看到文命黧黑憔悴,大觉失望,都道:"这样一个人,有这样大的本领,真是人不可以貌相呢!"闲话不提。

且说文命亲迎二女,到得新馆,就行交拜合卺之礼。这时已是辛日的丑刻了,即时送入洞房,闭房就寝。外面真窥、横革、竖亥、国哀等吩咐肆筵设席,款待两媒妁及送亲人等,打算叫庚辰、黄魔、大翳三人亦来作陪,哪知遍寻不得。在此宾客盈庭之中,亦不能过于张皇,而心中殊觉疑讶。原来庚辰、黄魔、大翳三个,因为云华夫人有恐怕巫支祁暗中滋闹之言,一到涂山之后,就刻刻提防。今日是吉日之夜,尤恐他们蹿出来惊扰,所以一到天晚,戒备加严。文命去亲迎及转身,三人都在暗中跟着。到得送入洞房之后,三人就在洞房前后,每人拿着一面轩辕宝镜,不住地照耀梭巡。

到了寅初,果然瞥见西北角上飞出一个夜叉模样的妖精,直向洞房徐徐扑去。庚辰向黄魔、大翳道:"你们守在此地,不要走开,勿惊崇伯,我去拿他。"说着,手执大戟,迎上前去。那妖精看见庚辰到来,把兵器虚舞几舞,往后便退。庚辰赶过去,他退得愈快。庚辰不赶了,他又回来,向庚辰虚舞兵器。庚辰笑道:"这是调虎离山之计,我不来上你的当。"说罢,提了戟退转来。只见大翳又与一个妖魔交战,妖魔败下去,大翳却待要赶,庚辰忙止住道:"不可不可！这是他们调虎离山之计,要诱我们三个走开,他们好于中取事呢。"大翳恍然大悟,止住不赶。那妖魔听见庚辰说破了他的计策,也就退了回去。庚辰问大翳道:"黄魔哪里去了?"大翳道:"追妖精去了。"庚辰道:"他已中计,现在只有我们两个,万万不可再离开。"大翳极以为然。守到卯正,黄魔转来,口中骂道:"叵耐那妖魔可恶,用车轮战法来诱我,可是又都不经打,统给我杀散了。"大翳道:"你已中他的计,还要夸口呢。"黄魔一想不错,便叫道:"啊哟!我上当了。"庚辰道:"从此我们三个不可离开为是。"黄魔道:"我想他们日间或者不敢为患,等天明之后,我去叫童律他们一齐来,如何?"庚辰道:"亦是一法。"三人守在洞房之上,半空之中,但听得下面车马之声,原来上大夫及送亲人等宴罢之后纷纷归去了。等到天色已明,洞房门启,文命起身,庚辰等才落下来。

那时真窥等却都睡了,庚辰等亦不去惊动他们,仍在舍馆前后巡视。庚辰向黄魔道:"你说去叫童律等,此刻可去了。"黄魔道是,纵身空中,不到片刻,已到东原之地。那时伯益等正遵照文命的计划,在那里修治泗水。从陶邱地方将济水的一股决到泗水之中,再由泗水直通淮水。童律等亦正在帮助动工。看见黄魔到了,便问道:"夫人叫你们去做什么? 庚辰、大翳何以不来?"黄魔就将经过情形告诉一遍,并且说那边人手太少,所以来邀他们去,同心御侮。童律道:"那么我们就去。"说着,就和黄魔、乌木田、狂章、繇余一齐来见伯益,说明此事。伯益听说文命有急,当然允许。那七员地将听了,亦说要同去。黄魔道:"同去不妨,不过听说那妖魔是个地理精,地下的势力极大。我们从空而行,料无妨害,汝等走地下,切须小心。"

鸿濛氏等答应,于是分头向涂山而来。五员天将飞行得快,早会见庚辰、大翳,知道文命昨夜洞房花烛,对于外面妖魔的争战竟无闻知,就是黄魔离开北去,他也没有问起。因为涂山大小官员纷纷前来道贺,与真窥、横革等酬应招待,甚为忙迫之故。到了下午,又要去觐见妇翁,因此对于庚辰等的举动更无暇问起了。只有之交等因昨夜寻庚辰等不见,颇为疑讶,到了下午,文命出去后,又来寻找。只见七员天将都在外面窃窃私语,如有所议。横革忙问童律等道:"你们几个什么时候来的?"童律道:"刚才上午来的。"横革道:"好极!我们又添许多帮手了。"真窥问大翳道:"你们昨夜在何处?使我们遍寻不见。"大翳道:"我们没有走开,就在这房屋周围呢。"真窥道:"现成喜酒不来吃,在外面做什么?"黄魔笑道:"你们但知道吃喜酒忙,不知道昨夜的危险呢。"说着,就将昨夜情形说了一遍。之交听了,不禁吐舌道:"原来如此!我们真是一点不知道。"庚辰道:"你们千万不要告知崇伯,使他在燕尔新婚之中和崇伯夫人受一场惊吓,是不好的。"竖亥道:"那么妖魔今夜再来,怎么办呢?"庚辰道:"原是虑到此,所以连童律他们都叫了来,有我们七个保护,决无妨害。"

正说着,文命回来了,众人迎上去。文命看见童律等四人,便问道:"你们几时来的?来做什么?"童律道:"伯益等记念崇伯,叫某等来探听消息,兼带贺喜。"文命道:"有劳你们了,你们回去和伯益他们说,某嘉礼已成,不日就来复职治水,叫他们努力勿懈。他们现在都好么?"乌木田应道:"都好。"文命也不言语,就进去了。这日晚上,庚辰等仍旧守夜,那妖魔竟不来。次日夜间仍旧不来,但是各天将总是彻夜地防守。到得第三日,涂山侯君臣又设席为文命作馈,文命夫妇都赴宴会去了。七员天将无事,到各处闲游,但见远山之顶有人行走。繇余定睛一看,像是乌涂氏、陶臣氏,就指点给狂章看,知道果然是他们两个,便忙招呼他们过来,问道:"你们何以此刻才来?还有五个呢?"陶臣氏气吁吁地说道:"不得了,不得了!统被妖魔捉去了。"众人大惊,忙问怎样会被捉去的。乌涂氏道:"我们来时,经过淮水之底,不料走到一所宫殿,殿门口有好许多小妖在那里把守。我们欺侮他无用,就盘问他,此地是何人所居,才知道就是水怪巫支祁第二个儿子的窟穴。我们又问他巫支祁第二子在哪里呢,小妖说,昨日已到涂山国去捉一个什么人去了。那时我们七个人商量,到涂山去捉人,一定是不利于崇伯,可恶之极!我们先将这个巢穴毁去吧。商量定了,每人一下,先将守门的小鬼统统打死,然后打进他的殿去。哪知道早有逃走的小妖去讨救兵来了。我们既然走在里面,他就将宫殿团团围住。我们知道之后,欲待退出,已无退路,向上蹿既不能,向下钻又不入,只能七个人聚在一起和他们死拼。为首一个钩嘴乌面的先锋恰给我们并力杀败,哪知后来又走进一个大怪来,身躯伟大,牙长尺余,露于口外,环眼金睛,大家都叫他三太子。这个怪实在可怕,力敌我们七个,一无惧色。但是我们早已疲乏了,又在他的窝巢里面,地理既不及他熟,人手又不及他多,不知如何,卢氏就扑地倒了,给妖兵活捉过去。我们心中一慌,正要想救,哪知犁娄氏、兜氏又陆续倒了,也给他们捉去。我们这时知道进退俱死,除死命冲出之外,别无他法,四个一哄都向外面逃。怎禁得他们人多,鸿濛氏、章商氏奋勇当先,杀死的小妖虽不少,哪知下面埋有绊索,都跌倒了。众妖等忙去擒捉,我们两个乘势一挤,事有凑巧,竟被我们逃出。他们五个生死如何,不得而知,总要请崇伯及诸位赶快设法救援才是。"庚辰道:"崇伯新婚,一时还不可以去烦渎他,且过几日再说吧。我想这五个人决无性命之忧。"一面说,又和大家商量救援之法,一时实在无从想起,只得缓缓而归。

此时文命夫妇早已宴罢归来,真窥、横革等正在纷纷收拾行李,说道:"明日就要动身了。"黄魔忙问道:"是夫妇同去呢,还是崇伯独去呢？"真窥道："崇伯一人独去。"黄魔听了，就和庚辰等商量说："崇伯有我们保护，可以无妨。崇伯夫人留在此间，万一妖魔来侵犯，将如之何？我看，只好将那夜的情形和崇伯说明，请他将夫人一同带去，岂不省事！"众人都说不错。庚辰道："崇伯不将夫人带去，必有道理，我们且看今夜如何，明日再说吧。"哪知到了夜间，妖魔果然又来。这次却不诱敌了，当头两个大妖身躯都甚魁伟，面貌如何，因在黑夜看不清楚。一个提着狼牙棒，一个舞着大砍刀，领了几十个小妖，半云半雾而来。庚辰忙向童律等道："我和黄魔前去迎敌，你们谨守着此地，无论如何不要离开。"童律等答应。

庚辰、黄魔前去迎战，哪知两个妖魔强悍非凡，斗到半个时辰，方才败阵而逃。跟来的小妖，有两个想乘机来攻文命洞房，都被狂章、乌木田等打落，坠在院落之中。那时天已将明，文命已起身，正在与二位夫人喁喁话别，忽听得屋上轰然一声，栋瓦俱震，直滚到院子里去，接着又是一声，也是如此。急忙开门出来看视，只见地下躺着两个尸身，不禁大骇。那时大翳亦下来了，看见文命，就问道："崇伯吃惊么？"文命问起缘由，大翳便将连夜情形述了一遍。这时天色已明，妖魔都已退去，庚辰等亦都下来，就是住在前面的真窥等亦都闻声而起，出来看了。黄魔趁此劝文命与新夫人同行，免得留在此间受妖魔惊吓。文命道："承汝等如此维护关爱，感激之至。不过挈眷同行，于理不可。我奉命治水，师旅之中岂可以家室自随？且再议吧。"当下叫真窥等将妖尸抬去埋葬，自回室内盥洗。

女娇、女攸两位夫人看见妖尸如此之凶恶，又听见这番情形，非常惊恐，但并不露于颜色。文命进来，就向她们说道："我带你们同去，于理不可；不带你们同去，于心不安；这事倒很费踌躇。"

女娇道："崇伯切勿以妾等为虑,妾听见古人说,'死生有命,富贵在天'。妾等如果应死于妖魔之手,虽同行亦必不得免,徒多累赘而已。倘命中不应死于妖魔之手,那么在此何妨。但愿崇伯一路平安,殄灭妖邪,早成大功而已。"文命新婚三日,即欲出门,起初亦深恐二位夫人有点难堪,哪知后来一谈,她们并不阻拦,且多通达之语,颇为心慰;这次遇到危险,仍旧是慷慨磊落,一无妇女惊怯之态,尤为钦服,就说道:"二位夫人见解极是,某去之前,当往谒外舅辞行,顺便请多饬兵士前来保护,想亦可无患了。"

早餐之后,文命吩咐真窥等将行李整理好,等到涂山侯处辞行回来就要动身。哪知这时外面人声、车声喧嚷之至,原来涂山侯闻知文命昨夜遇妖,所以急急来慰问,兼且送行。文命接见之后,就以去后保护二位夫人之事相商。涂山侯道:"那么请崇伯稍待,我回去请问老祖宗来,就可以解决。老祖宗道术高深,遇事能前知,如若他说应同去,自以请崇伯将二小女带去为是;倘若可留,则决无妨害。"说罢,匆匆而去。下午又来,向文命道:"老祖宗降谕,说可以无须同去。二小女在此,他能保护,妖魔决不敢来。"文命听了大喜,谢了涂山侯,但是时候已迟,不能动身,只能再住一宵。到得次日早晨,先到涂山侯处辞行,随即率众人上道。涂山侯暨百官百姓送的人甚多。计算文命自结婚至动身,中间仅仅辛壬癸甲四日是完全的,可谓急公之至,但是女攸却已怀有身孕了。

第一百〇六回

牛渚燃犀　禹三过桐柏山,风雷震惊

禹召万神共战巫支祁　伯益受伤

奔云伏诛　全州兵书峡

且说文命结婚后,离去涂山,到得江边,只见波涛滚滚,势甚凶险,万万不能过去。文命大怒道:"这又是妖魔在那里作怪,可恶之至!"忽然想起,犀角烧起来可以照见水怪,古人曾经有在此烧过的。我现在有西王母所赐之犀角在此,何妨一试呢。想罢,取出犀角,叫人点起来,向江中一照,直照到水底,比较赤碧二珪所照还要清楚,想来这个犀角来自瑶池,的系仙物,与寻常之犀角不同。果然见水中都是一批虾怪、鱼精、鼋魅在那里推波助浪,被犀光一照,个个现出原形,站立不住,纷纷向下流逃去,所有波涛顿时平静。文命忙叫众人一齐上船,向西对渡,又防恐妖魔再来,仍将犀角燃着。凑巧风顺,一帆高挂,顷刻已达彼岸。

正在搬运行李之时,忽然一阵狂风,波涛壁立,将几只船直涌到岸上。之交、国哀等个个倾跌,压在船底,各受重伤。文命幸立在远处,未遭波及。七员天将腾起空中,乌涂、陶臣二氏卷入水际。在这一刹那的时候,江心中已跳出无数妖魔,当头两个大妖状貌凶恶,形若猕猴,似人非人,一个手持狼牙棒,一个手持大砍刀,高声大叫:"文命小子! 这番与你见个输赢,你休想逃。"说着,指挥群妖团团围上来。庚辰等在空中看见,飞身下来迎敌,仔细一看,就是前夜来的那个,今朝白昼出现了。于是庚辰、黄魔保护文命,杀戮小妖,狂章、乌木田上前迎敌。斗到数十合,两妖气力不加,要想往江心逃去,哪知繇余、大騩二人已抄到后面,喝声:"哪里去!"两妖措手不及,被四人生擒过来。另有几个钻入水中的小妖,亦被乌涂、陶臣二氏个个活捉,解到文命面前。

　　文命大喜,忙叫庚辰等将船搬开,救出之交、国哀等,用药医治,扶到远处休养,然后再审问群妖。那执狼牙棒的自称为巫支祁的大太子,持大砍刀的自称为巫支祁的二太子。原来巫支祁独霸淮水流域数十年,已自称为淮水之君了,所以他的儿子都称太子。文命问他:"为什么荼毒生灵?又为什么屡次前来害我?"两妖都推在他父亲巫支祁和他兄弟奔云身上,说是他们指使的。文命又问巫支祁和奔云此刻在哪里。大妖道:"此刻都在桐柏山。因为料崇伯归去,第一必越过长江,第二必经过桐柏山,叫我们先来截住长江,假使截不住,再截住桐柏山,所以他们此刻都到那边布置去了。"文命道:"汝等巢穴都在桐柏山么?"二妖道:"不然,我们住宅以水为宜,所以都在水中。我父亲的宫殿在淮水下流龟山脚下(现在洪泽湖中),最为近海。我兄弟奔云的宫殿在淮水中流,涂山脚下(现在安徽怀远县东)。我的宫殿在大别山(现在安徽霍邱县西)脚下。我兄大太子的宫殿在光山脚下(现在河南光山县北)。桐柏山虽是淮水发源之地,但是水量甚小,不足以容回旋。我们虽则亦有兵士派守,可是不常去住的。"文命道:"我上回两次经过桐柏山,都受妖魔欺侮,是汝等么?"大妖道:"不是,大约是我们的守兵。他们看见了相貌奇异或身怀异宝的人,要想欺凌篡夺,这是我们不知道的。"文命喝道:"那么汝等现在为什么屡次来谋害我呢?"二妖道:"霍山、潜山之神那日用龙送崇伯过江,这是大家知道的。我父亲知道崇伯听了霍山、潜山两神的话,结婚之后必来和我们为难,所以不得不先下手,这是真情。后来崇伯又私下派人闯进我兄弟奔云的宫殿,打死我们无数士兵,知道崇伯已有与我们不两立的决心,因此非弄死崇伯我们不能自安,这亦是实情,请求原谅。"文命道:"我手下有五个人被你们捉住,弄死了没有?"大妖道:"没有弄死,都囚在那里。"文命道:"我不信,你们这班妖魔,岂有捉到人不弄死之理?"大妖道:"的确没有弄死,我父亲说,须等捉到你之后,一同处死。"

黄魔听到这句,勃然大怒,拔出宝剑,就要砍去。文命连忙止住,一面向两妖道:"汝等要死要活?"两妖齐道:"要活,不要死。"文命道:"那么我放汝等回去,好么?"两妖听了,喜出望外,都道好好。文命道:"我放汝等,不是白白放的,须要将我们被捉去的五个人拿来交换,汝等肯么?"两妖连连道:"肯,肯,你如果放我们回去,我们立刻将五个人送来。"文命道:"靠不住,靠不住,我放你们回去,你们不放五个人回来,我怎么奈何了你们?现在我先放几个小妖回去,你们可吩咐他们去通知你父、你弟,叫他们赶快将五人放回来,那么我也立刻放你们回去,你看如何?"两妖道:"五个人放了转来,你不放我们去,怎样呢?"文命正色道:"我是个人,人的话就是信,你疑心我不信,你当我不是人么?"两妖无奈,只得答应,便回头和那些被捉住的小妖叽叽咕咕不知道说了多少妖话,大家都不懂得。说完之后,就向文命说:"我已叫他们回去和我父我弟说,放了五个人出来,我们才有命,想来一定放转来的。"文命听了,就吩咐将那些被捉的小妖都放了。那些小妖欢天喜地,纷纷入水而去。

过了一日,果见前日放去的那些小妖扶着鸿濛氏、章商氏、兜氏、卢氏、犁娄氏五人出水而来。众人大喜,纷纷上前向五人询问。

哪知五人都垂头丧气,面目黑瘦之至,气息亦非常低微。问了长久,只听得犁娄氏说了一句:"饿坏了。"乌涂氏听了,赶快叫人去预备食物。忽听那边捆缚着的大妖、二妖齐声连连大叫道:"他们五个已送到,可以放我们了。"文命等正在围询五人,未曾回答。那两妖又大叫道:"人说的话,如此无信么?如此无信,是个人么?"文命听不过,就叫真窥、横革等将两妖绳索解去。哪知一解之后,两妖就急急向江边逃窜,接着,这垂头丧气的鸿濛氏、章商氏、兜氏、卢氏、犁娄氏五个和那些小妖亦跟着向江边逃窜。庚辰心细,繇余手快,乌木田站得近,急忙将鸿濛氏、兜氏、犁娄氏抓住,其余早入波心,浪花四溅,无影无踪。众人细看,那抓住的三个何尝是鸿濛氏、兜氏、犁娄氏三个,原来都是妖魅幻形欺骗。文命知道上了当,不禁大怒,吩咐将三妖都斩去。

于是,文命就率同大众沿淮水而上,搜寻他们的巢穴。一面吩咐天将道:"据大、二两妖说,老妖、三妖在桐柏山等我们,我们须要小心。"天将等答应。看看行抵桐柏山,忽然惊风四起,迅雷乱鸣,天气陡然昏晦。文命大怒,作起法来,大喝一声:"雷神、风神何在?"只见空中雷神丰隆和风神翼二连续而至,向文命行礼。文命责让他们道:"尊神职司风雷,应该助顺除逆,扶正黜邪,何得帮同妖魔阻我去路?"雷神、风神齐声道:"这非某等之过,那妖魔具有广大神通。"

刚说到此句,后面的妖魔已漫山遍野而来。当头一个,人身虎面,牙长一尺,身长二丈,手执长枪,驾着一道乌云,如电一般飞来,大叫:"文命小儿!快快授首,吾乃三太子奔云是也。"说着,举枪直刺文命。黄魔、繇余看了,不敢怠慢,一齐赶出,双锤一剑,将他的枪挡住,就交战起来。旁边又有两个大妖从左翼攻到,一个就是巫支祁的大太子,一个浑身黄色,钩鼻圆眼,其状甚怪,名叫鸱脾,是巫支祁的左先锋。乌木田、童律慌忙上前迎住。又有两个大妖从右翼攻来,一个就是巫支祁的二太子,一个方面大目,喉结垂得很长,其状甚武,名叫桓胡,是巫支祁的右先锋。狂章、大翳慌忙上前迎住。其余大小妖魔约以千计,群向文命攻来。庚辰及乌涂氏、陶臣氏只得保护着文命及真窥、横革等,随时拦阻驱逐,不敢远离。这时风雷愈大,天色亦愈晦,风神、雷神至此亦无法可施。文命怒极了,再作起法来,凡云华夫人赠他那部宝箓上所可以召请之神,此地战场适宜的,随口乱叫。霎时间桐柏山神首先率领千名神兵前来援助,随后潜山、霍山两储君带了三万灵官亦匆匆赶到,又有中岳嵩山之神寿逸群和他的佐命少室、武当(现在湖北均县镇)两神,带了仙官玉女三万人亦到,其余神灵到的亦不少。这时中路和左右二翼正在酣战,二太子敌不过狂章,首先后退,桓胡也只好退了。右翼既败,左翼动摇,大太子及鸱脾亦只好后退。

独有中路三太子奔云煞是骁勇,一杆枪抵住了黄魔的锤和繇余的剑,死斗不休。庚辰看了,大吼一声,叫黄魔等退保文命,自己提了大戟,直前接战。奔云见换了生力军,不能支持,亦只好后退。不料庚辰的戟逼得太紧,奔云不得已,驾起乌云向东而逃。庚辰哪肯饶他,紧紧穷追,追到淮水中流,奔云刚要入水,只见水中蹿出一条长龙,生有两翼,看见奔云,便张牙舞爪,拦住他的去路。庚辰一看,原来是应龙,不禁大喜,连叫"好,好"。奔云既被应龙拦住,不得入水,后面庚辰的戟又要刺过来,不得已,只能向东北而逃。庚辰仍是紧追,倏忽之间,那奔云不见了。庚辰大疑,低头一看,但见下面都是森林,料想他躲在山泽之中。正要设法去寻找,忽见东方旗旌飘动,人声喧阗,原来此地已是孟诸相近,伯益等正带了兵士来此工作。庚辰大喜,就降下来与伯益商酌,要想派遣兵士将山泽围住,以便搜捕。伯益想了一想,说道:"他是妖,我们是人,即使包围,亦恐怕制他不住。我想请你仍旧站在空中,四面观察,防他逸去。我另有方法可以赶他出来。"庚辰依言,升到空中眺望。

　　这里伯益就吩咐部下,每人各取干柴一束,将森林四面放起火来。这放火本来是伯益的专门长技,所以嗟咄立办。不到一时,四面已是火光熊熊。那时奔云躲在山泽之中,休息多时,肚里忽觉饥饿,适值有一虎一豹经过,奔云就随手提来,啗以充饥。刚要吃完,忽见周围火光四起,哔剥之声不绝,那森林已统统烧着了。奔云大惊,向东一望,只见一个幼年的童子督着无数兵士在那里纵火。奔云不禁大怒,说道:"这个小小孩子,亦来欺侮我,可恶极了,吃掉他吧。"说着,绰起长枪,冒烟突火,穿出林来,径奔伯益,张开大口,要想将伯益生吞下去。伯益这时命不该绝,如有神助,忽然倒退几步,那指挥兵士的右手尚翘起在空中,恰恰伸在奔云嘴里。奔云牙齿刚要嚼时,但觉背上奇痛,急忙舍了伯益,回头一看,原来庚辰已从天而下,一戟刺来,已透奔云背部。奔云出于不意,大吓一惊,兼受重伤,不能应战,急忙驾起乌云向南而逃,庚辰又紧紧赶去。这里伯益之指已被咬伤,幸未啗断,自有苍舒、陨敳等赶快为之敷药医治,不提。

　　且说庚辰追逐奔云,看看又近淮水了,只见那条应龙却像知道似的,又在那里守候拦阻,不令入水。奔云无法,只得再向南逃。庚辰一想,前面已是大江了,恐怕他逃入水中,不易捕捉,急忙取出云华夫人所赐的神霄剑向空挥去,那剑光如长虹一道,夭矫飞去,恰好将奔云截为两段,尸首并落江中。庚辰见奔云已死,急忙收了神霄剑,要想回到桐柏山再来助战。哪知到淮水边又遇见应龙,庚辰忽想起一事,向应龙道:"拦住妖魔不使他入水,你的功劳甚大。现在妖魔已伏诛了,还有我们的鸿濛氏、章商氏、兜氏、卢氏、犁娄氏五个被妖魔捉住,困在水中,生死未卜,你能够去探听援救么?"

那应龙听说,将头一点,径自入水而去。庚辰亦就回桐柏山而来。

且说文命见庚辰追逐奔云而去,便吩咐黄魔等道:"你们须努力上前杀贼,不可为我的缘故耽误时间。现在各山各神都正在鏖战,你们是我亲信之人,岂可反落在后么?"黄魔等听了,只得离开文命,俱各上前。那时潜、霍二山储君手下的三万灵官,中岳嵩山寿逸群手下的三万仙官玉女,以及桐柏山神手下的千君等包围群妖,搏战多时,妖魔渐渐不支,要想逃窜。怎奈各处神兵都已布满,正要想斩草除根,忽然数万神兵纷纷倒退,困在核心的妖魔一齐突围而出,反并力向前。文命看了正在诧异,哪知是巫支祁自己到了。

大家看那巫支祁相貌生得形若猿猴,缩鼻高额,青躯白首,金目雪牙,真是奇妖。但见他左右跳跃,搏击之处,个个受伤,腾踔所到,人人躲避,几万神兵直不禁得他一打,倏忽之间,已奔到文命面前,伸手来攫。童律等见了,急急地用兵器拦阻。忽然有人将文命向后一拖,文命回头一看,那人服黄素之袍,戴黄玉太乙之冠,佩神宗阳和之印,原来是中岳嵩山之神寿逸群。寿逸群也不言语,拖了文命向后就走,走到一条小黄龙身边,扶了文命跨上龙背,寿逸群自己也跨上了。那黄龙腾空而起,停在空中,寿逸群才向文命道:"巫支祁厉害得很,下面不是乐土,还是空中稳当。"文命此时心忙极了,一面向寿逸群称谢,一面向下方观看。只见童律的枪已在巫支祁手中,童律却从地上跳起,想来已给巫支祁杀败了。这时大翳、繇余、狂章、黄魔正在四面拦杀群妖,乌木田拿着双铜正与巫支祁支持,不到几合,巫支祁撇了童律的枪,又抓住乌木田的铜。乌木田吃不住,亦只得弃铜而逃。这里黄魔、大翳等见了,四个一齐上前,拼命来敌。巫支祁看见文命已在空中,舍了四将,腾起空中,来捉文命。看看就要接近,寿逸群急将所佩的神宗阳和之印向他一挥,巫支祁不觉倒退几步,忽而又欲上前。寿逸群举起印,高声和他说道:"巫支祁!你的孽子奔云已被诛夷,你尚在此做什么?"巫支祁听了,向东南凝望一会,忽然哭道:"我的儿!你死得好苦,待我葬了你之后,再来杀尽这批人,为你复仇吧。"说着,降下地面,丢了乌木田的铜,发一声长啸,督率着大班妖魔恨恨而去,倏然不见,风雷顿止,天色也复清明。

黄魔等知道他厉害,亦不敢追赶。童律、乌木田各自寻着他的军器。这时文命和寿逸群已自空中降下,与潜、霍储君、桐柏山神、雷师、风神等聚在一处,计点灵官、仙官、玉女等,受伤的不少,幸喜都是仙体,并无性命之忧。文命叹道:"巫支祁如此猖獗,如何是好?"寿逸群笑道:"不妨事,等庚辰来,事就可结束。"过了一会,庚辰已从天而下,向文命报告诛戮奔云之事,并问刚才争战情形。文命便将巫支祁的厉害说了一遍。庚辰道:"既然如此,且待明日某去会他。"哪知等到次日,巫支祁竟不出来。大众正在诧异,忽见鸿濛氏、章商氏、兜氏、卢氏、犁娄氏五个囚服缧绁而至。庚辰防恐又是妖魔所假托,吩咐黄魔等小心提防。乌涂、陶臣两氏知道是真的,慌忙来给他们解去缧绁,脱去囚服。文命问他们被擒后情形,鸿濛氏道:"当初被擒时,小妖三太子一定要将某等杀死,倒是老妖巫支祁说且暂囚着,等擒到崇伯之后一同处死,因此就将某等囚在他宫殿的后面。起初颇受虐待,后来老妖、小妖都走完了,剩了几个人在那里看守。某等正想设法逃脱,苦于缧绁一端紧系在石栏之外,摆脱不去,恰好应龙跑来,用爪扯断了缧绁,某等才得逃出石栏之外。刚要恳应龙将我们手上的缧绁一并扯去,以复自由,不料外边宫殿里忽闻有哭泣之声甚厉,接着妖声嘈杂。某等深恐再遭他们的毒手,只得戴着缧绁潜踪逃来。"文命看他被囚日久,困顿憔悴,难得逃出妖窟,遂大大慰奖一番,叫他们自去休息,不提。

且说巫支祁率领群妖回去,便叫了大太子、二太子及鸥脾、桓胡过来,切实责备他们道:"你们不应临阵先逃,挫动锐气,以致三太子孤立无援,被他们杀害,岂不可惨!"桓胡道:"大王不要误听了么!"巫支祁道:"刚才我在阵上听了中岳神寿逸群之言,朝东一望,果见三太子的阴魂来通知我,说道已被庚辰惨杀,抛尸江中。所以这事千真万真,你们还不给我赶快去寻他的尸首回来!"大太子等听了这话,个个惊慌,赶快分头去寻。过了一会,果然将奔云尸首寻回。巫支祁看了,放声大哭,叹道:"完了,完了!我三子之中,唯他最有用,如今他既被害,剩了你们这一班无用之物,靠我一个怎能支持呢!"说罢,又哭了一会,叫鸥脾、桓胡过来吩咐道:"你们两个快给我到前面二十里外水底里将埋着的几条阴沉木取来。"两妖受命,带了许多小妖而去。过了多时,将阴沉木抬到。原来那阴沉木乃洪荒以前之木,经过劫灰,可以历万古而不坏,极是难得的东西。巫支祁就叫小妖赶快作成棺木,将奔云尸首盛殓,并打算给他立刻埋葬。左思右想,竟无完善之地,隔了许久,才说道:"有了。"叫过大太子来,吩咐道:"你给我从大江沿云梦大泽到湘水,向湘水神恳求,说我第三子的棺木要葬在湘水的上流,请他招呼,并求保护。那湘水神和我很有交情,和你兄弟奔云亦颇要好,一定答应。你快去快来。"大太子等听了,非常疑惑,便问道:"兄弟安葬就在此地好了,何必到万里之外去呢。"巫支祁拍案大骂道:"你们还在这里做梦呢!我久闻文命这个人非常了得,将来势必与我为难,所以我想趁他结婚的时候出其不意结果了他。起先我就要派奔云去,都是你们两个自告奋勇,说一定能够弄死他的,哪知终究不成功,跑了回来。现在他已立意与我为难了,他手下又有许多天将,各种神灵都帮助他,你们以为还打得他过么?我的本领虽大,但是孤掌难鸣,独木难支,性命如何,殊属难说。你们死了,能否有葬身之地还不知道呢。我要将奔云葬到那边去,就是不愿他葬在仇人的地界以内。万里之遥,仇人的势力万万不能到,奔云的阴灵可以稍稍安慰一点,这种道理你们还没有知道呢。"说罢,又叹息不已。大太子等听了,个个无言,只得如飞地往湘水而去。

　　过了一日,回来报告,说湘水神已经答应,而且指出一块地方,甚为合宜。巫支祁听了无语,就吩咐大太子等,作速将奔云棺木送去安葬。太子等领命,搬柩而去。那奔云棺木就葬在现在广西全州县一个峡上,这个峡名叫兵书峡,相传诸葛亮藏兵书之处,远望过去,绝壁上有一个大匣,似木非木,其上无盖。据《涌幢小品》所载,说明朝嘉靖皇帝听说这匣中所藏的是诸葛亮的兵书,所以叫南昌姜御史去取。姜御史募了健卒,驾起云梯,爬上去取,才知道并不是匣,是一口棺木,厚约一尺余,其色黄黑,上面有盖。打开一看,原来并不是兵书,是一副骸骨,那头颅大如车轮,有两个牙齿,长到一尺余,锋利如刃。就拿了它下来,将这情形奏明嘉靖皇帝。嘉靖皇帝遍问在朝之臣,都考不出是何朝何代何人的棺木尸骸,就吩咐将那尸骸埋于山侧,从此了事。哪知这日夜间姜御史做其一梦,梦见一个虎头的人,长约丈余,撞门而入,瞪着两眼,气冲冲地向着姜御史,自称是水神巫支祁的第三子奔云,并将当日如何与夏禹王打仗战败,葬在此地的情形说了一遍,并且说将来劫满之后,还想下世报仇等语。于是这个兵书峡的真相方才大白。现在广西全州县那个棺木依然尚在,不过中间已空,棺盖亦没有了。

第一百〇七回

庚辰锁巫支祁　禹过门不入

淮水治平　禹凿轘辕化为熊

女攸化石,石破而生启

　　且说巫支祁退去之后,文命与众天神地祇等商议,料他必来。哪知等了三日,竟不见来。文命心疑,寿逸群笑道:"他正在那里办丧事呢,丧事办好,一定来决战。"地将等听了,就想趁此去攻他的水府。文命道:"这个不可,礼不伐丧,且等他吧。"又过了两日,巫支祁果然带了他的大太子、二太子、先锋鸱脾、桓胡以及数千木魅、水灵、山妖、石怪之类,尽锐而来。文命这边亦早已商量妥帖,整队以待。先由雷师、风神竭力设法,消灭他的风雷,所以这次雷也不作,风也不飘。巫支祁部下因此已经心慌胆怯。再叫庚辰抵敌巫支祁,童律抵敌大太子,狂章抵敌鸱脾,繇余抵敌二太子,乌木田抵敌桓胡,黄魔、大翳、乌涂氏、陶臣氏往来援助接应。鸿濛氏等五人体力虽未复原,亦勉强出来掠阵。其余山神、储君带了灵官、仙官之类,则尽量地斩除妖魅。这场大战可谓空前而绝后,战了多时,繇余大喊一声,一剑起处,已将二太子斩讫,飞身转来帮助乌木田夹攻桓胡。桓胡心慌,被乌木田一铜,亦斩倒在地,一命呜呼。那边大太子敌不过童律,转身想逃,童律一枪刺中背心,亦结果了性命。只有鸱脾煞是耐战,黄魔从刺斜里一锤飞去,鸱脾出于不意,急忙招架,不觉心乱手疏,亦被狂章砍死。

巫支祁看见二子尽亡,先锋都死,手下小卒又被灵官、仙官等杀得尸横遍野,东窜西逃,不禁悲愤极了,狂吼一声,跳浪奋掷,左冲右突,庚辰那支大戟几乎有点拦架不住。恰好黄魔等六将一齐上前围攻,庚辰便趁此机会跳起空中,将西王母所赐的铁索取出,自己拿了一端,将另一端向下抛去,只见那铁索愈引愈长,环成一个圈子,已将巫支祁的头颈套住。巫支祁出于不意,伸手来除,哪知愈除愈紧,几乎将头颈都要切断,只好不除了;又用手扯那铁索,亦哪里扯得断;猛见庚辰持索站在上面,才知道是庚辰做的把戏,奋身跃起,想和庚辰来拼命。庚辰早将西王母所赐的金铃拿在手中,看他将近,将金铃向他脸上一掷,早将他的鼻子穿住,摇动起来,铃声不绝。巫支祁愤极了,用手来除,无论如何也除不了。庚辰是天将,能直上天空,巫支祁是水神,虽亦能腾云驾雾,然而高度有限。庚辰知道巫支祁野心不易驯服,牵着铁索故意将身不住地上耸。起初巫支祁还不在意,跟着上升,后来却吃不住了,仿佛悬空挂着,困苦万分,只得高叫"饶命"。庚辰便问:"从此以后降伏了么?再敢为患么?"巫支祁连声道:"降伏了,降伏了,不敢为患了。"庚辰降下,向他一看,只见他的头颈已伸长至百尺左右,然而不死亦不断,才知道他真是奇妖。那时山上小妖已荡尽了,庚辰就牵了巫支祁来见文命。文命问他说话,他极其明白,应对亦极灵敏;问他江水、淮水之深浅,以及原隰之远近,他都说得详详细细。文命吩咐庚辰,且将铁索牵住,看守着他,一面先向各神致谢。各神都告辞,纷纷而去。然后再牵过巫支祁来问道:"我照你的方法平治淮水,淮水能够平治么?"巫支祁道:"必能治平。"文命道:"如能治平,赦你一死;倘使不能,你休想活。"说罢,就带了众人,牵了巫支祁,由桐柏山顺着淮水而下,一面叫狂章到东原去通报伯益等,叫他们坐了船在淮水下流会齐。狂章去了。

这里文命等亦一路下去,到得大别山,向东一望,极目全是洪水。文命向巫支祁说道:"这个全是你作的孽,你的巢穴在哪里呢?"巫支祁道:"在海口相近处一座龟山脚下。此处山下是我二小儿的住宅,过去涂山脚下是我三小儿的住宅。这条淮水就是这三处最为扼要,假使将这三处治好,淮水已经平治了。"文命道:"这三处怎样的扼要呢?"巫支祁道:"此地以南,夹于大别山和霍山两个山脉之中,地势南高北下,水潦的时候容易泛滥,而此地地下的土质又非常之松疏(现在安徽霍邱县东西两湖即是陷落所成),容易陷落,再向东去,则山脉横亘,水流不畅,所以是个扼要之处。再过去到涂山脚下,则高山巍巍,挡住淮水的正路,使它绕道向南或向北,盘旋曲折,容易激起水的怒性,就是水患之源,所以亦是个扼要之处。至于龟山那方面更厉害了,东临大海,潮汐日夕震荡,地质尤疏松异常,北面从泰山山脉上滚下来的沂水、泗水等迅急异常,西北一带更是平原莽莽,嵩山以南、熊耳、外方以东的水统统都倾注过来,如不修治,恐怕不久亦要陷成泽国(后来果然陷成洪泽湖),所以亦是个扼要之地。"文命道:"那么依你的意见,怎样治法呢?"巫支祁道:"我是水神,当然利用水势的盛大。如为你们人类计,自然以'疏凿'二字为最要,崇伯早已做惯的,何必再问呢。"文命听了巫支祁的话,又往各处细细将地势考察一会,觉得他所说一点不错。适值伯益等大众人夫亦来会集了,那时伯益指伤早已痊愈,与文命各诉说别后之事。

一日,到了龟山,文命看这地势,上倚绝壁,下有重渊,遂问巫支祁道:"这下面是你的巢穴么?"巫支祁答应道是。文命道:"你作恶多年,害人不少,本应该明正典刑。姑念你陈说水利尚无欺骗,西王母又代你说情,我就饶恕你吧,仍旧放你在旧时的巢穴里居住。你以后务须革面洗心,潜修静养,勿再荼毒生灵,你知道么?"巫支祁道:"极感盛德,我以后决不敢再为恶了。但是我颈上系着一根长大铁索,鼻上又穿着一个金铃,殊属累赘难看,请你法外施仁,给我除了吧。"文命道:"这个不能,你野心未死,解除之后难保不再为祸患,反要送了性命,不如任它系着,倒可以保全你。你如果真能改过,住在水府,几千年之后自有放你的人,此刻却万万做不到。"说罢,就叫鸿濛氏、章商氏、兜氏、卢氏四个拿了铁索,牵了巫支祁,到他的水府里将他监禁。铁索的上端,在龟山脚下凿一个大穴,用铁锁锁住,又用符箓镇压了,使他不能逃逸。但是铁索甚长,巫支祁在水底附近仍可以自由来往。后来几千年之后,到唐朝时候,楚州有个渔人在淮水中钓鱼,忽然钓得一条铁索,其长无穷,不觉诧异,就去告诉当地的刺史。那刺史姓李,名阳,听说此事,急忙召集人夫来挽这铁索,到得铁索挽尽,忽然跳出一只青色猕猴。大家正在惊骇,那青猕猴带着铁索仍复跳入水中。后来到得明末清初的时候,那只猕猴和铁索还在,往往有人看见。到得后来洪泽湖沦陷,大家亦看见这猕猴出来。乡人不知道巫支祁的故事,纷纷传说,以为是齐天大圣,未免太好笑了。闲话不提。

且说文命既将巫支祁锁住之后,随即决定导淮大方针。第一步,是疏浚淮水下流,深广丈尺定了标准,就叫众人合力动工。治好之后,再作第二步,就是开凿涂山与北面的荆山。两山本来相连,现在凿它开来,将淮水从两山之间流过。这个工程最为艰巨,龙门、伊阙之外,要算第三大工程了。第三步,就是开凿硖石山(现在安徽寿县西北二十五里),使淮水亦从两山之间流过,这段工程亦不小。第四步,治理支流。支流中工程最大的亦有三处:一处在霍山西北,那边山势嶙峋,水流奔湍,非加疏凿不可。(现在安徽霍山县西三十里,有乌龟峡,其水自县西八十里万人愁山东流经此,又东十里入黑石渡,相传是禹所凿。)一处是泗水、沂水等,从泰山上注下来,杂以济水的分支和菏泽、孟诸等的浸灌,其工亦费事。一处是从阳城、太室、熊耳、方城等山来的水,虽少开凿之工,但是地方广大,疏浚亦殊费事。文命这番计划是因听了巫支祁的话,再去考察过,然后定的。结果治法与巫支祁的话大致相同,可见巫支祁于淮水利害非常熟悉,真可算淮水之神了,闲话不提。

且说文命决定了计划之后,分派苍舒、隤敳等到各处工作,自己则到处往来,监督巡视,足足有七个多月方才竣事。他在巡视泗水、沂水的时候,乘便又考察濒海一带。但见沂水东面有一条沭水,亦非常泛滥,于是等泗、沂两水治好之后,又来治沭水。凿开一座山(这座山后世叫马陵山,现在山东郯城县境),将沭水直放到海里去。又用赤碧二珪一照,只见水底有一个大穴,玲珑深阻,容易为妖物所盘踞,深恐将来再有巫支祁之类来作巢穴,就在上面择地筑了一座台,以为镇压之用,后人就叫它禹王台(现在山东郯城县东北十里)。到了明朝正德年间,这台忽然倾圮,有一县令欲趁此毁去它而取其石头,毁到一半,见有一块大石板,下面有巨大荷叶一片,尚鲜好,有古剑长尺余,压在荷叶上面,它的下面就是一泓池水,池中有两条鱼,鼓鬣游泳,非常活泼。这个县令就叫人将这两条鱼放之于河,拿这剑置之于库,将禹王台完全毁去。从此以后,沭水大为灾患,郯城县因此迁徙,这亦可见从前夏禹王镇压的功用了,闲话不提。且说文命在沭水筑台,正在羽山西北角,去羽山甚近。大章、竖亥屡劝文命到山上去祭拜鲧的坟墓。文命哭道:"我岂不思省墓,不过看了实在伤心,且待我将来治水成功之后再说吧。"哪知自此以后,却永永不到羽山,这亦是很可怪的。

且说文命治毕沭水之后,就由蒙山(现在山东蒙阴县西)而到陪尾山(现在山东泗水县),看察汶水、泗水之间一带东原地方,都已经平靖了,再由菏泽、孟诸向西行。一路用玉简量去,直到荥泽地方,觉得这条河水终是非常湍急,虽则下流分为九条,然而地势北高南下,将来终不免于向南溃决。于是又想出一法,使荥泽之水尽入于济,不使它向西边漫溢。在荥泽西面将河水开一个口,引它一股向南走,直通到淮水、泗水里。(这条水后世叫蒗荡渠,后来的汴水、鸿沟都是它的遗迹。)这条水开好之后,文命又循淮水而上,察看各地工程。

一日,行到涂山与荆山开凿之处,那时涂山国已由江南迁回原地了。原来涂山国自从逃避淮水之患,迁到江南以后,它的百姓因为水土和天气的关系,非常不舒服,时常思念故土。这次知道淮水已平,举国上下就急急地搬回来,差不多已经一月。文命的两位夫人当然由涂山侯特造第宅,令其居住。忽然闻得文命到来,全国欢迎。文命应酬了一番,仍旧到工次巡阅。阅毕之后,即向淮水上流而去。大章、竖亥看了很是不解,问道:"崇伯新婚仅仅四日,就出来治水,差不多有七八个月了。现在已到家门,何妨进去看视二位夫人,稍住几日呢!"文命道:"我岂不想,不过现在水患未平,大多数的人多抛弃了家室在这里吃苦,我一个人敢偷安逸么?"大章等听了,不好再说。文命再向西行,到得一处,有一条大水从西北来,注入淮水,原来就是颍水,水势非常浩瀚。文命就沿了颍水细细考察,知道此水发源于嵩山。另有一水从西面来,注入于颍,名叫汝水。文命觉得这条汝水的水势有点不妥,于是相度形势,在它发源的那座山上(现在叫紫逻山,在河南汝阳县东十里)开凿一口,使汝水从东面流出,从此以后,汝水就无患了。文命沿汝水而下,再到淮水,又溯流而上,直到桐柏山麓。凑巧见有两块大石屹立如柱,文命就盼咐用铁环将船系住(现在河南唐河县东南八十里,土名石柱山),然后登岸上山,四面一望,觉得淮水既平,徐豫二州大致已妥,遂打算入朝白帝。

文命向北行去,离中岳嵩山路已不远,忽见大司农从东北方率领多人而来。文命大喜,便问此来有无特别要事。大司农道:"天子览汝章奏,知汝破获妖邪,奠定淮水,厥功甚伟,所以命某来加封汝一块土地。土地在何处,天子尚无成见,但命某一路追踪而来,如在何处遇见,就将那一块土地加封。如今在此处遇到,就以此处方百里之地加封便了。"文命听了,慌忙固辞。大司农道:"天子之意已定,命某宣传,汝何必固辞呢?"文命方才稽首受命。(现在河南禹州,就是禹初封之地。)后来与大司农谈谈帝都情形,大司农道:"太尉舜以巡狩大典因洪水之患久久不行,殊非临民之道。现在南岳衡山虽则尚未平治,而淮水一平,则潜山、霍山道路已无阻碍,打算暂以潜、霍两山代替南岳,从明年起,五年举行一次巡狩。每次巡狩,周遍五岳。"文命听了,将从帝都到五岳的路径细细打算一番,遂对大司农道:"既然如此,某尚有一个工程即须兴作。"大司农问:"是何工程?"文命道:"此地北面,太室山与少室山之间,有一个隘道,名叫辕辕(现在河南登封市北),从前虽有人走而艰难险阻,洪水以后更隔塞了。从帝都上嵩高,以此路为便,省得绕道,让某来开凿它吧。"大司农颇以为然。

文命遂率众前进,过了阳城(现在河南登封市东南四十里),就到辕辕。文命指点工人如何开凿的方法,哪知辕辕山的石质非常坚硬,工程困难。有一天,凿到一处,工人都叫苦,说道:"万不能凿了。"文命大怒,说道:"龙门、砥柱、伊阙、碣石,这几处都凿了,到此地反不能凿么?你们都走下来,让我亲自来动手。"众人无法,只得纷纷都退到山下。文命揎衣攘臂,手拿斤斧,又吩咐取一面鼓来。众人不知鼓作何用,只道他要击鼓请神将了,就将鼓取来递给他。文命一手提鼓,一手执斤斧,吩咐众人不许上山来看。众人不知何故,只得答应。

文命正要上山，忽报涂山二位夫人到了。原来涂山侯因前次文命过门不入，料想是急公的缘故，亦不敢说。这次听见文命要入朝白帝，那入朝的时候，在路上是空闲的，四日的夫妻趁此或者可以聚聚，所以将二女都送了来。那时女攸身孕将届十月，大腹便便，原不便于行走。后来得到老祖宗的降谕，说道可以动身，因此一同送来。假使路上生男生女，亦可以使文命见个分晓。哪知文命正要亲自动手凿辗辕，看见二位夫人到来，连连摇手说道："没得空，没得空，你们在此等待吧，我完了工就来。"二位夫人道："何时可完工呢？"文命指着手中的鼓道："听我鼓声一响，就完工了。"说罢，提鼓操斤，匆匆上山而去。二位夫人在下面静候，过了一会，只听得山上鼓声咚咚发响，二位夫人道："工程完了，我们上去吧。"哪知走到山上，并不见文命，只见一只黄色的熊，一爪操着斤，一爪执着斧，跳浪进退，专心一志地在那里开山。后面放着一面鼓，他的尾巴不时触着鼓，所以嘭嘭作声。女娇看了，还并没有什么介意，女攸看了却觉得非常惭愧，拖了女娇往下面就跑，一路说道："久闻鼎鼎大名的崇伯，不想竟是个黄熊之精，我们嫁了他岂不可耻！"女娇正要想拿话来和她解释，那时文命已知道真形被她们窥破了，复了原形，连忙跑下山来，要想向二位夫人叮嘱，叫她们不要声张。哪知女攸见了文命，将刚才的情形一想，愈觉惭愧，辗转之间，便倒在路旁，化了一块大石。这时女娇真吓煞了，连连遭遇怪事，既诧其夫，复诧其妹；明明是人，会得变熊；明明是人，会得化石；一时惊魂不定，气力全无，不要说哭，连话也不能说了。文命忙抚慰了她好一番。女娇神定，方才哭了出来，说道："好好一个人，何以会化石？"文命道："以人化石，自古有的。帝喾时的宫女，就是一个例呢。"

　　这时山下众人一齐都来了，聚在一起，都道怪事，诧异不止。

女娇哭道:"人变为石,已属可惨,况且她腹中有孕,就要生产,现在连婴儿都化去,岂不尤其可惜!"文命听了这话,便回头向那化石说道:"你化为石头,不愿见我,我无可如何;但是我的儿子是要还我的。"说声未毕,忽听得"哗叭"一声,那化石陡然破裂,从裂缝之中滚出一个胞胎来。早有宫女上去取了,去胞一看,原来是一个婴儿,又是男孩,迎着风,呱呱地啼个不止。文命叫女娇抱了回去,好生觅乳抚养,并说:"化者不可复活,活的须要保全,这亦是你姊妹之情。我事甚忙,你去吧。"女娇答应,抱了男婴径归涂山而去。后来她常抱了这个男婴,到此化石之旁来展拜吊祭,以尽瞻恋之忱,这是后话,不提。文命因为这个男孩是石启而生的,所以给他取一个名字,就叫启。(现在嵩山之下有启母庙,一名少姨庙,所供就是女攸之像。女攸所化之石就在庙旁边,大家叫它启母石。汉朝时避景帝的讳,都改作开母,有碑文,至今尚存三十五字,为嵩岳三碑之一。)闲话不提。且说女娇去后,文命领了众人到了山上一看,只见那块大家所凿不开的石块居然已凿开了。众人不知道文命究用何术,但以为神助而已。辕辕之路既通。从河洛到嵩山的路程省去不少,以后遂成南北大路。文命叫众人暂在此地休息,自己则偕了大司农从辕辕而北,入朝白帝。

第一百〇八回

  钗耳、贯胸之民来献珠鳖　产珠之动物
  两虬龙夹禹舟　禹牵笴号山
  禹二次过门不入

　　且说文命入朝白帝,那时适值海外有两个国家遣使前来进贡。一个是钗耳国,国人两耳上都穿有大环。一个是贯胸国,国人胸前有洞,直穿背心。钗耳国人所贡的是两对珠虾。贯胸国人所贡的是两只珠鳖。原来他们是邻国,这次仰慕帝尧和太尉舜的仁德,相约同来进贡,并且观光,所以他们的贡物亦是相类的。帝尧和太尉舜虽则都是沉珠捐璧、不宝异物的人,但是远方小国万里归诚,这种盛意亦岂能辜负,只好一概收受,一面仍照旧章优加待遇,赐饮赐食。

　　那时文命恰好入都,帝尧便叫他和太尉舜及一班大臣共同陪客。伯夷虽是新进之人,但因为他熟于典礼,这次招待两国使者的仪节大半是他所参订,所以亦在陪客之列。酒过三巡,大家随意谈谈,文命是想将中国水患治平后再周历海外之人,所以对于海外情形非常注意,便向两个使者细问路径、气候、物产等等。两个使者亦各就他们所知道的一一回答。后来渐渐谈到他们所进贡的物件,大司徒先向钗耳国使者道:"贵国那边竟有这样大虾,真是异物。"钗耳国使者道:"这虾并不算大,敝国那边大虾极多,最大的长到二十多丈。航海的人见到远处海波之中有桅樯双矗,高可十余丈,往往以为是个海船,哪知是海虾在那里晒它的须。须的出水有十几丈,那么它的全身可想而知了。此外十几丈、八九丈、四五丈长的虾更不计其数。所以它们的须可以拿来做帘,名叫虾须帘;亦可以做簪,叫虾须簪;亦可以做杖,叫虾须杖。至于它们的脑壳和脚节壳,拿来用金类镶起来,亦可以做缸、做杯、做碗,不过这种还是小的虾,至于大虾的须壳则无所用之。这次敝国来献的虾,不是为它须壳之可用,是为它身中所产之珠非常可宝,所以来献的。"羲仲道:"虾珠生在什么地方?"钹耳国使者道:"生在它脑中,将它脑壳破开,珠就在中间。"大司徒又向贯胸国使者道:"贵国的鳖,色朱而其状如肺,而且四眼六足,与中华所产大不相同,这种真是怪物。"贯胸国使者道:"中华所有的鳖大概都是供肴馔用的,小国的鳖专是供生珠之用。珠鳖有两种:一种是寻常之鳖,它的珠生在足上,必须剖其足方可得珠。这次小国所献的珠鳖是口能吐珠之鳖,每隔多少时吐一粒,再隔多少时吐一粒,永远不穷。所以比较起来,这种鳖尤其可贵。这次敝国君得到了两只,不敢自私,因此敬谨来献。"大司农道:"寻常但知道老蚌生珠,现在鳖有珠,连虾都有珠,真是天地之大,无所不有了。"钹耳国使者道:"小子生长海邦,于海物较为熟悉。以小子所知,珠的出产还不只虾、鳖、蚌三种,大凡动物形体较大,或者形体本小而有一部大过本位的,都能孕珠。所以龙有珠,鲛有珠,鱼亦有珠。"

伯夷听到此,忙问龙珠怎样。钹耳国使者道:"骊龙之珠生在它颔下。颔的旁边有好许多逆鳞,假使人误碰到它的逆鳞,它就要怒而杀人,所以骊龙之珠甚不易得。要取它的珠,必须等它熟睡之时方可,这就是龙珠了。"伯夷道:"鲛珠如何?"钹耳国使者道:"鲛珠生在皮里,它的两眼就是皮肤裂缝之处,一碰,珠就能出来。所以古来有'鲛人泣珠'之说,不过这种珠不甚值钱。"羲仲插口问道:"那么这种鲛人究竟是鱼呢,还是人呢?"贯胸国使者接着说道:"实在是鱼,而形状一切都像人。它住在水中,能知道组织之法,有时亦能上陆而行。假使有人留它住宿一宵,它就会将眼睛启闭,挤出许多珠来作为酬谢。照这样看来,不但动作如人,便是它的意志亦和人相近,即使说它是人亦可以呢。"伯夷又问道:"那么鱼珠生在什么地方?"贯胸国使者道:"鱼珠生在目中,最大的明月珠就是鲸鱼的眼睛,其大如盂,光照一室,非常可宝。所以鲸鱼死了不见其有目精,就是这个缘故。"篯铿在旁听两个使者滔滔而谈,禁不住便说道:"以某所知,岂但虾、鳖、蚌有珠,岂但龙、鲛、鱼有珠,有珠的动物多着呢。蛇亦有珠,龟亦有珠,蜈蚣亦有珠,鸟亦有珠,羊亦有珠,便是至小之蜘蛛亦有珠。蛇的珠生在喉间。从前有一个国君,看见一条大蛇受伤,他以为可怜,给它设法救治,后来那条大蛇就吐珠为报,那颗珠长径约一寸,色纯白而有光,夜间可以代烛,这是蛇有珠的证据了。龟的珠生在甲中。从前有一个人落魄无聊,跟了朋友到海外去游历,偶然在一座荒岛之上发现一个龟壳,其大如屋,他就叫人扛了回去,以作卧床。后来遇到一个识宝之人,以重值向他购取,才知道甲的中脊,脊脊都藏有明珠一颗,其大如杯,其值无价,这是龟有珠的证据了。蜈蚣的珠生在节间。从前少华山上常常发现两道红光,起灭不定,往往春夏之间则出现,到秋末就消灭,山下的居民都看得希奇。后来有一个人知道这是大小两条蜈蚣,它们骨节间所蕴蓄的珠发出来的光彩。他就买了两只奇异的雄鸡上去与蜈蚣斗,结果两蜈蚣斗死,骨节里所藏的明珠不少,在头部的一颗尤大,据说叫'辟尘珠',有此珠放在室中,可以使一点灰尘都没有。有人说,亦可以叫'定风珠',当大风飘荡的时候,将这颗珠取出,大风能够立时停止,行船涉水,最资利用。这是蜈蚣有珠的证据了。鸟的珠生在胸口,或生在口中。东海瀛洲地方有一种鸟,名叫藏珠,形状如凤,身作绀色,翼作丹色,每鸣了飞翔一次,就吐出杂珠累斛,这是鸟胸中之珠了。南方又有一种木难金翅鸟,它的口沫能够结成碧色之珠,当地土人甚以为宝贵,这是鸟口中之珠了。羊的珠生在须上。从前有一个男子,他的妻子瞧他不起,将他推入一个大穴之中,虽则不死,但是腹中饥饿不过。后来遇到三个长人,引他到一株树下跪了。那树下本站着许多羊,三个长人就叫他捋羊的须,每捋一把,就得到几颗珠,就叫他吃了充饥,这是羊亦有珠的证据了。不过这个珠可以吃,当另是一种。至于蜘蛛之珠,生在腹部。从前徐州海滨有一个蜘蛛,大如车轮,海中之龙要想夺它的珠子,就和它相斗。蜘蛛吐出丝来把龙缚住,它的丝粗如小杯,而且非常之韧,龙竭力腾跃,总逃不出它的丝网,看看要死了。后来忽然天上飞下两条火龙,口中吐火,将丝烧断,那龙方才逃脱,可见蜘蛛亦有珠了。"

　　两国使者听篯铿举出这许多珠,非常叹服,说道:"究竟是中华大国,珍奇有如此之多!小国万万不及了。"篯铿道:"实在珠这项东西并不是宝贝,就最多的蚌珠而言,其初不过一粒细沙,粘着在蚌的肉上,蚌感到不适,无法除去,只能用粘质常常自去摩擦,这种粘质就叫作真珠质。久而久之,细沙的圭角渐平,形成圆样,而那珍珠质亦愈积愈厚,便成为珠。年代愈久,珍珠质积得愈多,那珠形自然愈大。世人因为它光洁可爱,所以看得宝贵,其实何尝是宝物呢。至于其他动物能够有物结在体中,大都是病,如牛黄、狗宝之类,不过因为它没有珍珠质,不能光洁,所以只可以做药物,而没有人拿来做玩物了。至于有些吐的、泣的、捋的、涎结成的等等,像煞是奇异,但必定有一个原因在里面,可惜我们现在还研究不出就是了。"众人听了,都佩服篯铿的博学卓识。席散之后,两国使者兴辞而出。帝尧又重加赏赐,盘桓多日,方才归国而去。

于是帝尧与太尉舜等又筹划巡狩之事。帝尧年老,不胜登涉,由舜代行。议决以明年二月到东岳泰山,五月到南岳衡山,八月到西岳华山,十一月到北岳恒山,周流一转。文命以治水匆促,不暇久留,住了两日,就打算陛辞出都。先与太尉舜商议道:"某此番出去,先治扬州,再治荆州。驩兜、三苗盘踞蛮荆一带,历年甚久。他那种政治灭弃礼法,暴虐百姓,兼蓄不臣之心。万一某到那边去,他竟公然反抗起来,可否即行讨伐?"太尉舜道:"当然讨伐。汝如果平定三苗之后,以治水甚忙,无暇审讯叛人,我就奏帝请派皋陶和汝同去。三苗之民渐染邪说已久,澄治肃清颇非易易,然亦不可不使他们有个警戒,你以为何如?"文命极以为然。于是太尉舜果然奏知帝尧,就派皋陶和文命同去,即日陛辞出都,渡过大河,到了辕辕,会齐了大队,一路向扬州而来。伯益和皋陶父子两个阔别已久,忽得同在一起,晨夕畅聚,其乐可知!

一日,走到涂山,文命依旧过门不入,仅仅叫大章带信给女娇,说道:"我历年在外,久荒祭祀。现在既已有子,希望夫人带了启回石纽村一行,粪除祖庙,竭诚祭祀,以弥我之过。"并叫大章陪着同行,因为他是向来熟悉的。大章奉命,遂与女娇抱了启同往石纽村,不提。

且说文命离了涂山,不日已到扬州境界,就是大江入海之口。那北江与东江相去足足有几百里,两江之间就是中江,四面洲渚涌现,已将中间抱成一个大泽(就是现在江浙两省间的太湖),那中江就由这个大泽中直穿到海里去。因为口门甚广,海水澎湃,江潮汹涌,两者互相进退,那大泽中之水就震荡而不定,因此洲渚上的居民苦于水患,就将这个大泽取名叫"震泽"。文命察看一转,心中早定下一个计划。原来震泽之中有一座山,名叫柯山。它的上面有一个小阜,名叫鹤阜。鹤阜低小,不能拦住海潮,海潮就从鹤阜上打进泽中去,所以泽中之水尤其震荡了。

文命暗想,倘能把这柯山移到鹤阜之上,做一个屏障拦住海潮,不使它打进去,那么水势就可以镇定了。想罢,便将这计划与皋陶、伯益等商量。皋陶听了,不胜诧异,说道:"移山之事,恐怕做不到吧。从前书上载着一段故事,说有一个九十岁的老翁,因为他家宅对面有太行、王屋两山挡住他的去路,来往不便,叫了他的妻子儿孙来商量,要想将这两座山凿通来。他的妻笑道:'你这样大年纪了,能再有几日好活?不要说太行、王屋这样的大山你不能移,恐怕一个小土山你亦凿不了呢。况且凿将起来,这许多的土石放在哪里去?'老翁道:'你不要愁,这许多土石我会堆它到渤海之尾、隐土之北去,怕什么?'于是就率领了他的子孙凿山垦土,装在担里,一担一担地运往渤海。那时他的邻舍有一个寡妇的儿子,年方七岁,听了很赞成他的计划,就去帮忙凿石。太行、王屋二山离渤海很远,满担挑去,空担挑回,差不多要费一年或半年的光阴。旁边有一个聪明的老翁看他们如此呆笨,就劝阻那九十老翁道:'你的年纪已经这样大了,照这样凿下去,即使凿到一百岁,亦不能够损山的一毛,真何苦呢!'那九十老翁听了,长太息道:'你这个心可谓顽固之极,远不及我邻居的寡妇和孩子。我年纪虽大,凿不了这两座山,但是我死了,有我的儿子会凿;我儿子死了,有我的孙子会凿;儿子有孙子;孙子又有儿子;子子孙孙,无穷无尽;而两山的石头凿去一块就少了一块,决不会有所生长,何愁凿它不了呢!'聪明的老翁给他这一番解释,倒亦无话可说。哪知九十老翁如此之一念,诚感上天,有一个操蛇之神听见了,恐怕他真个如此去做,就连夜上奏天庭。上帝嘉许他如此至诚,就叫夸娥氏的两个儿子代为帮忙,背了两座山,一座移到朔方之东去,一座移到雍州之南去,这就是书上所载移山的故事了。但这个不过是著书的人之寓言,并非实有其事。崇伯真要移山,莫非又要请教那巨灵大人秦供海么?"文命笑道:"我不去请教他,我打算自己来试试。"当下文命就吩咐工人,预备一百万丈长、两手合抱这样粗的筏索四十根,八万斤重的绞盘四个,听候应用。工人等听了,都莫名其妙,只能遵命,竭力去预备。

文命在此预备时间,无所事事,就同了皋陶、伯益、水平等坐船到震泽中各处去考察。一日,到了泽中一个岛上(现在太湖中西洞庭山),大众上去游览,登到山顶,四面一望,只见水天一色,极目无际,仿佛一面大镜一般,风景非常壮阔。所欠缺的,就是波涛太大,远近几百里间,一点一点的小岛屿不计其数,都被波涛所冲打,浪花触处,崩腾而上,仿佛无数素鸥、白鹭。水平看到此处,就说道:"好好许多洲岛,给水打得不能住人,真是可惜!我想总要设法使水不会淹没土地才好。"文命道:"等我移山之后,波涛就可以定了。但是善后的一切堤防工作,你能治么?"水平道:"我愿去治。"文命道:"那么我就委任你,你须谨敬将事。"水平大喜,稽首受命。

大家下得山来,经过一处,发现一个大山洞,极其深邃。文命道:"某从前听见说,此地有一个山穴,潜通荆州的云梦大泽,不知确否。亦不知是否就是这洞。"鸿濛氏等七人听了,就向文命道:"某等愿进去一探。"文命许诺。七员地将入洞而去。天色不早,大众亦下船,刚到中央一个游湖地方,忽然狂风大作,波浪壁立,船身上下簸荡,樯摧舵折。众人正在惊诧,只听得舟子在后面大叫道:"不好了!有两条花的虬龙背住我们的船呢!船就要翻了!"说时,那船腾空而起,竟像要翻的模样。那时众人个个失色,只有文命安然不动。七员天将挺着武器,正要想入水去屠龙,忽听得一阵啪啪之声,陡然浪花飞舞,原来那应龙已飞入水中与二虬龙去决斗。这时风涛愈大,天色将晚,愈加昏晦。文命等的船颠来倒去,左倾右侧,危险之至,然而终不覆没,若有神助。过了一会,只见二虬龙向东疾蹿,像是战败了,后面应龙张着两翼紧紧追去,不知所往。霎时波浪较平,船身较稳,大家方才放心。渡到岸上,已是夜分。次日,水平就向文命要了许多船只、工人并器械等,自去平治震泽的各处,不提。

过了两日,七员地将回来报告,说那个洞穴不但西通云梦,而且各处都有相通之路,仿佛地中的脉络一般,甚为可怪。文命听了,谨记在心。(后来这山名叫洞庭山,就是因为它通洞庭湖得名。)又过了几日,工人报告,说一切都预备好了。文命就向天地十四将道:"这次之事非汝等不可。七员地将,你们可在地下将柯山的脚根察看,移动的时候,不可使它稍歪,须依我指定的方向而移。我是要移它到那座鹤阜上去的。七员天将,你们在空中招呼,指示一直线的方向,不可错误,一切我都已测量准了。"众人都答应,但不知他如何移法。文命又吩咐众人:"将所有筏索抖开、接牢了,向那座柯山上打一个圈套,一端引到西南面一座小山上,一端引到东南面一座小山上,那两座小山之尖顶都凿得圆而且滑,就将那绞盘放在旁边,一面用两个。余多的筏索分派兵士拿了,每边用兵士八百人,分作两班,轮流牵动,但须听我鼓声的节度。我鼓声如果敲起,你们就动手牵;鼓声如果敲得急,你们用力用得大;假使鼓声敲得缓,你们用力亦可用得小;假使鼓声止了,你们就立刻歇手,不可违误。"众人听了,虽则答应,但是无人不满腹狐疑,暗想:这一座山起码有好多里,我们这几百个人牵得动么?况且山石是连地壳生成的,并不是悬空摆在那里的,哪有可以移动之理?而且东山、西山相隔甚远,鼓声哪里听得见?但是文命既如此说,料想必有神术,大家只好再看吧。

且说文命吩咐众人之后,就沐浴更衣,向天祝告,再取出云华夫人所赐的宝箓来,连夜用黄帛写成一千六百道符,分给那些兵士,叫他们佩在胸前,定于明日午正三刻动工。那时苍舒、伯奋等因文命未派他们职司,无事可做,又因为这是从古未有之奇事,大家都高兴着,要细细观看以广眼界。从前巨灵擘太华,虽则看见,但是事前并没有接洽,而且路隔得太远,糊糊涂涂过去,未曾看得明白。所以这次要求文命允许他们到前日所登泽中岛内的高山上去看。文命许诺,大家遂兴高采烈,先到山上等候。这日恰值风平浪静,天无片云,但见远远两条筏索,自西而东,横亘空际,俨如长虹。那东西两座小山上人密如蚁,蠕蠕而动。那东北角筏索的尽处,就是柯山。再东北几里外,有一个标帜,就是目的地。南方天气本来炎热,又当长夏,火伞当空,异常蒸暑。众人立久之后,都不免汗流浃背,然而好奇心切,希望见所未见,所以亦不觉其苦。

过了一会,看看已到午正三刻,只听得远远的鼓声渊渊而起,知道是文命在那里发号施令了。霎时间,两座小山上人众大忙,"邪许"之声随风送来,闹热得很。远看那座柯山,竟似在那里移动的样子。忽而七员天将飞起空中,有几个飞到柯山去,有几个飞到文命那边去,忽而之间又飞转来,如穿梭一般。那鼓声顿然止住,小山上的人亦止住了,齐来整理筏索。苍舒等知道是牵线之路斜了。过了一会,鼓声又起,小山上"邪许"之声又作。那柯山渐渐移向东边,约有数十丈之远,鼓声愈紧,移动的亦愈快,已将到目的地了。忽而天将又在那里飞行,鼓声顿止,山上人夫亦即休息。苍舒等以为是移好了,哪知不然,七员天将仍旧在那里飞行。又过了一会,鼓声又起,山上兵士又复用力。这次似乎还要起劲些,远看那柯山似乎有点侧势,众人才悟到,文命的主张是要将那柯山移到鹤阜上去的,如今已到鹤阜,牵动起来,不是平路,是要升高了。

大山平移已是不容易,使它斜上升高,那种吃力当然不言可知。足足费了一个时辰,作辍了好几次,方才安置妥帖。众人看了,无不欢呼喜跃。这一件大事业总算告成功。后来文命就给这座柯山改名叫笴崿山(现在江苏苏州市吴中区西南。但是浙江昌化亦有此山,亦说是夏禹所移,究竟孰是孰非,不得而知了)。两座牵挽的小山至今还在,上面有石如卷笴,大家都记得它是禹所用的纤山。又太湖中间有一块浅地,就是柯山留下的山脚,从此东去,水底较深,据说就是牵过的沟。这种神话,看去似乎万无此理,然而古书上说得确确凿凿,真是奇谈了,闲话不提。且说文命自从牵过了笴崿山之后,因为这些兵士非常辛苦,重加赏赐,叫他们休息几日。皋陶等亦都为文命酌酒庆功。自此之后,果然海潮、海风都有一个遮拦,泽中之水渐渐平定了。

第一百〇九回

水平王震泽为神　禹遇善卷

禹入三苗国　䍪余、黄魔奉使三苗

且说水平带了工人在震泽内工作，辛苦异常。一个月后，水土虽平，但患病的人却不少，水平自己亦病了。那病势初起，先发冷，虽在炎夏之时，重棉不温，浑身寒战。过了一会，又骤热转来，浑身如炙，口渴烦躁，神昏谵语，难过异常。而且每日有一定的时间，何时则寒，何时则热，非常之准。医生看了，都莫能措手。文命不免心焦。皋陶道："某虽不习医，但为有暗病的缘故，所以对于各种方书亦常常浏览。大约这种病就是疟病呢。"众人问他何以知之，皋陶道："从前颛顼氏有三个儿子，都感疫病而死，怨气不散，都变作疫鬼。一个年纪最小，所以他常住人家宫室里，喜惊吓小儿，叫作小鬼。一个因为住在若水旁边（现在四川西南打冲河），奔走山林，感受山岚疠气而死，所以仍住在若水，为网两鬼。一个跑到江南，感受这种疟病而死，所以住在江水，为疟鬼。这疟病的情形我虽不得而知，但是既称为疟，一定是凶险的。现在我看水平连日情形，寒时极寒，热时又极热，一日两次，仿佛如受重刑，困苦之极，岂不是疟么！"文命道："疟之病必有来源，必有治法，书上有得载着么？"皋陶道："据书上所说，疟病之来，必由于鬼。一寒一热，就是鬼在那里作弄人。但是别的鬼作弄人都在暗里，疟鬼则暗中有，明中亦有。"

众人听了,益发诧异,忙问道:"青天白日之下,疟鬼敢出现么?"皋陶道:"不是,我看见一部书上说,疟鬼死的时候,他的尸体沉于江中,鱼鳖不食。尸体渐渐腐烂,点点屑屑,化为一种虫类,它的形状很像蚊,所以大家叫它疟蚊。它的触角粗短,翅有褐色斑纹,头及胸部淡灰色,腹部淡绿,栖息的时候必斜置其体而举后脚,这就是疟蚊了。但是又有人说,疟蚊并非就是能够生疟之蚊,另有一种极小之小寄生虫寄居在这疟蚊如针之嘴中。疟蚊啮起人来,这小寄生虫乘势钻入人的血液中,就使人生疟病了。这种小寄生虫,大家都说它是疟鬼所化,岂不是明中亦有么?大约水平这次在炎夏之时奔走勤劳,为疟蚊所啮,或是有的。至于治法,因为北方从来没有这个病,所以古人尚没有发明。但是江南的人不知如何,何妨去寻几个土人问问呢!"文命听了,极以为然,就叫了土人来问。土人果然说这是疟疾。问他怎样治呢,土人道:"我们亦没有治法,大约总是鬼寻着吧,只要能够将鬼赶走,就好了。"文命问:"你们怎样赶呢?"土人道:"我们有好几种赶法:一种是用猪油贴在病人两太阳上,因为疟鬼喜居于人之头部,猪油可以驱除它。一种是用女人的裤子倒盖在病人身上,裤裆向着脸,秽气一冲,疟鬼亦可以赶走。又有一种,是用一柄锁,开着,放在病人枕旁。五更黎明时,不要给别人知道,自己将锁轻轻地锁上,那疟鬼就此锁住,亦可以不为患了。还有一种吓鬼之法,从前有人病疟,他的朋友是个诗人,说道:'读我的诗,可以痊愈。'那诗有两句,叫什么'髑髅血模糊,手提掷还某大夫'等等,病人读到这里,果然一吓,病就好了。此外方法各地不同,大概总是驱鬼而已。"文命听了他这些话,知道他们文化未开,全是迷信之谈,也不深究,便又问道:"你们患疟之后,难道只知道驱鬼,不吃什么药么?"土人道:"药是有几味,如同柴胡之类,但是亦不甚灵。"文命听了,遣去土人,便和医生商量,用柴胡等药试试,哪知毫不见效,并日见沉重,看看已无希望。伯益主张,请庚辰再到巫山求返魂香。文命虽知道恐怕为难,但亦只好尽尽人事,于是就遣庚辰前去。

哪知庚辰才动身,水平已一命呜呼了。天气炎热,尸体不久即坏。众人无法,只得将他暂时殡殓,掩棺而不封闭,以待庚辰之至。次日,庚辰转来,众人忙问怎样,庚辰摇头道:"不成不成,夫人说:人的生死是有命的,命已该绝,岂能再使返魂?假使无论何人死了之后,只要将返魂香一点,使之返魂,那么从此以后,世间只有生人,没有死人,试问千年以后,这个世界如何住得起?有死有生,新陈代谢,然而死者已不及生者之多。计算起来,每年平均一万人之中,生死相抵,生的总要多到六十六人,那么十万人就要多六百六十人,百万人就要多六千六百人,千万人就要多六万六千人了。再加以今年所增加的人口,明年计算起来,就要并进在内,发生利息。照此的算法,土地虽广,过了几百年之后,必定有不能容之势。所以刀兵、水旱、疾疫等种种的劫运,并非天地的不仁,正要借此减少人口,免得大地之上人满为患,所谓'物过盛而当杀',就是这个道理。现在好好病死的人还要去救他活来,专为救他一个,未免不公。一个可救,人人应救,世界有这个理么?神仙的灵药亦未免太滥了。"众人听了,一齐失望,只得举哀发丧。文命具疏奏知帝尧,历叙水平生平功绩,此次又积劳病故,恳请从优赐恤。一面又饬竖亥、国哀二人督饬人夫,将他的灵柩择地安葬,一面又发函慰唁大司农,水平之事总算就此完了。后来震泽附近的居民感念水平的功绩,给他立一座庙,就叫作水平王庙(现在太湖洞庭山消夏湾之众安洲上),神像和几案都是用石做成的。这个立庙的地方本来是泽中的一洲,但是泽水常与洲平,虽有时水大,巨浸满起,亦不能淹没,可见水平虽死,数千年尤有灵爽了,闲话不提。

且说文命自牵过笙筸山,复治毕震泽之后,就向各处考察。那时震泽左右,千派万歧,都是港汊。一日,文命和皋陶、伯益等向西行到一座山边,只见有三四个村舍,居民颇循循有礼,与岛夷的犷悍不同。时当中秋,天气尚热,他们亦绝不裸体。文命等看了非常奇异,信步上山,只见路旁岩崖下有一石洞,洞门广约三丈,洞内宽深之至。洞外有一个鬓毛斑白、五绺长髯的老者,坐在桂林芳馥、浓荫密蔽之下,拿着一册书在那里观看。文命料定必是异人,就过去向他施礼,请教他姓名。那老者放下书册,站起来向文命等一看,就说道:"崇伯降临,失迓失迓!"文命诧异道:"先生何以认识鄙人?"那老者道:"崇伯来此治水,已有数月,民间传说移山之神奇非一日矣,某岂有不知之理!"说着,就让文命等在石上列坐,并说道:"洞中黑暗,光线不足,就在此谈谈吧。"又遍问皋陶、伯益等姓名,大家一一说了。那老者拱手道:"久仰久仰。"文命再问他姓名,那老者道:"某姓善,名卷。"文命听说,想了一想,又问道:"某闻当今圣天子从前巡狩荆州,受业于一位高士,想来是偶然与先生同姓名的。"善卷道:"不敢相欺,那就是某了。某家本在荆州,从前圣天子南巡时,荷承枉顾,盘桓数月,师礼却不敢当。"文命等听了益发钦敬,说道:"原来就是善老先生,失敬之至。敢问先生何时迁居于此?为什么缘故要迁到此荒凉险阻的岛里来呢?"善卷叹道:"当时三苗无道,拿一种不合民心、有背道德的方法来治理百姓,由他的国内渐渐传到国外,一时远近无知愚民和浅识青年受他的熏染而被蛊惑的,不知道有多少!某当时不揣固陋,力振圣贤之道,要想挽救人心,维持中国固有的文化,亦颇有效验,就是在圣天子南巡相遇的时候。后来圣天子北归,接着就是十日之灾,洪水之患,䮾兜、三苗等扶伤救死,自顾不遑,倒亦暂止他的野心。有一年,苗民逆命,圣天子御驾亲征。苗民被杀败了,内部人民几乎瓦解。他的谋臣狐功看见事势危急,就定下一个计划,乃是表面归顺,以救目前之急;积极地从旁侵略,以扩张他的地盘;又积极地压制人民,统一思想,以固定他的邦基。凡人民言论举动有不合他的政纲者,都以叛逆目之,轻则杀,重则族诛;又拿了他的主张制就书册,强人民日日诵读,尤其注意的是幼童。因为成人的脑筋中已有旧道德之精蕴深深印入,一时不易变更,而且成人理解较清,能辨是非,虽则灌输,终恐无效;幼童的脑筋中是空空洞洞,一无所有,染苍则苍,染黄则黄,而且并无辨别之能力,随人支配,所以他统一思想的方法就是从此做起。那时洪水之害逐年加深,南北道路不通,所以他这种方法朝廷未必尽知,即使知道亦无力讨伐。近年以来,他的版图逐渐扩大,东方已逾彭蠡而东,直到黔山;西方亦逾云梦而西,直至鬼方(现在贵州);南方亦破灭玄都氏,越苍梧(现在湖南骑田岭一带)而南,直逼南海;只有北方尚不敢荐食。一则因为与中土接近,恐被朝廷讨伐;二则亦因为水患太厉害,无法可施。某从前所住的地方,不知不觉已入于他势力范围之中。他的那种方法当然要推行过来的,大厦之倾,一木如何支撑得住?眼看那班守死善道之人,因不肯服从他的方法,死的死了,跑的跑了;不能死、不能跑的,或者因为祖宗邱陇之所系,或者为妻子生计之所关,不得不降志辱身,合污同流;还有一班不义无耻之徒,则趁此机会,挖空心思,想出种种献媚求悦之道,以求取幸而得宠,甚至于甘心认骦兜、三苗为父的人都有。某年老矣,既不求名,又不求利,自问何苦再与此豺狼相争斗,还不如避地为是。所以前几年就带了家眷邻人,沿江而东,接连迁了三次,禁不住三苗势力之侵迫,只好逃到这海岛里来了。(现在江苏宜兴市西南五十里有善卷洞,就是善卷避地之所。)这就是某近来的历史了。"文命道:"三苗势力已到黔山么?"善卷道:"是呀,从此地再过去几百里就是了。"文命道:"某此番治水,打算由扬州而荆州。三苗如此无道,当然加以讨伐,先生看起来可以打胜么?"善卷摇摇头道:"难说难说。"文命问道:"何以呢?"善卷道:"他那个政策太凶恶了。他自从颁行这个政策以来,已有数十年,从前的耆旧已无所存,而现在的丁壮都是他从幼童时制造训练出来的人。这种人的心目中只知道一个骦兜、一个三苗,只知道有骦兜、三苗所著的书,而不知道有圣贤相传之道德与中国固有之文化。即使能够灭他的国,诛他的君,但是他的民心是决不会服的,恐怕难呢。"

文命听他说得确凿有理,非常佩服,又问道:"那么照先生说起来,三苗之国不要去征讨了?"善卷道:"那亦不然,他做他的,你做你的。他所以要如此做,并非有别项的心思,无非为保存他的名位起见。你来治水,当然为你的成功起见。要治水成功,治过扬州必治荆州,但是治到荆州,侵入他势力范围之内,即使你不和他打,他也要和你打。到这利害冲突、不能并立的时候,一切无可计较,只有各做各的,所谓'顺理行将去,凭天盼咐来'。崇伯!你何必迟疑呢!"文命听了,连道是是。两人又谈了一会,文命邀他出来辅佐。善卷道:"山野之性,无志功名久矣。况百岁衰龄,行将就木,哪里还能出而驰驱?但愿三苗早日授首,荆州早日治平,某得归返故乡,死正丘首,那就是受崇伯之赐了。"文命知其意坚决,无可再强,只得兴辞下山。

文命归到舟中,与众人计议道:"三苗势力既然近在咫尺,我们溯江而上,难保不受阻隔,须有防备才好。"说着,就叫苍舒带五千人由北江前进,梼戭、大临为副,叔达作先锋,龙降、庭坚各率千人左右策应;又叫伯奋带五千人由中江前进,仲戡、叔献为副,季狸作先锋,季仲、叔豹各率千人左右策应。文命自己统率万人,带了皋陶、伯益、陨欸、朱、虎、熊、罴等由南江前进,仲容作先锋,横革、真窥各率二千人左右策应。约在彭蠡大泽东岸取齐。只有天地十四将并不派他们出战,大家不解,都来问文命,说道:"料想三苗国民并非铜头铁臂,又非妖魔鬼怪,何必劳师动众,只消某等十四人足以了之,或者径将驩兜、三苗之头取来,亦易如反掌,崇伯何以反不派某等呢?"文命道:"汝等去攻三苗,原是易如反掌,但是三苗之民受了三苗之毒,日日作宗教祈祷诅咒之事,我不愿意再以神道设教,助长他们的迷信。况且三苗之民受毒已深,一时难以变化,断非诛戮几个巨魁便可了事,如其尽行杀去,亦万万无此理,杀得多了,不特大伤天地之和,而且激起他们的反感,倒觉不妙。不如堂堂之阵,正正之旗,与他们决一个胜负,显得天朝上国纯尚实在,不贵神通,或者亦是一个感格他们的方法,所以暂时不劳汝等。如沿途有奇妖异怪拦阻去路,仍须汝等相助了。"天地将听了,也就无言而退。

于是文命领了大众,取道震泽之南,到了一座浮玉之山。只见山上赤光蓬蓬勃勃而起,如火如荼,如霞如绮,大家都觉奇异。天色将晚,正在安营造饭,忽然前面一片喊叫之声。仲容忙饬人询问,少顷回来报告道:"前面有虎伤人,大众兜捕,虎已逃去了。"叔达吩咐诸营,以后切须严防,不可大意,众人答应。晚餐之后,仲容领了几个兵士亲自巡行,到得一处,听见前面狗吠声甚急,仲容料想是村民所畜,不以为意。哪知树林之中猛然有庞然大物突来袭击。仲容眼快,举起佩刀尽力砍去,旁边卫兵亦合力攻击。那大物受伤,声如狗吠,连叫几声,狂奔而去。仲容等亦不追赶,恐其复来,严防一夜。次日,兵士要想搜山,诛灭此大物,为民除害。仲容道:"不可,这次我们奉命远征,行有期限,岂能延搁。我们通知后队,叫他们留意就是了。"正说间,只见有许多百姓结队而过,各持棍棒。仲容便问他们,为什么要携棍棒。百姓道:"此山有一种彘兽,其状如虎而牛尾,其音如犬吠,能食人,所以我们走过此山必定结队持械。"仲容听了,就让他们过去。

翻过浮玉山,已到东江,仲容饬人多备船只,供文命等大队之用。后来由东江转入浙水,一日行至一处,鼻中闻到腥秽及腐烂之气,大众四处寻觅,不得其物。后来遇到土人一问,才知道前数年洪水大盛时,有一条大鳙鱼乘潮而来,到了前面,忽然潮退搁浅,不能游泳,颠顿跳掷,渐渐身死,皮肉腐烂,鳞骨堆积,成为一山(现在安徽婺源县东一百里大鳙山,高三百仞,便是)。它的血肉深渗地中,虽则日久,仍有余臭,每当秋季,西风一紧,此地还闻到这股气息,想来还没有烂完呢。大众听了,无不骇然。遥望那鳙骨堆成之山,远在数十里外,但是还能望见,想见其高了。世界有如此大鳙鱼,真是可怪,大家因为讨贼心急,也无暇绕道去看。

又过了一日,行到一处,只见前面斥堠森严,旌旗招展,原来已到三苗国境了。仲容传令,暂且安营,停止前进,一面飞速向文命请示。文命道:"三苗如无抵抗之迹,暂且不要动手,先派人前去宣谕吧。"说着,就派了国哀为正使、之交为副使前往宣慰,并带有公文,大约是说朝廷因为洪水为患,特派大臣治理,现在将到贵国,请予招待,兼予帮助,并请贵国人民不必惊疑等语。国哀等领命,带了几个从人将要起身,皋陶上前说道:"三苗狡诈,狠毒无比。从前圣天子南巡,他尚敢阴置蛊毒,谋为大逆,司衡等几乎丧了性命。如今派国哀等前去,万一他依旧怙恶,岂不是白送了两条性命!人才可惜,还请慎重。"文命听了,不觉沉吟道:"那么怎样呢?"黄魔在阶下大叫道:"派我们去,看他敢奈何!"文命大喜,就改派繇余为正使、黄魔为副使,充作一文一武,又派章商氏、兜氏、卢氏、乌涂氏四个做了随员,一同前往,按下不提。

且说驩兜、三苗父子用了狐功的计划,乘着洪水为患、朝廷无暇南顾的时候,专一向东西南三方面略地,侵灭的国家不少,居然地方数千里,南面称雄。驩兜上次发表一篇文章数说帝尧罪恶之后,更与朝廷脱离关系,但是亦深恐帝尧来讨,就积极地训练他的百姓。后来听说帝尧叫文命治水,颇著功绩,雍州的共工国已破灭了,驩兜父子更是惊心,忙与狐功商议。狐功道:"今日之事已成骑虎,除出积极准备奋斗之外,别无他法。"于是一面强迫人民练习战事,一面再想以货利要结他们。三苗素来极贪婪,几十年来搜刮的金宝不少,此刻听了狐功的话,为保全生命及国位起见,亦不能不大破悭囊,拿出少许来奖励人民,以为鼓舞。一面又捏造许多帝尧贪酷无道的情形和文命治水到处残暴骚扰的事实,向人民宣讲,或者画成图像,到处张贴,以激起人民的自卫心与敌忾心,这也仍旧离不脱他愚民政策的一种。后来听说文命要下江南了,驩兜父子益发恐慌,再来和狐功商量。哪知天不长恶,狐功忽然疽发于胫,渐渐延及前颈。那时巫先等早已亡故,其弟子虽有多人,但是技术很低,医治不能全效,狐功之病遂日见沉重,一月之后,竟头落而死。这个病就叫落头疽,凶人不终,亦可谓天网恢恢了。驩兜、三苗的一切行政,本来专以狐功为灵魂,狐功既死,顿觉失了依赖。

一日,忽有彭蠡东岸的守将来报,说大唐崇伯派遣两个使者,携有公文前来,应否接待,请令定夺。驩兜、三苗忙聚集一班党羽商议,有的说应该招待,有的说不应该招待,有的说应该招待他的使者而不许他的大队兵入境,有的说先杀死他的使者,再和他打仗,因为他这次来是决不怀好意的。议论纷纷不一。三苗道:"我有一策,你们以为如何?放他的使臣进来,加以囚禁,来一个,囚一个,来十个,囚十个,一面严守各处关隘,不许他大队前进。他要和我打,就算他是戎首,其曲在他,岂不好么?"众人听了,都拍手称善。骧兜道:"他若是为治水而来,那个题目甚正大,硬拦阻他,这个话恐怕说不出呢。"三苗道:"有什么说不出,只要说我们这里并没有洪水,或者说我们已经治好了,不烦他费心,那就好了。"骧兜道:"幽囚他的使者,于理不合。两国相争,使在其间,幽囚起来,恐怕曲在我呢。"三苗笑道:"何必一定要幽囚,暗中杀去,只说他自己病死,拿尸首送还他就是了。或者连尸首都不还他,只说他的使者并没有来,或者说他的使者来了之后,私自逃去了,我们没有看见。横竖死无对证,怕他做甚?"骧兜听了,便不言语。于是三苗就吩咐来人说:"放他们进来,随从人等共有几个须点查明白,一个不许漏去。"来人答应退出。

第一百十回

禹破灭三苗　驩兜远窜南海
苗民反侧难驯　禹修彭蠡之防
禹勒石纪功　彭蠡古地理之理想
三苗之民远窜三危

过了两日，三苗国守将带领繇余、黄魔等六人入见。驩兜、三苗父子正坐在便殿之中，繇余、黄魔等一直走到阶下，他们父子两个端坐不动。三苗先喝道："你们这几个是文命派来的人么？"繇余正色道："某等奉崇伯之命而来。崇伯陛辞的时候，天子面许，准其便宜行事，临时承制，所以某等奉崇伯之命，就是奉天子之命。贵国君名列朝籍，分茅胙土，久膺爵禄，应该起身行礼，北面敬受，奈何如此倨傲，未免太无礼了！"驩兜大喝道："什么天子不天子！唐尧无道，轻轻拿了天下送给匹夫女婿，忘公徇私，不德已极，我早已声明与他脱离关系，还有什么天子不天子！文命小子是我老友鲧的儿子，我是他的父执，他对于我应该尽子弟之礼，现在倒反狐假虎威，拿唐尧之命来压制我，真可恶极了！本来文命小子并不是人，他亲生老父给唐尧殛死了，不想报仇，反受唐尧的爵禄，供他的使唤，为他出力奔走，忘恩负义，全无心肝，不孝之罪，已上通于天。不想我老友鲧竟生出这种不肖之子，可叹可叹！"

三苗不等驩兜说完，已夹杂骂道："你们这班狗养的囚徒！既然到了此地来，还不知道恭敬低头服气，还敢出言无礼，恶语伤人！

问你们有几个头颅,不怕死么?还不给我跪下去!"繇余等六人站在阶前,听他父子破口大骂,直骂得一佛出世,二佛升天,只是不响。后来听说要他们跪了,知道此事就要蛮做,仍是不动,各个预备。三苗见他们不肯跪,益发大怒,早有如狼似虎的人前来,拉拉揪揪,但是哪里拉揪得动,六个人仿佛六条生铁铸成的一般。三苗怒极,喝叫取过模范人来,众人哄然答应。

过了些时,只见拖出无数肢体不全的人来,有的眼睛凿去,有的鼻耳割去,有的两足刖去,有的两手斩去,有的一手一足砍去,有的两手两足俱斩去,宛转之状,惨不忍睹,呼号之声,尤不忍闻。原来三苗每次断狱,以己意为曲直,如果人民不服,就取出这种人来给他看,叫作模范人。人民一见胆落,自然不敢倔强了,这是三苗最得意的方法。这次取到模范人之后,三苗以为这六个人一定下跪了,哪知他们依旧不动。三苗吩咐:"且慢用刑,先取大杖来,打折他们的脚骨,然后再将两足刖去,使他们禁受两番痛苦。"哪知木杖一打,六个人毫不在意,竟似一无知觉的一般。后来连打的人的手叉也震开了,木杖也断了,六个人依然如故。三苗喝令取铜杖来打,六个人仍无知觉。三苗愤极,亲自取过一柄大刀,照着繇余头上用尽平生之力劈下去,只听得"砰訇"一响,"啊哟"一声,一个人跌倒在地下。仔细一看,原来刀折了,三苗手臂震伤,倒在地下,繇余仍未觉得。众人慌忙来扶三苗。这时繇余却开口了,向着骥兜、三苗说道:"我们奉命而来,以礼为先,贵国君却如此相待,是何道理?照这样情形,我们就立刻动手杀死贵国君父子,亦易如反掌。可是崇伯以仁义道德为重,不肯做的。现在贵国君既不受王命,又虐待天使,我们在此受贵君凌辱亦属无谓,我们就回去复命了。贵国君倘能从此幡然改过,力改前非,请于七日之内亲自诣崇伯大营,肉袒请罪,我们当不念旧恶,代为陈请。否则天兵一到,恐于贵国不甚便利。最后忠告,请三思之。"说毕,向骥兜、三苗拱拱手道:"再会再会。"又回头向黄魔道:"我们去吧。"倏忽之间,两个升天,四个入地,杳无踪迹,把骥兜、三苗及其他臣民吓得目瞪神呆,如痴如梦,半日说不出话,按下不提。

且说繇余等回到大营,将一切情形报告文命,文命叹道:"三苗果然如此凶恶,幸喜不叫国哀等去,否则死矣。"说罢,便与皋陶等商议,七日之中三苗等如果不来降伏,便即进兵。哪知到了十日,三苗杳无音信。这时苍舒、伯奋两大队均已到彭蠡东岸了,文命遂传令进攻。苍舒一支由水路向敷浅原(现在江西庐山)进攻,伯奋一支沿彭蠡南岸进攻,文命亲率大军浮彭蠡大泽进攻。当时彭蠡水患却未大甚,最困难的有两点:第一点,因为泽的面积既大,而又有东陵山(现在鄂、湘、皖三省交界之幕阜山)矗立于西岸,大风时作,从山上横削而下,刮到泽中,船只易于倾覆。第二点,当时长江下流面积非常广阔,彭蠡当大江中流,离江口甚近,海潮可以经过此地而打到云梦以上,所以彭蠡受涛头之患甚深。三苗因为有云梦、彭蠡两个险阻,所以敢于倔强,不肯臣服。他以为文命人数虽多,断难飞渡此等天险。但是文命早已想到了,船只等一切备好之后,到了誓师的那一日,首先作起法来,喝道:"风神何在?"风神巽二飒然自空而至,稽首请命。文命道:"我现在要渡过彭蠡,征讨三苗,在我师行未竣之日,须与我禁止刮风,以利军事,尊神可能允许么?"巽二忙道:"是是,当然禁止。"说罢,掣出五色小旗一面,向空中一扬,霎时间大风全息,但有微微的东风,待送行舶。文命又作起法来,喝道:"涛神何在?"只见彭蠡之中一个波浪,涌出一个银甲白胄、手执金铜的武将,气象威武,疾趋上前,向文命行礼道:"涛神江胥谒见,介胄在身,恕不稽首,崇伯见召,有何吩咐?"文命道:"彭蠡之中涛浪甚恶,舟行危险,我现在征讨苗民,军事甚急,在我师行未竣之前,须与我约束涛头,不使它到泽中来,尊神可以允许么?"江胥连声道:"可以可以,当然约束。"说罢,就拿金铜向泽中一指,霎时涛头平静,微波不扬。文命大喜,就向二神致谢,风神、涛神俱各退去。当下大众登舟,齐向西岸进发,但见波平如镜,真是秋水共长天一色。这晚泊在一个岛下(现在鄱阳湖中之大孤山),次日扬舲直进,渐达西岸。那些三苗的守兵,所恃者就是彭蠡风涛之险,哪知风平浪静,文命的大兵竟到了,不禁个个惊主诧,以为神助,已无斗志,虽仍是发矢投石,摇旗擂鼓,但其气已馁,全出勉强,禁不起文命大军压迫,遂立时大乱,向后而退。那时伯奋一支军已由南方抄到,苍舒一支军亦进驻敷浅原山下,作犄角之势。三苗见唐兵势大,不敢应战,阵阵倒退。驩兜与三苗自从繇余等去后,心中疑惧万分,深恐他们或来行刺,不敢住在宫殿之中,日间则变易服式,与兵士百姓杂处,夜间则屡次变更寝处,即使亲信人亦不能确知其所在。那些臣子百姓看他父子如此张皇,自然更纷乱得不得了。驩兜年老,三苗庸骏,到了此刻,竟一筹莫展,唯一的希望,就是彭蠡之中风涛大作,将文命全军淹死;再不然,阻住他不使过来,亦是好的。每日叫了无数巫觋,聚居祈祷,诅咒厌胜,无所不至,倒反将一切调兵遣将、应攻应守的计划置之不顾,因此人心惶乱,守备全无。

　　文命兵到,势如破竹,三苗兵阵阵倒退。驩兜、三苗听了,益发无主,打算逃走。但是逃到哪里去呢?三苗主张北走,驩兜主张南走。三苗的心理,以为北方还有几个平日所勾结的曹、魏、屈、骛等国可以躲避,或者还可以借兵乞救,因此主张北走。驩兜的心思,以为北方尽是唐尧势力,虽有曹、魏、屈、骛等国,亦决不能持久,还不如南走,免得落在唐兵网罗之中。父子两个争论了许久,仍不能决定。后来驩兜说道:"我们各行其是吧,你走北,我走南,分道扬镰,有何不可,何必同在一起呢!"

正说时,只听得外面一片呐喊之声,有人来通报,说大唐兵已到郊外百里之地,顷刻就要进攻。驩兜一听,魂不附体,急忙搜罗些资财,带了一个幼子和数个从人向西南就跑,逾过苍梧岭,直到交趾国的一个地方住下(现在越南国有驩城,就是驩兜的遗迹)。总算得保首领,老死牖下。后来帝尧知道了,觉得驩兜这个人亦很可怜,就叫他的幼子住在南海,奉事驩兜的祭祀。几世之后,他的幼子和几十个从人的子孙非常繁衍,不过形状亦变得极古怪,人面鸟喙,腋下生出两翼,但是却不能飞,只能用以代杖,常在海中捕鱼而食,又在陆上种些苣苢、檿杨之类以为粮食,就叫驩头之国,这是后话,不提。

且说驩兜既逃之后,三苗还在宫中,因为他几十年克剥聚敛的货财多如山积,此刻不能全数带了逃,拿了这项,又舍不得那项。正在踌躇无计,忽然又听得一片呐喊,说大唐兵已到了。三苗此刻性命为重,顾不得货财了,胡乱拿了几项,也带了几百个人,匆匆出门,径向西北逃去。这里叔达、季狸、仲容三个先锋已经会师齐到,先派兵将各处守住,然后将驩兜、三苗的巢穴细细搜检,抄出来的奇珍异宝米粟布帛实在不少。仲容等叫且封好,等崇伯到了再行发落,一面严搜驩兜父子两个。后来知道均已在逃,暂且不追,专等文命。过了一日,苍舒、伯奋各率大队到了。又过了一日,文命率全队到了,仲容等进见,报告一切情形。文命先出第一道文告,将三苗所有一切苛捐杂税统统革去;又出第二道文告,将三苗所用一切酷刑非法统统除去;又出第三道文告,禁止男女无别之事,并将理由详细说明;又出第四道文告,禁止巫蛊厌胜之事。又吩咐将三苗资财拿出来分作三等用度:第一种是抚恤兵灾。这次师行所至,虽说秋毫无犯,但当此秋收之际,人民惊恐迁徙,难保不受损失,着横革、真窥两人会同当地公正耆民,仔细确实调查,分别抚恤。第二种是赡养穷苦。这次师行所至,看见三苗人民穷苦的实在不少,还有那种遭受非刑,断足缺臂、无耳少目的,到处都有。这种人已不能自行谋生,困苦可悯,着国哀、之交两人会同当地人民仔细确实调查,分别赡养。第三种是治理水患。三苗国中水患虽比较他处略轻,但有云梦、彭蠡两处的修浚工程,所以应将余下的货财统作修治之费,以免再取之于民。

自从这几种文告办法颁出之后,感激称颂的人固是不少,而反对不服的人亦甚多。第一种是少年男女,以为剥夺他们婚姻的自由、恋爱的自由,因此甚不舒服。第二种是顽固老旧,他们对于鬼神的迷信已深入心中,现在不许他信奉鬼神,仿佛断绝了他们的依靠,因此亦啧有烦言。还有一种,是三苗的走狗,一班贪官酷吏,平日倚势作威,靠此肥其身家,一旦冰山倾倒,根据全失,衣食饭碗无着,那个怨毒自不消说。还有一种,是三苗、狐功的信徒,对于三苗、狐功的遗教是极端赞成的,现在给文命全部推翻,他们以为从此天下就要大乱了,所以诽谤诅咒,亦非常之激烈。文命本意取宽大主义,与三苗之民更始,以前的一切不问。哪知住了多日,苗民反抗的情形渐渐显著,始则各处揭示,任意诋毁;继而竟是据险图叛。皋陶看到这种情形,就和文命说道:"古人说得好:'刑乱国用重典。'我看三苗之民陷溺已久,受毒甚深,决非'仁惠教导'四个字所可转移,不如严加惩处,歼其巨魁,使他们有所畏惧,然后再以仁德怀之,或者可以从风而服。若照此过去,我们去治水了,兵备一弛,难保不变生肘腋。即使不变,永永用兵镇压亦万无此理,恐怕总有溃决之一日。'小不忍,则乱大谋',不如早点严治吧。"文命颇以为然,于是下令严捕反抗之人。哪知这样一来,倒反激变了,一时之间,揭竿而起者不下十几处,都啸聚在湘水一带的山林之中。文命见事已如此,知道非大张挞伐不可,于是叫苍舒、伯奋两军前往攻剿,自己却同了皋陶、伯益等来治彭蠡。先从东岸泛舟向南,沿途考察,再转西岸。

一日,到了一处,只见一山矗立水中,上面栖息的人民不少。文命问他们这山叫什么名字,那些百姓道:"我们都是从各处避水来的,不知道它本来叫什么名字,现在我们给它取一个新名字,叫作免水山,亦叫作圣天子山。(现在江西临川区西北六十里,有尧山,即此。)"文命道:"怎样又叫圣天子山呢?"那些百姓道:"洪水为灾数十年,我们还能够逃得性命,在此山中过活,全是仰赖圣天子的仁德,所以取这个名字以做纪念。"文命听了,奖赏他们一番,随即起身。细看那彭蠡的为害,原不过受了风涛,遂致泛滥,并没有如北方各地为灾之甚。于是就叫众人在四围吃紧的地方筑起堤防来,使它与大江渐渐隔绝,减少海潮的冲突,水患自然可以平靖。

一日,文命督工之暇,带了皋陶、伯益一干人乘坐船舶,来到敷浅原游历。原来那时的彭蠡大泽虽则就是现在的鄱阳湖,但是它的面积要比此刻大十几倍。那敷浅原山就是现在的庐山,还没有全部出水,不过几个山峰自西方连绵而来,矗立于彭蠡之中而已。但是它的山势甚为广博,其中原田连亘,人民奠居,所以有敷浅原之名。

文命船到山边,系舟登岸。(现在庐山上一个紫霄峰,去平地七千仞,上有古迹,云是夏禹治水时泊船之所,凿石为窍以系缆,其迹尤存。)忽见前面山上停着一辆科车,有一道者服朱绯之袍,戴平华之冠,佩三天真形之印,飘然而来,向文命拱手道:"崇伯请了。"文命慌忙答礼,便问道:"足下何人?"那道者道:"某乃庐山使者是也。当初黄帝轩辕氏游历到此,说此山虽小,然将来必能拔地矗天,成为中国一座风景极胜之山,因此封某一个使者,秩比御史,主总仙官之位,盖五岳之监司也。现闻崇伯治水到此,所以特来迎接。"文命谦谢几句,就问道:"此山明明叫敷浅原,何以又叫庐山?此山甚小,何以能变成高大?"使者笑道:"'高岸为谷,深谷为陵',这两句古诗难道崇伯没有读过么?沧海桑田之说,难道崇伯没有听见过么?"文命道:"这座山须过多少年才能高大?"使者道:"亦不甚远,大概不过一二千年而已。现在它已无日不在这里继长增高,不过每日所增长的极微,而世人的寿命太短,不能觉察就是了。据黄帝轩辕氏的推算,这座山名叫敷浅原不过千余年,千余年之后,有著名的七兄弟,爱此山风景,来此结庐隐居,大家敬重其人,因而敬重其庐,必须改叫庐山。因此不封某为敷浅原使者而封某为庐山使者,就是这个缘故。"文命道:"某受命治水,现在对于彭蠡用四个防障,尊神看妥当么?能够经久无弊么?"使者道:"此法甚妥当,天下虽无历久不敝之法,但是彭蠡之水经崇伯施治后,可以历四千年永无水患。四千年之后却难说了。"文命道:"某意能得千年平安足矣。况且堤防虽固,年久必坏,哪里能到四千年呢。"使者道:"这个不必是崇伯之功,亦是地理使然。某刚才不是说,这座山日日在那里继长增高么,此山升高,则附近之地随之而高,到那时彭蠡面积渐渐缩小,已包围在陆地之内,仅留一口与大江相通,即使崇伯所筑的堤防尽坏,哪里还愁有水患呢!四千年后,那却难说了,彭蠡面积愈缩愈小,四面群山冲下之水已经不能容,再加以大江之水在夏秋之间倒灌而入,哪里容得住!所以某说水患在四千年后呢。依某的意见,最好请崇伯将彭蠡周围的丈尺里数,一一刻明在这山的石壁上,使后世之人知道现在的情形,作为地理历史的考证,未知崇伯以为如何?"文命道:"极是极是。"庐山使者告辞而去。

　　文命就和皋陶、伯益商议,做了一篇文字,叙述修治彭蠡的经过情形，又将四周丈尺里数分记清晰。次日，再登山，叫工人摩崖勒石，刻在上面。（现在江西星子县庐山紫霄峰上，摩崖为碑，记其丈尺里数，字皆作蝌蚪形，犹隐隐可见。）刻好之后，伯益向文命道："我看还不对，撰文刻石是要使它垂诸久远，现在刻在石壁之上，经过风、雨、霜、雪、烈日、空气的剥蚀，恐怕不到千年已漫漶不可辨识，岂不是和不刻一样么？那边过去有一石室，某看再刻一份在石室中，庶几较为耐久，不知尊意如何？"文命道："亦好。"于是叫工人又刻了一份。（现在此份还在，但在石室中，极幽险。从前有好事者，縋而下，摹得百余字，皆不可辨，仅有"鸿荒漾余乃撑"六字可识，亦可见古今文字之不同了。）那时彭蠡已治好，北面直至霍山之阳，凡现在安徽省龙宫湖、泊湖、武昌湖等在当时都是彭蠡的北部，西部几乎与云梦相连，中间仅隔东陵一阜，东面直到黟山脚下。各处山中之水统统都汇进去，大江之水由云梦吐出来，径入彭蠡，再由彭蠡吐出去，以渐分为北、中、东三江，这是当时的地形，并不是同现在那样江是江、湖是湖，湖与江之间另有通路的。所以《禹贡》上说，"东汇泽为彭蠡"。汇者，就是众水汇集之义。所以下面又说道："东迤北会于汇"，简直拿汇字来作彭蠡之代名词了。假使当时彭蠡与现在鄱阳湖一样，仅在大江之南，江是江，湖是湖，那么夏禹导汉水应该导到大江为止，何必要说汇为彭蠡，又说东为北江入于海？难道汉水合江水进了彭蠡之后，再流出来，改称北江，还识得出这股水是汉水么？唯其彭蠡大，北面直到霍山，江汉两水并流进去，再分流出来，辨不出哪一条是汉水的尾闾，哪一条是长江的尾闾，所以只好以江、汉二水的位置为区别，在北的北江就是汉水的尾闾，在南的中江就算是长江。实则二水既汇之后，是江是汉已辨不清了，所以下文又有"江汉朝宗于海"之说。如果如现在地形，则汉水不过大江之一个支流，何得与江并称而入海？这个理由,一想就明。后世经学家不知道有高岸深谷、桑田沧海的变异,往往喜拿后世之地理去蛮解上古的地理,所以往往说不圆,恐怕还不及我的"想当然耳"不错呢,闲话不提。

且说文命治好彭蠡之后,那时正值江南木落,天下皆秋,长空一阵一阵的鸿雁,排着人字式,咿哑嘹唳,千百为群地飞来,看见彭蠡两岸芦荻瑟瑟,风涛不惊,都扑落来在芦荻中度它的夜宿。文命看到鸟类亦受治平之惠,不觉欣然。于是带了大众溯彭蠡而西,就是云梦大泽了。那云梦大泽在荆州中部,面积大于彭蠡,因为离海较远,所以受海潮的影响不如彭蠡之大,而漫溢的情形则比彭蠡为甚。因为四面大山围绕,千支万派之水奔注而下,夹带之泥沙甚多,因此大泽受其淤填,有无数洲渚潜伏水底,无形之中已将云梦分而为二,水势格外觉得弥漫了。文命先向各处考察一转,知道这个水患的原因是在梁、荆二州之间,遂率众西行。路上向庚辰道:"前面渐到夫人所住的地方了,我治水至此,已有十分之六七成功,现在只有荆、梁二州未治,不知道有无困难。我想趁此见见夫人,拜谢拜谢,并且再求帮助。你可替我去说一声。"庚辰答应去了。

只见苍舒、伯奋两处各有人来报告,说奉命攻剿苗民,越过云梦大泽之西,他们分作两股分窜,一股向西往梁州而去,一股向南逃出荆州界外,直向南海窜去。应否再行穷追,请令定夺。文命道:"不必了!南窜之寇,已入蛮荒,听他去吧。西窜之寇,且待将来治水梁州时再看,此时毋庸穷追,可即班师。"来使领命而去。伯奋、苍舒两军遂即振旅而归,与文命合在一处。次日,庚辰回来报命,说夫人近日已往瑶池,约有多日勾留,请崇伯努力工作,大功告成就在指日,将来再相见。至于困难之事,当然有的,如果有需效力之处,定来帮忙,可以放心。文命听了,不胜怅然。

— 1012 —

第一百十一回

嚻围、计蒙误会冲突　云林宫右英夫人解围

　　且说文命率领大众沿云梦北岸而西,要想到梁、荆二州交界之处去考察。一日,行到一座山,名叫骄山,就在那里住宿。那山的南面就是云梦,山的东面是漳水,西面是沮水,一名睢水,两水交流,同流到云梦大泽中去(现在湖北远安县)。山上桃枝松柏等树很多,因为天气晴明,文命等晚餐后踱出帐外来望望,但见星月皎洁,秋高气爽,满山中但闻黄叶之声。忽见远远西南角上仿佛一片火光,文命指着问众人道:"那边不知是什么?"众人有猜是居民夜炊的,有猜是妖物的。天地将听了,都说道:"怕什么,有我等在此,妖怪敢出现,包管他们个个都死。"文命道:"汝等虽有神力,但切不可太骄。古人说骄者必败,还须小心。"黄魔听了,就要去考察,文命未答应,忽然一阵飘风,接着一阵暴雨,吹得众人几乎立足不住,衣裳个个尽湿。正要急急奔回,陡然之间风也止了,雨也止了,依旧是星月皎洁,碧空无滓。大家都不免诧异,四处张望,忽然伯益指着山下道:"那是什么?"众人随着他所指一看,只见山南脚下有一道白光缓缓向水边移去,白光之中,仿佛有一个动物蠕蠕而动。文命道:"这个一定是怪物,刚才的飘风暴雨,或者就是他作的怪,亦未可知。"说着,就叫天地将去看,黄魔、繇余应声而去。不料那道白光已潜入水中,二人无处寻觅,只得归来。兜氏、卢氏

道:"水中之事某等能干,请让某等去看来。"

文命答应,二人遂入地而去。过了许久,不见回来,大众诧异。鸿濛氏、犁娄氏禀知文命,要去寻觅。文命亦答应,但吩咐小心,不可大意,如有危难,速归通报。二人领命,亦入地而去。过了片时,气吁吁地从地下上来道:"不得了,不得了!兜氏、卢氏都被妖怪生擒,此刻高挂在那里呢。"文命忙问道:"是何妖怪?"鸿濛氏道:"其状如人而羊角、虎爪,正不知是何妖怪。"文命道:"住在水中么?"犁娄氏道:"住在水中,有宫有殿,甚华严呢,大约是巫支祁之类。"庚辰问道:"你们和他打过么?"鸿濛氏道:"我们未曾去打他,但是他那两根有无数钩刺的军械已是盖顶而来,我们深恐被他钩住,无人报信,所以只好赶即跑来。"文命道:"想来必是一种水怪,让我叫山泽之神来问。"说着,作起法来,喝道:"骄山之神何在?"只见帐外飞进一只人面的鸟儿,向文命点首道:"骄山神进见。"文命道:"汝是骄山之神么?"骄山神应道是。文命道:"前面水中有何妖怪,汝可知道?"骄山神道:"前面是睢漳之渊,并无妖怪,只有本山神祇名叫蠱围的,常到那边去游玩,并在水中筑有宫殿,仿佛别墅,并不是妖怪。"文命诧异道:"汝已是本山之神了,怎样还有一个本山之神?难道一座山上有两个神祇么?"骄山神道:"不是如此。某等神祇是受上帝之命而来的,一山只有一个。彼等则系修炼而成,爱居哪一座山,就称为那座山之神。这个蠱围住在本山,已有久远的历史,所以亦叫骄山之神。"文命道:"他的状貌如何?"骄山神道:"状貌人面、羊角、虎爪,出入有光,极有本领。"文命道:"上帝既命汝管领此山,有这种恶魔前来居住,汝为什么不加以驱逐或奏知上帝呢?"骄山神道:"小神技术低微,远非他的敌手,讲到驱逐,实无此能力。况且他平日并不作恶,故亦无奏知上帝之必要。"文命道:"他不作恶,为什么拘捕我的部将?"骄山神道:"这个理由小神不知道,但他平日确不作恶,小神可以担保。"文命听了,沉吟一会,就说道:"既然如此,有劳尊驾,请转吧。"骄山神点头为礼,翻身飞去。

当下文命就向鸿濛氏等说道:"汝等再往睢漳之渊去走一遭,看看兜氏、卢氏现状如何。如看见那个蠱围,须细细和他讲理,问他为什么这样无理,拿捉我们的人,看他答词如何,我自有道理,切不可和他战斗。"鸿濛氏、章商氏、犁娄氏三人领命,入地而去。过了一会,一齐出来,忿忿地向文命说道:"可恶可恶!"文命一看,只见章商氏满面流血,便问怎样了。鸿濛氏道:"我们到了那里,看见了妖魔,正要和他讲理,哪知他不由分说,劈面就是一械打来,章商氏猝不及防,所以受伤。我们因为崇伯吩咐不许战斗,所以只好退回。但是这妖魔可恶已极,非和他拼命不可。兜、卢二氏现在还高挂着,在那里叫喊呢。"文命听了,也不觉动怒,便说道:"既如此,汝等去战吧,但须小心。最好诱他出水,以便天将协助。"鸿濛氏等五人一齐答应,入地而去。庚辰等亦腾起空中,用眼注定漳渊,专等蠱围出来,可以邀击。哪知歇不多时,漳渊之上水波沸腾,仿佛有人要冲出来似的。黄魔举起双锤道:"来了来了。"急忙向下击。庚辰止住道:"且慢且慢,一则恐伤了自己人,二则恐怕惊了他,再缩进水中,倒不妙了。我看不如等他们诱到离水远一点的地方,我们截住他后路,那么可以擒捉了。"众天将都以为然。

正在说时,只见漳渊里面水势更加汹涌,许多人蹿出水面,原来是陶臣氏等四个。最后一道光芒,跳出一个人面、羊角、虎爪的妖物,爪中执着两根有钩刺的军器,奋勇追赶。鸿濛氏等则且战且走,内中却不见乌涂氏,众天将颇为诧异。过了一会,庚辰道:"可以了,我们下去吧,我与繇余、大翳、狂章四人分向漳渊去绝他的后路,黄魔、乌木田、童律从上面打下去。"众天将答应,纷纷从天而下,黄魔两柄大锤早向蠱围头上打去,接着童律的枪、乌木田的双铜也都到了。哪知蠱围浑身上下都有光芒护着,三般军器到了光芒之上,但见万点火星向外迸射,竟不能伤他分毫。童律等诧异之至,但是蠱围亦大吃一惊,急忙将身跳开,举起钩刺的军械想来迎敌,瞥见漳渊之上已有四员神将分布站着,料想这个情形与彼不利,便施出一种极神速的手法,出其不意,忽如电光一道,已钻入漳渊之中而去。等到庚辰等四将赶到,已是无影无踪,不免个个愤怒,大骂:"可恶!狡狯!"

这时童律等三天将与鸿濛氏等四地将亦都赶到,个个面面相觑,懊丧之至。黄魔便问鸿濛氏道:"乌涂氏何以不见?"鸿濛氏顿足道:"又被他擒捉去了。我们五个人的本领并非打他不过,但因为我们打他,他总有火光迸出,始终不会受伤。我们给他军器钩住,无论如何总逃不脱,真是奇事了。"黄魔道:"我想这事只有求夫人去。"狂章道:"我亦如此想。"正说到此,忽觉空中一阵飞扬之声,陡见一条长龙,张牙舞爪,直向漳渊中钻进去。众人一看,原来是应龙,不禁大喜,料想它必定是去捉蠱围的。果然隔不多时,只见漳渊中波浪连天,水势壁立,隔了一会,应龙已蹿出水来,两爪中拿着两根有钩刺的军器,向地上一丢,依旧拏空入云,逍遥而去。众人看那军器,的确是蠱围所用的。军器既被应龙夺来,那蠱围哪里去了?或已给应龙咬死了?大家正在猜疑,只见水中突然又钻出几个人来。大家只道是蠱围,忙掣武器,预备抵敌,哪知却是兜氏、卢氏、乌涂氏三个。众人大喜,忙问他们何以得脱,又问蠱围消息。兜氏、卢氏被吊日久,颇觉狼狈。乌涂氏道:"蠱围被应龙杀败,躲到水底去,不知何往。应龙便将我们捆绑的绳索扯断,所以我们才得出来。"黄魔道:"蠱围没有死么?"乌涂氏道:"没有死。"黄魔道:"既然未死,仍必为患,此事未了,如何是好?"童律道:"此时天已向晚,我们且归去,明日再说吧。"于是大众拿了蠱围的军械一齐上山,将大略告知文命。文命道:"明日拿我的赤碧二珪去照,看他躲在何处。"众人答应。横革、真窥等拿了蠱围的军械细细一看,说道:"这军械形状与山上树木一样,想来是取这树枝炼成的。"大家一想不错。

吃过晚饭,大家正在谈论,忽然帐外又是一阵飘风,接着又是一阵暴雨。庚辰等七将不待文命号令,一齐出帐,向那风雨所过的地方追去。追到漳渊,绝无踪迹,那风雨也停止了,大家又猜疑起来,说:"这种现象看来还是蠱围那妖作怪呢。我们问崇伯借了赤碧二珪来照,不必等明朝了,想来二珪是宝物,即使深夜亦总可照的。"说罢,大翳就上山去,借了二珪来,展开向渊中一照。哪知此二珪真是宝物,两道光芒直从水面穿到水底,又从水底再照到几十丈以下,所有形形色色无不轩豁呈露,仿佛水中点了几百只明灯一般,又仿佛水底泥土都变成水晶一般,清楚极了。

众人细看那水底,果然有几所极华丽的宫殿,无数小妖水怪在那里奔走跳跃,一触到神珪的宝光,顿觉惊惶无措,东逃西躲,要想避过这个光,却终究无可躲处,其形状甚为可笑。另外一座宫殿里,果然有两个大妖坐着,一个羊角虎爪,就是蠱围;一个人身龙首,那两根龙须翘得非常之高。他们受到了神珪宝光,亦似有极不安宁的样子。忽而之间,只见无数小妖都拿了物件,纷纷向南方而跑。大家看得稀奇,将二珪偏向南方,跟着这许多小妖照去,要想看他一个究竟,哪知小妖等走到一个地方,好像受不住光芒的样子,一齐都向地面倒了。再将二珪移转来,回照原处,那两个大妖已不知所在。众人大惊,将二珪向各处周遍寻找,总找不出踪迹。忽而之间,狂风大起,暴雨如注,众天将只道又是妖怪来了,藏起二珪,绰起兵器,四面探望,觉得这风雨非比寻常。忽而童律叫道:

"山上大营中火齐灭了。不知有否受损伤,我们去看吧。"众人被他提醒了,急忙飞上山来,但觉风势更猛,雨势更狂,瞥见一个人身龙首、四面有光的怪物,正在空中作怪。庚辰大怒,提起大戟直向妖物刺去。那妖物亦非常灵敏,觉得有人赶来,便向东北而逃。庚辰哪里肯舍,紧紧追随,到得一座山边,妖物将身落下,倏已不知去向。这时风雨已息,然而夜色冥蒙,正不知妖物藏在何处。庚辰暗想,且待天明了再来寻吧,于是回到骄山。那暴雨狂风早已止了,细看那篷帐器具等一概被大风刮去,文命以下至兵士等个个都与落汤鸡相似,可谓淋漓尽致。时当初冬,夜深寒重,大家都瑟缩不堪。好容易挨到天明,寻得火种,又苦于没有干草,原来都被大雨淋湿或被大风吹去了。文命一见庚辰,便问妖魔怎样。庚辰将情形说了一遍。文命道:"此刻天已大亮,料想妖魔不敢再来。我等一时吃些苦,尚无大碍,妖物不除,终为人患,汝等且作速擒妖去吧。"庚辰领命,邀黄魔、大翳两个同去。

到了那山上,三人各处搜寻,杳无踪迹。黄魔向庚辰道:"莫不是你错认了一座山么?"庚辰道:"哪里会错认,我明明记得是此地。"正说间,忽见大翳向东指道:"那边有人来了,我们且去问问,此山究竟有无妖物。"庚辰、黄魔举首看时,果见前面一个方面的人,彳亍独行。三人就一同迎上去,仔细一看,原来有三只脚,所以那个走相非常奇异。黄魔禁不住喝问道:"你是人,还是妖?"那人向黄魔等个个看了一眼,才答道:"你且不要问我,我先问你,你到底是人还是妖?"黄魔听了,不禁喝道:"你这怪物,竟当我是妖么?"那人冷笑说道:"你既然是人,应该有人的礼性,何以开口就大声呼喝,仿佛待奴隶似的,请问有没有这种人格?况且做人之道,'恕'字为先,我回问你一声是人是妖,你就气到如此,那么你问我是人是妖,我应不应该生气呢?"这几句话,将黄魔驳得哑口无言。大翳忙上前解释道:"不是不是,我们见足下有三只脚,所以起了疑心,并非有意侮辱。"那人又冷笑道:"天生人类,万有不齐。你们以为凡是人类总得两只脚么?那么,你们朝廷上的夔只有一只脚,并没有人叫他妖,我生了三只脚,就以为妖,宁可少,不能多,真是井蛙之见了。"庚辰忙接着说道:"足下不要生气,我们连日因为受了妖魔之累,寻觅到此,见足下生有异相,所以就起了疑心,以为是妖,实在出于误会,请足下原谅。"那人道:"你们所遇着的,是怎样一种妖魔?"庚辰便将前两日情形细细说了一遍。那人说:"据此说来,这两个人我都认识,而且都很有交情,但是他们并不是妖怪。"

刚说至此,黄魔就插口骂道:"你这个泼妖,原来就是妖魔的党羽,刚才还要混赖,破口骂人,现在竟自己招认了。我只要问你,那两个妖魔在哪里,快快说!"庚辰听了,忙来拦阻,哪知黄魔因受了井蛙非人的抢白,郁怒勃勃,得隙而发,哪里拦阻得住。只见那人又冷笑道:"既然如此,我不管了,看你们闹去。"说罢,将身一摇,渺渺茫茫,顿失所在。庚辰便埋怨黄魔,说他不应该如此鲁莽。黄魔嚷道:"这个明明是妖魔,而且自己承认是那两个妖魔的党羽。你受了他的骂,还要赔他的礼,我实在气不过。"庚辰道:"不是这样说,我看他神气很纯正,不像妖魔模样,而且词气冷峭,恐怕有别种原因在内。即使他确是妖党,亦应该等他说完了再定主意,不应该将他骂走。"

二人正在争论,只见西南角上一片祥云,许多侍卫簇拥着一轮香车,冉冉地向东南而去。大翳忙道:"这是云林宫的右英夫人呀!你们不要争了,现在去求右英夫人,请她给我们帮忙吧。"黄魔等均以为然,于是急急地赶上去,到了香车面前,三人齐向夫人躬身行礼。这时夫人香车已停,夫人便问道:"闻说汝等已到下界去帮助大禹治水,此刻在这里做什么?"庚辰便将前事说了一遍,并恳求夫人援助。夫人道:"这都是汝等骄傲鲁莽惹出来的事。既然如此,我就给你们处置吧。"庚辰等大喜,慌忙叩谢。夫人吩咐,就到骄山去,又叫庚辰先回去通报。黄魔、大翳随着夫人香车,缓缓下降。

且说庚辰到了大营,将此事原委细细禀知文命。文命便问这位夫人是何处真仙。庚辰道:"她是我们夫人的胞姊,排行第十三,名叫媚兰,号叫申林,受封为云林宫右英夫人。她的治所在沧海山。"正说时,黄魔、大翳二人进来说道:"夫人请见。"文命慌忙迎出去,说道:"承夫人光降,感激之至。"让进里面,行礼坐下。乌木田等天将都来谒见。文命细看那夫人,年纪亦不过十几岁样子,心中暗暗称奇,便问夫人捉妖之法。夫人道:"这三个都不是妖,是地祇。"说罢,叫过庚辰来,在他手掌上画了一道符,吩咐道:"你到离此地东北二百六十里一座岐山上,将手一招,叫声'涉蠱',那涉蠱自会跟着你到此来。"庚辰受命去了。夫人又叫过狂章来,亦在他掌中画一符,吩咐道:"你到离此东北一百三十里一座光山上,将手一招,叫声'计蒙',那计蒙自会跟你来的。"狂章去了。夫人又叫过童律来,在他掌中亦画一符,命他到睢漳之渊边,叫蠱围同来。童律去了。夫人就向文命道:"这三个地祇向来安分,不为人害。蠱围就是此山之地祇,和计蒙两个常在睢漳之渊游玩。此次崇伯大营扎在此山,蠱围不能归来。计蒙出入,必有飘风暴雨,因为他本身是龙的缘故。那天计蒙从漳渊归去,因风雨而惊及崇伯的部下。因蠱围的出入有光,遂疑心他是妖,两员地将不问情由,率尔就打,以致遭擒。天将等亦太鲁莽,以致计蒙生出毒计,用风雨荼毒众人,累及崇伯。今日涉蠱出来,想做调人,又被黄魔骂走,这更是鲁莽了。"正说到此,童律已领了蠱围进来。隔了一会,狂章又领一个龙首人身的计蒙进来。庚辰又领了一个方面三脚的涉蠱进来。三个地祇见了右英夫人,一齐稽首。夫人道:"这回之事,涉蠱最无罪,但刚才调停不肯终局,亦是负气之故。蠱围捆缚地将兜、卢二氏,虽说由于被逼,情有可原,但第二次鸿濛氏来问,何以亦不问情由举械就打,致使章商氏受伤,岂不是尤而效之么?至于计蒙,不问情由,不计利害,以一时朋友之私情,兼怀宝光罩射之忿,辄尔施逞毒计,害及众人,且惊崇伯,其罪甚大。虽说事后知悔,挽请涉蠱出来调停,但已迟了。现在我判决,计蒙、蠱围二人先向崇伯道歉,计蒙兼向崇伯部下诸人道歉,然后计蒙监禁光山五年,蠱围监禁漳渊二年,均不许出来。涉蠱无罪,省释。如此判法,汝等服么?"三个地祇皆稽首称服。夫人道:"既然如此,就去吧。"涉蠱先出,计蒙一阵风雨亦去了,蠱围向夫人道:"我们闯祸,应该监禁,那第一个肇祸的人如何办法?"夫人喝道:"汝吊了他们几日夜,还不够么?"蠱围听了无语,亦退去。夫人亦向文命告辞。文命再三称谢,夫人香车冉冉升空而去。文命亦将天地各将告诫一番。次日,从骄山乘舟西进,但见无数难民都避在山顶上,前日因晚炊,不戒于火,茅屋荡然,露宿可悯。大众才悟到前夜火光,原来是此地失火。文命盼咐,尽力救济之。(现在湖北宜昌市,江之左岸,绝岸壁立数百仞,飞鸟所不能栖,有一火炉插在崖间,望见可长数尺。父老传言,昔洪水之时,人泊舟崖侧,以余烬插之岩侧,至今犹存,故先后相承,谓之插灶。又有一山,形如筐筐,洪水时漂在水中,独不沉溺,避难者多居其上,即宜昌市西之高筐山也。)

第一百十二回

四川地势之理想　黄魔凿黄牛峡
古今中外葬法之不同　禹凿巴山峡
巫山之猿

且说文命治水荆、梁二州之间,一日,行至一处,但见四山洪水喷薄而下,其形势正与孟门山未开凿时一样。云梦大泽仿佛就是山海,此处就是孟门山,不过山海是无出口的,所以水患甚大,云梦大泽是有出口的,所以水患比较小。文命考察那山水的源,都是从梁州而来。后来又发现一个山口,想来是从前流水的缺口。不过从前梁州地势尚未发生变化,这条水源短而量小;现在不然了,梁州地势升高,愈西愈高,西部的水都向梁州东南部泛滥,以至由山顶冒到荆州来,水量增加到几万倍,而那个流水的缺口还只有这一点点,哪里排泄得及,所以不能不从四山喷薄而下了。

文命将形势相度一会,觉得旧时的流水故道口门既狭,且太迂曲,于山势的高低亦不对,因此拿玉简细细量过,然后指定一处山脉,叫工人开凿。那山脉连亘足有二十里,天地十四将带了工人日夜动手,足足开了两个月方才开通,水势滔滔,直滚而下。但是下面还有两山阻隔,文命又叫工人将下面的山再凿开一点,水势方得直流,直放云梦大泽而去。四山的洪水顿时并到此处,一总下泻,不由各处喷薄而下了。这下面的两座山,就是现在湖北宜都市两岸夹江而立的荆门、虎牙两山。那凿了两月方才开通的山,就是现在湖北宜昌市西的西陵峡,是由湖北到四川最险的三峡中的第一峡。那旧时口小的水道在西陵峡之东,自从西陵峡开通之后,水势都向西陵峡而流,那条江渐渐干涸断绝,所以现在大家就叫它禹断江,闲话不提。

且说文命自从开通了西陵峡之后,远望西边,连峰际天,愈西愈高,但是那一股水势还是从梁州山上冒下来。因为梁州地势从前濒于西海,水都向西而流,后来地壳剧变,南西都耸起无数大山脉,西海之地愈升愈高,因此所有海水分作三方面而倾注。向东北流的就是大河,酿成北方洪水之灾;向东流的就是大江,酿成南部洪水之灾;向南流的,直向南方流去,倒也不成问题。梁州境界,东北从华山之南起(现在陕西汉中一带),西南至黑水止(现在西藏喀喇乌苏河,就是云南怒江之上源),四面群山环绕,中间又有一个大盆地(现在四川省城一带)。那里本来是一个大湖,西海之水既然向东倾注,所以现在四川地方就受了极大的水灾。水既积满,当然从巴山、巫山溢出去,这种情势与龙门、吕梁未辟凿以前的冀、雍二州真差不多。所以夏禹治水,在北方是凿龙门、擘太华、辟砥柱,在南方就是凿三峡。但是龙门山高,下面临着山海,施功难而日期较短;三峡之中,绵亘七百里,山山相连,峰峰不断,施功易而日期反长。

这次最告奋勇的是七员天将,一因地方平静,并无妖怪,闲空之至;二因此地巫山是云华夫人所住,他们仿佛家乡之地,一切形势颇为熟悉,所以特别出力,而七将之中尤以黄魔为最。一日,开凿到一处,只见一座大山迎面而立,黄魔兴之所到,就将它凿了几下,顿然成了一个老者之形;又将旁边一座较小之山凿了几下,成了一只黄牛之形。(现在叫黄牛峡,水势很急,有"朝上黄牛,暮宿黄牛,三朝三暮,黄牛如故"之谚。)凿好黄牛峡之后,一路又凿上去，又开了好几重山峡，那水势奔腾而下，更是迅疾。一日，正在开凿之际，一块大石陡然崩落，山洪就从缺口中冲来。七员天将赶快升天，七员地将赶快入地，独有那苍舒等及工人们无从逃避，被石头打伤而死以及被水冲去受伤而死的人，不计其数。幸而文命、皋陶、伯益等此时适在他处，未遭此险。后来仔细调查，知道苍舒、叔献二人正在旁边监工，大石崩落之时，急急奔避，足绊而仆，头颅触着岩石，受有重伤，叔献并伤及左臂。龙降、仲容、仲戡、季狸四个被山洪所冲，随流而下，幸喜前有大木攀住，得以不死，其余都尚无恙。唯工人之受伤者、为巨石所压而成齑粉者以及为洪水冲去而失踪者，不下百余人。后来由天地十四将急往下流寻觅，因而救生者，约十余人。

文命睹此情形，非常痛悼，一面先将受伤者叫医生从速妥善医治，一面暂停工作，叫工人将附近山上大木砍伐制造棺木，将死者盛殓。那死于伤、死于水的还不算惨，最可惨的是被巨石压死之人。众人将巨石移去之后，但见一大块人饼，血肉模糊，究竟总共死了几个人，一时亦查不出；究竟这颗头腹是哪一个的，哪两只手脚是哪一个的，亦莫名其妙，要想棺殓，竟无从着手。有人主张，将这许多辨不清的尸骸索性用火化了。文命连连摇头道："不可，不可！太忍心，太忍心。"横革在旁说道："人已死了，知觉全无，伺谓忍心？"文命太息道："你知道这棺葬之礼何以通行起来的呢？上古之时，人死原是不葬的。父母死了，兄弟妻子死了，总是扛出去，向旷野一丢，以为他已无知觉了。后来走过一看，只见他父母兄弟妻子的尸骸竟在那里给狐狸吃、给豺狼咬，你想心中过意得去么？过意不去，所以要葬，葬就是藏的意思，就是保护的意思。于万万无可保护之中，想出一个葬法来保护，又恐怕赤体埋在土中虽则免了狐狸豺狼的咬嚼，仍逃不了虫蚁蚯蚓等的攒噬，所以从前葬法总是厚衣之以薪。为什么要厚衣之以薪？就是为保护。为什么对于已经灭了知觉的尸体还要保护？这就叫事死如事生。活在这里的时候，有狐狸豺狼来咬他，有火来烧他，你看了忍么？活在这里的时候，既然看了不忍，到得一死，相隔不到几时，就拿火来烧去他，试问良心到哪里去了？在我们中国西面几万里之外，有一个国家，比我们中国开化还要早，他们人死之后，就用药周身涂擦，保护尸体，可以历几千年而不坏。他们以为几千年之后这尸体会得复生，所以须如此保护他。并且，他们的君主还特别造起一个极大的大坟，专为储藏尸体之用，以至于尸体堆积得很多。这种叫迷信，叫作太过，原是不可为训。还有一个国家，在我们中国南方几千里之外。它的开化比中国稍为迟一点，在现在亦算文明之国了。但是他们于人死之后就用火葬，而且以烧得净尽为主。烧剩的灰和烧不尽的骨殖则拿来丢在水里。这个依我看起来，似乎太忍，似乎太觉不及。但是细细考察他们所以必定要火葬的缘故，亦有他们不得已之苦衷。原来他们那边天气甚热，本来容易得疫疠。人死之后，尸首更容易腐烂，一不小心，尸气传染，就是疫疠的根源。所以他们急急举行火葬。还有一层，他们那边土地尽是平原，而且极为膏腴，如果都用来埋葬尸体，很是可惜，这亦是他们实行火葬的一个原因。此外还有许多岛国，面积甚小，而人口日多，如其不将尸体火葬或丢在海里，都要和中国一样地葬起来，多少年之后，简直会连种植居住的地方都没有了。所以有些地方，我们当加以原谅，不能概以夷狄目之，说他是无仁心的，说他是残忍的。至于我们中国，现在地大人稀，未经开辟、没有人迹的地方不知道有多多少少！正可以在两个古国一过一不及之中，立出一个中道来，哪里可以开一个火葬的恶例，给后人做口实呢？"真窥道："将来几千年之后，人数增多，那葬法必定要改良，或者通行火葬亦不可知。"文命道：

"这个自然。但是我看,亦不至于一定如此。因为一个民族能够立国到几千年之久,必有一种特殊之才能,既然有特殊之才能,那么几千年之后,人口增多,版图亦必定跟着加大,何至于就有人满之患呢!况且无论如何文明的国家,一治一乱之理总是逃不脱的。经过一次大乱,人口就要减去不少,同时那些无主的坟墓亦要削平不少,盈虚消息,冥冥中自有主宰,我们此刻正不必代后世抱杞人之忧。如果几千年下去,但有治,没有乱,那么人口之增殖一定非常之多,人口既多,则生活困难,竞争必烈,但求可以谋生,一切现在的仁义道德都可以置之不顾。不要说父母死了火葬视为天经地义,就是拿父母的尸体来熬油、来喂牲畜,或拿他烧剩的灰屑来肥田,亦自以为能废物利用呢!即使活的父母,杀了他拿来吃亦可以算孝道呢!"

皋陶在旁听到此处,哈哈大笑道:"崇伯!你这话太愤激了。"文命正色道:"我不是愤激话,的确有这种人呢。在我们中国南方几千里以外的一个岛上(现在南洋苏门答腊岛),有一种民族,他们的父母假使活到五十岁以上,他的子孙就要请他举行爬树大典了。父母爬在树上,紧抱着树枝,他的子孙在下面将那树干尽力地摇,不知道要摇多少时候,假使他父母抱得牢,不跌下来,那么说他这个人还有用,放他下来,过几年再举行这个典礼,假使抱不牢,跌了下来,那么他的子孙老实不客气,就得将他父母杀来吃,还要将肉分赠亲友呢!"

梼戭听到此,不禁怒发冲冠,拍案大叫道:"岂有此理!真真岂有此理!兽之中有獍,食其父;禽之中有枭,食其母。枭、獍是禽兽,圣王尚且要教百姓搜寻而戮之,殄灭其种类,以儆不孝,现在他明明是人,竟敢如此。这个岛在哪里?我们奏知天子,等治水成功之后,去剿灭它吧。"文命太息道:"就我们的眼光看起来,自然他们是残忍不孝,但是他们亦自有不得已之苦衷。这个苦衷,就是土地狭小,人满为患,所有的食物不够分配,没有他法可想,只有将年老无用之人杀去,以节食物。他们的心理,以为年老无用之人生在世间,徒然消耗世间的食料,一无利益,所以杀死了他,不但无罪,而且有功。那被杀的人,他的心里亦以为应该。一则习惯使然,二则,以无用之人还能够拿了他的血肉供子孙及亲友的一饱,岂非大快!所以就他们说起来,亦是持之有故、言之成理呢。我们中国几千年之后,人满为患,会不会行这个方法却不可知,而那水葬、火葬的风气却难以实现。因为杀去无用的老人以救有用的少壮,尚且有词可藉,消灭死人的尸体以广地利,那更振振有词。一班好新喜奇、自命有远见的人,哪一个不提倡主张呢?到那时候,一切道德的标准必须种种变过,或许现在我们以为残忍不道德的事情,到那时反以为仁慈博爱,亦未可知呢。不过就现在而论,这个火葬万万不可用,况且这次死的工人,都是为国宣劳的人,不幸惨遭压死,虽则尸骨莫辨,岂忍再加以一重的惨毒呢!我看不如大大地做几口棺木,将他们一总殓进去,虽非夫妻,朋友同穴亦是好的。"

众人听了,都以为然,于是做了几口大棺,将被压的尸体辨不清楚的,一总都盛进去,其余则各自棺殓。大家又商量安葬之地。文命道:"就葬在这座岩石之上吧,我看那岩石上有许多空穴,尽可容棺,岂不省事!"于是众人依言,将大小棺木百数十具都安葬在岩穴之中,用砖泥封固。后来地势又渐升高,砖泥脱落,棺木大半露出。过路的人看见了,就给此地取名叫棺材峡(现在湖北秭归县西北二十里,石壁千仞,飞鸟不可及之处,有洞穴累累,棺木或大或小,历历如新,棺木皆完好,当地人民谓之仙人棺云。)

棺材峡既凿好之后,又接连凿了好几个峡,都是黄魔当先,他有时热汗淋漓,竟是裸体操作,实在奋勇之至,文命非常奖勉。一日,他忽觉有点倦了,庚辰劝他道:"不要怕辛苦,困难的工程还有呢。你如果始终不懈,这里的大功总推你第一,后人纪念你的功劳,也许立庙来祭祀你,可以俎豆千秋呢,不可懈怠!不可懈怠!"黄魔听了,果然重打精神,再奋力踊跃工作。(后来世人果然替他立一个庙,叫黄陵庙,就在黄牛峡相近,黄魔亦时常出没于附近之地。宋朝真宗皇帝时,寇準谪居巴东,舟到黄牛滩,闻水中人语。出去一看,见一裸体大汉为之挽舟。準问之,对曰:"我黄魔神也,公异日当大用,故为公挽舟耳,但裸体不敢相见。"照这事看来,可见黄魔之神仍旧在三峡之中也。)

　　一日,开凿到一处,文命来巡视工程,黄魔向文命道:"前面就是夫人所住的巫山了。"文命仰面四望,不见踪迹,便问道:"宫殿在哪里?"黄魔道:"前面山上就是。"众人听了,再细细观看,仍旧不见,再问道:"我们如何不见?"黄魔道:"神仙之事,有缘则见,无缘则不见。老实说起来,神仙所居,有时实在离人不远,但人不能看见。有时人与神仙遇着,有时或与人谈话,而世人始终不知道他是神仙,当面错过的,亦非常之多,这个就叫无缘。即如那边山上,明明是我们夫人的宫殿,崔巍盘郁,金碧辉煌,我们看过去清清楚楚,而诸位竟说未见,岂不是无缘么?"众人听了,不胜怅然。但是文命还是仰着脸观看,忽然指道:"那山上不是有人来往么?"众人依着文命所指的方向看去,果然像有三四个人在那里走来走去。黄魔笑道:"这个不是人,是夫人所养的几只猿。"说罢,嘬起嘴唇,又用两指搁着嘴尖,发出一声长啸来,那声音悠悠扬扬,连续不断。过了些时,只见那岩石之顶有许多毛头攒簇,众人一看,果然是猿。但是那些猿看见这里有大队的人,颇自惊疑,探头探脑,不敢下来。黄魔嘴里又发出一种啸声,那群猿才敢从那巉岩削壁之上攀援而下。原来猿臂甚长,善于攀援树木,虽在那绝壁数仞之上,亦能百臂相联,倒挂下来饮水。所以古人制字,叫它蝯,就是为它善于攀援、援引的缘故,现在写作猿字,是后人改的,闲话不提。

且说群猿下来之后,黄魔又发啸声,它们就聚到黄魔和众天将面前。众人一看,共有十二只,内中有两只俨如老人,毛色纯白,其余有四只色黄,六只色黑,眼光闪闪,向着众人不住地乱看,颇有疑惧的意思。文命便问黄魔道:"你刚才长啸,是叫它们下来的意思么?"黄魔道:"是,第一声是叫它们下来,第二声是叫它们不要惧怕,第三声是叫它们走近来。"国哀听了,诧异道:"它们亦有言语么?"黄魔未及答言,隤敳在旁说道:"这个某知道,凡是禽兽的鸣声,就是它们的言语,都在那里发表它们的意思,不过能明解它们言语的人很少就是了。从前有一个贤人,能通禽言。一日邻人失去一只羊,原来是被虎衔去的,他听见鸟鸣声,知道羊的所在,跑过去寻,果然还有虎吃剩的羊肉、羊骨在那里。他拿回来告诉邻人,邻人不信,反冤枉他,说是他偷杀的,就去报告了官。官将他捉了去,关在监牢里,要治他的罪。他辩说是听了鸟言知道的。官哪里肯相信,以为天下必无此事。一日,正在审讯时,忽听得树上鸟儿又不住地乱叫。他就向官说:'现在鸟儿又报告我,说道:有某国之兵暗暗来攻打我国,现在已到某处了。如不相信,可以去探听。'那官叫人去探听,果然是真,才知道他真能通鸟语,立刻将他放出。这是通禽言的人了。又有一个诸侯,到邻国去走走,邻国诸侯请他宴会,忽听见墙外牛鸣,他就说道:'这只牛生过三只小牛,都给人拿去吃掉了,它正在那里悲痛呢。'邻国诸侯不相信,叫人去一问,果然不错,才知道他能通兽语。所以照这样看来,禽兽的鸣声就是它们的言语,一定无疑了。不过黄魔君怎样能通猿语,某很喜欢研究这种学问,尚请指示。"黄魔道:"我们在山上,无事时,常和它们玩玩,学着它们的声音,留心它们的动作,久而久之,便能明白,其他并无诀窍,就是声音最难学。"

说完之后,伯益指着白色的两只道:"这两只好像人。"黄魔道:"这是它们队里的祖宗呢,黄色的是它的子女,黑色的是它的曾孙。猿初生的时候,色黑,而且都是雄的。年纪渐老,则变黄色,下体烂去,转而为雌,再与黑者交而成孕。又过数百年,黄色又变而为白,形状亦如老人,寿亦至千岁矣。"众人听了这种传种之法,都诧为异事。忽然庚辰嗫着嘴又发出一种啸声,只见那些猿类都走过来,向庚辰伏着,随即走到庚辰后面站住。众人不解,便问庚辰说什么话。庚辰道:"我叫群猿替我们工作,搬运石块,传递器具,问它们肯不肯,它们都表示肯的,所以站在我后面。"文命道:"它们如果肯效劳,我就允许它们子子孙孙永远繁殖在这山里。"庚辰又将这话翻译给群猿听,群猿得意之至,从此跟着七员天将竭力地工作,性既灵敏,身体又矫捷。巫山之长,一百六十里,足足开了两月方才竣工,而群猿出力不少。后来功成之后,它们散居在巫山四周,数千年来,猿子猿孙非常繁衍。每当月白风清之夜,引吭而啸,其声至清,诸山谷传其音响,泠泠不绝,过路的人听了,都能够引起悲伤。所以后人有两句歌词叫"巴东三峡巫峡长,猿鸣三声泪沾裳",到现在还是如此。

第一百十三回

禹治云梦　衡山神丹灵峙泰迎禹

掘昆仑之息土以治洪水　禹三次过门不入

涂山氏望夫　禹伐曹、魏、屈、骛四国

且说文命将巫峡开通之后,梁州大部之水就滔滔向东而下。文命深恐下流又受水患,遂再向云梦大泽而来。哪知果然水势非常漫溢,从前所看见隐在水面下的沙洲至此都已不能看见了。测量水势,较从前增加到一丈多高。文命觉得不对,越过汉水,径向云梦与彭蠡两大泽连接之处察看一会,觉得两山夹束,水路虽不甚宽阔,而流势尚畅。(现在湖北蕲春县田家镇与隔岸之半壁山对峙,江流至此,宽不过五分之一里。)要想再凿广些,深恐反引起海潮之激荡。踌躇许久,不得主意。于是又折而西南,径上东陵(现在湖南平江县东北,幕阜山支峰之天岳山上,有巨石高约数丈,围径二尺,中段光滑,名叫系舟峰,相传是禹系舟之柱。山上又有石壁,刻篆文铭,上言夏禹治水登此),四面一望,但觉东西两面都是茫茫巨浸,极目无际。心想此地虽不是海,但看此情形,称它为南海有什么不可呢。(后来到周朝春秋时候,齐桓公去伐楚,楚子道:"君处北海,寡人处南海",竟称此地为南海了。)

下了东陵,从泽畔下船,向云梦大泽中流摇去,经过象骨山和巴陵两处,大家想起老将的英风,齐声叹息。有的说:"巴蛇之大,不知比相柳究竟如何?"有的说:"可惜老将这个人的死竟不得其所!"有的说:"到底老将是否死于逢蒙之手?逢蒙这个人始终并未获到,真是疑案。"有的说:"逢蒙所著的射法两篇,实在精极,的确是个善射之人,可惜他的心术不正。"大家说说谈谈,不觉日暮,那只船已停泊在一个岛下歇宿。

次日天晓,文命看那座岛还有点高,遂与皋陶、伯益等直登其巅,眺览了一会(现在湖南华容县南三十里有禹山,相传禹尝登此),再下山上船,向西岸进发。又考察了一会,但见西岸都是崇山峻岭,从那山岭间流出的水千派万歧,正不知道有多少,都向云梦大泽中流进去。西岸考察完毕,仍想不出一个办法,便来南岸,打算上衡山一看。到得衡山脚边,只见小山纵横,将南面来的水势阻住,里面形成一个湖泊。步行既不能过,坐船又无可坐,文命便叫从人将船拖过山去(现在湖南湘江西岸岳麓山左,有大禹拖船坳,一名禹迹溪,即此),再坐船前往。

到得衡山相近,舍舟登山,只听得山头笙簧阵阵,香气飘飘,抬头一看,但见翠幢羽葆、仙人灵官之属,满山满谷。当头一个,服朱光之袍,戴丸丹日精之冠,佩夜光天真之印,骑着赤龙,迎面而来。文命料到是衡山之神了,刚想迎上去,那山神赤龙已到面前,随即下龙,与文命施礼,口中说道:"衡山神丹灵峙泰谒见。"文命慌忙答礼,说道:"某治水失效,惶窘之至,特来贵山一眺形势,承蒙相迓,益觉惭愧。"丹灵峙泰道:"崇伯治水功成大半,何谓失败?未免太客气了。"文命道:"不然,现在巫山已经开通,梁州之水统统向云梦大泽而来。某细细考察,觉得水患反比从前厉害。从前大泽已有沙洲涌起,现在倒反陷下去,测量地势,觉得比从前又低了许多,正不知是何缘故。无法可想,岂非失败么!"丹灵峙泰道:"原来为此,小神略有一点知道,这是有缘故的,但说起之后,崇伯切不可伤心。原来荆、梁二州洪水未泛滥之先,天帝早知道此二州将有水患,所以预先叫各神祇将昆仑山的息土分配在荆、梁二州境内。在荆州的,一处在衡山之南,一处在云梦大泽之西。在梁州的只有一处,在它中部。天帝的意思,原是要使洪水来时有所抵御,不料令尊大人老崇伯神机独运,识透天帝之心,知道这息土之功用甚大,并且知道三处藏息土的地方,遂于他受任治水的那一年,叫人将三处息土统统偷去,以致梁、荆二州的百姓受洪水之灾不小。所以天帝震怒,老崇伯的功绩遂因此失败。现在此处既无息土,被各处之大水一浸,自然渐渐下沉了。此刻崇伯可立刻遣天将到昆仑山请求西王母,转奏天帝,赐以息土,拿来一填,大功就可以告成,何必踌躇呢!"文命听他说出父亲偷窃息壤的一段臭历史,不觉心中万分难过,眼泪纷纷而下,真是又伤心,又惭愧,又诧异。心想,天帝秘藏的息壤不知我父亲如何能知道,又如何能知道它的藏处,岂不可怪!可惜弄巧成拙了。

丹灵峙泰说完,看见文命垂泪不语,知道他心中伤感极了,忙接着安慰道:"崇伯切勿伤心,要知道令尊大人老崇伯功绩虽然失败,但亦可算得千古以来第一个人。因为天帝所秘藏的物件,他是凡人竟能知道,这个本领哪个及得来呢!况且他偷窃息壤,并非为己,实系为百姓,与寻常的偷窃大大不同,崇伯可不必介意,快快遣天将等去请求吧。"文命听了,非常感激,收泪致谢,说道:"既承尊神如此指示,某当即刻去遵办,且俟异日再到贵山稽首。"说罢,与众人下山登船,仍回原处。那丹灵峙泰带了七万零七百个群仙亦顿时不见。

且说文命回到原处,就叫过七员天将来,说道:"刚才衡山神君既如此说,只能叫汝等前往昆仑山向西王母敬求赏赐息土。我不能亲往,汝等就代表我吧。"说着就叫从人焚起香来,自己具了衣冠，先向西方昆仑山拜了八拜，然后又向七员天将拜了八拜，仿佛亲往之意，弄得各天将惶窘之至，受既不可，答又不能，避又不能，只得半受半避半答地敷衍了过去。文命立起身来，说道："汝等早去早回。"七员天将答应，一齐升空而去。过了一日，就回来了，每人挑了一副大担，每担之中满满盛着泥土，到了文命面前放下，上前复命道："某等到昆仑山时，我主人云华夫人亦在那里，已经知道崇伯的意思，不等某等开口，先说道：'崇伯叫你们来取息壤，我早已预备好了，你们挑去吧。'某等因此就挑了来。"文命大喜，又向着昆仑山八拜致谢，然后吩咐庚辰等道："汝等先取三担填在云梦大泽之中，又取一担填在湘水上流与潇水合流之处。"庚辰、狂章、童律、繇余四将答应，每人一担，分别前去填塞。说也奇怪，挑息土之担并不甚大，但是倾出来续续不绝，非常之多，顷刻之间，一担的土已成为丘陵，三担的土更顿时布满各处。隔了两日，那汪洋无际的云梦大泽中间已渐渐涨起陆地来，将大泽中分为二，漫溢的水患就自此平息。还有三担息土，文命吩咐且留着，预备到了梁州再用。

　　文命于是带了大众，径从巫峡之中向梁州而来。那时水流喷薄虽较减低，但是那凿不尽的山石处处横塞峡中，岈崿锐利，船只万不能行，只能爬山越岭而上。一日，到了一处，文命正用玉简在那里测量地势，忽见一人飞奔而来，上前行礼。文命一看，乃是大章，不禁问道："汝在此做什么？我妻我子好么？"大章道："夫人和公子都安好，现在在前面等候呢。"文命道："他们为什么跑到此地来？"大章道："小人随夫人、公子到石纽村去祭扫，那边房屋坟墓一切俱完全，甚可放心。事毕之后，随着夫人、公子东还，哪知到了梁州东境，忽然遇着形似寇盗的一大队兵士，夫人、公子几乎被掠。幸得一个名叫奚仲的，号召了许多人，死命地将夫人、公子救出，依旧退回原路。"文命忙问："这形似寇盗的兵士究竟是哪一国的兵呢？汝后来知道么？"大章道："小人探听过，说是驽国的兵士，内中听说还杂有三苗国的兵在内，不知是真是假。但那些兵逐渐西侵，小人一想，石纽村恐不可去，只怕愈走愈远，道途梗塞，无法东旋，所以和夫人商量，想从梁州径下荆州，再到扬州，回到涂山。哪知洪水甚大，路中非常险阻，因此就在此处留住了。现在四面洪水忽然低减，仔细打听，才知道崇伯治水已到此间，所以小人特来迎候。夫人、公子都在前面，崇伯此去可以相见了。"文命道："离此地还有多少路？"大章道："大队前去，约有十日路程。"文命听了，心中颇慰，便向大章道："那么汝先归去报知，待我经过时再相见吧。"大章领命而去。

这里文命依旧到处测量地势，督率众人前进，所过之处，但见汪汪洋洋，都是大水，山上树木尽被漂去，有的为百姓取作燃料，大半成为童山。一日，行到一山，只见山上所有木枥依然不动，可算不常见之事。文命大喜，就在此山下住了一夜，从此这座木枥山就有名于后世了。（现在四川万州西一百里。）次日，大章又跑来说道："夫人听见崇伯治水要经过家门，可以相见，非常欢喜，正抱了公子站在门外一块大石上盼望呢。"（现在四川重庆城朝天门外，此石尚存，叫夫归石，俗语讹传作乌龟石，就是涂山氏望夫的遗迹。因为涂山氏曾经住过，所以那座山亦叫涂山，山上还有涂山氏的庙，旁边另有一个穿外夷装束的塑像，须发鬡鬡，便是禹的妇翁涂山国侯。）文命听到他夫人如此的盼念，心中非常感动，便再问大章道："离此地还有多少路？"大章道："快到了，大约不过二三百里。"文命听了，亦是欢喜，暗想，我成亲之后，在家中居住不过四日，别离忽已数年，女攸不幸已化去，只剩女娇一个，这种夫妻真是苦的。现在水患大致将平，不比从前的急迫，地方既然相近，可以归去聚聚,虽不能住宿一宵,但是在家中盘桓一晌,左顾右弄,共牢一餐,亦是好的。一面想,一面打发大章回去,一面仍旧和众人前进,做他的工作。看看近涂山了,遥见前面一座小山浮在水中,想来亦是高峻之处,人民可以避难的地方了。(现在四川重庆东四十里,有浮山,一名方山,就是因洪水不没而得名。)

正在看时,忽见北方水面无数浮尸蔽江而下,文命太息道:"这又是洪水中的牺牲者了!"转念一想,我受命治水多年,到今朝还不能使人民免于陷溺,这与我去陷溺他们何异!想到此际,忧心如焚,把刚才急于见妻子、叙契阔的心思都打消了,两只眼尽管向那水面望。忽然感到诧异,回转头来向皋陶等道:"遭水溺死的应该全尸,何以这浮尸之中竟有许多断头折足之人?是什么缘故?"大家看了亦是不解。后来上流又是一群浮尸汆来,仍有头断足折之人。伯益道:"据此看来,决非溺水死的,或者是剧盗窃发,恣意屠戮,亦未可知。"文命颇以为然,急叫狂章、童律两将过来,盼咐道:"你们赶快溯流而上,去察看情形,究竟是怎样一回事。"二人领命,蹑空而去。过不多时,早已飞回,手中都用绳索捆绑着数人,放在地下。文命忙问他们缘由,童律道:"这班人并不是剧盗,某等去到离此地约三百余里之地,果见无数强人正在那里杀人放火,所杀之人,尸首都抛在江中。某等不禁大怒,下去打死了他们几个。他们见某等从天而下,以为是天神,都慌着俯伏稽首,口称神人饶命。某等问他们是什么人,他们有的说是曹国人,有的说是鄝国人。某等深恐崇伯悬念,不敢多问,就随手活捉了几个来,请崇伯细问他们吧。"

文命听了,先叫人将他们捆绑的绳索松去,然后叫他们上来审问。仔细一看,共有六个人,有老有少。文命先问那老者道:"你是什么人?敢如此杀人放火,不怕王法么?"那老者战战兢兢地答道：“小人是曹侯部下的兵士，奉曹侯之命来攻城掠地。君主号令不敢不从，并非小人本心，敬乞原谅饶命。”文命道：“你们曹侯何以不守法度，要来攻城略地？这个原因你知道么？”那老者道：“小人不知道。”顺手向一壮年的俘虏指道：“他是将官，一定知道的。”文命就问那将官，那将官道：“我们曹侯素来是服从天子的，后来与北面的共工、南面的三苗国交结了，就有不臣之志。这次三苗国为天朝大兵所灭，三苗国君带了他的许多兵逃到敝国，竭力劝敝国君出兵反叛。他又去联合了魏、屈、鹜三国共同商量，先并吞西土，然后东向而争天下，所以叫某等率兵来的。所供是实，乞饶命。”文命道：“现在屈、鹜、魏三国的兵呢？”那将官道：“屈、魏两国的兵是攻西北方去了。鹜国的兵与敝国合攻西南，所以在此。”说着，就指俘虏中一个少年道：“这就是鹜国的兵士。”文命听了，便不再问，吩咐将这些俘虏暂且监下，一面命苍舒、伯奋等仍旧率了两支大军向北方进发，一面叫过大章、竖亥来吩咐道：“我本想归家一行，与夫人、公子相见，现在遇到这种急事，立刻就要督师去征剿，不能回家了。你们可传言与夫人，说我有天子封我的封土，在大河之南，但是我因为治水未成，没有工夫去经营城邑，如今夫人和公子在此寄居，终非善策，石纽村旧居既不可去，我看还不如回到涂山去吧，或者径到我的封土内暂住亦未始不可，一切请夫人自己斟酌，我不遥定。总之费汝等的心力，代为照料。我就要北行了。竖亥在此无事，亦同了去。”大章道：“此刻离夫人所居不过里余，崇伯何妨即去一转再来督师，不过破费半日工夫，料想没什么紧要呢。”皋陶、伯益等在旁亦都相劝。文命决定不肯，大章等无法，只得同到夫人处传命。可怜涂山氏记念多年，如今得到这个机会，满望可以得片刻之聚首，少叙离情；启子已稍稍解事，能牙牙学语了，亦可以使他认识父亲；一切酒肴之类因大章说文命已答应必来，所以统统都备好；谁知日日立在石上抱子望夫，竟望了一个空，不禁惆怅之至！另有一个侍妾，涂山氏刚才叫她去门外等候，哪知亦接了一个空，那侍妾禁不起相思愁绪，就作了一首《彼候人猗》之歌。据音乐家说起来，这首歌词是南音之祖，足与简狄、建疵做的那北音之祖的歌词相匹敌，可惜全首失传，古书上只有"此彼候人猗"一句，编书者不敢乱造，只好随它去了。

且说文命自遣发大章、竖亥二人去后，即刻登舟，向北进发，沿途逆水，不免耽搁。（现在四川南部县东三十里有禹迹山，即当日经过之地。）一日，又见北方一山，特起于巨浸之中，上面有人民无数，大约都是避难者。（现在四川剑阁县西北有浮沧山，即是此地。）文命看了，总是恻然。过了数日，到了那曹、鄫两国屠戮人民之地，但见颓垣败壁，兵燹之迹犹存，人民早已一空，地上却尚留有尸骸数具，那曹、鄫两国之兵却不知所在。文命叫天地将前去探听，后来回营报告道："两国之兵都在北面二百里外高山上，据险以守，曹国在东，鄫国在西。"文命听了，就命苍舒去攻打曹国，伯奋去攻打鄫国。二人领命，率师而去。天地十四将亦请同行，文命不许，说道："我不能以德服人而以力服人，已觉惭愧了，假使再掺以神道，即使大胜，亦属可耻。倘有妖异，再烦劳汝等吧。"天地十四将亦不复言。且说苍舒、伯奋领了大军径向北走，打听得两国兵在一座高梁山附近（现在四川剑阁县北），曹国兵靠东，接着东四百里之蛇山；鄫国兵在西，接着西一百五十里之崛山，军容甚盛。但是他们亦仿佛知道大兵到了，专务守险，不出来攻击。苍舒、伯奋探知这盛高梁之山是一夫当关、万夫莫进的险地，就商量先攻它的旁翼，以分它的兵力。计议定了，苍舒就叫梼戭、大临各带一千兵向东去攻蛇山，伯奋亦叫仲戡、叔献各带一千人去攻崛山，东西齐举，使它兵力不能不分，四人各领命而去。

且说仲戡、叔献到了崐山之后,只见满山森林甚茂,山下横着一条大溪,从那森林之中隐隐见有许多旌旗营帐,想来就是骜国之兵了。叔献遂传令军士在大溪上先搭起浮桥数座,以便进攻。哪知军士等到了溪边,刚要兴筑,忽然水中伸出两条像绳索似的物件来,将兵士一钩,早有几个军士给它钩入水中。众人大吃一惊,纷纷向后面退走。有几个胆大的,停了一会,见溪中绝无动静,再到溪边去窥探,哪知又被绳索出来钩去。如此几日,接连好几次,刀剑不能御,矢石无可施。仲戡、叔献无法,想寻个土人问问,又遍寻不得,原来已被骜国兵杀完了。只得退兵,来与伯奋商议。哪知到得营中,东路攻蛇山之兵亦早退回了。问起原因,因为梼戭、大临之兵还未到蛇山路上,就遇到一道白光。那白光闪过之处,军士的心思顿然迷乱,不知道路,不守纪律,有时竟自相残杀起来,结果计算兵士之失踪者不下数十人,不知究竟什么缘故,所以只好急急退回。苍舒、伯奋闻知这个消息,亦无法可施,慌忙用公文报知文命,请派天地十四将前来助战,以擒妖怪。

第一百十四回

天将驱除虵狼　禹责梓神

禹二次遇疫

且说文命接到苍舒、伯奋之报告,忙叫童律、兜氏、乌木田、乌涂氏、繇余、陶臣氏、大翳、卢氏四正四副前往助战。苍舒、伯奋商议道:"如今既然遇到妖魔,我们两军并在一起吧,不必分兵了,先叫天地将跟了仲戬、叔献去攻崐山,如何?"乌木田道:"我们看不必,据说崐山之妖在水中,地将足以了之,蛇山之害在空中,某等足以了之,尽可仍旧分头并进,何必并在一起呢?"苍舒、伯奋见他如此说,于是仍旧两路并进。四员地将跟着叔献等来到崐山,叔献就将上次遇险的情形与地点告诉了。陶臣氏道:"那么让我们去看来。"说罢,与兜氏、卢氏、乌涂氏一齐入地而去。过了些时,只见溪中水溅浪激,非常不安。又过了一会,乌涂氏从水中拖了一条大蛇出来。众人细看,足足有八九丈长,其尾细而分歧,仿佛两条绳索,原来就是屡次钩人的妖物。接着陶臣氏又从水中拖出一条来,其长相等。接着兜氏、卢氏亦各拖了几条较小的出来,但是其长亦有六七丈或七八丈,巉牙锐齿,虽则都已打死,而其状尚觉可畏。众人忙问兜氏道:"只有这几条么?"兜氏道:"蛇子蛇孙多着呢。"说着,又与乌涂氏等入水而去,接连又拖出几条来,总共打死了几十条。卢氏道:"好了,虽则不能绝它的种,但是几十年之中不会再害人了。"仲戬忙叫兵士将蛇类剁碎掩埋,一面将预备的浮桥再向溪上搭起,果然顷刻造成,一无危险。叔献向四员地将深深致谢。四地将见事已毕,辞了仲戭、叔献,径到伯奋处报命,不提。

且说四员天将随着梼戭等向蛇山进发,走到半途,果然见前面一道白光闪耀,兵士们大叫一声"不好",多有向后退的。童律等四天将早各执兵器向白光发现处冲去。众人遥见那白光逐渐微薄,众天将亦愈追愈远,看不见了。过了多时,忽见四将从空而下,童律枪上挑着一只死兽,仔细一看,其状如狐而白尾,长耳,不知道是什么东西。梼戭问道:"刚才那白光就是这兽为患么?"繇余道:"怎么不是,它的名字叫狍狼,其性很贪,其心思尤狡,善于狐媚,将它的白尾连摇几摇,变成白光,便是它迷人的方法。人遇到它,就中其圈套,任它为所欲为,实则功行浅薄,还谈不到妖怪二字呢。"大临道:"这种情形尊兄何以知之?见于古书么?"繇余笑道:"我们是从来不知道看书的。我们随夫人住在巫山,离此地甚近,差不多四面的怪物统统都知道。我还记得夫人曾经说过,这只狍狼如果出现,则国内主有兵灾,现在果然鹜、曹二国来打仗了。"梼戭听了,忙深深致谢。

四员天将见已无事,亦回苍舒处来报命,刚与四地将会着,苍舒、伯奋慰劳一番,又说道:"八位已经烦劳了,还要诸位再烦劳一次呢。据仲戭等来报说,妖蛇虽除,但是兵事上仍不能顺手,因为敌人依险坚守,不肯出战。仲戭等之意,要想趁着森林茂密,用火攻之法以破之。哪知接连两次火都不能着,如今只好顿兵在那里,另图他法。但是如此高山,如此险隘,非诸位何以破之,所以某说还要诸位烦劳一次呢。"乌木田想了一想,忽然笑道:"是了,是了,那边山上好像有一种鸟类,名叫窃脂,能够御火。两次火攻不着,不要是这个缘故么?"大騩道:"是是,我们去看来。"说罢,即各腾空而去。过了片时归来,每人手中都捉到两只异鸟,众人细看,其状如鹙,赤身而白首,身体亦不甚大。大家似乎有点不信,说道:"这小小鸟儿,能御火么?"童律道:"这是我们常捉来作玩意儿的,如不信,请取火来玩玩吧。"

伯奋果叫人取了许多干柴来放在空地之上,堆高约丈许,燃起火来,烈焰上腾,那许多窃脂鸟看见了火,已是不住地乱鸣,及至火起时,各天将将手一放,所有窃脂鸟都飞到火边,鼓起翼膀,连扇几扇,烈焰顿然熄灭。众人到此,方才相信。苍舒道:"崷山的窃脂鸟只有这几只么?"乌木田道:"这种异鸟本来不多,统统被我们捉来了。"苍舒道:"那么再用火攻吧。"于是急发命令,叫仲堪等再用火攻,果然烈焰一焚,敌人不能坚守。仲戡等乘势一涌而上,遂夺得崷山。恰好那边梼戭之兵亦夺了蛇山,两边兵向中路会合拢来,苍舒、伯奋率大军直攻高梁山,敌人不能支持,尽向北面窜去。

捷报到了大营,文命吩咐且慢穷追,因为近日得到探报,屈、魏二国之兵已深入西方与和夷勾结,有转南而东之势。深恐向北追去,屈、魏二国来援,后方倒反不妙。因此定计,北方一面暂令伯奋等反攻为守,苍舒之兵则移而西讨,文命自率中军作后盾。一路向西南行去,水势愈深,波浪愈大,兵士多而苦于船只不敷。本来师行所至,系随时随地向民间借用,节节归还的。现在沿路人民船只大概多为屈、魏二国之兵掳去,或为人民乘以避乱,因此竟寻不到几只船舶,而前路所借来的又应该定期归还,文命又万万不肯失信,于是愈形竭蹶。不得已,只能叫匠人砍伐材木,造以应用。但是造胶漆之船则旷废时日,缓不济急;造独木之舟又苦无大材,正费踌躇。

一日,行到一处,忽见对面山上有一株大木,扶苏茂密,荫蔽甚广。文命大喜,就叫季狸督率匠人前去砍伐。季狸领命,和匠人到得对山,只见那大木是株梓树,径约一丈八尺,确系美材,取以作独木舟,足有多人可容,就叫匠人先将上下周围量度一番,然后动手砍伐,免致尺寸错误。哪知匠人刚刚走近树身要想量度,忽然倒在地上,口吐白沫,不省人事。众人慌忙将他扶起,正想施一种外治之法,不料那匠人眼睛一翻,两足一蹬,顿时呜呼了。众人看他死得这样快,都觉诧异。季狸道:"这是中染邪气,偶然之事耳,你们不必疑畏。死者不可复生,过一会抬回去从优棺殓,厚加抚恤就是了。崇伯命令不可违误,你们再动手量度吧。"匠人听了,再来量度,哪知刚近树边,又立刻跌倒,依然是口吐白沫,不省人事,过一刻又呜呼了。众人大骇,都说"有鬼,有鬼"。季狸道:"决无此事,想来此地树林阴翳,日光不照,人迹尤少,沴气潜滋,中了山岚恶毒了。我们且回去,取了辟恶驱秽的药,先来熏它一熏吧。"

于是众人抬了两个尸首回到大营。文命知道此事,不胜悼惜,使命优殓厚恤,一面依季狸之言,取了些雄黄、苍术、白芷之类,亲自率领匠人到对山来。先将各药用火燃起,烧了一会,匠人取出绳尺再来量度。哪知刚近树身,又猝然跌倒,口吐白沫,不省人事而死。文命及众人皆大惊异,隉敳道:"某闻年久大树,多有神灵,不要是树的神灵在那里为祟么?"文命听了道:"那么不必量度了,竟用斧斤来砍伐,看它如何?果有神灵,应该现形出来与我理论或求恳,不应该擅杀无辜的匠人。"言未毕,忽见梓树之上飞下一个童子,年纪不过十二三岁,指着文命说道:"我好好地在此深山独自修炼,已及几千年,与人无患,与世无争,你为什么要叫匠人来砍伐我、绝我的命?我和你并没有仇呀!"文命出其不意,颇为惊讶,便是众人亦都看得呆了。只听见文命问道:"汝就是此木的神么?"那童子应道是。文命道:"天生万物皆为人用,树木亦是万物中之一种,所以筑宫室、造器械、制舟车以及烹烧炊爨等等,无不取用树木,这是历古以来都是如此的。我现在师行所至,缺少船只,要造独木舟,取汝之木来应用,亦是理之正当,何必一定要有仇呢!"那童子道:"天生万物,一切平等,你们人类亦不过万物中之一种,何尝有'万物皆为人用'的这句话?都是你们这班倚强凌弱的人类捏造出来的。几千万年以来,我们草木之质因为没有抵抗能力,给你们这班人类戕贼而死并吃去的,不知道有多少亿兆京垓,这是多么可惨可忿之事!你们人类习矣而不察,还以为天生万物本为人用,这句话岂不是丧心病狂的话么!天道好生,是不喜欢杀的。你们人类贪生,我们草木之类亦何尝不贪生。生意勃勃的草木,你们一定要杀死它,供你们的用,快你们的意,这是什么心思呀!毒蛇猛兽要害你们人类,你们人类为自卫起见,拿来杀死它,倒亦有理可说。我们草木,何所害于你们人类?我住在这深山之中几千年,更何所害于你们人类?一定要弄死我,这个理由你且说说看。"文命道:"不然,天生万物,有贵有贱,贱的应该供贵的使用,这是一定之理。譬如我们人类之中,亦分贵贱;贵者劳心,贱者劳力;劳力者食人,劳心者食于人。我们人类对人类尚且如此,何况对汝等不同类之草木呢?"

　　那童子听了,冷笑道:"'贵贱'两个字就是你们人类制造出来、最残忍、最惨酷、最不通的名词。以天理看起来,决没有这两个字的。现在我且问你,怎样叫作贵?怎样叫作贱?拿什么来做标准?你说,拿大小来做标准么?拿历年的多少来做标准么?还是拿生的先后来做标准么?还是拿道德品格的高低来做标准么?还是以繁衍的多寡为标准么?这五项,你都说说看。如果以大小为标准,大的是贵,小的是贱,那么我们树木的躯干比你们人类不知道要大到多少倍以上,请问你,哪一个贵?如说以繁衍多少为标准,繁衍多的贵,繁衍少的贱,那么普天之下,人类总共有多少?能够和我们草木比较么?恐怕亿兆分之一还不到呢。如以历年的多少为标准,历年多的贵,历年少的贱,那么我们木类的寿数平均计算起来,起码总比你们人类要长到几十倍以上。即如我这株梓树,生的时候,不要说你没有出世,就是你的高高高祖恐怕亦未必出世呢!是你贵还是我贵?请你说说看。如若以产生的先后为标准,产生先的贵,产生后的贱,你知道么,洪荒之初,天地始辟,只有草木,并没有各种动物,更没有你们这种人类。所以拿了产生先后来比较,你们人类给我们草木类来做礽孙、云孙都着实不够,你还可以来和我讲贵贱么?假使以道德品格来做标准,道德品格高尚的贵,道德品格低下的贱,你们人类能够和我们相比么?我看起来,天地间的生物,只有我们草木为第一了。道德最高尚的是仁,品格最低下的是贪。你们人类,可说没有一个不以杀生肥身为事业的。禽兽鱼鳖供你们的膳馐是不必说了,即如那自命为大慈大悲的人,吃蔬菜莱菔,自以为戒杀,其实蔬菜莱菔种在地上,生意葱茏,活活地去割来饱我肠腹,何尝不是杀生呢!杀生就是不仁,道德在哪里?杀生肥身就是贪,品格在哪里?至于我们草木则不然,餐风饮露,呼吸碳气,根生地中,吸食水土之精华,除出少数不良分子外,可算没有杀生肥身的事情;而且所结的果实还可以供其他动物之食,所落的败叶还可以供人类的炊燃,你看这种品格何等高尚!这种道德何等仁厚!你们人类及得来么?你说哪一个贵,哪一个贱?"

文命给他这一番利口驳诘,颇有对答不来之势,忽而想到一句话,就说道:"你既然自称仁厚,不伤人,不害人,为什么连杀我三个匠人?"那童子道:"这是我正当的防卫,并非出于故意,因为他们要来害我。"文命道:"来害你的是他们,叫他们来害你的是我,你既然有知觉,能变化,通神灵,应该知道他们来害你,不是他们的主意,是我的主意,为什么不径来害我而害他们?况且你既能变化,通神灵,竟会得现形来见我,和我辩驳,那么当匠人要来害你之时,何以不现形出来和他们商恳?或者竟现形到我面前来和我商恳,亦未始不可;为什么不分皂白,不讲理由,阴谋狠毒,杀害多人?这个罪岂可逭么?看你这个妖精决不是善良之辈,凭你强词夺理,我今日决不能饶恕你。"文命说到此,声色俱厉。那童子却哑口无言,作声不得。文命吩咐天地将:"先与我擒此妖,再伐其树。"天地将应声过来,那童子料知不敌,恨恨地隐入树中。天地将遂各执军器,齐向树根砍伐,顷刻间树倒在地上。仔细看那根上,血流成汪,原来那树的确成妖了。文命就吩咐匠人造成一只独木舟,放在水中,可容数十人,颇为平稳。后来这个地方取名梓童(现在四川梓潼县尼陈山),就是因为梓神化童子的缘故。据《梓潼县志》上说,县因背梓林而带潼水,故名梓潼,恐系望文生义,靠不住吧,闲话不提。

且说独木舟造成之后,又造了无数小独木舟,于是文命就统率大军向西南进发。到处平原高阜尽为洪波浸没,只有一山,巍然矗立在洪波上面,栖息不少难民,想来地势最高峻了。(现在四川金堂县有万安山,就是此地,因避水安全而得名。)

一日,到了西岸,只见庐舍房屋到处皆有,而人烟甚少。仔细探听,原来从此地一直到西南,自去年以来,疫气大盛,死亡者不可胜计。屈、魏两国之兵亦曾到此,因染疫而退回西北去了。文命士众有些是受过疫病之苦的,听到疫字,不免惊心,然而又不能立刻就退回去,只能将几种芳香辟疫的药分令军士个个佩戴服食,以防传染。这日傍晚,叔豹带了三五个巡逻兵士行到一处,只见喧阗繁盛、骈肩叠背、熙来攘往的都是人民。叔豹大为诧异,暗想,此地表面虽则萧条,内地尚有如此热闹之所在,他们何以不会染疫,必定有一种预防的方法,何妨去问问呢。于是就在众人之中拣了一个老者,拱手去问他。那老者听了,笑笑说道:"我们这里从来无疫气的,我们亦不知是什么缘故。足下如不相信,何妨搬到此地来住住。"叔豹听了这话,莫名其妙。那时环而围观的人愈来愈多,个个朝着叔豹等抿嘴而笑,叔豹等更是不解。正要转身,忽听得背后鼓角钲鼓之声自远而近,原来是大营里传晚饭、招部曲了。经这鼓角之声一震,那些观看的人和那谈话的老者忽然一齐不见,但见一片茫茫,白杨衰草而已。

叔豹等至此才知道是遇鬼了,陡觉一惊,寒毛直竖,急忙和巡逻兵士回到营中,哪知晚饭之后,这几个人个个都发热了。到了次日,渐觉神昏,而那连营接帐的人员兵士亦逐渐传染。文命知道不妙,大家聚议救治方法。有的主张暂时班师东归的,有的主张请庚辰再到云华夫人处去求救的。文命道:"百姓倒悬,望解甚急,东归万无此理。且此刻已经染疫之人,还是舍之而去,还是舁以同归?舍之而去,无此忍人;舁以同归,难保不再传染他人。所以东归之说可不必谈。至于求云华夫人,时候似乎尚早,现在不过一部分人患病,而且尚无死亡,就去惊动夫人,未免太烦渎了,未免太怕死了。"横革道:"崇伯是否要和上次一样,等大家死完了才去求救么?那未免太迟了。此地炎热,尸体易腐,恐怕虽有返魂香、不死木,亦救不转呢。"文命道:"不然,我另有道理。"说罢,即起身沐浴更衣,朝天摆了香案,至诚地拜了下去,默默祈祷。

忽然一阵香风,只见东南方一朵彩云,拥护着一辆凤辇,凌空而下。七员天将看见,忙报告文命道:"崇伯请起来,紫微夫人来了。"文命慌忙起立,那夫人凤辇已经停下。文命看那辇中又是一位绝色美人,由侍女扶着慢慢下车。文命连忙过去,躬身行礼迎接,说道:"有劳夫人了,请帐中小坐吧。"夫人连声道:"不必不必,妾刚才从空中经过,知道崇伯治水阻于疫鬼,所以特地下来为崇伯略效微劳,事毕即去,无须入内。"文命听说,便问治疫之法。夫人道:"这个纯是疫鬼为患,宜分作两种办法:一种是治标,就是驱疫鬼,妾此刻即来效力。一种是治本,回头叫庚辰等去做吧。"说着,将手向空中一招,顷刻之间,从天空飞下一个似人似兽的怪物来,面作黄金之色,眼睛却有四只,穿的玄衣,系的朱裳,一手执着长戈,一手执着大盾,那手上、足上、头上、颈上黑毛毿毿,极像个熊。那怪物走到紫微夫人面前,行了一个军礼。只听夫人吩咐道:"此间疫鬼为患,限你就去与我祛除净尽,不得有违。"那怪物嗷然答应,执戈扬盾,舞蹈而去。

夫人问文命道:"崇伯认得这位神君么?"文命道:"不认识。"夫人道:"是崇伯的亲属长辈呢。她就是令高祖黄帝轩辕氏的次妃,如今北海神禺疆的母亲,名叫嫫母的便是。当初令高祖母嫘祖跟了令高祖到处巡狩,后来死在半路上,令高祖就祭祀她,封她做一个祖神;又叫这位嫫母监护她的灵柩,一路祭祀。所以后来令高祖就封这位嫫母做一个方相之神,专驱疫鬼。明日此刻,疫气必然净尽。未染疫的决不会再染,已染疫的人只须服药调理,决无性命之患,崇伯放心吧。"大家听了,都暗想,嫫母的丑久已闻名,不想竟丑到如此模样!当初黄帝娶她做次妃,和她同床共枕,生男育女,真是亏他的!不言众人乱想,且说紫微夫人又回头叫七员天将过来,吩咐道:"此去西面有一座山,名叫复州之山,山上有一只异鸟,其状如鸦而一足、彘尾,其名曰跂踵,是个致疫之根本。它一出现,四近必发生疫疠。自去年它出现之后,以致此地发生大疫,死者千计,但是它今年还不隐藏,因此疫气愈甚,而去年死的一大批疫鬼又跋扈弄人。你等须从速前往,将此鸟打死,则疫气的根本自绝了。"庚辰等唯唯听命。夫人又回头向文命告辞。文命极道感谢。夫人道:"家母、家姊因崇伯治水之故,曾吩咐妾姊妹弟兄等,倘遇见崇伯治水困难，不拘何时何地，皆须尽力帮助。妾此番之来，亦家母、家姊之意也，崇伯何必谢呢。"夫人一面说，一面上辇，及至文命再要问时，那凤辇已腾空而上，不知去向，唯留有香风阵阵而已。

文命感激不已，便问庚辰等道："这位亦是夫人的姊妹么？"庚辰道："是，她姓王，名清娥，号愈音，封紫微夫人，是我们夫人的胞妹，王母的第二十四位女公子。"大翳在旁插嘴道："不是，是第二十六位。"乌木田道："不是，是第二十四位呢。"繇余道："我亦记得是第二十六位。"庚辰道："夫人姊妹真太多，我们只记得她们的封号名字，她们的排行实在弄不清楚。总而言之，这位夫人是我们夫人的妹子就是了。"

第一百十五回

方相氏驱疫　蔡蒙旅平,和夷底绩

禹导沱江上岷山　云梦泽禹遇神女

当下文命就向各天将道:"那么汝等就去捉拿妖鸟吧。"各天将答应,飞身而去。那时大众的视线都注射在方相氏嫫母身上,有几个胆大的,禀过文命,竟跟着她去看。只见那方相氏先走到染疫军士营帐之中,将戈盾舞了一会,随即出来,向街上或荒地各处乱走,忽而将戈一挥,忽而将盾一扬,那戈盾所挥之处,仿佛闻有吱吱之声。有时方相氏将戈与盾并在一只手中,腾出一只手来,向屋隅墙角、街头巷尾、荒草孤坟等处乱抓,抓了之后,就向她穿的朱裳里面乱塞,仿佛有物件给她捉住塞在袋中似的。如此跑来跑去,不到两个时辰,已跑遍了各村,又跳起在空中,将戈盾大舞了一阵,戈与盾屡屡相触,"砰訇"有声,忽然降下来,一径向西南而去,其行如电,顷刻不知所在。

大家方才回来,都说道:"看了这副形容,实在可怕,哪里知道她是个女身呢!"文命等了一会,不见方相氏转来,料想是已经去了,遂忙叫人到各处患疫的那里去探听,果然都说神志清楚,好得多了,大家皆感激方相神不止。后来历代因此就兴出一种傩法来,周朝夏官之中更特设一个方相氏之官,专掌此事。一年四季之季月举行此事,用寻常人扮出一个方相神来,穿了玄衣朱裳,蒙以熊皮,头上蒙以黄金色的布,画出四只眼睛,叫他执戈扬盾,在街前街后各处乱走乱舞,说可以驱逐疫鬼的,就是这个出典。直到现在,各处的迎神赛会亦就是这个意思,不过没有方相氏这种形状,用神的偶像来替代就是了,闲话不提。

且说七员天将到了复州之山,但觉阴气惨惨,妖雾昏昏,果然不是个好地方。那山上檀树最多,连枝接叶,下面白昼如晦。七员天将在林中乱寻,果然见一只彘尾、独足的异鸟栖息在树上。黄魔性急,举起大锤就打,哪知被斜出的横枝挡住,树枝打折,而异鸟忽然不见,四处寻觅,终无着落。狂章道:"不要是飞到别处去了?"大翳道:"不会,我刚才看见它在这里,如其飞去,必有声音,必有形迹,难道我们七个人都没有看见听见么?"庚辰忽然想到,说:"是了,你们且在这里守着,我去去就来。"说罢,已如电而去。隔了一会,即已转来,原来向文命去借了七面轩辕宝镜,一人一面,分配齐了,庚辰道:"我想这妖既能致疫,必是阴类,或许有潜形之术,我们照它一照吧。"大家都以为然,将宝镜拿在手中一齐晃动,哪知妖鸟并未移过地方,依旧在原处栖着,现在给宝镜之光一照,它无可逃避,且亦受不住宝光之灼烁,才向树林深处逃去。七员天将哪敢放松,一面照,一面追,叵耐树林太密,长枪大戟无所施其技,刚刚要刺着,又给它躲过了。后来议定,庚辰等六人用六镜团团照着,繇余觑准了,一剑飞去,那妖鸟才狂叫一声,从林中坠下。众人一看,已经死了。繇余忙捉了与各天将飞回大营献俘。文命等一看,果然其状如鸮,一足而彘尾。大家都道真是天地间戾气所钟,索性烧化了它,以绝后患吧。于是就在帐外烧化了,一场疫病的恐慌,总算告了个结束。

过了两日,染疫的士卒已经痊愈,文命遂发令再向西进。那时屈、魏二国之兵早已退去,文命治水心急,也不穷追。但是细考梁

1051

州地势,原是西海向东支出之一部,北面有嶓冢山之脉(现在陕、甘二省南部之山,古时通称嶓冢),西北有岷山之脉,西面有蔡山、蒙山之脉(蔡山在现在四川雅安市东五里,蒙山在名山区,其顶上以产茶著名),南面亦有大山横亘。四面环抱,当中一片汪洋,仿佛釜形,人民所居的就是几个高山之顶,当时都是水中一岛。沿嶓冢山西至岷山、南至蔡山、蒙山、更南到南部横亘的大山,当时出水较早,一片相连,可以往来,仿佛是座桥梁,亦仿佛像个防水的梁堰,因此当时取名叫梁州。文命本来是岷山脚下的居民,于梁州地势研究最熟,此番已到蔡、蒙两山之麓,便用玉简来量一量,觉得水势已比从前大减,有些地方已现出平地,可以耕种了,想来是巫山开通,水有宣泄之故。于是带了众人径登蒙山之巅,四面一望,但见东面仍是大湖,波浪汹涌,西南北三面俱有山岭遮蔽,不能望远。文命便叫天将分头去察看,西面是何地,南面是何地,北面是何地。

各天将领命而去。过了一会,陆续归来,报道:"西面山岭之外就是西海,南面亦是西海之南部,北面坂道千折,直接岷山,都有路可通。"文命听了,便说道:"西面南面既是西海,此处东部之水应该向西流入西海,何以反向东流?想来地势又起变化了,和雍州之水向东流一样。"说着,就取出玉简来递与庚辰道:"汝等再与我去量一量,究竟西部地势高还是东部地势高。"庚辰领命,与各天将飞空而去。这里文命等在蒙山顶上休息,皋陶忽然口渴思饮,叫从人去觅水。鸿濛氏指道:"那边有井呢。"从人果去取了水来,皋陶饮了几杯,觉得很甘,后人就将这口井取名甘露井。过了一会,庚辰等回来,缴上玉简,说道:"某等各处去量过,北部岷山最高,西南部亦高,东面最低,岷山以南之水都向东南流,即西南部海中之水亦向东北流,仿佛西海之地正在上升呢。"文命听了,恍然大悟,遂率众下山,又问各天将道:"上次从昆仑取来的息土尚有三分之一,藏在何处?"童律道:"都在大营辎重之中。"文命道:"汝等量过地势,知道浅深了,可将此息土填在东部低浅之地。"天将领命,将息土去填,果然是仙家至宝,过了几日,那波浪汹涌的大湖中间渐渐有泥土涌现。那时居住蒙山西南和水左右的夷人名叫和夷(和水一作涐水,即今之大渡河),受了屈、魏二国的勾结,本来想和文命对抗,因为疫气的缘故,死亡不少,暂时不动。后来看见文命部下的将官都能飞来飞去,在空中行走,因此心中畏惧,不敢反侧。到得后来,看见东部的水患竟为文命平定,不觉倾心吐胆,前来降伏。文命抚慰了他们一番,又率领众人备了牲醴,向蔡山、蒙山行了旅祭之礼,然后再向北行。

一日,到了一处,但见有一条大水从上面山间喷薄而下,极为猛烈。文命看了周围地势,又用玉简量了一量,就决定了主意,叫天地各将督率众人,在水势冲击的下面因山势凿成一个大堆,北西尖而南东渐阔,尖口紧对冲击的水源。伯益看了不解,忙问文命。文命道:"水的为患,就是'冲击震荡'四个字;因为它的震荡,所以四面的泥沙土石都给它剥蚀而流到下流去,以至下流有淤填泛滥之患;因为它冲击,所以虽有坚固的堤防亦不能持久。我现在打算将这条大水分而为二,水分则力薄,比较地可以经久了。我前次在河水下流开了九条支道,就是这个意思。不过河水从龙门下来,经过华山底柱,地方千里,两岸到处都有山脉为之拦阻,直到大伾山以东才是一望平原,所以九条河从大伾山以东掘起。此地北面西面山势均高,到此地陡落为平原,这个势力是不可当的。从前东南是个大湖(即四川成都盆地),灌到大湖之中不过水满而泛滥,尚不为大患。如今巫峡既开,水势尽泄,息土一填,大湖变成陆地,然而形势甚低,将来难免为灾。所以我打算分它做两条,一条是原有的江之上源,一条引它向东南行,曲折而仍入于江,可以减少水患,好在工程是有限的。"伯益听了,方才恍然。

过了多日,这条支江曲曲折折,趁着湖水新涸、沮洳尚多的时候联络贯串,极其容易,一千八百九十里的工程已经完毕,而那尖堆的工程亦早完工。果见江水滚滚,到此触着尖堆的尖端,竟别分一支,循着新开的支流滔滔向东南而去。伯益看了,非常有趣,又向文命道:"看此地下流,大湖所涸,平原甚广,将来灌溉田亩,交通舟楫,水流不嫌其多,何妨照此式样多开几条呢!"文命道:"你这话亦甚是,不过此刻我尚无此闲暇,即以此地情形而论,一时亦似乎尚可不需,将来恐怕自会有人依照我的式样去推广的。"伯益听了不语。后来这条新开的支流文命给它取名叫沱江。沱者他也,江之他出者也。(现在分离的这一段叫郫江,不叫沱江了。)那个尖堆则给它取名叫离堆,取分离的意思。(现在四川都江堰市)考这个离堆,后世书上颇有人以为是秦守李冰所凿的,但查《水经注》云:沫水自蒙山至南安溷崖,水脉漂疾,破害舟船,历代为患。李冰发卒,凿平溷崖,通正水路。据此则李冰所凿当在南安界之沫水中,汉南安今为乐山市,其离堆盖即郦道元所谓溷崖者是也。如谓都江堰市之离堆为李冰所凿,则当夏禹之时岷江流到此地,何以忽然会东别为沱?这种水流的方法别处并未见过,可见是夏禹所凿的了。但是后世误传为李冰所凿,亦有原因,因为在李冰那个时候,郫江已渐淤浅,李冰又开浚之,又在它旁边再新开一条江,就是现在的流江,对于夏禹所凿当然必须另作一番整理,所以大家误会,都说是李冰所凿了,闲话不提。

且说文命自从分疏岷、沱之后,再向北行,来探岷江之源,忽接前面探报说道,屈、魏二国之兵还在前面呢。文命听了,就叫苍舒率兵往讨。原来那屈、魏二国之兵所骑的都是犀、象、夔牛等兽,犀、象之皮极厚,寻常刀剑急切不能伤它,那夔牛尤生得伟大,重者至数千斤。二国之兵仗着这种大兽,所以敢于背叛中国,侵凌人民。但是苍舒所带的是节制之师,兼且部下有陨敱、朱、虎、熊、罴等善于制服猛兽之人,二国之兵哪里抵挡得住,两仗之后即大败而逃,纷纷逾过岷山,归本国而去。文命叫苍舒乘势追赶,底定其地,一面又叫童律到嶓冢山去知照伯奋,叫他亦同时进兵,攻伐曹、䣚之戎。苍舒、童律均领命而去。

这里文命带了中军,径往岷山,探岷江之源。其初水势很急,后来翻过一个山顶,那水势分为两支,一支是北源,一支是南源,渐渐舒缓了。文命溯北源而上,到得一座岭边(后人取名叫作羊膊岭),但见湖泊点点,远望如星,汇合拢来成一小水,可以滥觞,这才是岷江之源了。文命带了众人,不顾崎岖险阻,想登它的绝顶,一望形势。哪知愈走愈高,而且满山云气如搓绵堆絮,氤氲迷离,到处晦冥,数丈之外即无所见。大家说:"不要上去了,即使登到绝顶,一无所见,何苦呢!"文命道:"不妨。"说着,作起法来,喝道:"云师何在?"忽然之间,云师到了,口称:"屏翳进谒,崇伯见召何事?"文命道:"我欲登山一看形势,奈为云气所阻,可否请尊神暂时将云气收敛,俾我得扩眼界?"屏翳连声道:"可以可以。"说罢,即将袍袖向上一扬,霎时间云雾逐渐散去,文命即向云师称谢。屏翳告辞,腾空而去。

文命与众人再向上行,到得山顶,一轮红日斜挂天空,万里之外,纤屑的云影都不见,众人皆大欢喜。文命先向北一望,但见仿佛是一个大湖,其中岛屿错列;向西一望,纯是崇冈叠巘,无可看处;向东一望,觉得那边隐隐似亦有一条河;向南一望,就是来时之路了。文命吩咐乌木田、繇余、狂章三天将分头去察看,自与众人在山顶小憩,因为走了半日,亦觉得吃力了。须臾,乌木田归来报告道:"西面之山直接昆仑,从前都是西海里面的小岛,如今都出水变成高山了。"狂章回来报告道："北面就是西海之东部,弱水就在那里,如今渐成陆地,将弱水隔绝在一部。(现在之青海据说其水甚弱,不胜舟楫,只有轻气皮船可渡。)真是沧海变成桑田了。"独有繇余,隔了良久良久,方才归来报告道："东面过去的那个山下,有一条大水直向东方流去,折而向南,从上次我们捉妖的那座高梁山下流出,想来亦流到大江中去了。"文命听了,想了一会,又问道："汝何以去了如此之久?"繇余笑道："某一路过去,正遇见苍舒之兵与敌人隔水相拒,不得渡过。某下去略略帮了一会忙,所以来迟。"文命道："胜败如何?"繇余笑道："当然打胜了。"文命亦不言语,就与众人下山。走到一半。再回首望那山顶,依旧是云封雾锁,一片模糊,于是文命就给这座山取一个名字,叫"醖山",因为昏沉的缘故,后来篆字省写作"崏",隶书又变写作"岷"、作"崏",现在的"岷"字是省写俗写,但是千载以来俗字已当作正字,闲话不提。

且说文命等下了岷山,回归旧路,走了几日,忽接苍舒、伯奋的军报,说道："曹、魏、屈、骛四国均已平定,只有那戎首三苗又向雍州逃去,应否跟踪追捕以除后患,请令定夺。"文命道："不必了,谅三苗釜底游鱼,何能为患,且待将来我将梁、荆、扬三州治好之后,再去处置他吧,汝等可以班师回来。"来使领命而去。文命因大江水源已考察清楚,下流荆、扬二州还未治妥,于是急急仍向东行。到得巫山之西,看那水势依旧是非常之迅激。昭明指着两块未凿去的山石问文命道："这两块大石兀立江中,不凿去它,是否和那大河的砥柱三门一样意思么?"文命道："是呀,此处水势一泻而下,太奔放了,将它塞住门口,使水势稍作回旋,不致直冲而下,虽则交通船只不免危险,但是下流水患大约可以减少。"(这两块大石就是现在瞿塘峡中之大小二滟滪堆。)昭明听了,方才明白。

文命过了巫山,再细细考察,终觉水势还是奔放得厉害,于是取了玉简,同昭明越山逾岭,到处一量,顿时决定主意,再过巫山而西。到了那两块大石兀立的东南面,叫众人将山石开凿,使江水从此地别分一支,向东南流去,约四百余里,仍旧合于大江。这条别出的支流亦取名叫作沱江。(现在湖北恩施境之清江,古名夷水,就是夏禹时之沱江,所以夏禹时荆、梁二州各有一个沱江。但此刻这条沱江的上源早已淤塞,是否地体又有改变之故,不得而知。)江水既然分作两派,于是从巫峡流出去的水势较为稳静。文命从这条沱江与大江汇合之处再向东南行,但觉一望茫茫,早到云梦大泽。但是这时的云梦大泽和以前大不相同,泽中处处沙洲涌现,而以东北方面为最多,在南西部亦不少,已看见百姓在那里耕种了。(后来云梦大泽竟分为二,在江北的叫云,在江南的叫梦,大江横贯其中。)文命看到这种云与梦作义的景象,不禁心中大慰,就沿大泽的南岸而行。但见西南丛山之中流出来的水,千派万歧,不可胜数,而最大的、最在西的叫澧水,其次有武、辰、酉、湘、资、沅等八条,共为九条,所以就将此地取名九江。

一日晚间,文命等正在休息,忽然横革匆匆跑进来,说道:"怪物又来了。"文命忙问是何怪物,横革道:"某刚才出去小遗,看见江岸边一道光芒,光芒之中隐隐似有一人向江中行去,不要是蠱围又来了么?"文命道:"决不是,决不是,蠱围在大泽之北,此地在大泽之南,相隔甚远,况且他监禁的期限亦未满,未必敢出来。"话犹未了,但听得一阵飘风,接着又是一阵暴雨。横革道:"上次亦是如此,先看见光芒,后就是飘风暴雨,这不是计蒙神么?"文命听了,也有点疑心,便叫七员天将去探听,但是切诫他们不可如前次之鲁莽肇祸。天将等唯唯而去。过了些时,回来报告道:"某等前去,但见风雨前面有两个绝色女子,相貌颇像姊妹,在沅水、澧水之间游玩,旁边有无数护从的人,形状奇怪,左右两手都操着蛇,头上而且戴着蛇,仿佛一群乞丐,正不知是什么精灵。"文命道:"那道光芒呢?"天将道:"某等不见有光芒。"七员地将在旁应道:"我们亦去看过,光芒在水中,光芒之中的那个人亦是身操两蛇的,殊为可怪。"文命道:"那么的确不是蛊围、计蒙了。"伯益道:"崇伯何妨召神祇来问问呢。"文命点头,就作起法来,喝道:"江神何在?"转瞬之间,一个戎装怪状的神人上前向文命行礼,口称:"江神奇相谒见,崇伯有何吩咐?"文命就将刚才光芒及飘风暴雨之事述了一遍,问他可知道是什么神祇,还是妖怪。奇相道:"那出入有光的是西面大夫山上的灵神,名叫于儿,其状人身而身操两蛇,常游于江渊。那出入有飘风暴雨的,是天帝的二女,住在东洞庭之山,亦常到江渊及沅、澧二水之交来游玩,有许多怪神,其状如人而戴蛇,左右手各操一蛇,都是她们的扈从之人。"文命道:"他们为人害么?"奇相道:"他们都是正直的神祇,不为人害。"文命点头道:"那么辛苦你了。"奇相行礼而退,入于江中。

第一百十六回

禹作岣嵝碑　禹得玉版金简
刻石大孤山　禹上会稽山作歌
禹植柏于大别山　禹三次遇疫
神农氏传授避疫方

且说文命导江,到了云梦大泽的南岸,南望衡山,挺奇拔秀,郁郁葱葱,想到这次指点我向昆仑山去乞息土,纯是衡山神丹灵峙泰之力,如今既到了这里,应该上去谢谢他,于是带了众人径上衡山而来。这次经行情形与从前大不相同,从前水势弥漫,或则沮洳难行,现在陆地已经毕露,不用拖船过坳了。可是到了那日遇见丹灵峙泰的地方,那丹灵峙泰竟不出来迎接。文命登到最高峰,备了牺醴,谨敬祭过,倦而休息。暗想,我治水侥幸有十分之七八成功,此山甚高,我何妨作文刻石,立在上面,做个纪念呢。想罢,就和皋陶、伯益等商量,斟酌做了一篇文字,又商量刻在什么地方。后来选了一座山峰,就将这篇文字刻在上面,文曰:

承帝曰嗟!翼辅佐卿,洲渚与登,鸟兽之门,悉身宏流,而明发尔兴,久旅忘家,宿岳麓庭,智营形析,心罔弗辰,往来平定,华岳太衡,疏事衷劳,徐仲裡,郁塞昏徙,南渎衍亨,衣制食备,万国其宁,窜舞永奔。

共总七十六个字,文既奇古,若可解,若不可解,字亦成蝌蚪形,不可辨认。上文所述,是经过多少名人辨认出来的,究竟错与不错,亦不可知。因为它刻在一座岣嵝山上,所以历代就叫它岣嵝碑,要算我们中国最古的古碑了。

且说文命因为要刻这个碑,所以在衡山上多住几日,一日,正在那里看石工刻石,忽报朝中有使臣到来。文命慌忙迎接,原来是镞铿,满身素服。文命非常诧异,仔细一问,原来帝尧知道南方水患已平,三苗国已灭,不忘记那老祝融的遗言,叫他孙子扶着他的灵柩前来择地安葬。文命一想,他正是要杀我父的仇人,虽则为公不为私,不敢计较,但是心上不免非常痛苦,过了一会,才勉强敷衍了一番。镞铿看岣嵝峰前地形甚好,就择了一块地,将他祖父葬好,匆匆归去。后来过了千年,在春秋楚灵王时,岣嵝峰一部分忽然崩溃,那老祝融的坟亦从此毁坏,在他坟内得到一张营丘九头图,想系当时殉葬之物,然而不知道有什么用处,闲话不提。

且说文命自从看见老祝融安葬以后,悲悼老父之心愈切。皋陶、伯益等见他如此,时常邀他玩赏散闷。一日晚间,月色甚佳,万里如洗,皋陶等又邀了文命到山顶上闲步玩月,但见山前山后布满营帐,刁斗不鸣,满山寥寂。文命叹道:"士卒多年在外,辛苦极了!不知何时大功才可告成。"皋陶道:"想来总不远了,现在梁、荆、扬已大半平治,雍州亦平治大半,仅余外国之地未曾治过,而崇伯原定期限还有两年余,着实来得及呢。"

正说间,忽见西方山谷中一道金光直冲霄汉,接着又是一道白光直冲霄汉,后来金光白光继续不绝地上冲。昭明道:"不要又是妖怪么?"伯益道:"不是,凡名山之中,往往蕴有金宝玉石,它的精华年久了能向外散发,恐怕是金石之气呢。"文命就叫童律、狂章过去一望,归来报告道:"某等走到那边,并无怪异,亦不见有光芒,然而远看过去光芒依旧腾跃。"章商氏、陶臣氏道:"让我们过去看吧。"文命许诺,章商氏等入地而去。过了些时,回来报道:"那边地下并无金玉,只有一个石匣。某等细细估量,正是光芒腾出之处,想来这石匣之中必藏有异宝呢。"童律道:"那么你们何不就将石匣拿了来!"章商氏道:"我们何尝不如是想,但无论如何两个人总拿它不动,不知是什么缘故。"伯益道:"那石匣有多少大?"陶臣氏道:"不过一尺多长,二尺多阔,三尺多高。"伯益道:"石匣在石中,有物件锢着么?"陶臣氏道:"并无物件锢着。我们推它,会得动摇,想来是个神物。现在且认明地方,明日再说吧。"于是大家归帐就寝。

到了次日,文命斋戒沐浴,备了牲醴,率众人径到昨夜发光的地方,先叫章商氏等再去探视,那石匣果然还在里面。文命于是诚诚敬敬地祭祀,又祝告一番,大致谓"天果赐我,一发即得,否则无效"等语。祭毕之后,就叫匠人发凿。凿至一丈之下,那石匣早已发现,文命过去取来一看,只见石匣外面已有两句文字刻在上面,词曰:

祝融司方发其英
沐日浴月百宝生

众人看了,不解它的意思。文命再将石匣打开,只见里面亦藏着一部金简玉字之书,与上次在宛委山所得的一个式样,但是其内容到底是说些什么,当时文命既未宣布,在下亦不好瞎造,以理想起来,或者就是什么灵宝长生方了,闲话不提。且说文命得到金简玉字书之后,回到帐中自去研究。又过了一日,岣嵝碑刻好,文命又照例用玉简量一量山的高低,另外刻一行文字道:"衡山高四千一十丈"。刻好之后,率众人下衡山,再溯湘水而上。遥望那座衡山如阵云一般,沿着湘水,何止千里。七十二个峰头若隐若现,真是大观。

　　一日,在一座山下停泊,文命偶然用赤碧二珪考察地质,只见山内蕴藏的金质甚多,心想道,黄金虽是无用,然而民间颇贵重它。现在水患之后,民生困敝已极,我何妨掘它出来,加以鼓铸,救济百姓呢。想罢,与皋陶、伯益等商量,大家都甚赞成。于是就叫工人开掘,留叔豹、季狸两个在此监督鼓铸。后来舜南巡的时候,来此考察金矿的遗迹,曾经一度游历此山,所以后人又给此山取名叫历山(现在湖南湘潭市东南百里),闲话不提。

　　且说文命发历山之金以救民之后,又率众人溯湘而上。到了潇湘合流之地,文命便问天将,上次所填的息土在何处。天将指出了,文命一看,何尝有息土,早已与寻常的泥土无异了。再上,到了苍梧山,山外蛮荒之地,已不是荆州地界。文命就此回转,顺流而下,出了云梦大泽,过了东陵,再到彭蠡。但见敷浅原山横亘在大泽之中,其余孤岛点点,错若列星,那水势却稳定了。文命扬帆直进,到得一个岛下停泊,原来就是上次来时停泊过的。文命想起前情,不觉已历多月,差喜大功已渐告成,然而这番辛苦不可不有以昭告后世,于是和皋陶、伯益等商量,又在这岛上摩崖刻石,纪述一切。(现在鄱阳湖大孤山上,有夏禹刻石纪功处,但其文字早已磨灭。)刻好之后,再沿彭蠡东岸转入东江,一路水势平顺,直到东江口涂山脚下。文命又想起数年前,蒙郁老师指示,到此宛委之山,求得金简玉字之书并赤碧二珪,后来治水得力不少。如今重到此间,理应竭诚祭祀,以表感谢。想罢,便斋戒沐浴,洁备牲醴,率了众人上山来祭祀。祭过之后,便与众人在山上望望,东望大海,北望浮玉之山,隐隐看见那赤云,中间一条东江,水势浩浩,吞吸海潮,西面一望,群山送迎,风景甚佳。不知何故,忽而感怀身世起来,既伤下民之久苦昏垫,又伤其父之功绩不成,又伤自己不克享家庭之乐,万种愁肠一时堆积,几乎掉下泪来。继而一想,哭得无谓,不如作一个歌,以抒泄我的忧郁吧,于是乎信口就作了一首《襄陵操》的歌词,其词曰:

呜呼!洪水滔天,下民愁悲,上帝愈咨,三过吾门不入,父子道衰。嗟嗟!不欲烦下民。

歌罢之后,皋陶等看见文命伤感,都来劝慰,方才下山。

文命见扬、荆二州水势大概平定,就打算再治梁州。因为梁州有一条汉水流到荆州入江,仍与荆、扬二州有关系。这条水不治好,荆、扬二州仍旧不能算完全平定,所以急于要去治。一日,翻过浮玉山,文命忽想起善卷先生住在这里,跑去一问,原来他听见三苗驱逐之后,早已搬回荆州原籍去了。文命不胜怅怅,乃由中江转入北江,一路考察。但见北面山内有一处,水势还有点不对,就停留几日,叫庞降、庭坚监工,将那座山加以开凿(现在安徽巢湖市东),水势方才顺利。于是再从彭蠡之北转到云梦之北的大别山来考察。查大别山有两个:一个在湖北汉阳区,就是此刻文命所到的地方;一个在安徽霍邱县西,乃是个大山脉。大别者,分水岭之意也。山北之水多入淮,山南之水多入江汉,确系大分水岭,所以从霍邱以西的山都叫作大别山,亦犹四川省北部之山通称嶓、西北部之山通称岷也。古时简略,大都如此。这次文命所到之大别,不过大别山脉之余支,错出于云梦之北者而已,闲话不提。

且说文命到了大别山上,只见云梦之中洲渚参差,人民在那里耕作树艺的实在不少,文命看了,心中非常快乐。适值路旁有一株小柏,不知何故倒在地上,文命一时高兴,就拿了器械,选了一块地方,将这小柏亲自种植起来。哪知这株小柏真是交运,因为是文命手植的缘故,大家都非常爱惜,不肯去伤它,千百年之后,轮囷盘郁,大得参天拔地,它的根直伸到多少里以外。后来年代过久,柏树已死,而其根尤存,真所谓物以人灵了。(现在湖北汉阳区西柏泉寺有古井,相传夏禹植柏于大别山,其根蟠屈直至井底,今柏根尤存。)

且说文命种了柏树之后,在山上望了一会,仍复西行。过了内方山(现在湖北荆门市东),到了荆山(襄阳市西),此处正是荆、梁二州分界之地,但见一条沧浪之水从西北冲击震荡而来,经过荆山东北麓直向东行,那水势实在厉害,两岸人民无可以栖止之地。后来碰到大别山麓阻住,然后折向南流,滔滔地向云梦大泽流去,合于长江。文命看了一会,定了主意,就叫众人在那水的两岸筑起堤防来。大临看了不解,便问文命道:"向来崇伯治水总是顺水之性,使它畅流的。彭蠡大泽,因为它是湖泊,所以筑堤防以止其泛滥,此外从来没有用堤防过。如今用起堤防来,不怕它将来溃决么?"文命道:"我计算过,此水与河水不同。河水上流经过黄土,挟带甚多,而下流又无大湖为之宣泄,用了堤防之后,泥沙淤积,年深月久,必定溃决。现在此水清可见底,它的害处就在夏秋两季,上游水势盛涨,地势又陡,流势因而剽疾。堤防一拦,使它就范,直向云梦大泽而去,下流又通长江,怕它做甚?"大临一想不错,也就无语。于是文命叫工人在沧浪水南北筑了三条大堤防,那个地方就取名叫三澨。筑好之后,文命看那水派有两支,一支从北面来,一支从西面来;从西面来的是沧浪之水,就是汉水的本流;从北面来的是汉水的支流(现在一支叫白水,一支叫丹水),水势亦甚大。文命就叫苍舒带了隤敳等去考察支流,自己溯沧浪水而上,分工而作,可以节省时日。苍舒等领命而去。

且说文命率众西行,一日,到了房地境界,就是从前与帝訾争天下的那个房国,那时早已灭了,遗民却不少。文命正与皋陶等凭吊故墟,倏见对山一只大狐飞驰而过。伯益道:"这只狐真大!"乌木田在旁笑道:"这不是狐,是一匹马。"伯益道:"它形状很像狐。"乌木田道:"是的,但是它背上还有一只角呢。"黄魔道:"它是仙种神马,名叫乘黄,凡人能够骑着它,寿可以活到二千岁。"国哀道:"真的么?"黄魔道:"何必来骗你。我们跟着夫人到瑶池赴蟠桃大会之时,群仙之中就有骑这种乘黄马的。听说海外有一个白民之国,那边就出产这种马,所以那边的百姓寿都很长。我何必来骗你呢。"国哀道:"既然如此,你们何不去捉他来,给崇伯坐骑呢!"黄魔、大翳都连声说道:"不错。"文命刚要阻拦,二人早已凌空而去。过了片时,果然将那匹乘黄牵来。众人一看,其状如狐,背生一角,果是个异物。大家都劝文命坐骑,文命道:"我向不喜欢这种异物,况且如今治水之际,处处须拿了畚锸去做,大家辛苦,我一个人敢贪安乐么?我骑了这匹乘黄到哪里去?如说骑了这乘黄马可以长寿,我们应该献上天子,岂可以自私自利?"众人听了,也都以为然,于是文命修了一道表文,先将荆、扬二州治水完竣以及现在治理梁州情形申陈明白,然后再附献神马一匹,并说明它的功用,就差仲容、叔达二人赍押而去。哪知后来帝尧对于这匹乘黄马亦没有坐骑。帝尧崩后,此马亦不知所在,这是后话不提。

且说文命贡献乘黄之后,仍旧西行。一日,到得一处,见那山势紧迫,水流不利,就指挥工人疏凿。恰好山旁有一个岩穴,高约八尺,深约九尺,文命倦了,就在此休息。(现在陕西洵阳市东一百三十里,穴旁后人刻有"禹穴"二字,穴右有泉,味甚清冽,就是此地。)忽报苍舒处有消息传来,说师行不远,又遇疫了,传染甚速,服药不效,请令定夺。文命听了,暗想我治水数载,疫气何其多!连这次已三次了,莫非又是疫鬼在那里为患么!如今怎么样呢?云华夫人所赠的宝箓上并没有敕召方相氏的这一条。正在踌躇,庚辰上前道:"还是去求夫人吧,横竖到了紧要关头,夫人总要来救的,与其等夫人来救,受尽痛苦,还不如早点。"文命听了,很以为然,便道:"那么汝去吧。"

庚辰冲天而去。过了半日,回来复命道:"夫人说,不必夫人亲来,只要请崇伯到那边去,自有人会来救。"文命听了,将心放下,随即率众东还。一路听到警报,都说北方疫气甚盛,死者不少,而且渐渐有向南蔓延之势。一日,行到三灉地方,刚要转向北行,只见一个从苍舒那边来的使者,刚到文命面前,未及开言,忽然倒地而死,原来亦是中疫了。大家看了,心中不免惶惶。

忽然东方山麓之中来了两个童子,髻绾双丫,面貌伶俐,走到旁边问那士卒道:"哪一位是崇伯?我们要见见。"兵士见他们年纪很小,便问他们是何人,要见崇伯何事。两童子道:"这个汝都不必问我,我见了崇伯,崇伯自会问我的,此刻只要你领我们去见崇伯就是了。"兵士见他言辞强硬,不敢怠慢,忙领了去见文命。两童子见了文命,略略举手为礼,便说道:"你是崇伯么?我家主人要见你,有话说,你就跟我们去。"文命见他们如此之兀突,便问道:"汝家主人是谁?"两童子道:"主人不许我说,我也不能说,你也不必问,快跟我们去。"文命明知道这就是云华夫人所说的救星,但是那主人究竟是什么人呢?一面想,一面"哦哦"地连声答应,就跟了他们走。真窥、横革、之交、国哀以及天地十四将照例是随着文命走的,哪知两童子看见,就拦阻道:"我主人有命,只请崇伯一个,其余诸人概不接见,请你们止步吧。"黄魔听了,大不答应,大声说道:"我们有保护崇伯之职,何以不许我们同去?难道你主人有什么坏心肠么?"那两童子听了,笑道:"你这个黄面大汉,太不懂恕道,从前你的贵主人云华夫人要见崇伯的时候,不是亦不许崇伯的从人跟进去么?请问你们贵主人那时有没有坏心肠？你主人可以如此，我的主人却不能如此，请问是什么理由？"黄魔等见他如此说，不觉无言可对。

文命便止住众人道："汝等且都在此等着，不必跟随我，我自去吧。"于是独自一人，跟了两童子，曲折向东，翻过一个山头，但见气象忽然不同，满地都是红紫的草花，仿佛是个药草。又走到一处，只见长松之下站着一个衣冠古制的人，长约八尺七寸，弘身而牛额，龙颜而大唇。那人看见了文命，就说道："好好，这里来坐，这里来坐。"说着，转身就走。文命不及行礼，只能跟着他走。走过了几口井的旁边，又到了一个石室之中，那石室颇广大，高约三十丈，长约二百尺，中间有石椅排列。那人指着石椅，叫文命坐下，便说道："我是一个遁世已久的人，本来不愿意再与闻世事，现在为汝治水遇到疫疠的障碍，而且又在我的桑梓之乡，所以我不能不帮助你，你不必疑心诧异。"文命听了唯唯连声，极道感谢。那人又说道："这个疫疠的起源有好几种：一种是因于天时，湿热蒸郁，山岚恶浊之气孕育种种极小的病虫，从人的口鼻吸入肺部，或掺入食物之内，吞入胃部，那病虫繁衍滋生，从血管遍达全身，因而不可救药的。一种是由于邪祟，是有邪鬼在那里为患。一种是由于劫数，到了一个时期，不期然而然地自会发生。现在北部之疫，三种皆有，所以比较厉害。要除第一种病，应该用芳香宣窍、逐秽杀虫的药味。我现在已拟好一个方剂在此，你拿去吧。"说着，从身畔取出，递与文命。又说道："这方上的药味，我这里山中都有，都是我亲手种的，你回去叫那认识药味的人来采吧；还有煎药的水亦可到刚才走过的那几口井里来汲，更为灵效，汝须记着。"文命收了药方，连声唯唯。

那人又道："前年你杀戮相柳、捕获共工的时候，共工的儿子向南而逃，怕你搜捕，昼伏夜行，辛苦异常，不得休息，死在山里，无人埋葬,尸体腐烂,化为病虫,四散飞行,这就是此次发生疫疠的大原因。共工的这个儿子本是个不才子,生前既不安分,死后何肯改过,所以他的游魂就到处为疠,变成疫鬼。制伏他的方法,有一种药叫赤小豆,是疫鬼所最怕的,所以吃赤小豆也是一个方法。他是冬至日死的,倘能每岁冬至日用赤小豆作食物,那就是防患于未然,永不会怕疫鬼了,这是治第二种的方法。或者在每年腊日,敲击细腰之鼓,戴胡人之帽,装作金刚力士之状,亦可以驱逐他。至于第三种劫数,因此地北面一座乐马之山上有一只野兽,其状如橐,赤如丹火,其名曰犾,现则其国大疫。去年以来,它渐渐出现,不是劫数不会出现。制之之法,如派遣天地将去打死它是不中用的,因为打死了它,血肉狼藉,为患更甚。前年蜚兽的覆辙可为鉴戒。好在天地之间一物一制。离乐马山几百里外有一座堇理之山,山上有一只异鸟,其状如鹊,青身白喙,白目、白尾,名叫青耕,其鸣自呼。这鸟儿捉到,就可以制伏怪兽了,这是第三种原因的治法。"说罢,站起身来,说道:"言尽于此,你只要牢记去做就是了。"文命再拜称谢,叩求姓名。那人道:"此刻不必说,将来你来采药取水时自会知道。"说罢,那两童子仍送文命归去,送到半途,倏然不见。文命大为诧异,只能独自乱行。

第一百十七回

禹诛疫兽　嶓冢导漾

禹治黑水以铁桩镇海眼　弱水中窫窳为患

且说天地将见两童子引文命去后,非常不放心,因为文命吩咐,不敢追随,只能在近处探望。忽见文命独自归来,不禁大喜,都迎上去,簇拥着文命归营。皋陶、伯益等忙来探问情形,文命将大略说了一遍,大家猜不出那人究竟是人、是鬼、是仙。天将等在旁听了,大笑道:"原来就是他变的把戏,怪不得抵死不许我们同去,怕揭穿了他的假面具。他就是炎帝神农氏呢!"文命道:"汝等何以知之?"天将道:"某等跟着夫人到他那边不知去过多少次。他的石室就叫神农窟,窟前百药丛生,莫不毕备。还有一种异物藤花,形状像菱菜,朝时紫色,午时变作绿色,下午又变作黄色,黄昏时候又变作青色,夜间又变作赤色,一日一夜之中五色迭耀,真正是异物呢!他那九口井亦很著灵异。我听见夫人说,这位炎帝神农氏就生在这个石室之中。他生的时候,地忽自穿,成为九井,一井汲水则各井皆动。我们从前都当玩意儿弄过,的的确确是他了。"文命道:"我听说神农氏生于烈山,怎样会在此地呢?"天将道:"烈山离此地并不远,即使远,亦可以使它不远。我们夫人从前用缩地法迎崇伯,崇伯忘记了么?"

文命听了,恍然大悟,赶快带了十几个医生,与皋陶等径往烈山而来(现在湖北随县西北),按照方剂采药,并汲取九井之水煎熬,那九口井果然是汲一井而余井皆动。文命看那长松、石室等依然如前,但是两童子和神农氏已不见了。文命和皋陶等向着石室再拜稽首,以志敬谢。站起来问天将等道:"炎帝的坟墓并不在此,他常在此做什么?"天将道:"他是个得道尸解之人,坟墓是假的,无依恋之必要。此地是他生长之处,所以常来,所谓神仙不忘其本也。"隔了两日,药已制好,文命叫分散于各处。那患病的人服了无不立刻就愈,真是仙方。文命又叫人服食赤小豆,并且于每年冬至日服之。后来荆楚一带遂传为风俗,并且那腊日击鼓、装力士之法亦有行之者。从此共工氏疫鬼遂不能为患了,闲话不提。

且说文命散药治疫之后,又叫过天地将来,命他们到堇理山中去捉青耕鸟,要活捉,不许丝毫伤损。天地将领命而去。这里文命率众北行,到得苍舒驻扎之地。苍舒等出迎,备述这次疫疠士卒丧亡之多,如今服药后病者虽愈,而未尽复原。文命听了,不胜悼惜,遂亲至各营,抚慰了他们一番。后来与苍舒谈起神农氏所传治疫三方,苍舒愕然道:"原来如此,的确不错,那日我们到了乐马山相近,看见一只野兽,赤如丹火,飞奔而过。兵士因为它奇怪,射了两箭,哪知立刻就发热,生疫病了。后来这一队的兵士差不多统统死亡,大家以为是得罪神兽的缘故。某当时还力斥其妄,哪知竟是这兽为害呢!"文命道:"据神农氏言,此兽主疫,即不射它,疫亦不能免,适逢其会耳。"正说间,乌木田等回来了,手中停着一只异鸟,其状如鹊,青身、白喙、白尾,见了人也不惊惶,嘴里不住地"青耕,青耕"乱叫。大家看了,甚为奇异,都说:"这鸟儿能降疫兽么?看它怎样降伏。"文命问苍舒道:"此地就是乐马山么?"苍舒道:"不是,此地叫支离之山,离乐马山有几百里。某等本来已到乐马山了,因为疫气太重,逐渐退到此地。"文命道:"那么我们再到乐马山吧。"于是传令起身。

正走之间,忽见林中有鸟飞翔,其状亦如鹊,赤目、赤喙、白身,而其尾如勺,料想亦是一种怪鸟,但不知有害于人否。文命就作法,叫了支离山神来问。那支离山神是个夔身,人首的怪状,见文命行礼后,文命便问他,此鸟叫什么名字,有无害处。山神道:"此鸟之尾如勺,所以叫婴勺鸟,并不害人。"文命又问,此地离乐马山有几里。山神道:"约有三百里,但是去不得,那边近日出有疫兽,恐怕染疫。"文命道:"我亦知道,但有无方法可解,还乞尊神示知。"山神道:"有,离此地西北一百里外堇理山上,有一只青耕鸟,可以制它;还有离此地东南三百十里,一条从水之中,有一种三足之鳖,吃了之后,亦可免疫。"文命听到三足鳖三字,想到羽山沉渊故事,顿然变色。伯益在旁觉察了,忙说道:"现在青耕鸟已得到,可以过去么?"狂章在后面,拿了青耕鸟来给山神看,山神便道:"好好,可以过去。"山神去了,大众依旧前进。过了两日,大众正在前进,忽见那青耕鸟腾空而起,向前山飞去。仔细一看,原来前山上正有一只赤如丹火的怪兽在那里乱跑。大家知道一禽一兽相遇,就要决胜负,忙拥着文命到一座高峰上遥望。只见那兽望见青耕鸟似有畏缩之意,向后便逃。青耕鸟亦不敢怠慢,展动双翅,一直追去。大众在峰上望不见了,文命便叫天地将前去察看情形,归来报告。天地将答应,跟着那一禽一兽而去。但见它们一个在下面逃,一个在上面追,几几乎环山三周。忽而那兽似乎力乏了,躲在一株大树下喘息,那青耕鸟亦飞集树上,向着它"青耕,青耕"地连叫几声,那兽就仰面朝天。青耕鸟倏飞下去,用嘴啄它的肚皮,顷刻之间,将脏腑食尽,那猴兽已死,只剩了一个躯壳。青耕鸟飞上高枝,振刷它的毛羽,再叫了几声,竟向西北飞去。天地将看得稀奇,将此情形归来报告。大众听了,都说物性相制,有些地方真是不可解的。文命恐怕狼兽尸体腐烂为患,再叫天地将过去,先用火焚,再用土埋,一场疫气又总算结束。

文命将各处水源考察一过,再从沧浪之水直穷汉水之源。到了嶓冢山上,但见山势高大,周围数百里,两边都有大水,而两源相去很近。用赤碧二珪一照,觉得在地中二水是相通的,所以给它取一个名字,在东边的就是汉水,在西边的叫作潜水。潜者,地中私出之意。(就是现在的西汉水,下流汇合白龙江而成嘉陵江。)文命逾过嶓冢山,从桓水(现在甘肃南部的白龙江)直到西倾山,考察一番,无须工作。梁州北部大致已清楚了,便向西南行,见有两条大河(现在雅砻江及大金沙江)滚滚向南而行,下流汇入一个大湖,就是上次所见和夷南部的大湖了。水势虽急,然无大害,亦无须工作。再越过一山,便是黑水,那条水却是汹涌泛滥得厉害。文命沿流细细察看,只见那傍山依水而居的都是三苗国人。他们自在云梦大泽之西为苍舒、伯奋两支大军所驱迫,一径逃到此地,已经辛苦不堪,又遇到黑水的泛滥,欲进不能,欲退不可,正在为难。所以文命大军到了,他们亦无力抵抗,都帖然不动。文命见他们如此,当然不为已甚,反而加以抚循,许他们住在此地,并且允许帮他们平治水患。沿路一看,三苗人民逃来的确实不是少数,自北至南,沿江何止千里,到处都有他们散布的踪迹。(自现在西藏自治区察雅县南至云南云龙县止。云龙县西北有三危山,察雅县即乍了,亦古之三危地。)文命颇觉心惊,暗想,三苗人民的团结力真强,宁可在这里如此吃苦,竟不肯降伏,将来恐有后患呢。

文命一路忖度,一路但见那黑水的流势与河、江、淮、济不同。河、江、淮、济等水不过泛滥横流,而这条黑水却是摇荡汹涌,有上冲之势,愈到南方,其势愈猛,甚不可解。更奇怪的,有时水势滔滔,亦颇安稳,不过很急罢了。文命用赤碧二珪去照,但见水中大动物很多,而蛟龙等类尤到处皆有,方才悟到水势汹涌上冲竟是这些动物在那里为害。于是忙叫过七员地将来,问道:"水中蛟龙尔等能驱逐否?"七员地将齐答道:"能。"文命道:"那么汝等去驱逐吧。"七员地将各执兵器,纷纷入水而去。霎时波心水涌如山,狂风陡作,大众几乎立足不住。忽而之间,约有十几条长龙翻波而出,尾巴一卷,风势更大,阵雨盆倾,文命等无不倾跌受伤,有几个竟被龙风卷去。七员天将只能保护文命与伯益等,未敢轻离。正在危急,但听得空中啪啪之声,原来是应龙来了,闯入群龙之中东西奋击。那应龙是神龙,寻常之龙如何抵敌得住,不到片时,个个受伤,鳞甲飘堕,仍向水中逃去,应龙亦钻入水中。顿时风止雨息,而水中的波浪却又汹涌起来。又过片时,波涛滚滚,真向下流而去。这时大众衣履尽湿,扶伤问死,亦无暇再去查问。直到傍晚,七员地将回来,向文命报告情形。方知他们初入水时,即向群龙攻伐,群龙在水中因身躯过大,运掉不灵,以致不能抵御,纷纷向外蹿出。七员地将以龙飞在天,非彼等能力所及,只能听之,但在水中斩杀蛟螭鼋鼍之属。后来群龙复入水来,应龙接踵追至,乃合力攻击,群龙皆向下流逃去。追至一处,群龙忽然不见,地将等仔细考察,原来水底有一大穴,直通南海,群龙及各种大动物均由此进出,便是潮汐涨落亦与黑水相通,所以黑水的水患更甚了。

　　文命听了这番话,心中早有计划,便问地将道:"那穴口有多少大?"地将道:"约有十数丈周围。"文命道:"离此地有多少路?"地将道:"不甚远了。"文命遂率领众人前去考察,一路龙鳞遍地,大者几如车轮,小者亦如盘盂,众人皆拾而藏之。一日,到得一处,只见应龙在空中张牙舞爪,飞来飞去,而它的两眼仿佛专注意于水中。地将道:"是了,是了,就在这底下呢。"文命听说,取出赤碧二珪向水中一照,果见有一个大穴,波流汩汩,正在向上直涌,想来此刻正是潮涨之时,其他大动物却一个未见。文命再向下流考察过去,果见地中有一条极长的隧道直向南去,比上次在碣石山所见的隧道大得多,想来是直通南海之路了。文命便吩咐天将等道:"汝等速与我到帝都去走一遭。我前次有数处铁矿发现,请工倕去尽力开采,近来想必开出不少,此刻我要用,汝等与我去要百万斤来,限汝等数日往来,汝等能做到么?"童律笑道:"区区之事,有什么做不到,某去就来。"说罢,纵身而去。

过了两日,童律如飞而来,果然已将百万斤铁取到。文命大喜,择定地方,叫众人开炉鼓铸,又选定了一处两水交汇之中流,叫七员地将潜入水中,掘地发石,一面即将所冶之铁铸成一根大柱,叫天将等动手竖起来,立在那发掘之处,再用军械在上面将铁柱打入地中,仿佛如打桩一般。自冶铁以至铁桩打好,足足忙了多日,方才完毕。(现在云南临沧市凤庆县城东二百里外,西密瓦屋山下,澜沧江与黑惠江合流之处,有铁桩,圆径尺,常与江水同高下,或高出江水一二尺,里人往往见之。)苍舒等问文命立此铁桩之故,文命道:"此水中既多蛟龙,某初意想驱逐它们到南海去,后来知道地中有穴,可以直通南海,那么今日驱去,明日可以复来,是无益的。某闻蛟龙之性最怕的是铁,所以选定一个陋塞之处,立起这根铁柱来,阻住它们来往之路,水患或者可以减少些。"众人听说,方始恍然。且说铁桩立好之后,那黑水果然顺轨,直向南海而去。文命又至各处考察一周,但见其地已入蛮荒,天气炎热,瘴疠颇盛,而水患却甚少,梁州的工程至此已可算十二分地平定了。于是率领众人班师向北方而回。一路对于苗民曲意抚慰,但是细看他们的意思,表面虽然顺从,而信仰三苗的成见却牢不可破。有些苗民看见黑水治好了,就趁势浮着黑水,跑到南海中,与上次南奔的苗民合在一起,后来建立一国,就叫苗民国,这是后话不提。文命看他们如此倔强坚决,倒亦无可如何。地在边荒,治水之功又未毕,其势不能淹留在此设法化导,只好舍之而去。一路走,一路与皋陶等细细商量,觉得三苗这个人不除,将来死灰必至复燃。好在他此刻逃在雍州西部,为治水必到之地,且俟将来剪除他吧。计议已定,逾过嶓冢山,渡过渭水,经过相柳所盘踞蹂躏之地,觉得人民已较前繁庶,然而终不能复原,想见几十年中受害之深。

一日,又逾过一座山,向北一望,但见黄沙白草,弥望无际,走了许多路,寂寂无人民,大家诧异之至。又行了一程,只见一条向北流的大河横亘前面,文命便吩咐工人伐木做舟,以便顺流下去。哪知众人正在工作之间,忽然水中一阵狂风,蹿出一个怪物,其状如龙而人面,张开大口,伸出长舌,向工人一卷,早已有几个送在它嘴里。众人出于不意,一声大喊,正要想逃,天地十四将见了哪敢怠慢,各挺兵器猛向妖物砍去,那妖物却早已缩转身躯,潜入水中,无影无踪了。七员地将潜水是他们的长技,紧紧跟着跃入水中。那空中的应龙亦相继跃入,于是那水中波浪顿时沸腾起来。足足斗了半日,忽见应龙冲天而上,在空中不住地盘舞,两翼啪啪,似含怒意。众人正是不解,转眼七员地将亦出水而来。黄魔便问怎样了,鸿濛氏道:"好厉害呢!某等与应龙杀入水中,哪知下面竟有一个怪物的巢穴,穴外白骨堆积得甚高,怪物死命抵住穴口,某等竟无可如何。后来章商氏、犁娄氏从地底攻进去,哪知穴内小怪甚多,团团围绕,刀斩剑砍,都不能伤害它,所以只好退回。"文命大怒,要想叫山泽的神祇来问,但是此水何名,四无居人,无从探听,颇觉踌躇。伯益道:"何妨先用赤碧二珪一照呢。"文命一想不错,忙取了赤碧二珪到水边来照,只见水底数丈深处果然蜷伏着许多怪物,一时尚未及看清,那许多怪物触着神珪的光芒,顿觉不安于水,一个个从水底穴中直蹿起来,径向文命便扑。七员天将忙以兵器相抵,细看其状,龙身人面的约有十几条。那时空中的应龙亦飞下来拿攫,怪物知不能敌,仍蹿入水中而去。

众人无法,正在踌躇,忽然西北方空中一座香车冉冉而至。黄魔看见大叫道:"好了!好了!救星来了!"那时香车已渐渐落下,众天将认得是王母小女太真夫人,名叫婉罗的,忙上前参谒,并且介绍与文命。文命亦上前行礼,说道:"蒙夫人尊驾辱临,感激之至。"夫人道:"妾刚才在家母处,知道崇伯治水阻于窫窳,所以奉家母之命,特来为崇伯稍效微劳。"文命连连道谢,并问道:"这怪物名叫窫窳么?"夫人道:"是。"文命道:"某闻帝挚之世,少咸山出一种妖兽,名叫窫窳,能食人,后来给老将羿射死,想来与此物同名。"夫人道:"两妖名字偶同,实则绝不相干。那少咸山上的窫窳,一名叫猰貐,早绝种了。这个窫窳说起来来历很大,历史亦很长。原来从前有两条老窫窳,一牝一牡,是天帝所豢养的,性质却是柔和,并不害人,随意在上界下界各处游玩,倒也逍遥自在。一日,游到海内西方一个国中,那国王名叫贰负,不知何故很厌恶它们,或许因它们状貌奇异之故,一定要弄死它们。后来毕竟和一个臣子名叫危的设法将窫窳牝牡都弄死了。天帝知道之后,非常震怒,遂将贰负和危君臣两个一并处死,并将他们的尸首反缚了,两手和头发上再加之以梏,系于疏属山的山木上,又桎其右足。又可怜窫窳的死非其罪,便准它们的子孙在上下两界任便居住。这些窫窳子孙就住到这条弱水中来。它们依仗了天帝的势力,以为无人敢来奈何它们,假使来侵犯它们,天帝一定会保护的。它们存着这种念头,所以住在此地数十年之久,真所谓杀人如麻,白骨如山,但从此地四周一看,一个居民都没有,可以想见它们的强暴了。"皋陶在旁说道:"既然如此,难道天帝果然有心纵容它们么?况且依某的意见看来,天帝处置贰负和危杀害窫窳之事亦未免太过。

— 1076 —

窦窳并无伤人民之罪,贰负和危无端地同谋弄死它们,固然不合,但贰负和危究竟是人,窦窳究竟是畜生,弄死两个畜生,就要人来抵命,似无此理。即使说窦窳是天帝所豢养的,亦无抵命之理,难道天帝亦如人世间专制的君主,有'杀其麋鹿者,如杀人之罪'的一种苛条么?况且既经抵命,亦已够了,还要将他们的尸体桎梏起来,反缚起来,系起来,仿佛虽死还不足以蔽其辜的样子,究竟是什么意思?还请夫人示知。"大家听了皋陶这番话,都很以为然。

第一百十八回

天上革命　刑天氏与帝争神

太真夫人除窦窳

且说太真夫人听了皋陶的一番议论,不禁太息道:"是呀!因此之故,竟引起天上之革命呢!"众人听了,尤为诧异,大家一齐问道:"天上亦有'革命'之事么?那起来革命的又是什么神道呢?"太真夫人道:"天帝下面的群仙本来有两派,一派是阳神,亦称善派,一派是阴神,亦称恶派。两派之中,善派的神祇最多,势力较大,但是恶派的势力亦不弱。两派互相用事,互相轧轹。天帝以天大的度量,包含他们在内,虽则意思之间倾向善派,然而对于恶派亦竟奈何他们不得,所以争闹是常有之事,不过这次闹得颇大罢了。"

皋陶听到此,不等她说完,忙问道:"恶派的主张究竟是如何的呢?"太真夫人道:"他们的主张亦不尽同,大约可分为四类。第一类最激烈,便是主张销毁地球。为什么要销毁这个地球呢?他们说:地球是一切恶浊的根源。地球上所有生物,因为要维持它自己生命的缘故,因为要繁殖它自己种类的缘故,竟是无恶不作。不要说人类的残虐凶狠,不要说禽兽昆虫的搏击吞噬,就是植物亦是如此的。松柏之下,小草必不能生;荆棘纵横,兰蕙因而灭迹。以大欺小,以强凌弱,拿天眼看起来,没有一处不是惨酷的现象,没有一处不见到痛苦的情形。总而言之,都因为有了这个地球的缘故,假使将地球销毁，那么所有生物无从托足，一切的惨酷愁苦统统灭绝，这才是根本彻底的解决。他们认为，照善神一派的主张，讲什么福善祸淫，讲什么报应因果，都是劳而无功的。这一种主张，在盘古氏开天辟地以前正是它的实行时期。第二类的主张，是扶植禽兽专门和人类为难。他们说：凡是生物，要维持它的生命，繁殖它的种类，都是应该的。但是只能凭仗一己的体力来解决一切，不能凭仗一己之智力来解决一切。世间各种生物都是用体力的，只有人类，不单用体力，尤喜欢用智力。始而造作种种机械来残害一切禽兽，继而又用种种机械来残害自己的同胞，后来竟想和我们天神相争了，还说什么'人定可以胜天'，这还了得么！而且照人类残酷的手段行为看起来，比禽兽的搏击吞噬要厉害到几万万倍！因为禽兽的搏击吞噬其数有限，而人类的残虐惨杀其数无穷。一日之中，弄死几千万人，真不算一回事。故比较起来，还不如扶助禽兽锄灭人类的好。这一种的主张，在盘古氏开天辟地以后是它的实行时期。第三类的主张，是力求新异。他们说：天神有创造万物之能力，但是决非仅仅创造一种，必须时时变易，刻刻更换，才显得出天神能力之无穷。现在世上万物创造已经长久了，单就人类而言，总不过是喉舌眼鼻以维持他的生命，总不过是男女匹配以繁殖他的种类，譬如一出戏，今朝演，明朝演，大家早经看厌了，有什么趣味呢！所以他们的主张，总须将历史相传的状态统统打破它，现今相安的形势统统改去它，另外再换一个新局面。即使改换的时候万物牺牲，遭难遭殃，他们亦悍然不顾。他们说这在过渡时期是不能免的，是应该的。这种主张，现在有几处地方已经实行，他们并且自己先以身作则，将来崇伯治水或许能遇到的。第四类的主义纯以强暴为主张。他们说：凡是生物生在世界之上，总以能自立为要。弱肉强食是不磨的道理，兼弱攻昧是必要的方法。一种生物，倘使没有自立的能力，就是个无用之物，应该死，应该亡，没有什么可惜的理由。譬如拿人来说，肢体不全的，五官不备的，或是老耄的，或是昏愚的，或是失业无依的，从善派一面看起来，都是可怜可悯，应该救济；但是从恶派他们看起来，这种人既无自立之能力，即是天地间之蠹物，徒然消耗他人之食物而一无所用，不但无益于世，而且有害于世，所以绝对不应救济，并且应该杀却。还有一层，他们的主张，以世界须进化为主。这种劣种假使再去救济他，使他传种，将来世界一定退化，人类必至灭绝。所以杀去这种的人，择种留良，使人类得以进化，不但无罪，而且有功。这种主张现在虽则没有实行，但是将来人类竞争剧烈起来，恐怕他们要来实行呢。"

文命问道："那么现在在天上革命的是四类恶神中之哪一类呢？"太真夫人道："各类俱有，但是首先发难的是第三类的首领。他的性情非常激烈，时时和天帝争论。这次正值天帝因窫窳之事将贰负和危杀死，又将他们的尸首械系起来，这位神君见了就大不答应，直斥天帝之过失，与天帝在灵霄宝殿上大起争论，声色俱厉。天帝的度量本来是无所不包的，置之不理。但是这位神君联合了他的党羽，实在吵闹得太厉害了，口口声声说天帝不配做三千大千世界的元首，应该让他来做。后来竟动起武来，赶到天帝宝座之旁，硬孜孜要拖天帝下宝座。你想，这岂不是古今未有之大变么！那时，天帝手下护卫之神以及善派一类的神祇个个不平，起而保护干涉，当下就在灵霄宝殿上打起仗来。可是这边的神祇是无预备的，那边恶神一派是早有联合计划的，结果，这位三千大千世界的元首天帝只能弃了灵霄宝殿，由众神祇拥护着向外而逃。所以皋陶君刚才问，窫窳子孙如此吞噬人民，是否天帝纵容它们，其实何尝如此，天帝此时正蒙尘在外，自顾不遑，哪有闲暇来管这种事呢？

推原这次革命的原因,实在由贰负和危的被杀而起,这是个导火线,这个关系岂不甚大么!"

文命忙问道:"后来怎样呢?"太真夫人道:"天帝逃避出去之后,一切政权当然统统掌握在恶神一派的手里,各个想实施他们的主张。第二类恶神先起来教导禽兽等类,纷纷吃人。少咸山的猰㺄,洞庭之野的巴蛇,桑林的封豕,寿华之野的凿齿,孔壬的臣子相柳,淮水中间的巫支祁父子,以及天吴、罔象和其他种种能害人的奇兽异禽,都是他们教导出来的。就是窫窳的子孙,起初何尝吃人,此刻吃了这许多人,亦是那班恶神教导利用的。此外还有大风、九婴等亦都是他们的党羽。总而言之,第二类恶神在那几十年之中可说已经畅所欲为的了。至于第一类恶神,亦起来厉行他们的主张。起初指挥十日并出,要想将地球上的生物统统烧死,哪知给老将羿射下了。他们就设法造成洪水之灾,要想将地球上的生物统统溺死。前几十年,圣天子派遣大司农到昆仑山求家母,设法消弭这个洪水。家母回答说:'天意难回。'怎样叫天意难回?就因为天上革命之事还未了结,恶神一派依旧掌权,天帝还没有复位的缘故呀!"

文命又忙问道:"后来怎样呢?"太真夫人道:"后来天帝在外面纠集了四方神祇,共同勤王,结果将那首先发难的恶神擒获,并将他的头砍去,其余党羽杀的杀、囚的囚、贬的贬,天帝复了大位,这件天上革命之事才算平静。"文命道:"那么从此之后,天帝手下没有阴派的恶神,都是阳派的善神,世界可以永安而无祸乱了。"太真夫人道:"这个决不能。天地之大,不过'阴阳'二字。有阴不能无阳,有阳亦决不能无阴,这是一定的。现在恶神一派的势力虽然较衰,在人类可说是个泰极复极的时候,但是那些恶神派依旧在那里潜滋暗长,一有机会,仍旧要出来搅乱的。不过就此刻而言,在这百年之中,要算是空前绝后的黄金时代了。"文命道:"这些阴派恶神,竟不能使他们划除净尽么?"太真夫人道:"岂但其他阴派恶神不能划除净尽,就是最著名的恶神浑沌氏,从前曾经毁灭过地球,经盘古氏出来将他节节支解为江河、为山海,照表面上看起来,他早经死了,其实何尝真个是死,不过暂时屈服罢了。这次空前的大洪水,还不是他在那里作的怪么!即如刚才所说首先发难的那位恶神,天帝已经将他的头砍去,其余党羽有的亦杀去,崇伯以为他们都死了么?他们都没有死呢!"

大家听到这句话,无不诧异,齐声问道:"已经将头砍去,怎样还没有死呢?"太真夫人道:"这个才叫神通广大!所以他们才敢与天帝为难,起而革命。那位恶神的头给天帝砍去之后,天帝亦知道他神通广大,恐怕他复活,立刻将他的头葬在一座常羊山上,并且用符箓镇住,一面又派神守护,以防他的死党暗中来偷盗他的头,以为如此他决不能复活了。哪知这位恶神逗势变一个把戏,实行他新奇的主张,并不再要这个头,就用他的两乳当作两眼,用他的肚脐当作大口,一手执干,一手执戚,到处舞来舞去,依旧活着。其余杀去的党羽,有些和他一样,也依旧活着;有些尸首虽伏而不动,然而也不是真死,都在那里待时而动。你想,这种情形,哪里能够划除净尽呢!"大家听了,都舌挢而不能下。太真夫人又说道:"这个恶神自从没有了头之后,他就自己取一个别号,叫'刑天氏'。这个别号有两个解释:一个解释,天者,巅也;刑者,戮也;就是杀去头的意思。还有一个解释,刑者,戮也;天就是天帝,表示将刑戮天帝以复仇的意思。所以他现在正与他的党羽设法勾结,力图扰乱世界,以覆天帝之位。各处魔神颇有为他所鼓动的。崇伯九州水土治平之后,将来如果到海外,或许与他相遇亦未可知。"大家听了,又是恐慌,又是欢喜,又是骇异。

太真夫人道："现在说了半日,时已不早,我们言归正传,赶快驱除那个窦窳吧。"大家如梦方觉,暗想,刚才抛却正事,大谈闲天,仿佛无事的人一般,不免个个暗自好笑。文命忙请教太真夫人,用什么方法去驱除窦窳。只见太真夫人从袖中取出一个小小方包袱,放在地上,徐徐地抖开来,但见五色斑斓,光怪陆离。众人仔细一看,原来所包的是两个小网。太真夫人取起一个,吩咐庚辰等七员天将道："汝等拿这个去空中布住。"又指着网四面的一根总结说道："假使看见那窦窳投到网中,汝等但将这总结一抽,就可以擒住它们了。"说完,又取起一个,吩咐鸿濛氏七员地将道："汝等拿这个去地下布好。"又指着网四面的一根总结说道："假使看见那窦窳投入网中,汝等但将这总结一抽,就可以擒住了。"天地十四将领命,分向上下而去。

　　太真夫人又向空中叫道："应龙何在?"那应龙就鼓动大翼,从空而至。太真夫人又取出两根金杵,放在应龙两前爪之中,吩咐道："汝与我入水去驱除窦窳。"应龙领命,拿了两杵入水而去。过了些时,但见弱水之中波浪沸涌,掀天播地,蓦然蹿出许多龙身人面的窦窳来,大的数百丈、数十丈,小的亦有数丈,不等,群向天空飞逃。应龙爪执两杵,紧紧追赶。众人仰望天空,那个小网恢之弥广,竟看不出它的端倪。忽然之间,有几条窦窳翻身转来,与应龙舍死忘生地苦斗,想来因为上面布有天网,逃不出去的缘故。窦窳虽则皮骨强硬,刀枪不能伤,但是这两个金杵是仙家至宝,被击一下,筋骨俱断,如何支持得住,结果又纷纷入水而去,应龙又跟着下去。再看天空,只见已有许多窦窳团结在一处,原来都触入网中了。七员天将正把网渐渐收起,那窦窳虽则强梁,还在网中不住地癫狂腾奋,然而总冲不破、逃不出。那网愈收愈小,那些窦窳个个贴紧着,动弹不得。七员天将提了网,下来安放在近旁一座山上,却挤满不少地方。转瞬之间,应龙又出水来,随后七员地将亦一齐出水,个个手中执着大网之索,将一群窫窳拖出水来。七员天将见了,赶即过去帮忙。那网中动弹不得的窫窳亦有十几条,堆满了许多地方。

太真夫人向七员地将道:"这水中的窫窳还有剩下潜藏的么?汝等与我细细去看来。"七员地将应命,入水而去。过了多时,复命道:"某等已到处搜过,一个没有了。"太真夫人向七员天将道:"那么仍旧要烦劳诸位,这些窫窳我一时不便处死它们,烦你们替我送到昆仑山家母处,由家母奏知天帝,再行发落。"天将等应命,就由大翳、黄魔两个升到空中,将两网提起,觉得还不甚重,就说道:"只由我们送去吧,其余可不必都去。"太真夫人道:"也使得。"随即起身与文命作别。文命千谢万谢。太真夫人转身,瞥见岸旁堆着无数造船的器具材料,就问文命道:"崇伯打算在此造船么?"文命应道是。太真夫人道:"快不必费力了,此水是弱水,丝毫无力,即使放一粒芥子在上面也是要沉的,何况船只呢,岂不是徒劳么!"文命道:"某闻弱水三千里,在昆仑山周围,怎样此地亦有弱水呢?"太真夫人道:"此地当初原是西海之一部,通连昆仑。后来地体变动,将这部划出在西海之外,所以变成河流了。河水滔滔,久则流竭,因为窫窳是一种神物,它能护住,不使河水流尽,所以至今仍是弱水。窫窳去后,再过多少年,恐怕与寻常之水无异,徒有弱水之名而已。"文命听了,拜谢指教。太真夫人就率领黄魔、大翳,提了两网的窫窳,升车向昆仑而去。

这里文命和众人听了太真夫人之言,走到水边,取了些极轻极微之物,如木叶、细草、皮毛、枲细之类丢向水中,实地试验,果然一到水面,立刻向下沉去,与质重的金石一般。众人都觉诧异,方信太真夫人之言不谬。于是只好不作乘舟之想,顺着弱水一路行去。

（现在甘肃山丹县城外有碑,曰禹导弱水处。）好在此水并无大患,工作绝少。一日,到了一座山,名叫合黎山(现在甘肃山丹县),弱水绕山脚而过,直向北流。众人一看,但见黄沙无垠,千里极目,那水从沙中直穿过去,若隐若现,不知此地究属何所。文命忙作法叫了合黎山神来。那山神道:"此地本来是渤泽的一部,自从前数十年地体变动以来,陡然渐渐高起,水流涸竭,遍地露出沙石,所以成为这种荒凉之象。"文命道:"其中有居民么?"山神道:"一片沙石,绝无居民。"文命道:"那么我不必再过去了。"山神退出,文命吩咐班师。

忽见伯奋起身说道:"某自从崇伯入雍州以来,即叫人去探听三苗消息,后来得到探报,知道三苗现在匿居在西方三危山下。那边居处崇宏,珍宝充斥,据说还是共工孔壬勾结三苗时特地为他营造的。现在三苗虽则匿居在此,可是野心不死,仍旧与各处党徒潜谋密议,伺隙思动。此刻如果大军移师西上,他的耳目众多,死党密布,难保他不见机远窜。万一使他漏网,不特难伸国法,并且后患无穷,请速定夺为要。"文命沉思了良久,说道:"那么,只有先遣天地将去监住他,万一他要逃走,或逃到何处,即来通报,如何?"苍舒道:"何不就叫天地将擒了他来,岂不省事!"文命摇头不肯。这时黄魔、大翳已回了,文命遂派童律、狂章、兜氏、卢氏四将前去,暗暗监视三苗,并设法使他不能远扬。四将领命,自去侦察,商议布置。

第一百十九回

　　杀三苗于三危　河精献河图
　　舜颁五瑞于群后　同律度量衡
　　五载一巡狩　尧与舜至首山观河

　　且说三苗自从在国中逃出之后,直向西北而行,那些死党也陆续前往投奔他。后来他费了无数唇舌,用了无数心机,费了无数财贿,居然说动了屈、魏、鹜、曹四国,起兵背叛,要想占据梁州之地,收集他逃在西南的遗民,东向而争天下。哪知计划不成,屈、魏、鹜、曹四国都失败了。三苗无法,要想到西南去,但是文命正在西南,深恐自投罗网,只得逃到他的三危山别墅躲匿,苟延残喘。后来探听文命大军追踪而来,已到弱水,离三危山不过几百里,料想凶多吉少,不觉忧惶之至,和他妻子及几个嬖佞之臣商量,收拾细软,匆匆沿西海之滨向南逃去,离三危山约有七百余里之遥。

　　一日,正在一处住宿,黄昏人静,大家筹划进行路程,忽然三苗扪着脚大叫起来。众人忙取火一照,原来有一根绳索从地下出来,将三苗两脚缚住,紧紧地向下面拖去,仿佛地中有人似的。众人大惊,急得手足无措。有的说是触犯山神了,有的说是冲犯地煞了。那祷祀迷信本来是三苗人的长技,于是大家纷纷跪在地上,不住地磕头许愿,有的说从丰祭祀的,有的说庄严立庙的,闹了半夜,毫无效验。那根绳索愈拖愈紧,既不能将三苗拖进地中去,几乎把三苗两只脚切断。那三苗痛不可忍,杀猪一般大喊,然而终究以为是鬼神作用,竟不敢用刀来割,这亦可见苗民迷信之深,做法自弊了。后来忽有一人说道:"不要是前途危险,神明显灵默示,叫我们不要前进么?"大家一想有理,于是重复祷告道:"假使神明指示,叫我们不要前进,那么我们回到三危山去,神明可以饶恕了。"哪知此话一说,绳索果然放松,渐渐收去。

众人大喜,忙扶三苗起来,说道:"神明保护,前途有危险,叫主公不要前进,真是小主公的盛德洪福呢!"三苗那时虽然免了绳索之厄,但是狼狈不堪,一语不发。到了天明,才听众人之议,决计回转,然而心中究竟放不下,再差几个人前去探听,一面缓缓而行。哪知道过了两日,探听的人已转身迎上来,报道:"不好,不好!崇伯大队已到三危山相近,正在各处搜索呢。"三苗一听,魂不附体,也顾不得鬼神的作祟,急忙吩咐众人再向西南逃去。这次他们知道事机危急,奔走的速度极快,半日工夫已跑了五十里之遥。到得一座山坡旁边,正要想略略休息,忽然一阵狂风,沙飞石走,齐向三苗等扑过来。三苗等大惊,刚要起身再走,陡然前面一声大震,仿佛天崩地裂,大家几乎立足不稳。仔细一看,原来三丈之遥的地方从空中坠下一块大石,阻住去路,险些不曾被它压死。三苗等至此,面面相觑,都觉进退两难。

忽然之间,大石后面又奔出无数豺狼虎豹,咆哮狰狞,齐向三苗等乱扑。三苗等看了,魂飞魄散,只得转身,仍回原路四散奔逃。过了些时,觉得后面猛兽之声已寂,回头一看,猛兽都不见了,方才放心。慢慢地会合拢来,计点人数,幸喜不少一个,然而跑来跑去,个个疲乏,天色又渐晚,大家商量在何处暂度一宵。后来在左近发现一个石洞,非常广大,尽可容纳多人,不禁大喜,就一齐进去,也顾不得龌龊污秽,倒地就歇,渐渐地都深入睡乡。忽听得呐喊一声,三苗等从梦中惊醒,只见洞外灯火明如白昼,许多披甲执锐的兵士已将洞口守住。随即有几个人拿了绳索进来,见一个,捉一个,见两个,捆两个。那时三苗等已如瓮中之鳖,无可躲避,俯首就缚。牵出洞外,已有数辆大车停轮相待,一个军官装束的人指挥兵士将三苗等驱策上车,展轮便走。约略走了五六里,天色渐明,三苗等细细一看,原来就是他的旧居三危山下了。再看各处旌旗飘扬,分明是崇伯的标帜。三苗等至此,才知道已被擒获,料想无可幸免,只得安心听死,倒也无甚恐怖。

少顷,文命升帐,将三苗等提上来讯问。左有皋陶,右有伯益,其余八元、八恺、真窥、横革等分侍左右。文命见了三苗,就大声责他贼民愚民虐民及背叛大逆之罪。三苗俯首无语。皋陶道:"三苗罪大恶极,情事确实,某看亦无须取他的亲供,就此正法吧。"文命道:"此刻九州已平,我们就要班师,不如槛送京师,请天子处分。"皋陶道:"天子仁慈,万一同孔壬一样,又赦其死罪,岂不是失刑么?"文命沉吟一会,说道:"天子曾许我便宜行事,就此正法,未始不可,但是究竟太专擅,于心不安。我看不如奏请天子为是。三苗之罪甚于共工,我想天子不会再宽恕他的。"大家都同声赞成。苍舒道:"京师离此甚远,专使往返必须经月,难道我们在此静等么?"文命道:"不妨,我叫天将去。"当下先将三苗等囚禁,一面修缮表文,将三苗种种罪状及以后苗民种种可虑之处详细述明,请准将三苗在此正法等情,缮好之后,就叫鼞余赍去。这里就在三苗别墅中搜查,将他积聚的货物分配贫民,或为收养穷独之用。

过了一日,鼞余转来,奉帝尧旨批准,将三苗就地正法。于是文命就令兵士将三苗牵到他别墅之前,一刀结果了残生。可怜三苗听从狐功之策,占据南方,用了许多贼民愚民虐民的方法,多少年来尊荣富贵,志快意满,然而结局不免如此,这亦可为后世不以仁义道德治民而专以残酷剥削、狂妄悖谬治民的人做一个炯戒了,闲话不提。

且说文命既杀三苗之后,又将其死党分别处以刑罚,遂率众班师。一日,行到不周山之北,访共工氏触死之地,又寻访有娀氏之国,都不知去向。盖不但山川陵谷已经过几次的变迁,就是人民经过相柳、窫窳、三苗历次的盘踞蹂躏,死亡迁徙,耆老亦无一存在者,所以竟无从探询了。文命等大队经过了不周山,一日,到了一座崆峒山,是从前帝尧所到过的,嵯峨高大,上面一块石头非常光滑。凑巧连日闲谈,正在称颂帝尧的功德,季狸看见此石,忽然倡议道:"如今水土平治,华夏安宁,都是帝德之所致,我们何妨在此石上刻几句颂词以作纪念呢。"文命听了,颇以为然,于是就撰了一篇颂词,刻在石上。(现在崆峒山中有尧碑禹碣,字皆籀文,伏滔述帝功德铭曰,历古不昧,可惜那个字迹文意已没有人能辨得出了)。正在刻石时,忽见一只皂鹤横空而过,顶红如丹,毛羽纯黑,但是射着斜阳之处又复金光灿然。大家都叹异道:"这真是仙鹤了!"繇余道:"此地是广成子修道之地,此鹤也是广成子所养。我们跟着夫人常看见他骑了这鹤而来,所以我们都认识的。"隤敳道:"鹤色纯白,现在它是皂鹤,颇觉少见。"伯益道:"某闻鹤的颜色,只有黑白二种,而无青黄二色。因为鹤这种禽类是因金气、依火精以自养,木土之气不表于外的缘故。金之数九,火之数七,所以它七年一小变,十六年一大变,一百六十年而变止,一千六百年而形体定,饮而不食,与凤凰同群。这只仙鹤恐怕总在千年以上了。"文命道:"广成子是仙人,他所养的鹤可以供坐骑,恐怕不止一千年呢。"

众人谈谈说说,石已刻好,大众看了一遍,随即下山,向东南而行。到了大河沿岸,文命颇关心于这条河的利害,就向众人道:

"我们就循着此河回去吧。"于是沿河而走。到了白於山,大家回想从前在此几乎被相柳所吞噬,不禁感慨系之。又向北面望那阳纡大泽,觉得大部已干涸见底,只有当中一道长流,蜿蜒向东北流去。文命等正在那里追想从前河伯在此设宴赠物的故事,忽见前面水波动漾,仿佛有人走来。大家猜,不要又是河伯么?哪知仔细一看,并不是河伯,却是另一个人,其面甚白,两手捧着一物,半身露出水面,仿佛甚长,冲波踏浪而来,渐渐近岸。那人看见文命,忙躬身行礼叫道:"崇伯到此,某有一物奉献,请赏收吧。"说着,两手捧物,高高擎起,却不登岸。文命答礼之后,欲待去接,无奈岸上水中相离过远,早有鸿濛氏飞身入水,到那人身边接了物件,翻身上岸,递与文命。文命不便就看,忙向那人道谢,并问其姓名及神爵。那人道:"某是此河之精,并无姓名。崇伯治水,功侔天地,凡百神灵,俱应效顺。某自惭微末,无可申献,特奉上河图一个,凡寰瀛之内的一切大略都已载在上面,或许于崇伯稍稍有点裨益,亦聊表某区区微忱而已。"文命听了,又再三称谢。那河精入水而隐。伯益道:"他是神灵,既来谒见,何不登岸?甚为可怪。"鸿濛氏道:"某刚才到他身畔,看见他下截身子还是鱼,哪里能登岸呢?"众人听了,方始恍然。文命将河图展开一看,但见九州之中,山川形势,脉络分明,纤悉毕载,与上次河伯所赠的大同小异,不过这个尽是绿字罢了。文命知是异宝,就和河伯所赠的图放在一起,谨敬收藏,一面率众沿河回都,按下不表。

且说太尉舜自从摄政之后,举文命治理洪水,兖、冀、青、徐、豫等州逐渐平定,他就想趁此筹划一个统一天下之法。因为那时万国林立,大帅各自为政,又加以洪水数十年,天子诸侯各个自救不暇,又且交通隔绝,更无联络统一之可能。现在既用中央政府之力将各州逐渐平定,那么中央政府之功德已被于各州,而各州跋扈强梁之诸侯如共工、三苗之类亦逐渐剪除。这时各州各国对于中央既感戴钦佩而又怕不顺之诛,所以趁此筹划一个统一之法,真是千载一时之机会。太尉舜与各臣僚就筹划了六条方法：

第一条是分别等级　就现时所有之国考察它的实力,分为五等。第一等是公,第二等是侯,第三等是伯,第四等是子是男,第五等是附庸。实力的标准大概以土地之大小为断,最大百里,次七十里,再次五十里或以下。

第二条是颁发符信　这一条的意思,就是将所有各国的君主统统从新由中央政府加以任命。因为当时各国的君主或由传袭而来,或由人民拥戴而起,或由豪雄黠桀的人自立而得,本来与中央政府并不发生什么关系,所以忽而归附,忽而脱离,非常靠不住。现在由中央政府颁发符信,那么有符信的才可以算正式之国,没有符信的当然不能算正式之国。这么一来,各国为名誉关系,为体面关系,自然争先以得到中央政府所颁发之符信为荣。既然受了符信,那么对于中央政府就仿佛订定了契约,无形之中已发生一种统率的关系,虽然要脱离背叛,其势亦有所为难。这就是太尉舜想出这条来的意思。至于符信呢,亦分为五种,因为都是玉做的,所以亦叫作瑞。瑞者,信也。其中三种是长形,总名叫圭。第一种是桓圭。桓就是房屋中桓楹之桓,四面竖起来叫桓。桓圭长九寸,四面有棱,像宫室之形,所以安其上也。这种是颁给大国公爵的。第二种叫信圭。信者,伸也,身也。像人身伸直之形,四面没有棱,是望他慎行保身之意,其长七寸,是颁给次国侯爵的。第三种叫躬圭,其长亦是七寸,上面削斜如半弓,命名之意与信圭同,是颁给又次国伯爵的。还有两种是圆形,其名叫璧,中有圆孔,皆径五寸,上面刻有谷与蒲两种花纹。刻谷的就叫谷璧是颁发给小国子爵的。刻蒲的就叫蒲璧,是颁发给小国男爵的。用谷用蒲的意思,谷所以养人,用蒲做席可以安人,都是取其有益于人的意思。子男等国,地方不过五十里,尚不能成国,所以不颁给他圭,而仅仅颁给一种璧。至于附庸,地方更小,尤其不能颁给了。

  第三条是划一器具 九州之大,虽分万国,而人民交通往来,处处都有接触关系。假使各自为政起来,种种都发生不便,那么就不算统一了。所以太尉舜所注意的,就是度、量、衡三种一定要使它齐一。怎样使它齐一呢?中国是农业国,万事离不了农业,同一度量衡的方法就是以五谷中之黍为标准。因为黍的颗粒最为均匀,并无长短大小轻重。拿一颗黍竖起来定长短,一黍之长就是一分,十分为寸,十寸为尺,十尺为丈,十丈为引,这就是度的标准了。再拿黍来定多少,一千二百黍为一龠,两龠为合,就是二千四百黍,十合为升,十升为斗,十斗为斛。再拿黍来定轻重,十黍为累,百累为铢,二十四铢为两,十六两为斤,三十斤为钧,四钧为石,这就是量与衡的标准了。但是还有乐器的律亦是要齐一的,因为古人认为乐器与民风之正变、国俗之盛衰有非常的关系,所以太尉舜于度量衡三项未齐一之先,先要使各国同一乐律。乐分为六阳六阴:黄钟、太簇、姑洗、蕤宾、夷则、无射六个是阳,大吕、林钟、南吕、应钟、仲吕、夹钟六个是阴,都是用竹做成,共总十二根。每根都是径三分有奇,其中空,围九分,以黄钟为最长,凡九寸,大吕八寸三分七厘六毫,太簇八寸,夹钟七寸八分三厘七毫三丝,姑洗七寸一分,仲吕六寸五分八厘三毫四丝六忽,蕤宾六寸二分八厘,林钟六寸,夷则五寸五分五厘一毫,南吕五寸三分,无射四寸八分八厘四毫八丝,应钟四寸六分六厘。这

1092

种长短的度数,于声音的高下清浊极有关系,稍稍差一丝一忽都是不可。黄钟最长,它的管中恰恰容受一千二百粒黍,以量而言,刚刚一龠,以衡而言,刚刚十二铢,九寸之长,以九十去分,刚刚一分,所以黄钟之宫齐一了,就可以做齐一度量衡的标准。这是划一器具的方法。

　　第四条是划一时令　　天文之学到了帝尧的创置闰月,其法已渐精。太尉舜考察璇玑玉衡,就是继续尧的方法。但是九州万国大半还是不知道,所以于月令时日往往弄错,不但于人民之期约等等发生不便,而且于农事亦大有妨害,所以太尉舜设法随时考察而纠正之,不仅是使他们遵奉中央政府之正朔而已。

　　第五条是整齐风俗　　风俗最显著的不外乎吉、凶、军、宾、嘉五礼。吉是祭祀之礼,凶是丧葬之礼,军是师众之礼,宾是宾客之礼,嘉是冠婚之礼。这五种各有各的仪式,各有各的用品。太尉舜特别制定了,使各国遵行,这亦是齐一百姓思想的一法。

　　第六条是巡狩朝觐　　帝尧定制,本来是十二年一巡狩。太尉舜以为太远,改为五年,并且在巡狩这一年之中,东西南北都要跑到。二月到东岳,五月到南岳,八月到西岳,十一月到北岳。每到一岳,凡是这一方的诸侯统统都要来朝觐。在这朝觐之时,有两项事情:一项是诸侯向天子报告本国的情形,天子亦借此考察各国的政治;一项是天子在此祭祀本地的山川神祇,诸侯亦跟了助祭。但是,天子巡狩的时候,不但觐见各国诸侯,就是卿大夫士等也许要传见,所以又定出几种挚仪,叫他们拿了来相见,这亦是宾礼中之一种。哪几种挚仪呢?公用桓圭,侯用信圭,伯用躬圭,子用谷璧,男用蒲璧,就是天子所颁给他们的五种玉。但是这五种玉在朝觐之后,检验过了,天子依旧还给他们。诸侯的世子来见,挚仪是用缣;公的孤来见,挚仪用玄色;附庸之君来见,挚仪用黄色;这三种都是帛类,总名叫作三帛。卿来见,挚仪用羔羊;大夫来见,挚仪用雁;这两种都用活的。士来见,挚仪用雉,是死的。总之巡狩的意思不外乎两层,一层是考察民隐,一层是联络感情,如此而已。至于平时呢,各方诸侯到京师来朝见,第一年东方,第二年南方,第三年西方,第四年北方,到得第五年,天子又要巡狩了。诸侯和天子常常见面,情意相孚,不生隔阂,那么统一之事可望长久。

以上六条是太尉舜的政策,定好之后,来奏知帝尧。那时帝尧虽已倦勤,但听得洪水平治,不觉心喜;又听说那条大河纯是人力凿成的,尤其动兴,想去一扩眼界。于是带了太尉舜、大司农、大司徒等径向龙门山而来。未到十余里,已听见冲激震荡之声,愈近则其声愈大,对面谈话竟听不清楚。走到山脚下一看,但见悬崖百仞,一片银河倒坠而下,两岸飞珠溅玉,走雪奔涛,滔滔直泻而去,真是大观!再看两面崖石上斧凿之痕,历历都在。帝尧等都啧啧称叹,佩服这种工程之难。

于是又一路沿河而下,走到一处,忽听见前面林中透出一阵音乐之声,仔细一看,原来有几只美丽的大鸟在那里飞鸣,其声颇与律吕相合。帝尧便问道:"这鸟不知何名?声音甚为悦耳。"众人都不认识。大司农细认了一会,说道:"这鸟虽五色俱备,而青色独多,形状又和雉翟相似,不要就是青鹥吧。臣从前在昆仑山见过,据西王母说,此鸟到世间一鸣则天下太平,所集的地方必有圣人出焉。如今洪水既平,天下从此又安,所以青鹥翔鸣川济、栖息山岳,亦未可知。"帝尧听了,点头不语。又行了一程,这时山海之水早已干涸,除出到处尚有洼下之处潴为湖泊外,其余但见一条大河蜿蜒曲折而已。到了华山对面,转过风后墓前,就是首山的南麓了。首山之北就是太尉舜的故乡。

太尉舜是大孝之人,自从那年辞别父母到了帝都之后,公务甚忙,后来又摄行天子之事,益发刻无暇晷,然而每过数月,必告假归去省亲一次,其余时候不是二女轮流而往,就是遣人献衣、献食、献用器,差不多竟没有间断之时。他亦曾在帝都之中预备房屋,屡次请求迎养,但是瞽叟始终不愿意。有时瞽叟愿意了,他的后母和弟象亦不愿意,竭力阻止。为什么呢?一则还以小人之腹度君子之心,深恐舜记夙恨、报前仇;二则,舜如此煊赫,而象则一无所成,反去奔靠他,做一个寄食之人,相形之下未免难堪。假使瞽叟夫妇去而象不去,象一人在家既未免太寂寞,且恐怕舜从此捧住父母,夺他的怜爱,反而不如仍居家乡,一切器用衣食舜是馈献不绝的,何等舒服,落得受用,何必叫父母到帝都去住呢?这是象的一片私心。然而舜的待象亲爱之至,情谊优隆,赠遗稠叠。象与其母亲到此刻亦渐渐良心发现,回想前事,自己惭愧懊悔了,所以在瞽叟面前不再加以谗毁之言。那瞽叟对于舜本来并非绝对厌恶,不过以耳为目,如今耳中既然不听到谗言,又知道舜摄天子位,如此显荣,平日一切的奉养礼貌又如此孝敬,他的心中早没有从前待舜的那种心思了。所以这两年来舜的家庭环境融泄得多,与前大不相同。这日,舜随帝尧到了首山,想到家乡不远,白云亲舍,不觉动了思亲之念,就向帝尧告一个假,要归去省亲。帝尧听了,笑道:"汝要去省亲,极是。但是朕和汝父亦在婚媾之列,自从汝等结褵以后,朕和汝父竟尚未会过亲,亦是憾事。现在相去既然不远,朕和汝同去吧。"舜听了大惊,连忙挡驾道:"这个万万不敢当,一则臣父目瞽,举动不便,朝见之际,恐多失仪;二则臣父是个庶民,应当前来朝见,岂有天子去就见之礼?"帝尧笑道:"朕和汝父是亲戚,与其他不同;在官言官,在亲言亲,汝何必拘泥呢,朕就和汝同去吧。"舜无法,只得与帝尧同行而归。

第一百二十回

舜舐瞽叟目复明　五老游河,告河图将来

龙马献图　凤凰献图

尧作《握河记》　命质作乐

过了两日,已到舜的家乡,舜辞了帝尧,赶快先回去通报。那瞽叟听说天子先来拜访他,觉得亦是人间无上之光荣,但口中却尽管向舜说道:"这怎样办呢?这怎样办呢?你应该替我辞谢呀。"舜道:"儿亦苦苦辞谢,不过天子一定要来,儿阻挡不住。现在天子已就要到了,儿扶着父亲迎出去吧。"瞽叟道:"也使得。"于是舜扶着瞽叟慢慢下堂而来。这时邻近之人知道天子要来探亲,大家都来观望、迎接、看热闹,独有象反有点害怕,与他母亲躲在室后偷看,不敢出来。这里舜扶了瞽叟刚出大门,帝尧车子已到。舜嘱咐父亲站稳,自己忙上前向帝尧报告,说道:"臣父虞㯦谨在此迎接帝驾。"帝尧已下车,连声说道:"汝父目疾,何必拘此礼节呢?"当下舜扶了瞽叟,让帝尧进了大门,到了中堂。舜一面请帝尧上坐,一面嘱咐父亲行朝见礼。瞽叟拜了下去,舜亦随后拜了下去,口中说道:"小民虞㯦叩见。"帝尧慌忙还礼。拜罢,舜先起身,扶起瞽叟,等帝尧在上座了,再请瞽叟坐在一旁,自己却立在父亲后面。

帝尧先开口问瞽叟道:"老亲家!尊目失明几年了?"瞽叟道:"三十年了。"帝尧道:"现在还请医生医治么?"瞽叟道:"从前种种方药都治过,即如小子舜弄来医治的方子亦不少,有一种空青,据说治目疾极灵验的,但亦医不好,年数又太久了,此生要想再见天日,恐怕没有这一日了。"帝尧道:"放心放心,朕看老亲家身体丰腴,精神强健,将来依旧能够双目复明,亦未可知呢。"瞽叟听了这话,不觉站起来,要拜下去。舜忙走近前跪下,搀扶瞽叟一面拜,一面说道:"小民虞槕谨谢圣天子的金言。虞槕倘得如圣天子的金言,双目重明,死且不朽。"舜在旁亦一同拜谢。帝尧答礼,逊让一番,又说道:"重华大孝,这都是老亲翁平日义方之训所致。"瞽叟听到这句话,不觉面孔发赤,嗫嚅地说道:"槕哪里敢当'义方之训'四个字,小子舜幼小的时候,槕双目已瞽,肝火太旺,不但没有好好地教训他,反有虐待他的地方,可是他从来没有丝毫的怨恨,总是尽孝尽敬,痛自刻责。这种情形,槕近年方才知道,悔恨无极。现在圣天子反称槕有义方之训,槕真要惭愧死了。"帝尧道:"天不能有雨露而无霜雪,做父母的亦岂能但有慈爱而无督责。老亲家目疾缠绵,对于外事不能清晰,即使待重华有过当之处,亦出于不得已,重华哪里可怨恨呢!老亲家反有抱歉之词,益发可见有慈父才有孝子了。"当下又说些闲话,帝尧便起身告辞,一面向舜道:"汝此番且在家多住几天,以尽天伦之乐,朕在首山或河洛之滨待汝吧。"舜一面答应,一面扶了瞽叟直送出大门,见帝尧升车而去,方才扶了瞽叟进内。

那时舜的后母和象及敤首都出来了。敤首先说道:"我们今朝得见圣天子,果然好一个品貌,两位嫂嫂的两颊和下腮都有一点相像呢。"象道:"他的眉毛成八彩形,亦是异相。"后母道:"鼻梁甚高,器局不凡,年纪有八九十岁了,精神还是这样强健,声音还是这样响亮,真是个不凡之人。"大家七言八语,议论风生,独有瞽叟坐在那里没精打采,一言不发。舜觉得古怪,就柔声问道:"父亲!

刚才行礼、拜跪、谈话,吃力了么?"瞽叟摇头道:"不是,不是,我想我的做人真是没趣。"舜听了慌忙问道:"父亲有什么不称心的地方,请同儿说,儿替父亲设法。"瞽叟叹道:"你虽有治国平天下的本领,但是这个恐怕没有办法吧。你们今朝看见天子,看得清清楚楚,我和他对面谈了半日天,究竟天子怎样的相貌,我都没有看见,你想苦不苦呀!我听见说,你现在是代理天子,将来或许就做天子,你果然做了天子之后,究竟尊容若何,威仪若何,我亦一点都不能看见,那么和凭空虚构有什么分别呢?和死去了又有什么分别呢?一个人到临死的时候,对于子孙总说不能再见的了,现在你们明明都聚在一起,但是我都不能看见,试问与死去的人有什么分别?你们虽说孝顺我,拿好的东西给我吃、给我穿,拿好的房屋给我住,但是我不能看见,吃了好的,和那不好的有什么分别?穿了锦绣,和穿那布褐有什么分别?住了华屋,和住了茅檐有什么分别?我这个人虽则活着,大半已如死去;虽说醒着,终日如在梦中;你看有什么趣味呢?我想还不如早点死去吧,免得在这里活受罪。"说到这里,竟呜呜地悲伤起来,那瞽目之中流出眼泪。舜听了这番话,心中难过之至,暗想,老天何以如此不仁,使我父亲得到这个恶疾呢?我前数年、近几年,想尽方法为父亲施治,然而总无效验,照这样下去,父亲之受苦固不必说,恐怕因此郁郁伤身,将如之何?想到这里,自己的眼泪亦不觉直流下来,但恐怕增添瞽叟烦恼,不敢声张,然而急切亦没有话好劝慰。

正在踌躇,忽见瞽叟竟用手自己挝起自己来,口里骂道:"该死的孽报!自作自受!该吃苦!该吃苦!"在瞽叟的心里,是否如刚才向帝尧所言,追悔从前虐待舜兄弟的错处,不得而知,但是舜看了这个情况,真难过极了,慌忙跑过去,跪在地下,两手抱着瞽叟的身子,口中劝道:"父亲快不要如此,父亲快不要如此。"一面说,一面细看瞽叟的两眼泪珠直流,不知如何一想,竟伸出舌头去舐瞽叟的眼泪和他的双目。哪知瞽叟受到舜的舌舐,觉得非常爽快,以为舜又取了什么药来医治,便问道:"舜儿!这是什么药?搽上去很爽快。"舜止住了舐,说道:"不是搽药,是儿用舌头舐呢。"瞽叟道:"这个是古方么?"舜道:"不是,是儿刚才意想出来的。"瞽叟道:"没有这种事,舌头舐舐,哪里能治目瞽呢?"舜道:"父亲且不去管他,既然觉得爽快,就容儿再舐舐如何,横竖总没有妨害的。"瞽叟听了,点点头,舜于是抱了瞽叟的头又狂舐起来。瞽叟又连声叫道:"爽快!"舜因父亲觉得爽快,又秉着至诚,聚精会神,左右不住地乱舐。约有半个时辰之久,瞽叟忽然大叫道:"对,对,对!我的眼睛似乎有点亮了。"舜忙细细一看,果见瞽叟久经翳塞的眸子之中微微露出一点青瞳来,不禁狂喜,便说道:"父亲!既然如此,儿想不要间断,趁此治它一个痊愈吧。"说着,又抱了瞽叟的头,打起一百二十分的精神,秉起一百二十分虔心,不住地左右乱舐。当舜初舐的时候,象及后母都以舜为愚妄,在后面呆看、暗笑,到得此时,听说有了效验,大家都走近了。舜足足又舐了半个时辰,几乎舌敝口干。瞽叟连次止住他,叫他少歇,舜亦不顾。后来瞽叟叫道:"好了好了!我完全能见物了,你歇歇吧,让我试试看。"舜听了,方才走开。

那时瞽叟的双目虽然屏障尚未尽消,然而看物已能了了。三十年在黑暗之中过日,妻子儿女觌面不相见,一旦重睹光明,这种欢喜真是非言语所能形容。最奇怪的,平日在一处极熟之人,此时看见,都不相识。敤首是生出来时已没有见过。舜和象看见时都尚幼稚,此刻成人长大,体态状貌当然换过,所以亦不能认识。他的后妻仿佛还有点影子,然而亦老瘦得多。这时瞽叟举目四面一看,人虽不认识,却猜得出,便向舜叫道:"舜儿!刚才天子称赞你大孝,你真是个大孝之人,我双目复明,纯是你的大孝所感,哈哈!我真有福气呀!生此大孝之子。"舜听了这话,虽则是谦谢,然而心中亦说不尽的愉快。过了几日,舜又舐了不少次,瞽叟目中翳障尽去,完全好了。舜恐帝尧久待,便辞了父母,向首山而来。这时瞽叟舐目复明之事早已传遍各地,莫不称颂舜的大孝。

这日,舜到了首山,恰好帝尧等亦刚从南面上首山而来。原来帝尧自舜家里出来,逾过首山,就向河洛之滨而去。后来从人得到瞽叟舐目复明之消息,奏明了帝尧,帝尧不禁大喜,暗想,我前日向瞽叟说双目重明之话,不过宽慰之词,不想立刻就应验,但是总是重华大孝所感,所以有此效果,此刻重华不知欢悦到怎样情形,我再去看看他吧。想罢,便命驾回首山而来,哪知在山上遇着了。帝尧等即向舜贺喜,又问他当时情形。舜一一说明。帝尧等听了都非常诧异,又不胜佩服。当下仍旧下了首山,再向河洛之滨行去。

一日,到得一处,只见河渚之际有五个老翁在那里游玩,庞眉皓首,衣冠伟异,看那神气举止,决不是寻常民间的人物。大家颇是疑心,正要想去询问,忽听得一老高声唱道:"河图将来,我特来告帝以期。"接着第二老又高声唱道:"河图将来,我特来告帝以谋。"接着第三老又高声唱道:"河图将来,我特来告帝以图。"接着第四老又高声唱道:"河图将来,我特来告帝以符。"接着第五老又高声唱道:"河图来了!推的是龙,衔的是玉绳。"五老唱毕,大家听了个个不解。太尉舜忽然醒悟,正要开言,忽听得五老又齐声高唱道:"哈哈哈!大家都不知道我们,知道我们的只有这个重瞳子的黄姚。"唱完之后,霍地化为五颗流星,其光熠熠,飞上天际,细看它的方位,却是昴宿的宫度。(现在山西虞乡镇西南有五老山,便是其地。)大家诧异之极,都来问舜道:"他们说太尉知道,究竟他们是什么神怪?"舜道:"某昨夜仰观天象,看见金木水火土五星忽然不见,正觉奇怪,不想竟在此地游玩,他们就是五星之精呢。"帝尧道:"他们唱的什么河图,想来就是此河之中要出一种异宝,叫朕预备迎接,汝想是不是?"舜道:"极是极是,五星之精游戏人间,决非偶然。况且他们明明说河图将来,告帝期,告帝谋,正是请帝预备的意思。"帝尧道:"大河渺渺,到底河图从何处来,朕等在何处预备呢?"舜道:"依臣愚见,五星之精既然在此现形,想河图之来亦必在此地,就在此地预备吧。"帝尧道:"怎样预备呢?"舜道:"臣的意思,天地之至宝将来,迎接之礼必须郑重。最好请帝沐浴斋戒,择一个良日,筑一个坛场,对大河而祭祀,方足以表示诚敬,不知帝意如何?"帝尧点首称是。

于是大众就在河滨止宿,帝尧率领群臣斋戒沐浴,又叫太史择日筑坛场,并择了行礼之期。但是河的北岸山势逼仄,诸多不便,只能迁到河的南岸,恰好在河、洛两水的中间,将坛场筑好。那行礼之期是二月辛丑日昧旦,到了这日半夜,帝尧率领群臣到坛下预备一切。一至昧爽,就举行祭礼,个个竭诚尽敬,自不消说。帝尧又将一块白玉沉在河中,以为贽礼。祭毕之后,大家休憩一会,再到坛上,向着河水观看,不知这河图从何而来。渐渐日影正中,但觉长空一碧,万里无云,各处村舍,炊烟四起,细看那河中,长流浩浩,一泻千里,气象壮阔而幽静。大家望了一会,日影已昃,正要下坛,忽见河中发出一道五色的荣光,灿烂夺目,不可逼视。大家看得稀奇,又立住了。隔不多时,又觉河中透出一股淑气,氤氤氲氲,如绵如絮,如烟如霭,若近若远,与这荣光相掩映,转瞬之间,充塞于天地,帝尧君臣仿佛坠在五里雾中。又过了些时,远望四山之上,蓊蓊翳翳,腾起无数白云,直上天空,将青天遮住,接着就是风声大作,万木萧萧,作回旋飘摇之势。

帝尧君臣正有点诧异,忽见河水中流汹涌异常,有一个极大的动物昂首出水而来。仔细一看,乃是一条长龙,又定睛一看,龙腹下尚有四只大脚,又似马形,不知它究竟是什么东西。但见它口中衔着一块赤绿的物件,上岸之后,直向坛场,缘坛而上。那时左右侍卫之人看见那形状,都吓得倒退。帝尧君臣虽则不惧,但是闻到腥涎之气,亦觉恶心。那龙马的头伸到坛上,即将口中所衔的物件吐下,立刻转身入河而去,霎时间风也止了,云也敛了,依旧是长空一碧,万里皎皎,只有荣光休气,依稀仿佛犹未散尽。帝尧君臣知道这就是河图来了,细看那物件颇如龟背之甲,广约九寸,以白玉为检,以赤土为口,泥以黄金,约以青绳。打开来一看,果然是一个图,上面详载列星之分,斗政之度,地理及山川之脉络以及帝王记录兴亡之数,并且有两句文字:

　　阎色授帝舜,虞当受天命。

　　帝尧看了,递给众人传观,就向太尉舜说道:"朕要传位于汝,岂有私意,汝看有凭据在此,真是天命呢!"舜惶恐之至,稽颡辞谢。帝尧道:"天意如此,汝尚有何说?"当下收了河图,下坛,即便整装下船,要从南岸渡到北岸。刚到中流,只听见船头上从人叫道:"凤凰来了!凤凰来了!"帝尧君臣探首篷窗一看,果然一只凤凰自南方翱翔而至,口中仿佛亦衔一项物件,转瞬间直扑船头,将口中所衔的物件放在船上,随即转身飞去。从人忙将那物件送呈帝尧,帝尧与群臣取来一看,原来亦是一个图,图上所载亦是各种天地人的事理。帝尧大喜,向群臣道:"今朝一日之中,连得两种天瑞,龙凤效灵,天地献秘,朕看起来,都是舜得天命之征兆呢!"舜听了,更觉惶窘,再三谦谢。帝尧亦不再言。达到北岸,回头一望,只见南岸河洛之滨,那股荣光又氤氤氲氲地喷个不止。大家看了不解,大司徒道:"不要是还有至宝要出现么?何妨再渡过去看

1103

看呢。"帝尧亦以为然,于是再渡到南岸,只见那荣光发起之地,仿佛露出一块白玉。众人掘起一看,原来是一块玉板,方约一尺,上面刻着许多图书,细细审察,才知道图是画的天地之形,书是记的天地造化之始,但是文气并没有完全,不知何故。后来大司农倡议,再向下掘,果然又得到一块玉,大小厚薄与前玉无二,拼将拢来,竟成一对,读起来文气亦方才完全。众人皆大欢喜,于是收藏起来,再乘船回到北岸,随即一径归去。沿途并无耽搁,到京之后,帝尧就叫人将河图上的文字抄下来,藏在东序之中,以备他日检查。又因为河图是天瑞至宝,不易得到,于是殚思竭虑,做了一篇文章,叫《握河记》。这篇文字早已不传,所以它的内容无从考见。从古相传,但知它是说明受历数的意思罢了。

　　过了几日,文命等班师入京,即日与皋陶等入朝觐见。帝尧念其勤苦,特别慰劳,又奖赞文命治河功绩之伟大。文命谦谢一番,又奏明九州已平,尚有九州之外未曾施治,意欲即往考察。帝尧允诺,便问道:"汝此次预计几年可以完工?"文命道:"臣预计三年已足。"帝尧道:"九州之外,广大之至,三年来得及么?"文命道:"九州之外,水患究竟如何,不得而知。假使水患不多,臣不过巡阅一周。假使水患亦大,臣拟指导他们一种方法,叫他们自己去施治。虽说王者天下一家,不分畛域,但亦不必烦劳中国的百姓去代他们做,应该叫他们自己负责任。所以臣此番出去,拟不多带人去,就带了天地十四将及伯益、之交、横革、真窥、国哀五人,又带几个兵士整理行李粮食,也就够了。"帝尧道:"海外路险,而且一切情形与中国不同,难保不有危险,汝不怕么?"文命道:"臣仰赖天子洪福,且有云华夫人所赐敕召鬼神之法,又有天地十四将,谅不妨事,请帝放心。"帝尧听了,点点头,良久又说道:"汝在外劳苦多年,且去休息。好在九州已平,九州之外略略从缓也不妨。"文命谢了,就和诸人稽首退出,来见太尉舜。

那时舜适值与乐正质在那里演奏乐器。原来古时王者功成之后,一定要作一种乐章以享上帝。帝尧在位已八十载,无日不在忧危之中,所以于作乐一事无暇提及,仅仅叫质做了一种山林之舞来点缀点缀而已。为什么要学山林之舞呢?一则帝尧心在民生,想到洪水泛滥,人民蛰居在山林之中,非常困苦,学山林之舞,就是寓一种不忘民困之意。二则帝尧在君位颇以为苦,常想择贤而传位,那么他自己可以高蹈林泉,以乐其志。现在既然还做不到,只好暂学山林之舞以寓他的寄托,这是他第二个意思了。后来九州洪水渐渐平定,大司徒等以为郊祀宗庙,乐章不可不备,因此力请帝尧作乐享上帝,以告成功。帝尧不得已,就叫乐正质去预备,到这时已具有规模。因为太尉舜于音乐素有研究,所以请舜商酌指点。舜又邀了夔来共同研究。众人正在讨论,钟磬笙簧,八音齐作。文命和皋陶等进门之后,文命一听此声,遂向皋陶等道:"太尉正在研究音乐呢,请诸位先进去与太尉相见,某尚有事需去做,过一会再来吧。"皋陶等知道文命是爱惜寸阴、闻乐不听的人,亦不去留他,让他自去,大家就先进去。舜见皋陶等进来,就知道文命是及门而返了,一面与皋陶等相见,一面就说道:"崇伯太拘,我们不过在此试演试演,随时可以止住,何必不进来呢!"说罢,就和皋陶等细谈一切治水的情形。直到薄暮,文命才来,便向舜道:"某适才因迟日即需出发,这次地点是东西南北的外国都预备走到。北方苦寒,所以赶快叫他们制备寒衣,因此来迟了。"舜亦不和他多说,便问他此去几时可以回来。文命就将刚才和帝尧说的话说了一遍。舜道:"亦甚好,如今九州之内,水土已平,一切建设,刻不容缓。皋陶、元、恺诸位留在京都,大可以帮忙。"大家又商谈了良久,方才各散。

第一百二十一回

禹出巡海外　郭支为禹御龙

禹荐董父　应龙杀旱魃

　　文命正在预备一切远征物件,忽报夫人、公子来了。原来涂山氏自从梁州东旋之后,就到文命所封之地建立宗庙社稷,同启住在那里。后来打听到九州已平,文命将到帝都,所以和大章、竖亥二人带了启前来相聚。四日夫妻,八年契阔,到了此刻才得团圆。便是那启自从出生之后,一直到今日才得依依膝下,亦是非常得意之事。不过想到那化石的女攸,大家不免伤心落泪而已。大章又介绍一个人来见,就是从前在梁州救护涂山氏的奚仲,这次路上又遇着了,所以竭力邀他同来。文命见了,极道感谢,细细问他家世。原来他也是黄帝轩辕氏的玄孙。他是东海神禺虢的曾孙,淫梁之孙,番禺之子,和文命正是共高祖的弟兄。文命不禁大喜,就留他住在京师,又问他所擅长的技能。奚仲说会制造车舆,文命就将他荐于帝尧,在工垂部下作一个工正,按下不提。

　　且说文命预备一切远征的物件,统统齐备之后,伯益前来检验一过。忽然看见几个圆形的物件,似木非木,似石非石,似金非金,不知是什么东西,更不知有什么用处,不禁奇异之至,便拿来问文命。文命道:"我们这次出去,陆路少而海道多。海中所最感缺乏的是淡水,此物能化咸为淡,如遇淡水缺乏时,只需将海水盛在桶内,再将此物安放其中,过了一夜,就变成淡水,所以此物是必不可

1106

少的。"伯益道:"这项物件叫什么名字?用什么物质做的?"文命未及回答,忽报天子有旨宣召,文命遂不及细说,匆匆入朝。见了帝尧,行礼之后,帝尧便问:"汝此番出行,先往何处?"文命道:"臣拟先往东方,由东而南、而西、而北,然后归来。"帝尧道:"朕想汝先往北方,由北而东、而南、而西,不知可否?"文命道:"这亦无所不可,臣就先往北方吧。"帝尧道:"本来行踪应由汝自定,适值昨日北方的始均有奏报来说,那边有女妖为害,非汝前去不能平定,所以朕想汝先往北。"说着,就将始均的奏章递与文命。

原来那始均就是叔均,从前曾跟了帝尧、镱铿等出去巡狩过的。他自幼跟着大司农肄习农事,对于稼穑很有研究。舜看他才具可用,就在北方给他一块土地,叫他去试试。始均到了北方之后,就创出用牛耕田之法,省去人工不少,而土地开辟日广,每年收获甚多,因而远近人民归附,大有成聚成都的样子,北方荒凉之地渐渐热闹了。太尉舜因奏知帝尧,封他在那里做一个国君,这是始均的历史。当下文命接了奏章一看,只见上面写道:"臣始均言,臣自到北方以来,历年务农,均以水利为本。赖天子仁德,旸雨应时,收获茂美。不料近岁发生旱灾,历久不雨,因而河渠沟洫尽行干涸,种植不能,赤地千里。仔细调查,始知北方山林之中藏有女妖,青衣白毛,形状奇丑,似人非人,在彼作祟。叠经臣督同人民前往驱除,无如妖物变化通灵,来去如飞,未能斩除。现在灾象愈深,人民朝不保暮,伏闻崇伯文命部下不少天地神将,擒妖捉怪是其所长,可否请帝饬下崇伯酌遣数人前来臂助,以清妖孽,而拯万民,无任盼切之至。"文命看了,就说道:"既如此,臣就去吧。"帝尧道:"汝到西方,如遇见西王母,务必代朕致谢。朕年迈不能亲往拜答,甚觉抱歉也。"文命听了唯唯。当下陛辞了帝尧,退朝出来,又来辞过太尉,随即回家收拾行李,带了伯益、之交、国哀、真窥、横革以及天地十四将等,共同出门。那飞翔空中的应龙当然从行,独不见那负泥的玄龟,遍寻无着。庚辰道:"某想不必再寻了,那玄龟是个神物,决不会无故隐藏,想来此次出征,那疏水凿山之事不会再有,用它不着,所以它已归去了。"文命听了有理,亦不再寻。于是一行人等出了北门,径向始均建国之地而去。

一日,走到一处,只见远处空中有两条龙,在那里夭矫盘舞,忽上忽下。文命等看得稀奇,再行近一程,忽听得有人长啸之声,那两条龙霍地降下,如蛇赴壑,早已蟠伏在地上。文命等急忙过去一看,只见两条大汉,个个身长九尺,一个虬髯紫须,一个豹头大目,每人按着一条龙在那里给它剔刮鳞甲上的藓苔。那两条龙仿佛极是适意。文命等更觉纳罕,便上前与他们施礼,问他们姓名。那虬髯紫须的人说道:"某姓郭,名支。"那豹头大目的人道:"某姓飔,名父。"文命道:"两位向在何处修仙学道,有此降龙之术?"郭支笑道:"某等并非修仙学道之人,不过向来好龙,知道豢养它的方法罢了。"文命道:"龙之为物,变化不测,如何可以豢养?"郭支道:"这个不难。天下之物莫不有性,能顺其性而利导之,世上没有不可以豢养的动物;不能顺其性而利导之,虽则自己亲生的儿女恐怕亦有点难养,何况乎龙!所以,某等养龙的方法千言说不尽,但是大致不过如此而已。即如某等此刻在此替它剔刮藓苔,亦是顺它的性。"说着,又用手指龙的颔下道:"它此处有逆鳞无数,却要小心,万一批到它的逆鳞,它就要怒而杀人了。"文命等细看,果见龙颔下有二尺余的鳞甲是逆生的,与上下的鳞甲不同,甚为奇异。文命又问道:"怎样才可以知道它的性,去顺它呢?"郭支道:"这亦不难,只要细细体察,所谓'心诚求之'四个字而已。至诚所格,金石为开,何况乎有知识、通神灵的龙!"文命听了这话,颇为叹服。伯益在旁忽然发生一种异想,便问郭支道:"足下对于龙已有使唤驯扰的本领,假使骑了它遨游四海,不知做得到么?"郭支道:"有什么做不到,驯扰之极,进退上下一切悉可听人的指挥调度,它亦极肯受人的指挥调度。要知道龙亦万物中之一物,如犬马一般,不过它身躯较大,心性较灵,能通变化而已。"伯益道:"那么我有一事,向足下请求,未知可否?"说着,用手指文命道:"这位就是崇伯,奉圣天子之命到九州之外去治水,同行者就是我们这几个人。"又用手指天地十四将道:"他们都有神通,能蹑空遁土,瞬息千里,比龙飞还要便捷,倒也不生问题。只有崇伯和我们这几个人非常困难,因为九州之外,中华人迹罕至,交通亦恐怕异常艰阻。某的意思,要想请二位和我们同行,并请用龙做我们的代步,而且还要请二位代我们驾驭,如此则时日可省,险阻可免。这个虽是不情之请,然而亦系为国为民,并非私事,想二位即使不答应亦不会怪我冒昧。"

郭支听说,慌忙过来与文命行礼道:"原来是崇伯,刚才简慢失礼,死罪死罪!"又问了伯益姓名,才说道:"崇伯如不弃小人,肯赐收录,小人极愿效劳。况以理论,为国事奔走亦是应该的。"文命等听了,均大喜。郭支一面走到两龙头边,叽哩咕噜,不知向龙说了些什么话,一面又向飕父说道:"豢龙大要你大约已知道了,以后只要练习纯熟,就可以神而明之。我现在已答应崇伯,小效微劳,即刻就同去,我们再见吧。"文命听了,大为诧异,便问郭支道:"这位何以不同去?"郭支道:"他是小人的朋友,生性亦极好养龙,但是他的技术还未纯熟,尚须学习,所以不必同去。"伯益道:"那么我们只用一条龙么?"郭支道:"用两条龙,这两条龙都是非常驯熟的。"伯益道:"足下一个人可以驾驭二龙么?"郭支道:"豢畜已熟,再多两条亦可以。"文命道:"我们将二龙带去,你的朋友没得养了,那么怎样?"郭支道:"不妨,此地是龙门山的上游,每年春季,鲤鱼到此化为龙的总有好些,都可以养,现在还有几条潜在水中呢。"说着,那飗父已撮起嘴唇,长啸一声,果然另有两条龙翻波踏浪而出,飞到空中,自去盘舞。文命看了,忽然想起一事,便问飗父道:"你既不能同去,我现在介绍你到京都去,替天子养龙,你愿意吗?"飗父听了,不胜欢喜,就说道:"承崇伯提拔,小人敢有不愿之理!"文命大喜,当下就在行囊中取出简章,立即写了一封信给太尉舜,大致谓"麟凤龟龙,称为四灵,圣王之世,都是拿来豢养的。现在圣天子在位,麒麟已游于郊薮,凤凰已巢于阿阁,越裳氏所贡的神龟早已畜于宫沼,独有豢龙尚付阙如。顷某在途,得遇郭支、飗父二人,颇精豢龙之术。郭支愿御龙从某周游天下,一时未能来都。谨先遣飗父前来,乞奏知天子,俾以官职,使得尽其所长,于圣明之治必有裨补"等语。写完之后,交与飗父,叫他自己拿了去见太尉。那飗父欣然去了。这里文命等就由郭支支配去骑那两条龙。好在文命屡次骑过,已有经验,伯益亦是第二次了,胆量较大。但是文命终不放心,叫他跟着郭支,与真窥、横革共骑一龙,文命和之交、国哀及几个人夫等共骑一龙,所有行李则分担于两龙之尾上。跨好之后,只听郭支口中发出一种异声,那两条龙就徐徐载着众人腾空而起。七员天将也蹑起空中,夹着两龙,保护众人一同前进。那七员地将用地行之法,在下面紧紧追随。另有一条应龙则或隐或现,或前或后。

　　跨龙而行真是其快如风,其疾如矢,不到炊许,隐隐见下面庐舍人烟,非常热闹。文命料想必是一个大都会,就叫郭支吩咐二龙徐徐向郊外降下。当地的人民见了,都道是神仙下凡,纷纷前来叩谒。文命向他们询问,才知道此地就是始均所治之国,不禁大喜,一面就在郊外支帐安歇,一面叫国哀去通报始均。隔不多时,始均已来迎接,并说客馆已备好,坚请文命到邑内去住。文命道:"某历年在外,野宿已惯,还是野宿为妙。况行李、从者非常众多,兼有二龙,邑居实属不便,请贵国君不必客气。某此来,奉帝命驱妖救旱,究竟现在灾情如何,妖物还来作祟么?"始均叹息说道:"近来这妖物正在为害呢。前年一年不雨,小民颗粒无收,因有历年的储积,尚不为害。去年又是一年不雨,颗粒无收,已是难堪,然而尚可过去。今年又是数月不雨,倘再过半月,不但不能下种,收获无望,即以饮料论,河渠沟洫到处皆干,仅仅靠着些山泉,这许多人民何以分配?恐怕没有饿死,先要渴死呢。"说到此句,不觉掉下泪来。文命道:"天气亢旱,何以知道是妖物作祟?"始均道:"这是历次试出来的,因为有时黑云四布,很像要雨的模样,但是妖物一出现,黑云就散。有人还看见妖物用口嘘气,将云吹散呢。"文命道:"可曾用各种方法驱除或祈祷过?"始均道:"项项都做过,雩祭也无效,迎龙神也无灵。去年曾得到一种石子,名叫楂达石,据说生长在驼羊腹中,圆者如卵,扁者如虎胫,还有一种生长在驼羊肾中,形似鹦鹉嘴,尤其好,其色有黄有白。凡驼羊腹中有了此石,则渐渐羸瘠以死,趁它未死的时候,剖而取之,遇到天旱时,拿此石浸在水中,念起几句咒语来祈雨,是无不得雨的。去年某所得到的石,就是最良之石,又特请念咒语的人来念咒,可是黑云密布了又为妖物所败。某发愤,带了一千余壮丁,披甲执兵,拟金伐鼓,拼命向妖物所在之地直攻过去,那妖物亦知畏惧,闻声而逃,但是其行如风,顷刻不见。某等一直向西,追到弱水之北,不见踪影,以为驱逐走了,哪知某等一还,彼亦追踪而返,真是可恶之极,然而竟无法可施。"文命道:"这妖物现藏何处?"始均道:"向在西北山林之中,但是时隐时现,此时不知在否。"文命道:"此刻时候还早,我们先去看看吧。"当下就带伯益和天地十四将等及始均步行过去。

一路上但见土地尽坼,河渠之中几乎滴水全无。文命叹道:

"亢旱至此,百姓真何以为生呢!"伯益道:"某想,现在除妖物还是第二着,总以得雨为先,崇伯何妨先叫了雨师来,使他大沛甘霖,以救百姓之急呢!"文命听了,颇以为然,立刻作起法来,喝道:"雨师何在?"陡见两朵祥云自空而下,云中各站着一个神人,齐向文命行礼道:"雨师玄冥,雨师冯修,同进见。崇伯见召,有何吩咐?"文命道:"此地大旱三年,万民待毙,行雨乃尊神专职,何忍坐视而不救?"玄冥道:"小神并非不救,实因此地旱魃为虐,势力太大,小神等敌他不过,所以不能尽其职司,还请原谅。"文命道:"尊神乃天上神祇,旱魃不过山林恶鬼,何至于敌他不过?"玄冥道:"唯其敌他不过,所以旱魃能成灾;如其敌得他过,不致成灾,那么旱魃之名亦不会见于经传,大家听了亦不会怕了。况且这个旱魃与寻常不同,本来来自天上,号称天女。当初黄帝与蚩尤战争,蚩尤以魔力强迫小神和风伯等纵大风雨,黄帝不支,几乎要败了,后来得九天玄女之助,就叫了此女魃下界来制伏小神等。小神等在天上,本来惧怕此女魃,避不见面的,一日遇着,自然魂飞魄散,哪敢相敌!只得相率逃去,风止雨收,黄帝因此杀了蚩尤,成了大功。所以依历史而论,小神等是惧怕女魃的,一物一制,哪里敢和她相敌呢!后来这女魃不能上天,逃居在北方山林之中,一直到现在,所以北方荒漠之地几百年未曾下雨,从前的大海亦渐渐干涸了。不知现在她何以忽向南来,闻说当时九天玄女亦曾虑到女魃将来必为大患,曾经教授黄帝一个驱除的方法,但是究竟是何种方法,小神不得而知。如果要小神等抵抗她,实无此能力,请原谅。"文命道:"既然如此,不必说了。现在某奉天子之命来此除妖,正要与女魃决一雌雄,敢请尊神作速行起雨来,万一女魃敢来阻挠,某自有处置之法,请尊神不要再胆怯了。"冯修道:"崇伯既如此说,容小神会合了云师屏翳和风伯飞廉前来效力。"说罢,上天而去。

过了片时,只听得空中呼呼风声,转眼之间,黑云白云迷漫密布,仿佛就有大雨倾盆之势。举眼一望,但见飞廉、屏翳、玄冥、冯修四神各率他的部属,站在空中,卖弄他们的精神,那雨点已如豆大的降下来,大家以为这一次定有希望了。哪知对面山上忽然蹿出一个青白之物,长不满三尺,张开嘴,仰着天,向空嘘出一股红气,直上云霄,气之所到,屏翳、玄冥、冯修部下的神将顿时支不住,纷纷逃走。黄魔、大翳一见,哪敢怠慢,绰了兵器,飞似的赶去。这里繇余、庚辰、童律、狂章、乌木田等也一齐赶去。看看将近,那妖物霍地回转头,向各天将大嘘其红气,觉得这股红气焦辣异常,比火还厉害。黄魔、大翳首当其冲,浑身毛发皮肉都如受熬炙一般,禁不得大叫一声,赶即退回。其余天将亦都因受灼,不敢上前。文命大怒,忙喝一声:"应龙何在?"哪知寂无影响。连喝数声,仍不知下落。文命又是诧异,又是焦急。这时七员地将早商议好,从地下潜行过去,趁妖魃不备,向她脚上乱打。妖魃出于不意,倒在地上。七员地将刚要上前擒捉,哪知妖魃灵敏,霍地立起,转身向西北逃去,其行如风,顷刻不见。这时天空早已云净风消,夕阳低挂,一丝儿雨意也没有了。文命没法,只得与始均等退回营帐。

　　大家商议,文命最怪的是应龙忽然失踪。庚辰道:"应龙是神物,灵敏忠勇,追随多年,况且是东海神禹虢所派遣的,决无退缩藏躲之事,或者到什么地方求救去了,崇伯且等它一等吧。"伯益道:"我看刚才地将打翻妖魃,是从地下着力的。妖魃嘘气虽然厉害,或者不及于地下,最好明日请雨师等仍在空中预备,妖魃来时,由各地将从地下去打,妖魃一去,就请雨师降雨,崇伯以为何如?"文命想了一想,说道:"姑且试试看。"当下无话。次日,文命果然又叫了云师、雨师等来,和他们商量。玄冥、屏翳等虽有为难之色,然亦只得答应,率领了部下去布置。俄顷之间,阴云四合,雨点如珠,忽然红气又发现了,云雨二师赶即收队而逃。文命等细寻那红气发现之处,才知道这次她竟离开土地,攀援在一株树上,七员地将见了亦无法奈何她。大家正在愤怒,忽听得空中一阵拍拍之声,半天骤然发黑,仔细一看,原来是一条长龙,长约万丈,昂着头,伸着爪,径向妖魃扑去。那妖魃又仰着头,嘘出她的红气来抵抗。那长龙口中亦喷出一道白水以相迎敌。起初相隔几丈之遥,红气遇着白水而消,白水亦遇着红气而灭,后来红气渐渐觉得不支,愈缩愈短,白水则势力渐猛,愈逼愈紧。相持约有一小时之久,白水差不多要逼近妖魃身边了,但听得极尖厉的一声怪叫,妖魃转身想逃。那长龙怎敢怠慢,伸下两只大爪,早将妖魃擒获,送近嘴边,那口中的白水仍是滔滔不绝地向妖魃身上淋下去,足足又淋了一小时之久。那时四山四谷,水势漫溢,文命等已浸在水中,好在天气亢旱已久,土地因此滋润,旋满旋干,尚不为患。忽然间那条长龙举起大爪,将妖魃从空中甩下来,落入水中,"扑通"有声,水沫四溅。那条长龙身躯顿然缩小,飞到文命面前,点头行礼。文命等一看,原来就是应龙,不禁大喜,竭力称赞了它一番。原来这应龙在黄帝时遇见妖魃,曾经吃过她的亏,这次又遇到女魃,心想报仇,忙飞到北海神禺强之所去求救。禺强神给它饮满了北海真阴之水,以灭女魃灵邪之火,因此得奏奇功。昨日文命叫它,它正在北海,所以不见,闲话不提。

且说天地将见女魃丢在水中,忙过去捉了来,献与文命,原来已经死了。文命等一看,只见她裸着上身,赤着脚,腰系皮裙,胸前两乳高耸,的确是个女身,遍体白毛长约数寸,已给水浸成一片,脸上生着一双眼睛,顶上又生着一只眼睛,形状煞是可怕。文命盼咐,抬到高处,架起柴火来烧去,以绝后患。那时人民观者何止万千,都称颂文命不置。从此之后,北方无旱灾了。后来始均在北方种田的成绩日著,到舜做天子的时候,封他为田祖,他的子孙非常繁衍,散居北方,就是南北朝拓跋氏的祖宗,这是后话,不提。

第一百二十二回

禹至柔利国　应龙杀夸父
夸父逐日　应龙遁居南方
禹遍历北方诸国　禹迷途至终北国

且说应龙杀了女魃之后,旱灾已除,文命就别了始均,率领众人,乘了二龙,郭支为御,依旧向北方行进。遇到大都会,必定下去察看询问,有事则多留几日,无事则即刻他去。一日,行到一国,名叫柔利国,亦叫留利国,又叫牛黎国,大概都是译音,不很准确。那国中人民状貌极为奇异,一只手,一只脚,脚又能反折转来,用足指碰着膝盖或胸口;虽则亦能站立起来,但不能持久,因此不能行路,所有往来转动都是用身子乱滚,滚来滚去,甚是便利,想来是熟习之故。文命等细细考察,才知道他们都是生而无骨的,所以这般模样。后来又探听他们的历史,原来本是儋耳国人的子孙。儋耳国有一年出了一位豪雄的君王,主张强种之法,下令百姓,凡有初生婴孩体相不具的,或孱弱的,不准抚养,以免谬种流传,致民族柔弱。凑巧那几年有几处百姓生了几个无骨的子女,弄死他呢,心里不忍;不弄死他呢,深恐君主知道不免受罚。后来大家商量好,竟私下养起来,养到十几岁,就将他们送到此地,听他们自营生活,自相婚配,这就是柔利国的祖宗了。到现在,人数已经不少,竟能小小组织一个国家,亦可谓极难得了。

文命等游过柔利国,刚要他往,忽见一个极长大的人,从南面直冲过,向北而去,手中仿佛拿着一根大杖。那人走路之速,几乎不可以言语形容。七员天将见了,大呼有妖,绰起兵器,正要追踪而去,只听得头上"啪啪"之声,原来那应龙已追踪而去了。天将等见应龙已去,便不上前,先来伺候文命等跨上了龙,然后一同向北而去。

行不过几十里,只见应龙正在那里和长大的人交战,山坡之下纵横死着四条大黄蛇。那人手持大杖,奋力与应龙抵抗,但是终究敌不过应龙,肩上着了一大爪,撇了大杖,就向地上倒下。应龙正要过去送他的性命,庚辰忙喝阻道:"且慢且慢,等崇伯来发落。"然而应龙的爪早已透入那人腹中,几乎连肚肠都掏出。

这时文命等已降下地面,文命细看那人,眼睛一开一闭,唇色淡黑,似乎尚有呼吸,便问他道:"汝还能说话吗?汝叫什么名字?到此来做什么?"那人张眼一看,随即闭上,叹口气道:"我今朝死在这里,真是天命!老实和你们说,我姓邓,名叫夸父,我曾祖是共工氏,我祖父叫句龙,我父名信。我自幼求仙访道,得到异人传授,异人教我一种善走之法,所以我走起路来,逐电追风四个字恐怕还不能形容我之快。我十几年前打听得帝子丹朱欢喜奇异之士,就投到他部下去做臣子。我替他从丹渊到帝都去送信,往返不过片刻,就是替他到南海去取物,往回亦不过一时,这是人人知道的。昨日我在帝子面前夸口,说我能追及日影。帝子道:'汝果能追及,必与汝以重赏。'我听了这话,拔脚就走,那太阳影子的移动竟没有我走得那样快。我从丹渊起,一直向南而追,追到一处,日尚未午,我肚里饥了,就举起一个锅子,放在三座山之间(现在湖南辰州东,有夸父山),拿它来当一个灶头,煮好之后,将饭吃完,心中一想,正好以此作一个凭据,不然,我逐日影究竟有没有追着是没有对证的,所以我吃完饭之后,就对当地的人民说道:'我是夸父,某年某月某日某时从某地追逐日影到此,将来如有人来探问,请你们作一个证据。'说完之后,我又再赶,那时日影已移西北,我赶到一处,忽然脚上的一履渐将卸下,我急忙振了一振(现在甘肃安定区有振履堆),然后再赶。从崦嵫山过细柳,一直到虞渊之地,竟给我追着了。但是日光灼烁,愈近愈厉害,再加以狂跑气急,汗出如浆;我渴得不得了,归途经过河、渭二水,我急忙狂饮,但是二水不够我解渴。我耳上的两条黄蛇和手中的两条黄蛇亦是非常燥渴,我想此地北面有一个大泽,其广千里,那个水足以供给我们解渴,所以急急行来。不想遇着这条孽龙,竟拦阻我的路程,与我为难,先将我手中的黄蛇斗死,又将我耳上的黄蛇斗死。我真渴极了,没有气力和它厮杀,否则,不要说一条孽龙,就是再添两条我亦不怕。现在竟给它弄死在此,真是命也!"说到此处,已是气竭声颤,说不下去。过了些时,两眼一翻,竟呜呼了。文命等至此,才知他就是丹朱的臣子夸父,又可惜他有如此之绝技,不善用之,以致死于非命,不禁代他悲伤。于是就叫地将等掘一个坎,将他的尸首埋葬,又将他弃掉的那根大杖竖在他坟前,作一个标帜。哪知这根大杖受了夸父尸膏的浸润,竟活起来,变成大树,后来发育繁衍,愈推愈广,成为森林,所以此处地方就叫邓林,又叫作夸父之野。隔了长久,夸父的子孙寻到此地,就在邓林之旁住下,依他祖父的习惯,右手操青蛇,左手操黄蛇,久之,繁衍成为一国。因为他们的体格生得长大,所以称为博父国,这是后话,不提。

且说文命等葬好夸父之后,一路议论夸父的为人。文命叫了应龙来,吩咐道:"夸父是个人,并非妖怪,你无端杀死他,未免不仁了。他虽一大半是死于渴,但是你如不与他为难,不去弄伤他,他虽死亦不能怨你的。现在他临死口口声声怨你,你岂不是做了一件不仁之事么！以后你如遇到此种事，切须小心，不可造次。"那应龙听了这番教训，仿佛非常不服，蓦地展开双翅，飞上天空，盘旋了半晌，霍然再降下来，向文命点首行礼，又和众人都点一点头，重复上升，掉转身躯，竟向南方而去。文命看得古怪，忙再呼唤，应龙置之不理，从此以后，竟不复来了。它后来在南方，专为人民行雨，人民非常敬重它，天旱时，只要将它的形状画了一挂，天就下雨，非常灵验。不过，东海神禺虢因为它任性倔强，所以亦不来助它升天，它就永远住在南方了，闲话不提。且说文命见走了应龙，念它平日屡立大功，非常忠勇，心中时常恋恋不舍，然而亦无可奈何了。

一日，行到儋耳国，仔细查考他们人民的身体，亦未必个个都很强健，独有那两耳都非常之大，直垂到两肩之上，仿佛如挑担一般，所以有儋耳国之名。过了儋耳国，忽遇到大海，一望茫茫，极目千里，但见无数大鸟，或飞或集，都在海滩边。文命等两条大龙翱翔而来，它们惊得一齐飞起，真是盈千累万，蔽满了天空。因为慌忙乱逃的缘故，那卸下的羽翰片片都落下海去。（此地就是现在蒙古沙漠，本名翰海，是群鸟解翻之所也，后来加水旁作"瀚"是错的。）文命在龙背上和伯益说道："此地想来就是夸父所说的大泽了，好大呀！"庚辰在旁说道："已经小了三分之二了，从前某随侍夫人初次走过的时候，着实要大呢。"文命道："那么是地体变动升高之故。"横革道："或许是妖魃致旱的缘故。"大家互猜了一会，也究竟不知其所以然。郭支问文命道："现在我们是直跨大泽而过呢，还是绕大泽而走呢？"文命道："我们此来，以考察为主，自然以绕大泽而走为是，我们先向西吧。"郭支听了，口中作声，那两条龙首径掉转而向西方。

一日，到了一处，只见那里的人民相貌丑陋，其色皆黄。他们的言语虽则钩磔,但尚约略可晓。文命等仔细探问,才知道他们亦竟是黄帝之后。四面邻邦都叫它环狗之国,亦叫犬封国,或叫犬戎国。文命细细考察他们的风俗,亦与他处无异,不过有两项不同:一项是女子非常敬重男子,对于男子,跪进杯食,仿佛个个都如古贤妇的举案齐眉一般;一项是专用肉食,不用谷食,这两项是特别的。还有一项,他们亦有祭祀之礼,但是所祭的神道是个赤兽,其形如马而无头,名叫戎宣王尸。究竟有何历史,为什么缘故要祭它,他们自己亦不得而知,不过是循旧例罢了。后来又遇到一匹文马,浑身雪白而朱鬣,目若黄金,据说就出在附近一座融父山上,名叫吉量。因为它的颈项有如鸡尾,所以亦叫作鸡斯之乘。据说乘了它之后,寿可以活到千岁,然而非常难捉,所以环狗国的人民竟没有一个骑着过,寿活千岁的话究竟不知道靠不靠得住,亦不过是传说罢了。

一日,再向西走,忽然又遇见一种异人,脰颈上并生两个头,又有四只手。大家看了诧异,后来细细打听,才知道他们叫作蒙双氏之民。在颛顼高阳氏的时候,他们的老祖宗,兄妹两个,不知如何发生了恋爱,变成夫妇。颛顼帝知道了,说他们渎伦伤化,将他们两个赶逐到北荒之野来,叫他们和环狗国人同居,庶几气谊相同,共成一类。哪知这两兄妹受不住北方之苦,又和环狗国人格格不入,相率逃到此地,举目无亲,生计断绝。两个人相抱着痛哭一场,双双晕绝而死,但是两个尸体还是互相抱住。后来有一只神鸟飞过,看到他们如此情形,又可怜,又可恨;可怜的是他们的痴情至死不变;可恨的是他们毫无羞耻,至死不悟。于是想了一个方法,飞到仙山上去,衔了许多不死之草来,将两个尸体密密盖住,过了七年之后,那两兄妹居然复活了,但是两个身体已合而为一,只有头和手没有合并,所以他们有两个头、四只手。后来又居然能够自己和自己交合而生殖,而且生育亦甚蕃,据一处所见,已不下数百人。文命等听到这个新闻,大家遂相与谈论,都说这只神鸟可谓神了,使他们死而复生,是可怜他们的结果;使他们合而为一,罚他们极不自由,而且人不像人,是可恨他们的结果;这个处置可谓恰当了。文命笑道:"神鸟的取草盖覆,有哪个看见?神鸟的可怜可恨,有哪个知道?这种传说,只好听听罢了,哪里可尽信呢!只有兄妹为婚,被颛顼帝所逐,或者是真的。"大家听了,都以为然。

一日,文命等正向西走,从龙背上下视,只见下面树木丛密,料想必有都会,降下来一看,但见左右前后,一片都是桑树,别无房舍。文命道:"难道这些尽是野桑,无人经营的么?"横革在前,忽然叫道:"每株桑树上都有人呢。"大家仔细一看,果然,桑树上都有一个女子跪在那里,有些在吃桑叶,有些呆着不动,有些竟在那里吐丝,丝从口中吐出,绕在手中,乙乙不断,如纺丝一般。大家看得奇怪,不免上前去询问。哪知这些女子没有一个来理睬,问了十几处,都是如此,好像没有看见听见似的。大家没法,议论蜂起,有的说她们是妖怪,有的竟说她们是蚕类,不是人。伯益道:"某听见说,西方某国有一个学者,用卉草的纤维加以化学的作用,制成一种丝,叫作人造丝,颇能畅销于各国,但是究竟似丝而非真丝。如今所见,真所谓人造丝了。"大家看了一会,觉得留此无益,只得再向前进,将这个地方取名叫欧丝之野。

一日,行到一处住下,但见乱山丛丛,洞穴无数,在洞穴之外,地上躺着一个死尸,两手各一处,两股又各一处,胸腹一处,头一处,齿牙一处,共分为七处。大家看了,都以为是被仇家或暴客所害人,不胜惨然。文命道:"古之王者,掩骼埋胔。现在此尸暴露在此,我们既然遇到,应当为之掩埋,亦是仁心。"说罢,就叫地将等动手,将他移入洞穴中掩埋。七员地将答应,章商氏便先来扫除洞穴。哪知刚到洞口,陡闻里面一阵怪叫之声,惨而且厉,随即一阵啪啪之声,飞出无数怪鸟。章商氏出于不意,吓了一跳,倒退几步。大众站在外面,亦有点惊怪,恐遭不测,各拿兵器,预备抵敌,有些人赶来保护文命和伯益。哪知这批怪鸟出洞之后,东冲西突,到处乱集,仿佛没有眼睛、不知方向似的,早被众人打死了几只。文命、伯益等见了,都不知道它是什么鸟儿。兜氏道:"这是枭鸟呢,它在昏夜之中飞起来,连蚊蚤都能看见,但到了白昼,虽邱山亦不能见,所以如此乱扑。"伯益道:"某从前在一种书上见过,说枭是不孝之鸟,和兽中之獍并称,枭始生还食其母,獍始生还食其父,不要就是这种鸟么?这是我们中华所没有的。"郭支道:"某想中华一定有的,假使没有,古书上何以有记载?古先王何以有殴灭枭獍之令呢?某从前浪迹江湖,仿佛听见民间传说,今上圣天子即位之后,不知是第几年,有一天,忽然各地的枭鸟齐往北飞,从此各地就不再见有枭鸟,或者就是逃到此地来了。"文命道:"这个传说某也听见过,圣天子当阳,恶鸟远避,这也是当然之理,但是此刻无从证明。闲话少说,且掩埋这个尸体吧。"

卢氏、犁娄氏听了,就来拿这尸体之两手,鸿濛氏来拿头,章商氏来拿胸腹,乌涂氏来拿齿牙,陶臣氏、兜氏来拿两股。哪知刚刚拾起,随即脱手而去,仍归于原处,再来拾起,亦是如此。大家感到有点古怪。文命道:"不要是妖怪么!妖怪幻以祟人,往往有此现象,非除去他不可。"说罢,便叫天将等去寻觅柴草,以备烧化。天将等正要动身,忽见山阜后走出一个人来,径向文命行礼。文命问道:"汝是何人?"那人道:"某乃守护此尸之神也。此尸名叫王子夜,当日亦是天上鼎鼎有名的大神,因为联合了无数恶党,要想革天帝的命,结果战败,被天帝擒获了,碎尸在此,令他不得复合,亦不令其销毁,特令小神负此责任,请崇伯原谅。"文命道:"这王子夜虽然背叛为逆,然而碎死七段,又听他暴露,也未免太残酷了。不给他复合,且不令其销毁,又是何故?"那守尸之神道:"王子夜神通广大,形解而神仍联,貌乖而气仍合,假使一给他复合,他就能复活,必定想报仇,那么天上又从此多事了。至于不许销毁他的缘故,想来是天帝好生,不为已甚,待过多少年之后,或得到一个相当机会,仍许他复生,亦未可知呢。"文命点首无语。那神刚要告辞,伯益忍不住,指着许多枭鸟问道:"这种鸟是向来产生此地的么?"这神人道:"此地向来无人,更无鸟兽,此鸟是中华圣天子在位七载的时候,由中华逃来的,如今已七十余年。"众人听了,方始恍然。

那神人隐去之后,大家重复起身,又经过三个小国。一个是一目国,它那人民只有一只眼睛,生在面部的当中,其状甚怪。考究它的历史,据说是少昊帝之后,姓威,以黍为食。一个是深目国,两眼凹进里面。据说姓盼,以鱼为食。文命等行过时,正见他们在大泽之旁捕鱼而生啖之。一个叫作继无民国,其人民亦如柔利国人一般,有肉无骨。但是柔利国人还有种种耕田等工作,他们却舒服多了,所食的是空气,终日偃息在地上,或居土穴之内,不动不行,饿则张口吸气而咽之,即以果腹。偶然在大泽旁边捕鱼而食,亦是有的。问他们的年龄,总在百岁以上,据说是任姓。文命叹道:"古人说得好:'食水者善游而寒,食土者无心而慧,食木者多力而拂,食草者善走而愚,食叶者有丝而蛾,食肉者勇敢而悍,食气者神明而寿,食谷者智慧而夭,不食者不死而神。'我看欧丝之野的那些女子,将来一定化蛾传种,不过她们的蛹究竟如何,可惜不能看见。至于这继无民国的人,假使仅仅食气而不食鱼,那年寿恐怕还要长呢。"文命且说且行,在半空中龙背上颇觉逍遥。

一日,正在前进,忽见下面有一只大兽,疾行如飞,从西南向东北去。因为自上望下,相去太远,且其行甚速,看不清它的形状,但觉所过之处风沙滚滚,草石一切都随之而起。黄魔看了,飞身下去,就是一锤,但是不能近它身上,它早已走了。顿然之间,空中呼呼风响,狂飙漫天盖地而来。地面之沙为风所卷,尽行刮起,布满天空,将天遮得墨黑。文命等在龙背上骑不住了,然而要降下去亦恐有危险,一时不敢。陡然又是一阵狂飙,其势之大,拔山倒海。两条龙把持不住,竟随着风势,悠悠扬扬,如断线风筝一般摇荡而去。幸而郭支对于两龙驾驭有方,庚辰等七员天将又是有神力的,在文命等左右前后刻刻保护,方始无事。这一场风吹了不知多少时候,将文命等直送到几千万里之外。等到风势定了,文命等从龙背上渐渐降下,不知此地是什么地方,但觉天气温和骀荡,颇觉宜人。四面一望,一片尽是平阳,不但树木一株不生,就是细草也一株没有,真可算得是不毛之地,但细细考察它的地脉,又非常膏润,并非沙碛之比,大家都觉诧异。这时人困龙乏,大家吃些干粮,略略休息,又叫郭支解放了两龙。那两龙受了半日的狂风,亦颇不自在,一旦解放,遂相率上天,自由自在而去。这里大家计点人数,只有七员地将不知下落。文命就吩咐天将等分头去寻,自己却带了伯益等向北行去。远远望见一座高山,地势亦渐渐向着山高上去,但是走了半日路,不见一鸟一兽,不见一树一草,并不见一人,大家尤觉稀奇。文命道:"我们且到山上望望吧。"于是大家就向高山而行。

第一百二十三回

终北国之情形　禹至无继国

　　文命等正走之间,那高山已渐渐近了,忽见远处有物蠕蠕而动。郭支眼锐,说道:"是人,是人!"大家忙过去一看,果然有无数人散布在一条长大的溪边,但见男男女女,长长幼幼,个个一丝不挂,或坐或立,或行或卧,除出卧者之外,那坐的、立的、行的都在那里携手而唱歌,或两男一对,或两女一对,或一男一女成对,或数男围一女,或数女牵一男,嬉笑杂作,毫无男女之嫌,亦无愧耻之态。细听那个歌声却和平中正,足以怡颜悦心,而丝毫不含淫荡之意。四面一看,竟无一所房屋,不知这些人本来住在何处、从何处来的。大家看了迷惑不解,正要去探问,哪知这一大批男女看见文命等,顿时停止了他们的歌声,纷纷前来观看,霎时将文命等包围在中间。文命等细看他们的状貌,但觉有长短而无老少,个个肤润脂泽,如二十岁左右的人,而且身体上都发出一种幽香,如兰如椒,竟不知是什么东西。然而,无数男子赤条条相对,已经不雅观之至,无数女子赤条条地立在自己面前,更令人不敢正视。然而人数太多了,目光不触着这个,就触着那个,大家都惶窘之至、怀惭之至。但细看那些女子,却绝不介意,仿佛不知有男女之辨似的,瞪着她们秋水盈盈的眼睛,只是向文命等一个一个、上上下下地打量,看到文命,尤其注意。文命此时到有点为难了。

　　国哀上前,拣了一个似乎年龄较大的男子,问他道:"某等因风迷途,流落在贵处,敢问贵处是什么地方?"那些人听见国哀说话,似乎亦懂他的意思,顿时七嘴八舌,窃窃私议起来,其声音甚微,听不出是什么话,仿佛觉得说他们亦是人类、不是妖怪的意思。只见那人答道:"敝处就是敝处,不知足下等从什么地方来?"国哀道:"某等从中华大唐来。"那人沉吟了一会,说道:"中华大唐?我不知道。"又有一个人排众而前,说道:"中华地方,我知道的,是个极龌龊、极野蛮、极苦恼、极束缚的地方。"言未毕,又有一个人缠着问他道:"怎么叫作龌龊、野蛮、苦恼、束缚?"那人道:"我亦不知道,我不过听见老辈的传说是如此。据老辈传说,我们的上代老祖宗亦是中华人,因为受不过那种龌龊、野蛮、苦恼、束缚,所以纠合了多少同志,逃出中华,跑到此地来的。所以刚才这位先生说话,我们还能懂得,可见从前同是一地的证据。"国哀初意,以为说是中华大唐来的,料想他们必定闻而仰慕,即或不然,亦不过不知道而已,不料他竟说出这轻蔑鄙夷的话来,心中不觉大怒,但因为现在走到他们的境土,身是客人,不便发作,便冷笑一声,说道:"你既然不知道龌龊、野蛮、苦恼、束缚的意思,你怎样可以随便乱说?"那人道:"我并不乱说,我不过追述我们老辈传下来的说话。他的意思我实在不懂。现在你足下如果知道这意思,请你和我们讲讲,使我们得到一点新知识,亦是于我们很有益的。"国哀一想,这个人真是滑稽之雄,自己骂了人,推说不知道,还要叫人解说给他听,这是什么话呢!然而急切间竟想不出一句话去回答他。

正在踌躇,只见文命开言问他们:"请问,贵处的人何以不穿衣服?"那人呆了半响,反问道:"怎样叫穿衣服?我不懂。"文命就拿自己的衣服指给他看。这些人听说这个叫衣服,都是见所未见,闻所未闻,大家逼近来看,有些竟用手来扯扯,一面问道:"这些衣服有什么用处?"文命道:"衣服之用,一则遮蔽身体,……"大家刚听到这句,都狂笑起来,说:"好好的身体,遮蔽它做什么?"文命道:"就是为男女之别,遮蔽了可以免羞耻。"那些人听了,又狂笑道:"男女之别是天生成的,没有遮蔽,大家都可以一望而知,这个是男,那个是女;用这衣服遮蔽之后,男女倒反不容易辨别了,有什么好处呢?"又有一个人问道:"你刚才说的'羞耻',怎样叫羞耻?我不懂。"文命道:"就是不肯同禽兽一样的意思。"大家听了,又稀奇之极,齐声问道:"怎样叫禽兽?'禽兽'二字我们又不懂。"文命至此,真无话可说,忽然想起一事,便问道:"你们没有衣服,不怕寒冷么?"那些人听了"寒冷"二字,又不懂。文命接着问道:"就是风霜雨雪的时候,你们怎样过?"大家听了这话,尤其呆呆地不解所谓。文命至此,料想这个地方必定有特别的情形,再如此呆问下去,一定没有好结果,便变换方针,向他们说道:"我想到你们各处参观参观,可以么?"那些人道:"可以可以,你们要到何处,我们都可以奉陪。"文命大喜。

那时人已愈聚愈多,几百个赤条条的男女,围绕着文命等,一齐向前行进。走到溪边,但见沿途睡着的人亦不少,有些在溪中洗浴,有些到溪中掬水而饮。文命此时觉得有点饥了,就叫之交打开行囊,取出干粮来充饥。那些人看见了行囊和干粮,又是见所未见,顿时挤近围观,围成一个肉屏风。大家呆呆地看文命等吃,有一个女子竟俯身到文命手上,嗅那干粮是何气味。文命趁势就分一点给她吃,那女子攒眉蹙额,摇摇头,表示不要。文命问道:"你们吃什么?"那女子道:"我们喝神瀵。"文命道:"怎样叫神瀵?"那女子见问,便推开众人,一径跑到溪中,用两手掬起水来,再上岸跑到文命面前,说道:"这个就是神瀵,请你尝尝。"文命一想,这就是大家刚才在那里洗浴的,拿这个水来喝,岂不龌龊?但是那女子两手已送到嘴边,顿觉椒兰之气阵阵扑鼻,不知是水的香气呢,还是从女子身上发出来的香气,然而男女授受不亲,何况到一个赤身的女子手上去作牛饮,这是文命所决不肯的。好在此时女子手中的神漤已快漏完了。文命慌忙从行李中拿出一个瓢勺来,说道:"谢谢你,让我自己去舀吧。"说时,早有真窥走来将瓢勺接去,跑到溪中,舀了些神漤来递给文命。大家看了,尤其奇怪,只是呆呆地望。文命接了瓢勺,将神漤略尝一点,但觉香过椒兰,味同醪醴,而且志力和平,精神增长,一勺饮完,腹中也不饥了,心中甚为诧异。那时,之交、国哀、真窥、横革、伯益、郭支等都有点渴意,拿了瓢勺,都去舀了来饮。真窥贪其味美,所饮不觉过多,渐渐有点醉意,起初还想勉强支持,后来站脚不稳,只得坐下,倚着行囊假寐,哪知一转眼间,早已深入睡乡了。

这时文命正与众人谈天,未曾注意。后来见天色要晚,便想动身,去找个客馆寄宿,回头见真窥睡着,便让横革去叫他,哪知无论如何总推不醒。那些人见了,忙问道:"他醉了睡觉,是最甜美的事情,推他做什么? 照例他要过十日才醒呢。"文命等听了,不禁大窘,便问道:"这是一定的么?"众人齐道:"这是一定的,非过十日不醒。"文命问道:"你们晚上住在什么地方?"众人道:"随便什么地方都可睡,何必选地方,而且地方总是一样的,更何必选?"伯益向文命道:"真窥既然醉倒在此,我们决不能舍之而去,就胡乱在此住一夜吧。"这时夕阳已下,天色渐黑,那些男女亦就在近处倒身而卧,有些嘴里还唱着歌儿,唱到后来,一声不发,个个瞑如死鼠。文命等起初并不惬心,未能落寐,久而久之,亦都睡着。

一觉醒来,红日已高,看那些男女等,有些起来了,已在那里唱歌,有些未醒的,或仰或侧,或男女搂抱,或一人独睡,七横八竖,仿佛满地的难民。文命看到这种情形,总不解其所以然。后来和伯益商量道:"据此地人说,真窥非十日不醒,那么我们枯守在此亦

— 1128 —

是无味,天将等去了又不回来,我看现在叫郭支、横革二人在此陪着真窥,郭支兼可照顾二龙,我和你同之交、国哀到四处去考察一会,也不枉在此耽搁多日。料想此地人民决无强暴行为,假使天将来了,叫他们就来通知,你看如何?"伯益非常赞成,于是横革、郭支在此留守,文命等四人沿着溪边径向高山而行。一路所见男女,大小裸体,围观情形都与昨日相同,不足为怪。最奇怪的是,走了半日,遇到的人以千计,但是没有一个老者。后来走到一处,只见一个人仰卧地上,仿佛已经死去,众人正在商议扛抬的事情,但是各人仍是欣欣得意,略无哀戚之容。文命诧异,就过去问道:"这人是死了么?"那些人应道:"是刚才死去的。"文命道:"贵处人死之后,没有哭泣之礼么?"那些人诧异道:"怎样叫哭泣?"文命知道这话又问差了,便说道:"你们心中,对于他不难过么?不纪念他么?"那些人道:"这是人生一定要到的结果,有什么难过?便是刻刻纪念他,也有什么效果?难道他能活转来么?"文命觉得这话又问得不对,又问道:"看这死去的人,年纪似乎很轻。"那些人道:"怎样叫年纪轻?"文命道:"就是从生出来到此刻死去,中间经过的日子很少。"那些人笑道:"哪有此事,一个人总是活三万六千五百二十四日半,这是一定的,多一日不能,少半日也不会。即如我,已经过去一万八千二百三十五日半了,再过一万八千二百八十九日,亦就要死了,活的日子哪里会有多少的呢?"文命等听了,尤其诧异之至。辞了众人,一路行去,沿途所见,都是一般模样,并无丝毫变化,连女人的生产、男女的交媾,亦公然对人,毫无避忌。文命等亦学那土人之法,饥时就取神瀵而饮之,饮过之后,不但可以疗饥,并能消除疲劳,通体和畅,真是异宝。

　　一日,行到高山脚下,问那土人,才知道这座山名叫壶岭,它的位置是在全国的当中。文命绕着山一看,只觉此山状如甑甗,渐渐上去,到得顶上,有一个大口,状如圆环,土人给它取一个名字,叫"滋穴",穴中有水滚滚涌出,就是神瀵了。据土人说,这神瀵一源,分为四派,向四方而流,由四分为十六,由十六分为六十四,再分为二百五十六,如此以四倍递加,经营一国,没有不周遍之处。本地唯一的出产,只有此一种,真所谓取之无尽,用之不竭了。文命等走了几日,大略情形已都了了,就和伯益说道:"此国除出人之外,只有水和土两种。土是人住的,水是人饮的,此外什么东西都没有了。没有寒暑,当然用不着衣服;没有风霜雨露,当然用不着房屋,一个人生在世界上,最要紧的是吃,他那神瀵既然普遍全国,人人利益均沾,不必愁食。人生最愁的,就是衣、食、住三项,他们既然不必衣,不必住,又不愁食,则一切争夺之事自然无从发生,何必有君臣?何必有礼法?何必有制度?而且此地气候既然有一定的温度,不增不灭,又无风雨寒暑的攻侵,自然没有疠疫病疾等事。他们所饮的神瀵,纯是流质,绝无渣滓,所以脏腑之中亦不会受到疾病,那么自然都是长寿了。尤其妙在寿数一定总是百年,使人人安心任运,一无营求。而且大地之上,百物不生,种种玩好声色,无一项来淫荡他们的耳目,所见者不过如此,所闻者不过如此,多活几年亦无所羡,少活几年亦无所不足,所以他们的性情都是婉而从物,不竞不争,柔心而弱骨,不骄不忌,这种真是世界上少有的。"伯益道:"是呀,世界之纷乱,总由于环境之逼迫而生希望心,由希望心之太重而生贪得心;又由人人贪得之故,而物质分配又不均,遂至争夺;智者得逞其谋,强者得逞其力,所以大乱。现在改造环境,使大地上一无所有,所有产业就是水土两种,然而是天生的,不是人力造出来的,智者无所施其谋,强者无所用其力,既无所希望,更无用贪得,假使能如此,人人才无所争了呢!"

正在说时,只见庚辰等已从天而来。文命忙问:"地将等找着了么?"庚辰等道:"某等那日从此地动身之后,因为记得来时所遇之风是西北风,所以尽力向西北走,哪知越走越觉不对了。后来改向南走,仍旧不像。某等想,人世之路虽则不熟,天上之路是向来走惯的,就一直向天而行,问到天上的神祇,才知道此地是世界极北之地,去中国不知道有几千万里呢!某等得了天神的指示,好容易寻到继无民国,又到了那日遇风之地,四处找寻,不见地将等踪迹。深恐旷日持久,致崇伯等待心焦,某等就去求见夫人,请夫人指示。夫人道:'地将失散可不必虑,将来自会遇到,只有崇伯到了终北国去,再回转来很不容易,倒是可虑之事。'某等才知道此地叫作终北国,便求夫人设法。夫人道:'这也是天数所注定。终北国之地,本来可算是别一世界,与中华人民万万无交通之理。只因一只风兽和一阵大风,就把崇伯送到那里去经历考察,使那边的风土人情传到中华,给中华人民生一种企慕之心,亦非偶然之事。不过此事我现在也无他法,只有去和家母商量了。'夫人说到此,某等就问那个风兽叫什么名字。夫人道:'它名叫狙狙,一走出来必有大风随其后。那阵飓风名叫飙飙,亦是很厉害的。两者相遇,自然更厉害了,然而竟能吹得如此之远,是真所谓天数也。'当下夫人即率某等径到瑶池,和西王母商量。西王母就取出两颗大珠交给某等,并吩咐道:'此二珠系从极西的西面一位大圣贤处借来,名叫金刚坚,是从摩羯大鱼之腹中取出,此鱼长二十八万里。人假使握着此珠,毒不能害,火不能烧,心中想到什么就可以得到什么,所以一名叫如意珠。从终北国回到中国有几千万里,崇伯等凡夫纵使骑了龙回来,途中也非常困难。现在将这珠拿去,一颗交给崇伯,一颗交给伯益,叫他们骑上龙之后,紧紧握住此珠,心中刻刻想着要到某地去,那么两条龙自会奋迅而前,达到目的之地,恐怕比那日飙飙风刮去还要快些呢。不过珠是借来的,用过之后,即须归还。'某等收了此珠，随即转身，照这方法想着，果然立刻就到了。"说罢，将两珠交与文命。

文命一看，其珠之大四倍于龙眼，光彩耀目，不可逼视，真是异宝，就将一颗交与伯益，说道："既然如此，我们回去吧。"哪知刚刚起身，又被终北国人团团围住，原来他们看见文命之装束已经奇异极了，现在又见七员天将戎服执兵，而且从天而下，尤为见所未见，所以大家呼朋引类，挤过来看，直围得水泄不通，不能溃围而出。文命等再三和他们申说，叫他们让路，但是散了一圈，又挤进一圈，终究不能出去。后来伯益和七员天将道："他们如此挤紧了看，必是看诸位，请诸位先到原地相等吧，诸位一去，他们必散了。"天将道是，立刻凌空而起，故意缓缓而去。终北国人始则举头仰望，继而跟逐而行，长围始解。然而还有几个仍来问文命何以能凌空飞行的缘故。文命告诉他们，那是天神的神术，他们亦莫名其妙，连呼"怪事"而已。终北人既散，文命等回归旧处，哪知路不认识了。当初文命等探那座壶岭山的时候，原是记着向北行的，后来环山一周，就迷了方向。

原来终北国的地势只有当中一座山可做标准，而那山形又是浑圆，一无巉削窄崿之处可以做记号，又无树木可以定方向，四面一望，处处相同，沿着瀵神之溪走，四四相分，歧之又歧，弄得辨不清楚。问问那些终北国人，又叫不出一个地名，即使问也不能清楚，这是真太窘了。后来文命忽然想到，就和伯益说道："我们何妨试试这如意珠呢。"说罢，和伯益两个从衣袋中取出如意珠，紧握在手中，一心想到真窾醉卧之处，随即信步而走，果然不到多时，已见七员天将腾在空中，并两条龙亦在空际盘舞。在他们下面，却又是人山人海，挨挤重重，原来他们既然看得天将等稀奇，又看得两龙稀奇，所以又把天将等裹入重围。后来天将等深恐文命寻找不到，所以又到空中眺望，却好做了一个标帜。文命等虽则到了，但是密密层层的人丛苦于挤不进去。后来二龙渐渐下降，那些人纷纷躲避，文命等方才趁势入内，与郭支、横革等相见。那时真窥早已醒了，计算日期，已在十日之外。文命忙问郭支道："我们耽延久了，快走吧。"之交等即将行李安放龙身，大家一跨上龙背，那些终北国人重复围绕近来。文命等遥向他们致一声骚扰，那两龙已冉冉升起，终北国人一直望到龙影不见，方才罢休。

且说文命、伯益分跨两龙，天将等夹辅，向南而行。文命等谨遵西王母之嘱，紧握掌珠，念切旧地，果然那二龙行进得非常之快。过了半日，龙身渐渐下降，仔细一看，原来正是前日在此遇风之地。大家都佩服仙家至宝，说道："这个真叫不疾而速，不行而至了。"大众下龙休息，文命一面叫天将等去还珠，一面和伯益说道："某从前听说，黄帝轩辕氏曾做一梦，梦见游历华胥国，那民风淳厚，真是太古之世。现在我们游历终北国，这个民俗比华胥国似乎还要高一层，而且是真的，并不是梦，可以算胜过黄帝了。"伯益道："黄帝梦游华胥，那种情形后人颇疑心它是寓言。现在终北国民俗及一切情形还要出人意外，恐怕后人不信有此事，更要疑为瞎造呢。但愿后来再有人来到此地，证实我们这番情形是真的，那才好呢。"文命道："天下之事，无独必有偶，况且明明有这个国在那里，既然我们能到，安见后人不能到呢？"（后来到周朝的穆王，驱策他的八匹骏马，日行三万里，周游天下，果然亦走到终北国。他贪慕那里民俗好，乐而忘归，一住三年。后来经群臣苦劝，才勉强归去。这就是继夏禹而往的一个人了。）二人谈毕，天将等已归，于是再动身前行。

一日，到了一处，只见那些土人都是穴居，并无宫室田里，所食的尽是泥土。文命等一想，这真是原始时代的人民了。（现在南美洲亚马孙河上流森林中尚有此种食土之人。)后来细细考察,又发现一项奇异之处,觉得他们竟无男女之分,因此邻邦都叫它无继国,就是没有后嗣的意思。既然没有后嗣,又不是长生不老,但是不会灭种,这种原理殊不可解。后来又给文命等探听出来,原来他们人死后即便埋葬,骨肉等统统烂尽,只有其心不朽,等到一百二十年之后,复化为人,这就是他们不灭种的原因。所以经过之处,道旁坟墓都有标帜立在上面,载明这是某年某月葬的,以便满足年限之后可以掘地而得人。据说,他们附近有一种人叫录民,死后其膝不朽,埋之百二十年而化为人。又有一种人,叫细民,亦是如此,其肝不死,百年而化为人。又有一个三蛮国,它的人民亦是以土为食,死了埋葬之后,心、肝、肺三项都不烂,百年之后复化为人,想来都是同一种类的。真是天下之大,无奇不有了。

第一百二十四回

　　钟山烛龙　禹至跂踵、无肠、拘缨等国
　　禹收九凤、强梁　冰中鼹鼠
　　禹至北海禺强之所　禹至聂耳、大行伯、大人等国
　　禹至肃慎国

　　一日,文命等行到一处,天色渐暝,正谋休息,忽然一道光芒射遍大千世界,顿然又变成白昼。大家觉得非常诧异。文命道:"某听见从前有个人和人打仗,战兴方酣而日已暮,他心中甚为失意,举起戈来,向太阳一挥,太阳为之退返三舍。这个不过是寓言,现在莫非果然太阳倒退么?"大家细看那光芒,仿佛从北面射来,闪烁动摇,决不是太阳。隔了一会,光芒忽然收敛,依旧是黑夜。众人虽是猜度,亦莫明其故。正要就寝,哪知光芒复见,顿然又成白昼,众人重复奇怪起来。

　　文命就叫童律、狂章循着光芒前去探听。隔了一会,回来报告,说道:"这是钟山的神祇名叫烛阴所显的神通。他这神祇人面而龙身,所以亦叫作烛龙,浑身赤色而有一足,住在钟山之下,其长千里,蟠屈起来还高过山岳。这光芒就是从他两眼中所发出来的,他眼睛一开,就如白昼,眼睛一闭,便是深夜。某等去时,适值遇着一个旧时伴侣,据他说,烛龙平日不饮、不食、不息,倘使一息气,就起大风。他一吹气,能使气寒而为冬;一呼气,能使气暖而为夏,真

是神物。"文命听了,就叫伯益将此情形记上。那光芒又不见了,大家方个个就寝。(查《淮南子》,烛龙在雁门山,《山海经》则谓在钟山。以理想起来,世界上万万无此怪物,或者地近极北,当日所见的是极光,忽隐忽现,亦未可知。历史上所载日夜出高三丈,大约亦是如此之类。)

次日起来,再向前进,又过了几处。有一个叫跂踵国,它的人民甚为长大,两脚亦非常之大,不过走起路来脚底不着地,但以五趾着地而行。而且他们的脚又是反生的,看他的脚迹,如果南行,脚迹一定向北;如果西行,脚迹倒反朝东。所以邻邦的人亦叫它反踵国,这亦是一种怪状。还有一国,叫无肠国。他们的无肠与无继国不同。无继国亦叫无膂国,膂就是肥肠,无膂国不过无肥肠,其余小肠等都有的。无肠国则大小肠一概没有,吃起食物来,但从喉间咽入,通过腹中,并未消化,即已从下面泄出。所以他们一次的食物可以分作多数人的食料;大抵以贵贱而分,上等人吃过了,将排泄出来的收藏起来,作为次等人的食品,次等人吃过了,再给再次等人吃,如此辗转下去,直到仅余渣滓而后已。但是这国的人身体又甚长,究竟不知他腹中的组织结构是如何的,可惜不能解剖出来研究研究。不过他们却有一种特长,就是能知往事。无论他们已经知道或未经知道之事,无不知晓。那已经知道的历久不忘,固由其记忆力之佳;那未经知道的,他也能揣测而知,丝毫不爽。即如文命等此次游历,他们一见之后,就能将文命从前的事迹一一举出,仿佛如神仙一般,究竟不知道他们是什么本领,有人揣测,或者是一种魔术,如后世商陆神之类,将商陆的根刻成人形,念上一种咒语,它就能知人过去之事,兼能知人祸福,俗语叫樟柳神是错的。但是当时无肠国人是否如此,并无证据,不敢妄造。又有一国,叫拘缨国,倒是衣冠之国。但是他们行走之时,必用一手把住他冠上的缨,不知道是何用意。

　　一日,文命等正跨在龙背上遨游,远远见前面一座大山,拔地蓋天,阻住去路。文命正要使天将等去探问是何山名,哪知山上忽飞来一只怪鸟,生有九个头,个个都是人面,直向文命冲来。黄魔、大翳察其来意甚恶,急忙上前拦阻。哪知怪鸟势甚凶猛,将大翼连扇两扇,顿时空气鼓动,而且五色光芒闪闪耀眼。黄魔等觉得睁眼不开,立足不稳,刚要退后,狂章、童律早已上前,两件兵器齐向那怪鸟攻打。怪鸟霍地转身,仍飞回高山而去。四员天将一齐追赶,陡见山上一个怪人飞奔而来,虎首人身,四蹄而长肘,口中衔着一条蛇,四蹄上又各操着一条蛇,看见四将赶近,就将四蹄中的蛇一放,四条蛇顿然身躯暴长,如长龙一般飞舞空中,直向四天将猛扑。这时那怪鸟重复回身,鼓动大翼,前来夹攻。黄魔等料难取胜,只得退转,和庚辰等商议。

　　那时文命等已落在一座小山顶上小憩。庚辰道:"狂章、乌木田二君在此保护崇伯,我们再去会会他。"当下五员天将重复前来,见那怪鸟、怪人依旧未退。庚辰便上前喝道:"何物妖魔,敢来阻吾等去路! 倘不速避,难免诛戮。"那两怪并不回答,一个展动大翅又来猛扑,一个将口中、蹄中的蛇尽数放了出来。于是两边一场恶战,真是厉害。那五条大蛇出没神化,兵器不能伤它,而怪鸟大翼扇动,光芒四射,令人目眩神骇,因此不能取胜,只得又退回来。正在没法,忽见七员地将连翩而来,叩见文命。鸿濛氏怀中还抱着一只小兽,其状如狸而白首。文命等皆大喜,忙问彼等别后情形,并问此刻何以能寻到此地,又问此兽何用。鸿濛氏道:"某等当日遇到大风之后,地面上沙飞石滚,万万不能行走,只能由地中前进。后来天黑如墨,仰头一望,崇伯等龙驭已不知去向,某等只得暂时停止前进。等风定了,各处寻找,杳无踪迹。正在彷徨,忽然遇到一位真仙,和某等说道:'崇伯此刻已在几千万里之外,汝等不必寻了,即寻亦是无益的。'某等就问道:'那么从此我们与崇伯不能见面么?'真仙道:'不然,离此若干里有一座山,叫北极天柜之山,山上有两个妖神,一个叫九凤,一个叫强梁,都是很凶猛的。将来崇伯归来过此,必定为他们所阻,汝等此刻无事,可先到西方去走一巡。西方一座阴山,山上出一种兽,名叫天狗,形状虽小,善于御凶,能制伏九凤。九凤与强梁同居,两妖狼狈为奸。先制服了九凤,那强梁自然制伏。你们得到了天狗之后,只要在北极天柜山附近等着,就可以遇到崇伯,兼可以收降两妖了。'某等听他的指教,所以在此,不想果然遇到崇伯。"

　　文命等听了,个个大喜,亦不及问所遇之真仙是何姓名,忙叫庚辰等预备除妖。庚辰道:"此刻后方有地将等在此保护,我们全部都去吧。"文命答应。七员天将抱着天狗,凌空再往,到了北极天柜山,那九凤一见,又鼓起双翅前来猛扑,强梁又把五条蛇齐放出来。庚辰叫黄魔等尽力抵御五蛇,自己即将天狗向天空一放。那天狗看见了九凤,嘴里已是"榴榴"的乱叫,等到放在天空,立刻向九凤扑去。九凤虽大,天狗虽小,然而一物一制,九凤除出戢翼而逃之外,别无他法。天狗扑到九个头上,张口乱咬,早将九凤九个头之中咬去半个,衔了到山上去大嚼。那九凤负痛,狂鸣一声,两翼尽力的扇了几扇,竟被它逃脱,直向南方而去。虽是天狗贪吃,亦是九凤命不该绝之故。后来九凤被咬剩的半个头始终不愈,脓血淋漓,有时飞过,将脓血滴在人家房屋上,其家必遇不祥之事,因此人人恶之,以为不祥之鸟,遇到它来,则效狗叫、揿狗耳以厌之,就是俗语所谓九头鸟是也。

　　且说九凤逃去之后,强梁的五条大蛇没有五色光的帮助,变化不灵,被天将等统统杀死,天将等便将强梁围住。庚辰大呼:"赶快降伏,否则无生理。"哪知强梁毫无畏惧之色、乞怜之意,依旧拼命抗拒,但究竟支持不住,身受重伤,给天将等擒获了,牵了来见文命。文命责其不应拦阻去路。强梁还不肯屈服,睁着虎眼,大肆咆哮。文命叫天将牵出斩之,繇余正要挥剑,忽见空中降下一位仙女,玄裳玄衣,抱着那只天狗,大呼:"且慢且慢!"七员地将认得是那日指示的那位真仙,就来报告文命。文命慌忙出帐迎接。行礼之后,问她姓名,那女仙道:"妾乃五方神女之一,北方玄光玉女是也。九凤、强梁虽有阻碍崇伯行路之罪,但他们亦算是个神祇。现在九凤既逃,强梁也不该死,由妾来讨一个情,赦了他吧。"文命道:"太客气了,尊神吩咐,某哪敢有违,何必说讨情呢。"玄光玉女听了,就转身向强梁道:"你名叫强梁,性格亦太强梁。古人说:'强梁者不得其死。'理应正法,姑念汝平日尚无大过,特赦尔性命,责令尔以后为天下人民驱除瘟疫凶邪,汝愿意么?"强梁将首点点,玄光玉女就抱了天狗,带了强梁,辞了文命,凌空而去。后来强梁果然为人间驱除疾疫。汉朝大傩的时候,有十二种神,专食恶魔。强梁和另外一个名叫祖明的,共食磔死、寄生之类,就是他的结果了,闲话不提。

且说九凤、强梁既除,文命等越过北极天柜山再向前进,但见层冰峨峨,极目千里,朔风吹来,冷不可当。行了一程,降在一座雪阜之山休憩。文命四面一望,叹道:"此处可算无生物之地了。"章商氏道:"不然,某等刚从冰下来,里面有大动物呢。"文命诧异道:"什么大动物?生活在冰里?"兜氏道:"大概是一种鼠类,其形如象而较大。"伯益听了,有点不信。犁娄氏道:"横竖我们此刻无事,掘它几只出来看看,亦是好的。"说着,大家就用兵器向冰上乱凿。七员天将亦跟着动手。横革等五人因为坐着身冷,亦来相帮掘冰以取暖。不到多时,掘至数丈之深,果然掘出一只大动物来,但是出外即僵死,想是受不住外面的寒气之故。伯益用器械撬开它的嘴来一看,口中尚衔有草根树皮之类,想来是在地中做食品的。考察它的身量,大逾犀象,重过千斤。大家无不诧异,因此给它取一个名字,叫鼹鼠。这段事迹,汉朝东方朔做一部《神异经》,就记在上面,大家亦以为是类于神话的一件事。但是欧洲人地理书上说,亚洲西伯利亚勒那河口冰块之下,往往掘出一种犀象的遗骸。那种犀他们取名叫米克尔犀,那种象他们取名叫莽毛斯象,形状多与现今之犀象不同。犀的身上长着褐色细毛,象的身上亦长着赤褐色长毛,都与鼠类相似。象之大,身长十八英尺,高十二英尺,和《神异经》上所谓重逾千斤者亦相象。唯西方以此为史前世界动物之遗骸,而口中尚有衔枞叶者。《神异经》则谓在地中生活,食草木之根。二者不同,似乎《神异经》不足信,然亦未始非传闻之讹。至于我国人在上古时已经到过西伯利亚,早经发现莽毛斯象等,则可由此而推定,闲话不提。

且说文命等发现了鼹鼠之后,又向前进,只觉天色渐渐黑暗,其初日间犹有微光,后来竟是长夜不昼(想来已入寒带之故)。文命等并不畏惧退缩,下了龙背,一律步行。那天空的龙由天将轮流照顾,文命则取出赤碧二珪,向前方照耀,居然于光耀之中见到无数人面蛇身的怪物。那人面上只生一只眼睛,看见了光芒,都纷纷躲避。文命因他不为人害,亦不去逼他。后来又走到一处,发现了一些怪人,都是人身、黑首,而两只眼睛却是直生的。他们看见了光芒,亦纷纷逃去。文命料想非我族类,亦不去追究他。后来走到一处,只见前面微有光亮,遂向光亮处行去,愈行愈亮,顿然之间,大放光明,忽然觉天愈高了些,地愈低了些(近日往北极探险的人,都说有此光景),不知何故。

文命等依旧跨龙前进,渐见前面已是大海漫漫,海中岛屿错列。文命要考察何海何岛,就选了一个较大之岛将龙降下。但见岛上田畦历历,粟谷累累,暗想此地竟有务农之人,然而四望却不见人迹,屋舍全无。正在诧异,忽听得有人叫道:"文命!汝来了么?汝走过来。"大家听了,无不骇然,都说这人很骄傲,竟敢直呼崇伯之名,而且叫他走过去,何其无礼至此!然而四顾仍不见有人。后来给乌木田寻着了,原来并不是人,是个人面鸟身的怪物,两耳上珥着两条青蛇,两脚上踏着两条赤蛇。文命一见,就忆到那年开碣石山时禺虢的情状,知道这位必定是北海神禺强了,慌忙过去行礼道:"文命叩见。"那禺强亦点首答礼,便向文命道:"你这番北行,到此地可以止住,不必再北走,再北走反不妙了。"文命便问他缘故。禺强道:"此地已是北极,你不见北极星在我的头顶么。"说着,侧首往上一看,文命等亦一齐侧首向上一看,虽在日间,那北极星果然荧荧可见。禺强道:"你此番可从北东转到东方,那是顺路,你须记之。"文命等答应着,便问:"刚才某等来时经过暗无天日之地二处,不知是何地方,请尊神指示。"禺强道:"那蛇身的是鬼国,人身的是袜国,鬼袜之地,非人所居。幸汝怀有异宝,彼辈不敢近,否则万无生理矣。"文命稽首辞行。禺强道:"且慢,我本中土人,来此绝境已数百年,在岛上自耕自给,可谓与世相忘。现在汝等来此,结一面之识,作片时之谈,亦是天缘。区区有点薄物,请你将去,作为纪念吧。"说罢,但见一道青光,在他左耳上的青蛇已倏然不见,转瞬间复来,口中吐出一块玄玉,放在地上。那蛇依旧缩小,蟠上左耳。禺强道:"此玉亦无甚稀奇,不过将来史册上记载起来,说道'唐尧之世,北致禺氏之玉',这亦是一件难得之事,你代我拿去送给汝天子吧。"文命听了,慌忙拜谢领受,又辞别了禺强,遵命向北东而行,但见积冰积石之山触处皆是,但无人烟。

一日,行到一处,觉得下方岛屿甚多,似有庐舍,就降下龙背。

一看,果然是一个国家,但见那人民两耳之大,又与儋耳国不同。儋耳国之耳,不过长到两肩上为止,而此国人的两耳竟垂到臂肩以下,不但长而且大,合将起来,仿佛如大蚌之张其两壳。他们因为走起路来非常不便,所以总用两手抓住。邻邦之人因此叫他们聂耳国,聂耳就是摄耳之意。他们的生活是在海中捞摸,所有吃的、用的、穿的,都是由海中捞摸而来,因为他们所居之地是悬居海中的缘故。但是有两只斑斓的猛虎供他们的驱使,如牛马一样,不知是哪里得来的。过了聂耳国,渐渐有树木发现,想见地近东方,已得长养之气了。最初看见三株桑树,其高百仞,而无旁枝。后来又见有一处森林,方广约三百里,皆生在海中浮土之上,海水动起来,树根亦随之而动。文命等看得稀奇,就给它取名叫"泛林",取海水泛滥中之林木的意思。后来又到了一国,但见那里人民个个手执长戈,仔细考察,才知道是尚武之风所养成,竟有衽金革死而不厌的状态,因此邻邦之人都怕它,称它为大行伯国。

又一日,走到一处,看见远远有许多人民走过来,生得非常长大。走到面前,文命等都在他们的膝下,要想问话,苦于相隔太远。那些人俯首下来,犹相隔丈余。文命仰面问了他们几句话,才知道他们姓釐,是种黍为粮的,然而大声疾呼,已经很吃力了,料想是个大人之国,亦不再问。匆匆走出郊外,只见一条大青蛇,头作黄色,身躯之长亦总在五六千丈以上,从东山树林挂到西山树林之中,腹部之粗亦有几丈周围。忽然奔出一只大麈,那蛇见了,就蹿身过去,盘绕一圈,顷刻已将大麈绞死。大蛇张开巨口,慢慢细吞,不到片时,已尽入腹中。文命等看得清楚,国哀叫天将等过去打死它,说恐怕它害人。文命道:"不必,深山大泽,本来是龙蛇所居。现在它在深山之中,又未杀人,无罪而加以诛戮未免不仁。况且此地之人已与寻常不同,体格如此长大,那么别种动物生得格外大些亦是常事,何必杀它呢。"

一日,又走到一座大山之北,人民颇多,但多是穴居。文命要考察他们的情形,便下去问问,才知道这座山叫作不咸山(即现在长白山),他们的国叫肃慎氏之国(就是满洲人的老祖宗)。文命就问他们道:"我看你们此地树木很多,何以不建筑房屋,要住在这黑暗的土穴中呢?"那肃慎人道:"我们此地实在寒气重不过,一到八月就结冰,必定要次年五月以后表面方才融解,住在地上面是要冻死的,所以只好穴居。"说罢,就邀文命等到他穴中去参观。文命等欣然进去,但觉穴中纵横不过丈余,一切器具位置亦颇井井然,穴中尚有光线,这是他们平时会客之所。再下还有一层,以梯相接。文命到穴口略望一望,窅然而黑,就不下去。据肃慎人说,他们最深的穴,从上面到下面共有九层,那亦可谓深极了。文命看他们所穿的都是兽皮,便问道:"你们除兽皮之外,没有他物可穿么?"肃慎人道:"我们小孩初生,就用野兽的脂膏涂在他周身,起初月涂数次,后来月涂一次,几年之后,就可以保体温而御风寒了。(现在美洲红种人就是如此,亚美两洲相距很近,白令海峡形势尤相连,或者就是一族所分,亦未可知。)穿的物件,除兽皮外,还有一种鱼皮,亦可做衣服,不过宜于夏而不宜于冬。近来新出了一种雒常树,据老辈说,中国有圣帝代立,这雒常树就会生皮,它的皮就可以做衣服。如今几十年来,雒常树果然生皮了,但是其树不多,只有贵族人可以取用,我们还穿不到呢。"

正说到此,只听得穴口有人呼唤之声,那肃慎人就领了文命等出穴一看,指着一人向文命道:"这就是敝国的官长。"文命向那人一看,觉得他神采奕奕,颇有威严,而所穿的衣服果与众人不同。那官长先向文命等施礼道:"先生等是从中华上国来的么?"文命忙答礼应道:"是是。"那官长道:"那么请屈驾到敝舍中相叙吧。"

说着,就领文命等穿树越林,到一土穴之中,席地而坐。那土穴方广约有三丈,比刚才大得多,想来是他们的华屋了。坐定之后,那官长就说道:"我们慕中华的文化长久了,近来雒常树生皮,料到中华必有大圣人在位,使我们远方小国无形之中亦受到大圣人的赐,实在感激不尽。"说着,就指指他所穿的衣服道:"这就是雒常树的皮做的。"文命等细看,非绵非卉,似乎非常温暖。那官长又道:"我们极想到上国来上朝进贡,表一点敬意,因为路远,不知道行程,因此不敢走。请问先生们到此地来,走了多少年?"文命道:"不需多少年,只要几个月吧。"那官长道:"先生们到敝地来,有何贵干?"文命就将治水的大略告诉他一番。那官长听了,大为感激,说道:"大国对于远方小国尚且如此关切,小国对于大国敢失礼么?过几年一定要来朝贡。"文命问他有无水患,那官长道:"略略受到一点,后来就退去了。"文命又问他些地方风俗情形,大略地谈了一会,即便兴辞。那官长坚留,文命告以尚须往各地考察,不能久延。那官长无法,只馈送了无数食物,以表敬意。文命细察他们人民多是腰弓挟矢,穿林入山,以射猎为生,性质勇猛,而仍淳朴,不禁叹赏不置。又看见四翼的飞蛭,还有一种兽首蛇身的怪物,名叫琴虫,非常奇异。

第一百二十五回

鲲鹏变化　禹至劳民、毛民、玄股等国
禹遇雨师妾　驾鼋鼍以为梁

且说文命自肃慎氏国向东而行,渐渐到了大海之边,远望海中,一座大山横亘在那里,自北向南,其长仿佛有几千里之遥,而大海之中则波浪滔天,滚滚不息,似乎有连底翻动的光景。文命刚要叫天将等去探问是何大山,陡见那座大山忽然翻动起来,已不是自南而北,变成自东而西了。文命等大为诧异,齐说道:"莫非就是南极紫玄真人所说的蓬莱、方壶等五座山?禺强的巨鳌载不住,又在那里流来流去么?"黄魔在旁说道:"不是不是,那五座山某等去过,不是这样子。"

正说间,那大山又大动起来,本来是横的,此刻竟直竖起来了,觉得岩岈崒嵂,高出云表,而山脚下有一个大物,不住地动摇。那时海水震荡得愈加厉害,沿海百里以内都受到它的冲击,幸而文命等稳骑龙背,高出空中,没有受到它的影响。过了一会,那大山之顶似乎中分,中间仿佛突出一个怪物,久而久之,突出的愈多,那大山亦渐渐沉下。细看那突出的怪物,其长亦有几千里。又过了一会,那突出怪物的旁边又突出极长极大的怪物,频频动摇,渐渐静止的海水又震荡起来。陡然之间,那突出的怪物腾空而起,直上云霄,向南而去。仔细一看,原来是只大鸟,把苍天遮了半个,顿时天觉黑暗起来。大家又诧异之至,说道:"世界上竟有如此之大鸟!可与昆仑山的希有大鸟配对了。但是何以从水中飞腾而出?那座大山又是什么东西?"伯益道:"某从前看见一种古书,上面说道:'北溟有鱼,其名为鲲,鲲之大不知其几千里也,化而为鸟,其名为鹏,鹏之翼若垂天之云,鹏之背不知其几千里也。'据此说来,这个鸟一定是鹏,那座大山一定是鲲,仿佛孑孓在水中化蚊的情形。"

大家听了这话,有点怀疑。郭支就叫二龙渐渐降到海面一看,这时海水已平静异常,但见一大物浮在水面,长亘千里,仔细一看,确系鱼皮,才信伯益之言不谬。真窥道:"鱼能化鸟,真是奇事。"伯益道:"这是天地自然之理,并不算奇。鹰化为鸠,鸠化为鹰,雀入大水为蛤,蛇化为雉,或化为鳖,鲨鱼化为虎,都是常有之事。有人说,道家的尸解亦就是这个法子。其初是个凡人,饮食起居都是非常之呆滞,一旦修炼成功,脱却了这个肉身,则能餐风饮露,遨游太空,一无拘束,譬如青虫化为蛱蝶,何等逍遥自在,与从前大不相同。这句话是不是真的,不得而知,然而道理则甚确切。"大家听了,都以为然。文命向伯益道:"北方诸国大略都已去过,并无水灾,如今要到东方了。东方诸国都是远隔大海,与中国土地不连,可谓绝无关系,在理可以不去。然而考察一番,知道他们的情形,亦与我们有益,不过只需大略地游一游,不必国国皆到,以省时日,汝看何如?"百益道是。

当下众人由北而南,第一个到的是劳民国。其人面目手足都是漆黑,远望过去,如铁人一般,以草实果实为粮,而性甚勤,终日劳动,略无休息。因此他们的寿数亦很长,有劳民永寿之称。第二个到的是毛民国,人民短小,而体尽生长毛,即面上亦然,唯露出两眼。远望过去,几疑心他是一只猪或一只熊,不知道他们竟是人类,而且居然有组织,称国家,种黍而食之,不过穴居无房屋,裸体无衣服而已。据邻邦说，他们姓依，然而言语不通，无可询问。第三个到的是玄股国，在一座招摇山上。他们人民除出两股尽黑外，其余并无特异之处。亦有一种特长，就是能使鸟类代他做事，如耘田、捕鱼之类。有的一个人驱使两只，有的数人共同驱使两只。鸟之能为人服役，亦是难得之事。其人亦种黍而食之。

　　有一日，文命等驾着两龙正在前进，渐渐遇到雨了，愈进南方，其雨愈大，龙背上淋漓尽致，有点站不住。远望有一个小岛，郭支就吩咐二龙下降。哪知降到岛上，雨势更是如盆地倾泻，从那急雨之中突然飞出两条大蛇，直向二龙扑去，那二龙亦张牙舞爪与二蛇迎敌，霎时间狂斗起来，从地面一直斗到天空。这时雨势格外大，文命等竟有点站不住。七员天将早飞上空中，去帮助二龙抵敌二蛇。不期斜刺里又是一条青蛇飞来，径向文命直扑。幸亏七员地将死命地挡住。忽然又是一条赤蛇扑来，上面的七员天将赶快舍去了二蛇，下来抵敌。一霎时妖雾迷漫，咫尺不相见。天地十四将到这时虽有神力，无所用之。幸亏文命身上怀有赤碧二珪的异宝，到这时大吐光芒，各天地将才认明一切，死命地护住文命、伯益等，未遭吞噬。然而那二蛇的长舌吐吞伸缩，毒气四射，文命等禁不住了，早向地上而倒，空中的两龙亦受重伤，遁入海中逃去，仅余天地十四将抵住四蛇，那四蛇借妖雾的隐藏，亦死命地屡屡来扑，不肯舍去。

　　正在危急，忽然一道青光从东方射入，妖雾尽散，雨亦渐止。四蛇到此知不是事，都向南窜去。天地十四将觉得诧异，从东一望，只见云端中立着一位美女子，手持明镜，吐射光芒，环珮之声璆然，兰麝之气四溢。天地十四将知道她必是上仙，忙上前躬身迎接。那仙女看见文命等纵横倒在地上，面色青黑，衣服淋漓，便从怀中取出一个碧色小葫芦，递给乌木田道："崇伯及诸位都中毒了,此葫芦中有灵药,各用一小匙清水灌下,可以回生。"乌木田接了。十四将顿然忙碌,兜氏、卢氏去取海水,用文命所预制之物放下,变成清水,庚辰、鸿濛氏来灌文命,黄魔灌伯益,章商氏、狂章等分灌众人。不到片时,诸人腹中渐渐作响,居然醒来,个个立起。庚辰就将仙女介绍与文命,并述刚才救护情形。文命和众人都深深感谢,兼请教仙女姓名。那仙女道:"某乃东方青腰玉女是也。"文命道:"刚才蛇妖煞是厉害。"青腰玉女道:"乃魔神也,这魔神本系上界雨师屏翳之妾,向来亦确守妇德,是个好女子。有一年,上界有许多魔神联合起来要想推倒天帝,夺其宝位。这雨师之妾受了这种潮流之影响,顿然改其常态,投身加入他们的行列中。屏翳知道了禁止不住,就和她脱离关系,听她自去。其初与天帝战争,曾经一度将天帝逐出灵霄宝殿,那时雨师妾非常荣耀,真有不可一世之概。后来天帝勤王兵四集,魔神派大败,杀的杀,死的死,逃的逃,一败涂地。这雨师之妾就遁逃在此间南方一个岛上。天帝虽亦知道她的踪迹,但因为她是一个女子,加以屏翳忠勤有功,所以亦不来追究她。这雨师之妾嫁了雨师多年,行雨的方法她都看熟了,所以兴云作雨是她的长技。她逃到此地之后,野心不死,依然与那些失败的魔神密使往来,潜图再举。她又选了无数修炼多年、将要成道的龟蛇加以训练,使它们奔走服役。龟蛇二物相合,是玄武水象,于她的行雨格外适宜。所以这次大雨是蛇的为妖;妖雾迷漫,从龟口中喷出,是龟的为妖;实则都是雨师之妾纵使的。"

正说到此,忽然空中无数黑女御风而来,当头一个,一只手操着一条蛇,左耳上蟠一条青蛇,右耳上蟠一条赤蛇,后面许多黑女子手中各操一个大龟。当头的黑女见了青腰玉女,就骂道:"我与你各住一方,两不相涉,何以要来破我宝物?"青腰玉女道:"崇伯治水,功在万民,凡属神祇,都应该尽力保护。你为什么出来相害,几致使崇伯丧命。那么我自然不能不出来帮助了。"那女子道："我的宝物看见了龙就要吃,龙本来是它的食品,这与文命何干?他为什么要来打?"青腰玉女道："龙是崇伯的坐骑,坐骑忽被蛇咬,岂有不救护之理。我看你身犯重罪,逃遁在此,赶快闭门思过,自怨自艾,将来或有出头之一日,千万不要纵妖害人,兴风作浪,自取灭亡之咎。"那女子听了,勃然大怒,恶狠狠地说道："你敢小觑我,我与你决一胜负。"说罢,向天一指,大雨如倾,那耳上、手中的蛇一齐放出,又向后面大喝一声,那无数大龟个个口吐妖雾,一霎时又迷天盖地起来。青腰玉女见了,不慌不忙,将那明镜不住地摇动,所有妖雾一时尽敛,但见无数大龟头一齐缩向壳中而去,雨亦旋止;一面又从怀中抽出一柄青锋小剑,长不过数寸,迎风一挥,顿长数丈,将那飞来的四条蛇一剑一条,斩为八段。那女子见不是事,带了众女,转身想逃。青腰玉女又从身畔取出一根五色丝带,向上一抛,早把那些女子个个缚住,捆到面前。青腰玉女指着刚才带头的女子对文命说道："这个就是雨师之妾,其余都是她所胁从的人。"文命等向那些女子一看,个个其黑如漆,其丑如鬼,而雨师之妾尤其黑丑得厉害。暗想,天上神仙无不绝色,何以竟有如此的丑妇?雨师屏翳竟愿意纳了这种人做妾,真是奇怪!凡人纳妾,为求多子,神仙纳妾又是什么意思?而这个丑妇又甘心为人之妾,雨师屏翳又无法以管教其妾,都是不可解之事。

　　文命便问青腰玉女道："现在这些人怎样处置呢?"青腰玉女道："这些胁从之人当然无罪,赦了她们吧。这雨师妾是个钦犯,妾亦未敢即行处置,拟先带去和雨师屏翳商量后,再奏天帝,现在告辞了。"说罢,将手一指,把那五色丝带上所捆的妇女个个都放了,只剩了雨师妾依旧捆着。文命再三称谢。乌木田将葫芦交上。青腰玉女道："尊乘的两条龙伤重了,现在潜入海底,非休养数月恐不可用,这个葫芦中尚有余药,可以调治,妾不拿去,即以奉赠吧。"文命又再三称谢。青腰玉女即牵了雨师妾凌空而去。

这里郭支拼命地撮口作声,唤那二龙,唤了半日,才见二龙自海中蹒跚而出。细看它们身上、爪上、头上,果然都有重伤,当即将葫芦中的药给它们搽服,然而急切不能就好。文命等行程又不能久待,要想另行造船,但荒岛之中别无林木,即使有林木,亦没有器具,大家不免焦急。繇余道:"崇伯何妨叫了东海神来和他商量,另外有龙,借两条,岂不是好!"大家都道不错。文命便作起法来,那东海神阿明果然冕旒执笏而至。文命便问他借龙。阿明道:"海中之龙甚多,不过曾受训练而肯受人指挥的很少,恐怕到那时龙性不驯起来,未免闯祸,这个不是儿戏的,某不敢保举。"文命向郭支道:"汝能训练么?"郭支道:"小人能训练,不过非三五月不能成功,到那时这两条龙的重伤也可以愈了,似乎缓不济急。"文命听了,甚为踌躇。阿明亦沉吟一会,忽然说道:"有了,某家里鼋鼍之类甚多,叫它们来效劳吧。"文命道:"鼋鼍之类有何用处?"阿明道:"某且叫它们来试试看。"当下将手中所执的笏向海中一招,须臾之间,只见海水之中有物蠕蠕而动,愈近愈多,陡见一个大鼋蹒跚着爬上岸来,接着又是一鼋,迅疾地爬上岸来,它的尾巴大半还在水中,后面接续似还有无数鼋鼍拥挤着。文命看那大鼋,足有五丈多周围,那鼍亦有二丈多阔、十几丈长,便问阿明道:"尊神之意,是否叫某等用以代舟楫么?"阿明道:"代舟楫固可,连接起来代桥架亦可,听凭尊便吧。"伯益道:"在海中不怕涛浪之险么?"阿明道:"不妨事,它们都有抵御之术,决不为患,某可以保险的。"文命道:"它们能解人言语、听人指挥、认识道路么?"阿明道:"它们都是修炼千年,颇有道行,能了解一切。崇伯如有命令,尽管吩咐它们,它们必能确遵无误。"文命道:"它们共有多少只?"阿明道:

"鼋六百只,鼍六百只,总计有一千二百只,大概足够使用了。"文命大喜,就向阿明致谢。阿明道:"小神等四海各有疆界,此刻在东海之内,是小神所管辖的,所有水族都是小神的部下,它们这班鼋鼍亦无不熟识。假使到了南海,那么另有南海神管理,与小神无涉,此等鼋鼍不能滥入彼境,路途亦不熟悉,到那时请崇伯发放它们归来,另向南海神调用吧。"文命唯唯,再三称谢,阿明即入海而去。

当下文命就聚集大众商议,这些鼋鼍是代替船只呢,还是替代桥梁呢。大家都主张代桥梁,因为海中坐船是不稀罕的事情,海中架桥梁却是从来所无之事,大家想试试新鲜,所以一致主张代桥梁。于是文命就向鼋鼍等说道:"我现在要向东南方前进,不论哪一国都可以,尔等与我架起桥梁来,我们自己走。"那些鼋鼍本来是伏在那里,一听见文命命令,都急忙入水而去,又将身躯大半浮出水面,昂起头来,向前先行,接着又是一个接上去,那头却缩在里面,一鼋一鼍,愈接愈远,直到目力望不见,方才接完。远望过去,竟如大海之中架着一座浮桥。众人看了,都说稀奇之至。于是文命、伯益陆续地走了上去,之交、国哀等则负糇粮、肩行李,一齐向鼋鼍背上大踏步跨去,仿佛如长征一般。天地十四将则左右前后,随时保护,以防不测。郭支则在最后,将二龙纵入大海之中,叫它们跟着前进。这时众人真写意极了,鼋鼍之背既阔且稳,有时虽三四人并行,亦绰有余裕。远看那两边的白浪滔天,汹涌无际,然而一到鼋鼍两旁,十丈内外,即已坦然平伏,因此之故,虽行大海之中,竟有如履康庄之态。

走到半途,真窥忽然大笑起来。众人问他为什么笑,真窥道:"我觉到走鼋背和骑龙背各有各的妙处,骑龙背是高旷,走鼋背是壮阔,诸位看我这四个字下得的当么?"众人听了,都说不错。后来走了半日,大家腿力都有点倦了,但是那条鼋鼍的桥梁还是极目无际。横革又诧异起来,说道:"刚才东海神说,只有一千二百只鼋鼍,架起桥来虽则长,总亦有限,何以还不走完?"黄魔大笑道:"凡是桥梁,总要两头靠岸的,假使半途断了,不能到达彼岸,算什么桥呢。现在这些鼋鼍,是在那里轮流替换。我们走过了,后面的鼋鼍就赶到前面去接上,再走过了,再调上前去,所以能连续不穷,可以达到彼岸。不然,我们已经走过了半日,那些鼋鼍依旧架着桥梁,等什么人再来走?岂非可笑之至么!"横革听说,将行李从肩上卸下来,往后一望,果然后面已纯是大海,不见鼋鼍桥了。

众人沿路谈谈,随意进些干粮,倒亦很有兴味。但是红日渐渐西沉,前望仍不见涯涘,大家又踌躇起来,都说海中走夜路恐怕不能呢。如此一想,觉得走鼋背又不如骑龙背之安逸迅速了,然而事已如此,无可如何。看看红日西沉,暝色已起,大家只得商量,就在鼋鼍背上过夜。但是大家睡了,这些鼋鼍依旧叫它们呆呆架桥等着,似乎有点对它们不起。文命想了一想,就又向鼋鼍发命令道:"天色已晚,不能行路,我们就要在尔等背上休息了。尔等在前面的,可以不必再架桥梁,且休息休息吧。再者,我们今朝就在尔等背上过夜,尔等自问能够彻夜浮在水面上,不怕吃力的可集拢来,让我们休息。"文命的命令发完,那前面的鼋鼍顿时大动,顷刻间,一望无际的桥梁已化为乌有。无数大鼋群聚于众人之侧,而那些鼍多已游开。众人一想,鼍背狭,鼋背阔,睡起来,鼍背万不能如鼋背之稳,这些鼋鼍真能够体谅人意了。大家仔细计算,聚在旁边以及众人现在所踏之鼋,共二十一只,恰恰供二十一人之用,于是大家各占一只,预备就寝。那时二十一只大鼋,除出文命所占的一只之外,忽然又纷纷移动。众人正是不解,哪知它们仿佛都有知识,认得人似的,本来参差极不整齐,移动之后,竟连成一个大圆形,文命、伯益二只居中,之交、国哀、真窥、横革、郭支五只绕其外,天地将的十四只又环绕其外。大家看了,都称叹不止,走了一日,辛苦极了,除天地将之外,俱各沉沉睡去。

　　过了多时,忽听得仿佛击鼓似的轰然一声,接着东面嘭一声,西面嘭一声,共计约有五六百声,其声似乎从水中出来。大家都惊醒了,忙问何事。天地将答道:"无事,无事,是海中的动物在那里叫。"文命等一看,星斗在天,鼋身安然不动,遂又放心睡去。隔了多时,又听得嘭嘭两声,接着东嘭嘭两声,西嘭嘭两声,接连的千余声。文命等又惊醒了,见并没有事,再睡去。隔了多时,只听得嘭嘭嘭三声,接着东三声,西三声,约有一千几百声。隔了多时,又听得嘭嘭嘭嘭四声,接着东四声,西四声,总共约几千声,大家都睡不熟了。国哀骂道:"可恶之极!不知道什么怪物,如此扰人清梦。"伯益忽然想着,说道:"我知道了,这个一定是鼍鸣。我从前看见一种书上说,鼍善鸣,其声似鼓,其数应更,初更时则一鸣,二更则二鸣,三更则三鸣,四更则四鸣,五更则五鸣,我们且听它有没有五鸣。"众人于是屏息假寐而静等,隔了多时,果然嘭嘭五声,东五声,西五声,约有三四千声。伯益道:"照此看来,是鼍无疑了。东海神说有六百只鼍,当然有这许多声音。"国哀道:"扰人安睡,可恶之至。明朝请崇伯遣去它吧,单是鼋已够了。"文命道:"这话恐不是如此说。古圣人为办事精勤起见,虽夜间就寝,亦不敢过于贪逸,常叫人在那里计算时间,随时报告,过多少时间,则有人更代,所以这就叫更,到了几更,必须起来办事,是所谓励精的制度。我听说前朝有些帝王,制了些铜签,半夜之中,常叫那守夜之人投在阶下,锵然有声,以便惊醒,亦正是励精的意思。现在这鼍鸣正是天然的更夫,应该利用它,以为励精之助,何可遣去呢!"众人听了,都以为然,国哀亦不响了。不到一时,天已黎明,众人亦不复再睡。

第一百二十六回

禹到榑木　扶桑国之情形
禹到黑齿、青邱、君子等国　君子国之情形

天明之后，大家又商议动身，文命道："架桥梁之事，我看不可再行了。大海之广，一步一步走起来不但疲劳，而且旷日持久，不如各人分乘一鼋或一鼍吧。昨日那些鼋鼍，从后面赶到前面，轮流更替，非常迅速，假使叫它单独驮一个人，走起来一定是很快的。"众人都以为然。于是文命再发命令，向各鼋鼍道："今天我们不愿架桥了，只需二十一只鼋鼍已足，你等愿意驮载我们的留在此地，否则可各自散去，辛苦你们了。"哪知命令发了，众鼋鼍依旧不散。那原旧载着文命等的二十一只则分波跋浪，直向东方行进。其余载沉载浮，紧随不舍，其行之迅速，几不下于二龙。文命等坐在鼋鼍背上，觉得分外逍遥，然而那照人的朝阳亦分外耀眼，并且分外炎热，不知何故。

过了多时，远望前面仿佛似有陆地一线横着。大翳腾起空中一望，仍复下来报告道："到了一个大陆了。"转瞬之间，陆地已甚明显。到了岸边，许多岩石受涛浪的冲击，澎湃作响。文命等寻到一个港湾，相率上岸，走了几里路，但见密密层层都是树林。那种树似桐非桐，根下长出许多笋，颜色甚红。大家看了，不知其名。后来遇到土人，仔细询问，才知道这个地方名叫扶桑国，这种树就叫扶桑,又叫榑桑,又叫榑木。郭支道:"扶桑之名,我早已听到过,原来名虽叫桑,实则没有一点像桑树。那土人听了笑道:"诸位想是从中华国来的吧。我常听见老辈说,离此地西面二万多里,有一个大国,名叫中华国。他们那里有一种树,名叫桑树,它的叶子给一种小虫吃了,会得吐丝,可以织布织锦,是真的么?"文命应道:"是,但是这叫锦,不叫布,布是另外一项东西织的。"那土人道:"敝处这种扶桑树,它的皮剥下来,撕细了,可以织布,亦可以为锦。敝处老前辈要想比拟中华桑树的有用,所以取名叫桑,这是一个原因。还有一个原因,敝处东面有一个海,名叫碧海。碧海之中,地方万里,上有太帝之宫,是天上太真东王父所治之处。他那个地方颇多林木,从前那边的仙人曾经到过敝地。据他们说,那种林木还是贵中国的子孙,在万年以前由贵中国分栽过去的。但是他们的种植却改良多了,将桑与椹分为两树,使它们各遂其生,所以他们那边的桑树、椹树长者数千丈,大二千余围,小者亦高千丈,两两偶生,互相依倚,所以叫作扶桑。敝处听了,又非常羡慕,因此又改名叫扶桑。总之敝国褊小,介在东西两大国之间,起初羡慕师仿西方,后来又羡慕师仿东方,所以名称都是窃取来的,请诸位不要见笑。"文命道:"那边的扶桑树亦可以织布织锦么?"那土人道:"没有听说过,但知道那个桑椹是很好的。那边的仙人一经吃了这桑椹,就全体皆变作金光色,且能在空中飞翔行立,神妙变化。据说那种桑椹色赤而味极甘,气极香,不过需九千岁才一生实,甚为难得而已。"郭支道:"汝等到那边去过么?"那土人道:"没有去过。敝国的面积约一万里,自西到东,费时甚多,而且那碧海之广阔又不可以道里计,据说那边就是日出之地,非常炎热,所以也没有人敢去。"文命道:"贵处这种扶桑树,除了取皮织布织锦之外,还有别的用处么?"那土人道:"其实如梨而赤,可以为食;其初生时如笋,亦可以为食,其皮还可以为纸,以书文字。"文命道:"贵国有文字么?"那土人道:"有,有。"

当下就邀文命等到他家里去坐,屋舍虽矮,布置却尚精洁。少顷,土人拿出他们的文字来。文命一看,大概都从中国文字变化而成的。文命又询问他国中情形。据土人说,他们无甲兵,不攻战。其国法有南北两狱,罪轻者入南狱,罪重者入北狱,南狱有时遇赦,北狱永远不赦。不赦之男女,互相婚配,生男,则至八岁而为奴,生女,则至九岁而为婢。他们婚姻之礼非常奇异,凡有男子要想娶一女子,先到那女子住的门外筑屋而居,早晨晚间给女子打扫街道及屋宇,如是者一年。假使女子不爱他,那就下令驱逐,不许他住在门外,婚姻就不成功了。假使爱他,就成了夫妇。这种求婚之法是别处所没有的。

文命等辞别了那土人,又到各处游历,只见他们有马车,有牛车,有鹿车,以鹿乳为饮料,民情尚觉质朴。游历了一转,再登鼍鼍之背,向东进发,已到那土人所说的碧海中。那碧海中之水作碧色,甘香味美而不咸苦。鼍鼍游行,其速度增加,转瞬之间,已见有千寻之木高耸于远远陆地之上,想来就是扶桑了,但是太阳灼烁得格外厉害。渐渐近岸,只见一个太阳在大桑树之上,还有九个太阳在大桑树之下。伯益看了奇怪,便问文命道:"某闻当年十日并出,经老将羿射下了九个,何以此刻还有十个呢?"文命亦说不出理由。忽然见那岸上一道祥云,直迎过来,云中站着一个仙人,大呼道:"慢来慢来,请回转吧。"这时那众鼍鼍亦顿然停止了。那仙人到了面前,举手与文命为礼。文命答礼,便问道:"上仙何人?"那仙人道:"某奉太真东王父之命,特来阻止崇伯前进。此地是扶桑榑木之地,九津青羌,再过去就是汤池,日之所出,炎热沸腾,极为厉害,于人体不利,所以请回转吧。其实崇伯治水到此,亦可以止了。"文命拱手道:"承上仙指教,感激之至。但某有一层疑问,当初十日并出,给敝国司衡羿射下了九个,何以现在还有九个?请问天上的太阳共有几个?"那仙人道:"天上的日总名叫恒星,比太阳大的也有,比太阳小的也有,总共不知道有多少,不过普照这个世界的通常只有一个。但是世间人君无道,或有其他原因,则两个、三个乃至十个同时并出,亦是有的。(后来夏朝帝廑八年,十日又并出,夏桀之时,三日并出,商纣之时,二日并出,周武王伐纣大战之时,十日又并出,均见于记载。)司衡羿射落九个,所射下来的不过日中之乌,乌死而羽毛洒遍于众山。至于日的本体顿然隐遁,并未受伤,所以仍然在此。日体之大,一百万倍于地,假使日可以射落,则落下之日在于何处?九日同时落下,地面早早压破了。"文命等听了,方始恍然。于是谢了仙人,拨转鼋鼍之头,更向西南方而行。

一日,到了黑齿国。那国人民的面目身体无不作黑色,口中之齿尤黑如漆,连那舌头都是黑的。文命等不解其故,找了些土人来问问。那些土人看见文命等,个个匿笑,仿佛有轻蔑的意思,隔了良久,才回答道:"人生天地间,为万物之灵,最要紧的是与禽兽有别。一个人的牙齿是饮食生命之所系,假使雪白,那么和禽兽有何分别呢?所以敝国有几句俗语,叫'相狗有齿,狗齿则白。人而白齿,胡不遄死?'贵国天朝,号称文明之邦,何以不将牙齿涅黑而甘心与畜类一例呢?"文命听到这种话,真是海外奇谈,无理之理,然而亦不和他细辨,便问道:"贵国人牙齿用何物涅黑呢?"那土人见问,便从衣袋中掏出一把果实来分递与众人,并说道:"这种是新鲜的,请尝尝吧,吃长久之后,牙齿自然会黑,那就美观了。"文命等细看那果实,其大如黑枣,皮绿实松,软如海绵,但是不敢轻尝。"那土人苦苦相劝,说:"这是某区区一片相爱之意,何妨尝尝,其中决无毒质。"大家见他如此说,只得各尝了一个,但是味辛而涩,都不觉眉为之皱。文命便问这果叫什么名字。那土人道:"名叫槟榔。"说着,就指路旁一株树道:"就是它的果实。"文命细看那树,高约三丈余,叶为羽状复叶,小叶之上端作齿啮状,果实累累成房而出于叶中,每房簇生数百,形长而尖,正是中土所无之物。文命于是辞谢了土人,又向各地考察,才知道他们嗜槟榔如命,身边恒携一袋,满贮槟榔,饮食之外,常常以槟榔投入口中,非至熟寐不休,自幼至长,无日不如此,以至齿舌尽黑,吐沫皆红,反以为美观,真是特别之俗尚了。还有一项,他们又嗜食蛇肉,在那吃饭的时候,往往有一赤蛇、一青蛇在其旁,脔割分切而食之,是亦奇异之嗜好。

　　过了黑齿国,就到青邱国。那里的人民食五谷,衣丝帛,大概与中国无异,但发现一种异兽,是九尾之狐。据土人说,这狐出现,是太平之瑞。王者之恩德及于禽兽,则九尾狐现,从前曾经见过,后来有几十年不见了,现在又复出现,想见中国有圣人,乃天下将太平之兆。文命听了,想起涂山佳偶,不禁动离家之叹,然而公事为重,不能顾私。好在大功之成已在指顾间,心下乃觉稍慰。

　　一日,行到一国,上岸之后,但觉森林重翳,梧桐甚多。梧桐之上,翔集了几对凤凰,在那里自歌自舞。伯益道:"原来凤凰出产在此地。"正说间,只见前面来了一个人,衣冠整齐,手中拿着一柄大斧,而腰中又佩着一柄长剑。那人看见了文命等,便慌忙疾趋而前,放下大斧,躬身打拱,问道:"诸位先生不是敝国人,从何处来?敢请教。"文命等告诉了他,那人重复打拱行礼,说道:"原来是天朝大邦人,怪不得气宇与寻常人不同。请问此刻寓居何处?"文命道:"某等此刻才到,尚无寓处。某等之来,奉命治水,如贵国并无水患,不需某等效劳,某等亦即便动身,不需寓处。"那人又拱手道:"原来诸位先生不远万里,特为小国拯灾而来,那么隆情盛意,极可感叹。虽则敝国并无水患,然而诸位先生既然迢迢万里到了此地,万无立即回去之理。某虽是个樵夫,但亦应代国家稍尽地主之谊,不嫌简亵,请先生到寒舍坐坐,再报告官长来接待吧。"文命等察其意诚,就欣然答应。

那樵夫又再三请文命等前行,自己只肯随行在后。又穿过了一个森林,只见又是两个衣冠之人,手中各持着一剑,指着一只死鹿,在那里苦苦相让。一个说:"这只鹿明明由老兄捉获,死在老兄之手,当然应归老兄,小弟何敢贪人之功呢。"一个道:"虽则由小弟捉获,然而非老兄连斩数剑在先,何能立即就擒?论到首功,还是老兄,小弟何敢幸获呢。"一个道:"小弟虽先斩数剑,而鹿已迅奔,若非老兄连挥数剑,早已逃无踪迹,何处寻觅。所以先前数剑,其效已等于零,捉获之功全在老兄,照理应该归老兄无疑。"一个道:"鹿是善奔之兽,若非老兄先予以重创,小弟虽欲斩它亦未必斩得着。这全是老兄之功,还请收吧,不要客气了。"两个苦让不已。文命上前说道:"两位真是君子,太辛苦了。某是外邦人,可否容某说一句话?"那两个人看见文命等气度不凡,都慌忙放下手中的剑,整一整衣冠,走过来,恭恭敬敬地作揖道:"不敢拜问诸位先生贵国何处?刚才某等在此放肆,惹得诸位先生见笑,如肯赐教,感激之至。"文命道:"某是中华人。"刚说得一句,那两人重复作揖,说道:"久仰久仰!失敬失敬!"文命还礼之后,就说道:"某刚才见二位所说,各有理由。依某愚见,何妨将这鹿平分了呢?"一个道:"某问心实在不敢贪人之功以为己有,照例是应该全归那位老兄的。"那一个又如此说。于是又推让起来。那樵夫道:"二位互让不休,既然承这位先生指教,这位先生生长中华礼仪之邦,所断必有理由,恭敬不如从命,某看竟平分了吧。"两人听说,才不让了,但拿剑去割鹿时,又互让先动手。后来分割开了,又复互让,一个说老兄太少了,应该再多一点,一个说小弟太多了,应该再少一点,推逊了好一会,方才各携所有,互说"承赐"而去。

文命便问那樵夫道:"贵国何名?"樵夫道:"承邻邦谬赞,都称敝国为君子国。敝国君虽不敢当,但是说道:'人既以君子相期,我亦不可自弃,就定名为君子国。但求顾名思义,能实践君子之行,以无负邻邦之期望,那就好了。'"文命道:"看到刚才那让鹿之事,真不愧为君子。"那樵夫听了,连称"岂敢岂敢"。走到一座牌坊边,樵夫抢上前一步,拱手问文命等道:"这是里门了。"文命仰首一望,只见上面匾额大书"礼宗"二字。进了里门,曲曲走过几家,樵夫又上前拱手道:"此地就是寒舍,请诸先生稍待,容某进去布席。"说着,进去,隔一会出来,作揖邀请。文命等进内一看,收拾颇为清洁。当中草堂又横着一匾,大书"退让明礼"四字。坐定之后,文命正要开言,只听得外面一阵车马之声,直到门前,有一人进来问道:"刚才闻说有二十几个中华大贤,在此地么?"那樵夫慌忙站起来答道:"在此地。"陡然进来一个衣冠庄严之人,那樵夫见了,先向之行礼,然后介绍与文命道:"这是敝邑邑长。"那邑长就过来行礼,说道:"中华大贤难得驾临,有失迎迓,抱歉之至。刚才有二人来报告,说因互让一鹿,不能解决,承大贤判断,平允之至。仔细一问,知大贤已在此地,特备车舆前来恭迓,请到小署坐坐吧。"文命固辞不获,只得辞了樵夫,随了邑长同行。沿途所见里门,上面都有匾额,有的写"德主"二字,有的写"文材"二字,有的写"后己"二字,有的写"先人"二字。

须臾,到了衙署,邑长先下了车,然后请文命等下车。每到一门,必有一番揖让。到了大堂,分宾主坐下,文命仰首一望,只见大堂正中亦有一块大匾额,写着"礼让为国"四个字,上面是年月日,下面有御笔字样，原来是他国君亲手写的。文命就询问邑长一切风俗情形。那邑长指着匾额说道："敝国立国的根本就是在这四个字上。这四字本来是从贵中华上国流传过来的。当初听说贵中华上国有一位大圣人，屡次要乘桴浮海到敝国来居住。有人说那个地方太简陋，怎么样呢？那大圣人道：'有君子国人住在那里，何至于陋呢！'可见当时敝国的民风已承蒙上国大圣人的谬赞。后来敝国君得到这个消息，朝夕盼望大圣人降临，但是终于没有来。敝国君不得已，派人到上国探问，哪知大圣人已经去世，仅仅求到大圣人的许多遗书。敝国君细细阅读，觉得都是天经地义、万世不刊之论，最妙的，恰与敝国立国宗旨相合。所以敝国君立刻采取了这'礼让为国'四个字，御笔亲题，颁发各地大小官署悬挂，又采取'退让明礼'四字，叫百姓制成匾额，家家悬挂，以为训练民众之标准。其余里门、闾门、邑门以及通衢要道，各处均有关于礼让的格言标示着，多少年来，颇著成效，居然小民无争竞之风，这亦是上国大圣人的恩惠呢。"文命道："敝国那位大圣人所讲的，不止'礼让'两个字，何以贵国独采用这两个字？"那邑长道："一则与敝国宗旨相同，二则一个国家最怕是乱，乱的缘由多起于争，能让即不争，就不乱了。"文命道："凡有血气，皆有争心。贵国用什么方法使他们让而不争？想来决不是到处贴几张标语就可以奏效的。"邑长道："这个自然。'让'之一字，是要两方互让的，决不是一方独让的。所以敝国教让之法，第一是使之习礼，平日彼此相接以礼，即使偶有不平之事，自然能相忍，而不致遽出于争。第二是使之明理，理明之后，自然知道让是美德，争是恶德，让是决不会吃亏的，争是决没有好处的；终身让畔，不枉百尺；终身让路，不枉百步；货悖而入，亦悖而出；言悖而出，亦悖而入。将这种理由时常和百姓讲说，他们能彻底觉悟，自然好让而不争了。第三是裁判得其平。假使人民发生争执之时,决不可有所偏袒。对于父,总劝其尽父道;对于子,总劝其尽子道;对于兄,总劝其尽兄道;对于弟,总劝其尽弟道;一切都是如此。因为人性本来是有争心的,导之以让,结果还免不了一个争,倘使再教他们争,那个流弊伊于胡底。况且那对方的人亦岂肯就此忍辱受亏、吞声默尔,其结果,必至钩心斗角,蹈瑕候隙,无时不在相争之中,非两败俱伤,即纷争不已。国家发生这种现象,有何裨益?人民造成这种现象,有何乐趣?所以敝国政令唯在敦礼习让,自幼养成他们一种礼让之风,偶有相争之事,认为奇耻大恶,不齿于人类。以此之故,几千年来从无乱事发生。未识诸位先生以为如何?还请赐教。"文命等听见这番议论,着实钦佩,都赞扬了一会。

当下那邑长又备筵席,请文命等宴饮,所有肴馔都是兽类之肉,原来他们是专门食兽的。庭前有一种薰华草,甚为美丽,可惜朝生暮死,不能持久,然而陆续发生,也不寂寞。宴饮完毕,忽然有两只大虎,斑斓狰狞,走到那邑长旁边伏着,仿佛如家养的猫狗一般。文命等看了,不禁骇然,便问那邑长道:"贵国素来豢虎么?"邑长应道:"是。"文命道:"不怕它反噬么?"邑长道:"不会,不会。忠信之至,可孚豚鱼,何况于虎。"文命等又暗暗嗟叹。又谈了一会,那邑长要请文命等见见他们的国王,文命因来往路程需十日以外,遂力辞不去。辞了邑长,仍到海边,驾鼋鼍而行。

第一百二十七回

禹逢巨蟹　海若助除妖

禹到虹虹国

　　且说文命等离了君子国,再向西南前进,忽见前面海中涌出一片平原,其广无际,簸荡动摇,直冲过来。那随行的千余只鼋鼍悉数向前过去,仿佛冲锋抵御似的。七员天将一望,大叫:"不妙,妖物来了!"那时坐下的鼋鼍早已转身向西北而逃。庚辰、黄魔吩咐众天地将等:"小心保护着崇伯及众人,让我二人去看来。"说着,已凌空而起。但见那妖物来势甚锐,众鼋鼍抵挡不住,纷纷四散。庚辰和黄魔商议道:"快些,我们打它一下吧。"说着,举起大戟,奋命向怪物身上戳去,黄魔两大锤亦同时并下,但觉坚硬无比,又觉其中是空心的。那怪物经此打击,虽未受伤,仿佛亦颇受震惊,顿然沉下。而海中又涌起一座大山,山上有两个峰头,能开能合,直向庚辰等刺来,但是太大了,非常不灵便。庚辰等又在两个小峰上尽力打了几下,那怪物料不能取胜,大山小峰又渐渐沉下,顿时觉得海面上透出一阵雾气,渐渐迷漫四溢,由近而远,咫尺不能相见。庚辰道:"不对不对,崇伯不知如何,我们赶快去看吧。"哪知四望已迷了路程。二将乃升入天空,向下一望,但见沉沉妖雾已将大海笼罩了大半,不觉踌躇无计,按下不表。

　　且说文命等自从黄魔、庚辰二将去了之后,要想回望他们战斗的情形,哪知坐下的鼋鼍没命的乱逃,转瞬间距离已远,看不见了。

忽然之间,渐见一阵大雾直逼过来,将文命等面貌隔绝。伯益觉得不妙,便请文命将赤碧二珪拿出来照耀。哪知黑暗之中,急切寻不到,而波涛汹涌之声则大震耳鼓。鼋鼍身体亦东西颠倒,似有欲沉之势,这都是向来没有的情形。大家知道势已危急,文命忽然想到,急忙作起法来,喝道:"东海神何在?"刚叫到海字,只见一道红光从海中直冲上来,霎时之间,妖雾全敛。

陡见一人,长髯白发,青冠紫衣,立于海上,向文命拱手道:"来迟来迟,累崇伯受惊,有罪有罪!"那时庚辰、黄魔亦从天空降下来。文命便问那长髯人道:"尊神是谁?"那长髯者道:"某是海神,单名叫若。"文命道:"尊神与东海神阿明、东海君冯修职位不同?"海若道:"他们是有职位的,某是无职位的,仿佛天上的散仙一般,所以东西南北四海任某遨游,不必一定在东海。"文命听了,向他深深致谢,并说道:"非尊神相救,某等危矣,但不知刚才大怪究竟是什么东西?"海若道:"是一只大蟹,其广千里。"大家听了,都诧异之极,说:"天下竟有如此之大蟹么?"海若道:"海中之大,何所不有?从前某在海游玩,忽见一蟹浮起水面,刚刚有一只大船经过,见它上面林木甚茂,以为是个洲渚,船中之人相率系舟而登,就在那蟹背上烧饭,才烧到半熟,那蟹忽然移动起来,林木渐没于水,那些人才知道不是洲渚,慌忙弃了炊饭,登舟断缆而逃。某当时看得非常好笑,那亦是常有之事。"黄魔道:"怪不得,我们刚才所看见的大山,竟是它的螯,哪能开合的两峰,当然是他的钳子,幸而没有给它钳着,假使钳着,岂能有命!"文命问海若道:"此刻那大蟹何处去了?是否已为尊神所诛戮?"海若道:"这大蟹实在不是蟹,是个魔神所变幻。那魔神是个女子,名字叫丑,本来在天上巨蟹宫中(天文家所分十二宫之一,即鹑首之次,于十二辰值未,其略号作♋,当阳历六月二十二日,于时为夏至,太阳行至此宫),很有权威。后来受了天上一股潮流的影响,结合群魔,要想夺天帝的大位。结果群魔战败,这位女丑亦弃了巨蟹宫而逃到此地。天帝叫大将郁仪到东方扶桑汤池之地,借了十个太阳,用纯阳之精来照她。她是女子纯阴,受不过十日之灼烁,就被炙死了。然而她究竟是天上的一位大魔神,虽被炙死,她的魂魄依旧变幻出没,常想作祟。天帝亦恐怕她死而复生,再来扰乱,所以就叫郁仪永远与日同居,以监督着这个女丑之尸。因此郁仪遂成为日精,而女丑之尸其上常有十个太阳照临,不能复活。但她本是巨蟹宫中的魔神,她的魂魄就在海中活动,化为大蟹。海水是阴类,蟹也是阴类,现在被某驱逐,已逃往别处去,某亦无法处死她,只能驱之而已。"

文命听了,又再三道谢。海若道:"现在大蟹虽逃,祸犹未已,前面还有患难,请崇伯戒备而往。"文命忙问是何患难,海若道:"当初与女丑一同从天上逃到此地来的还有两个,一个叫奢比,一个叫犁𩺰。女丑既死,那奢比、犁𩺰亦为天帝所诛戮,然而他们两个的魂魄亦依旧变化出没,并与女丑之尸仍在那里相交接。不过他们两个亦不能复成人形,都变了一种人面兽身的怪物。那犁𩺰尤其阴险,须要防他。他能幻化,善欺人,好在崇伯行李中自有轩辕氏的十五面宝镜,足以制之,而天地十四将英勇无敌,更足以降之而有余,这是可以放心的。"文命道:"他们这些妖神是有意和某为难么?"海若道:"不然,女丑之尸化大蟹而来袭,大约为崇伯怀有赤碧二珪,是个异宝,要想来攘夺的缘故。刚才吐雾之后,已被她暗中窃去,凑巧为某夺来。"说着,从袖中取出二珪,递与文命道:"敬以奉还,请收藏吧。"

文命接了,又深深道谢。海若又道:"女丑今番吃亏而去,必不甘心,一定去报告奢比、犁𩺰共同报仇,所以这番危险是不能免

— 1165 —

的。"文命道："那么怎样呢?"海若道："海中之事由某任之,崇伯不必顾虑。陆上请天地十四将任之。现在某且再送崇伯一程。"说罢,向海水上长啸一声,只见从前那些纷纷四散的鼋鼍,重复聚集拢来。海若道："刚才若不是这些鼋鼍奋勇当先抵御,崇伯等恐不免落水,惊吓还要受得多。但是鼋鼍等受伤已不少,便是现在诸位坐下的鼋鼍亦都受伤,非另换几只不能走了。"众人一看,果然深黑的海水中已隐隐泛出红色,想来是鼋鼍之血所浸染了。文命慌忙发令,向各鼋鼍道："哪几个未受伤的鼋鼍,前来替换。"只见有二十一只浮到水面。文命等遂各换一只,并将行李一切都安置好,回看那原坐的几只鼋鼍,真是狼狈不堪,慢慢地沉入海中而去。文命非常过意不去,用好言嘉劳了它们一番,就跟了海若一同前进。海若用手向各鼋鼍指了几指,其行倍速。

　　须臾,到了一个荒洲,但觉阳光照耀,不可逼视。海若领文命等上岸一看,只见一个女子的尸首,衣着青衣,躺在地上,右手用衣袂遮蔽她的脸面,想来是畏惧阳光的缘故,因此她的面貌如何不能看清。海若指道："这就是女丑之尸了。"大家看了一看,十日在上光烈甚猛,炎热难当,随即登鼋鼍向西南而进。海若又送了一程,说道："前面就是犁䚡、奢比所居之地,请崇伯及天地各将预备,某亦到海中去防制女丑了。"文命再三致谢,海若入海而去。文命就从行李中取出十五面轩辕宝镜,十四面依旧分给天地各将,一面自己佩带。

　　过了片时,远见一块陆地,大众要预备上岸,狂章道："且慢,容某等先去探望,以防危险。"文命道是。到了岸边,狂章就与乌木田、犁娄氏、陶臣氏各执器械,登陆前进。只见迎面是一座大山,四将飞身径到山巅,四面一望,绝无人迹,并无鸟兽,很像是个荒岛。正要下山,忽觉一道青光直向狂章扑来。狂章忙用长枪一搅,原来却是一条大青蛇,受伤落地,向山下乱窜。四将正要去打死它,但见无数青蛇如飞蝗一般接续而来,向四将乱扑、乱钻、乱咬、乱蟠。四将等各持兵器,尽力扑打,虽然打死了几千条,地下已堆积如阜,然而蛇愈来愈多。犁娄氏、陶臣氏不能抵敌,只能向地下一钻,狂章、乌木田亦腾空而上。哪知这些青蛇偏偏不肯相舍,有些向地下直钻,以追犁娄氏、陶臣氏,有些群飞空中,以追乌木田、狂章,仍是四面围住。凑巧庚辰在海边等待四将,见他们许久不回,腾起空中,四面望望,看见狂章等受困情形,觉得有点奇怪,暗想狂章、乌木田二人都是天将,俱有神勇,何至连几条蛇都敌不过?不要就是妖魔么?想罢,取出轩辕宝镜向空中连晃几晃,只见那千万的青蛇飘飘扬扬,齐向地下落去,仔细一看,何尝是蛇,全是青青蔓草之类。狂章、乌木田二将正抵挡得大汗淋漓,忽见那些蛇都化成蔓草落下去,颇觉不解。遥见庚辰站在空中,手里拿着宝镜,恍然大悟,齐声叫道:"啊哟!我们上当了。"就过来与庚辰会合一处。庚辰问起犁娄氏、陶臣氏,乌木田道:"他们钻入地中,此刻想必已回去了。"

三人一同到了海边,刚要下去,只见文命等的鼋鼍已离岸数里之遥,童律、繇余、黄魔、大翳四将则站在水面,与两条大蟒搏战。那大蟒头似山岳,眼如湖泊,长舌吞吐,伸到几十丈以外,身躯之长亦约在几百里以外,一半在陆上,一半浮到海中,仿佛要冲过去的模样。童律、黄魔等则手持兵器,乱砍乱挥,以阻其前进。狂章道:"这又是幻术了,我们刚才在山上并不见有这样的大蟒,顷刻之间从哪里来?况且此岛周围亦不过几百里,如此大蟒如何容得下、养得活?"说着,就用轩辕镜一照,倏忽之间,大蟒化为乌有,只剩了两根丈余长的枯木浮在海面。

童律、黄魔等出其不意,倒反吃了一惊。后来庚辰等过去,告诉了他们,方始恍然,大家都狂笑不止,随即一齐来到文命所在的地方,将这番情形报告。文命见犁娄氏、陶臣氏还不回来,颇为惦念,就叫鸿濛氏等赶快去寻,一面发命令,叫各鼋鼍不必后退,再向前进。庚辰问起刚才情形,文命道:"自汝上岸去之后,不过片时,陡然大翳发现说岸上有大蟒来了,那时我们抬头一望,相距不过数十丈,来势极猛。幸亏童律等奋御于前,各鼋鼍勇退于后,否则必受其吞噬矣。"郭支笑道:"这些都是枯枝蔓草幻化所成,决不能吞噬;即使吞噬,亦不致真有伤害。我们下次遇到,竟随它去,看它如何?"伯益连道:"不能如此说,不能如此说。某从前听见人说,中国南方有一个什么身毒国,他们的人民极工于幻术。他们那边是多毒蛇的,所以他们的幻术往往欢喜幻作毒蛇之形。他们作起幻术法来,先在人面前或臂上放一根带,或黄色之帛,然后拿出一种乐器,呜呜地吹起来,他的眼睛则注视那所放的物件,仿佛若有所见似的。继而环绕着看的人亦舞蹈起来,忽而趑到左边,忽而趑到右边。他的眼睛注在所放的物件上,更加若有所见似的。久而久之,舞态愈狂,歌声益高,而他的眼睛始终不离开那所放的物件,但是这时候旁人看过去依旧没有蛇。于是那弄幻术的人仿佛甚怒的样子,跑过去将所安放的物件轻轻一捏,又将旁观人的臂膀紧紧一捏,那时旁观人都看见那安放的物件已化为蛇,昂首吐舌,要想吞噬人了。有一个旁观者不相信,以为这是欺人之术、障眼之法,是移易人心的心理作用,大胆地跑过去捉这条蛇,以试验它的真假,哪知竟为这蛇所噬,须臾之间,毒发而死,这是的的确确的事情。又有一册书上载着,有一个官长,偶然到郊外去游玩,被一个术士嘲笑轻侮。官长大怒,叫吏役去拿他,哪知一转眼间术士不见了,但见一条大蟒,张牙怒目,要来吞噬。大家都恐惧而逃,独有一个吏役不信,说道:'这是障眼之法,不用怕的。'大胆迎上前去。大蟒张口一吸,那人竟为所吞,大蟒亦顿然不见。大家转来一看,杳无踪影,忽听得路上有人作牛喘之声,仔细寻觅,声出于大树之中,树老心空,根露一孔,伏地窥之,那个吏役竟倒竖在里面。破开树身,救得出来,已经半死,治救多时才得复活。以上二事,都是因为轻看它是幻化所成而轻于尝试,但是重则性命不保,轻亦不免受尽苦楚,何苦来呢!还有一层,以上两种幻化的人,他本来并没有害人之心,不过人自己去触犯他罢了。现在妖物化了这种毒物来侵犯我们,决不是与我们寻开心,当然有吞噬害我们的决心。幸亏得天地十四将神通广大,所以还抵挡得住。假使藐视轻忽,不去逃避,岂不是自己送死么!还有一层,有种术士能剪纸作人,或缚刍作人,提刀荷剑,暗杀不信己之人,以神奇他的法术。妖魔的本领想来总要比他高强一点。所以这次前进,如果再遇到幻化之蛇,还以避之为是。"众人听了这番议论,都道极是极是。

过了片时,七员地将都回来了。据犂娄氏报告,他们遁入地中之后,万条青蛇仍旧跟踪而至,四面围绕,走到哪里,跟到哪里,打死一条,又添数条,实在无办法。后来陶臣氏偶然抵御稍疏,竟被它咬了一口,疼痛非凡,兵器都几乎舞不动了。正在危急之际,幸鸿濛氏赶到,将轩辕宝镜一照,方才一概消灭。陶臣氏臂上此刻仍是肿痛呢。文命忙问:"不妨事么?"陶臣氏道:"不妨不妨,某等修炼之士,只需运气一会,就可痊愈。假使是凡夫,给这种毒蛇咬着,早已没有命了。"众人听到这句话,益发相信伯益刚才所说的故事是的确的。这时天色渐晚,文命主张停泊,不要近岸,以防不测。众人都以为然。文命于是发命令,叫鼋鼍浮到离荒岛二十里之外停下。天地十四将除陶臣氏静坐运气消毒外,其余各执宝镜,分布四处,彻夜守备,幸而无事。

到了次日,天气郁蒸之至,似将下雨,然而大众依旧前进。到了昨日所至之地,但觉岸上树木森森,村庐栉比,已不是荒岛了。众人诧异之至,都说走错地方了。庚辰道:"不会走错路,一定仍旧是妖魔的幻术,我们防备吧。"说者,叫七员地将与乌木田、狂章在海中保护文命等,且嘱咐须将宝镜拿在手中,随时乱摇,以防妖魔来袭,一面同了黄魔、大翳、童律、鯀余四人,手执宝镜,飞身上岸。哪知五面镜光所射之处,树木全无,村庐尽杳,依旧是一个荒岛。庚辰道:"原来又是幻化,果不出我所料。但是那妖魔藏在何处?我们今日务必斩草除根,以绝后患。"黄魔等同声赞成,就各处寻找。那时天已下雨,且非常之大。五员天将是不怕雨的,忽而乌木田来叫道:"不好不好,海中有怪。"庚辰等听说,急忙同了乌木田回到海中,但见狂章与七员地将正在那里准备与一条长虹决斗。那条长虹自北而南,弥漫天际,仿佛有两个头,垂入海中,吞吸海水,唧呖有声,然而渐移渐近。狂章等深恐是妖魔幻化作用,用宝镜去照它,它并不退缩消灭,因此胆小,叫庚辰等回来商议。庚辰等亦莫名其妙,只能严加戒备,以观其变。

过了一会,大虹渐渐不见,忽见海若从海中分波而出,问文命道:"崇伯何以不前进而在此停顿?"文命就将遇着大虹,恐是妖魔幻化之故说明。海若道:"刚才大雨,水蒸气弥漫于空中,日光一照,遂呈五彩之形,并非怪异。"文命道:"此等普通之理,某等并非不知,不过刚才那虹能自行移动,又能饮水,且有两头,所以不能不有戒心。"海若道:"是了,虹是不能为怪异的,但是有鬼物凭借在它上面,亦能成为怪异。离此地北方,君子国的北面,有一个所在,是鬼物集中之所,大家就称它为虹虹国。其人是有两个头的,每到虹出现之时,他就借着虹的光彩出来动作。有时能垂首饮于山涧,有时降于人家的庭院中,饮其釜中的羹汤。供之以酒,亦能吸酒,且能吐金以为报酬。有时人方啜粥,他垂首入室而吸食其粥。有时人方肆筵设席、大宴宾客之际,他亦能自空而下,食尽其肴馔,都是常有之事。甚而至于化为丈夫,淫人之妻,亦是有的。但是杀人害人却从来没有。"伯益道:"那么与女丑等毫无关系么?"海若道:"毫无关系。"庚辰道:"奢比、犁魖尽是幻化而不睹其形,究不知躲在何处?"海若道:"岛中右首山下有一个山洞,他们就藏在里面。"庚辰等听了,欣然便要再去。海若道:"天地十四将一齐去吧,他们虽则是灵魂所幻化,但生前究竟是个魔神,未可轻敌。崇伯处自有某在此伺候。"

大家听了,遂一齐上岸,找到右首,不见石洞。后来用宝镜一照,方才发现。陡然从洞中突出两个怪物,都是人面兽身,一个两耳甚大,耳上珥有两条青蛇。天地将见了,哪敢怠慢,一手执镜,一手执兵器,团团围起来。这奢比与犁魖亦舍死忘生,拼命决斗,然而为十四面宝镜所逼,犁魖不能变化,且无可逃避,七员地将奋勇从地下起来,将它四脚捉住。奢比心慌,为黄魔一锤打倒,亦捉起来。文命知道了,与海若上岸来看。海若指着那大耳珥青蛇的怪物道:"这是奢比之尸。"又指那一个道,"这是犁魖之尸。"文命道:"如今怎样处置呢?"海若道:"此是天帝之钦犯,请交给某,容某告知东海神禺虢,请他去处置吧。"文命道是,并再三致谢。于是海若牵了怪物,与文命作别,入海而去。

第一百二十八回

禹到小人、大人等国　南海君祝赤见禹

禹到长臂国　禹到有娀山遇娀

次日，文命等依旧前进。到了一座岛上，只见树木荫翳，山石巉巉，走了许久，不见人影。真窥道："想来是个无人岛了。"言未说完，横革大叫稀奇，飞也似的向前面赶去。大家都莫名其妙，一齐跟过去看。只见横革从林中出来，捉着一物，仔细一看，原来是个极小的小人，眉目口鼻手足无不齐备，仿佛如孩童的玩具一般，估计起来，不过八九寸，然而已不能动了。之交道："且放他在地上，看他如何？"横革依言，将那小人放在地上，然而仍旧不动。文命道："我们且到林中再寻寻看。"

大家到了林中，果然发现了许多小屋，都是用小石小木搭架堆叠，有高有低，有小有大。高大的不过五六尺周围，低小的不过三四尺周围，但是仍无人影。郭支跑到那小屋办，躬身下去，向那小门中一张，只见有许多小人都躲在里面，仿佛畏惧之极似的。郭支一时好奇心切，就用手将他的屋顶揭开，大家过来向下一看，只见那些小人真畏惧极了，有的伏在暗处，有的躲在小几、小案之下，那几案等却亦制造得非常玲珑小巧。有几个比较长大的人则跪在地上，连连磕头，发出极细的声音，似乎祈祷的样子。文命看了不忍，便叫郭支依旧将他的屋顶盖好，不要再去吓他们。一路转出林中，低头细细察看,才知道他们在树林中亦有筑好的道路,更有泄水的沟,还有种植的田亩。后来又发现一柄刀,长不及半寸,是用小石磨成。后来又发现一个储藏食物的器具,是个贝壳,其中盛满着蚂蚁和蚂蚁的子,想来就是他们的食料。走到原处,只见那刚才被捉的小人仍旧躺着不动,大约已经吓死了,大家深为惋惜。

于是重复上鼋鼍之背,向前行进。路上又谈起刚才那小人,伯益道:"某从前看过一种书,书上载着,东北极有竫人国,其长九寸。照刚才那些小人看来,或者就是竫人之类,亦未可知。"郭支道:"刚才我很想捉他几个,拿回去养起来,倒是一个好玩意儿。"伯益道:"我在古书上亦曾看到一段故事。从前有人飘海,遇到这种小人,居然捉了一个全家回去,照他们房屋的式样造起来给他们住,倒也相安。后来有一天,偶然揭起他们的屋顶来窥探他们的动静,哪知一对小夫妻正在那里行夫妻之事。那人见所未见,就注目细观,不料那一对小夫妻竟走起来双双自杀,仿佛因羞愤而自尽。后来其余的小人亦逐渐死去,不留一个。是否因痛悼的缘故不得而知。然而他们有气性、有情感,一切和我们无异,可以想见了。"

过了一日,大众又走到一处,只见许多白发老翁,共乘一船,到海岸之边,刚要上岸。仔细一看,他们生得非常长大,坐在船内时高出于船唇尚在二丈内外,那么站起来想总有三四丈光景。大家暗想,不要又遇到长人国么?这时船中许多老翁都已上岸,但是他们的上岸与寻常人不同,个个脚下多拥护着白云,觉得云气一动,他们就冉冉而升。后来他们一齐向里面前进,亦但见白云飞动,并不见他们的两脚。大家甚为诧异,国哀竟猜他们是仙人。那时鼋鼍等亦一齐到岸,大家就登陆跟踪而进。转过森林,只见又有许多白发长人,张弓挟矢,在那里射猎禽兽。细看过去,身材之高大和脚下之白云都与刚才所见者相同。再看他们所挟的箭,仅仅一个

— 1173 —

铁锹就在七尺内外,殊可惊骇。

　　文命等再向前进,渐渐见崇宏的房屋,其高度总在三十丈以上,门户之高亦总有六丈以上。再一远望,只见前面一座高山,山上人多如蚁,仿佛甚为热闹。文命等便一径向高山而行,才知道是个商市,百货骈集,衣服器具无不悉有,而无项不大。一个盛羹汤的盘盂可以做寻常人澡身的浴盆,一双吃饭的筷子可以做寻常人晒衣服的晾竿,其他无不类此,真所谓洋洋大观了。那做贸易的商人都是张着他的两只大耳,蹲踞在地上,以等待买主。最奇怪的是,从上岸到市上,一路所遇的人,男男女女何止千百,然而没有一个不是白发盈颠的。更奇怪的是这些遇见的男男女女几千百人,没有一个见了文命等觉得诧异而来询问的。是否因为生得太高大了,没有看见文命等,或虽则已看见,但瞧不起文命等侏儒,因此不来询问,均不得而知。然而文命等却忍不住了,找了一个蹲踞在地上的商人,比较低矮,可以谈话些,就问他道:"贵国是大人国么?"那商人虽则蹲踞在那里,但是还要比文命等高许多。看见文命等过来问他,便将身子再俯倒些,答道:"我们是大人国,这里就叫大人之市、大人之堂。你们是来买物件的么?要买物件请说,但是我们大人的物件你们小人等用不着呢。"文命连声道:"不是不是,我们从中华大唐万里浮海而来,经过贵国,考求风俗,要请赐教,不知道可以么?"那商人道:"我们大人和你们这班小人谈话,真是吃力不过。前几年有几个邻国人到此地来,我们因地主之谊,不能不招呼他。然而弯腰曲背招呼了一日,个个背痛腰疲,疲乏不胜。后来我们决定,无论何国人来,一概不招待,听其游行自便。所以今日你要问我话,一言两语总可以答复你,多了恕不答复。"文命听了,只能择要而问道:"贵国人多是老翁,没有少年,是什么缘故?"那人道:"你所问的,是形体上的老,还是年岁上的老?"文命道:"是形体上的老。贵国人个个都是白发,没有一个黑头,是什么缘故?"那人道:"这亦不知道是什么缘故,不过我们这里不但现在个个如此,而且历来如此。据我们老辈到别国去考察过回来说,别国的人在他母亲怀里不到十个月就生产了,我们这里却要孕三十六年方才生产,或者就是这个缘故。"正说到此,有人来向他购物,那人就将身躯站起,高不可攀,再问他亦不答了。

文命没法,只能下山。回到海边,刚要跨上鼋鼍之背,哪知这些鼋鼍个个昂首向岸,朝着文命点首。大家不解其意,后来文命忽然醒悟,问道:"是否此地已近南海,汝等不能再过去么?"那些鼋鼍听了,一齐点首。文命道:"那么汝等归去吧,几十日来,辛苦汝等,我甚感激。汝等此次归去,代我向东海神阿明致谢,汝等去吧。"那鼋鼍听毕,一齐没水而逝。这时文命等群聚海边,无法进行。郭支道:"二龙一路追随而来,似乎身体已有点复原,还是乘龙而去吧。"文命道:"那亦只得如此。"于是郭支撮口作声,那二龙从海中翻波踏浪而出。郭支叫它们伏在沙滩上,细细检查一过,觉得创口还未尽平,然而无法可施,只能试骑骑看。于是大家乘上龙背,腾空而起,下视茫茫,海涛汹涌,与前此稳坐鼋鼍之背又换了一番情形。

过了多时,远望前面有一座海岛,文命吩咐就在岛上降下,一则恐二龙创未大愈,不胜劳苦;二则乘龙与乘鼋鼍不同,鼋鼍背上在海中可以随处度夜,龙背则不能。文命深恐大海漫漫,一时寻不到止宿之地,因此就叫降下。哪知南方炎热多雨,这个岛上绝无人烟,当中一座高山,正在氤氤氲氲,喷发云气。忽然之间,大雨倾盆,文命等赶快支撑营帐,露宿了一夜。次日,雨势未息,而二龙又病。文命至此,真踌躇无计。忽然望见山上山下林木甚多,暗想,伐取这种林木编成大筏,或者亦可以航行,何妨一学那古时大圣人的乘桴浮海呢。想罢,就叫天地十四将拿了兵器去砍伐林木。伯益道:"某看这乘桴浮海,虽说古人有的,但是旷日持久,而且涛浪甚险,恐怕有点为难。前日东海神阿明说,到了南海之后,可向南海神调用,崇伯何妨请了南海神来和他商量。"文命道:"我非不想到,不过向南海神商量,所调者无非仍是鼋鼍之类。我看这二条龙和许多鼋鼍,本来在水中何等逍遥自在,为了我们,受尽辛苦。我们人类呢,为的是救世救民,将来历史上或许都有功名之可言,它们为什么呢?我想了,心中不忍,所以不愿请教南海神。"伯益说:"那么一面砍伐林木,一面请南海神来商议。假使仍旧是调用鼋鼍之类,那么不妨姑且先造木筏试试看。如果另有别法,岂不甚妙!"

　　文命一想有理,乃作起法来,喝道:"南海神祝融何在?"喝了一声,不见踪迹。文命大疑,再喝一声,只见一位神君,朱衣跨龙而至,向文命行礼。文命作色问道:"尊神是南海神祝融么?何以一请而不致,须某再请?"那神君道:"某乃南海君祝赤是也,南海神祝融有事上朝天阙,由某代表,因此来迟,不识见召有何吩咐?"文命道:"某奉命治水海外,龙驭受伤,不能乘坐,阻碍行程,未知尊神有援助之方法么?"祝赤道:"这个不难,凑巧这座山上生有良药,只要采些给尊驭一吃,无论何病都可以治好。"文命大喜,便问药在何处。祝赤随手指一种树说道:"这个就是。"那时天地将正要动手砍此树,祝赤慌忙止住道:"快不要砍,这些树木都是难得的良药,砍去甚可惜。"文命细看那种树木,黄本赤枝而青叶,不知叫什么名字,就问祝赤。祝赤道:"它叫栾树,其生颇难。东海中有一种黑鲤鱼,长到一千尺,如长鲸一般,往往喜欢飞到南海来。它死了之后,骨肉皆消,只有胆不消,化为一种石,名叫赤石。这种栾树就生在赤石之上,所以可为良药,无病不宜。天地上下的各神祇、帝者都到此地来采取,因此这树很是名贵。"文命道:"怎样吃法呢?"祝赤道:"无论树枝、树花、树果,都可采来吃。"郭支在旁听了,爱龙心切,早就过去采了许多树叶喂龙。这里文命又问祝赤道:"此山何名?"祝赤道:"此山多云雨,所以就叫云雨之山。"文命就向祝赤深深致谢,祝赤告辞而退。那两条龙自从吃了栾树叶之后,不到半日,居然痊愈,文命等才相信,真是良药。

次日,便又驾龙前进。到了一处,只见无数人散在海边,两手都伸在海水之中,不知摸什么,文命等不免下龙考察。后来看见远远地有两只手从海中伸出,手中各捕着一条大鱼。细看那手,离那人的两肩约有三丈,真是长极。后来又细看那些人,个个都是如此,想来必定是长臂国之民了。之交道:"人的两臂果然都有如此之长,倒也便利。假使有物件落在地上,不必俯拾,但需一拿就是。或者在高处,或者在远处,都可以如此,岂不甚便!"国哀道:"恐怕不然,远处高处低处的固然甚便,假使是近处的,未免运掉不灵。况且臂膀总只有两节,过于长了,身体近部或有痛痒,反不能搔摸,岂不苦呢。"真窥道:"我看不然,他们有两只手,身体近处的痛痒这只手不能搔摸,那只手必定可以搔摸,决不至于苦。"横革道:"我看世界上的事情,无非是个习惯。习惯养成之后,无所谓苦不苦,更无所谓便不便。即使有不便之处,亦必有一种方法来补救,决不会苦的。"大家都说这话不错。郭支道:"天的生人总是一样,看他们的身体亦与我们差不多,并无两样之处,何以两只臂膀会长到如此?"伯益道:"大概人的四肢五官都看它的用法,假使各项平均使用,那就平均发育,如若专用一官,那么到得后来,那专用的一官必定特别发育,这是一定之理。盲者专于用耳,所以他的两耳特别聪亮。匠人专于用手,所以他的两手比较常人粗大。北方有一种人,穴居野处,天气既寒,得食极不容易,所以终日的生活就是东张西望,寻觅鸟兽,可谓专用目力,因此他们的目力特别的锐,日间能望见天上的星,平地能识远山上之兽,就是这个缘故。这种长臂国的人民,他的生计想来除鱼之外一无所有,而又无别种器械可以捕捉,专用他们的两手,年久之后,变为遗传,成为种性,所以臂就长了。某想起来,大概如此。"文命道:"这话极是,四肢五官专用起来,固然特别发展,不用起来,亦可以使它渐渐消失。上古之时,人体亦遍身有毛,以御风寒,自衣服之制备而无需长毛,所以毛亦消失了。人身上之皮,本来亦自能抖动以驱蝇蚋,如马一般。后来有手可以随处爬搔,所以那皮的抖动力亦渐渐消失了。至于心思,亦是如此,人为万物之灵,所灵的就是这一颗心。明义理,辨是非,识利害,察得失,都是心的作用。心思愈用则愈灵。圣人贤人所以超出乎常人者,就是专用其心,使他的心思特别发达,所以特别灵敏。假使不去用它,必定日渐愚蠢。古圣贤说:'山径之蹊间,介然用之而成路。为间不用,则茅塞之矣。今茅塞子之心矣。'又说道:'饱食终日,无所用心,难矣哉!不有博弈者乎?为之,犹贤乎己。'这种就是说心思万万不可不用。专用两臂,可以成为种族,可以维持他们的生计;专用心思岂不是更好么!"众人听了,都说极是极是。大家谈了一会,见长臂国一切简陋,无可观览,遂又驾龙而行。

一日,到了一处,那人民状貌奇异之至,个个生三个头,大家都很诧异。第一要考察的,就是他三个头上的五官,是同时动作的呢,还是不同时动作的呢。考察的结果,知道是不同时动作的。譬如一日三餐,第一个头食早餐,第二个头食午餐,第三个头食晚餐。说话视物,都是分班轮流,在那不动作的时候则双眸紧闭,仿佛沉睡的模样,而那个当值的头则双目炯炯,精神焕发,真是非常可怪。庚辰道:"昆仑山有一株服常树,所结的果实名叫琅玕,形似明珠,是一种至宝。天帝颇爱惜它,怕为凤凰之类所窃食,所以特派一个三头人在树上伺察,三个头迭起而迭卧,以伺琅玕与玗琪子,不想这里竟有三头国。"文命道:"是的,从前大司农到过昆仑,见过三头人,某亦曾听他说过。那个三头人或者是这个国里得道之人,或者竟是这个国里叫去的,都未可知,大约总是他们一类吧。"大家谈了一会,乘龙再向前进。

傍晚,望见一个大岛,即便停下。那停下之处是一片海滩,海滩之内都是些蔓草茂林,茂林里面是什么地方,因为暝色迷离,已望不清了。好在文命等是露宿风栖惯的,亦不选择,就在沙滩上支起行帐,以备住宿。这时一轮明月正在东方,习习清风自海中吹至,将日间炎热之气一概洗涤。大家吃过晚餐之后,就在沙滩休息,或围坐闲谈,或踏沙散步,或水边照影,约到二更时分方才归寝。哪知一觉醒来,红日已高。大家急忙起来,但是不知不觉都有点病意,有的说头痛,有的说身热,有的说发冷,除出天地十四将之外,大概没有一个不如此。文命就说道:"南方暑热潮湿之地,我们来此偶然生病,本在意中之事,但亦需渐渐而来,决无一夜中同时生病之理,我看其中必有古怪。此地究系何处?我们既然有病,不能出去考察,请天地十四将中哪个去查一查吧。"

黄魔、大翳、兜氏、卢氏四将答应而去。过了多时,回来报告道:"此地名叫有蜮山,有一种怪物,名叫蜮,一名短狐,又名射影,又名射工,又名水弩,非常为患。据说是生长在水中的,但是亦能上岸,而且善于变化,极不容易发现。它最喜在暗中害人,害人之法有两种:一种是以气射人,人的皮肤上给它的气射着,即生疥疮,所以此地之人虽则炎热亦决不敢裸体跣足。一种是含沙以射人之影,人的影子中着它的沙,非死即病,所以此地的居民不敢依水而居,都住在山上。有日有月的时候亦不敢轻易走到水边,就是防着暗中有蜮之故。昨夜我们在明月之下闲谈了许久,虽则没有裸体跣足,但是影子中着它的沙恐怕不能免。大家同时生病,不要是这个缘故?"众人一想,果然不错。之交道:"我们今朝仍旧住在水边呢。天气大晴,太阳又烈,假使再给它的气或沙射着,那么岂不是要病上加病么!我们还是搬到山上去吧。"大家一听不错,于是忙忙地收拾一切,抱着病,勉强向山上进行。一路看见田亩甚多,所种的都是黍,才知他们是以黍为食。又看见有人弯弓搭箭,在那里打猎,但是远望过去并不见有禽兽,颇为诧异,不知射的是什么。到了山麓,四面一看,并无水流,文命等亦实在走不动了,就选了一处地方,支起行帐,依旧住下。

那时本地土人看见了都渐渐集拢来探问。文命力疾和他们谈话,才知他们都是姓桑。那些土人见了文命等的病状,都说是中了蜮射的沙了,而且不止中了一次,病势都非常危殆。文命问他何以知道不止中了一次,那土人道:"这个从眼圈四面看得出,中一次的四圈色青,中二次的色红,中三次的色紫,中四次的色黑。如今诸位有的色紫,有的色黑,所以知道不止中了一次了。"文命等听了,不免心惊,便问道:"那么怎样?你们这里向来有医治的药么?"那土人道:"没有没有,我们受到短狐之害,除出听死之外,别无他法。"伯益道:"你们难道竟甘心听死,不想补救之法么?"那土人道:"已病之后,实在无法可想。我们补救之法,只能在平时捕捉得勤,捕捉一个,那就少受一个之害。"文命道:"你们能捕捉么?用什么方法捕捉?"那土人道:"我们用弓箭射,可是很难,它能变化,有时已捉到了,它又化作鸣蜩的模样欺骗人。"伯益道:"它本来的形状如何?"那土人道:"它本来的形状似鳖而三足。"文命道:"你们捕到的现在还有么?"那土人道:"我们射到之后,立刻杀死吃去,哪里还可养虎贻患呢!"大家听了,都甚诧异,说道:"如此毒物,可以吃得么?"那土人道:"可以吃,而且其味甚鲜。"文命道:"你们什么时候去捕捉?"那土人道:"总在阴天,没有太阳的时候。"文命等听了不语。后来又和那土人闲谈,问刚才看见人射箭,却没有禽兽,又并非练习,究竟射什么。那土人道:"是射黄蛇,这种黄蛇之肉甚美,可以供肴馔。"又谈了一会,土人才散去。

第一百二十九回

翳逸廖救蜮疫　禹到歧舌、百虑、白民等国
禹到沸水山

到了次日,文命等病势更加沉重,竟有神昏谵语的样子。天地十四将商议,只有去求云华夫人了。庚辰刚要动身,忽见前面海上一乘龙车,车上端坐一位女子。庚辰等料想是个神祇,忙过去问道:"尊驾是何处神祇?是否来救崇伯的病?"那神女道:"妾乃南海君祝赤之妻翳逸廖是也,闻崇伯在此困于水蜮,特来施救。"天地将大喜,忙请她到山麓中去救治。翳逸廖道:"不必,贱妾此来,携有丹药三十三粒,请诸位拿去,每人给他们服一粒,连服三次,就痊愈了。"说着,将丸药交出,即便告别,驾着龙车自向海中而去。这里天地将拿了丸药,就给文命等各灌一丸。隔了多时,再各服一丸,神志顿然清爽。三丸之后,精神复原。文命道:"不想在此被困三日,现在病是痊愈了,究竟蜮是怎样一件东西,倒不可不见识见识。今日天阴,土人有否在那里射蜮,我们去看看吧。"天地十四将道:"其实不必土人,某等也可以去捉来,不过某等不知其形状。"文命道:"是呀,所以我们只好去看土人,好在今日没有太阳,又不是到水边,料无妨害。"

于是大众收拾行李,一齐离山而来。那些土人看见文命等如此重病,不到两日,居然痊愈,非常奇怪,莫不崇拜之至。到了海边,果然有好些土人张弓挟矢,在那里射蜮,手上面上都用布帛包裹,仅仅留出一双眼睛,是防恐它含气射人之故。只听见一个人叫道:"啊唷!明明在此地,一转眼就不见了,可恶可恶!"又一个道:"我已经射中了,还被它逃去呢。"过了片时,只听见一个叫道:"在这里。"众人看时,只见它的箭已在水中,箭后一条线直连到他手里。他将那线渐渐收起,仿佛拖重物似的,过了一会,果见一物,其形如鳖,连箭拖上海滩。早有一人持刀从他后面过去,将蜮的头斩下,大功才算告成。七员地将道:"原来是那样一件怪物,我们去捉吧。"说着,都纷纷入地而去。那些土人看得奇绝,怎样七个人都忽然不见了?个个木立着,一语不发,也不射蜮了。过了片时,各地将纷纷从海中出来,手中拿着的死蜮约有几十个。

七员天将过来,将几十个死蜮的嘴个个扯开,说道:"我看你这些畜生的嘴是怎样生的,会得暗里害人。"一语提醒了伯益,便过来拿了蜮的口部细细考察。原来在它喉间有一根软骨,俨如弓形,软骨中间有一根细管,恰好容得下几粒细沙,想起来就是射人的机械。喉闭则入,喉开则出;有沙则射沙,无沙则射气;大约总是这个缘故。但是中人肌肤之后能生疥疮或疾病,则还可以说其中含有毒质之故,仅仅中人的影,可谓与人体丝毫没有关系,何以会得生病,甚而至于死,这个道理无论如何总想不出。况且蜮在水中,人在岸上,蜮与人无涉,人与蜮无害,它一定要射人,置人于病,置人于死,又是什么缘故?真正是理之不解者。文命道:"天地间不可解的物理多着呢,依我看起来,南方之人因天气炎热,衣不蔽体,男女无别,随地交合,遗精狼藉,散布于山林草泽之间,自此生出这种异物,一言以蔽之,无非是淫风戾气所钟而已。"大家听了这话,不敢以为然,亦不敢以为不然,只好唯唯答应。郭支撮口一啸,那潜伏在海底的龙已冲波而出,径来沙滩之上,大家就预备动身。这时这些土人几乎吓死。起初看见七员地将入地,顷刻之间又从水中捉了这许多短狐,绝无妨碍;此刻又见两条大龙应召而来,供众人指使,于是以为是天神下降,纷纷跪拜叩头,直到文命等龙驭远去,望不见了,方才罢休。

且说文命等再向前进,一日,到了歧舌国,一名反舌国。他们那些人的舌头和寻常人不同,舌根在前,舌尖倒向喉咙,如蛤蟆一般。再者,他们的舌尖又分为两歧,与蛇相似,时常吐出在口外,毵醨怕人,大约是个蛇种。因此他们的言语辀磔格烈,一句亦无从通晓。文命等无从考察,只能再向前行。

一日,又到了一国,他们人民的衣服、饮食、居处、言语、文字等一切都与中土差不多,不过那些人民除出孩童之外,个个面黄肌瘦,恹恹如有病容,而且多半是斑白的老者。最可怪的,在街上行路之时,亦总是垂头盲行,从无仰面轩昂、左右顾视之人,所以常有互相冲撞之事。文命等看得诧异,要想考察他的原因,适值路旁有一所大厦,门上榜着"学塾"两个大字,文命就叫大众在门外等候,自己同了伯益连步而入。只听见里面有讲书之声,文命和伯益且不进去,听他讲些什么。但听得一人高声讲道:"所以圣人说:'人无远虑,必有近忧。'你们后生小子,只知道眼前有饭吃、有衣穿、有屋住,就算好了,其不知道饭是长有得吃么?衣是长有得穿么?屋是长有得住么?假使米吃完了,衣穿破了,房屋坍败了,你们怎样?这种都是应该预先虑到。"讲到这一句,仿佛有个年轻的人说道:"我们应该在少年的时候练习技能,预备将来自己趁工度日。"那先前讲学的那个人,接着说道:"没有人叫你做工,你怎样呢?有人叫你做工了,你忽然生起病来,又怎样呢?你年老了,做不动工,又怎样呢?即使你预先有储蓄的财产,可以养病,可以养老,但是财产靠得住么?水淹了,怎样呢?火焚了,怎样呢?盗劫了去,怎样呢？贪暴的政府来没收了去，又怎样呢？"这样一问之后，顿时寂无声息。

歇了半晌，文命耐不住了，便与伯益缓步踱进去，只见一间广厦之中，坐着三四十个年幼的生徒，上面却坐着一个须发如银的老教师，大家都是垂着头，锁着眉，仿佛在那里沉思的样子。文命、伯益走到阶下，他们亦竟没有看见。文命不得已，轻轻咳嗽一声，那些师生才如梦惊醒，抬头见了文命等二人，个个惊疑之至。那老教师就站起来，说道："你们二位，面生可疑，突如其来，莫非有行劫的意思？老实对你说，我是以教读为生的人，最是清苦生涯，无财可劫，无货可夺，只有几卷破书，你们用不着，请到别处去吧。"文命、伯益连连摇手道："不是不是。"一面就走进去，和他行礼，将来历告诉了他一番。那教师一面听，一面又细细将文命、伯益看了几回，方才还礼作揖，说道："原来是上国大贤，刚才唐突，有罪有罪。不过古圣人说：'虑患贵在未然。'刚才看见两先生之面颇生，又出于不意，所以不得不有此疑虑，尚请原谅。"说着，就请伯益、文命到里面一个小阁中坐下。

文命侧眼看那些生徒所有的书籍，大概都是些深虑、远虑、近虑的谈头，非常不解，就问那老教师道："请问贵国教育以什么为宗旨？"那老教师道："天生吾人，付之以心，是教他去思虑的。人生在世，无处不是危险之地，所做的事亦无一件不是危险之事，所遇到的亦可说无一个不是危险之人。腹中带剑，笑里藏刀，都是常有的。若不是处处思虑，事事思虑，在在思虑，就走到危险的路上去了。所以敝国的国名叫百虑国，教育的宗旨也就在这个'虑'字上。古圣人说得好：'智者千虑，必有一失；愚者千虑，必有一得。'我们这些人，哪里配说到是个智者，假使在幼年时候不养成他们千虑的习惯和功夫，那么成人长大之后，势必苟且轻率，非但没有一得之希望，而且危险败事更在所不免呢。先生是个上国大贤，不知道高见以为何如？"文命道："某的意思，处事一切，原是应该审虑的。但是在无事的时候，似乎可以不必劳心。"那老教师听了，大不以为然，便岸然正色地说道："这句话，我不敢赞成。我听见古圣人说道：'先成其虑，及事而用之。'又说道：'计不先虑，无以应卒。'假使如先生所说，无事的时候将这颗心闲空起来，万一变起仓猝，将何以应之？譬如我们坐在这里，假使上面的房屋骤然坍下来，下面的地壳骤然陷下去，都是应该预先虑到，刻刻虑到的。假使不虑到，请问先生，仓猝之间用什么方法来逃避呢？"文命道："屋倒地陷，那是不常有之事。万一不幸，不及逃避，亦只可付之天命。时时顾虑，徒然劳心，似乎无谓。"那老教师听到这句话，尤其不佩服，便说道："事事付之天命，那么人的这颗心是什么用处呢？天付人一颗心，又是什么意思呢？照先生这样说起来，饱食终日，无思无虑，岂不是和猪狗无异么？人生世界，虽则不过三四十年的光阴，但是哪一样不要费一番经营？哪一项不应该先费一番考虑？所以在无事之时，总要常作有事之想，既然要虑到它不能必得，又要虑到它万一或失。未死之先，要虑到我的生计如何维持；将死之时，还要虑到我死后埋骨之地是否稳固；更要虑到我子孙的生计如何维持。既虑其常，又须虑其变；既虑其先，又须虑其后；心不虚设，才能算日不虚度，才能算人不虚生。假使都付之天命，那么何贵乎做人的做字呢？"

　　文命听到这番话，知道他蔽锢已深，无可解谕，即使解谕，他亦不会服的，于是想离开本题，另外用一种话去打动他。觉得他在言谈之间，有两点很值得注意：一点就是"人生在世，不过三四十年光阴"的这句话；一点是他在谈话之时，屡屡打呵欠。于是就问他道："老兄的见解高明之至，某极佩服，不过向例人生百二十年为上寿,百年为中寿,八十岁为下寿,现在老兄说人生不过三四十年的光阴,这句话从何说起?"那老教师道:"先生所说的是上古的话。上古的人禀赋厚,所以有如此遐龄,现在的人禀赋薄,不过三四十岁而止,到了五十岁,大家都要叫他南山老寿星了。先生哪可以拿古人来例今人呢?"文命道:"那么请教老兄,今年高寿?"那老教师道:"虚度三十二岁,不中用了,眼见得望天的日子少,入地的日子多了。"说着,顿然愁容满面,将头渐低下去,想来又在那里思虑什么了。文命听到他只有三十二岁,不禁诧异之极,仔细一看,就明白了他的缘故,也很觉他们可怜。于是就问他道:"贵国人夜间的睡眠大约需多少时间?"那老教师正在深虑的时候,忽然听见文命的话,打断了思路,但是没有听清楚,再问一句。文命重复说一句,他才答道:"无事之时,大约睡一个时辰;有事之时,我们总是通宵不睡的。"文命道:"那么日间倦么?"那老教师道:"倦呀,但是上床去睡,却总是睡不熟,至多一合眼而已。"文命道:"人的睡眠是休息日间的疲劳,依某所闻,一个人每夜至少须睡四个时辰,方才可以将日间的疲劳恢复。现在贵国的人睡眠时间如此之少,恐怕于卫生方面不甚相宜,身体的容易衰老,或者原因在此,不尽是禀赋薄的缘故吧!"那老教师听了,似乎大有感动,便说道:"某于此层亦常常虑到,不过上床之后,越虑它睡不熟,却越睡不熟。这种情形在幼年是没有的,到了二十岁左右就出现了,到了三十岁左右更厉害了,不知何故。"

文命道:"某有一句直言奉告,请老兄不要生气。睡眠不足,就是思虑过度的缘故;思虑过度,则扰动肝阳,心神不能安宁,如何能睡得着呢?既然睡不熟,则心神体力都没有休息修补的机会,日日如此,年年如此,人的身体即使是金石做成,也容易磨蚀,何况是个血肉之躯呢!敝处讲求养生的人,有几句话,叫作'毋劳尔形,毋摇尔精,毋使尔思虑营营,乃可以长生。'这几句话是很不错的。我们做人,为个人生计问题,为社会服务问题,为国家宣力问题,原不能都是绝智弃学,游心于玄默,学那个修炼之士的举动,但是却不可不有一个节制。依某看起来,大约独坐之时,凭虚幻想,空中楼阁,忽而富贵,忽而贫贱,忽而得意欢欣,忽而失意悲戚,这种叫作幻妄的思虑,是万万不可有的。第二是贪得的思虑。人生世上,生计固不能不维持,但是何必孜孜营求,力求满足?广厦万间,所居不过容膝;食前方丈,所食不过适口。千思百虑,多益求多,何苦来?第三是痴情的思虑。终日营营于声色货利之中,固是可笑,就是为子孙后嗣计,亦是痴情。我只要尽我做父母之道,善教善养就是了,儿孙自有儿孙福,他们的生计一切,我代他去思虑做什么?第四是怯弱的思虑。忧病忧死,忧危难,忧失意,忧受人之愚弄,举步荆棘,局地蹐天,无日不在愁闷之中,无处不是畏惧之地,这是最犯不着的。圣人之道,尽其在我。夭寿不贰,修身以俟之。一切意外之变,思虑它做什么?而且果有意外之变,亦不是穷思极虑所能虑得到的,枉费心思,何苦来?以上几种思虑,可说都是无谓之思虑。至于处事接物,却不可不有缜密深远的思虑,但是亦不可过多,多则疑,疑则无所适从,而且畏惧的心思由此而起,弄到后来,事情反而不成,亦是有的。区区愚见,老兄以为何如?"

那老教师听了,似乎有点佩服,便问道:"据先生所说,亦极有道理,但是我们无事之时,要常作有事之想,这个习惯自小早已养成,所以有时候要想断绝那思虑,那思虑总是重重而起,真是苦不胜言。请教先生,有什么方法可以去断绝它呢?"文命道:"入手之初,可用数鼻息的方法。先静坐下了,调起鼻息来,或者数鼻息之出,或者数鼻息之入,从一二三四数起,数到几百几千,久而久之,自能神明湛然,百虑不干,这个是最便之法。从前敝处有一位大

贤,教人看鼻端之法,就是调息的入门。他有几句韵语,某可以写出来请老兄看看。"说罢,见生徒案上有笔牍,就取来写道:

> 鼻端有白,我其观之。一阖一辟,容与猗移。
> 静极而嘘,如春沼鱼。动已而吸,如百虫蛰。
> 氤氲变化,其妙无穷。谁其尸之?不宰之功。
> 云卧天行,非余敢议。守一处和,千二百岁。

写完,递与那老教师道:"这是调息之方法,老兄倘能照此行之,夜间必能安睡,精神必能焕发,寿命必能长久。还望普劝贵国之人,共行此法,使大家日即康强,同登寿域,某之望也。"那老教师看了,又思虑了好一会,再问道:"照这个调息的方法做,一定有效么?"文命道:"请老兄不必疑虑。敝处还有一位大贤,做了一篇养生颂,极言调息的功用,某一并写出来,给老兄做参考吧。"说着,取了笔牍,又继续写道:

> 已饥方食,未饱先止。散步逍遥,务令腹空。
> 当腹空时,即便入室。不拘昼夜,坐卧自便。
> 唯在摄身,使如木偶。常自念言,我今此身,
> 若少动摇,如毫发许,便堕牢狱,如酷吏法,
> 如大帅令,事在必行,有死无犯。又用古语,
> 及圣人语,视鼻端白,数出入息。绵绵若存,
> 用之不勤。数至数百,此心寂然,此身兀然,
> 与虚空等,不烦禁止,自然不动。数至数千,
> 或不能数,则有一法,强名曰随,与息俱出,
> 复与俱入,随之不已。一旦自往,不出不入,
> 忽觉此息,从毛窍中,八万四千,云蒸雨散。
> 无始以来,诸病自除,诸障自灭,自然明悟。

譬如盲人,忽然有眼,此时何用,求人指路。

　　是故老人,言尽于此。

写完之后,递给那老教师,一面和伯益站起身来告辞,说道:"荒废馆政,不安之至,再会再会。"那老教师接了文命的写件,正要凝思,忽听文命说要去了,慌忙起身挽留,但是文命等决不留了。老教师送出大门,方才回转。

　　文命看到街上的人,仍旧是迷迷蒙蒙、一无精彩地在那里走路,不禁叹息,向伯益道:"天下之事,中道最难,然而不是中道,就有流弊。我们于举世争权夺利之中,看到君子国的谦让,真是好极了。但是不知道的人,很疑心他们是有意做作,而且多少的时间和精神消耗于这种无谓的推让之中,岂不是太过么!看到那举世不肯用心之人,或一无计虑之人,能够如百虑国的这种教育,亦算是好的了。但是弄到戕生短命,神气全无,岂不也是太过?所以中道最要紧。"伯益道:"那教师经崇伯这番指导之后,似乎有点醒悟,但愿他们以后能够损过就中,便好了。"文命道:"但愿他们能够如此。"二人且谈且行,不觉已到海边,再上龙背前进。

　　一日,到了一处,叫白民之国,气候炎热异常,太阳正照头顶。日中的时候,万物都没有影子,而且呼叫起来,声音都不甚响,大概是在大地当中的缘故。(现在赤道之下是如此的。)因为他们人民皮肤生得甚白,所以叫作白民国。由白民国而南,所过的地方,他那个房屋都是向北造的,因为向北可以得到日光,而向南造的倒反不能得到日光,与白民国以北的情形正相反。所以从北方去的人,给他们取一个名字,叫作北户孙。(照这样看来,我们中国在上古时早有人到过南半球了,这就是证据。)

　　一日,到了一处,他那些人民脸上都刺着花纹,斑驳陆离,状貌奇丑,而他们自以为美观。(现在新西兰岛上的人民还是如此。)

伯益道:"从前听说,南方之民有文身之国,有雕题之国,从大江以南都是文身,此地看见雕题了。"文命应道是。大家游历一转,但觉气候温和,物产丰富,如丹粟、漆树等种种皆有。又游到一处,只见无数小丘,丘上各有大穴,其广数丈,深不可测。从那穴中不时地喷出沸水来,高可十余丈或数丈,有的如蜂窝形一般,蔚为奇观。计算它喷的时间,都有一定,大约隔若干时间而喷,喷若干时间而歇,歇若干时间而又喷。将歇之时,那沸水必起落数次,方才全歇。歇了之后,可以到穴边去观看,初则窈不见底,继而听到穴中隐隐有冲沸之声,那时即速避开,沸水就要上喷了。大家看得稀奇,不解其故。鸿濛氏自告奋勇,请到地中去考察。文命答应,嘱咐小心,鸿濛氏入地而去。过了多时,出来报告说:"某到地下,寻觅那沸水的来源,原来那穴口不是一直下去的,渐渐弯曲,其深无穷。某想一直下去,无奈愈深愈热,到得一百几十丈以下,热得不可向迩,只能退回来。它那喷出来的水,在地下本是极热的,但是不能喷高,一次喷完之后,半中间四面的冷水汇集拢来,和沸水相混,到了相当的水量和热度,然后渐渐腾起,愈腾愈高,就向穴中喷出。这些四面流来的水喷完了,那动作就渐渐停止,要再等第二次四面之水的汇集了。所以它的喷发、停止都有一定时间。"大家听了,方才明白。(现在新西兰岛上那喷沸的间歇泉还是不少,所以在下怀疑大禹南至丹粟漆树、沸水漂漂、九阳之山,就是现在的新西兰。)于是重复起身,再向别处而行。

第一百三十回

禹受困于枫林　南海君杀祖状之尸

禹到裸国

且说文命离了沸水漂漂九阳之山,再向前进,到得一座岛上。但见岛之中央矗立一座高山,山上山下,密密层层,多是枫树,却不见有人迹。文命沿着枫林一路过去,但见那些枫树上累累然多有赘疣,有口有眼,颇像人形。伯益道:"某从前读过一种植物书,记得上面载着三段。一段说:枫树,一名櫄櫄,其脂甚香,可以入药,名曰白胶香,流入地中,历千年而化为琥珀。一段说:枫林岁久,则生瘤瘿,一夕遇暴风骤雨,其赘瘤暗长三五尺,颇像人形,名曰枫人。一段说:枫上有寄生枝,高三四尺,生毛,一名枫子,天旱时以泥涂之,即能下雨,此说甚怪。现在此地枫树有这许多枫人,可惜没有枫子。假使有枫子,便可用泥涂之,试验这话的真假。"繇余在旁听了,便说道:"这个很容易。"说罢,便耸身穿入枫林中,去寻那寄生枝。

只见里面虽然黑暗,但尚可辨物,正在仰面细寻,陡然觉得有人用一根极粗的绳索来捆他的身子,顷刻之间,已缠绕数转。仔细一看,原来是一条大赤蛇,那蛇头已向着繇余的头张开大口,双舌伸缩,要想吞噬。繇余是个天将,岂怕一蛇,急忙将身子缩得极小,脱去蛇缠,跳出外边,回身一剑,将蛇砍为数段。待再要寻枫子时,哪知蛇子蛇孙四面而来。繇余暗想,此地原来是它们的巢穴,我偶尔来来,何必与它们计较,就让了它们吧。想罢,即腾身而上,超出树表。那些蛇昂起了头,都无法可施。繇余再低头一看,只见树林之内似有许多人在那里行走。繇余想,这些人难道不怕蛇么?还是不看见蛇呢?还是那些蛇的主人朋友呢?后来看那许多蛇已四面散开,游到那许多人旁边。那许多人对于众蛇抚摩偎弄,很是熟习。繇余不禁大怒,说道:"刚才那大蛇来蟠我,不要就是这班人指使的么?待我去问他。"想罢,将身落下。哪知到了下面,那许多人忽然不见,许多赤蛇又纷纷围绕拢来,要想吞噬。繇余大怒,手挥宝剑,将那些蛇尽量地斩杀,足足杀了几百条。忽听得背后有人厉声大叫道:"何得伤害我的东西!"繇余回身一看,原来是个方齿虎尾的人,繇余料得是妖魔,便斥责他道:"你纵使毒蛇害人,还敢露面么?"那妖魔笑笑说道:"你死期到了,不速速忏悔,还敢骂人?"繇余大怒,以剑挥去,那妖魔闪开,用手向旁边的枫树一指,只见那枫树顿时飞舞起来,直向繇余扑去。繇余出其不意,霎时手上脚上觉得有物捆住,动弹不得,定睛一看,原来那枫树已化为桎梏,桎在脚,梏在手,已让他捉住了。那妖魔取了繇余的剑,正要想取繇余的性命,正在危急,忽见妖魔狂叫一声,丢了宝剑,往后便退。原来是童律、狂章二将,因为繇余去了许多时不见回来,相约前来探访,却好遇着繇余被困。二将哪敢怠慢,也不作声,直向妖魔刺去。妖魔不及防备,身上两处受伤,倒退数步,忽然不见。狂章、童律无暇去寻妖魔,先来救繇余。哪知繇余手脚上的桎梏非常坚固,无论如何也打不开。

狂章等无法,只能将繇余背到文命处来商议。文命等见了,都大吃一惊。那时庚辰、乌木田、黄魔、大翳以及七员地将都来看视,七手八脚,要想把桎梏除去,哪知用尽气力,终于无法。正在踌躇,忽然一阵狂风,无数枫树齐化为桎梏,向文命等套来。庚辰眼快,童律见机，急忙闪起空中，未被套住，其余七员地将及文命等个个锁住，倒在地下。顿然见那方齿虎尾的妖魔，提了繇余的那柄宝剑，恶狠狠地跑来，指着文命等骂道："你们这班恶鬼，竟敢动手伤我！今朝管教你们个个都死。"扬起剑，就要来砍。庚辰、童律在空中看得不妙，急忙大叫："妖魔不得逞凶！我们来了。"妖魔仰面看时，庚辰、童律早已下来，一支大戟，一杆长枪，向妖魔便刺。妖魔略一躲闪，倏又不见，转瞬又是两株枫树化为桎梏而来，庚辰、童律无可逃避，又被捉住。

那妖魔重复出现，指着庚辰、童律二将骂道："原来你们两个倚仗有飞腾的本领，所以敢来害我么？现在我先杀死你们，看你们还有何说。"庚辰听了，呵呵大笑道："你这个妖魔，恐怕不能够杀死我们，你先要自杀呢。"妖魔大怒，举剑来砍庚辰。忽见一道红光，妖魔已经跌倒在地，转眼就是一条小小红龙，飞过来将妖魔揿住。庚辰出其不意，回头四望，但见文命等七横八竖，带了桎梏，倒在地上，其余并无人踪，不禁大为诧异，向童律道："我知道必有救星，但是救星在哪里呢？"说犹未了，已见南海君祝赤跨龙而至，后面又有一个人面兽身的怪物，脚踏两龙，接踵跟来。庚辰、童律齐声叫道："南海君，是你来救援我们的么？谢谢你。"那时南海君早已下龙，不及答言，先到庚辰、童律身畔，将大袖向他们手上脚上一拂，桎梏顿时脱落，又向文命等手脚上拂去桎梏，霎时个个都恢复了自由。大家站起来，齐向祝赤道谢。祝赤道："某之能力不及此。"说着，用手一指人面兽身的怪物，说道："这都是南海神祝融的指导，若不是祝融用火珠先将此魔打倒，某亦无法制服之。"文命道："原来这位就是南海神祝融么。"慌忙过来，行礼致谢。祝融亦点头答礼，说道："此番不是某等救援来迟，实在是崇伯诸位及天地各将合有此魔难也。"

文命看那小红龙还是揪住那妖魔,口中微微吐出些烟火去烧他。那妖魔却已瞑目朝天,除出一条虎尾尚在微微动摇外,其余已寂然不动。便问祝融道:"这是何种妖魔?有如此大神通!"祝融道:"他从前是上界的一位尊神,名叫祖状,神通非常之大。后来与群魔联合,要革天帝之命,天帝几乎敌他不过,费了无数气力,方才将他杀死,弃尸在这座山上,就是祖状之尸了。哪知他阴灵不昧,渐渐修炼,竟复活过来。幸而生前受伤太重,一切未能复原,所以还不能游行星辰,变化从心,恢复他从前的本领。否则某等亦不能制服他了。"文命道:"枫木能化为桎梏,何故?"祝融道:"此地之山,名叫宋山,当日轩辕黄帝与蚩尤战争,将蚩尤兄弟擒获之后,因他们长大勇猛,不易囚禁,特地运用神力,作成许多桎梏来械系蚩尤兄弟。后来蚩尤兄弟伏诛之后,此等桎梏无所用之,黄帝就叫人拿来统统都抛在这座山里。这些桎梏既然经过黄帝的神力制造,那蚩尤氏兄弟又是取精用宏、奇异特别的伟人,于是那桎梏就通灵起来,年深月久,化为枫林。枫林既老,能化为人,以为人魅。凑巧那祖状之尸又弃在这里,于是他就利用枫林的本质,重复化为桎梏以害人。虽七员天将之神力,对它亦无可如何了。"文命等听了这话,方始恍然。文命又问道:"刚才繇余看见的那些人,当然是枫树之精,还有许多蛇又是怎样的?"祝融道:"这种赤蛇向生在此山,名叫盲蛇,原不足为稀奇。自从祖状之尸复生以后,枫精赤蛇都变了他的利用品,所以就能为害。如今大憝已除,尽可由它们去吧。"祝融说完之后,转向祝赤道:"祖状此后想不容易再生,你收了红龙,我们回去吧。"祝赤答应,将手一招,那小红龙飞向祝赤袖中,倏然不见。祝融又向文命道:"此地离南极虽远,但是浩渺无边,绝少陆地,崇伯可无需前进,我们再见。"说着,脚下的两龙已凌空而起。南海君祝赤亦驾龙随着,顷刻之间,向南而去,不知所往。

　　文命等看那祖状之尸,仰面躺在地上,面焦身黑。天将等因受其凌辱,要想毁灭他的尸首。文命力阻,说道:"他已不容易复活,何苦行此残暴之事,度量未免太小了,我们去吧。"于是大众一齐上龙,折而西行,经过续樠、孙朴、北朐等国,均无事可记,亦无奇异之处。

　　一日,到了一地,只见那些人民都在空中飞行,一来一往,如穿梭一般,非常好看,不禁诧异。仔细考察,原来他们背上都生着两翅,有时仍用两脚行路,有时则用两翅飞腾。所以他们所筑的房屋有两层、有三四层、有五六层,都是非常之高,但是都不用梯子,任便到哪一层,总是飞上飞下,有时上下高山亦不步行,总是飞的,非常之便利。不过他们那种飞翔不能甚高,亦不能甚远,大约只在十丈左右,如要飞高飞远,中间总须停顿数次,这是个缺点。他们人民的状貌,长头,鸟喙,赤目,白首,亦颇像鸟形。真窥笑道:"古人说:天之生人,与之齿者去其角,傅之翼者两其足。如今这种人有手有足之外,还有两翼,可谓得天独厚了。"伯益道:"某从前看见几张外国流传到中国来的图画,上面画着的人总是有翅能飞的,据说都是仙人。照此国的人看来,原来是有这种人的。他们以为仙人,不过故神其说罢了。"文命道:"某听见说,天生万物,逐渐进化。其初世界并无人类,所有高等动物,都是由低等动物逐渐进化而成。我们人类是由猿类变成,这句话是否可信,不得而知。果然可信,那么猿类能够进化为人,其他动物亦何尝不可进化为人,或者另成一种似人非人的物类,亦未可知。我们这番治水,周行天下,所见的怪物甚多,或者就是这个进化过程的现象。蛮荒之处,开辟较中国迟,有些或者还没有变成人形,所以还带着许多禽兽之状。这种羽民,大约就是鸟类进化为人的一种,将来翼膀脱去,那也就是一个人了。"大众听说,都笑道:"或者是这缘故。"于是文命等离了羽民国,再向西北进。

一日,到了一处,两龙渐渐下降,刚要到地,忽见森林之中跑出许多黑色的动物来,其形状似人,亦似猴,张着口,吐出烈火,向文命等直喷过来。文命等猝不及防,莫不震骇。天地将正要挥兵器打去,那时两龙性发,口中已喷出清水和怪物对抗。那些怪物知道敌不过,仍窜向森林中而去。大家互相猜议,说天下竟有口喷烈火的生物,真是天地之大,无所不有了。伯益道:"某闻海外有一个厌火国,生火出其口中,不要就是此地么?"文命道:"既然如此,和他们亦无从亲近,不如到别处去吧。"于是重复上龙,到了一座大岛的海边降下。只见有两个裸体的人,在那水中洗浴,仔细一看,却是一男一女。这种裸体情形,文命等自从到南方以来,看得多,亦不以为稀奇,同川而浴更不足为异了。不料那两个裸体男女看见了文命等骑龙自天而下,大为诧异,就赤条条地跑上岸,对着文命等细看。隔不多时,远处的男男女女又来了许多,都是一丝不挂,将文命等打了一个长围,文命等此时仿佛又到终北国了。

原来文命等到南方来,所见的虽然是裸体的居其多数,但是他那下体总是用布遮围,独有此地竟是赤裸裸的,甚不可解。文命便问他们,此地叫什么国名。那些人呆了一会,才答道:"这里是我们住的地方,你们来做什么?"文命道:"我们特来观光,考察贵处的风俗。"那些人连连摇首道:"不行不行,你们这种模样,走进去,大家不欢迎的。"文命道:"我们是中土人,装束如此,并无怪异,请诸位原谅。"那些人道:"不行不行。"说着,就有一个人用手来扯文命的衣裳,说道:"要这个东西做什么?你们身边都藏着什么东西?要想来不利于我们、谋害我们么?不行不行,不但不能进去,并且不能在此,请赶快走吧。"文命道:"我们特来考察,毫无恶意,身边亦未藏着什么危险物品,如不见信,可以搜查。"那些人道:"既然如此,你们将这种东西披在身上做什么?"文命道:"我们怕冷,我们怕受凉。"那些人道:"这个是假话,我们人人都是如此,何以并不怕冷怕凉呢?你们给我去掉了,看他怕不怕冷、受不受凉。"文命一想,我若再和他们说什么羞耻,说什么男女之辨,他们一定和终北国人一样,不会懂的,于是就问他们道:"那么诸位的意思是要怎样?"那些人道:"你们若要到此地来参观,这个遮住身体的东西必须剥去,假使不肯剥去,请你们作速离开此地,到别处去吧,就是如此两句话,别的没有什么意思。"文命听到此句,真是没法。大家商议,有的主张不要去参观了,有的主张袒裼而不裸裎。文命细细想了一想,就说道:"某听见古人说:入国从俗。他们的风俗既然必须如此,我们就依他吧。"说着,首先将自己的衣服脱去,裸身而立,回顾大家说道:"你等如愿意裸身的,可裸了身跟我来,如不愿意裸身,可在此等候。"这时伯益等都愿裸身相从,只有鯀余不肯,他说道:"大家跑去了,这一大堆衣裳脱在这里,归哪一个管呢?万一那厌恶我们穿衣裳的人乘我们不在之时,统统给我们拿去,毁坏了,那倒不是个事。所以我不愿意去,我在此地守衣裳和行李吧。"文命听了,亦不相强。

且说鯀余为什么不愿去呢,原来鯀余虽则是个天将,但是尘心未除,从前在终北国的时候,见了无数裸体的妙年女子,欲心已是大炽,幸而穿着衣服,大家都不觉得。现在叫他裸体游行于裸体男女之中,万一欲念一动,岂不难以为情,所以他不愿去,闲话不提。

且说文命等个个脱去衣裳之后,顷刻之间,一班衣冠的君子都变作裸体的蛮民,大家彼此相顾,亦颇觉有点难为情,然而事实上既然不能不如此,亦无法可想,只好从权罢了。当下文命再问那些人道:"如今我们可以进去参观么?"那些人将文命等周身上下都看了一遍,对于伯益尤看得仔细,因为他年纪最轻,身体最嫩最白。伯益不觉更有点难为情,然而那些人还是不住地看,过了一会,笑嘻嘻地说道:"如今可以去了。"文命等于是迤逦而行,只见男男女女,大大小小,没有一个不是裸体的,其余一切情形也都与中土相同。

后来走到一处,忽见有两个男子在他们的下体上系着一个竹筒,又有几个女子用些树叶遮蔽她们的下身。文命等暗想,此地的人何以忽然又讲究起来了?正在看时,适值路旁来了一个一丝不挂的老妇,看见了那些遮蔽下体的男女,又看见文命等在那里看他们,便走近来向文命等说道:"客官们是不是亦觉得他们稀奇么?现在人心不古,世界变了,以前并不是如此的。自从前几十年有几个周身用物体遮蔽的人,据说是什么中华国人,跑到这里来到处演说,说道:'天之生人,与禽兽有别,要讲究什么礼仪,要晓得什么羞耻,男男女女,赤条条相对,是没有礼义的,是没有羞耻的。'这些少年男女一听了这个话,仿佛是吃了迷药一般,都相信了,从此都要讲究礼仪,顾全羞耻了。于是那些富家子弟就用货财去买了那中国的什么布帛,将全身遮蔽起来,那些没有货财的人,硬要学时髦,没东西来遮蔽,就拿了竹筒树叶来遮蔽。你想男子的下身挂了一个竹筒,女子的下身披了许多树叶,不但累赘不便,而且像什么模样?天和父母给我们一个清清白白的身体,生出来的时候并没有一点遮蔽,为什么一定要遮蔽它起来呢?男子的形体是天生成的,女子的形体也是天生成的,我们人并没有多添它一点,也并没有缺少它的一点,赤条条相对,正显得是天然之美,正显得出是男女之别,有什么可耻?偷盗人家的东西,犯了国家的法律,是可羞耻的;自己的身体露出来给大家看,有什么可耻?男子的生殖器给人家看见了,是可羞耻的么?女子的生殖器给人家看见了,是可羞耻的么？人人都是一样的，凡有男子,是人人一样的,凡有女子,亦是人人一样的。既然不是人人不同,又并不是私人制造,而且人类全靠这两个生殖器来配合传种,是很宝贵的东西,如果可羞可耻,难道天之生人,特别给他一个可羞耻的东西,留一个污点么？难道用物件遮蔽起来,大家就不知道他有这件东西,就可以不羞耻么？所以这'羞耻'两个字,无论如何总讲不通。我想起来,他们这种主张,不外乎两个缘故：一种是外国人拿了什么布帛之类叫我们遮蔽身体,好叫我们去买,骗我们的财物;一种是少年男女把身体遮蔽起来,使大家辨不出他是男是女,可以到处将男充女,将女充男,便利他们苟且的行为,而且欲念炽盛的时候,有了物件遮蔽,使对面的人可以看不出,可以遮蔽他的丑态,大约不过这两种缘故而已。客官！你想我的话是不是？"

文命听了这番话,作声不得,只好含糊答应,暗想,这个真叫此亦一是非,彼亦一是非了。就问她道："那么,现在遮蔽下身的人多么？"那老妇道："遮蔽下身的人却不多,而那怕羞耻之人却一日多一日。从此地过去约二里多路,有大部的人因为怕羞耻的缘故,又没有货财来买那个什么布帛,用竹筒树叶来遮蔽呢,又嫌它累赘不便,弄得来青天白日不敢出门,一切事情只好黑夜出来做。客官！你想,还成个人世界么？变了鬼世界了！"说着,用手指指文命的下体,又指指自己的下体,说道："客官！譬如你是男子,生这个东西,我是女子,生这个东西,极普通,极平常,人人知道,何必掩蔽呢？"文命等赤条条地对着一个赤条条的女子,久立谈话,本来心中已是万分不安,给她一指,真觉难堪之至,然而无法回避,只得用话岔开道："他们黑夜间做什么事呢？"那老妇道："他们连买卖亦是黑夜做的。"文命诧异道："那么货物之好坏多少,怎样分辨得出？"那老妇笑道："不想到这种人自有这种人的本领,他们在黑夜不用眼睛,只用鼻孔。货色的好坏多少,金钱的成色高低,只要用鼻子一嗅,便能明白。这种本领从什么地方学来不得而知,然而岂不甚苦! 所以我们现在极恨那外国人,更极恨那用布帛遮蔽身体的人。我们更造出一种谣言,说凡有遮蔽身体的外国人,他们身上必定藏有一种不利于我们的物件,大家务须拦阻他,不许他走入内地,以免再来蛊惑人心。客官! 我看你们亦都是外国人,你们倒和我们一样,不用东西遮蔽,真真难得。"说罢,又连连向文命等的下体看了几眼。

文命等至此,才悟到先前那些人一定要他们裸体才许进来的缘故,亦无话可说。便辞了那老妇,向她所指的二里路外的地方行去。果然,家家闭户,寂无一人。这时天已向晚,伯益道:"我们索性等他一会吧,看他们如何夜市。"文命赞成,就在左近游行了一会,天已黑尽,瞑不辨物,果然那些人家渐渐开门出来行动了。文命道:"他们尚且如此,我们白昼裸行,对他们岂不有愧! 赶快回去吧,繇余在那里恐怕要等得疑心了。"庚辰道:"那么让我先回去通知他,并拿了诸位的衣裳来,着了出去吧。风俗已考察明白,还怕他们刁难吗?"众人称善。庚辰飞身而去,顷刻就转来,大家一齐将衣服穿好,说道:"这种事,真是可一而不可再的。"于是急急循旧路而归,好在时已昏夜,一路并无人拦阻,到了原处,在海滨住宿一宵。

第一百三十一回

禹到寿麻、枭阳、穿胸、身毒等国　埃及国之理想　宛渠国螺舟

且说文命等越过赤道,经过北户孙,南到沸水漂漂九阳之山,回转来,经过裸民之国,再到赤道之下,却是寿麻之国。那寿麻之国非常炎热,亦是日中时正立而无影、疾呼而无响的。据他们人民传说,他们的老祖宗不是此地人,生在南极一个地方,名叫南岳,娶了一个州山氏的女儿,名叫女虔,女虔生了一个儿子,名叫季格,季格的儿子就是寿麻。当寿麻在世的时候,所居的陆地发生变动,渐渐沉没下去,幸亏寿麻那时早有防备,率领了他的家属、亲戚、邻里,乘船向北逃生。到得此地,虽然气候恶劣,但是得保性命,总算是不幸中之大幸了。后来过了几年,再去探访原住的陆地,已不知去向。那陆地上所有的人民亦不知生死存亡,想来都随大陆而沉没了。(现在印度洋中心有来牟尼亚旧国,西人谓为人类发源之初地,自上古时沉没者也。)于是大家佩服寿麻,感激寿麻,就推他做此地之君主,所以叫寿麻之国。

文命既然探得这段历史,又访问那大陆沉没的年份,他们却不能有正确的答复,以时间约略估计,大概与中国洪水发生的时候差不多。中国有这种大变,海外亦有这种大变,真可谓全世界的奇变了。

文命等从寿麻之国再向西北行,经过两个奇异的国家,一个叫结胸国,那些人民胸前个个有一块大骨突出,从衣服外面一看,仿佛都是怀抱重宝似的。一个叫贯胸国,那些人民当胸开一个洞,直通到背后,所以他们的衣服很特别,前胸后背都有大洞。贵族人出门时不用车舆,就叫两个人拿一根竹木从洞中穿过,抬之而行,真是奇异之极。据他们说,黄帝五十九年,他们的老祖宗曾经到中国去朝贡过,后来又入贡过,久已企慕中国的文化,所以这次对于文命等非常欢迎。文命细细考察,他们的饮食起居一切都与常人无异,有些地方颇有中国之风,想来是羡慕中国,归来仿效的。文命等接连经过这两个地方,不觉都发生一种感想,就是天的生人太不平均了,结胸国的人胸前何其实,贯胸国的人胸中又何其虚,假使两个互相调剂,岂不是完全无缺的一个好人么!之交笑道:"世界上人的心都是厌故喜新,好奇怪,恶平常。就是大圣人女娲氏,亦免不了这个习气,所以她在那抟土为人的时候,既然已经抟了无数寻常的人,少不得有点厌了,所以就将那些剩下的土随意抟抟,因此怪怪奇奇,无所不有。既然抟了一个极大的大人,当然再抟一个极小的竫人;既然抟了一结胸的人,当然再抟一个贯胸的人。阴阳奇偶,盈虚消息,这是一定之理,无所谓奇怪呢。"说得众人都笑了。文命道:"之交的话虽则滑稽,实则亦有这个理。我看或者还是太真夫人所说恶神派中第三类变的把戏,亦未可知。我们再走过去,怪怪奇奇的人恐怕着实有呢。"

当下大众离了贯胸国,就到交胫国,亦叫交趾国,亦叫交股国。那些人民周身有毛,身长不过四尺,两足之骨无节,卧下之后,非互相扶助不能起立,走起路来,两脚又须曲戾相交而行,非常不便,真是个可怜的人民。

过了几时,又到了一处,但见万山盘郁,林木森森,只见海滩上停泊着几只独木船,船中有许多人,正在那里整理无数竹筒,不知他们何用。文命等就过去探问,那船中人答道:"这是捕捉枭阳用的(枭阳就是狒狒)。此山之中枭阳甚多,常要出来吃人,所以我们就叫他枭阳国。捉住了枭阳之后,它的肉既可以吃,又可以为民除害。"文命道:"枭阳是怎样一种猛兽?你们捉它,何以要用竹筒?"那船上人道:"我此刻没有工夫和你们说,你们如果胆大、不怕死,跟了我们去看就是了。"一面说,一面仍整理他的竹筒。文命不便再问,只好呆呆地看。但见他们将竹筒整理好了,每人两臂上各套一个,套好之后,又屡屡移上移下,大约要使那竹筒光滑之故。那些人既将竹筒各套在臂上,随又打开一个包袱,内中都是钉凿,那些人又各取了些,遂纷纷上岸,一直向山上林中而去。

　　文命等要观其究竟,都紧紧跟在后面。但见那些人进了林中,把嘴唇撮起,长啸了几声,陡然之间,林木之中蹿出五六只怪物来,都长约丈许,披发垂地,似人非人,黑身,人面,浑身是毛,脚是反的,嘴唇拖下非常之长,向那些人直扑过去,顿时每个人的臂膀都给它们捉住。伯益大惊,正要叫天地各将去救,文命摇手止住,轻轻说道:"且慢且慢,看他如何。"但见那枭阳捉住了人臂之后,并不就吃,先张开大口狂笑起来,似乎极得意的模样。其初口大盈尺,其红如血,笑到后来,长唇翻起,把鼻眼都遮住,直盖到额角之上。那些人乘它不见,急将两臂从竹筒中抽出,立刻用钉凿将它的长唇钉牢在额角上,使它不得翻转,那个手法之敏捷无以复加,想来是向来练习惯的。钉过之后,随即退向林中躲避。这时那些枭阳额上既受重伤,眼睛为嘴唇所遮,不得看见,手中捏着两个竹筒,还当是人,死也不肯放松,急得狂叫狂跳,乱撞了好一阵,有些触着林木而倒,有些力倦而自倒。那些躲在林木后面之人看到它们倦了,就从身上取出一捆大索,上前将枭阳一个一个捆起来,拖了要走。不料此时山上林中又有一大批枭阳赶到,约有三四十个。那些人见势不妙,丢了捆缚的枭阳,翻身就逃。大批枭阳紧紧追赶,那些人纷纷爬上树木,转瞬直到高处,手脚之敏捷亦是无以复加,想来亦是练习惯的。枭阳赶到树下,仰首而望,望到后来,又哈哈狂笑,内中有几个枭阳手中各拿一个竹管,竹管之中似乎盛着什么水,频频向上洒去。那树上的人见水洒来,个个将头面包住,似乎知道它是很厉害的。正在相持之际,有一个枭阳忽然回首看见文命等站在树林之后,陡发一声长啸,拼命向前飞奔而来,其余枭阳亦都接着奔来。

天地将见它们来势凶猛,急忙上前用兵器抵御。那枭阳虽然猛悍,怎禁得天地将的神力,顷刻之间已杀死二十几个,其余的翻身就逃,那奔走的速力煞是可惊。天地将正要追赶,文命忙叫:"可以不必。"这时那些在树上的人看见如此情形,都从树上下来,向文命等稽首道:"原来诸位都是天神,有如此大的本领!我们真失敬了。"乌木田道:"这种畜生,你们怕它做什么?"那些人道:"它力气大得很呢!寻常的马,它只要用手一揿,就倒地而死,豺狼虎豹都是它的食品,焉得不怕它。"文命道:"刚才它们拿竹管洒水,你们何以亦怕?"那些人道:"那是雌枭阳,专用竹管盛了毒水洒人,人沾着毒水,就要溃烂生病,所以害怕。"大家看那死在地上的许多枭阳,身体全是人形,雌雄不一,其口之大,直到耳轮相近,状貌狰狞可怖,那左手拿竹管的果然都是雌枭阳。文命道:"这种动物真是介于人兽之间的一种东西了。"那些人道:"这许多死枭阳,你们有绳索来捆么?没有,我们可以借你。"文命道:"我们不要,你们拿去吧。"那些人喜出望外,又向文命等叩谢,自去理绳索捆枭阳。文命仍回原处,驾龙再向西行。

一日,到了一国,名叫身毒国(就是印度)。文命就和众人说道:"某从前在巫山地方,记得曾和汝等说起,有一个火葬之国,就是此国了。现在既然到了此地,我们可以看看他们怎样的情形。"众人要看那身毒国地势,先乘龙在上面环游一转,原来是四面环水的(当时印度中部大平原尚未出水),仅有东北一部,洲渚参差,遥遥与大陆相接。当地人民性情非常和蔼,待文命等极亲热。文命等问他火葬情形,那土人领到一处,只见一所房屋,用大石砌成,房屋之外,四面又围以墙垣,房屋之中分为数十间,每间都作为焚尸之用。凑巧这时适值有人在那里焚尸,烟气四腾,尸膏流溢,"哔剥"有声。

文命等初次看见,真觉惨不忍睹。大家略为一视,就说道:"去吧去吧。"后来细细考察那土人情形,仿佛有两种阶级,一贵一贱。贵者视贱者如奴隶,贱者畏贵者如帝天,殊不可解。仔细探问,才知道贱者名叫达罗毗荼人,是本来此地的土著,向来已有文化,崇奉一种经典,叫作韦陀经典,但是只有口耳相传之语句,并无文字。贵者名叫亚利安人,新从西北方迁来,征服那些土人而占有其土地。(据印度史,亚利安人从中亚细亚西尔、阿母两河之间东南徙越印度河,以达恒河,实在四千年前,适当中国唐尧之世。)那贵者新近有人拟创造一种文字,并且模仿综合旧有之韦陀经典而另造一种宗教,不久就成功了。(按梵书创行于虞舜四十二年,婆罗门教之起源想来亦当在此时。)文命看了一转,向伯益叹口气道:"这国的人民,思想上的能力颇极伟大,将来必能大有贡献于世界。不过天气太热,人民的性质太偏于慈爱,将来难免受强族之欺凌吞并罢了。"

大家离了身毒国,再向西行,又到了一国。刚要从龙背下降海滨,只见下面有一个极大之建筑物焜耀于眼帘,其形四方,下广而上尖,仿佛一个金字。从下面到上面高约五六十丈,每面之广约七八十丈,不知道它有什么作用。后来遇到土人,细细探问,那土人道:"这是我们君主的寝室。"文命一想,寝室要这样大,这样高,而且那制度与寻常之房屋大不相同,尤不可解。便又问道:"贵国君主每夜必到此间来安寝么?"那土人道:"不是不是,敝处人的寝室有两种,一种是短眠之寝室,一种是长眠之寝室。这个寝室,是我们君主长眠之寝室,不是短眠之寝室,哪里是每夜来的呢!"文命道:"怎样叫短眠?怎样叫长眠?"那土人道:"一个人日间作事疲劳,夜间休息几个时辰,叫作短眠。几十年作事疲劳了,连续的休息他几百年或几千年,这个叫长眠。"文命道:"某有一句触犯忌讳的话,请原谅。敝国所谓长眠千载,就是死的意思,想来贵国人忌讳这个死字,所以叫长眠,是否如此?"那土人连连摇头道:"不是不是,禽兽有死,人为万物之灵,决无死法。敝处因为没有死的人,所以称为不死之乡。先生拿死字来解释长眠二字,未免误会了。"

文命问道:"长眠和死有分别么?"那土人道:"怎么没有分别?形肉消灭,仅存骸骨,这个叫作死;形体长存,仅仅不饮不食,不热不息,不动作,那仍是睡眠,不过时间较长罢了,过几百年或几千年依旧会醒过来的,哪里可以叫作死!"文命听了,便又问道:"贵处人长眠之后,他的形体自然不会腐烂消灭么?还是要用药去防护它,才不会腐烂消灭呢?"那土人道:"当然要用药去防护。因为人生作事几十年,疲劳极了,一旦倒头睡下,与寻常的短眠不同,一切不知自主,所以非别人代他敷药防护不可。譬如有些人,日间疲劳极了,夜间偶尔短眠,冷也不知,热也不知,甚而至于有人推他也不知,短眠尚且如此,何况长眠呢!"文命听了一想,从前所听说用药藏尸的地方,原来就在此处;所谓不死之乡者,原来如此,真是异闻。

当下别了那土人,又到各处考察一会,觉得他们的一切文化的确不错,而且有些地方,如同天文、文字等类,大都与中国相同,真所谓东西万里,不谋而合了。(中国天文学有"黄道十二宫"之说,埃及亦有之。中国文字初为象形,埃及文字亦为象形。)一日,到了一处,只见一个大城,新而且坚,觉得是建筑不久。后来问之土人,果然造好不过二百年光景。(据埃及史,美内斯创国,设官定制,筑城于门非斯,恰当中国颛顼高阳氏的时候。)后来又走了许多地方,看见那君主长眠的寝室到处都有,不过没有同第一次看见的那个高大。它的制度形式亦不同,有的一层一层而上的,有的顶是圆而不尖的,有的不从平地筑起,而是掘地甚深,将寝宫筑在下面的。大概年代愈近则建筑亦愈高愈大,想见文明渐进而奢侈亦渐增了。

文命等在此不死之乡耽搁了多日,重到海滨。刚要动身,只见有一个圆形的大物,足有十几丈周围,从海中浮水而出。仔细一看,上面虽则布满了海藻、青苔之类,但是还可以考察得出是木质的,是人工造的。然而,为什么能够在水中自行浮出,且能向岸边激进,究竟是什么东西,大家正自不解。只见那大圆物近岸之后,里面似有重物在那里移动的声音,又似有开锁的声音。隔不多时,只见大圆物上面的一块板忽然展开,随即从里面钻出两个大人来。那时大圆物已经傍岸,那两人随即跳到岸上。文命等细细估量,其身材之高大总在三丈左右,不禁诧异之至,就过去和他们施礼,问道:"诸位是此地人么?"这两个大人听见文命说话,忙俯下身来问道:"足下要买货物么?"文命道:"不是不是,请问二位是何处人?"那大人说:"某等是宛渠国人,到贵国来做买卖的,足下要买货物么?"文命道:"某在此游历,并非此地人,不要买货物。请问贵国离此地有多少路?"那宛渠国人道:

"某等这个沦波舟速力不弱,每日可以走一千里,现在已走了十二日余,总在万里以外了。"文命指着那大圆物问道:"这个是船么?船应该在水面行动,而且形式亦不是如此。刚才某看见它从水底涌出,却是何故?"那宛渠国人道:"某等这个沦波舟一名叫螺舟,是仿照螺蛳的形状制造的。螺蛳在水中,水不会浸入,某等这船水亦不会浸入,所以在水面可走,在水底下亦可走。刚才某等就是从海底下上来。"文命听了这话,尤其诧异之至,说道:"水底可以行船么?"伯益在旁,就向那人要求到船中去参观参观,以广见识。那宛渠国人细细盘问了文命等的籍贯经历,方才答应,不过说人数不能太多,只以五人为限。

　　文命和伯益当然要去参观的,其余的就由文命指定了真窥、横革和庚辰三个,一同前去。这时那螺舟中早又有三个大人钻出在外。那宛渠国人就招呼文命等登上螺舟,后来钻出的三个大人亦重复钻进去。文命等向下一望,有扶梯靠着,那领导的宛渠国人先循梯而下,文命等便跟了下去。但是宛渠国人长,那扶梯的阶级距离甚远,文命等殊感困难。勉强将扶梯爬完,只见里面乃是一间精室,非常光明。仔细一看,壁间嵌着几颗圆形之物,似珠非珠,那光亮就从此等圆物中发出。伯益便问道:"这是什么东西?"宛渠国人道:"这是鲸鱼之目,在黑暗中能发光明,所以名叫夜光珠。此地船中不能燃烧薪火,只能用此代灯。"文命见四面储积的筐箧甚多,想来就是他们做买卖的物件了。精室的一端,又是一座扶梯,那宛渠国人又领导文命等再从扶梯而下,但见又是一室,壁间依旧嵌着夜光珠。那人说道:"船中不能举炊,此间储蓄的干粮约可供五个人两月余之用。"说罢,又领导文命等更下一层,文命等觉得比第二层又狭窄了些,暗想,这个真是螺蛳形了。那人忽然从案上取出一物,将壁间所悬挂的夜光珠罩住,室中顿然黑暗。大家吃了一惊,不解其故。只听得那人说道:"诸位请向外看。"文命等向外一看,只见有几处亮光从海水中透进来,原来他那船身上开了几个小洞,不知用什么透明而不渗水的物件嵌住,外面又悬挂着几颗夜光珠,照耀得很亮,海中游鱼都从船旁经过,历历可数,真是奇观。那人道:"有了这方法,我们在海底潜行,才可以辨得路径。不然,盲走瞎撞,就闹成笑话了。"伯益道:"海中有道路么?"那人道:"虽然没有道路,但是亦有物件可以做标帜。海底之中亦有大山小山,有高原平原,有种种植物。我们经过之处,都给它取一个名字,做一个记号,那就是路径了。"说着,又引文命等下了一座扶梯,其室更窄,六个人仅有回旋之地,而室之四围都安置着一种物件,不知何用。那人道:"这是此船最重要之机关。"指着一物说道,"这是升降器,将此物一抽进,则海水涌入,船身重而渐渐沉下;将此物一挺出,则排泄海水,船身轻,自能浮上。"又指着一物说道,"这是进退器,将此物左旋,则船向前而进;将此物右旋,则船向后而退。"文命等听他如此说,细细看了一会,亦莫名其妙,只好唯唯而已。那人忽然道:"这船的大略,想来诸位都已明白,某万里来此,事务极忙,未能久陪,改日再谈吧。"文命等只得向之道谢,跟了他一层一层地爬到船唇。那人将船板盖好,加了锁,和他四个同伴匆匆而去。

这里文命等亦驾龙而行。路上伯益与文命谈起螺舟,极赞其精巧神妙。文命道:"古之圣人,无所不学,师蜂而立君臣,师蜘蛛而制网罟,师拱鼠而制礼,师蚁而置兵。他们这种船,就是从螺蛳和鱼二种学来的。形状如螺,上有甲板,可以使水不渗入;中有升降器具,仿佛如鱼腹中之气鳔,缩之则沉,张之则浮。所以圣人无常师,真是不错。"伯益忽然有懊悔之状,说道:"刚才有两事没有问他,可惜可惜。人非空气不能活,他们紧紧闷在这螺舟之中,四边不透空气,何以能存活？这是一项。还有一项,那嵌在船身上透明的物件名叫什么？是什么做的？这二项都没有问明白,可惜可惜。"文命亦点头称是。然而相隔既远,决不能再回转去问他,只得罢了。

第一百三十二回

禹到长脚、扶卢、女子、轩辕、丈夫等国

一日,文命等到了一处,只见那里的人身长总在四丈左右。仔细考察,原来他们身体上截之长不过与寻常人一样,独长了一双脚,大约在三丈以外,所以他们叫作长股国,亦叫长脚国。走起路来,摇摇晃晃,真有举头天外之概,令人可望而不可即,要想同他们说话颇不容易。文命道:"我从前听说黄帝五十九年,长股国人来朝,那时招待他们据说颇费踌躇。一则生得既然如此之长,寻常门户不能进出,这是第一项困难;二则席地坐下之后,他的那一双长脚一直要伸到远处,布筵设席甚不方便;三则相见的时候,一个远在半空,一个站在底下,行礼谈话都觉吃力。后来黄帝和木正赤将子舆商量,特地做了一副假脚,续在自己和从人百官的脚上,务使和长股国人一样的长,朝夕演习行走。(后世乔人之戏叫踏乔,就是这个典故。《列子·说符篇》:'宋有兰子,以技干宋元君,以双枝长倍其身,属其胫,并趋并驰。'则战国时已有之。)又特地造起几个高屋,所有门户都在八丈以上,可以给他出入自由,又因为不能席地而坐,特地做一种可以垂足而坐的高席,又做了些高二丈多的高几,以设筵席。后来长股人到了,宾主相见,一切礼节总算敷衍过去,没有闹出笑话。现在我们来此,比较起来,在他胯下走进走出亦是绰乎有余裕。要和他们谈话,问他们风俗情形,恐怕难而又难，不如去吧。"

大家看见这个情形，亦知道无望，于是就一齐动身。路上横革向众人道："长臂国的人两手长了还有用处，长股国人两脚长到如此，绝无用处，只有不便，真可怜。"真窥道："他走起路来一步可以抵寻常人五六步，奔走甚速，岂不是用处么。"横革道："平常时候走路要如此之快做什么？叫他们打仗，打败了逃生倒是好的。"国哀道："长臂国人和长股国人假使合在一起，长股国人背了长臂国人到水中去捕鱼，倒是交相为助的。"伯益笑道："这是他们做过的事情，从前有人看见，还做着几句赞辞道：

　　臂长三丈，体如中人。彼曷为者？
　　长臂之人，修脚是负，捕鱼海滨。

照这几句看起来，岂不是他们早已做过这回事么！"大家听了，都不觉一笑。

一日走到一处，在海滩上歇下，只见波平浪静，风景清和，是历来所到的地方从未遇见过的。大家都说此地很有趣，下了龙背之后，齐向内地走去，绝不见有凶恶的禽兽，但见嘉木异卉分布于山巅水涯，愈觉使人可爱。又走了一段路，只看见远远号哭之声甚厉，大家不解，急急向那有哭声处循去。愈走愈近，哭声亦愈厉，四周林木都为之震动。转过一个山谷，但见素车白马，麻冠缟衣的人不计其数，仔细一看，原来是在那里出殡送葬。许多人的号哭，加之以山谷中的反响，自然益发厉害了。之交道："这个死者想来是个达官贵人，或者是贤人善士，所以那送葬者有如此之多。"伯益道："他们的葬礼不知究竟如何，我们何妨前去参观。"文命道是，于是大家缓步跟了他们过去。

只见前面的灵车正在那里慢慢地拖，灵车上面的棺木形式非常奇异,与中土不同。过了一会,到了安葬之地,那边已有一个大坎预先掘好,坎的底里厚厚铺着香草,草上又疏疏落落地放好许多灵芝,坎外地上香草灵芝堆着的也甚多。灵车停下之后,早有十数人将灵柩从车上抬至地上,旋即将棺盖揭开,又将棺木的中段移去,那死者的尸身顿然呈露于眼前。原来那棺木的结构分为三层。下层为底,以卧死者;中一层为四方之木,加于底之上,其高约三尺;上一层为盖,大略和中国棺木相同,唯分为三截而已。那死者须发皓白,年似甚高,就是那孝子和送葬的众人之中,年纪大的亦似乎不少。这时众人哭声又非常之厉害。哭了一会,那孝子率同数人将尸体扛到坎中,轻轻安置妥帖,随即拿坎外地上堆着的灵芝香草,悉数都铺盖在尸体之上,然后又用细泥薄薄地洒在上面,等灵芝香草看不见了方才住手。大家又聚拢来,朝着坎痛哭不止。哭到后来,那孝子昏晕,栽倒在地,大家救护孝子,才把哭声停住。隔了一会,孝子救醒,一齐拥着上车而去,余众有些步行而归。

　　文命忙赶过去施礼,请问他道:"这位死者是贵处的达官贵人么?"那人道:"不是,是个寻常百姓。"文命道:"那么一定是大圣大贤、功德巍巍的人了。"那人道:"亦不见得,他不过是个工人罢了。"文命道:"那么诸位都是他的至亲?"那人道:"这位死者亲族很少,某等都是同间同里之人,并非至亲。"文命道:"那么诸位刚才何以哭得如此之哀痛?莫非从前受过死者的大惠,或和他交情很深?"那人听了,诧异之至,说道:"哭死而哀,人之仁心,难道一定要受过他大惠的人或交情深厚的人才哀痛,其余都不必哀痛么?你这句话某实不解。"文命自知失言,忙解释道:"某不过随便问问,并无意思,请勿嗤笑。"便又问道:"贵国何名?"那人道:"敝处叫扶卢国,请问大贤等贵国何处?"文命告诉了他,那人听了,拱手致敬道:"原来是中华大贤,怠慢怠慢。"文命又问他道:"刚才那死者年纪似乎很大。"那人道:"并不算大,不过三百岁。"文命等听了,不禁骇然,便问道:"三百岁的年纪还不算大么?"那人道:"敝处之人,年龄都是三百岁,并没有三百零一岁的人,所以并不算大。"文命道:"足下今岁高寿?"那人道:"某虚度二百五十岁,和死者的长子同庚,再过五十年也就要埋入坎中了。"文命道:"贵国葬法不用棺木么?"那人道:"怎样叫棺木?"文命道:"就是刚才盛尸的器具。"那人道:"敝处向来不用此物,因为敝处的丧礼,父母死后,做子女的即水浆不入于口,直到死者之骨化为尘埃,方才可以饮食。倘使用了盛尸的木器埋在坎中,那么何时骨化尘埃?孝子孝女岂不是要饿死么!"文命听了,又诧异之至,便说道:"人之身体,腐烂净尽很不容易,骨殖之腐化更不容易,往往有历几千年还存在的。现在虽则掘坎藁葬,但是要等到他形销骨化,哪里有这么容易呢!"那人道:"容易容易,少则两三日,多则四五日,无不化尽了,这是素来如此的。"

　　文命听了,煞是怀疑,以为他是故意如此说说的,或者那香草灵芝之中藏着腐肉烂骨的药,都未可知,然而又不便向他道破,又不便要求他几日之后掘起那埋葬的尸体来实验一下,也只得就不问了。正要想告辞,那人因文命等是中华大贤,苦苦地邀到他村庄里去留宿。文命推却不脱,只得应允。那村庄中人家约有几百户,听见文命等到来,个个欢迎,轮流供食,按家分宿。文命等一连住了数日,觉得他们事亲之孝,待人之谦让,真是出于天性,绝无虚伪,不胜叹佩之至。到了临别的那一天,亲自写了一块匾额送给他们,叫"扶老纯孝之国",于是率领众人上了龙背,再向别处,在龙背上尤是称叹不止。

　　一日,到了一国,只见那里纯是女子,绝无一男,不觉诧异。那众女子看见文命等到了,亦非常之欢迎,个个围绕拢来,殷殷招待,并且牵牵扯扯,都要邀到她家里去。文命看她们蓄意不善,本想严词拒绝,后来要想探问风俗,只得婉词和她们说道:"我们这队人是不能离开的,诸位要谈话,何妨就在此地谈谈呢!"众女子听了,都觉失望,呆呆地立着不动。文命就问她们道:"贵国的男子现在何处?何以一个都不见?某等很想和贵国的男子谈话呢。"那众女子听了,又非常不悦,隔了一会,说道:"男子是有的,不过还小呢。"正说时,人丛中就有一个抱着婴孩的女子挤进来说道:"诸位要和敝国的男子谈话么?请和他谈。"文命等一看,那婴孩不过生了几个月光景,眉目间颇有男子之概,但是乳臭尚未干,何能谈话呢?便又向众女子赔笑道:"请诸位不要相戏,某等想和贵国年长的男子谈话。"言未毕,又有一个女子,抱着一个大约两三岁的男孩,从人丛中挤过来,叫道:"先生!这个孩子年长了,和他谈话吧。"文命一想,这事奇怪了,这些女子苦苦与我相戏,不知何故。我在何处开罪于她们呢?正在踌躇,伯益在旁指指那孩子说:"我要想见见他的父亲,或者他的伯叔,都可以。"女子听到这句话,顿时面色个个发赤,旋即个个叹气。停了一会,有一个女子说道:"也可以,诸位请跟我们来吧。"

当下那女子在前,众女子簇拥了文命等,曲曲弯弯,到了一座大厦之中,正殿三间,当中一间供奉着不知是何神道,转过后轩,只见一所极大的庭院,庭院正中有一个长广三丈的方池,池中正有两个女子赤身裸体坐在那里,不知做什么。众女子指给文命等看道:"这池名叫潢池,也叫台骀之水,就是小孩子的父亲了。"说完,又带领文命等走到一座偏院,院中一无所有,仅仅有一口大井。众女子又指指,向文命等说道:"这可算就是小孩的伯叔辈了。可是,这池这井说是他的父亲、伯叔固然可以,说是他的祖父、伯叔祖父亦可以,即使说是他的曾祖、高祖、远祖,亦都无不可以。原来我们国家的人类,全是从这两个地方坐一坐、看一看而来的。假使我们国里有男子,何至于要这个池、这个井来做我们公共的丈夫呢!"文命听了这话,非常诧异,就问道:"刚才两位抱的小孩子,不都是男孩么?待他们长大起来,就有男子了。"众女子听了,又叹口气道:"便是我们,亦都存了这一种痴心妄想,所以在这里费心费血的养他们,如不是如此,一生出来早弄死他们了。"文命不解,忙问何故。众女子道:"我们生的女子,个个都养得大,若生男子,到了三岁一定死去,岂不是天数么!"说到这里,那抱小孩的女子说道:"我这孩子已快要三岁了,不知道养不养得大呢。"一面说,一面竟大哭起来。文命等听了,无不伤心,就用言语去抚慰她们。

忽然间,一个女子竟老着脸皮向文命等说道:"我们正苦都是女而无男,现在诸位恰恰到此,不可说不是天假之缘。我想,就请诸位永远住在这里,与我们配为夫妇,岂不好么?诸位都是中华国人,我听见老辈传说,中华国的贵人有夫人、有妻、有妾,一个男子娶一百几十个女子的都有。现在我们人数不多,诸位二十一个人,一个人二百个,分配起来,所余者无几,未知诸位意下如何?我辈决不会妒忌吃醋,请诸位放心。"文命听了,暗想,这真是出于意外之事了,慌忙道:"承诸位厚意,非常感激,但是某等均有事在身,且奉有君命,不敢逗留,请原谅吧。"那些女子沉吟了一会,又说道:"全体不能,剩几个在此地,总可以吧?"文命等齐声道:"我们都有事务,实在不能在此。"众女子听了,陡然个个怒形于色,骂道:"既然不能,你们到此地来做什么?害得我们低首下心,陪了半日。"文命忙忙对她们道歉,众女子一个也不来理睬,一哄之间,顿然散去,口中还在那里乱骂,像个很恨的样子。文命等觉得可笑,但是也觉得她们可怜,大家齐循旧路而回,一路走,一路议论。郭支道:"某听说,独阳不长,孤阴不生。现在她们尽是女子,竟会得生男育女,煞是可怪。"国哀道:"她们这池水和井水,坐一坐、看一看,就会得育孕,尤为奇怪。我觉得那池水与寻常之水并没有什么两样。"文命道:"天地间不可以常理测度的事情不知道有多少!只可以用'六合之外,存而不论'八个字了之,不必再去研究它了。"

这时已到海边,大家乘龙再向西北行,只见前面空中,有一物,似鸟非鸟,从东北向西南而去。大家看得诧异,说道:"这个不知是何怪物?"狂章听了,脱离龙背,飞身过去,匆匆一望,就回来报告道:"是一辆车子,车上坐着两个人,大约是何处神仙之类。"黄魔道:"决非神仙,神仙的车子还要华丽,旁边总有彩云拥护,而且着实要走得快,没有这样慢腾腾的。"繇余道:"或者是修道初成、能力浅薄的神仙,亦未可知。"大家议论了一会,也就丢开不提。

过了多时,到了一座大山,但见山的南面屋宇栉比,树木参差,仿佛是一个大聚落,当下就降龙下去小憩。忽然看见一个人从林中出来,形状甚奇,头目面貌和常人不殊,但其身体细圆而长,仿佛象蛇。仔细一看,后面的确还有一条蛇尾,从下面往上直蟠到头顶,不知是人是怪。繇余忙上前问道:"贵处是什么国名?"那人道:"敝处叫轩辕国。"文命见他能够人言,料无恶意,遂上前问道:"贵国取名轩辕,是何意义?"那人道:"说来亦可笑,敝处人住在穷山之南,本来无所谓国名,有一年,有一家姓公孙的人家,生了一个孩子,非常聪明,后来跑到东海去,建立一番事业,听说很是伟大,他自己取了一个名字,叫作黄帝轩辕氏。后来四面的邻国都惧怕他了,知道敝处是他生长之地,所以就叫敝处为轩辕国。敝处人听惯了,就承认叫轩辕国了。"文命一想,原来我的高祖生在这个地方,今朝到此,不可谓非大幸,当下便问那人道:"黄帝轩辕氏生在什么地方?此刻遗迹还在吗?"那人道:"这个孩子自从到东方去之后,后来亦曾回来一次,据他说已经做了什么中华天子了,护从的人非常之炫赫,但是对于我们这些老辈、长者,倒依旧是致敬尽礼,和他幼年在这里一样。我当时和他家本是邻居,他的母亲附宝是一个很慈祥和善的人,我们常见的。所以这轩辕小孩子我时常抱他,他对于我亦很亲热。那次回来,我曾提了他小时顽皮的事迹问他,他却还记得。自从这次去了之后,没有再来过,后来就听说死去了。这样一个聪明的小孩子,只活到一百岁,便尔夭殇,真是可惜!诸位要访他的故居么?相离不远,请同去看看吧。"说着,转身就走。

文命等一同跟着,大家心里暗想,黄帝轩辕氏到此刻何止五六百年,他说曾经抱过,而且口口声声叫他小孩子,这是什么话?而且黄帝活到一百多岁他还说是夭殇,这又是什么话?想到此地,文命便问道:"先生高寿?"那人道:"小呢小呢,小子今年才活到七百八十足岁,正是翩翩少年,先生之称,万不敢当。"文命等听了,都大吃一惊,便又问道:"那么贵国人的寿数,最高是多少?"那人道:"亦不一定,大概普通总在千岁以上。先兄幼年多病,大家知道他是不寿之征,后来只活了八百岁,这是很少的了。其余三千岁、五千岁,都是常事。"

正在说时,只见远远一座丘陵,丘陵之上有许多房屋,那人遥指道:"这丘上就是了。"少顷,到了丘上,只见那些房屋虽旧而不倾斜,男妇老幼,有许多人住在那里。那轩辕国人说道:"轩辕这孩子上次回来时,非常爱惜他的旧居,防恐日久损坏,所以特地请了从前相识的人来居住,以便按时修葺,原说将来再来,而今已无望了。"说罢,不胜叹息。文命细看那丘形,有一处仿佛如车之轩,有一处仿佛如车之辕,暗想,高祖当时号称轩辕,或者以此得名吧。后来一想,又不对,车舆之制是我高祖所创造的,怎样会得以此丘得名呢？或者我高祖会心不远,创造车舆就是依此丘之形狀而模仿成功,亦未可知。正在想时,只见那人东指西指道:"这里是附宝住的,这里是少典氏读书会客之所,这里是轩辕氏诞生之处。"滔滔不绝,说了一会。文命不胜慨慕,徘徊凭吊了半晌,又细问他们的饮食起居,才知道他们是饮露以解渴,吸气以充饥,并不食谷食血的,所以有这般的长寿。后来文命等谢了那人,离了轩辕国,越过穷山,再向西北前进。

到了一处,只见那些人民纯是黄衣黄冠,腰佩宝剑,气概轩昂,看见文命等是异国之人,都跑来询问。文命告诉了他们,他们都羡慕道:"原来是中华人,中华是我们的祖国呢!"文命听了,就问他们的国名。那人道:"敝国名叫丈夫。"文命绝口称赞道:"照贵国人的仪表,不愧丈夫之名。"内中有一个老者,听了叹口气道:"何尝是如此呢!敝国纯是男子,绝无女子,所以称为丈夫国。"文命诧异道:"那么贵国姒续子孙之计,怎样呢?"那老者又叹口气道:"不瞒老兄说,敝国创立至今,不过几百年。从前先祖是中华人,奉了君主之命,到西王母处去采药,哪知迷失路途,到了此间,粮食告罄,同行之人有几十个,只得在此住下,采果实以为粮食,织木皮以为衣。过了多年,大家性命虽得保全,而深怕日久之后,一个个都死起来,最后几个无人埋葬,因此颇以无子孙为虑。哪知自此以后,每个人的肚皮都渐渐大起来,起初还以为病,但是饮食起居一切如常,并无病象,亦只得听之。不料十月满足之后,个个生产了,男子生产,痛苦异常,然而久之亦成习惯。所以诸位看某等都是昂藏丈夫,不知道到了生产之期,就不能雄飞,只能雌伏,一身兼父母,岂不可痛可耻!"说罢,又叹息不已。

文命道:"生育这件事,虽说自古有一定之道,但是亦有变例。即如某就是从母亲之背而生的,某有一个同僚是从他母亲之胸而生的。现在男子产子,当然又是一种状态。"那老者道:"某等产法大约有三种:一种最普通,是从背间而出;一种是从胁间而出;一种是从形中而出,寤寐之中,不知不觉,儿已产出,绝无痕迹,为父母者并不痛苦,但是那种产法最为难得。"文命道:"此等产生之儿都是男子么?"那老者又叹口气道:"有女子啊,唯其有女子,再加以古老之传说,所以我们才知道世界上除男子之外,还有一种女子,而女子才是正当产儿之人。不然,某等亦变成习惯,哪里知道世界上还有女子,而以男子生育为可耻呢!"文命道:"那么诸位所生的女子,养大来,岂不是男女就可以婚配么?"那老者听了,连连顿足,连连叹气道:"就苦在养不大啊!从来没有养到四五岁的,真是天绝我们呢。"文命想问他们如何有孕之法,很觉难于启齿,正在寻思,忽听见伯益问道:"小儿初生,必须哺乳,贵国人亦哺乳么?"那老者道:"从前先祖第一次生产之时,苦于无乳。后来一想,男子胸前本来有乳两颗,不过略小而已,既有两乳之形,想上古时必有所用,大约因后来专以哺乳之事付之女子,日久不用,遂致退化,假使再用起来,或者可以复其本能。因此就叫小儿频频吸之,哪知果然有效,不到多时,果然乳汁流出,后来产儿哺乳完全与女子无异了。"文命道:"令远祖贵姓大名?是中华哪一朝人?"那老者道:"敝远祖姓王,单名一个孟字,是中华何朝人却记不清了。"文命道:"令远祖共生几子?"那老者道:"共产二子。"文命道:"现在贵国全数共有若干人?"那老者道:"共有二千余人,深念生产之苦,常想到别处去寻找几千百个女子来,以成匹配,但是杳不可得。要想舍去此地,重返中华,一则路途遥远,迷道堪虞,二则产业坟墓多在此地,未免安土重迁。现在诸位既然万里迢迢来到此间,务望念同乡之谊,有便时将中华女子无论好丑,多带几个来,敝国人不胜感激之至。"说罢,拜了下去。文命慌忙还礼,一面说道:

"容某细细筹划,如可设法,无不竭力。"当下又询问了些琐碎之事,方才别去。

这夜,宿在郊外,大家商议办法,看到女子国人之急与丈夫国人之苦,同一缺陷。假使设法使他们两国联合起来,既可使内无怨女,又可使外无旷夫,各得其所,岂不是两全其美!好在他们两国中间只隔一座穷山,路并不远,撮合颇易。于是文命定计,明日先将这个办法与丈夫国人商议过了,得其同意,然后再遣天将到女子国去,征得她们的同意。假使两方面有一个不允,就不必说;倘使都允许了,那么女子国人都嫁到这边来,还是这边的人都赘到那边去,还是一部分嫁,一部分赘,这都要他们预先商量定的。还有一层,男女老少美丑如何分配法,亦须要预先说定,免得到那时大家争夺起来,佳偶变成怨偶,反致不妙。大家听了,都说不错。议完之后,伯益笑道:"这个媒人,一做几千对,可算得是千古第一大媒了。从前蹇修氏是个媒氏之官,但一起做这许多人的媒,亦是没有的呢。"大家都笑了。真窥道:"丈夫生子哺乳,真是千古奇闻!"伯益道:"我们中国历史上都有过,不过不多罢了。从前一个朝代,有一卖菜佣,孕而生子。可惜他如何生法以及所生之子后来是否长成,均没有载明。又有一个义仆,他主人合家遭难,只剩了一个新生之幼主,他抱了逃出,躲在山中,苦于无乳,就躬自喂哺,几日之后乳汁流通,居然将这幼主养大。可见这种事亦并非绝无之事。不过第一种大家认为人痫妖孽,第二种大家都以为是至诚所感,不去研究他所以然之故罢了。"一宿无话。

第一百三十三回

禹拟配合丈夫、女子二国　夏耕尸为患
西海神率禹避难　刑天氏之结果
禹见屏蓬兽

到了次日,文命等再到国内,将此法告知丈夫国人。他们都感激得不得了,说道:"果然如此,诸位对于敝国真是天高地厚之恩。不过茫茫大海,相去千里,如何来往?敝国人绝少航海之能,还请诸位始终玉成其事。"文命道:"这个自然。不过某所虑者,女子国那方面是否同意,且待去问过了再说。"那丈夫国人道:"她们一定情愿的,这样天地间的大缺陷,难得有诸位大发慈悲,愿我们成了眷属,岂有不答应之理。"文命道:"但愿如此最好。"于是回到郊外,就遣黄魔、大翳二天将到女子国去。文命并教他们如何措词之法,二将答应,凌空而去。这里丈夫国人感激文命等之厚意,送来饮食礼物,络绎不绝。

文命等静待好音,哪知左等也不来,右等也不来,过了大半日,不但文命等怀疑,连庚辰、繇余等天将也疑心起来,说道:"此地到女子国,至多不过千余里,照我们飞行的速度,不消半个时辰,何以此刻还不转来呢?"伯益道:"女子之性质,多疑而寡断,大约一时决定不下,所以二将只得在那里等候。"大家一听,这话亦有理,就不在意,且再静等。哪知等到第二日,仍不见回来。庚辰向文命请命道:"某看这事必有古怪,黄魔、大翳二将决不会如此误事的。即使女子国人一时决不定,亦不妨先回报信,何以似石沉大海呢?容某前去探访一会,何如?"文命答应,庚辰绰了大戟,凌空而去。刚到穷山相近,只见空中站着一个没有头的人,一手拿了一柄戈,一手拿了一张盾,拦住去路。庚辰心细,一想,这个妖魔决不是好惹的,不要就是太真夫人说的什么刑天氏么?且慢和他角力,便客客气气地问道:"某与足下素不相识,并无仇怨,足下现在阻止某的去路,不知何意?"只听见那没头的人从他颈腔里发出一种声音道:"我姓夏,名耕。请问,你现在到哪里去?"庚辰道:"某到女子国去。"夏耕又从颈腔发出声音问道:"去做什么事?"庚辰便将缘由说了。那夏耕道:"我知道你们鬼鬼祟祟,有这种事,所以在此等候。你给我快回转吧,不许你到女子国去。"说着,两手将戈盾一扬,做了一个示威的样子。庚辰此时不禁恼怒起来,但是仍旧按住,再问道:"某到女子国去,为她们和丈夫国作合婚配,从此之后,一个无夫而有夫,一个无妻而有妻,亦是天地间一桩美事,不识足下何以反对到如此,特地来拦阻我?"

那夏耕听到此句,似乎非常盛怒,颈腔中发出的声音愈响,说道:"这种男女配偶的事情,本来都是狗屁不通的什么天帝弄出来的。当初混沌初分的时候,在天上开了一个会议,商量制造人类的标准。我们这党曾经主张,人类可以制造,但须一律平等,万不能有什么男女之分,致将来有种种之弊。哪知天帝不听,反发出一流邪说,说什么'天地间有了男女,才有欢爱之情;欢爱之情充满于宇宙,才可以算得一个世界'。岂知弄到现在,欢爱之情变了一种愁惨之气,男子求不到女子,女子求不到男子,因此而幽忧成疾或自杀的不知有多少!男子娶了一个不如意的妻,女子嫁了一个不称意的夫,因此而反目争闹或幽忧致死的亦不知有多少!还有男子已经娶了妻,女子已经有了夫,忽然看上了一个别的男女,又去和他私通,妻之外更有妻,夫之外更有夫,因此而相妒相仇相杀的,又不知道有多少!即使不如此,有了家室就不能自由,妻恋其夫,夫恋其妻,人生多少大事业都牺牲于家室系恋之中;人生多少重负担亦都增添于家室系恋之中,所以家室之味总是先甜而后苦,夫妻之味总是先浓而后淡。假使没有男女之别,就没有了夫妻之制,一切纷扰、纠葛、苦痛统统可以解决,岂不甚妙!所怕的,就是不能生育,人类要断种绝代,如此而已。现在我们革命,要将以前的种种旧法一概革除,另易以我们的方法、我们的主义。生育之道,不必用男女交合,自能生育,我们已有相当的试验成绩。天上一位女神,叫作女歧氏,无夫而生九子,就是我们这个主义之能实行者。我们请女歧氏将此方法传播到下界,成立一个女子国,又苦心孤诣弄到了王孟一班人,使他们男子也能生育,成立一个丈夫国,千百年以来,成效都已昭著了。我们正想拿这个方法、主义推行到全世界去,免除人类的纠葛、纷扰、痛苦,让大家看看,是我们的这个方法和主义好,还是狗屁不通的天帝的旧主义好?现在你们倒想设法使他们配合起来,反对我们的政策,破坏我们的主义,我能饶你么?你快给我滚回去,免得讨死。"说罢,又扬起戈盾,示威了一阵。

庚辰听了一想,他口口声声反对天帝,一定是太真夫人所说天上革命的那位魔君了。果然如此,不可轻敌,且回去再商量吧。刚要转身,忽然想起一事,又问道:"昨日某有两个同伴经过此地,足下看见么?"夏耕道:"那两个是你的同伴么?可恶之极,一点本领都没有,反庞然自大,问他说话,一句没有回答,兜头就是一锤,举手就是一刀。这种人如此无理,早被我拿下了。你和他们既是一党,料想不是好人,快给我滚吧!"说罢,提戈作欲击之势。庚辰无法,只得退转,将刚才情形和说话统统告知文命。

　　文命听得黄魔、大翳二将失陷,非常担忧,说道:"那么怎样办呢?"庚辰道:"某看此事重大,只有去求夫人之一法。"狂章、童律等四将听说黄魔、大翳被擒,个个切齿愤激,齐声道:"料想他不过是个无头狂鬼,有什么本领,我们五个先去和他拼,拼不过,再求夫人不迟。"庚辰听了,仍是迟疑,说道:"并非我胆怯,因为太真夫人说过,天帝打平他们尚非易易,何况我们。所以我看总以慎重为是。"哪知众人正在说时,陡见一个无头而手操戈盾的人已立于面前,颈腔中发出大声道:"哪个敢骂我无头狂鬼?真真可恶已极!"说着,举起大盾,早把狂章、童律、繇余、乌木田四将一卷而擒之,指着庚辰道:"你这个小贼还乖觉,我不来拿你。你要求什么夫人,尽管去求,我对于狗屁不通的天帝尚且不怕,怕什么夫人娘子?"说罢,霎时不见。

　　文命等这时真怕极了,暗想在此地说话他怎样会知道,而且其来无迹,其去无踪,天将六员被擒,正不知吉凶祸福。云华夫人那里到底要不要去求呢?大家都是这般寻思,面面相觑,默默不敢出声。忽然只见东海之上有两个戎装银甲之人,各跨白龙而来。大家更是惊疑,不知他们是何来历,刚要动问,这两人已下龙来,到文命面前行礼,一面说道:"此处不宜再住,请崇伯作速动身,跟某等来。"说罢,急忙旋转。文命要想问他是什么人,那两个已跨上龙背,回头连说:"快跟某来!"文命等都弄得莫名其妙,但察其意不恶,只得一齐亦上龙背,跟着那两人的龙,浩浩渺渺,直向西去,其激如矢。

　　约有三个多时辰,到得一座大山,方才降下。那两人重复上前,向文命行礼,一面说道:"此地可以倾谈了。"文命问他们姓名,原来一个是西海神,姓祝,名良;一个是西海君,姓句,名太邱。文命向他们道谢,并且问为什么到此地才可以倾谈。祝良道:"那边万里之内,纯是彼党的势力范围,如有言谈,必定为他们所听见,深恐误事。到了此地,彼等耳目已不能及,所以可倾谈了。"文命道:"到底夏耕是个什么怪物,神通有如此之大?是否就是天上革命的刑天氏?"祝良道:"他不是刑天氏,却是刑天氏的死党。当初天上第一次革命时,他亦是最激烈之一员,然而论到神通,还不及刑天氏,所以刑天氏是首,他还是从。"文命道:"刑天氏神通还要大么?那么何以降之?某有天将六员为其所擒,不知有性命之忧否?"祝良道:"此刻天帝已饬八方神祇设法兜剿,刑天氏等神通虽然广大,谅来不久即可擒获。天将六人合当受难,谅无性命之忧,崇伯可以放心。"文命道:"某因偶尔好事,要想将丈夫、女子两国配合,以致触彼党之怒,肇此大祸,现在想起来,悔无及了。"句太邱笑道:"这亦非崇伯之故,彼党蓄谋已久,即使没有崇伯此事,亦必另外借端爆发,所差者不过时日问题而已,崇伯何必介意呢。"文命方要再问别事,祝良、句太邱已一齐告辞道:"此刻八方神祇正在那里会剿他们,某等应当前去效力,未能久陪,少刻来报捷音,再见吧。"说着,各上白龙,奋迅而去。

　　文命等这时惦念着六员天将,个个闷闷不乐,然而亦无可如何。鸿濛氏道:"此地未知何地?此山未知何名?可惜刚才没有问他们,我们且到山上去望望吧。"文命道是。但是山势甚高,徒步万万不能,于是大家乘上龙背,径登山顶。向西一望,只见山后山势嵯峨,两峰矗立,上合下分,仿佛一座极大之门,里面深杳,不知何地。这时日已平西,阳光闪烁,不可逼视。回望东方,则茫茫大海,一碧万里。文命等身体虽在游玩,那心思却仍记念着六将,所以徘徊良久,都默默无语。隔了多时,再向西望,只见太阳已逼近那两峰之间,渐渐竟从天门之中沉了下去,顿觉天色昏暮。大家才悟到这就是日月所入的天门,此地已是极西之地了,于是就在山顶上胡乱度了一宵。

到了次日,只见山上远处仿佛有一个人卧在那里,这是昨日所无的。大家觉得稀奇,一齐过去看视,原来是受伤而死的人,两臂都已砍去,两脚倒转,碰着他的头,情状甚惨,而且受伤身死的时间似乎相离不远,正不知从何处来的。正在研究,忽见句太邱又乘龙而至,向文命说道:"且喜大憨已经就擒,余党肃清在即,目前崇伯可以到那里去观看了。"文命忙问道:"黄魔等六将怎样?"句太邱道:"都已救出,并未受伤,此刻都在云华夫人那里效力呢。"众人听了,皆大欢喜。

伯益指着那无臂之尸问句太邱道:"这是何人?从何处来的?昨日某等并未看见有此尸。"句太邱细细一看,说道:"他名字叫嘘,亦是刑天氏的死党,昨日大战时与太极真人安度明对手,抵敌不住,向西而逃,太极真人挥起两柄飞刀,将他两臂砍去,想来他逃到此地,痛极坠下,足骨跌折而死的。"文命等一面预备上龙,一面问句太邱道:"此山何名?"句太邱道:"名叫日月山,日月都从此山后的天门中进去,所以有此名称,是极西之地,天地之枢纽也。"

当下文命等的龙跟着句太邱的龙从空中连翩东去,但见各处彩云缭绕,异香馥郁,原来都是八方的神祇奏凯而归。庚辰大半认识,一一指点与文命。文命有些知道,有些不知道。约有两个时辰,远望一座山上瑞气缤纷,幢葆环簇,人聚如蚁,不知是何地方。忽见句太邱的龙已向山麓降下,文命等的龙亦即降下,早有黄魔、大翳等六将前来迎接。大家见了,不胜欣喜。文命正要慰劳他们,陡见句太邱领了一个女子前来行礼,说道:"这是某的妻子灵素简。"文命慌忙还礼,便问道:"尊夫人亦来参战么?"句太邱道:"不是,某妻懦弱无能,不能打仗,不过昨日大战时,西王母、云华夫人、九天玄女、月中五帝夫人,暨仙女到的不少,某妻应该前来伺候,所以在此。"文命道:"西王母、云华夫人等都在上面么?"灵素简道:"西王母和九天玄女早去了,月中五帝夫人刚才去的,只有云华夫人尚在上面。"

文命听说西王母已去,不胜怅怅,暗想去年陛辞的时候,圣天子叫我见到西王母,务必代谢,如今失之交臂,岂不可惜!后来一想,我将来专诚到昆仑山去一次吧。当下就向句太邱道:"那么某去叩见云华夫人。"句太邱道:"好极好极。"于是文命盼咐伯益等且在下面等候,自己带了天地十四将,跟了句太邱夫妇,肃整衣冠,徐徐上山。刚到半山,只见又是一阵一阵的彩云向空中飞行而去。灵素简道:"八方神祇差不多要散完了,我们快走。"大家依言,急急上山,山势忽然展开,只见一片平阳,东西南北四面围绕着四座高峰,而西面之峰尤其高峻兀突。云华夫人同了许多仙女,齐在东面高峰之下。近北面的地方,有大铁索两条,锁着两个没头的人,一个拿戈盾的,认得他就是夏耕,还有一个一手执干,一手执戚,以乳为目,以脐为口,想来就是刑天氏了,看那形状,真是怕人!再过四丈之地,又躺着一个死尸,仿佛是女子,不知何人。文命一面看,一面走,渐渐到云华夫人等所在之地。

云华夫人等一齐起身迎接,说道:"崇伯好多时不见,治水真辛苦了,好在大功指日圆满,请坐请坐。"文命谦逊一会,随即坐下,但是看见许多仙女都不认识。云华夫人一一介绍道:"这位是玉女李庆孙,这位是西方白素玉女,这位是紫虚玄君王华存夫人……"云华夫人挨次指去,文命亦记不了许多,只能一一与之鞠躬为礼。云华夫人道:"昨日之会,才算大会,仔细想来,帮助的人总在一千以上。如今男的陆续去完了,女的也去了不少,便是家母和家姊、舍妹等亦都有事去了,只有这几位还伴着我。我本来亦要去,因为这两个俘虏未曾安插好,现在正请西海神祝君上奏天庭,请示天帝如何发落。论理,这种俘虏应该献到天上去,因为他们本来是天上的魔神,在天上不安分,要革命,所以贬落在尘世,不许他们再到天上,以免污浊紫微,冲犯帝座,所以不将他们送上去。现在西海君去了,尚未转来,我想这种情事亦应该使尘寰之中知道知道,因此请西海君奉邀,到此观看。将来崇伯成功之后,归去编起书来,流传后世,亦是好的。"

正说时,西海神祝良已乘龙从天上归来,大家一齐站起来迎接。祝良传天帝之命道:"刑天氏、夏耕两神,既以谋逆而致首领不保,宜如何自怨自艾,敛迹改过,以赎前愆;乃在下界之中,仍复怙恶不悛,连结旧党,狡焉思逞,可谓冥顽不灵,死而不悟。照所犯情形,虽复支解寸断,俾彼等从此不得复生,亦属罚当其罪,并非过重。但本天帝恢恢大度,何所不包,彼等既已就擒,何必更为已甚。查彼等肇事之地既在西方,自应请西方金母并云华夫人等就近管束,使彼等以后不能再为祸乱,即可使乾坤永远宁静。至于彼等逆党,前次诛戮固已不少,此次亦斩刈多人,但使以后果能革面洗心,则死者可以听其复生,刑者亦可以听其复续,不追既往,咸与维新。苍天之仁,如此而已。"祝良将天帝大意述毕,云华夫人道:"既然如此,这两个魔神就归我带去。"说罢,和文命作别,道声再见,随即升上香车,早有侍卫将刑天氏、夏耕二魔押在车后,预备同行。其余玉女李庆孙、西方白素玉女、王华存夫人、东海君夫人等亦一齐上车,纷纷四散而去。后来到了夏朝末年,成汤放桀的时候,那夏耕之尸曾一出现于巫山,但并不为患。隔了四千余年,清朝乾隆时候,满洲人诚谋英勇公阿桂攻打西藏、青海之时,在山中打猎,射中一鹿,先已有一箭射中在那里,不知何人所射。正在诧异,忽然有个没有头的人,以乳为目,以脐为口,两手执着弓矢,飞奔而来,两手乱指,腹中呦呦作声,不解何语。揣度他的意思,仿佛说这只鹿他亦射中一箭,应该平分的意思。阿桂就将鹿平分了,那没头人背了半只,欣然而去。照这段故事看来,这个没头人是否夏禹当日所见的刑天氏,或者是刑天氏的子孙,不得而知,想来总是一类罢了。清朝乾隆年间去今不远,书册所载,凿凿可据,可见这种怪异之物的确有的,上古时书籍不尽是荒唐神话了,闲话不提。

且说云华夫人既去之后,祝良、句太邱领了文命游览各处,详述昨日的战斗状况,又指地下躺着的女尸说道:"这女子姓黄名姖,亦是刑天氏的党羽,被九天玄女打死的。"文命道:"此处何地?此山何名?"句太邱道:"此处已在太荒之中,此山总名麐鳌巨山,亦是日月所入必经之地。东面高峰叫巫山,与云华夫人所居的山同名。北面高峰名叫鏊山。南面高峰名叫金门之山,因为山中有门,纯含金质,所以亦叫积金之山。西面最高峰中,就是麐鳌巨山的主峰了。此山一切风景,的确是仙家胜地,可惜刑天氏等占据了之后,不能利用它。"这时伯益等久候文命不致,亦都到山顶上来了,看见一只异兽,两端各生一个头,祝良道:"这个名叫屏蓬,最是无用之物,行路都很艰难。因为世界上各种动物都只有一个元首,方才能够意志统一。即使有不只生一个头的,亦都生在一处,那么可以交相利用。现在这屏蓬兽生了两个头,而又各在一端,意志处处反对。走起路来,一个头想走这边,一个头想走那边,扯来扯去,扯了半日,依旧移不到尺寸之地。遇到食物,离这个头近,离那个头远,于是乎这个头有得吃,那个头没得吃,常在那里自相争斗。"文命听了,叹口气道:"事权不一,心志不齐,一身之中尚难相安,何况其他?世界上竟有主张多头政治之人,吾见其治日之少而乱日之多矣!"

第一百三十四回

禹配合二国失败　禹到淑士国
禹凿方山

且说文命看见屏蓬兽之后，正在大发感慨，那祝良又说道："此山奇异鸟兽还有两种。"说着，撮口作声，只见一只异鸟，白身青翼，黄尾玄喙，飞到面前。祝良用手将它一分，顿时变为两只，每只一目、一翼、一足，在地上跳来跳去，而不能飞翔。跳到后来，两身并拢，立刻振翼飞去。文命道："某记得从前在崇吾之山治水，见过此鸟，原来此地也有。"祝良道："不是，崇吾之山那鸟名叫蛮蛮，见则天下大水，是个不祥之物。此鸟名叫比翼鸟，又叫鹣鹣，是个瑞禽，形状大不相同。古时帝王举行封禅之礼，夸美它的盛德，总说'西海致比翼之鸟'，就是此物。两夫妻谐好，亦有拿此物来做比拟的。假使是崇吾山的蛮蛮，那是在西山而不在西海了。"

正说时，忽见一只大狗，其红如火，摇头摆尾地从壑山上跑下来，到那黄姖之尸上各处嗅了一遍，倏地又向他处跑去。祝良道："这兽名叫天犬，它所到的地方，必有兵革之事。昨日在此地大战，今日它跑来，亦是应兆了。"大家又谈了一会，文命要想动身，便问句太邱道："此地离丈夫国有多少路？应该从哪一面去？"句太邱道："从东南方去，约有千里之遥。"祝良道："某闻崇伯已经到过丈夫国了，何以还要问它？"文命道："某曾经允许丈夫国人与女子国之人合并结婚，为之作合。不料因此惹起刑天氏和夏耕之魔难。如今魔难已平,打算重到二国,了此媒妁之事。"祝良笑道:"崇伯此举,亦是美意,不过依某的愚见,大可以不必。一则,天地间缺陷之事甚多,岂能件件使它美满?二则,女子、丈夫二国之人经夏耕、刑天氏矫揉造作,使他们自能生育以来,亦可以维持到几千年,不忧种类的灭绝。天地之大,何所不有,使他们存在那里,以备一种传代的格式,亦是好的,何必普天之下都使他们一律呢?三则,女子、丈夫二国之人多少年来既然已另有生育之法,则原有的生殖系统和器官当然久已失其能力和效用,即使勉强给他们配合起来,劳而无功,亦复何味?所以某看起来,不如中止吧。"文命道:"尊神之言极是,第三层尤有理由。不过某前已经允许了他们,且受过他们厚渥的供给,万万不能自食其言,只可知其不可而为之了。"当下与祝良、句太邱告别,祝良等自回西海而去。文命率领众人跨上龙背,径到丈夫国,降在地上,天色已晚,就在原处住宿。

到得次日天明,早有许多丈夫国人前来探望。一见之后,就问文命所允之事如何了。文命将夏耕、刑天氏二魔之事说了一遍,并且说道:"某此刻正要派人去呢。"那丈夫国人听了文命这一番神话,非常怀疑,都说道:"原来还没有去说过,前几日我们供给诸位好许多物件,诸位忽然不别而行,我们以为诸位全体去替我们办这件事了,不料两三日来竟还没有去过!"说到这里,有几个站在后面的人低声说道:"照这个情形看来,我们恐怕遇着骗子呢。本来我们祖上传下来的古语,说中华祖国骗子甚多,骗的方法无奇不有,我们须要谨防。"这几句话给文命听见了,真苦得有口难分辩,只得连连说道:"某等此番转来,正是为诸位之事,某岂敢失信欺骗诸位呢!我此刻立即派人前去。"说罢,仍旧叫黄魔、大翳二将前往,并限他们早去早归。

二将领命,凌空而去,不一时,到了女子国,刚刚又遇到前番所见的那几个女子。二将上前施礼,正要开口,那几个女子本来在那里说说笑笑的,一见黄魔等,立刻将脸沉下,仿佛罩着重霜一般,也不还礼,个个将身躯旋转。二将讨了一个没趣,待要开口,也开不来了。不得已,再上前行礼,告罪,刚说得"我们这番"四个字,那几个女子一齐拔脚便跑,一面口中嚷道:"这种无情无义的人,睬他做什么!"二将又讨了个没趣,只得商议。黄魔道:"这几个女子,想来就是上次要留住我们的,我们不肯留,她们恨极了,所以如此。女子国之大,除去这几个之外,想来还有女子,我们再去另寻几个来谈吧。"大駥也以为然。哪知一路行去,所有女子没有一个肯理睬的。二将无可如何,只得归来复命。那时丈夫国的人还有好些等着呢,一见二将,便问事情怎样了。二将摇摇头,将以上情形略述一遍。文命听了,亦无法可想。

哪知丈夫国人到此竟耐不住了,有些冷笑道:"这个明系骗局,理他做甚!"有些人道:"几千里之远,不到半日就能往返,世界上哪有此事?我们上他的当了。这种外国骗徒,到此地来施行他的狡计,若不驱逐他出境,后患无穷。"说着,个个拔出剑来,要想用武。文命等这时无可分辩,只得连声认错,并答应立刻动身。那些人气愤愤地直看到文命等跨龙而行,方才慢慢散去。后来丈夫国人不再见于记载,是否因为生产不便,失天地之正,因此渐渐绝种,或者迁徙别处与他族混合,不得而知。至于女子国,直到南北朝还是存在,中国人曾经到过那里,所以《南史》上面尚有它的记载,亦可见它立国之长久了,闲话不提。

且说文命等跨上龙背,径向西北而行,一路上个个丧气。伯益笑道:"这个真叫天下本无事,庸人自扰之了。"文命叹道:"世间之事,为好翻成怨,大都如此。局外人不谅局中人不得已的苦衷,亦大都如此。吾尽吾心,求其所安而已。"正说时,只见下面已是一座大山,自东向西,横约千里,而广不过百里。文命等降下一看,只见各处都是松树,葱葱郁郁,弥望不尽。各处周历一转,不见居民,大家都觉诧异。到了次日,再向西北进,到了一国,只见这里来往人民个个都含秀气,而且言动有礼,衣冠颇象中华。文命看得稀奇,遇到一个少年,文命便过去招呼,问他国名。那少年很谦和地答道:"敝国名叫淑士,请问诸位从何处来?贵国何地?"文命答道:"某等从中华来,是中华人。"那少年听到"中华"二字,更恭敬地向大众施礼道:"原来是中华大贤,失敬失敬。敝国君亦出自中华,现在某等所受之教化政治,都是取法于中华的。某等间接能够受到中华的德泽,真是感激不尽。"文命听他说君主是中华人,便问他道:"贵君主何姓?"那少年道:"姓高阳氏。"文命一想,高阳氏莫非就是颛顼帝的子孙?果然如此,是与我同宗了。当初颛顼帝的儿子很多,后来有许多不知流落何地,现在此国君主不要是颛顼帝的子孙吧?想罢,便问那少年道:"贵国京城在何处?离此有多少远?某等想见见贵君主,可以么?"那少年道:"敝国京城离此地很远,不过诸位要见敝国君却亦容易,因为敝国君这几日内就要巡狩到此,已见命令了。诸位如能小住几日,就可以相见。"说完,又问文命道:"诸位远来,寓居何处?寒舍即在左近,不嫌简亵,请赏光惠临,何如?"

　　文命要想考察他们的一切,亦不推辞,便吩咐天地十四将及真窥等在原处守候,自己就和伯益随着那少年到他家里来。只见房屋并不宽大,而陈设极其精雅,书籍之外,乐器尤多。当中一块匾额大书"成人室"三字,旁边悬着一副对联,叫"高山流水得天趣,六律八音思古人"。文命看了,知道这国的人大约是偏重音乐的。坐定之后,就问那少年道:"贵国教育重音乐么?"那少年道:"是,敝国君教育的宗旨,以为礼乐二事都是做人极重要的事,但是乐比礼还要重要。因为礼是呆的,乐是活的;礼是机械的,乐是天趣的。一个人不习礼,固然不能自立,但专习礼而不用乐去调和它,不但渣滓不能消融,就是连性情亦不能涵养,流弊甚大。所以敝国君教育之法,于礼之外,尤注意于乐。以为礼明之后,不过如一种陶器仅具模型而已。加之以光泽,施之以文彩,使之美观,非乐不可。故当初敝国先君立国之初,即定国名为'淑士'二字。推十合一谓之士,要使某等人民个个读书,明于古今,无论为商贾、为农工,都不愧为士人;淑字的意思,就是礼陶乐淑的意思。一国之人,个个不愧为士,而又个个能淑,这是敝先君所期望的。"文命道:"贵国的乐歌一切,都是贵国君制造了颁布民间的么?"那少年道:"是的,当初敝先君从中华带来一种乐器,叫承云之乐,听说当日中华天子叫什么飞龙氏,会八风之音,为圭水之曲,以召气而生物,适值遇到地不爱宝,水中浮出许多金子来。那金子如萍藻一般的轻,拿来铸成一钟,用羽毛一拂,那声音就达到百里之遥,取名叫浮金之钟。又拿那浮金做成一磬,不加磨琢,天然可用,取名叫沉明之磬。拿这两项钟磬作成了五基六英之乐。所以敝国所教的音乐都以此为根本,可谓尽善尽美了。"文命听到这番话,知道这个君主一定是颛顼帝之后了,便又问道:"贵国君近日到此地来何事?"那少年道:"敝国君宵旰勤民,不遑暇逸,时常到各处巡狩省方,问民疾苦。前月早有官长晓谕,说君主就要来临幸,所以知道,并非有特别之事。"

正说到此,只见外面走进几个人来,匆匆向少年说道:"君主大驾已到,我们应去迎接了。"那少年连声应道:"是是。"起身向文命道歉道:"某本应奉陪,奈敝君主已到,礼须往迎,改日奉教吧。"文命、伯益亦站起来,谢过了骚扰,一同出门。那少年和各人匆匆而去,文命向伯益道:"我们无事,亦过去看看吧。"遂和伯益缓步而行,只见街上百姓纷纷向前,文命等亦跟踪而进。须臾,到得一片广场之上,只听得万众欢呼"君主万岁",那种热烈的情形都是出于至诚,并无一毫之勉强。接着,里面振铎一声,大众顿然默默,一声不响,不知何故。隔了好一会,忽然众人纷纷移动,中间让出一条路来,只见刚才那个少年匆匆走出,举头见了文命、伯益二人,不禁大喜,就向文命说道:"某刚才已将二位到此之事奏明敝君主,敝君主立刻就要来奉访,叫某出来先容。不想二位恰在此地,真是巧极了,务请稍待,容某再去奏知。"说罢,又匆匆从人丛中钻了进去。这时万众睽睽,都瞩眼于文命二人。

不多时,众人又复移动,当中让出一条路径,只见那少年侧身前行,后面跟着一个衣冠整肃、气宇轩昂的人,徐徐过来。那少年先抢前数步,向文命道:"敝君主奉访。"又回身鞠躬,奏知那君主道:"这二位就是中华大贤。"那君主一听,就过来行礼,说道:"未知大贤莅止,有失迎迓,甚歉甚歉。请到敝庐中坐坐吧,此地立谈不便。"文命、伯益一面还礼,一面细看那国君,年约五旬左右,衣冠朴素,既无车舆,又少扈从,若非那少年指明,在稠人之中哪里辨得出他是个君主! 窃叹其道德之高。遂谦谢道:"观光贵国,极愿晋谒,乃蒙先施,何以克当。"当下谦逊了一会,即跟了那国君向左而行,众百姓尽散,那少年亦自去了。

文命等走不到几百步,只见路旁有三间向南的平屋,简陋之至,当中开着正门,门外站着两个赳赳武士,看见国君走到,一齐举手致敬。那国君就让文命等进去,说道:"这是某的行馆,请小坐,可以请教。"文命等再三谦谢,然后入内,分宾主坐下。那国君先说道:"某本是中华人,自从先祖流寓于此,已经三世了。回首故乡,不胜眷念。闻说二位从中华来,某如归故乡,倍切欢迎,一切都要请教。敢问现在中华圣天子是哪一位？国中太平么？二位大贤到敝地来,有何贵干？"文命等详详细细地告诉了他一番。那国君听了,重复起身行礼道："原来是二位天使,辱临小国,简慢之至,罪甚罪甚！"后来又谈到文命的履历世系,原来同是一家,文命是颛顼帝之孙,那国君是颛顼帝的玄孙,比文命辈行为小,是在从孙之列,那国君尤其大喜。

文命便问他开国情形。那国君道："先曾祖老童自颛顼帝崩逝之后,即浪游西方,生子多人,又复散居各地。先曾祖后来居于䯁山,成为神仙。先祖又到处远游,偶然游到此地,觉得民风美茂,就用中华的礼乐去教导他们,颇蒙国人之推戴,遂做了此地之君主。百年以来,礼陶乐淑,颇有成效。传到某已经三代,某谨守成法,尚无陨越,这是差堪告慰的。"伯益道："用中华礼乐改变外邦固是可喜,但贵国君究系中华人,桑梓之邦,岂可忘却？况现在圣天子功德震古烁今,贵国君何不入朝修礼,兼省颛顼帝庐墓呢？"那国君道："何尝不想入朝,无奈路程遥远,约计往返恐非四五年不办。前数年,某曾遣人乘船探测路程,据所报告,仅仅前面一座方山,绕过去,遇着顺风已需半年,倘遇逆风,更难预期。绕过方山之后,到中华还有多少路,需行几日,更难预算,因此作罢了。请问二位到此走了几年？坐的是什么船？"伯益一一地说了。那国君不胜骇异,益发钦佩。文命道："贵国对于中华固然交通不便,但是对于邻邦亦通聘问么？"那国君道："对于邻邦都相往来,有两处亦是本家,往来尤熟。"文命便问是哪两处。那国君道："一处在敝国西南,上有三山,一名芒山,一名桂山,一名榣山。榣山上所居住的就是先曾祖老童的次孙,名叫长琴。先曾祖老童本来是精于音乐的,发音常如钟声,所以这位渊源家学,亦精于音乐,尤长于琴,所以取名叫长琴。敝处最重音乐,有时前往请教,颇得其益。一处在敝国正西,名叫大荒之山,居住在上面的是先曾祖老童之子,此人已经得道,变更了他本来的状貌,三面一臂,怪不可言。"伯益一听,便问道:"三面一臂,那两面是如何生的呢?少去的是哪一臂呢?"那国君道:"少去的是左臂,三面的位置成三角形,所以见了他,任在哪一方都可以和他谈话。"文命道:"离此地有多远?"那国君道:"并不甚远。"这时天色已不早,那国君就殷勤地将文命等留下住宿,又遣人去招呼真窥等,加以款待。

等到晚间,国君有事他去,伯益向文命道:"某看前面那座方山既无人居,又阻塞海道,何妨将中央直辟一条海路,便于西东往来之船,岂不甚妙!"文命道:"我刚才亦如此想,此番到海外来,各国差不多走遍了,对于治水工作一点未做,如能将此山凿开,使西方各国由海道到中国的减省不少路程,亦是一种成绩,留个纪念,岂不甚妙!"当下二人议定了,到了次日,就和那国君说知。国君听了,赞成之至,益加佩服。

文命就率领大众,乘龙再到方山,拿出伏羲氏所赐的玉尺测准了高低,勘定了路线,工作之人除由淑士国选派多人外,又叫祝良、句太邱来,和他们商议,请他们派了龙宫精锐之士,无论虾兵蟹将,凡有能胜工作的,都来帮助。一面由天地十四将指挥合作,务须于最短期间使其成功。自此之后,方山之上,丁丁啄啄之声响彻云霄,日夜不绝。文命与伯益等则乘龙来往于淑士国与方山之间,指督一切。闲暇的时候,又和伯益等到榣山去访长琴。与长琴叙起来是同堂兄弟,那长琴对文命、伯益,亦非常亲热。文命见他室中四壁都挂着乐器,长长短短的琴尤其多。文命本来是闻乐不听的人,在此无事,又兼为联络亲谊起见,就请长琴弹奏一阕。长琴亦欣然答应,取了琴,盘着膝,安弦操缦,慢慢地弹起来。倏见有五彩之鸟三只飞翔集于庭中,伯益认识一只是凰鸟,一只是鸾鸟,一只是凤鸟。弹到后来,那三鸟亦展翅而舞,引吭高鸣,与琴声如相应和。长琴曲终,那三鸟亦停止鸣舞。文命等看了不胜稀奇,当下齐劝长琴回归中华。长琴仰天笑道:"二兄是建功立业之人,弟是世外之人,久已无志于富贵。一归故乡,不但尘俗之气不可耐,而且难免于富贵逼人,那时再逃避,真是何苦!还不如在此空山之中较为清净。"文命等听了,深叹其高尚。后来又谈了一会,文命等告辞,长琴直送到海边。路上遇到一只异兽,其状如兔,又如猿,自胸以下,颜色纯青,不能见其裸露之处。伯益便问此兽之名,长琴道:"此山异兽甚多,某也不能尽识,不知道叫什么名字。"

过了两日,文命和伯益又到大荒山去访求宗族,果然遇到一个三面一臂之人,三面都能言语。文命和伯益立在两面和他谈话,他两面同时对付,从容不迫,还剩着一面仍是空闲。文命问他变形的缘故,他说:"我感到人生的应事接物非常困难,顾了这面,往往顾不到那面;顾了前头,往往顾不到后头;所以我添出两面,那么面面顾到,可以不致疏忽了。还有一层,人生在世,最不好的是妄作妄取。我去了一臂,使一切动作非常不便,那么自然不至于妄作妄取了。"文命听他的话都是愤世嫉俗之谈,也不和他多说。后来又问了他几句,才知道他工于吐纳导引之术,已可以长生不死,料他隐居遁世,决不愿再回中华,所以亦不劝他。

一日,文命和伯益又游到一处,只见一座大山,山的石缝中处处露出一种黑的丹药,不知何用。山的南面,一片平阳,树木甚多。中间有一大池,周约数十丈,池的四周砌以条石,工程伟大,显见是人工所成,但是环山细寻,不见一个人迹,唯见异鸟翔集,有青的,有黄的,内中最怪者是一只五色之鸟,人面而有发,可怕之至。文命回到淑士国,将此山情形与淑士国君谈及,国君道:"这山名玄丹之山,青鸟名叫青鸢,黄鸟名叫黄鸷,那五色人面之鸟不知其名。

从前先祖初到之时，带了几个知己的朋友同来，有一个姓孟名翼的，才略很好，辅佐先祖成立淑士国。后来又乘船往各处游览，曾经到过这个玄丹山，看到那地方有山林、有平原，地势甚好，所欠缺的就是淡水，于是和先祖商量，派遣人夫到那边去凿一大池，以备将来殖民之用，取名叫颛顼池。因为这孟翼亦是颛顼帝的臣民，虽在海外，不忘旧君，所以将池取这个名字。后来大家叫起来，又添了几个字，叫作"孟翼之攻颛顼之池"。池凿成之后，移过去的百姓亦不少。一日先祖往访三面一臂的那个本家，和他谈起这件事，他很不赞成。他说这个地方虽好，但是有青鸢、黄鹜等，都是不祥之鸟，其所集者其国亡，劝先祖不要去住。先祖拿这话告诉孟翼，孟翼绝对不信，说道：'国之兴亡，在政治，在道德，在教化，与鸟何干？迷信之谈，不必听它。"先祖拗他不过，只得听他前去经营。哪知隔不多时，疾疫大作，死者不少，孟翼也一病不起。大家怕起来，想起不祥鸟的话，赶快一齐搬回，所以成为空地了。文命听了，方始恍然。过了几日，方山凿通，船只往来路程可以省三分之二。后人因为两山夹峙，中如门户，所以叫它门户山。

第一百三十五回

禹到三身国　禹到奇肱国试飞车

禹到一臂国　青鸟使迎禹

槐山遇老童

且说文命自从凿通方山之后,就与淑士国君告辞,乘龙更向西北而行。一日到了三身国,其人民一首三身,举动异常不便,言语亦不可了解,遂不多留,再往西行。远处空中又看见那似鸟非鸟的车子,伯益道:"这个东西非常可怪,究不知是什么东西,我们跟过去,看它一个下落吧。"大家赞成。郭支口中发出号令,两条龙就掉转方向,径跟那飞车而行。走不多时,那飞车渐渐降落,两龙亦跟了降落。文命等一看,原来是个繁盛之地,庐舍廛市,弥望相接。那时飞车已降在地上,仿佛旁边还有无数飞车停在那里。文命等之龙太长大,降不下来,只能再转向海滨空旷之地,然后降下。刚下龙背,陡听得机声轧轧,又有两座飞车凌空分道而去,接连又是一座翱翔而来。文命等无不诧异,就叫郭支等守住行李,独与伯益、黄魔、鸿濛氏、之交五人缓步入其国境。沿途所见人民,都只有一只手,而眼睛却有三只,一只在上,两只在下,成品字形。又遇到几个同样之人,各骑着一匹浑身雪白而朱鬣、目若黄金的文马。伯益认识,就指给文命看道:"这个就是从前在犬封国看见的骑了之后可以活到千岁的吉量马,难道此地之人都是长寿不死的么?"

正说时,只听得路旁树林之内噼啪一声大响,接着又听见兽嗥之声,大家吓了一跳,仔细一看,陡见两个猎户从外面奔进林内去,原来已捉到好几只野兽了。文命等跟进去一看,只见里面设着一种机关,有三只野兽关住在内,亦不知是何名字。那两猎户将三兽一个一个捉出捆缚,依旧将机关张开,然后将野兽扛之而行,自始至终,两个人只有两只手,但毫不觉其吃力费事。文命等看得稀奇,就上去问他们道:"请问贵国何名?"那猎户道:"叫奇肱国。诸位远方人,要探听敝国情形么?某等苦不得闲,从此地过去几十步,有一间朝南旧屋,屋中有一个折臂的老者,他闲着无事,而且到过的外国不少,请诸位去问他吧。"说着,竟抬兽而去。文命等依他的话,走到一间旧屋,果见一老者坐在里面,看见文命等走到,先站起来问道:"诸位是中华人么?难得到此,请进来坐坐。"文命等入内与之施礼。那老者道:"老夫病废,不能还礼,请见谅,请见谅。"文命等坐下之后,就问那老者道:"老先生曾经到过中华么?何以知道某等是中华人?"那老者道:"老夫久仰中华是个文化礼仪之邦,但是无福,却不曾到过。前几年在别个国里遇着中华人不少,现在看见诸位服式相同,所以知道是中华人。不知诸位到此是做何种买卖,还是为游历而来?"文命道:"都不是,都不是。"因将看见飞车,特来探访的来意说明。那老者听了诧异道:"敝国飞车每个时辰走四百里,诸位乘的是什么船?竟能追踪而至,亦可谓极快了。"文命道:"某等坐的不是船,是龙,所以能追得上。"那老者听了,益发诧异道:"龙可以骑么?究竟是中华天朝,有这种能力,敝国飞车算得什么呢!"文命道:"敝国骑龙不过偶尔之事,并非人人能骑。贵国飞车乃人人所用,且系人力所造,所以某等极愿研究。"那老者道:"既然如此,待老夫指引诸位去参观吧。"说着,站起身来,往外先行,文命等跟在后面。

走约一里之遥,只见一片广场之中停着飞车不少,这时正有二人向车中坐进去,忽然用手指一扳,只听得机声轧轧,车身已渐渐上升,升到约七八丈之高,改作平行,直向前方而行,非常之稳。那老者邀文命等走到车旁,文命细看那车的制造,都用柴荆柳棘所编成,里外四周都是轮齿,大大小小,不计其数。每车上仅可容二人,所以方广不到一丈。座位之前又插着一根长木,那老者指点道:"这飞车虽则自能升降行动,但如得风力,其速率更大,这根长木就是预备挂帆布的。"又指着车内一个机关说道,"这是主上升的,要升上去,便扳着这个机关。"又指着一个道,"这是主下降的,要降下来,便扳着这个机关。"又指着两个道,"这是主前进的,这是主后退的。"又指着车前突出的一块圆木板说道,"这是主转向的,譬如船中之舵一样。"文命等且听且看,虽莫明其奥妙之所在,但暗暗佩服他们创造之精。

正说时,又听得机声轧轧,仰天一看,只见又是一座飞车从空降到广场之上,车中走出两个人来,向他方而去。文命又问那老者道:"这种飞车是贵国政府所有的呢,还是人民所有的呢?"那老者道:"敝国上等之家都自备飞车,中下等人家无力备车者,可到此地来雇用,所以这种都是商家营业之物,每日来雇用的颇不少。"文命道:"贵国飞车是在国内用的呢,还是到外国去才用呢?"那老者道:"在本国亦用,因为敝国人为天所限,只有一臂,做起事来万万不能如他国人之灵便,所以不能不爱惜光阴。来往较远之地,乘坐飞车可以节省时间,并非为贪安逸之故。"文命道:"贵国人到外国去,究竟何事?"那老者道:"大概多为经商。敝国所制之物非常灵巧,外国人极为欢迎,所以常常获利,敝国人所恃以立国者唯此而已。"文命道:"贵国人虽只有一臂,而眼睛却有三只,比别国为多,想来总有特别用处。"那老者道:"敝国人三眼分为阴阳,在上的是阴,在下的是阳。阳眼用于日间,阴眼用于夜间,所以敝国人夜间亦能工作,无需用火,这是敝国人的长处。"

那老者一面说,一面走,领了文命等仍到他的家中。文命道:"老先生游历外邦甚多,不知道到过几国?"那老者笑道:"老夫从二十几岁坐飞车出门,游历外国,到此刻足足有四十多年。所到过的,近者如长肱、轩辕、女子、丈夫,远者如裸民、贯胸、厌火、歧舌,最远者如跂踵、聂耳、犬封、深目,足足有几十国,偏偏没有到过中华,这是生平所引为深恨的。上次又乘飞车远行,刚出国境,不料空中似有神仙在那里战斗,被龙风一刮,顿然坠下,幸喜落在地上,不曾堕入海中,然而一臂已经折断,从此一切需人,再想远游是不能的了。"伯益道:"犬封、深目等国远在极北,而且苦寒,老先生到那边去做什么?"那老者道:"从前听人传说,犬封之国有一种良马,名叫鸡斯之乘,骑了之后寿可千岁,不过甚难捉获。敝国人民听了,非常欣羡。商贾经业本来是敝国人的生计,用机械猎取禽兽亦是敝国人的特长,所以就议定,派十辆飞车,备了货物,带了机械,寻到那边,居然被某等捉到二牝一牡,这就是某到犬封国的原因了。"伯益道:"这马骑了果能寿长千岁么?"那老者道:"敝国捉到这马不过二十多年,究竟如何,且看异日,此刻殊无把握。"文命道:"老先生游历既多,就近之地必多到过,请问贵国之西还有几国?"那老者道:"西面都是神人所居,无可贸易和游历之地。距此西面约一千余里,名叫西海渚,那个神人人面鸟身,珥二青蛇,践两赤蛇,据说名叫弇兹。距此西南数百里,有一片平野,名叫栗广之野,有十个神人,横道而处,名叫女娲之肠。据说是中华上古一位圣君女娲氏的肠所化,未知确否?又距此地西北一千余里,有个神人,名叫石夷,据说是司日月之长短的。那面有一只五彩有冠之鸟,名叫狂鸟,此外无可观览,请诸位不必去吧。"文命道:"贵国北边呢?"那老者道:"敝国北面是一臂国,再往东北,纯是西海。西海之北,不周山、天山、钟山、三危山自东而西,连绵不断。"

正说到此,外面有几个人进来,说有要事和老者商量,文命等只得告辞出来。时候尚早,又到各处游览,只见各处捕捉禽兽的机械甚多,多是百发百中,巧妙无比。又见有一种异鸟,两头赤而黄色在其旁,不知何名。当下回到海滨,住宿一夜,空中飞车声时有所闻,想来他们能用阴眼,不怕天黑之故。次日晨起,文命和伯益商议道:"据老者说,西方都是神人所居,无可游览,此话谅必可信,我们向北走吧。"伯益道:"是。"于是大众径向北行。不多时,到了一臂国,只见那人民生得怪极,不但手臂只有一只,连眼睛也只有一只,鼻孔也只有一个,下面亦只有一只脚,仿佛一个人直劈作两半一般,所以平常不能行路,只能一脚趯趯地跳,必须两人联合起来才能好好的走。大家都看得稀奇,说道:"这也是鹣鹣、蛮蛮之类了。"后来又看见一匹黄马,满身虎文,只有一目,前蹄亦只有一只,行路甚为艰难。伯益道:"想来此地风土偏而不全,所以人物都有这种现象,正是天地间缺陷甚多,无可补救的。"过了一臂国,果然是茫茫大海,虽有岛屿,人迹甚稀。两日之后,才见一座大山阻在前面。降下一看,风景甚熟,原来已是不周山。文命道:"既然到得此间,我们绕四海一周已经差不多了。当初陛辞的时候,天子曾吩咐我亲见西王母致谢。如今西去就是西王母所居,我想去见西王母,如何?"众人听了,无不赞成,于是径向昆仑玉山而行。

过了垒山,就到钟山,其间四五百里,本来尽是大泽,渐见干涸,奇鸟、怪兽、奇鱼非常之多,然而多不知其名。再过去是泰戏之山,山下有水,名叫观水,水中有鱼,其形如鲤而有鸟翼,苍文而白首、赤喙。大众正看得稀奇,庚辰道:"此等处某等可谓熟游之地,但是虫鱼鸟兽之名记不得这许多,所以虽是见过,亦不知其名。"正说间,只见空中有三只青鸟连翩飞来,童律等齐声叫道:"好了,西王母来迎接了。"文命等正是不解,只见那三只青鸟,坠落地上,羽衣脱下,顿化为人,将羽衣折好,上前向文命行礼。黄魔过来向文命介绍道:"这就是西王母的三只青鸟,这位叫大鹜,这位叫少鹜,这位叫青鸟。"文命慌忙还礼。大鹜道:"敝主人知道崇伯打算惠临,所以特遣某等前来迎接。"文命极道感谢,便问此地离昆仑近么,大鹜道:"差得远呢,敝主人深恐崇伯沿路有困难,或有所咨询,所以命某等早来伺候。"文命听了,尤为感激,便问他水中之怪鱼是什么名字。少鹜道:"这鱼名叫文鳐鱼,能游,亦能飞,常从这面的西海游到那边的东海。它的飞总在夜间,叫起来声如鸾鸡,是个祥瑞之鱼。它出现之后,天下年岁必定大丰。现在崇伯大功告成,从此四海安宁,丰年大穰是不成问题,所以它出现了。它的肉亦可以吃,味酸而甘,食之可以已狂。"三青鸟使陪了文命等,将沿途所见且谈且行。

一日,到了槐江之山,刚要到山顶,陡见一匹怪马,人面而鸟翼,遍身虎文,从上面半飞半跑地迎上来,和文命点首为礼。文命不解,青鸟介绍道:"这位是本山的神祇,名叫英招。"文命听了,慌忙答礼,便问他本山所有的出产。那英招神一一对答。文命道:"某治水已毕,将谒西王母,经过贵山,并无他事,请尊神不必相陪。"那英招神听了,答应一声,再将头一点,展开两翼,直向北方而去。文命看他去远,便问大鹜道:"这位神祇住在山北么?"大鹜道:"他时常周游四海,不一定住在山上,此刻向北而飞,恐怕又到别处去呢。"这时大众已到山顶,四面一望,只见西面是火泽,南面是大海,东北二面都矗立着大山。少鹜指着北面的山向文命道:"这座山叫诸毗之山。"又指着东面的山道,"这座山叫恒山,共有四重,其高无比。"文命道:"这两座山上都有居民么?"少鹜道:"都没有人。诸毗山上只有一个槐鬼,其名叫离仑,专管世间的鸷鸟,可以说是鹰鹯等类的窟宅,所以没有居民。至于那恒山更是鬼窝,上面有穷鬼无数,大概可分为晦气鬼、倒运鬼、饿杀鬼、短命鬼四种。这四种鬼各以类聚,每一重山上住一种。而那四种鬼之中又分出五种作弄人的事业:一种使人文穷,一种使人学穷,一种使人智穷,一种使人命穷,一种使人交穷。假使有人遇到它们,它们就到处跟着你,无论你是什么人,一定困苦颠连,处处荆天棘地,有求生不能、求死不得之苦。从前有一个大文豪,人亦正直,但是不幸,这个穷鬼跟着了他,竟弄得跋前疐后,动辄得咎。后来备了糗粮舟车、一切行李等等,并且做了一篇文章,要想送它回去,但是它一定不肯回去,这种穷鬼是万万不可惹的,因此这座山上人都不敢去住了。"

之交在旁听了,笑道:"那么,这座山不必叫它恒山,竟可以叫鬼山了。"少鹜道:"亦不然,这座山上还住着一个天神,不过这天神亦不是一个吉祥之神,他的形状如牛而八足,二首而马尾,声音如勃皇。他出现了,地方必定有兵灾,所以亦不是吉祥之神。"文命等再向南望,只见一片浩渺,尽是大海,但是海的南面,仿佛有高大之山横在那里,但觉其光熊熊,其气魂魂,祥云万叠,瑞霭千重,愈看愈觉明显。文命等周游海内外,历遍了千山万岭,觉得没有遇到这种景象过。大家看得稀奇,便问大鹜。大鹜道:"这个就是昆仑啊!"文命道:"那么我们应该向南走了。"大鹜道:"不是如此,这次崇伯要亲到昆仑拜访敝主人,无非为治水功成,要归功于做主人的缘故。但是敝主人何以克当呢!这次大功之成,纯是天意,敝主人万不敢贪天之功为己功。所以特遣某等前来,一则是欢迎领道,二则请崇伯先到蓬莱山叩谢上帝,归功于九天,然后再到昆仑与敝主人相见,这是敝主人所嘱咐的。"文命道:"天帝是住在蓬莱山么?"大鹜道:"天帝在下界的居处并无定所,即如昆仑山亦是帝之下都,有时亦常来,不过此刻却在蓬莱。"文命道:"此地离蓬莱山远么?"大鹜道:"远得很呢!但是无缘者远,有缘者亦无多路。"说着,用眼将伯益、真窥、鸿濛氏一看。文命会意,便问道:"他们都有缘么?"大鹜笑道:"此时不能预知,到那时自见分晓。"大众本来想仗着文命之福,上昆仑,见王母,游览仙景,饮食仙品。听大鹜说还要登蓬莱、观天帝,那更是难得之遇了。不想大鹜又说出有缘无缘的话来,而又不肯即时说明,究竟自己是有缘呢,无缘呢?有得去呢,没得去呢?想到此际,都不免纳闷,一路跟了文命,一路各自寻思。

下了槐江山,越过泑泽,到了天山,看见一个怪物,其形如黄囊,其赤如丹火,六足四翼,浑敦而无面目,大家诧异之至。青鸟道:"这是此山之神,名叫帝江,一切不知,但识歌舞。"横革有点不信,说道:"他耳目俱无,何能识歌舞呢?"青鸟道:"你不信,可试试看。"横革唱了一个歌曲,又舞蹈一会,那帝江果然应声合节地飞舞起来,等到横革曲终舞罢,他亦停止不动,才相信青鸟的话是真。过了天山,又到䮂山,只见山上到处都是洁白,并无一块顽石,大家又觉稀奇。过了山峰,但见山后已是茫茫大海,一望无际。文命忙问少鹜道:"这是何处?"少鹜道:"这就是所谓蓬莱弱水三千里,水的那一面就是蓬莱了。"文命道:"我们可跨龙渡过去么?"大鹜道:"人是凡人,龙非天龙,不能渡此弱水。"文命道:"那么怎样呢?"大鹜道:"到海边自见分晓。"这时众人都注意如何渡此弱水,一切都不注意,但见走过之处,成群结队的无非是蛇,大小苍黄,到处蠕动而已。

到得山脚,忽见一个老翁坐在一块大石之上,他旁边停着一乘跻车,其制甚小。文命细看那老翁,须发虽白,颜如童子,知道他必是一位仙人,遂和伯益上前施礼。那老翁但将头点点,并不起身还礼,说道:"文命、伯益!汝等来了么?昨日天帝已有跻车一乘送来,叫我招呼你们,但是仅文命一个有缘,其余除天将等不算外,都是无缘,只好留在此间,陪我游玩吧。"这几句话说得响亮而柔和,仿佛如钟磬之声,大众都不知道他是什么人。文命自从受了云华夫人的宝册符箓,能够驱使鬼神,以后到处神祇见了他,都是恭敬客气,从没有像这老翁的大模大样,又听说连伯益都无缘,不能同去,不胜惊讶。当下文命就请教那老翁的姓名。那老翁道:"我名叫老童,你的父亲鲧就是我的胞弟。"文命听了,急忙倒身下拜,说道:"原来是伯父,小侄放肆失礼了。"老童道:"彼此都没有见过,无所谓失礼。不过你的心思我亦知道,无非想伯益也同去,但是做不到。你们看这乘跻车,不是只有一个人可容么?"文命等至此只好打消同往的意思,伯益尤怅然失望。只见老童从袖中取出一张物件来,递与文命道:"这个亦是昨日天帝交来的,叫你佩在身上,才可以渡弱水三千,否则虽有跻车亦不中用。"文命连忙拜受,展开一看,只见上面都是些宝文大字,无从认识,更不知道说的是什么,只得谨敬佩在身上。老童道:"你上车吧,可以去了。他们都有我在此做伴,不必记念。将来仍旧回到此地,和他们一同归去。"

文命一一答应,跨上跻车,不及和众人作别,那跻车不假人力,自然凌空而起。三青鸟便取出羽衣披在身上,倏然化为三青鸟,飞往前导。七员天将亦凌空而起,在跻车的左右前后簇拥护卫。那跻车前进,其速如矢,众人在下面不胜艳羡,直到看不见踪影,方才罢休。

第一百三十六回

　　禹乘跻车到蓬莱　　蓬莱山之情形
　　禹到钟山觐天帝　　天上之情形
　　禹到昆仑住黄帝之宫　　禹见西王母

　　且说文命乘了跻车,径渡弱水,低头下视,但见涛浪滚滚,无风而洪波百丈,真可谓险极。不一时,到了蓬莱,跻车降在海边,只见其水很浅,水中有细石,如金如玉,极为可爱。大鹫道:"这是仙者服食之一种。"文命下车之后,和七员天将及三青鸟使径向山中走去,但觉和风丽日,淑景韶光,说不出的一种仙界气象。最奇怪的,一路飞禽走兽所见尽是白色,不知何故。大鹫道:"这座蓬莱山,一名防丘山,亦叫云来山,高约二万里,广约七万里,属于西方,所以感受金气,尽成白色,但是里面也不尽如此。"
　　正说之间,文命忽见对面山上金雾迷漫,金雾之中,楼台宫殿,窗户洞开,不可胜计。隔了一会,金雾减歇,房屋依然而窗户皆不见,仿佛如房屋之后面一般,甚不可解。大鹫道:"此地名叫郁夷国,是蓬莱山之东鄙,群仙居于此者不少。在山上所筑的房屋皆能浮转低昂,忽而朝南,忽而朝北,忽而高,忽而低,没有一定,亦是仙家行乐之一法。"文命道:"此山共有几国?"大鹫道:"只有两国。此地东方叫郁夷国,山之西鄙还有一个含明国,此外没有了。"文命道:"国中有君主么?"大鹫道:"不过一个名目,如下界之某乡某邑而已,并非一个国家,无所谓君主。"又走了一程,只听见远远有钟磬之音,夹着笑语之声。文命举头一望,只见前面又隐起云雾,云雾之中隐隐都是大竹,那钟磬声、笑语声似从竹中出来。文命走到竹丛之中,只见有许多道者在那里拍手笑乐,穿的衣服都用鸟毛缀成,细听那钟磬之声,原来是风吹竹叶,互相撞击而成。竹的枝叶有的直垂到地,地上有沙砾粒,其细如粉,风吹过来,叶枝翻起,将那细沙一拂,细沙扬播,扑面沾身,远望过去,如云如雾,实则并非云雾。有几个仙人当风定的时候,故意将那叶枝推动,拂起细沙,弄得各人身上都是沙尘,因此以为笑乐。神仙游戏大类儿童,亦不可解之事。看见文命等走近,大家方才止住。文命细看那大竹,叶青茎紫,有子累累,其大如珠,无数青鸾集于其上。少鹜道:"这是仙竹,名叫浮筠之簳,非凡间所有。"出了竹林,大鹜告诉文命,刚才那些仙人都是含明国人。他们缀鸟毛以为衣,承露而饮,常常登高取水,与此地郁夷国的仙人不同。他们的房屋以金银苍环、水精火藻造成,亦比此地富丽得多。文命道:"那鸟毛华丽之至,是什么鸟?"大鹜道:"有两种异鸟:一种名叫鸿鹅,其色似鸿,其形如秃鹫,腹内无肠,亦无皮肉,羽翮皆附骨而生,雌雄相眄则生产。还有一种在南方,名叫鸳鸯,其形如雁,常飞翔于云际,栖于高岫,足不践地,生于石穴之中,万岁而一交,则生雏。雏生千岁,衔毛而学飞,以千万为群,推其毛长者高寿万里。假使下界国君圣明,天下太平,它们就到他郊中来翱翔一转。这两种鸟的毛,仙人最宝贵,所以缀而为衣。"文命道:"此外奇异的动植物想必甚多。"大鹜道:"多着呢,有一种大螺名叫裸步,背了它的壳而露行,气候一冷,它就仍入居壳中。它生下之卵,碰着石头则软,人去拿则立刻坚硬。下界如有明王出世,它亦会浮到海滨来献祥瑞。又有一种葭草,其色殷红,可编为席,温柔异常,仙人榻上多用之。"

正说到此，忽见一个道者上前向文命拱手道："足下是下界的崇伯么？"文命慌忙答应道："是。"那道者道："此山乃太上真人所居，某奉太上真人之命，说足下要觐见天帝，如今天帝已往钟山，请足下到钟山去，不必前进了。"文命听了，唯唯答应。那道者亦不多谈，飘然而去。青鸟向文命道："既然太上真人如此吩咐，我们就往钟山去吧。"文命道："某记得钟山在崒山之西，从前先帝曾经去求道过的，那么我们须回转去了？"大鹭道："不是不是，那个是下界的钟山，这个是上界的钟山，大不同呢。"文命道："上界的钟山在何处？"大鹭道："在昆仑之北，北海之子地，隔弱水之北一万九千里，我们向北去吧。"于是文命再上跻车，天将和青鸟使伴着，向北而行。

足足走了半日，忽见前面高山矗天，少鹭道："到了到了。"一声未了，跻车已渐渐落下，降在平地。文命下车，四面一看，只见此地景象又与蓬莱不同。蓬莱纯是仙景，此山则幽雅之中兼带严肃之气，玉芝神草，金台玉阙，到处皆是。但是天帝在何处呢？正在踌躇，有一羽士过来问道："足下莫非要觐见天帝么？尘俗之人，凡骨未脱，天帝不可得见。天帝赐汝宝文大字，令汝到蓬莱，又到此地，早已鉴汝之诚。汝此刻总算志愿已达，一切容某代奏吧。"文命听了，不胜怅然，便恳求道："有上仙代达愚忱，固属万幸，某不胜感激，但是某数万里来此，天帝虽然不可得见，而仪式却不可不备。请上仙随意指定一个地方，令某得举行一个仪式，那么区区之心，才算告尽，不识上仙肯允许否？"那羽士笑道："天帝之灵，无所不照，凡是世间人的一念一虑，天帝无不知之，本不在表面的仪式。但汝是凡人，以仪式为重，我就带汝去吧。"说着，在前先行，文命等紧紧随后，渐渐上山。

那羽士向文命道："此山高约一万三千里，最高处名叫四面山,方七千里,周围三万里,是天帝的宫城,天帝就住在上面。四面山的四面,各有一山,东面叫东木山,西面叫劲草山,南面叫平邪山,北面叫蛟龙山,这四山都是钟山的支脉,合拢来总名叫作钟山。如登到四面山上,钟山全个形势都可以看见,但是汝辈凡夫不能上登。我听说,汝辈世间人君以南面为尊,臣子以北面为敬,现在我引你从南面平邪山上去,益发合你们尘世的仪式,你看如何?"文命极口称善。又走了多时,但见仙真之人来来往往,非常之多。他们看看文命,都不来招呼。文命一秉虔诚朝帝之心,且无一认识,亦不便招呼他们。正走之间,忽然路转峰回,东南面发见一个石穴,穿过了石穴,豁然开朗,遥见一座金城,巍巍耸峙,光彩夺目,不可逼视。那羽士道:"这就是钟山北阿门外,你要举行仪式,就在此地吧,天帝在上面总看见的。"文命听说,慌忙止住了天将等,整肃衣冠,趋进几步,朝着上天,恭恭敬敬地拜了八拜,心中默默叩谢天帝援助治平水土之恩。拜罢起来,刚要转身,只见上面飞下一个金甲之神,向文命说道:"天帝传谕文命,汝的一片至诚,朕已鉴之,现在命汝一事。汝归途经过疏属山,山上有一个械系的尸身,汝可在左近石室中藏之,勿令暴露,但须仍如原状械系,勿得释放,钦哉毋违。"文命听了,忙再拜稽首受命。那金甲神忽然不见。文命这才回身,仍由那羽士领着,带了天将,回归旧路。那羽士问道:"刚才拜的时候,看见天帝么?"文命道:"某秉诚拜谒,实未曾见,唯见天上一片青云,青云之中隐隐有红云而已。"那羽士道:"这就是天帝了,你能看见,根基不浅。"文命听了不解。那羽士道:"天帝所居,以青云为地,四面常有红云拥护,虽真仙亦罕见其面。你们见的青云红云,岂非就是天帝么!"文命方始恍然,便向羽士道:"上仙在此,名位必高,常见天帝么?"那羽士道:"某无事亦不能常见天帝,唯四面山上和天宫城内可以自由来往而已。"

文命便问他天宫城内的情形。那羽士道："天宫城内，有五百零四条陌，陌就是世间之所谓街道，条条相通。其中除仙人所居外，有七个市：一个是谷米市，一个是衣服市，一个是众香市，一个是饮食市，一个是华鬘市，一个是工巧市，一个是淫女市。"文命听了，非常不解，便再问道："天上神仙，一切嗜欲应该已经净绝，与凡人不同，何必要设这许多市？而且既是神仙，具有广大法力，即使有所需要，自可以无求不得，无物不备，何必还要设起市来做买卖呢？第七个淫女市尤不可解，难道神仙亦纵欲么？难道天上神仙亦如人世间腐败的国家，有卖良为贱之事么？"那羽士笑道："你只知其一，不知其二。未成神仙之时，想成神仙，要绝嗜欲；既成神仙之后，根柢未固，道行未纯，还要绝嗜欲；到得根柢既固，道行既纯，无论如何不怕堕落，那么一切饮食男女之事都与世人无所分别。你听见说过神仙燕饮的情形么？不是龙肝凤髓，就是玉液琼浆，若不是仍有饮食的嗜欲，何必奢侈至此？西王母是你所知道的，若不是仍有男女之欲，何以儿子女儿生了这一大批？你这次从蓬莱山而来，看见那面的华丽么？又看见此地的华丽么？若不是仍有嗜欲心，何必如此？所以平心说一句，天上的神仙与人间凡夫差不多，不过一个在上，一个在下；一个得志，一个不得志罢了。若要真个绝嗜欲，除非更上一层，到无色界天中的非想非非想处天中去不可，那又谈何容易呢。"

庚辰在旁插口道："是啊，无色界天中某曾去过，其中真是一无所有。一无所有，当然没有嗜欲了。"那羽士道："此处是忉利天，是欲界十天中之第六天，亦名三十三天。既然是欲界，当然免不掉嗜欲。"文命道："一个凡人，要登忉利天，容易么？"那羽士道："很容易，只要不杀、不盗，便可以登忉利天了。"文命道："那么神仙法力广大，有什么用处？"那羽士道："那是一时救急之用，或者是幻景,或者是从别处移来。幻景不能当作实用,从别处移来的亦只可暂用而不能常用,且须归还,否则便是盗窃了。"文命道:"据上仙说,神仙仍不能无嗜欲,但是淫女公然设起市来,未免太不像样!况且一夫一妻已够了,何必设市?难道天上亦有荡子吗?"那羽士道:"男女之欲是天地化生之本,何处能绝?何时能免?亦无法可禁。设起市来,可以有一个分别,清者自清,浊者自浊,庶几不会混淆,比那鬼鬼祟祟、暗昧不明的,总要好些。天上虽无荡子,但是以此为修炼根本的神仙亦甚多。譬如从前一个容成子,以阴阳采战之法得成神仙,现在下界还有他著作的一部书,叫《容成御女术》,流传各处。你看他既然以此道而成仙,成仙之后,难道他就肯决然舍去么?还不是仍旧要干这个勾当。天上神仙如此者岂止容成一人?淫女市之设,正是为这班人呢。"文命道:"那么众香市、华鬘市又是什么意思?"那羽士道:"这七个市,除出米谷、衣服二市之外,都可说是奢侈淫乐之市。众香市所陈列的无非是什么龙涎香、百合香之类,华鬘市所陈列的无非是女子、男子珠玉金翠装饰品之类,饮食市陈列的无非是奇珍异味之类,工巧市陈列的无非是奇器异械之类。大概天上神仙最是逍遥无事,既然逍遥无事,便竭力从这个奢华淫乐上去讲求,所以有这种现象。你们下界凡人,终日劳劳碌碌,担忧怀恐,茹苦含辛,到头来还不能长久,因此羡慕天上的神仙,真是难怪的。"正说时,已到原处,文命还有许多问题,无可再问,只得与羽士作别,跨上跻车,率了天将,向昆仑而行。远远望见一柱矗天,大司农从前到昆仑的那册日记文命是看过的,知道这柱就是昆仑铜柱了。渐渐下望,已见陆地。

过了些时,陡见一座金色的大城,炫耀眼前,大鹜说声"到了",那跻车已徐徐落下。文命一看,只见那城门之大,两面不见其端。城门上面有一块横额,大书"阊阖"二字,每字足有十丈周围。少鹜道:"这是昆仑山的下层,名叫增城,这个城门是西门。"正说时,只见城里有无数仙人道士整队而来,大鹜知道是西王母遣来迎接的,就通知文命。文命忙趋前几步,向那为首的两个说道:"某奉圣天子之命,来到此地,专为叩谢西王母一事,乃蒙西王母遣诸位先来迎接,何以克当?请诸位带领某前去叩见,不胜万幸。"那两人道:"西王母有命,崇伯风尘劳顿,今日请先到馆舍中暂憩,明日再相见吧。"文命不敢固请,只得从命,说道:"既承西王母体恤厚爱,自当于明日晋谒,今日请诸位代达微忱,不胜感激。"说罢,与众人深深行了一个礼。那为首两人向三青鸟使道:"王母懿旨,叫汝等陪崇伯到行宫中去休息,即便同去。"三青鸟使答应,那班欢迎的人亦随即回去。

　　三青鸟使领了文命及天将等另向别路而行,但见那街道之广阔,两面相距总在半里以外,路上纯以白玉铺成,光滑无比。房屋参差,并不整齐,但均极高大,金门玉壁,富丽不可言状。房屋之外,瑶林琼树,弥望皆是,中间杂以仙草奇花,真是上界胜地。来往的仙真亦甚多,或则步行,或则骑鸾骖鹤,见了文命,都拱手为礼。文命亦一一答礼,但不知他们是什么人,便问大鹜。大鹜道:"这座山上,所有仙人不下几万,便是某等亦不能一概认识。"文命道:"他们有职司么?"大鹜道:"有些有职司,有些并无职司,不过是散仙之类,每于一定时期朝拜天帝,随同行礼而已。"文命道:"他们为什么没有职司?"大鹜道:"大概都是新近得道、功行浅薄的人。他们对于天帝,虽然没有职司,可是都有他们应该伺候之人。"文命道:"已经成仙,还要伺候哪个?"大鹜道:"此间虽说都是神仙,然而亦分等级,等级卑下的,对于等级高上的应该伺候,仿佛如人世间仆役的伺候主人一般。刚才来欢迎崇伯的一班人就是伺候王母的人,不过能够伺候王母已经是最难得了,其他所伺候的神仙名位并不高,但是须伺候,且非常辛苦,这是一级压一级,无可逃避的。所以下界有些修仙之人知道这种情形,不急急于上升,而情愿在下界多住万年八千年,就是要避免伺候达官贵神的缘故。"

文命听到这话,益发觉得天上神仙真与俗世无殊了。又走了一时,但见前面一座中华式的房屋,比各处的房屋高大不到一半,而且极其朴实,纯是木质造成,绝无金玉雕刻等奢侈气象。青鸟道:"到了到了,敝主人吩咐,请崇伯在这里住。"文命一听,合了平素俭朴的本心,得意之至。走到里面,只见一切器具无不齐备,但亦都是朴素无华,尤其合了心意。后来一想,此地上界,四面都是极华丽的,何以此处独如此?难道王母为我特造的么?看看木质无不崭新,的确是新造的,然而刚才那班人明明说是行宫。行宫是天子所居,决不会拿来待我,那么当然是旧有,不是新造了。种种想来,不得其解,便问少鹜。少鹜道:"这是令高祖黄帝轩辕氏造在这里的,是他的行宫,后面还有他的肖像呢。"文命一听,方才恍然,就问画像在哪里。大鹜等引到后面,果然挂有黄帝画像,文命慌忙上去,拜了八拜,又问青鸟道:"既然是先高祖所造的,现在已几百年了,何以如新造一样呢?"青鸟道:"此地的风叫祛尘风,即使衣襟上已经沾了尘污,被风一吹,便如洗濯,何况本来没有尘埃,何由得旧呢?"文命一想不错,大司农日记上是说过的,当下又问道:"西王母不住在城里么?从前敝国大司农来,是否到过此处?"大鹜道:"敝主人住在龙月城,离此地远呢。从前贵国大司农来时,亦是某等所领导,从山下经过,未曾入此城中。"当下文命就在黄帝行宫中住了一夜,大鹜等都到王母处去复命。

到了次日,大鹜等又来向文命道:"敝主人有请,但是诸天将且留在此。"诸天将答应。文命跟了三青鸟使出了行宫,只见已有一辆车子停在门口,大鹜请文命升车。文命上车之后,顿觉车子下面云气蒸腾,将车子拥着升上去,愈升愈高。过了一重大城,又是一重大城,共总过八七层,陡然见一片平阳,无数琼楼玉宇掩映于眼前。云车到此止住,文命下车之后,大驾等引导到一处宏大无比的宫殿里,从南面看到北面,几乎看不清楚,以意估计,大约周围总在百亩左右,屋宇之高亦总有几百丈,然而里面光明洞达,一无黑暗之处,亦不知道那亮光从何处来。

文命正在揣度,忽然里面走出一个女子,向大驾等道:"主人有命,请崇伯后面坐。"大驾等齐声答应,就领了文命,随了那女子穿过大屋,只见后面是个极大的花园,足足有几百亩大,园中奇禽异兽,处处飞行,瑶草琪花,处处开放,文命目迷五色,亦无暇细看。遥见前面又有一所极高的宫殿,珠帘银幕,或垂或启,正面阶前则站着无数的神仙,一见文命走近,大家一齐鼓掌,高叫"欢迎"。文命细看,男男女女,骈肩叠背,约有几百,有些认识,有些似乎见过而不认识,只好疾趋上前,躬身行了一个总礼,说道:"文命不才,承诸位尊神上仙如此优待,何以克当!文命此来,奉圣天子之命,专诚向王母拜谢。现在王母不知在何处,文命候见过西王母之后,再向诸位拜谢。"文命说完,只听得人丛中有一人高叫道:"主人主人!崇伯要先见你、谢你呢,快请出来。"陡见一个妙年女仙排众而出,向文命行礼道:"崇伯已到钟山,归功于九天了,家母不过奉天帝之命,略效微劳,何功之有?哪里敢当这个谢字,请不要说谢,家母自然出来了。"文命一看,认识是王母第四女南极王夫人林容真,便说道:"大功之成,全由王母,这是圣天子所吩咐的,文命何敢委天子之命于草莽,还请夫人代达下情,使文命不辱君命为幸。"林容真依旧代王母固辞,文命又固请,相持了好几回,忽然人丛中又有一人高声叫道:"主人太谦,客人太至诚,固然都是美德,然而害得我们为难了,站在这里,既没得吃,又没得坐,又没得谈话,我看我来做个调人吧。俗语说:'恭敬不如从命。'现在宫殿里面筵席都已备齐,并无行礼之处,崇伯见了主人,只要口中多说两个谢字,不要行那个跪拜大礼,那么主人之心既安,而崇伯归去亦可以复命于天子,崇伯以为如何?"文命无奈,只能说道:"既然如此,文命敢不遵从。"众人方才散开,让文命进去。

第一百三十七回

群仙大会庆成功　说梦禹游昆仑

且说文命走进殿内,只见那殿宇之高大,与刚才走过的那一座差不多,不过四面开敞,光明洞达,又是一种景象。殿内筵席果然都已摆好,足有几百席。那时西王母已笑吟吟地迎上来,林容真介绍过了,文命刚要致谢,王母已先说道:"崇伯!你们君臣两个太多礼了,这次大功之成,纯是天意,哪可以归功于我呢?"说着,又回头向着一个顽皮满脸、白须鬖鬖的老头子责备道:"都是你信口胡闹,所以惹出这种事来!"那老头子只是嘻嘻地笑着,也不答言。文命看了不解,王母就介绍道:"这位就是洪厓老先生,那年圣天子南巡,忧心水患,遇到了他,他就随口说,只有我能够治水,于是圣天子相信了他的话,先则叫大司农来,后来自己又要来,现在又叫崇伯来,这种事情,岂非都是他弄出来的么!"文命道:"洪水之平,虽则天意,但是一切指导帮助之功都是王母,所以应该归功到王母,洪厓先生的话是不错的,文命君臣等岂有可不代表人民致谢之理。"说着,就向王母行礼,深深致谢。一瞥眼,看见云华夫人站在王母后面,又忙过去向云华夫人行礼,深深致谢。王母连声说道:"算了吧!算了吧!不要再多礼了,我们快坐,我们快坐。"

众人听说,一齐就近坐下,三人为一席。文命恰与南极王夫人同席,另外一个男子非常面善,但是叫什么姓名,在什么地方见过,总想不起。正要想请问他,忽听见王母问道:"今朝我请来的这许多嘉客,有好些都与崇伯见过,崇伯还能认识么?"

文命仔细一看,最触眼的是东海神禹虢、北海神禹强、南海神祝融、风神飞廉,其次如日中五帝圆常无、丹灵峙、浩郁将、澄增渟、寿逸阜五个,又有二十八宿及五岳神君、庐山使者、霍山潜山两储君,又有云师、雨师、滕六、巽二,又有西海神祝良、东海神阿明,及东海君冯修、朱隐娥两夫妇,南海君祝赤、翳逸廖两夫妇,西海君句太邱、灵素简两夫妇,北海君禹张里、结连翘两夫妇,此外又有西城王君、海若、青女、东方青腰玉女、南方赤珪玉女、西方白素玉女、北方玄光玉女、中央黄素玉女、王华存夫人、玉女李庆孙,此外认识的就是王母的女儿紫微夫人王愈音、云林右英夫人媚兰、太真夫人婉罗和玉卮娘了。原来文命天赋高、记忆力强,一见之后,无不认识。有好许多没有见过之人,则不知道他们是什么神仙,于是离席起身,向那认识的一一招呼,行礼致谢。忽然有五个绝色女子,衣服分青、黄、赤、黑、白五种颜色,齐走过来,向文命说道:"崇伯!如今贵显,不认识我们了?"文命仔细向她们一看,觉得面貌非常之熟,然而在何处见过、叫什么名字,无论如何总想不起。只得告罪道:"某记忆力弱,一时实在想不起,有罪有罪,请原谅吧。"那五个女子听了,都和文命笑了一笑,一个穿赤衣的女子指着文命同席的那男子道:"这位先生,崇伯总应该认识。"那男子亦向文命拱手道:"崇伯!多年不见,不认识我么?"文命再仔细一看,始终想不出,便问道:"上仙贵姓?"那男子笑道:"某姓宋,名无忌。"文命陡然想起,就说道:"某从前曾经做过一梦,梦见先生引导向月中经过,见到月中五帝夫人,不要就是诸位么?但是那个是梦境,并非真的,岂竟实有其事?"宋无忌哈哈笑道:"崇伯以为是梦么?我们都以为是真的呢。"

正说到此,只听见众人一齐叫道:"秦先生!秦先生!为什么来得这样迟?"文命转身一看,原来是巨灵大人秦供海。但见那秦供海一路进来,到处向众人拱手,说道:"对不起!对不起!累诸位久待。"文命忙过去相见。仔细一想,从前治水帮忙过的人,差不多都在这里了,刚如此一想,只听见王母又说道:"从前帮忙过的人还有几位呢,崇伯未曾看见,所以不认识,待我来介绍吧。"说着,即向左首中间两席上一指,说道:"这五位是五帝之神,穿青衣的是苍帝灵威仰,穿赤衣的是赤帝赤熛怒,穿黄衣的是黄帝含枢纽,穿白衣的是白帝白招距,穿黑衣的是黑帝协光纪。"又指着中间右首席上的一个女子道:"这位是九天玄女,那日收服刑天氏的时候,他们都在场出力。崇伯到时,他们都已散了,所以不曾看见。"文命听了,急忙与他们招呼行礼。后来大家坐定,文命只见席上每人面前各放一个碧金的酒杯,铸成鹦鹉的形状,杯旁安放一个白玉的酒杓,雕成鸬鹚的形状,心想真是奢华啊!忽听王母高声说道:"菲酒无多,诸位请啊,不要客气。"文命听了,刚要用手去拿那个鹦鹉杯,哪知杯已凌空而起,径送到自己嘴边。文命大骇,只得一饮而尽,杯就渐渐放下。旁边的白玉鸬鹚杓也随即自动起来,将杯中添满,仍复放下。文命细看同席的诸位无不如此,并不动手,欲饮则杯自举,杯干则杓自挹,方叹仙家妙用。后来肴馔纷陈,每人一簋,亦都不用人搬送,大概自空中自然而至。吃过之后,那残碗自会凌空而去,接着又是一碗热气腾腾的新馔凌空而来,依旧放在原处。

这时全殿中共有几百席,所以室中常有几百个碗盏之类来来往往,连续不绝,如穿花蛱蝶一般。各位神仙对于这些是见惯的,所以绝不在意,依旧各人谈各人的天。文命是初次观光,殊觉见所未见,暗想,从前大司农来的时候并不如此,他的日记上并没得记着。现在我来了,他忽然显出这个神通,必定有一个缘故,决不是故意弄给我看。后来突然悟到,禺虢、禺强、飞廉等都是人面兽身之神,并无两手,何以能持杯,所以只好用这种器皿;既然有几个人用这种器皿,自然大家一律都用这种器皿了。文命正在思潮起落,只听宋无忌问道:"崇伯当日游月宫的情形,还记得么?"文命道:"记得记得,但当时确实是梦,何以竟实有其事?"宋无忌道:"大凡人的做梦,共分六种:一种叫正梦,是无心所感之梦;一种叫噩梦,是奇怪不祥之梦;一种叫思梦,日之所思,夜则成梦;一种叫寤梦,似醒未醒之时所成之梦;一种叫喜梦,因喜悦而有梦;一种叫惧梦,因恐惧而成梦。这六种梦,有人说其实不过三种:一种是致梦,凡思梦、喜梦、惧梦都是因思之所致,所以叫致梦;一种叫觭梦,凡噩梦、寤梦都是因为心情不宁、念虑纷繁,或凶兆将至所致,所以叫觭梦;还有一种叫咸陟,就是无心所感之正梦了。一个人平日如思虑繁多,神魂不宁,决不能有正梦,或者反有觭梦。假使是个正人,他的思虑当然纯一,他的神魂自然宁静,待他睡时,或者如至人之无梦,假使有梦,那个梦一定是非常之灵验。所以令高祖黄帝当时做了一个梦,梦见大风吹天下之尘垢,尘垢尽去;又梦见一人,手执千钧之弩而驱羊数万群。醒了之后,就知道天下必有姓风名后和姓力名牧的两个贤人,后来访求起来,果然得风后于海隅,得力牧于大泽,用以为将相而天下大治。这个岂不是梦之灵验么!还有一个圣君,梦见天帝赐他一个贤人,醒后将他的形象画出来,到处去寻,用以为相,果然是个贤相。这种梦不必推详,实实的在梦中看见这个人,岂不是尤其灵验么!"

文命道:"这种理由某亦知道,但是那圣君虽则梦见贤相,那贤相究竟没有看见圣君。现在某梦见诸位,而诸位竟实实看见某,岂不奇怪!"宋无忌道:"这个理由不难解说,那贤相是凡人,某等不是凡人；凡人自然不能见人梦中之神魂，某等神仙则不但能见人梦中之神魂，并且能和他的神魂讲话游宴，这是常有之事。譬如常人往往梦其祖先或亡故的亲友，托梦非常灵验，就是这个缘故。鬼尚能如此，何况某等神仙呢？"文命听了，恍然大悟，又问道："那么人当睡熟之时，他的神魂一定飞扬而他去么？"宋无忌道："亦不必如此，有的只在它躯壳之中辗转来往，亦能梦见许多人物。因为人身百体，无不有一个神在那里管理。如同发神就有两个，一个名叫寿长，一个名叫玄华；耳神一个，名叫娇女；目神也有两个，一个叫朱映，一个叫虚监；鼻神亦有两个，一个叫勇卢，一个叫冲龙王；舌神亦有两个，一个叫始梁，一个叫通命，号叫正伦；脑神叫觉元；齿神叫丹朱；肾神叫玄冥，号叫育婴。这种名目，一时亦说不尽。当一个人入梦之际，神魂游行于百体之中，遇到什么神，就领导他去游行什么脏腑或什么肢体，那个梦就奇妙新鲜了。还有一种人，入梦之后，他的神魂只在离脑际数尺之地盘旋来去，做出许多离合悲欢奇怪变幻的梦，这种梦大概是三梦之中的致梦为多。假使遇到一个有道之士，能够见人生魂，就知道他日间在那里想什么事、做什么事，因此就可以判断他这个人的善恶，这亦是常有之事。所以做梦也有一个梦神，梦神的名字叫趾离，如若就寝的时候叫了他的名字，祝告一番，那么做起梦来一定平安清吉，亦是个厌胜的方法。至于崇伯那日神魂同某偕游月宫，不过是做梦之一种罢了。"

宋无忌正在滔滔聒聒的谈梦，忽听见王母高声说道："今日请诸位嘉宾莅止，开一个盛会，有三个意思，可以说三会并作一会。怎样的三会呢？一个是欢迎会。崇伯离开此地，到下界去建功立业，普救众生，屈指已近三十余年。今日难得重来，旧雨变成今雨，亦是一段佳话。我们欢迎他，应该多敬他一杯。"大家听了，一齐拍掌，都说："赞成赞成！欢迎欢迎！饮一杯饮一杯。"那时黄金鹦鹉杯早似蝴蝶般联翩飞来,络绎不绝。文命听了王母的话,虽则大半不解,但不便问,只好接连地饮了无数杯。接着,王母又说道:"这次下界劫运,大家公推崇伯下凡主持,虽则我们也小小效劳,帮他的忙,但是万种艰巨可说都是他一个人任的。你们看他年纪不过三十,腓无胈,胫无毛,两足偏枯,不能相过,颜色黧黑,形容臞癯,辛苦到这个样子!非得重重慰劳他一番不可。所以今朝这会,又叫慰劳会,请崇伯再宽饮几杯。凡我同人,曾经下山帮助过他的,亦多饮几杯。其余的朋友,未曾帮忙过的,亦替我多敬他们几杯,多陪他们几杯。"众人听了,又齐声说道:"是是,应该敬,应该敬。"霎时,各席上的鹦鹉杯又来来往往,忙个不了。文命只得又饮了多杯,大家亦各饮了一杯。只听得王母又高声说道:"自从近百年以来,上界闹政变,下界闹洪水,真可以说是天昏地暗,神人不宁。幸而得仗天帝的大力,旋乾转坤,上界的恶神刑天氏等业已降伏,料来四五千年之中不至于反复,而下界的水患亦次第平定,从此以后,天清地宁,宇宙上下,同享升平之福,这是极难得的。所以今朝这个会亦可以叫庆祝会,我们大家站起来,各饮一杯,共同庆祝天上,庆祝地下,诸位以为如何?"大家听了,又是一会拍掌,一会欢呼,站起来齐饮一杯,方才坐下。

忽然那洪厓老先生又站起来说道:"诸位请听,前数年我在下界游戏,偶然遇到了唐尧圣天子,他因为水患渐深,恳我设法,我当时知道天意未回,严词拒绝。后来圣天子恳求不已,我才说出西王母三个字,当时原是可怜圣天子忧民之心太切,不忍使他绝望,所以才说这三个字,并非有意泄露天机。今朝阿母竟埋怨我,说一切事情都是我惹出来的。诸位想想,是我这个老头子惹出来的么?治水之功,帮助崇伯的人固然不少,但是总以阿母为第一。因为一切遣将、请神、设法,都是阿母为首。所以今朝既开慰劳大会,我们敬过崇伯之外,还应该多敬阿母几杯,诸位赞成么?"言未毕,大家一齐拍手道:"赞成赞成!"只见西面席上又有一个女仙站起来说道:"阿母帮助的功劳固然不少,但是云华夫人帮忙的功劳亦不算不多,依我看,他们母女两个都应该重重敬她们几杯。"大家听了,又重复一齐拍掌道:"赞成赞成!不错不错!"于是鹦鹉杯飞来飞去,又忙了一阵。这时宾主极尽欢娱,忽然空中又飞下一只只翡翠之盘,盘上盛着一个桃子,光明洞澈,仿佛水晶所做。文命不识,正在细细赏玩,南极王夫人道:"这桃名叫玉桃,是本山的土产,平时坚硬之至,刀斫不入,只要用玉井泉水一洗,就酥软可食了,崇伯何妨尝尝呢。"文命依言,吃了,果然香美之至,这亦是大司农日记上所没有的。仙境珍奇,正不知有多少呢!过了一会,酒阑席散,众神仙骑龙跨凤,纷纷向王母告辞而去。文命多饮了几杯,有点醉意,亦向王母告辞。王母叫三青鸟使护送云车,到行宫里,住了一宵。

次日,文命酒醒,想起昨日王母"一别三十年,旧雨变今雨"以及"公推下凡"等话,非常可怪,想来自己总是天上的神仙下降,然而究竟是什么神仙呢?无从探问,不免纳闷。忽然西王母那边又有人来请,文命依旧跟着三青鸟使乘车而去,此次却不是上升而是平行。不一时,进了龙月城,过了琼华阙,到了光碧堂,王母已在那里等候,便是云华夫人、玉卮娘、南极王夫人等王母的几个女儿亦都在那里。王母见了文命,先说道:"昨日客多,招待不周,请原谅。"文命慌忙谦谢,并要告辞。王母道:"崇伯难得到此地,何妨再住一日呢。"文命道:"一则天子盼望,二则同伴在魍山等候,未便久留。"云华夫人道:"再留一日不妨,我们去游玩吧。"文命听了,只好答应。当下大众先到瑶池及五层十二楼各处游玩,大概与大司农日记上所载的相仿,文命亦不甚措意。后来王母等又备了云车,与文命出了龙月城,从增城而上,过了昨日燕饮的地方,再升上去。文命向上一望,只见上面仿佛都是城阙。后来升到一处止住,只见太阳、月亮都在下面,东西南北四面之风一齐而至,文命觉得寒气凛冽,颇不可耐。王母亦觉得了,便道:"崇伯犹是凡胎,罡风恐怕耐不住,四面尤不可受,我们下去吧。"说着,那云车已渐渐低下,文命回望山巅,驾鹤骖鸾在那里游戏的仙人颇不少。

不片时,已降到昨日燕饮的那一层止住,王母道:"昆仑三层,最下一层叫增城,这层是第二层,名叫凉风,亦叫阆风,最上一层叫悬圃,以金为墉城,其方千里,城中有金台五所,玉楼十二,城中最高处叫昆陵之地,这种地方都是不容易到的。这层阆风,道行较深的人就可以到。昨日崇伯仅到了一个倾宫,现在可以各处走走了。"说罢,驾了云车,各处游历一转,真是说不尽的富贵华丽。最后到了一间房室,尤其精美。忽见云华夫人用手将壁间一物扳了一扳,顿觉得天旋地转,那房室就移转起来,渐渐地绕了一周。王母道:"这就是此地著名的旋室,我因为看得好,所以在我那里亦依式造了一间。上次大司农来,曾经请他在那里燕饮。"文命一想,不错,日记上是有的。大家在旋室中谈了一会,重复乘云车降至第三层。文命记得大司农日记上还有疏圃一段载着,便问疏圃在哪里。王母等又领文命到疏圃一看,果然纯是蔬菜之畦,四面浸以黄水。王母道:"昨日席上所用的菜,就是此地所出呢。"出了疏圃,一路言谈,不觉已到阊阖门。文命只见阊阖门外极远之处,有一座高山,正对阊阖门。文命便问哪是何山。王母道:"那座山名叫须弥,正对七星之下,矗立在碧海之中,但以地势而言,仍是昆仑山的一个支阜,所以通常亦可以叫它昆仑山。"文命道:"那山上想来亦是仙灵所居?"王母道:"是的,那山和此地之增城差不多高,亦分为九层,中多奇物。第五层有一个神龟,长一尺九寸,有四翼,已历一万岁，能升木而居，亦能作人言。第六层有一株五色玉树，荫翳五百里，夜至水上，其光如烛。第三层有大禾，其穗一株可以满一车；有一种瓜，其味如桂；又有一种柰，生于冬天，色如碧玉，拿了玉井之水洗而食之，能使人体骨轻柔，可以腾虚。第九层山形狭小，但是上面也有无数芝田蕙圃，都是仙人在那里种植。旁边有十二个瑶台，各广千步，都是用五色玉筑成基址。最下一层有流精霄间，直上四十丈，四面又各有奇异之景物。东面有风云雨师。南面有丹密云，望之如丹色，丹云四垂周密。西面有螭潭，多龙螭，都系白色，每千岁而一蜕其五脏。潭的左侧有五色之石，都是白螭之肠所化成，此石中有琅玕璆琳之玉，煎之可以为脂。北面有珍林，上面都是珍玉，从旁道别出一干析枝，终日在那里相扣，音声和韵，非常可听。山下更有九河分流，南有赤波红波，隔千劫而一竭，再过千劫，水乃更生。所以论到须弥山，有无穷的灵异，崇伯愿去游玩么？"文命道："承王母及诸位夫人伴游一日，已觉不安之至。现在时已不早，某归心如箭，倘有仙骨，或有福缘，且俟将来吧。"王母等听了，亦不相强，即令三青鸟使仍送文命回行宫。

第一百三十八回

老童偕伯益等游山　禹结束危神

尧沉璧于洛　禹觐尧告成功

繇余受封

到了次日,文命刚要到西王母处去辞行,忽然大翳来报说,西王母及云华夫人都来了。文命慌忙出去迎接。王母道:"我知道你今朝一定要去,所以特来送行。这番回去,务请代我向圣天子处道达感谢。我在上界久了,颇想到人世间来走走,不过几时来却不能定,总要看机会。另外有些土货,请你带回去送给圣天子,还有一包是送你的,你不要见笑,收了吧。我这里并没有别样新鲜的东西,无非是蟠桃、黄中李等等,想你亦听厌了,昨天又刚才吃过,不过带回去送送人亦是好的。"文命听了,慌忙再拜致谢道:"连日承王母优待,现在又承厚赐,某至此亦不敢再说那何以克当的话,只好先代圣天子拜领拜谢,然后自己再拜领拜谢罢了。"王母连说道:"不要多礼,不要多礼。"

这时跻车已驾,三青鸟使前导,刚要起身,庚辰忽向云华夫人说道:"某等前奉主人之命,追随崇伯,治理洪水,如今水患已平,某等可以不必再同去了。"云华夫人道:"现在还不能,你们尚须送崇伯归去。天下之事,总须有始有终,岂可半途而废。况且尔等送崇伯归去之后,圣天子还要论功行赏,尔等数年之中颇能不辞辛苦,倘使圣天子封赏尔等,尔等如果愿意的,亦不妨拜受,去享一享人间的繁华，如不愿意，那么仍旧再到我这边来。各随心志，无所勉强，尔等知道么？还有七员地将，他们自从改邪归正之后，追随崇伯，亦颇能尽力，此刻不在此间。尔等可将我意传述给他们听，愿意受圣天子之封的，尽可以受封，无须客气，更不必有所顾忌，否则我将来自有超度他们的方法，尔等可去向他们说知。"七员天将听了，一齐答应，独有庚辰心中非常怀疑，暗想，我们七个人之中还有贪人间富贵而不愿做天上神仙的人么？是哪两个呢？且看吧。这时文命已跨上跻车，王母和云华夫人齐说一声再会，那跻车已渐渐升起。七员天将拥护着，电掣风驰，霎时已渡过弱水，径到骊山。文命下了跻车，三青鸟使就向文命告辞，文命劳谢了他们一番，三青鸟使带着跻车自回昆仑而去。

且说文命和天将等四面一望，不见伯益等踪迹，不免生疑。文命道："莫非此地不是骊山么？"乌木田道："青鸟使决不会弄错，况且此地的确是骊山，我们认识的。"正说时，忽见繇余用手指道："那个不是章商氏么？"众人一看，果见章商氏从远山之麓狂奔而来，接着陶臣氏也来了。文命忙问伯益等在何处，章商氏遥指道："他们在后面，不久就到了。"文命问道："汝等这几日在何处？"陶臣氏道："崇伯去后，某等只跟了老童先生到处乱跑，直到昨晚，老童先生说：'崇伯明日必转来，我们回去吧。'又恐怕崇伯记念，所以遣某等二人连夜跑来，不想崇伯果然已回。"正说间，只见前面长空中，蜿蜒矢矫，两条龙直向骊山而来，渐渐相近，但见龙背上跨着许多人，转眼之间，已到前面落下，原来果然是伯益等一干人。文命大喜，待他们降下之后，文命就问伯益："老童先生何在？"伯益道："他刚才送我们上龙之后，就说有事不能奉陪，叫我们见到崇伯，代为致意。我再向下一看，哪知他已不见了。"

文命听说，怅怅不已，就问伯益："这几日在什么地方？刚才从何处来?"伯益道:"那日崇伯去后,老童先生就向我等说道:'崇伯此去,大约非数日不能回来。我们在此株守,岂非无味,有现成的龙在此,我们骑了到各处去游玩吧。'某等听了,无不赞成,于是大家骑了龙,由老童先生指导前去。第一日,越过流沙,到了一座羸母之山,遇到一个神祇,名叫长乘,他的状态如人而豹尾。据老童先生说,他管辖此山,是天之九德所生,宇宙内善神之一。第二日,又到了一座长留之山,据老童先生说,是少昊金天氏所居的地方。他住的宫殿叫员神魄氏之宫,员神魄氏就是少昊帝成神后之别号。少昊帝在此专管太阳,太阳西入,则影反东照,少昊帝在那里司察。我想去拜谒,凑巧少昊帝不在里面,只得罢休。这座长留山上,有一项特别的,就是兽皆文尾,鸟皆文首,与别地不同。第三日,到了章义之山,怪物甚多。有一种兽,其状如赤豹,五尾而一角,其音如击石。据老童先生说,它的名字叫狰。又有一种鸟,名叫毕方,其状如鹤而一足,赤文青质而白喙。它的性格非常不好,时常衔了火到人家家里去作怪,所以此鸟如若出现,则此地必有讹火,它的鸣声亦是'毕方'二字,大约是个不祥之鸟。又一日,到了符惕之山,颇多怪雨。据老童先生说,此山是风云所出的地方,有一个神人,名叫江疑,住在里面,但亦没有见到。后来又到泑山,西面一望,已看到太阳落去的地方,突然红光一闪,显出一个神人,人面虎身,右爪执着一柄钺。据老童先生说,就是西方蓐收之神,住在此山,专管日入之事,因为他出来必见红光,所以一名又叫红光。又一日,到了翼望之山,据老童先生说,这座山上有一兽一鸟,都是有益于人之物。兽名叫獾,其状如狸,一目而三尾,其音能作百物之声,畜养起来,可以御凶,食其肉可以治瘅病。鸟的名字叫鵸䳜,其状如乌,三首六尾而善笑,服之可以使人睡时不着魇,亦可以御凶。又一日,到了中曲之山,遇着一种兽,其状如马而白身,黑尾一角,虎爪虎牙,其音如鼓音,据老童先生说,名字叫狡,喜食虎豹,养起来可以辟刀兵之祸。又有一种树木,其状如棠而圆叶,赤实,实大如木瓜,名作欀木,食之使人多力。昨日,又到了一座山,名叫崦嵫之山,其上多丹木,其叶如谷,其实大如瓜,赤符而黑理,据老童先生说,食之亦可以治瘅病,种之则可以御火。又有两种古怪的鸟兽,兽状马身而鸟翼,人面而蛇尾,据老童先生说,它最欢喜跑过来抱人,将人举起空中,胆小之人往往给它吓死,它的名字叫軓湖。鸟状如鸮,人面蜼身而犬尾,它的名字老童先生亦不知道,但知道它亦是个不祥之鸟,出现之后,地方必定大旱而已。以上所说,就是某等近日游踪的大略了。"文命道:"这许多神物,想汝已都将他画出记出了。"伯益道是。文命道:"我等现在游历已完,即须归去,汝数年来所记所画的已衰然成帙,将来归去后,可以辑成一部书,传之于天下后世。这部书的名字就可以叫《山海经》,汝以为如何?"伯益道:"某亦如此想,某所画所记的固然不少,但是从前夔及伯夷诸位听说亦有许多图记着,将来合并起来,当可说是洋洋大观了。"

当下伯益问起文命到蓬莱之事,文命亦详细地述了一遍。说到疏属之山藏贰负之尸一事,大家都猜度不出天帝是何用意。以天帝之能力,藏一个尸首何必借手于凡人,殊不可解。这日夜间,大家就住在騩山。文命的意思,以为騩山是老童的住地,到晚他或者归来,哪知杳无踪迹。次日,只得动身,径向东行。寻那座疏属之山,访问多处,方才寻到。大家一看,果然有一个尸首,反转了两手,再加之以梏,并桎其右足,又将他的头发连了手系在山木之上,形状甚为凄惨。大家暗想,他不过弄杀了两只窫窳,既然抵了命,亦可以歇了,还要如此对待其尸,并不准我们加以解放,这个缘故真不可解。然而天帝既如此吩咐,只能遵照。就在左近寻到一个石室,遂由天地十四将等动手,将尸首移到石室之中,外面再用大磐石掩住,不使人看见,这事总算告一段落。后来到得汉朝宣帝时候,叫人到上郡(现在陕西北部)去发磐石,这个石室陡然发现,里面有这么一个裸跣披发反缚械一足的人,大家看了惊骇异常,奏明宣帝。宣帝遍问群臣,都不知道,只有一个刘向说道,这是贰负之臣危的尸首。宣帝问他怎样知道,他就拿《山海经》来做证据,于是从此之后,人人争读《山海经》,这部《山海经》方才大重于世。从这段故事看来,《山海经》这部书传自夏朝,大家都说它荒唐奇怪,没有人去相信它,直到刘向引证之后,方才见重于世。由此推想起来,纯然是石室中尸首发现之故。那么天帝当日吩咐文命掩藏,也许就是要《山海经》上记载这件事情,使后世得知,使《山海经》这部书得以流传,亦未可知,闲话不提。且说文命等掩藏过尸首之后,就和众人乘龙一齐向帝都而回,路上绝无耽搁,暂且按下不表。

且说帝尧自从文命到海外去后,心中对于水患已无所忧愁,所忧愁的就是自己在位已将八十载,年纪已近百岁,万一一病呜呼,这个天下付给何人呢?太尉舜这个人,前此已想禅位于彼,但是他只肯摄政,而不肯登大宝,一切政事,重要的仍旧前来禀命商量。倘若自己死之后,舜依然谦逊起来,一定要让给朱儿,岂不是枉费了多年之苦心么!还不如趁此刻先作出一个明白的表示,使大家知道,后来自不会改变。主意已定,到了次年二月,就带了群臣往洛水而来。到了洛水,帝尧先已用一块白璧,上面刻了许多词句,大约总是说天命应该禅舜的意思,在洛水之旁筑起一个坛来。

这日正是二月第二个辛日,帝尧率领群臣向洛水谨敬行礼,礼毕之后,取出那块璧来,向群臣宣言道:"朕早已想将这君主大位禅给太尉舜。舜既再三推逊,而有些疏远之臣或者反疑心朕不爱亲子而爱女之夫。虽则前年龙马负图出河,那图上已明明说出舜当受天命,但是有些人或许以为是偶尔之事。所以朕今日秉着虔诚,向洛水之神祝告,假使前次河图的事情是偶尔出现的,那么朕这块璧上所刻的话语就不足为准。假使是一定的,不是偶尔的,那么朕这块璧沉下去,洛水之神必与朕以征兆,尔等其试观之。"言罢,亲自奉了那块璧,坐了船,到洛水中流,恭恭敬敬地将它沉了下去,然后回到岸上,率领群臣,静以待命。直到下午,不见影响,帝尧颇有失望之色,暗想,这事倒反弄糟了。哪知又过一会,忽然看见洛水之中透出一道红光,从那红光之中,水波蠕蠕而动,陡见一个大玄龟浮水而出,背上似乎有一件大物驮着。后来大龟爬到岸上,直到坛场,将身一侧,背上之物落在坛中,那大龟依旧回入洛水,曳尾而逝。帝尧忙率群臣过来,谨敬将那大物拾起,原来是一册书,书的两面都是龟背之甲作成的,展开一看,赤文朱字,大略都是说应当禅舜之意。帝尧遂向群臣说道:"汝等看如何,朕的话不错吧!"群臣都再拜稽首,说道:"帝的至诚足以感动上帝,哪有错之理呢。"只有太尉舜依旧竭力固辞。帝尧道:"天意如此,非朕一人的私见,汝何必固辞呢?"然而舜哪里肯答应。帝尧道:"现在不必多说,且回都再议吧。"

当下帝尧率领群臣回到平阳,正要提议那禅让大典,忽报崇伯文命从海外回来了。帝尧大喜,即刻就宣召入见。文命行礼之后,就将在海外经过情形大略陈述一番,又将王母所送的物件送上。帝尧深深慰劳,说道:"汝多年在外,辛苦极了,汝之部下诸人亦辛苦极了,那些天地将仍旧同回来么?"文命应道:"是,不过他们就要去的。"帝尧道:"汝暂留他们一留,朕尚有后命。汝此刻且出去休息,迟日朝会时,所有随行之人均可令其同来,朕将亲自慰劳。"文命唯唯,稽首退出。过了一时,太尉舜亦来见帝尧,奏道:"文命已经从海外归来,这次大功告成,非常可喜,对于彼等应如何封赏酬庸之处,臣不敢专擅,所以特来请帝示下。"帝尧道:"朕刚才亦如此想,文命、伯益等俱系在朝之臣,稍缓不妨,只有那天地十四将,刚才听文命说就要归去。他们是神仙中人,对于人间爵禄原不稀罕,但是多少年来,为国宣劳,一旦竟听他们自去,对他们绝无表示,未免歉然,所以正想和汝商量。对于彼等究竟如何,汝有方法否?"舜道:"臣意,酬庸是国家大典,受不受是彼等之自由,不妨各尽其道。酬报他们而他们竟受,固然是好,就是他们必不肯受,那亦是他们的高尚,国家对待他们的恩礼已经尽了。帝意以为如何?"帝尧道:"汝言甚是,但如何酬报他们呢?"舜道:"臣意酬报的方法无非是封爵锡土,与诸臣一律。因为他们如果肯受,当然仍是国家的臣子,应当尽臣节,不应因他是神仙而特有所殊异。譬如柏成子高,亦是个神仙,帝从前封他做一个诸侯,岂不是一样么?"帝尧点首称是。当下君臣两个就细细地拟定了一种酬庸大典,并定明日即行发布,然后太尉舜方才辞帝归去。

　　到了次日,帝尧亲御外朝,这是一个隆重大典,帝尧自从叫舜摄政以后,久已不曾举行。偶然召见群臣,总在内朝或路寝。这次因为大功告成,为优礼文命等起见,所以举行这个隆重的仪式。这日平明,帝尧冕旒执笏,当伫而立,太尉舜、大司农弃、大司徒离以及八元、八恺等大小臣子咸在。文命带了伯益、真窥、横革、之交、国哀、郭支及天地十四将等,都在外面听候传宣。隔不多时,帝尧召见,文命率领大众一齐入觐。文命手执两块玄玉,一块是禺强嘱他转献的,一块是临洮神人所给与的,向帝尧行礼,就将两块玉献上,一块转致禺强之命,一块作为自己的贽礼。帝尧答过礼,受了玉,又向众人答礼,着实慰劳一番。然后向天地十四将道:"朕闻汝等即须归去,未免太速了。汝等为国家人民出此大力,建此大功,国家人民对于汝等应有感谢酬报之礼,汝等何妨暂留在此呢!"庚辰奏道:"某等奉云华夫人之命,替崇伯效劳,如今水土既平,某等已无事可做,理应归去复命。况人间富贵某等也无所用之,圣天子厚意,某等非常感激,谢谢吧。"鸿濛氏亦奏道:"某等七人本已堕落,流为妖类,造孽不少,承崇伯饶恕,追随奔走,以效微劳,不过稍赎前愆,哪里敢说功绩。如今水土既平,某等拟遁迹名山,修仙学道,冀异日或成正果,圣天子隆恩某等实在不敢当,敬谢敬谢。"帝尧道:"汝等高尚之志,朕极佩服,不过以神仙而在人世间做官的自古亦很多,如同黄帝时代的宁封子,先帝时代的赤松子,从前有赤将子舆亦在朕处做木工,现在还有柏成子高,仍在那里做诸侯。汝等如在人间享几年富贵,料亦无妨,使国家人民对于汝等亦稍尽微心,汝等以为如何?"

庚辰等听了,刚要开言,文命先说道:"圣天子一番盛意,汝等不可辜负,但亦看汝等志愿。如果汝等志愿坚决,圣天子亦决不能勉强,倘使可以勉从圣天子之命,亦不妨暂留。前日夫人岂不是和汝等说过,享享人间繁华亦自无伤,各随心意,无所勉强,亦不必顾忌,汝等其再思之。各人只说个人的志愿,不必替别人代表。"当下天地十四将互相商议一会,个个都说不愿,只有繇余独说:"我是无所不可的。"众人知道他心恋尘世,都道:"那么你在此吧,亦可以稍慰圣天子之望。"繇余听了也不言语。帝尧看见繇余答应,不禁大喜,便道:"有一人肯留在此,亦好,汝等不愿在此的朕亦不敢勉强,不过汝等归去,务希代朕向云华夫人道谢,至要至要。"六员天将均唯唯答应。帝尧又向七员地将道:"汝等能一心向善,修仙学道,将来一定能得正果,朕敬为汝等颂祝。"地将等听了,个个拜谢。当下帝尧又和文命等商议了些事情,遂宣告散朝,大众一齐退出。

后来,六员天将追随云华夫人,个个名列仙籍。就是七员地将,隐居名山,苦心修炼,云华夫人念其功绩,嘉其笃行,予以济渡,亦均名列仙籍。独有繇余,因未能忘情于嗜欲的缘故,留在世间,受帝尧之封,在吴地(现在江苏苏州市吴中区)做个诸侯,享尽人世声色富贵之乐,但是到头来不免于死,死后就葬在吴地。到了唐朝的时候,有苏州节度使钱元镣的侄儿文炳精于风水之术。唐明皇开元(或天宝)五年,他的妻子邱氏逝世,他在报恩禅院的旁边访求吉地,僧人常泰很疑心古松之中有古人坟墓,以为不可去惊动它。文炳看此地风水甚佳,执意不从,督率工役去掘,果然发现一个墓道,有版石数重,棺木已经化为灰烬,只有一具骸骨置在石上,长逾一丈,单是胫骨已有三尺长,颜色光泽如黄金。胫骨之上束一个铜铛,旁边镂着青花。西面壁上挂一口宝剑,剑匣已经破坏,唯有一玉环在剑靶之上,莹然精白,极为可爱。文炳大喜,止住工役,独自一人跑到里面,要想去拿这个环。忽然一个黑蜂,大如球丸,从剑下飞出,直扑文炳。文炳猝不及防,右边眉间给它螫了一下,大痛闷倒。工役闻声入视,将他抬回去,不到一日,就死了。次日,文炳之子知玄正在哭泣,忽然跌倒,冥然如梦,梦见一个丈夫,道貌古野,身长丈余,穿的是鱼鳞之甲,足色如金,赤了双脚,挺了一口宝剑,向知玄说道:"我是帝尧之臣,名叫繇余,从前与陶臣氏、乌涂氏佐禹治水,以功封于吴,后来就葬在此地。从前此地正是大海东渐之山,请篯铿替我查勘,风水甚好,我住在这里很安适。不料尔父如此刚愎,不听人言,发掘我的版石,这已经不对了,还要想偷我的玉环,实属岂有此理!现在给我击死,他的魂魄就归我管束。我在阴司大有主治,尔父倘能服从我之命令,决无所苦,尔不必再悲悼了。"知玄醒来,将这话告诉人,人才知道繇余之坟就在此地。后来有个姓钱名希白的,还给他做了一篇纪,这就是繇余的结果了。

第一百三十九回

尧作大章乐　皋陶作象刑

分九州为十二州　大封群臣

尧居于城阳

且说文命退朝之后,回到私第,顿然有许多同僚前来拜访。文命和他们谈谈,才知道这次到海外去之后,朝廷中曾经做过两桩大事。

一项是作乐,大乐正质制作,夔从旁参酌。乐的大要极为简单,仍旧是从前山林溪谷之音,推而进之,再用麋鞈蒙在缶上,敲起来;又用许多浮石拊击起来,以像上帝玉磬之音;又用几个瞽目的乐师,将五弦之瑟合拢来,作为二十五弦之瑟,如此就算成乐了。大家公拟了一个名字,叫《大章之乐》,也叫《大唐之乐》。它的歌词传到后世的,只有四句,叫作:

舟张辟雍,鸧鸧相从;八风回回,凤皇喈喈。

后来享上帝的时候,奏起这乐来,百兽蠢蠢,相率而舞,可见乐的感物全在至德,不在于制作之繁简了。这是一项大事。

还有一项大事是制刑,是皋陶提议的。皋陶自从到南方见了三苗那种残酷之法,深深有所感动,所以回到帝都之后,便提出一种意见。他的意思,以为用刑之道是国家出于万不得已,所以用刑的原因有两种,一种是要本人自己知过而改悔,一种是要使人人以此为鉴戒而不敢犯。但是这种都是治标之策,不是根本的办法。根本办法首在教化,使人人知道善是当作的,恶是不当作的,那么何至于尚有犯法之人,刑罚可以废而不用,岂不甚善。然而这一层岂易办到。其次则不能不用刑罚,但是与其使他们以受刑罚为可畏,不如使他们以受刑罚为可耻,使他们畏怯。但是,胆小者畏,胆大者竟不畏,你又奈何了他?即使大家都畏法了,亦不过是不敢犯法,并非不肯犯法,仍旧不是根本解决之道。况且对于犯法的本人而言,要他改悔,那么必先给他一条可以改悔之路。假使如三苗的方法,杀的杀,刖的刖,劓的劓,黥的黥,宫的宫,死者固然不可复生,刑者亦岂能复续,即使他要改过自新,其道无由。因此这种刑罚岂但残酷之极,简直是岂有此理。所以皋陶的提议,第一个是象刑。仿照三苗的成例,有墨刑、劓刑、剕刑、宫刑、大辟之刑等等,但是不用实做,而都用画像。如犯墨刑的人,头上给他蒙一块帛;犯劓刑的人,身上给他穿一件赭衣;犯剕刑的人,膝上给他蒙一块帛而画出来;犯大辟的人,给他穿一件没有领的布衣,这么一来,他肉体上并无痛苦,而精神却是痛苦不堪。走到这里,大家都指而目之,说道"罪犯来了",走到那里,大家亦都指而笑之,说道"罪犯来了",由精神的痛苦而生出愧耻之心,由愧耻之心而生出改悔之意。他果然能够改悔,只要将这种衣服脱去,依然完完全全是一个好人,并没有一点形迹看得出,所以这种象刑确是一种顶好的方法。但是到了后世,羞耻之心唯恐其不打破,而且用刑亦不能确当,那么这种刑罚自然用不着了。第二个是流刑。这个人的罪状已经确凿,无可赦免,但是考察他犯罪的实际,或是出于不识,或是出于无心,或是出于遗忘,此等人如一定要按罪用刑,未免有一点冤枉,所以定出一种流刑,按照他所犯事实之轻重,将他逐出去,远则边外,近则国外,使他于精神上痛苦之外,更增到一种起居饮食不安适的痛苦,亦是警戒他的意思。第三个是鞭刑。在官的职员,有懈怠玩忽、贻误公务的,用蒲草制成一鞭,拿来鞭他。蒲鞭并不痛,这个亦不过是耻辱的意思。第四个是扑刑。在学校中之生徒,有不肯率教者,用榎楚二物扑之。榎用稻草做,楚用荆做,扑是小击,亦不甚痛苦,亦不过是激起他羞耻之心的意思。第五种是赎刑。他的本意甚善,而结果倒反害人,这种罪允许他拿出金银来赎。譬如邻人生病,我拿出药方去给他服,岂知药不对症,因此丧命。说他是有罪,他明明是一片好心;说他是无罪,一个人明明因他致死。这种案件是很难断,所以准他拿出金银来赎,就是罚他不小心的意思。以上五条刑条,分开来说,亦可以叫作九刑,就是墨、劓、剕、宫、大辟,外加流、鞭、扑、赎四项。还有两种罪必须赦的:一种叫作眚,名为妖病,就是神经病,虽则犯罪,应该赦免;一种叫作灾,出于不幸,不能自主。譬如我拿一柄刀想去砍树木,忽然为他物所撞击,因而杀人,这亦是应该赦免。还有两种犯罪的人必须严办,万万不可赦免。一种是倚靠势力而故意犯罪的,譬如天子之父,仗着他的儿子做天子,以为我虽犯了罪,你们无可奈何我,这种名叫怙,有心犯法,可恶之极,所以一定要照法办。一种是犯了又犯,始终不肯改悔。这种人羞耻之心已死,无论如何也激发他不起来,他的为恶要终其身了,所以这种罪名就叫终,亦非严办不可。

  皋陶当时将这种大意提出于朝廷之上,经太尉等细细商酌,通过之后,奏知帝尧,然后公布施行,到如今将及一年,颇有效果。当下同僚等将这种情形与文命谈及,文命听了佩服之至。

  过了一日,太尉舜来访文命,向文命道:"我昨日细细考查你的奏报,觉得九州区域大小太不平均,我想改一改,你看如何?"文命道:"太尉之意,如何改法?"舜道:"冀、青、雍、梁、扬五州范围太大,我看每州都分作二州或三州,或者将兖、豫、徐、荆的范围扩大

— 1281 —

起来,亦未始不可。"文命听了,沉吟一会,说道:"太尉之言亦颇有理,不过某看,雍、梁、扬三州地方偏远,现在水土初平,交通未便,即使再分开来,亦仍旧是照顾不到,不如随它去,暂事羁縻,且待将来再议吧。至于青州北方,从前本与南方相连属,自从给某凿了碣石山,开了逆河之后,地势上已与南方不连,孤悬海外,仍旧叫它属青州已是不妥,而且与州字的名义亦属不符,单独改为一州最为不错。还有冀州之地,北面直连朔漠,地方实在太大,好在密迩京都,控制极易,即使改为三州亦无妨害,这是某的意思。"舜听了,亦颇以为然。当下二人又商定了新分三州的名字,青州东北分出一州,名叫营州(现在辽东半岛及其以北之地),取一切还要费经营的意思。冀州东北部分出一州,名叫幽州(现在河北北部及辽宁一带),取北方冬日甚短、幽暗的意思。冀州北部分出一州,名叫并州(现在山西北部及河北一部分),取现在虽分、将来或仍需合并的意思。二人商量定了。

又过几日,帝尧大飨群臣,论功行赏。崇伯文命当然是个首功,除从前已经受封在夏邑(就是河南禹州市)之外,将前日觐见时献帝作挚的那块玄圭仍旧赐了他,以旌显其功。又锡他一个姓,因为文命之母是吞薏苡而有孕的,所以锡他的姓就是姒字。帝尧又记得上古之世,有一个大禹,是女娲氏第十九代的孙子,享寿三百六十岁,后来入九嶷山,成仙飞去。他在世时,亦能平治水土,拯救人民,其功甚大,到得帝尧之世,相隔已经三千六百年了。帝尧以为文命治水之功不下于古时候那个大禹,所以再赐给文命一个名字叫禹。自此之后,崇伯改为夏伯,不称文命,改称禹了。禹再拜稽首,向帝尧恭谢。帝尧又说道:"前几天太尉舜和朕说及,拟改九州为十二州,据云已和汝商过,朕亦以为然。但既分为十二州之后,每州须分置一个州伯,共为十二部,方才有一个统率。还有四方土地以山为主,既分为十二州,每州应各分表一座有名之山,以为一州之镇,有起事来,一州的诸侯亦可以在那里集议,汝看如何?"禹道:"帝言极是。"帝尧道:"那么此事仍需辛苦汝,汝再去巡阅一转,先将新分的疆界划清,每州再择一山以为之镇。各地诸侯中汝再选择贤德的人,举他为一州之伯。朕现在就命汝统领各州州伯,以巡十二州,汝其钦哉!"禹听了慌忙稽首固辞,说道:"驰驱奔走之事臣愿任之,至于统领各州之伯,臣实不敢当。"帝尧不答应,太尉舜等又从旁相劝,禹只得顿首受命。

第二个受封的是弃,因为他的母家是有邰氏,洪水横流,国已不存,姜嫄亦早死,临终的时候,殷殷以母家为念,所以帝尧就封他在邰。又因为他是帝喾的长子,直接黄帝这一系,所以赐姓姬氏。第三个受封的是禼,赐姓子氏,封地在商(现在陕西商县)。第四个受封的是伯夷,那时羲仲、羲叔、和叔等告老的告老,呜呼的呜呼,四岳之官甚难其选,所以并作一官,就是他一个人充当,数载以来,其绩甚著,因此这次亦封他一个大邑,其地在吕(现在河南新蔡县)。因为他是神农氏之后,所以赐姓姜氏。第五个受封的是益,因为他上有父亲皋陶,不便独立一国,所以不封他土地,单单赐他一个姓,是嬴氏。五个人封过了,其余八元、八恺、皋陶、夔、之交、国哀、真窥、横革、照明、郭支等都赐以官职,并大章、竖亥亦都有赏赐。篯铿虽无大功,但是多年随侍奔走,亦著辛勤,所以亦封他一个国土,其地在彭(现在江苏徐州市,古时叫作彭城)。

当下众人皆再拜稽首领受,独有郭支不受。文命问他缘故,他说志在游历宇内,不愿服官。禹道:"方今圣明之世,上下草木鸟兽皆需设官管理,汝既有大功,况又善于豢龙,理应在此辅助郅治,岂可轻自高尚,悠然世外?你看繇余是个天将,尚受帝命,汝何妨暂时就职呢?"郭支道:"夏伯之言固然不错,但是某的意思,觉得居住在此总不如遨游四海的爽快,真所谓士各有志,连某自己亦不知道是何心肠。至于圣明之世,豢龙固然亦是要事,好在董父现在研究得很精,技术已不下于某,有他在此,尽可以点缀太平,不必再用某了。"禹见他说到如此,不好再强,只得替他转奏帝尧,准其辞职。郭支便驾着两龙翱翔而去,后来不知所终。

且说帝尧分封群臣之后,过了几日,又想举行那禅让大典。太尉舜又竭力固辞,就是臣下亦都向帝尧劝谏说:"现在舜已摄政多年,一切事权已与天子无异,何必再争此虚名?假使一定要禅位与他,在臣等固然知道是圣天子谦恭之度,但是到了后世,读史的人看见上古之世,有一个臣子忽变为人君、人君忽降为臣子的事迹,他以小人之腹推测起来,必定疑心是舜有什么篡窃之心,帝有什么逼迫之辱,都是说不定的,岂不是好事反成恶意么!还有一层,即使帝一定要禅舜,亦尽可等到万岁之后,假使舜果然天与人归,那么天下当然是他的。如果现在就禅位与他,恐怕后世要发生两项流弊:一项是轻率庸妄的君主,贪禅让的美名,不管臣子的才德如何,随便拿君位来禅让,国家人民不但不受其福,反因而大乱(后来战国时候燕国的君主哙,让国于其相之子而国大乱,几乎给齐国灭去,就是证据),此一层是要防到的。还有一种,是权奸凶悖的臣子要想篡夺天下,硬逼君主禅位给他,而表面上反说是君主自己情愿的。(后世三国、六朝一直到隋唐,差不多都是如此。)这样看来,岂不是又将好事变恶例么!所以臣等的意见,帝现在万万不可让位,叫舜摄政就是了。假使帝万岁之后,那么且再看天意,且再看人心,未知帝意如何?"

帝尧给他们这样一说,倒也无可再说,只得将这禅位之心打消,但是他那个舍去天下之心终是耿耿不释。后来忽然想到一法,道:"哦!是了!我在这里,舜虽则摄政,但是一切政事仍旧要来禀命,出去对臣民发布时还是说我的意思,这个固然也是他的恭敬,然而我太麻烦了,而且未免掠美了,不如走开了吧。"主意打定,恰好次日舜与禹同来见帝。舜为的是改组官职之事,因为大乐正质因病出缺,而司马一官本来是大司农弃兼任的,水土既平,一切农事亟待筹划,无暇兼顾。所以舜的意思,要想自己兼司徒之官,禼调任大司马,禹任大司空,弃任大司畴,夔任大乐正,垂任工师,伯夷作秩宗,皋陶任大理,伯益掌山川之事,九子分任九职,各治其事,庶几容易奏功。帝尧听了,当然允许。禹为的是奉命出巡之事,明日就要动身,所以特来请训。帝尧道:"朕少时受封于陶,立国虽不久,但那边的风土人情直到此刻犹觉恋恋。吾母当时亦极喜欢住在那边。从前天下未平,朕不敢作逸乐之想,现在幸而大功告成,朕付托业已得人,打算趁此耄年,再到那边去游玩几年。汝此次各处巡行,倘到那边,可为朕觅地筑一所游宫,以为朕休息之地,不过有两项要注意:第一,不可伤财,愈俭愈妙;第二,不可扰民。万一那边人民稠密,土地开辟,没有相当隙地,即使远一点亦不妨。"禹听了,稽首而退。

次日,禹依旧带了真窥、横革、之交、国哀及大章、竖亥等动身,周行天下,考察一转。到徐州的时候,更替帝尧在城阳地方筑了一座游宫,房屋不多,且不华美,亦不高大,不过在旁边辟了一个花园,养些花木虫鱼禽兽,以为游观之用,如此而已。筑好之后,归朝复命。他那选择的十二州州伯究竟是哪十二个诸侯,古籍失传,不敢乱造。就是他所封十二州的镇山,后世所知道的亦只有九个:扬州是涂山(浙江会稽山),荆州是衡山,豫州是嵩山,青州是沂山(现在山东,一名东泰山),兖州是泰山,雍州是华山,冀州是霍太山,幽州是医巫闾山(现在辽宁锦州市西北),并州是恒山,还有营州、梁州、徐州都无可考。以理想起来,营州镇山一定是不咸山

(就是现在的长白山),梁州镇山一定是岷山,徐州镇山一定是蒙山(现在山东蒙阴县南),不过没有证据,不知道究竟是否。又因为幽、冀二州之间分界颇难,就选了一座山,山上立一块大石,作个标帜,后人就叫它尧山(现在河北曲阳县南二十里),闲话不提。

且说禹朝见帝尧,先将选伯、分山两大事奏过了,然后又将作游宫于陶之事说了一遍。帝尧大喜,过了残冬,这年正是帝尧在位九十载的春天,帝尧率领群臣到泰山上行了一个封禅之礼,封的是泰山,禅的是云云,与帝喾一样,天子的责任至此总算告终。然后将政事一切尽行交付与舜,自己带了几个家人,一径向陶地而来。到了禹作的游宫,只见那建筑朴而不俗,简而不陋,非常满意,从此就一径住下,不再回平阳。帝尧天性至孝,虽则此刻已经一百多岁,但是对于他的母亲庆都仍是思慕不已。隔了几时,又在游宫附近之地替他母亲造了一座庙,挂设遗像,朝夕瞻恋。庙后,又假设一个庆都的坟墓,时常去省视。庙的前面,天生一个大池,池中游鱼无数,清可见底。一日,帝尧正从庆都庙中走出,临池观览,偶然看见一尾大鱼,心中暗想,吾母生时颇喜食鱼,如今杯棬冷落,要想再拿此鱼以献母亲,何从献起？真正所谓终天之恨。既而一想,吾母虽则逝世,在天之灵垂念孤儿,或者仍旧来往于我的左右亦未可知。古人说:事死如事生,事亡如事存。我何妨将这大鱼取来,到吾母像前供祭一番,岂不是尽了我不忘死母之心么！想罢,就叫从人取网,将那大鱼捉起,用器皿盛着,亲自捧了供在像前,然后走到下面,默默叩拜。

拜毕起来,向那大鱼一望,忽然发现异事,原来那鱼的两颊上都有朱红的钤记,仿佛如盖过印一般。帝尧疑心这个鱼本来有这种印记,刚才没有注意,未曾看见,但据那捉鱼的从人说,刚才捉起时的确没有的。帝尧深以为异,暗想,莫非吾母果真来享我的供奉么？鱼颊上的印记或者是吾母给我的一个征兆亦未可知，我且再捉一尾来试试看。于是叫从人再捉起一尾，细细看过，颊上并无朱印，然后仍旧亲自供上，再默默地叩拜暗祝，如果是吾母来享，仍乞与以印记。拜罢起来，一看，果然两颊又都有朱印，帝尧才知道他母果然来享他的供祭，不禁心中大为感痛。母子至亲，幽明路隔，咫尺不相见，能享受我的祭品而不能和我晤对笑谈，岂非极可伤心之事么！想到此际，不觉掉下泪来。过了一会，叫从人将两尾鱼依旧放在池里，哪知后来这两尾鱼竟变成一种，所产的小鱼两颊间无不有印记，于是大家就给它取一个名字，叫作尧母印颊鱼，直到后世，此种鱼仍在，亦可见帝尧的大孝诚格鬼神了。

第一百四十回

董父豢龙于夏泽　尧作龟书

尧崩，葬于谷林　舜避丹朱

舜遇晏龙

且说帝尧的游宫所在地城阳（现在山东濮县东南）在陶邑北面，近着雷夏泽，地势平旷，洪水既退，居民渐多。帝尧除了到庆都庙中去瞻谒外，总在他的花园中看那些从人莳花种木、饲兽调禽。有两只仙鹤，羽毛纯白，翩跹能舞，每当秋高露下、月白天空的时候，它们往往引颈长鸣，声音嘹亮，响彻四近。帝尧很爱它们，有时放它们飞出园外，或翔步于水边，或飞腾于云表，到得夕阳将下，它们就连翩归来，甚为有趣。

那雷夏泽中又有两条大龙，是董父在那里豢养的。原来董父自经伯禹荐给了舜之后，舜就叫他在帝都西南一个董泽之中（现在山西闻喜县）豢龙。后来帝尧作宫城阳，一切花木禽兽观赏之品禹都给他备齐。舜想起龙也是帝王所畜的一种，变化腾跃，亦可以娱乐心目，因此叫董父携了两龙到此地来豢养。所以帝尧于仙鹤之外，又有这一项悦目之物，亦时常来观看。有时他亦往来郊野，看百姓耕种工作，亦颇有意味。如此闲适的生涯，不知不觉在游宫之中一住十年，这十年可算是帝尧作天子后最舒畅的时日了。当初西王母说，洪水平后，还有二十年太平之福可享，这句话到此已应验。然而帝尧在这种闲适的生涯之中，却创造了一种文字，就

— 1288 —

是龟书。这创造龟书的动机远在那年洛水中灵龟负图来献的时候。当时帝尧看见那龟甲上的纹理斑驳错落,极为可爱,因而心中想起,从前伏羲氏得到景龙之瑞,就创造一种龙书;神农氏因上党地方嘉禾生了八穗,就创造一种穗书;高祖考轩辕黄帝因卿云呈现,就创造一种云书;少昊帝因凤凰来仪,创造一种凤书;颛顼帝曾创造一种科斗书,虽不知道为什么缘故,但总亦必有一个动机。现在我何妨也创造一种呢。但是当时虽如此想,终究因为政治事务之牵制,不能分心。自从到了城阳之后,一无所事,趁此就把前数年所立的志愿再鼓舞起来,殚精竭思,不到一年,居然制造成功。当时太尉舜等知道了,纷纷呈请将这个龟书颁布天下,令人民全体学习,就作为大唐朝的国书,以为统一文字之用。但是帝尧以为这个不过是遣兴游戏的东西,哪里就可作为不易之楷模,一定不肯答应。这也可见帝尧之谦德了,闲话不提。

且说这年正是帝尧在位的第一百年,帝尧已经一百十七岁了。自夏秋以后,精力忽觉稍衰,倦于行动,渐渐病作。那时丹朱和其他几个兄弟早已前来伺候,娥皇、女英亦来服侍。便是舜、禹等大小臣工,亦轮流的前来问候。就是远近各州百姓,听见了这个消息,亦个个担忧,替帝尧向天祈祷,祝帝尧长生延寿。无奈帝尧年纪太大了,药石无灵,帝尧平日又看得那养生之事极淡,从来不学那服食导引的神仙生活。(自黄帝到夏禹,历代帝王中不成神仙的只有尧一个。)因此支持不住,到了立冬之后,竟呜呼殂落了。这时九男二女、大小臣工无不赶到,悲伤哭泣,固不必说,最奇怪的是这个消息传布之后,天下百姓无不痛悼,罢市巷哭,如同死了他们的父母一般。后来三年之内,普天下的百姓不奏音乐,以表哀痛,这个真可谓难得之极!

阅者诸君听着,在下是从专制时代过来的人,从前君主或当什么首领的人,在他死了或奉安落葬的时候,要强迫人民服他的丧,并且禁止人民的娱乐奏乐及婚嫁等等吉礼。他们的意思,一半固然是表示他们的排场,显显他们的威风,一半亦是因为《书经》上有两句说尧的,叫作"百姓如丧考妣,三载四海遏密八音"的缘故。他们以为这个是很难得的,不可以不学它一学。但是百姓对于他们的感情,不但不能及尧,简直得到一个反面,哪个肯替他服丧?哪个肯替他遏密八音?他们也知道做不到,只有用强迫之一法,或者派几个人到处劝导、发起,或者定一个刑罚,不如此的要怎样怎样地严办。那些臣民为了这种利害关系,无可奈何,只得服丧,只得停止音乐娱乐,试问他们的心里是真个悲悼么?不要说被强迫的人决不悲悼,并且还要咒骂,就是那天天穿素、日日哭临的人,试问他心里果然悲悼么?亦不过虚伪而已矣。照这样看起来,只要有威权、有势力,就可以做得到,何足为稀奇!帝尧那时候的百姓,却是出于真心,所以真叫难得。何以见得他们真心呢?有二层可以想到:一层是四千年前,人心尚是古朴,这种狡诈无理的虚荣心,能欺自己而不能欺人的事情当然没有,当然不肯做;一层是百姓如果不是真心,这种举动殊属无谓。帝尧死了,如果丹朱是袭位的,还可以说巴结死的给活的看。现在帝尧既以天下让舜,出外十年,大家都知道天下已是舜的,巴结已死的尧有什么好处?而且还有一层,如果是舜、禹这班人强迫百姓如此的,那么舜死之后、禹死之后,当然仍旧抄这篇老文章,这个故事必定奉行,何以并没有听见?所以从种种方面看来,当时百姓的确是出于真心,并非虚伪,亦绝无强迫。史书上记载尧的至德,说他"其仁如天,其智如神,就之如日,瞻之如云,存心于天下,加志于穷民,仁昭而义立,德博而化广,故不赏而民劝,不罚而民治",照这几句看起来,当时百姓之所以如此,真是必然之事了,闲话不提。

且说尧崩之后,薄海同悲,尤其是舜。舜对尧,不仅是因为翁婿之亲,也不仅仅是君臣之义,最感激的是知己之恩。舜本来是一个匹夫,沾体涂足,困在草莽之中,尧独能赏识他,叫自己的九个儿子去养他,将两个爱女嫁他,后来索性连天下都让给他,这种虽说不是尧之私心,但是遇到这种知己,能无感刻?所以众人同是悲哀,而舜尤为伤心,思慕之极,竟有一刻不能忘的光景。后人记载上说,舜自从尧死了之后,随处都看见尧。吃饭的时候,看见尧在羹汤之中;立在那里的时候,看见尧在墙壁之上。以情理推想起来,这种情形大约是有的。

一日,帝尧刚要举殡,舜率领群臣进去哭奠,又不觉过于悲哀。大家恐怕他成疾,就拉了他到游宫外的花园里去散散心。这时正值隆冬,天气奇寒,为从来所未有,雪花飘舞,已经下了一日,然而还是搓绵扯絮地下个不止。举头一看,大地河山,房屋树木,无不变成白色,仿佛天地亦哀悼帝尧,为他挂孝似的。园林之中,草木凋谢,黯淡无色,那禽兽亦都畏惧这股寒气,潜伏深藏,不敢出来。大众走到一处,忽听得一声长唳,其响震耳,接着又是一声,仔细一看,原来是两只鹤在那里叫。守园的人向大众说道:"先帝在时,日日来看它们,有时且亲自喂它们。自从先帝病后,没有来过,它们听见人声,就引颈长鸣,仿佛盼望先帝再来的样子,很可怜的!"大众听了,无不凄然。舜就向二鹤说道:"你们还记念先帝么?先帝已晏驾,从此再不能来看你们了。"二鹤听了,仿佛似乎知道,顿时哀鸣不已,引得大众格外泪流,呆呆地立了一响,方才回去。(后来到晋武帝太康二年冬天,又值大雪奇寒,南州人看见两只白鹤立在桥下对语。一只说道:"今年天寒,不减于尧崩的那一年。"一只应道:"不错。"南州人走过去一看,二鹤已冲天而去。不知道是否就是这两只鹤?如果就是这两只鹤,那么它们的寿已在三千年之上了。)次日,灵车发引,百官恭送,直到谷林地方(现在山东东平县)安葬。那谷林地方的左右,是个极热闹之所在,但是群臣仰体帝尧爱民的厚德,一点不铺排,一点不骚扰,谨谨慎慎地就将帝尧之柩葬好。所以后世有两句记事的史文,叫作"尧葬谷林,市不改肆"。比照那后世之人,一无功德于民,而安葬的时候却拆民房屋,占民田地,毁人坟墓,弄得人民流离失所,愤怨自杀。那个仁暴真有天渊之别了!闲话不提。

且说葬事办好,百官回到平阳,最要紧的,就是这个君主继承问题,大家都属意于舜,不过此时正值居丧,不忍提及。细细考察舜的言语举动,除出悲悼帝尧之外,一切无异于平时,究竟不知道他的心思,对于这君主大位是有意呢,是无意呢?亦不好探问。

忽忽三年,帝尧丧毕,大家正要提议这桩事情,伯益适因有事到舜那边去商量。舜的家人回复道:"太尉昨日亲自背了包裹出门了,不许我们跟随,说是要到一个地方去转一转就来,临行时有一封信交出,说如有政府里的人员来,可将此信交与他。"从人说罢,将信呈上。伯益听了,大为诧异,展开一看,原来信上的大意说道:"某受先帝特达之知,以匹夫荐升至摄政。某感激先帝之知遇,又慨念先帝之忧勤,所以不惭愚鲁,不辞僭妄,毅然担任斯职,下以济百姓之困穷,上以释先帝之忧虑。自古以来,天下大宝,必传子孙,或传同族,从无有以匹夫而继承君位者。某何人斯?敢膺非分。好在此刻元子丹朱谅阴之期已满,可以出而秉政。某谨当退避,尚望诸位同僚,上念先帝之恩遇,协力同心,辅佐少主,则某虽去国,犹在朝也。"

伯益看完,非常惊慌,即来报告于他的父亲皋陶及弃、禼等。大家商议一会,没有办法。梼戭道:"既然太尉如此居心,我看他一定深居潜藏,要去寻他亦未见得能寻到,即使寻到,亦断不肯决然就这个君位。我看恭敬不如从命,我们竟拥戴丹朱做天子,如何?"大司畴弃道:"这个万万不可。先帝以为天下是个公器,不是私物,所以在位几十年,忧心不解。得到太尉之后,其忧方解。先帝虽崩,我们仍当以先帝之心为心。假使我们拥戴丹朱,那么先帝几十年欲禅位太尉之苦心,岂不尽付流水?我们何以对先帝?况且丹朱庸才,先帝深恐他以为君而召祸,我们如果拥戴他,更何以对先帝呢?"叔达道:"大司畴之言固然极是,但是太尉既然不肯就天子位,假使一定要去强迫他,势必至于潜藏隐遁,终身不出,那么国家之损失很大。我看不如权推丹朱即位,再访求太尉,请他出来辅政,岂不是两全其美!"大司马龠道:"汝言虽有理,但是丹朱心傲,肯不肯专心听从太尉,是一个问题。况且丹朱慢游之习惯至今未改,太尉虽系元勋懿戚,到那时君臣的名分一定,又将奈之何!万一将来失德累累,遭诸侯百姓之叛弃,岂不难堪!先帝不传子而传贤,一半亦因为这个缘故,我看还以慎重为是。"大司空禹道:"照理而论,先帝既屡有禅让之议,我们应当推戴太尉。但是以人情而论,太尉受先帝殊遇,与丹朱又系至亲,应该让给丹朱,两项都是说得过去的。但是还有一层,天下诸侯及百姓之心究竟如何,我们应该顾到。仅仅我们几个大臣说拥那个、戴那个,恐怕不对呢。"

大家听了,都以为然,于是议定,一面到处去访寻太尉,一面仍旧同心协力,维持这个无君的政府,对于君位问题只好暂且不提。凑巧帝子丹朱此时亦忽然觉悟了,他心中暗想,父亲当日既然苦苦的要拿天下让给舜,舜三十余年的治绩已深入人心,天下诸侯的心理都向着他,我如何与他争得过。现在他虽说避开让我,但是我哪里可以挨在这里呢,不如我亦避开了,试试天下诸侯的心。倘使天下诸侯因为寻舜不着而仍旧找着我,那么我当然名正言顺地做天子。否则我避开在前,亦可以博一个能承先志的美名,又可见我之能让,岂不是好。想罢,便将此意和大司畴、大司马两个伯父商量,二人非常赞成,于是丹朱也避开了。他避的地方就是房(现在湖北房县),按下不表。

过了几日,忽报东方有几十个诸侯来了,秩宗伯夷忙出去迎接招待。那些诸侯向伯夷问道:"某等此来,专为贺太尉登极而来,未知太尉何时登极,某等可以预备朝觐。"伯夷便将舜避丹朱、不知所往的情形说了。那些诸侯道:"太尉亦未免太拘泥了,这个大位是先帝让给他的,弃而不受,何以仰副先帝在天之灵?况且四海百姓无不仰望太尉早登大宝,现在如此,百姓亦都失望。既然太尉出亡,某等在此亦属无谓,暂且告辞,等太尉即位时再来吧。"说着,一齐起身。伯夷无法,只得听他们自去。过了几日,南方诸侯到了,亦如此说。后来西方、北方的诸侯到了半途,听说舜不即帝位,纷纷都折回去。大司畴看到这种情形,就和大家商议道:"照此看来,太尉这个帝位真叫天与人归,恐怕万万逃不脱。不过他现在究竟隐在何处,我们须赶紧设法去寻才好。"于是就各人意想所及,猜了几个地方,是舜所一定要去的,派了几个精干之人分头去找,按下不提。

且说舜有意避丹朱,在那举丧三年之中,蓄心已久,预备已妥。一到丧毕,料想大家要提到这事,所以不谋于妻子,不告之朋友,悄悄地背了包裹,独自出门。三十年养尊处优、身操国柄的舜,又恢复了他从前冲风冒雨、担簦徒步的生涯。他出门向东南走,逾过王屋山,渡过大河,直向帝尧坟墓而来,在帝尧墓前叩拜一番,默默地将苦衷祷诉,请尧原谅,然后就向近旁南河之南(现在山东濮县有偃朱城,相传即舜避丹朱处)的一个地方,暂时住下,以探听帝都消息。如果丹朱已践大位,那么自己就不必远扬,尽可归去,侍奉父母,尽人子之职,享天伦之乐,岂不甚好!哪知消息传来,丹朱并不即位,而且已远避到房地方去,大司畴等正派人四处在那里寻找自己,舜料想此地不可久居,于是急急地再向南而行。

这次舜微服易装,扮成老农模样,又将口音变过,处处留意,所以一路行来,竟没有人识破。过了沛泽,又逾过淮水,前面一望,渐见大江。回想当年从此经过之时,洪水滔天,海波冲荡,而今则处处耕耘,人人乐业,文命之功真是不小呢!独自一人正在且行且想,忽然前面迎上一人,向舜注视了许久,陡然叫道:"仲华兄!你为何作这等装束?现在要到哪里去?我听说你就要践天子位了,何以不在帝都而反在此?"舜大吃一惊,仔细一看,原来是续牙的兄弟晏龙,从前曾经见过的,忙向他招呼,且叫他不要声张,便将此次避位情形告诉了一遍。晏龙道:"照先帝的遗志遗命,这个天下当然是仲华的,就是依现在百姓的心理看来,亦应该是你的,你还要推让做什么?"舜道:"百姓的心理,你何以见得呢?"晏龙道:"你一路来,听见童谣的讴歌么?哪一处不是讴歌你的好处?哪一个不是讴歌你的仁德?何尝有人讴歌丹朱!可见得你的功德入人已深,所谓天下归心了。你还要避让做什么?"舜道:"这个不过偶然之事,何足为准。"晏龙道:"恐怕不是偶然之事,处处都如此呢。"舜听了,默然不语。晏龙又问舜:"此刻到何处去?"舜道:"我是汗漫之游,萍踪浪迹,绝无一定。"晏龙道:"那么也好,我现在闲着无事,就跟着你走,和你做伴,免得你寂寞,你看如何?"舜听了大喜,两人遂一路同行。舜问晏龙:"三十年不见,你一向做什么事情?"晏龙道:"我的嗜好你是知道的,不过研究音乐,访求琴瑟。十年前总常跑到仰延那边去,和他讨论讨论。后来仰延死了,颇觉寂寞,想找你的老师纪后,又找不到,现在正无聊呢。"

舜听见仰延已死,纪后又不知下落,眷怀师友,真是不胜感慨。

后来又问起续牙等,晏龙道:"家兄此刻听说在雍州,恰亦有好多年不见了。他那个性情太高尚,前几年在豫州遇到他,我说:'你和仲华兄如此交情,仲华兄正在那里物色你,你何妨就去见见他,叙叙旧?'他听了笑笑不语。后来听说仲华兄代天巡狩,要到豫州来,他就想跑。我又劝他说:'朋友自朋友,做官自做官。你固然不屑做官,但是和那做官的旧朋友谈谈亦是无妨,何至于就玷污了呢!'他听了依旧笑笑不语。过了两日,仲华兄你没有来,他对于我竟不别而行,又不知到何处去了。所以揣测他的性情,竟是以与富贵人结交为可耻似的,岂非过于高尚么!"舜听了,嗟叹一会,说道:"先帝和伯奋、仲戡等都是他的胞兄,先帝在日,何尝不寻访他,就是伯奋、仲戡等亦何尝不寻访他,然而他始终隐遁不出。他对于手足至亲尚且如此,何况朋友!"说罢,又嗟叹几声。后来又问起雒陶、秦不虚、东不识、灵甫、方回、伯阳诸人,晏龙道:"他们的性情也和续牙家兄一样,绝人逃世,入山唯恐不深。近几年来,这六个人我亦好久没有通音信。方回比较圆通些,偶尔还到各处走走,近来听说在泰山左近居住。"二人且谈且行,不觉已到江边,晏龙道:"现在怎样?我们渡江不渡江?"舜道:"此地离苗山不远,我有三十多年没有来了,想再去望望旧日的俦侣,不知他们现在如何。"因将那年求医遇风、溺海遇救及受当地人民如何优待之事详细说了一遍。晏龙听了,对于那些土人的义侠非常佩服。

第一百四十一回

舜重到会稽　百官迎舜
舜即位,分命百官　定都于蒲坂

当下二人渡过大江,又逾过震泽,到了东江下流的南岸,就是当年雒陶等寻着舜的地方,访求那些同甘共苦的居民,一个也找不到。原来水土一平,他们都搬回去了。舜与晏龙就沿着江岸,直到苗山之下。那些土人看得两人来历古怪,都来聚观。舜正在访问的时候,有一个老者向舜问道:"尊客莫非就是虞仲华先生么?"舜向老翁一看,原来就是从前一个相识的同伴,不禁大喜,便说道:"哦!原来是你,长久不见,从前你没有须,现在你须竟如此之长!怪道我一时不认识,你好么?"那老者知道真个是舜,欣喜之至,也不及再和舜问答,就和在旁观看的那些人说道:"这位就是我从前常常和你们说起的虞仲华先生。他说将来一定再来,今朝果然再来,真是个信人。你们赶快去通知东邻伯伯和西溪边的叔叔,叫他们快些来欢迎,他们亦盼望死了。"

那些人飞驰而去,那老者才问舜道:"仲华先生!你一向好么?在什么地方?为什么一别三十年之久,直到今朝才来?今朝想来有便事过此吧?我们真要盼望死了。"又指指晏龙问道:"这位是令亲么?"舜道:"不是,是朋友。"那老者道:"好好,现在先请到我家里去坐坐。"当下舜和晏龙就一直跟到他家里,大家坐定,正要开谈,只见一大群人拥着一个拄杖的龙钟老翁慢慢而来。那老者一见,就说道:"西溪边的老叔叔来了,老叔叔!虞仲华先生在这里呢。"舜等忙站起来,只听见老叔叔巍巍颠颠地喘着,说道:"仲,仲华兄!你们难得竟来看看我们……"说到这里,似乎气喘,接不上气。舜看见,忙扶他坐下。接着,东邻伯伯又来了,一见面,就过来握着舜的手说道:"你一去不来,真想煞我们了。前几天,我们还在这里提起你呢。西溪老叔叔还说,只怕今生没有见你的日子了。我道:难说的,仲华先生是个有信义的人,如果可以来,一定来的。"说时,向大众看了一转,续说道:"怎样?是不是给我说着,果然来了么?"这时那老叔叔气喘已止,便问道:"仲华兄!你令尊大人、令堂大人都好么?令尊大人的目疾怎样了?"舜见问,忙改容恭敬地答道:"仗你老先生的福,都好都好,家父目疾亦痊愈了。"那老叔叔道:"恭喜恭喜!我记得你上次说起,尊大人比我小几年,今年大概已有九十外了,耳目牙齿和步履,一切都还好么?不瞒你说,老夫痴长了几岁,今年一百零三岁,但是种种都不中用了。仲华兄!你今年几岁?"舜道:"某今年六十二岁。"那老叔叔向大家说道:"怪不得,当初仲华兄到此地的时候只有二十几岁,正是年富力强,而今鬓毛都已斑白,难怪我这老夫不中用了!"东邻伯伯问道:"仲华兄!你一向究竟在哪处?"舜一时不好实说,只能用权词答他道:"一向亦不常在家中,随便在各处做做事。你们从什么时候迁回此地的?"那老者道:"自从那年天子叫崇伯前来治水,水逐渐退去,我们记念着祖宗的坟墓,所以大家商议,仍旧搬回来,有一部分更迁到海滨旧处去。不过我们两处相离甚近,时常来往。仲华兄!你既然来了,且在此多住几日,将来再到那边去看看。那边的人亦非常记念呢!"

舜想起从前相聚之人及共患难之人,一一问及,谁知有好些都下世了,不胜叹息。现在看见的四十岁左右的人,在那时都是孩提,三十岁左右之人在当时均未出世。回头一想,三十余年的光阴,迅若激矢,人事变迁,新旧代谢,不禁感慨系之。这日晚餐,大家公备了酒肴,请舜等宴饮。席间谈起国事,帝尧逝世,大家无不叹息,说道:"真正是圣天子,我们大家都替他服三年之丧,刚才除去的。"老叔叔道:"听说那位圣天子晚年,精力不足,将天下之事交给他一个女婿,叫什么太尉舜。这个太尉舜的行政,亦是至仁至德,我们老百姓亦着实感激他。听说圣天子崩逝之后,已将这个君位让给他,不知道是不是?二位从北方来,知道太尉舜已经即位了没有?"晏龙听到这句,忍不住说道:"他哪里肯即位,已经改装逃走了。"大家一听,都直跳起来,齐声说道:"为什么要逃走?为什么要逃走?"晏龙刚要开口,舜忙抢着说道:"我想他不能不逃,天子大位应该传给儿子的,他姓的人哪里可以继续上去!而且这个太尉出身很微,受了圣天子莫大的恩典,照良心上说起来,亦不应该夺圣天子儿子的君位。再加之以太尉和圣天子的儿子又是甥舅至亲,夺他的君位,于人情上怎样说得过去?所以他不能不逃了。"那东邻伯伯听了,揎袖露膊地说道:"照你这样说来,这个太尉的确是个好人。如不是好人,这几十年来亦行不出这许多仁政。他这回子的逃,是应该的。但是我们小百姓只盼望得到一个圣君,不管他应该逃不应该逃,我们总要他出来做天子。假使换一个别人,我们誓不承认。"那老者道:"照仲华先生这样说来,太尉亦不必逃,仍旧请圣天子的太子即位,这位太尉仍旧在那里做官辅佐他,亦甚好,何必逃呢?"舜道:"这位太尉恐怕不逃之后,大家都要像东邻伯伯那样一定要他做天子,那么怎样?岂不是始终推让不脱么?所以不能不逃。"东邻伯伯道:"他会逃,我们会寻。寻着之后,一定要他做天子,他怎样呢?"西溪老叔叔道:"你们放心,不怕他飞到天外去,一定寻得着的。不要管他,来,来,我们再干一杯。"说着,举起大杯,一饮而尽。晏龙忍不住,屡次要想实说。舜用眼睛止住他,他才不说了。酒罢之后,各人散去,舜和晏龙就住在那老者家里。

次日,两人又到舜从前躬耕的地方看看,只见那口井依然尚在,旧地重游,不胜感慨。过了两日,舜记念从前落海遇救的那个地方,就和晏龙同着几个旧友到那边去。那边的旧友亦有好几个还在,看见舜到,又是一番热烈的欢迎,不必细说。舜等住宿几日,到前时上岸的地方看看,只见那些峭峻的岩石还在,不过水势既平,离海边已很远了。从前所耕的田与所凿的井亦依然尚在。晏龙好事,取过钻凿来,在那井旁石上凿了"舜井"两个字。众人不识字,忙问道:"这个是什么意思?"舜防恐晏龙实说,便道:"这个表明纪念我的意思。"幸喜众人亦不深究。(现在浙江余姚市历山下,舜井二字尚在。)

又过了一日,舜要动身,众人苦苦相留,正在相持之际,忽然有人飞奔前来,报告道:"西村来了几个贵官,口口声声说是来寻太尉的。我们问他太尉是什么人,他们说就是这几天新到你们这边来的这个人,太上圆首,龙颜,日衡,方庭,大口,眼睛有重瞳子的。我们回复他说:'只有一个虞仲华先生初到此地,状貌是如此的,并没有什么太尉。'那贵官道:'虞仲华先生就是太尉了。'立刻叫我们领了他来,此刻已在外面。"舜没有听完,就暗暗顿足,说道:"糟了!给他们寻着了。"刚要设法,只见外面已闯进几个人,原来是伯虎、季狸、仲容、叔达四个,一见舜,便说道:"太尉何以自苦如此?竟避到这里来!现在请回去吧。"舜道:"元子朱即位了没有?"叔达道:"他怎样能够即位呢?"说着,就将四方诸侯来朝的情形说了一遍。伯虎道:"后来还有两路诸侯,有讼狱之事,来求朝廷评判的,听见说太尉不肯即位,亦就转身而去,宁可不要辨别曲直。我们看起来,非太尉即刻归去践位无以餍天下之望,太尉千万不要推让了。"

这时许多土人已经知道仲华先生就是太尉舜了,连那东邻伯伯、西溪老叔叔等一齐都来,大家高兴得了不得,力劝舜去践天子位。季狸亦劝道:"天下属望,都在太尉一身,如果不肯答应,则天下无主,何以对天下之人?假使硬要立丹朱为天子,恐怕将来倒反使他受辱。爱之适以害之,又何以对得住先帝呢?"舜听了,非常感动,就说道:"既然如此,我就去。"大家听见舜已答应,都非常欢喜。东邻伯伯这时知道舜就是将来的天子,不觉为名分所拘,不敢如以前心直口响地乱说,但是背地里仍旧悄悄地和那些村人说道:"你们看,如何?我说一定要他做天子的嘛!"西溪老叔叔亦说道:"我说一定会寻得着,不怕他飞上天去,现在岂不是寻着了!"不提众人纷纷窃议,当下仲容说道:"太尉既然答应我们,就去吧,诸侯百官都在前面伺候迎接呢。"舜听了,慌忙起身就走,又和晏龙说道:"你肯和我同去辅佐我么?"晏龙答应,于是一同前往。

那些村人,无论男女,悉数来送。到了一处,远远见前面车马旌旗,人聚如蚁,伯虎遥指道:"那边就是百官在恭迎太尉了。"(现在浙江上虞市北、曹娥江边的百官镇,就是以此得名。)那些百官遥见舜来,都慌忙上前迎接。舜一一与之答礼。百官请舜升车,舜回转身与众村人话别。众村人见舜要去了,一齐跪在尘埃,东邻伯伯、西溪叔叔,有的竟哭起来。舜慌忙还礼,并叫他们起来,说道:"你们记念我,我亦非常之记念你们。不过现在答应去做天子,做了天子之后,决不能再如从前之自由。要再来望望你们,如此千山万水,恐怕有点难了。但是我总记念你们,假使遇到巡狩之时,或有便,可以再来。否则,我寻到一个贤者,将天下让给他,亦可以来。再不然，我的几个儿子，叫他们之中的一个到这里来，和你们一起居住，亦表明我不忘患难贫贱之交的意思。你们亦须好好地做百姓，父慈，子孝，兄友，弟恭，夫和，妻柔，勤俭谋生，和气度日，这是我所希望的。"大家听了，一齐说道："太尉的话是金玉之言，我们没有不听从的。太尉做了天子，四海之内都受到太尉的恩泽，岂但是我们呢。能够多再来看看我们，固然是我们的幸福，即使不来，我们亦感激不朽了。"当下舜就升车，由百官簇拥，一径北上。路中问伯虎道："汝等何以知我在此地？"伯虎道："大司马料定太尉所到地方不过是从前耕稼陶渔的几处，就派了大章、竖亥二人去寻访。他们回来报告说，太尉和一个人渡江而南，知道一定是到此地来了。"舜听了，方始恍然。

走了多日，到了平阳，大司畴等率百姓郊迎，大家都是欢天喜地。后来择了一个即位的吉日，是十一月初一日。这日适值是甲子日，于是就以这个月为正月，以这一日为元日。（这个名目叫作建子，后来周朝亦是用此。）到了这日，舜穿了天子的法服，乘了天子的法驾，到文祖庙里来祭祀，从此以后，太尉舜就变成帝舜了。自古以来天子总是贵族或诸侯做的，以一个耕田的匹夫而做到天子，舜要算是第一个。

且说舜即位之后，第一项政令就是改国号。舜本是虞幕之后，从前受封于虞，后来又变了虞姓，现在就改国号叫虞。

第二项政令是安顿丹朱，使他得所，所以改封他一个大国，地名亦叫丹渊（现在山东临朐县东北），叫他敬奉尧的祭祀，一切礼乐使他齐备，待之以宾客之礼，以示不臣。丹朱此时尚在房地，帝舜派人前往，加以册封。丹朱听了亦大喜，就带了他的家属到丹渊去就国。

第三项政令是任命百官。帝舜意中虽是有人，却不先发布。

一日视朝之际,问四岳道:"汝等试想想看,有哪个能够使先帝之事办得好的人,叫他居总揽百官之职。"大家都说道:"只有伯禹,正在作司空,是他最好。"帝舜道:"不错。"就向禹道:"先帝之事,无过于治水。汝有平水土之大功,汝可以总百官之职,汝其勉之!"禹听了,再拜稽首,让于稷、离、皋陶三人。帝舜道:"汝最相宜,不必让了。"禹只能稽首受命。弃的大司畴仍旧原官不动,不过将司畴改为司稷。原来稷是秋种、夏熟、历四时、备阴阳的谷类,所以最贵,而为五谷之长。司稷与司畴、司农、司由名异而实则同,司畴、司由以地而言,司农以人而言,司稷以物而言。《书经·舜典》:"汝司稷,播时百谷。"与上文司空、下文司徒同一体例,不过司字与后字一正一反,形状相似。后人因为周朝追尊弃为后稷,把后稷二字看惯了,因此抄写《舜典》之时,将"司稷"二字误为"后稷",以致文理弄得不通,而生出后人多多少少的疑问。其不知《舜典》命官,每个官职之上多加一个动词,除司空、司徒外,如士曰作,虞亦曰作,工曰共,秩宗曰作,乐曰典之类皆是。断无有对于弃独称"后"者,既非官名,亦非人名,万万讲不过去。在下想当然耳,以为是写错,或许有点道理,闲话不提。

且说帝舜改司畴为司稷之后,又将离仍旧改任大司徒,司马一官暂且不设,又将皋陶的士师之官改称一个士字,三人总算都是原官,并无更动。帝舜又问道:"如今大司空既然总揽百揆之事,公务甚繁,那个司空本职的事情恐怕不能完全顾到,朕打算划出一部分来,恢复从前共工之官,汝等想想看,何人可以胜此任务?"大家不约而同地说道:"只有倕可以,他是五朝元老,经验学识都极丰富。"帝舜道:"不错,倕!汝作共工。"倕听了亦再拜稽首,辞让道:"老臣精力已衰,未能肩此重职。老臣部下殳、斨、伯与三人随老臣多年,才干均优,请帝择一而用之。"帝舜道:"不必,汝做吧,他们未必肯儓你。"倕亦只好再拜受命。帝舜又问道:"哪个能够使我的上下草木鸟兽安顺?本来隤敳是上等人物,但是他病久了,一时未能痊愈,此外何人适宜呢?"大家齐声道:"伯益随大司空周历海内外,于草木鸟兽研究甚精,是他最宜。"帝舜道:"不错,汝作朕虞。"伯益亦再拜固辞,说道:"朱、虎、熊、罴四位,随隤敳宣力有年,勤劳卓著,请帝选择用之。臣年幼望浅,实不敢当。"帝舜道:"不必让了,还是汝相宜。"伯益亦只能稽首受命。帝舜又问道:"哪个能掌管朕的天地人三种典礼?"大家齐推道:"只有伯夷于礼最有研究。"帝舜道:"不错。伯夷!朕命汝作秩宗。"伯夷听了,亦再拜稽首,让于夔和晏龙。帝舜道:"不必,汝去做吧。"伯夷亦再拜受命。帝舜叫道:"夔!朕命汝为典乐之官,并命汝去教导胄子,汝好好去做。"夔亦谨敬受命。帝舜又叫晏龙道:"龙!朕命汝作纳言之官,早早晚晚,将朕之言传出去、传进来。汝是朕之喉舌,汝须谨慎,不可弄错。"龙亦再拜稽首受命。帝舜又说道:"从前黄帝之时,仓颉为左史,诅诵为右史,记载国家大事和君主的言行。这个官职非常重要,万不可缺。现在朕命秩宗伯夷兼任史官之职,汝其钦哉!"伯夷听了,又慌忙稽首受命。帝舜又道:"朕在先帝时,摄政二十八载,承诸位同僚竭诚匡佐,朕深感激。诸位之忠,诸位之功,非对于朕一人之忠之功,乃对于先帝之忠之功,对于天下百姓之忠之功,所有诸忠臣、诸功臣的姓名事迹,朕已制有银册,一一书于其上。现在伯夷做史官,这亦是史官之事,朕就将这银册交给汝,汝作史之时亦可作为根据。"伯夷听了,又再拜稽首。当下任官已毕,其余小官由各大臣自行荐举委任,帝舜也不去管它。

第四项政令是建都。照例换一个朝代是一定要另建新都的,帝舜择定了一个地方,名叫蒲坂(现在山西永济市)。此地在大河东岸,从前帝舜曾在那里作陶器,后来娶帝尧之二女亦在此地,君子不忘其初,所以择定在此,而且近着大河,交通很便,离老家又近。便叫大司空、秩宗、共工三人率领属官工匠等前往营造,一切规模大致与平阳相仿。

四项大政发布之后,帝舜暂时休息。一日,忽报隤敳死了,帝舜听了,着实伤感。回想从前在野时,八元八恺之中第一个认识的就是他,如今我新得即位,正想深加倚畀,不想就此溘逝,实属可叹。当即亲临其家,哭奠一番,又从优叙恤,这都是照例之事,不必细说。后来各地的百姓因为他随禹治水之时,驱除猛兽、鸷鸟及毒蛇、害虫等,功绩甚大,立起庙宇来祭祀他,给他取一个号,叫作百虫将军,亦可谓流芳千古了。但是他姓伊,名益,号又叫柏翳,与皋陶的儿子伯益声音相同,并且掌管草木鸟兽,其职司亦同,后人往往误为一人,不可不知。

第一百四十二回

封弟象于有庳　设立学校

以玉女妻伯益　养老尊师

西王母献益地图

一日,舜退朝后在宫中,他的妹子敤首忽然跑来说道:"二哥!前日你用天子之礼去朝见父亲,父亲乐不可支,说道:'有你二哥的这样大孝,自然应该享这样的尊荣,这真是吾家之福呢!'哪知母亲听了这话,心中有点不自在,说道:'阿哥固然好了,兄弟没有出息,做阿哥的亦没有体面。我想舜儿做了天子,大权都在他手里,今朝封那个人的官,明朝拜那个人的爵,弄得烈烈轰轰,但是自己的嫡亲兄弟何不封他一个官爵呢!'母亲在那里如此说,便是三哥也有点气愤愤的样子。我看如此情形总有些不好,二哥你再想想看。"舜问道:"后来父亲怎样说呢?"敤首道:"父亲说:'舜儿对于兄弟是极友爱的,他不封兄弟,必定有一个不可封的道理,或者还要迟几日亦未可知。'母亲听了这话,才不言语。"

舜听了,默默良久,方说道:"我岂不想使三哥富贵,但是有两层为难:一层是三哥对于国家百姓并无一点功劳。土地爵禄是崇德报功之物,是天下的公器,并非天子一人之私物,可以随便滥用。第二层,三哥对于治民经国之道素来一点没有研究,即使封他一个诸侯,他明朝竟暴虐起来,或者刑政废弛起来,必定受百姓之反对,或者受朝廷之贬黜,岂不是倒反身败名裂么?所以我正在这里想,想不出方法。"敤首听了,亦连连点头,说道:"不错,那么,只好且看吧。"哪知过了一日,帝舜去朝瞽叟,他的后母亦在旁边。帝舜问安已毕,瞽叟忽然说道:"儿啊!自古说得好,兄弟如手足,同气连枝,是一样的。现在你做了天子,可谓富贵之至,但是兄弟象依然是个匹夫,似乎相形之下太觉难堪。你有法可以给他想么?"帝舜未及答言,他后母就接着说道:"兄弟从前待你是不好的,但是你是有名的仁人,我虽不曾读过书,然而亦听见有两句道:'仁人之于弟也,不藏怒焉,不宿怨焉,亲爱之而已矣。'兄弟从前纵有万分的不好,望你总看我们父母面上,不要记他的恨,好歹给他想一个办法吧。"帝舜听了,惶恐之至,便将前日和敤首所说的两层意思更加委婉地向父母说了一遍。瞽叟听了,叹口气道:"是啊,我知道你是个极友爱的人,不封兄弟,必定有一个缘故。既然如此,象儿亦不必再妄想了。"那后母道:"且慢,舜儿!我知道你是向称大智的人,什么事情你办不了?如今虽则有这两层困难,但是我想,你必定有办法可以斡旋。你是亲爱兄弟的,再想想看吧。"帝舜至此,只得说道:"办法是有一个,不知道兄弟愿不愿?待儿去问了他再说。"那后母道:"同我说就是,你且说来。"帝舜道:"第一项,路的远近计较不计较?"那后母道:"你这个问题的意思,就是说,近地不可封,远地可以封了,是不是?"帝舜道:"是。"那后母道:"近地与远地有什么分别?难道近地天子不得而私之,远地可以私用么?"帝舜忙赔笑道:"不是,不是。近地人人所贪,必以待有功。如封兄弟于近地,为众人所注目,易启物议。远地人之所弃,容易使人忽略些。还有一层,近地难于见功,远地逼近蛮夷,易于树绩。现在三弟一无功劳,儿封他一个地方,虽则近于私情,但是几年之后如成效卓著,那么就可以解释,不受人之指责了。"那后母道:"你刚才不是说,象儿不知道政治么?边地远方,逼近蛮夷,人地生疏,哪里会得有成效呢?"帝舜道:"儿所以还有第二层,要问三弟,不知道三弟仅是要富贵尊荣呢,还是兼要那刑赏政治的权柄呢?兼要刑赏政治的大权,儿有点不放心,恐怕吃不住,弄糟了倒反为难。如其只要富贵尊荣,那么儿有办法。三弟尽管去做那边的诸侯,居这个爵,享这个名,由儿另外派遣精明强干的人去代治那个国家,一切赋税等等统归三弟,岂不是富贵尊荣都齐全了么?"

那后母听到这话,正在忖度,尚未发言,那象本在后面静听消息,等到这个时候,觉得万万忍不住,直跳的跳出来,叫道:"二哥!好的,好的,就是这样吧,我横竖不知道什么治民理国之道,我只要富贵尊荣便罢了。"帝舜听了大喜,过了几日,就发布命令,封弟象于有庳(现在湖南道县),但是象不必一定在那国里,仍旧可在家伺候父母,来往极为自由,亦算是幸运之至了。

一日,帝舜视朝,向群臣道:"从前洪水为灾,百姓流离荡析,艰衣鲜食,生命尚且不保,当然谈不到'教育'二字。如今水土平治已经二十余年,大司稷播时百谷,成效卓著,天下百姓大约都可以算小康了。但是人心容易为恶,饱食暖衣,逸居而无教,则近于禽兽。古人说的话一点都不错。大司徒历年播教以来,教他们亲睦,教他们谦让,效验亦已大显。不过朕的意思,对于成人而施教化,收效较难,因为习惯已成,成见已深,一时不容易改转,不如先就童蒙教起。古人说:'蒙以养正,圣功也。'所以朕拟大规模地设起几个场所来,无论什么人家的子弟,都叫他来学。这个场所的名字就称作'学'。学有二种,一种是学些技能及普通的知识,一种是学做人。有了技能和知识,将来长大之后,就不致变为游民,可以得到一个相当的职业,以维持其生计。知道了做人的道理,将来长大之后,到社会上去,就是一个善人。人人都能如此,国家岂不是就大治,刑罚岂不是就可以不用么?古人说:移风易俗,莫大于教。朕的意思如此,汝等以为何如?"大司徒道:"帝之言甚是。臣的意思,教固然要紧,育尤其要紧。人之初生,没有不善的,所以不善的缘故,就是为习俗所染。譬之一根丝,染于苍则苍,染于黄则黄,近朱则赤,近墨则黑。所以如能够另辟一个场所,订定一种教法,造成一个环境,使他左右前后、所见所闻,无非是个正人,无非是个善事,那么就是他天性本恶,亦可以化而为善,何况本来是善的呢!所以帝的主意甚是,臣以为可行。"帝舜道:"那么有两项要先决定。第一项,教育的宗旨究竟如何?朕的意思,最好定一个极简极赅的字,做一个标准,然后依了这个标准去做,自然容易达到目的。"

于是大家一齐思索,有的主张用"让"字,有的主张用"仁"字,有的主张用"孝"字,纷纷不一。帝舜道:"朕看起来,用孝字最妥当,孝为百行之原。先帝当日就最重孝字。但是百姓识浅,以为孝字是专对父母而言,对于常人应该如何,他就不知道了。所以朕拟于孝字下再加一个弟字,使百姓知道,对于父母固然要孝,即使对于常人中年纪比我长的亦要恭敬,那么不但家庭安宁,就是社会上亦不会纷扰。"大家听了,都以为然,于是就通过教育宗旨,是孝弟二字。

帝舜又道:"第二项,是教育的科目。这种科目,包括知识、技能和做人之道三种均在其内,怎样定法呢?"秩宗伯夷道:"依臣意见,礼是立身之本,当然是一科,不可不学的。"大司稷道:"我国以农立国,农业不可不学,当然也是一科。"伯益道:"依臣看来,草木鸟兽与人的关系很密切,用处亦最大,博物的人古称为君子,当然要算一科。"共工倕道:"古之圣人,制器用以前民,利溥万世。即使自己不能够发明,寻常日用的物件自己能做亦很便利。臣想起

— 1309 —

来,当然亦要列一科。"乐正夔道:"声音之道与政治相通,而且可以变化人的气质,功效甚大。臣的意见,音乐亦应该列作一科。"

帝舜道:"汝等之言皆甚有理,可按照童蒙的年龄和程度之浅深,编制教科书等,以便诵读、学习。但朕还有一种见解,书本上的教育是形式,不是精神;形式上的效用浅,精神上的效用深。怎样叫精神上的效用呢?师长做一个榜样,弟之从而效之,这才叫学。那么教育之精神全在于师长了。师长的学问才识,尤其是道德人品,的确项项可以做弟子的模范,那么弟子观之而感化,无形之中收效自然甚大。否则学问才识不足,甚至'夫子教我以正,夫子未出于正',那么书本上的教育尚且弄不明白,何以使弟子率教呢?所以朕的意思,兴学之后,择师是第一要事。择到良师之后,一切接待师长的典礼要非常隆重,然后师尊。师尊然后道重。即使一时选择未精,误延不良之师,但对于他亦只可婉言微讽,使他自去,万万不可以加之以处分或撤换等字样。因为学中之师是国家或官吏所延请的,国家和官吏既然延请到不良之师,误人子弟,那么国家和官吏先应该自己引咎,处分自己,岂可将所延不良之师处分撤换、显显自己的威风,就此了事?要知道世界上的事都是一种偶象。大家说要尊敬,就尊敬;大家说不要尊敬,就立刻可以不尊敬。师长是教弟子的,要使弟子尊敬的,弟子能够尊敬师长,才肯听他的训诲,学他的榜样。假使师长可以处分,可以撤换,那么弟子对于师长就有轻视之心了。虽则那不良之师长的确可以处分,的确应该撤换,但是一笔写不出两个师字,此也是师,彼也是师,师之尊严既然动摇,教育之根本就有大半失败。尤有一种弊习万不可犯,有些知识浅薄的人,看见桀骜不驯的子弟在那里攻击师长,他不责子弟之桀骜,反而责师长之无能,甚且助子弟去驱逐师长,这个真是怪现象。果然如此,以后这个学中除非不再延师,假使延师,有气节的哪个肯来？来的一定是为衣食问题。为衣食问题而来的师长，其中并非没有学问、才识兼全的人，亦并非没有热心教授的人，但是他既以自己的衣食为前提，那么有些地方就不能不圆通，不能不敷衍，不能不迁就，决不敢再抗颜而为师了。既然有一个被驱逐的覆辙在前，生怕再惹起弟子反抗，兜头一想，何苦来！彻底一想，何苦来！立刻变成好好先生。那种教育，还有价值么？所以朕的意思，要讲教育，必须讲精神上之教育；要尊师，要严师，才可以显得出教育之精神，而收效大。汝等以为何如？"大家听了，都极以为然。退朝之后，就分头前去预备办理，不提。

且说帝舜自从娶了娥皇、女英之后，忽忽三十余年，娥皇无所出，女英生一男一女，男名叫均，女名叫玉，这时年龄都在二十以外。帝舜因看得伯益少年英俊，且治水功绩甚大，有心相攸。一日，叫伯奋、季仲去执柯，皋陶父子自然一口答应，于是六礼齐备之后，玉女就嫁了过去。当那嫁的这一天，帝舜封伯益一块土地，其名叫费（现在山东费县），又赐他一道册命，上面写着：

帝舜曰：咨，尔费，赞禹功，其赐尔皂游，尔后嗣大出。

这次婚礼，虽则一切简朴，不尚奢华，但是却亦忙碌得很。等到婚事完毕，恰好大司徒等奏称建学已成，一切教科章程统统拟定，请帝察核，择日开学。帝舜将章程看了一遍，大致均甚完美，就定了一个吉日，行开学礼。帝舜先行斋戒沐浴，到了这一日，帝舜率同群臣亲自视学，先向西郊而行。原来当时设立的学校有两个：一个是小学，在国都之中，专收童蒙程度低浅的人。因为他们年龄幼稚，寄宿不便，所以设在国中，以便出入。一个是太学，设在西郊，专收年龄长而有小学根底之人。这种人都系研究专门学问，设在城市之中容易分心，所以设在郊外，使他们能够屏弃一切，专心向学。

　　这日,帝舜等到了太学,那些聘请的教师和招收的学生都在门外迎接。帝舜看见,连忙下车与各教师行礼,又向诸学生答礼,然后揖让入门。只见那门内是一片广场,广场的居中有一所极大的房屋,房屋四周都环以水,作一个大圆形,东西南北四门。帝舜等从正南桥上过去,只见那房屋轩然洞开,四面明敞,里面宽广,约可容数百人。外面阶下陈列的钟鼓等乐器不少。房屋正中供奉的是历代先圣先师的遗像,下面陈列著许多俎豆并各种祭品。帝舜至此,就请各教师对先圣先师行释奠礼。各教师哪里敢占先,一定谦让。帝舜道:"不然,今朝假使在朝廷宗庙之中,诸位是臣子,当然事事以朕为先。如今在国学之中,诸位均系师长,当然是诸位为先了。朕是治百姓的,诸位是教百姓的,职任相同,而诸位又系朕以礼聘请而来的人,名分是师,亦是宾,朕哪里敢僭宾师呢?"各教师听了,不得已,只能序齿的分班向先圣先师像前行礼释奠,室外乐声大作。然后帝舜率领群臣再向像前行礼释奠,乐声又大作。奠完之后,乃叫各学生亦向像前行礼。然后帝舜亲自延请各教师至上首西向而立,众多学生在下首,北面行谒师礼,各以束脩为挚。礼毕之后,众学生退向下方,各教师一一都有训勉之语。语毕,帝舜又与各教师稽首行礼,口中说道:"一切费心。"然后退出,视学之礼总算完了。

　　纳言晏龙乘间问帝舜道:"刚才帝在学中,对各教师未免太客气了。"帝舜道:"朕想应该如此。如此隆重师长,在各师长知道他自己身份之高,自然不敢稍有苟且溺职;在众弟子见之,自然更觉应尊敬师长了。朕闻古时帝王,命将出师,必亲自跪而替他推毂,曰'阃以内我做主,阃以外你做主'。文武虽然两途,理由不过一个。学校之中,当然以师长为主,这是朕所以客气的意思。"晏龙听了,方才明白。

过了几日,帝舜视朝,又和群臣说道:"朕从前说学校教育以精神为主,精神的发生以躬行表率为先。现在教育方针既然定了'孝弟'二字,那么怎样孝,怎样弟,不可不立一个模范给众弟子看看。所以朕拟定了一个养老的典礼,凡年老的人,在学宫里奉养他起来,使众弟子见了,知道天子之尊,对于老者尚且如此,那么他们自有所观感而兴于孝、兴于弟了。所以太学亦可称为上庠,小学亦可称为下庠,庠就是'养'的意思。汝等以为何如?"大司徒道:"帝言极是,臣从前早已计划过。大概一国百姓的风俗,第一要使他厚,而不可使他薄。因为厚则相亲相爱,各安其分,自然无悖乱之事发生。风俗一薄,则相诈相争,纠纷日多,流弊不可究诘。臣闻古时有一个外国,他们的政策专以尊少为主。他们的意思,以为时代是有变迁的,世界是日日进化的,年老的人,他的思想已不合于现在的潮流,所以应该付之淘汰,才不会阻滞进化,甚至有年过四十可杀去之说。按照'四时之运,功成者退'的话,似乎也有点理由,然而未免太刻薄了。年老的人,经验既多,学识自懋,岂是那种后生小子所可及?即使说他的思想已与时代不合,但他在年富力强的时候亦曾经为国宣劳、为民尽力,应该仍旧加以隆礼,优予报酬。假使因为他年老而轻率之、鄙贱之,甚之于杀之,试问与杀功臣何以异?天下最不平的事情无过于此!此风一开,倾轧排挤何所不致?民风民德不可问矣!所以臣已与大司稷商酌,请他于羡余的米谷储蓄项下,每年划出若干,另行存储,专为养老之用,尚未就绪,不意帝已先行想到,真是极美之事。"帝舜道:"那么,这种米谷就在每个学宫之旁另筑一廪,储藏起来吧。"大家都以为然,这事总算通过了。

后来又讨论老人之年龄和他的资格。讨论结果,年龄当然以七十岁为最低标准,资格分作四种:一种是有德行的人,一种是他的子孙死于国事之人,一种是已致仕之大夫,一种是寻常之老者。四种之中,前三种都请他到太学里来养老,后一种在小学中养。后来将第一种细细讨论,又分为"三老"及"五更"两种:三老推年纪最高之三人充之;五更亦叫五叟,推年高而更事最多之五人为之。假使凑不足这数目,就以一人为三老、一人为五更亦可。决定之后,群臣就依了这四个标准到处去访求,居然十有余人。于是帝舜就择了一个日期,到太学中来。那时这班老者个个是庞眉皓首,鲐背鲵齿,一齐排班在太学桥边迎接。帝舜步行过桥,与诸老行礼,遣从人扶掖彼等升堂。三老南向坐,每人一席,五更西向坐,其余诸老东向坐,皆按年岁之长幼为上下,亦每人一席。年在九十以上者,菜用六豆;八十以上者,五豆;七十以上者,四豆。稍待一刻,庖人奉牲而至,帝舜解去上衣,露出臂膊,亲自取了刀,一块一块地割在碗中,又一个一个亲自献上去。献毕之后,庖人又送上酱来,帝舜又一碟一碟亲自送过去;然后又拿了酒壶,每位老者面前都去斟过一杯,方才退到下面自己席上,坐着相陪。原来帝舜养老用的是燕礼,所以一献之后,就坐而饮酒了。

这时学中各弟子以及国中众百姓听说有这样一个盛典,大家都跑来,在桥的外面围住了观看,何止数万人。看到帝舜亲自献馔斟酒,大家都非常感动,那种孝弟之心自不禁油然而生,回家之后,都要想去效法了。古人说得好:"以言教者重,以身教者从。"这话一点不错。燕礼既完,休息一时,然后召集在学的弟子,一齐来参见诸老,诸老个个都有训词。礼成之后,帝舜辞别诸老归去。从此以后,每到秋天,必定举行养老之礼,岁以为常。

一日,帝舜正在视朝,忽报西王母有使者前来。帝舜听了,忙叫秩宗伯夷、晏龙前去招待。过了一会,二人领西王母使者已到阙下。那使者虎头人身,乘的是白鹿之车,手中捧着一包不知何物。二人直领到朝上,那使者向帝三鞠躬,帝舜答礼。使者道:"敝主人闻圣天子践位,非常喜悦,想亲自前来道贺,适因有事,未能如愿,特遣某来代达。另有益地图一册,系敝主人从大荒之国得来,谨以奉献,伏乞哂纳。"说着,双手将包件送上。帝舜也双手接着,不便立刻打开来看,只能先说道:"敝国承贵主人大发慈悲,援助救治洪水,敝国人民同深感激。某以薄德,蒙先帝付托,勉缵大业,罪戾是惧,何敢当贵主人之贺,更何敢当贵主人之赐!但是却之不恭,只能谨领。请贵使者归去,代我重重致谢,费心费心。"说着,向使者深深行礼,又向使者慰劳一番,又问他现在所任之职司。那使者道是西方白虎之神。帝舜方才恍然。使者告辞,帝舜叫伯夷等授馆授餐,那使者都道不要,出了殿门,上了白鹿车,腾空而去。

第一百四十三回

大司稷逝世　渠搜国献裘

南浔国贡毛龙，蓁龙　䭫首画扇

舜作南风歌　舜作衣裳

且说帝舜之世，号称无为而治，但是帝舜可以端拱无为，帝舜的臣子却不能袖手不作事。自从西王母献益地图之后，有一年，大司稷弃又为农田水利之事要亲往西北考察。帝舜见他精力太差，再三阻止，但是大司稷以为职守所在，不肯偷安，决计上道。先到了他的封国有邰地方一转，带了他的次子不窋同行。那条路正是从前帝喾同了简狄到有娀国去的路，过了有娀国遗址便是不周山。父子两个凭吊古迹，谈谈讲讲，倒也并不寂寞。那西面的稷泽，从前是汪洋无际的，此刻已经干涸，变成一个都广之野。哪知大司稷到了此地，忽然病了。年纪已经一百四十多岁的人，跋涉山川，蒙犯霜露，当然支不住，病不多日，渐趋沉重，医药无效，竟呜呼了。不窋哀悼毁伤，自不消说。一面伤人星夜驰奏朝廷，一面遵从大司稷遗命，就葬在此地，表明他以死勤事之意。这个地方本叫稷泽，现在大司稷恰恰葬在此地，亦可谓凑巧了。自从大司稷葬在此地之后，所有黍稷百谷都天然会得自生自长，更有鸾鸟飞来自歌，凤凰飞来自舞，而且灵寿宝华及各种草木群生丛聚，将一个都广之野变成名胜之区，真所谓人杰则地灵了，闲话不提。

且说帝舜得到不窋的奏报，知道大司稷薨逝，大为震悼，辍朝七日，一切饰终典礼备极优隆，自不消说。到得这年冬天，忽报渠搜国又遣人来进贡了，所贡的是一袭裘衣，价值颇昂。帝舜虽不尚珍奇，但是他万里而来，而且所贡又只此一物，不便推却，只得受了。那使者传述国王之意，感谢中国从前援助他的大德，又称颂平治水土之功。帝舜慰劳他一番，又优予供给，重加赏赐，叫他回去道谢。过了多日，那渠搜国使者去了。

忽报南浔国又有使臣来进贡。那南浔国素来未与中国相通，上次伯禹周游海外，亦未至其国土，但是他们却亦怀德慕义而来。帝舜命秩宗伯夷优加款待，定日朝见。哪知南浔国这次所贡的却是两条毛龙，只好安放在郊外，不能携以入朝。到那朝觐之时，使臣先将他君主向风慕义的话说了一遍，然后又说："敝国僻处海中，无物可以贡献，只有雌雄二龙，很具神化，所以捉来奉贡。想圣天子德及禽兽，四灵为畜，必能俯赐赏收。"帝舜听了无法可施，只能收受，一面道谢，一面就问他南浔国情形，并问他龙的出产。那使者道："敝国四面皆海，国中有洞穴阴源，其下直通地脉，中有毛龙，时常蜕首于广泽之中，鱼龙同穴而处。龙类不少，以这种毛龙为最难得。得到之后，豢养教导，令知人意，尤为难得。这两条龙都是久经训练，上能飞腾，下能潜伏，唯人指挥，无不如意。所以敝国君主不敢自私，特来贡献。"帝舜听了，又称谢一番，然后令伯夷引就外舍，重加赏赐。那南浔国使者去了。

帝舜以为南浔国既献两龙，不可不有豢养之处，更不可不有豢养之人，因而想起董父，便教他携了所养之龙，舍了雷夏泽，仍旧到董泽来，并且在董泽之旁筑了几间房屋，就取名叫豢龙之宫，连这两条毛龙亦一并叫他豢养。一日，帝舜无事，跑到董泽来看毛龙。董父忙出来迎接，接着伯虎亦出来迎接。帝舜就问伯虎道："汝也在此处么?"伯虎道:"臣对于豢龙之道很喜研究,时常向董父求教,所以在此。"帝舜道:"汝大略已能了解么?"伯虎未及开言,董父代答道:"他的学力颇能精进,此刻已不下于臣。臣历来在此豢养,深得其助呢。"帝舜大喜道:"那么好极了。"说罢,即向豢龙之宫而行,董父、伯虎在后随着。进了豢龙宫,到得一间向南的室中,推窗一望,但见董泽之水浩浩万顷,极目无际,泽的东岸隐隐见一个怪物,昂头水外,不知在那里做什么。董父撮口一嘘,只见那怪物顿时跃水而出,腾空而起,盘舞空中,天矫蜿蜒,长约数十丈,鳞甲耀着太阳,闪闪夺目,向帝舜点首者三。这时董父又连连撮口,那潜伏泽底的龙一齐飞向空中,排列整齐,齐向帝舜点首,约有十几条。两条毛龙亦在其内,特别长大,还有一条紫龙亦很特别。那群龙向帝舜点首之后,齐向空中盘舞为戏,或上下升降,或互相纠结,或做相斗之状,或口喷云雾而隐藏其中,东云出鳞,西云露爪,极离奇变幻之致。

忽而见空中有数根长丝飘飘而下,董父忙叫人过去取来。帝舜问是何物,董父道:"是龙之髯,非常可宝。"帝舜道:"有何用处?"董父道:"臣将数年来所积蓄的龙髯已做成几个拂子,其用甚大。"说着,就叫人去取了两个来,献于帝舜。帝舜一看,其色紫黑,如烂的桑椹,长可三尺。董父道:"夏天将它放在堂中,一切蚊蚋都不敢入,垂到池中去,一切鳞介之属无不俯首而至,这是最有用的。"帝舜道:"此外还有什么用处?"董父道:"此外都是游戏之事。在那风雨晦暝的时候,将它放在水里,沾湿了,能够发生光彩,上下动摇,奋然如怒。假使将这拂子引水于空中,可以成为瀑布。三五尺之长,不会中断。倘使拂起来,作一种声音,则附近的鸡犬牛马听了无不惊骇而逃去。假使用燕子肉烧了熏它,它就能勃勃然如生云雾。这几种都是臣试验过的,虽说游戏,但是其理甚奇,所以臣说它是个至宝。"帝舜是不宝异物之人,对于这两个拂子本待不收,后来一想,父母年高,夏日的蚊蚋殊属可畏,此拂子既有辟蚊蚋之功,就收了献与父母吧。这时群龙在天空已游戏多时,帝舜又问董父道:"南浔国毛龙一雄一雌,哪条是雄?哪条是雌?龙的雌雄如何辨别?"董父听了,又撮口向空连着响几声,只见那群龙纷纷潜入大泽之中,独有那两毛龙昂着头浮在水面。董父就指给帝舜看道:"这条是雄,那条是雌。大凡雄龙,它的角浪凹而峭,目深,鼻豁,鬣尖,鳞密,上壮,下杀,朱火熠熠,这是雄龙。雌龙的角往往垂靡,浪平,目肆,鼻直,鬣圆,鳞薄,尾壮于腹,这就是雌龙。"帝舜细细一看,果然不错,又问道:"既然有雌雄,必能生子。汝豢龙多年,见过它生子么?"董父道:"龙之子未必成龙,龙不必定由龙而生。大凡龙之来源,有四种:一种是胎生,一种是卵生,一种是湿生,一种是化生,但是以化生为最多。如现在龙门山的鲤鱼化龙,就是化生之一处。又南方交趾之地,有堤防龙门,水深七八百尺,大鱼登此门则化成龙,不得登者则曝腮点额,这又是化生之一处。此外人所不知不见者,正不知道有多少!至于龙所胎生或卵生的,往往不能成龙,而别为一类。以臣所知道者,大概有九种,而各有所好。一种名叫蒲牢,最喜欢叫,所以臣的意思,应该将它的形状刻在钟纽上。一种名叫囚牛,最喜欢音乐,所以臣的意思,应该将它的形状刻在琴上。一种名叫蚩吻,最喜欢水,臣的意思应该将它的形状刻在桥梁上。一种名叫嘲风,最喜欢冒险,臣的意思应该将它的形状刻在殿角上。一种名叫赑屃,最喜欢文字,臣的意思应该将它的形状刻在碑碣上。还有一种名叫霸下,最喜欢负重,臣的意思应该将它的形状刻在碑座上。还有一种名叫狴犴,最喜欢争讼,臣的意思应该将它的形状刻在狱门上。还有一种名叫狻猊,最喜欢坐,臣的意思应该将它的形状刻在庙中之神座上。还有一种名叫睚眦,最喜欢杀戮,臣的意思应该将它的形状刻在刀柄上。这九种龙子的形状、性格,臣都细细考察过,所以臣有一句话,叫'龙生九种,种种各别'。但是能够像龙那样神灵变化的真是少见,所以圣贤的儿子不见得都是圣贤,可见人与物竟是一理的。"

董父这句话本来指着丹朱而言,哪知帝舜听了不禁非常感叹。原来舜的长子义钧亦是个不肖之人,虽则没有和丹朱那样朋淫傲慢,但是也丝毫说不出一点好处。帝舜为了此事,正在忧心,如今给董父拿龙来一比,自然怅触起来了。但是董父信口而谈,哪知帝舜的心事,他又兴兴头头地叫人去拿了他所画的《龙生九子图》来给帝舜看。帝舜细看那九个形状,果然个个不同,但其中亦个个有些微像龙之处,或有鳞,或有角,或有爪,或有鬣,或深目,或阔鼻,可见它本来是个龙种。后来再细看,觉得董父绘画的颜色很好,赤色尤佳,便问道:"汝这种颜色是哪里来的?叫什么名字?"董父听说,指指伯虎道:"这是伯虎所造的,果然甚好,尚未给它取名字。臣等普通就叫他做龙涎罢了。"帝舜道:"是龙涎做的吗?汝怎样能发明这种颜色?"伯虎道:"臣从前听见人说,先帝朝堂中生了绘实仙草一株。当初赤将子舆曾说过,如同龙涎磨起来,是很好的颜料。臣出入先帝朝堂二十年,见那绘实仙草尚在,就将他所结的实随时收起来,现在用龙涎来试试,果然甚好,所以这种颜色并不是臣发明的。"帝舜道:"那么龙涎怎样取来?"伯虎道:"是那条紫龙的涎做的。龙性最喜吃烧燕肉,臣拿了燕炙去引它,又故意不给它吃。紫龙闻到这股香气,俯首而来,馋涎下垂,臣用器皿去盛,每日可得一合,这是臣偶然想出来的。"帝舜道:"此刻汝处此种颜色尚有么?"伯虎道:"有,有,有。很多很多。"帝舜道:"朕妹敤首颇喜绘画,尝恨没有好的颜料。所以朕拟向汝乞取少许,以贻朕妹。"伯虎道:"臣处很多,明日谨当奉献。"于是君臣又谈了一会,帝舜就回宫,将龙髯拂献与父母。这时正当夏令,果然蚊蝇远避,瞽叟夫妇非常喜欢。次日,伯虎献上龙涎颜色,帝舜即送与敤首。敤首得到了亦非常欢喜,她那个画法自然格外精妙了。

一日,帝舜朝见父母,退下来和敤首谈谈,只见敤首拿着一柄扇,正在那里画。帝舜一看,所画的正是应时的朱果,用的就是龙涎的颜料,非常鲜艳,不禁大为称赏。敤首道:"二哥!你看这画,还过得去么?"帝舜道:"岂但过得去,竟是神品呢!"敤首道:"二哥不要胡乱奖饰,妹子这柄扇,画了是要献给父亲的,还要画一柄献给母亲,就是诸位兄嫂处,我亦想各画一柄送送。如果画得不好,我想再画过。二哥!你总要老实批评,不可胡乱奖饰。"帝舜笑道:"的确好极,我何必同你客气。"看官,要知道敤首是千古画学的祖宗,她有创造的天才,无师自通,一切规矩法门都是她发明出来,后世称她为画嫘,所以舜的称赞她真个不是客气的,闲话不提。

且说帝舜又和敤首谈了一会,便回到自己宫中,暗想,我现在虽然尊为天子,富有四海,可算得能以天下养父母了,但是所有养父母的物件都不是自己亲手劳力做的,表面虽然好看,实则不过浮文,反不及我妹子,自己画了去娱悦亲心,真是惭愧。后来一想,现在正是夏天,需用扇子的时候,妹子能画扇,我何妨做几柄扇子去献给父母呢。主意打定,即刻叫人去预备材料,就动手来做。原来舜是个微贱出身,一切工作都有经验。从前作什器于寿邱,靠此谋生,他的技艺之精可想而知。现在又有娥皇、女英帮忙,不到两日,已做成数柄,忙来与敤首商量,叫她画上画儿,变成兄妹合制的物件,以便献与父母。敤首见了大喜,即刻画好,便去献上瞽叟夫妇。瞽叟夫妇果然大喜,因为是儿子、女儿亲手做的,觉得比寻常的珍奇,尤为可宝,因此常常携在手中。这亦可见舜能悦亲之一端。且说舜自从作扇献父母之后,那材料还有很多,于是又运用心思,创造一种扇,名叫五明扇,分赐群臣。这五明扇的式样早已失传,无从悬揣。那"五明"二字的取义,大概是为政之道,取其明白如日月星辰,不可壅蔽,如后世所说广开视听,求贤人以自辅,就是这个意思了。

一日,舜退朝之后,在宫中穿了一件单衣,娥皇、女英在旁边侍立,闲着无事,就取过一面五弦琴来弹弹,以消此永昼。原来舜本有五弦之琴,后来帝尧给加了两条,以合君臣之恩,就变为七弦琴。如今尧既殂落,而舜自己又做了天子,所以于七弦琴之外又造了一面五弦琴,以复其旧。这日,天气酷暑,南风习习吹来,虽稍解炎热,然终有点暑意。舜弹了一会,忽然想起早间上朝时大司徒所奏的话来了。那大司徒所奏的话,就是京城蒲坂之东有一个大泽,方五六百里,本来是山海极东的一个最洼之处。山海宣泄,因此变成一个盐湖。(现在山西安邑县、解县之间。)四围居民就拿这湖水来晒盐,每到夏天,南风大起,则出盐甚多。唐虞之世,盐利并没有收归官有,任百姓晒取买卖。大司徒因见连日南风大盛,盐出甚多,所以报告帝舜。帝舜非常欣悦。这时正在弹琴,吹着南风,不禁想到,遂作成一歌,谱入琴弦之中,弹起来,其词曰:

南风之薰兮,可以解吾民之愠兮!
南风之时兮,可以阜吾民之财兮!

弹完之后,汗流竟体,那件裤衣已渗湿。女英就忙去拿了一件来替舜更换。娥皇看见那件衣衫将有破象,就说道:"这衣快要破了,再换一件吧。"帝舜道:"不妨,今日已不出外,且待明日再换。"女英笑道:"帝的俭德,可谓和先帝一样。先帝当日在宫中,夏日布衣掩形,冬日鹿裘御寒,敝了不轻改作,亦是如此的。不过到祭祀的时候和朝觐大典的时候,那衣冠却是非常华美。现在帝连祭祀朝觐的衣冠仍是朴素,未免太俭了。"帝舜道:"汝言甚是,我亦正在此计划。不过究竟如何一种式样,现在尚未确定,因此迟迟,将来一定要做的。"娥皇道:"先帝那件冰蚕茧衣服实在华丽珍贵,此刻由丹朱拿去了。听说这种冰蚕出在什么东海员峤山上,路虽则远,但是大司空和董父等都有骑龙御风之术,何妨叫他们去求呢。为宗庙朝廷礼制所系,并非为一己的嗜好奢华,想来亦无妨于君德。"帝舜忙道:"这个不行,一则此种琐事何可以烦劳大臣?二则,员峤山是仙山,无缘之人岂能辄到?三则,衣服以行礼为主,但求华美,不必贵重,更不必与前朝一律,只要合礼就是了。"二女听说,亦不言语。

过了几日,舜果然将一种衣裳的式样想好,叫二女剪裁成功之后,就去寻敤首,叫她作画。敤首一看,帐上开列要画的共总有十二项:一项是日,一项是月,一项是星辰,一项是山,一项是龙,一项是华虫(就是雉鸡),一项是宗彝,一项是藻,一项是火,一项是粉米,一项是黼,一项是黻,不禁笑道:"二哥这件衣裳做成之后,穿起来,真可谓华丽极了。想来这许多拉拉杂杂的东西凑在一起,二哥必定有所取义的,请先和我讲明了,我好画。"帝舜道:"这个不难明白。愚兄忝为天子,天子上法乎天。日月星辰三项,就是取他高高在上、照临无私的意思。天子一举一动,关系天下匪浅,所以最好多静而少动,庶几能镇压得住。静而能镇,莫过于山,所以用山。天子喜怒一切,不可让臣下能够窥测,以致有揣摩迎合的弊病。龙是飞腾神灵、变化不测的动物,所以要用这个龙。华虫的羽毛五彩俱备,非常美观,用华虫,就是取它的文彩。这六项在衣上,都是画的。"敤首道:"龙我没有看见过,画不来。"帝舜道:"不打紧,董泽地方的龙,我改日和你去看吧。"敤首指着宗彝问道:"这是什么东西?我更没有看见过呢。"帝舜道:"宗彝就是䖝,形似猕猴而尾甚长,鼻孔向上。天将下雨,它恐怕雨入鼻中,就用尾将两鼻孔塞住,出在鬼方。"(现在贵州思南县有山名叫甑峰,形如甑,故以为名。其山盘亘数百里,人迹不易到,相传宗彝就出在此山。)敤首笑道:"那么何所取义呢?"帝舜道:"它是个孝兽,他们种类多巢于树林,老者居上,子孙以次居下,老者不常出,子孙居下者出,得果,即传递至上。上者食毕,传递至下,下者乃敢食。我用宗彝,就是取它的孝。"敤首道:"原来如此,但是没有实物看见,我怎样画呢?"帝舜道:"大司空《山海经》上或者有图,我去借来看吧。否则想象画亦好,何必一定确肖呢?"敤首道:"粉米甚难画,画在那里不像个东西,像一撮什么似的。"帝舜道:"亦不打紧,只要像而已矣。好在画了之后还要绣,绣起来或许好看些。"敤首道:"还要绣么?"帝舜道:"这六项在裳上,都是绣的。"敤首道:"什么取义呢?"帝舜道:"藻,是水草,取其清洁。火,取其明而利用。粉米,取其养人。黼,只要画一柄斧头,取其有决断。黻,是写两个大'己'字,一正一反,东西相背,取其有辨别。这十二项的用意就是如此了。"敤首听了,点头无语。

　　后来帝舜同敤首去看了一会龙,又向大司空处借了宗彝的稿本来,那极华丽的衣裳居然画好、绣好。帝舜穿了郊天祭地,以后遂成为定制。

第一百四十四回

孝养国来朝　夔作乐
改封丹朱

有一年,正是帝舜在位的第三年,忽报孝养国之君执玉帛来朝了。帝舜忙问群臣,孝养之国在何处,从前曾否与中国相通。大司空禹奏道:"孝养国在冀州之西约有二万里,臣从前治水西方,曾听人说过。当时因为路途太远,所以没有去。"大司徒离奏道:"臣稽查历史,从前蚩尤作乱之时,孝养国人曾经与蚩尤抗战。后来黄帝诛灭蚩尤,将那助蚩尤为凶暴之国一概灭去,独表此国为孝养之乡,天下莫不钦仰。从这一点看起来,当然与中国早有交通,而且他的人民风俗一定是孝亲养老,很善良,所以黄帝加以封号。也许这'孝养'二字之国名还是黄帝取的呢。"帝舜道:"既然如此,且又二万里而来,应该特别优待。一切典礼请秩宗去筹备吧。"伯夷受命,自去招待不提。

隔了两日,帝舜延见孝养国君,礼成之后,设宴款待,百官都在下面相陪,孝养国君与帝舜在上面分宾主坐下。大家初意以为孝养国君必定是个温文尔雅的态度,或者是个和平慈祥的面貌,哪知偏偏不然,却是高颡、大面、虬髯、虎须、长身、修臂,拳大如钵,仿佛孔武有力的样子,大家都觉诧异。又看他的衣服亦很怪,不知是什么质料做的。酒过数巡,帝舜先开言道:"承贵国君不远万里而来,敝国不胜荣幸。敢问从前敝国先帝轩辕氏的时候,贵国曾有人到过敝国么?"孝养国君道:"从前先父受蚩尤的逼迫,幸得圣天子黄帝破灭蚩尤,给敝国解围,又承加恩赐以孝养之名。当时圣天子黄帝巡狩西方,先父曾经朝见,至于中原之地却未曾来过。"帝舜听了这话,诧异之至,就问道:"令先君去世多少年了?"孝养国君轮起大指一算,说道:"二百二十四年了。"帝舜道:"那么贵国君今年几岁?"孝养国君道:"小臣今年二百七十五岁。"帝舜道:"如此高寿,可羡之至!"孝养国君道:"敝国人并无有寿不寿之分,大概普通总是活三百岁。"帝舜听了,觉得他这个国与寻常不同,就再问道:"那么贵国君生时离蚩尤作乱还不远,对于蚩尤氏情形,父老传说,大概总有点知道。朕闻蚩尤氏兄弟八十一人,个个铜头铁额,飞空走险,以沙石为粮。如此凶猛,贵国人竟能抵抗,不知用何方法?"孝养国君道:"敝国当时所怕他的,就是呼风唤雨,作雾迷人,引魑魅以惑人,这几项实在敌他不过。至于论到武勇,敝国人民可以说个个不在他之下,所以是不怕的。"帝舜道:"贵国人民如此骁勇么?"孝养国君道:"不必敝国人民,就是某小臣,年纪虽差长,还有些微之力,天子如不信,请拿一块金或一块石来,当面试试看。"

　　帝舜听了,要验他的能力,果然叫人去拿一块大金、一块大石来。孝养国君拿来,放在口中一嚼,顿时碎如粉屑。大家看了,无不骇然。但是在他那张口闭口之时,又发现一桩怪事,原来他的舌头与常人不同,舌尖方而大,里面的舌根倒反细而小,殊属可怪。后来他又说道:"敝国人的气力,大概八九千斤重的东西总可以移得动,所以敝国那边从地中取水,不必用器械掘,只须以手爪划地,则洪波自然涌流。蚩尤氏虽勇,实非敝国人之敌也。"帝舜道:"原来如此,殊可佩服。"后来又问他国内的风俗,孝养国君道:"敝国风俗,最重要的有两项:一项是善养禽兽。凡是飞禽走兽,一经敝国人养过，就能深知人意，都能替人服役。所以敝国人死后，葬之中野，百鸟衔土，百兽掘石，都来相助造坟，这是特别的。还有一项，是孝养父母。人非父母，无以生长。父母的配合，原不必一定为生儿育女起见，但是既生育儿女之后，那种慈爱之心真不可以言语形容。莫说在幼小时代，随处爱护，即使已经成人长大了，但是他那一片慈爱之心仍旧是丝毫不减。归来迟了，已是倚闾而望；出门在外，更是刻刻挂念；偶有疾病，那忧虑更不必说。父母爱子既然如此之深，那么人子对父母又应该怎样？所以敝国人民不但父母生前竭力孝养，即使父母死了，亦必用木头刻一个肖像，供在家中，朝夕供养，和生前一般。秋霜春露，祭祀必诚必敬。水产、陆产、山珍、海味，凡力量能够办得到的，总要取来，以供奉养祭享之用。即如小臣，忝为一国之君，亦有一个圜室。平常时候，叫百姓入海取了那虬龙来，养在里面，到得奉养祭祀之时，屠以供用，其余禽兽草木更不必说。这就是敝国特异之点了。"

大众听了他这番议论，无不佩服。帝舜道："贵国能如此，真是难得之至。贵国四邻见了贵国这种情形，想来当然能够感化了。"孝养国君听到这句，不住地摇头，说道："不能不能，敝国西方有一个国家，他们正与敝国相反。"帝舜忙问道："莫非不孝么？"孝养国君道："他们亦不是不孝，是不养。他们的风俗却亦奇怪，他们的意思，以为人亦是万物之一，万物都有独立性。譬如老马，决不靠小马的奉养；老鸡亦决不靠小鸡的奉养；为什么人为万物之灵，倒反要靠儿女的奉养呢？所以他们的人民深以受儿女的奉养为大耻，说是失去人格了。因此之故，他们对于儿女亦不甚爱惜。幼小时没有办法，只能管他养他，一到六七岁，做父母的就拿出多少资本来借给儿女，或划出一块地来租给他，教他种植或养鸡、养兔。将他所收入的几分之几作为利息或租金，其余替他储蓄，就作为子女之衣食费及求学费等。他们说,这样才可以养成子女的独立性及企业心。一到二十左右,有成人的资格了,就叫他子女搬出去自立门户,一切婚嫁等等概不再去预闻,仿佛是两姓之人了。就是他所有的财产亦不分给子女,为子女的亦深以受父母之财产为可耻。因此之故,子女更无赡养父母之义务,偶然父母向他子女商借财物,亦必计较利息,丝毫不能短少,岂不是奇怪的风俗么!"帝舜听了,诧异道:"世界上竟有这等事!那么贵国和他邻近,不可不防这种风俗之传染。"孝养国君道:"说也奇怪,他们亦防敝国风俗传到那边去呢。因为敝国的风俗宜于老者,所以他们那边的老者无不羡慕敝国之风俗而想学样。他们的风俗宜于青年,所以敝国的青年亦无不羡慕他们的风俗而想学他,将来正不知如何呢!"帝舜道:"这是什么缘故?"孝养国君道:"父子同居共产,固然是极好的,但是既然同居,既然有父子的名分,为父母的对于子女之言行一切,不免有时要去责备他,要去干涉他。即使不如此,但无形之中有这么一重拘束,青年人的心理总以为不畅意,所以不如早点与父母分居,高飞远走,既可免拘束,又可无奉养之烦,且可以博一个能独立不倚赖父母之名,岂不是面面俱好么。所以近今敝国青年,往往有醉心于他们,以为他们的风俗是最好的,不过现在还不敢实行罢了。至于老年人的心理与青年不同,他们精力差了,倦于辛勤,一切游戏的意兴亦渐减少,而又易生疾病,所盼望的就是至亲骨肉常在面前,融泄团聚,热热闹闹,享点家庭之乐便是了。但是照他们那种风俗是绝对不能。在那年富力强的时候,有事可做,尚不觉寂寞,到了晚年,息影家中,虽则没有饥寒之忧,但是两个老夫妻爬起一对,跌倒一双,清清冷冷,无事可做,一无趣味,仿佛在家里等死一般,岂不可怜呢!万一两个之中再死去一个,剩了一个,孤家寡人,岂不尤其孤凄么?起初他们习惯成自然,虽则孤凄寂寞,倒也说不出那个苦之所在。后来敝国有人到那边去,寄宿在一户两老夫妻的人家。那老夫妻有儿子三个,女儿两个。儿子一个做官,两个做富商,女婿亦都得意。但是每年不过轮流来省视父母一二次,就已算是孝子了,要是几年不来,亦不能说他不孝。敝国人住在那里,看得两老夫妻太苦,遇有暇时,常邀他们到各处游玩,又和他们说笑解闷,那两老夫妻快乐之至、感激之至。后来他们问到敝国情形,敝国人告诉了他敝国人家庭的乐趣。那两老始而羡慕,继而感叹,后来竟掉下泪来,说道:'可惜,不能生在贵国。'从这一点看来,可见他们的老者醉心于敝国,以为敝国的制度是最好了。"

帝舜听了,不禁太息道:"照贵国君这样说,将来贵国的风俗一定为他们所改变的。"孝养国君问道:"为什么缘故?"帝舜道:"老者是将要过去的人,没有能力的了,青年是将来的人物,能力正强。青年的主张既然如此,老者如何支持得住呢?"孝养国君道:"敝国也防到这层,所以常将他们老年人所受的苦楚向敝国青年演讲,叫他们不要轻易胡为,免得将来作法自毙。"帝舜叹道:"这个恐怕不中用呢。大凡人的眼光,短浅者多,但顾目前之畅快,哪里肯虑到将来?如果人人肯虑到将来,那么天下就平治一半了,恐怕无此事呢。"孝养国君道:"依他们的风俗,最可恶的就是他们亦能持之有故,言之成理,所以能荧惑一班青年。"帝舜道:"是啊,这个就所谓似是而非,但要去指驳他们却亦并不繁难。譬如,他们说人为万物之灵,何以不能独立如禽兽?要知道人为万物之灵,必定要高出于禽兽,才不愧为万物之灵,并非事事专学禽兽,和禽兽一样而后已。老年人的要子孙养,做子孙的应该养父母,这个正是人与禽兽不同之处,正是人灵于万物之处。因为人的异于禽兽,不仅仅是言语智慧等等,而尤在那颗良心。良心就是恩情,就是仁爱。天下人民以亿万计，俨然是一盘散沙，全靠'恩情''仁爱'四个字来粘连起来，才可以相安而无争夺。父母养子女，子女还养父母，就是恩情仁爱的起点。良心在其中，天理亦在其中。子女尚且不肯养，父母尚且不肯养，那么肯养哪个？势必至人人各顾自己了。人有合群之性质，只有禽兽才是各顾自己的。照他们这种说法，是否人要学禽兽呢？人不如禽兽的地方多得很呢，兽有毛，禽有羽，都可以温其体，人为什么要靠衣服来保护体温？兽有爪，禽有喙，都能够攫啄食物，人为什么要靠器械来使用？禽兽生不几时，就能自由行动，寻取食物，为什么人要三年才能免于父母之怀？可见得有些地方，人不如禽兽之处，正是胜过禽兽之处，哪里可以拿禽兽来做比较呢？大凡世界上，不过天理人欲两条路。我们要孝养父母，是讲恩情，讲仁爱，可谓纯是天理。他们不知孝养，是专以个人的便利快意为主，可谓纯是人欲。天人交战，事势之常，将来必有大分胜负之一日。究竟孰胜孰负，不得而知。但是我们不忍抹杀这颗良心，不忍自同于禽兽，当然是要维持推重这个孝养的，贵国君以为何如？"

孝养国君听了这番议论，倾倒之至，连说"不错不错"。当下又闲谈了一会。帝舜看见他的服饰与中华不同，又细问他，才知道他们人民都是织茅为衣的。过了几日，孝养国君告辞归去，帝舜重加赠赐。又因为他执礼甚恭，处处谦让，又特别封他为孝让之国。那国君拜谢而去，按下不提。

且说一日，帝舜视朝，大司徒奏道："臣闻古之王者，功成作乐，所以历代以来都有乐的。现在帝应该饬令乐正作乐，以符旧例。"帝舜道："作乐所以告成功于天，现在朕即位未几，何功可告？以先帝之圣，直到七十七岁方作《大章之乐》。朕此刻就作乐，未免太早吧！"大司徒道："帝的功德，不从即位以后起。从前摄位三十载,治平水土,功绩早已著明了。况且现在南浔之国、孝养之国都不远万里而来,可见帝德广被,是前代所少见的。如此还不算功成,怎样才算成功呢?先帝因洪水未平,所以作乐迟迟,似乎不能拿来做比较。"帝舜听了,还未答应,禁不得大司空、秩宗等一齐进劝,帝舜不得已才答应了,就叫夔去筹备。大家又商量道:"帝德荡荡,帝功巍巍,非多选几个精于音乐之人互相研究,恐不足以胜任。"帝舜道:"可以不必,一个夔已足够了。"大家再三申请,夔也这样说,帝舜不得已,遂叫伯禹总司其事。但是禹是个闻乐不听之人,怎样能知音乐呢?不过挂名而已。后世有"禹兴九招之乐,以致异物凤皇来翔"的话,正是为禹曾经挂过这个名义之故,闲话不提。且说当下帝舜既然派定了禹,禹亦不能推辞,只得与乐正夔一同稽首受命,自去筹备。

一日,帝舜视朝,有使臣从东方来。帝舜问起丹朱在国的状况,那使者道:"丹朱自从到国之后,旧性复发,专喜漫游,又和一班小人在宫中昼夜作乐,不理民事。"帝舜听了,非常纳闷。大司徒在旁奏道:"先帝早知道丹朱之不肖,又教导他不好,所以只好放逐他到外边去,不给他封地,就是防他要贻误民事,如今果然不对了。从前先帝和他是父子,父子之间不责善,所以有些也只能听他。如今他是诸侯,对于帝有君臣之义,务请帝严加教导劝诫,不使他养成大恶,庶几上可以慰先帝之灵。不知帝意如何?"帝舜道:"朕意亦如此,不过还想不到一个善法。"皋陶道:"依臣的意见,先办他的臣下。臣听见古时候有一种官刑,哪个敢有恒舞于宫、酣歌于室的,叫作巫风;哪个敢有殉于货色、恒于游畋的,叫作淫风;哪个敢有侮圣人之言、逆忠直之谏、疏远耆德、昵比顽童的,叫作乱风。这三种风、十项愆,假使做卿士的犯着一项,其家必丧;假使做邦君的犯着一项,其国必亡。但是做臣下的不能去匡正其君,这个刑罚叫作墨。如今丹朱有了这种失德之事,他国中之臣下何以不去匡谏?这个就可以加之刑罚了。一面再叫了丹朱来京,剀切劝导他一番,然后再慎选贤才,为之辅佐,或者可以补救,未知帝意以为如何?"

帝舜听了,连声道是,于是就叫人去宣召丹朱和他的大臣入都。丹朱听了,以为没有什么大事,或者娥皇、女英记念手足,要想见见他而已,所以毫不在意,带了他的一班匪类及大臣等向西方缓缓而行,一路仍是游玩。一日,到了一处,正是上弦的时候,他觉得这个地方风景一切好极了,日里玩得不尽兴,又想夜游。禁不得那班匪类小人又献殷勤、想计策,怂恿丹朱在此地造一个台,以便观赏。丹朱听了,非常欢喜,立刻雇起人夫,兴工建筑。那个台高约十丈,周围二百步。造成之后,恰恰是望日,一轮明月,皎洁澄清,四望山川,俨似琉璃世界,那个景色的确不坏。于是丹朱君臣得意之至,置酒酬歌,载号载呼,直到月落参横,方才归寝,如此一连三夜。还是帝舜使臣催促不过,没奈何只得上道。(后来这个台就叫丹朱夜游台,在现在河南内黄县北二十里羑阳聚。)

到了蒲坂之后,使者复命,将沿途情形一一报告。帝舜听了,闷闷不乐。次日视朝,先召了那些大臣来,切切实实地责备了他们一番,竟用皋陶之言,将他们定了一个墨刑。原来那墨刑本应该在脸上刺字、涅之以墨的,所以叫作墨刑。现在帝舜用的是象刑,并不刺字涅墨,不过叫他们戴一顶皂色的巾,表明墨字的意思而已。但是那些大臣都愧耻之至,大家从此都不敢出门了。帝舜一面又将那班匪类小人流窜的流窜,放逐的放逐,驱除净尽。然后再叫了丹朱到宫中来,恳恳挚挚地加以申警,又叫娥皇、女英痛哭流涕地向他规劝,又选了好些端人正士作他的辅佐,又想到他本来的封国民誉大坏,不可再去了,还不如那个房地,从前丹朱逃避时百姓因为他有让国之德,声誉尚好,就改封他在房,亦可改换他的环境。那丹朱自从经过这番的挫折,到国之后,亦渐渐自知改过,这是后话不提。

第一百四十五回

奏韶乐,舞百兽　郊天,以丹朱为尸
舜有卑父之谤

一日,帝舜视朝,大乐正夔奏道:"臣奉命作乐,已告成功,请帝临幸试演。"帝舜答应,就率领群臣前往观察。原来乐正夔作乐之地是在郊外,取其空气清新,风景秀丽,无尘俗烦嚣之扰。东南面连接雷首山,却是帝舜辟出的一个园囿,其中禽兽充斥,百种俱有,非常蕃孳,有时麋鹿獐兔等到园囿之外随地游行,也是常有之事。

这日,帝舜和群臣到了,先看过了各种乐器,极称赞琴、磬二种之佳,问乐正夔道:"这二种的材料是从何处取来的?"原来帝舜精于音乐,所以于乐器材料的美恶一望而知。乐正夔道:"琴的材料是峄山(现在山东峄县北)南面的一株孤桐所制成。磬的材料是泗水旁边的浮石所制成。"帝舜将琴轻轻地抚了一会,又将磬轻轻地敲了几下,点首赏叹,说道:"琴的材料固然好,磬的材料尤其好,真是难得。"各种乐器看完,乐正夔一声号令,那些乐工一齐动手,吹的吹,弹的弹,鼓的鼓,摇的摇,乐正夔亲自击磬。那回乐的节奏共有九成,帝舜从第一成听起,直听到第五成,专心静气,目不旁瞬。正在觉得八音谐和、尽善尽美之际,忽见两旁群臣的视线一齐移向外边,不觉自己的视线亦向外面一望,但觉无数野兽飞禽之类也在那里应弦合拍的腾舞,不禁心中大大纳罕。但是究竟听乐要紧,急忙收心,依旧听乐。直到九成终了,玉声一振,乐止声歇,再向外面一望,只见那些禽兽依然尚在,不时昂首向里面窥探,仿佛还盼望里面奏乐似的。帝舜一面极口称赞乐正夔制作之精,一面又问道:"刚才那些禽兽能够如此,是否平日教导过的?"乐正夔道:"并未有心去教导它们。当初臣等在此演乐,这些禽兽都跑来听,以为不过偶尔之事,禽兽知道什么音乐。哪知后来他们竟有点知音了,每逢臣击磬拊石之时,那些禽兽都能相率而舞,真是怪事。"说着,又将磬石连击几下,外边的禽兽果然又都腾舞起来。大家看得稀奇之至。都称赞夔这个乐制作得精妙。当下帝舜就将这乐取一个名称,叫韶乐。乐正夔又问帝舜正式奏乐的日期。帝舜道:"现在离冬至不远了,朕即位数载,尚未郊天,且待冬至之日,举行郊天之礼,再正式奏这个乐吧。"乐正夔听了唯唯。

帝舜刚要转身,忽然想起一事,重复问乐正夔道:"汝这个乐可谓制造得精美,但是朕打算在各种乐器之外,再加一种乐器,不知可使得么?"乐正夔道:"乐以和为主,只要其声和谐,能协于六律,总可以加入的。请问帝打算加入什么乐器?"帝舜道:"朕从前在历山躬耕的时候,看见许多大竹,偶然想起从前黄帝叫伶伦取竹于嶰溪之谷,制十二筒以像凤凰之鸣,雄鸣六,雌鸣六,遂为千古律吕之祖。朕因仿照他的方法而加以变通,用竹管十个,其长三尺,密密排之,参差如凤凰之翼,吹起来音调尚觉不差,朕给它取一个名字叫箫,未知可用否?朕尚有几个留在宫中,过一会取来,请汝斟酌。如其可用,就参用进去。朕之韶乐中有朕亲制之乐器,亦可以开千古国乐之特色,传之后世,亦是佳话。"乐正夔听了,又连声唯唯。帝舜回到宫中,取了几个箫,又附一张说明书,饬人送给乐正夔,夔自去研究制造,加入韶乐之中,不提。

且说帝舜定制,诸侯分班每年来朝见天子一次,这时适值南方诸侯来朝，丹朱亦在其内。帝舜大喜，就留住各诸侯赞助郊天大典。又因为丹朱是先朝嫡胤，以天下相让的人，所以待遇他的礼节特别隆重，称他作虞宾而不当他做臣子，并且打算在郊天的时候请他做一个尸。看官要知道"尸"是什么东西呢？原来古时候各种祭祀，必定有一个尸来代表所祭祀的鬼神。譬如子孙祭祖父，就叫一个人服着他祖父生前穿过的衣冠，充作他祖父的样子，然后由主祭者用极恭敬的礼节迎接他到庙中，请他坐在上位，向着他进馔、献爵、拜跪。那个尸不言不语，端坐不动如木偶，生生地享受，仿佛如演戏一般。所以尸就是后世的神像，不过一个是画的，一个是活人罢了。通常儿子祭父亲，做尸的总是所祭者的孙子，也就是主祭者的儿子。《礼记》上说，君子抱孙不抱子，因为孙可以为王父之尸，子不可以为父尸的缘故。但是子做父尸亦是有的，《孟子》上说："弟为尸，则谁敬。"照这句话看来，祭父的时候，如自己还没有儿子，或有儿子而年纪尚小，不能做尸，那么兄弟亦可以做。这种礼节，在后世人眼光中看来，非常可诧，或则非常可笑，因为自己亲生的儿子忽然叫他扮作自己的老子，叫他上坐，向他拜跪供养，等到礼节一完，出了庙门，又依旧是自己的儿子，颠倒错乱，岂不是可笑之极！但是古人所以造出这种礼节，亦有他的理由。因为画像供起来，虽则确肖，然而究竟是假的。古人祭祀最重要的是以神相格，神的所以能够感格，实因为一气之能相通。子孙的血流传自祖宗，用他来做尸，一气相生，精神自然容易感通，这是一个缘故。还有一层，在他儿子面前做出一个恭敬孝养父母的式样来，给他儿子看，使他儿子知道人子的侍奉父母是要这样的，所谓示范感化，就是这个道理。但是这种方法终究未免近于儿戏，而且就实际上说起来，做儿子的高高上坐，看他的父母在下面仆仆祭拜，受他父母的供养，问心亦总觉不安。所以后来二千年之后，这种礼节亦不知不觉的改去了,变为栗主,变为画像,这亦是文明进化之一端,闲话不提。

且说帝舜郊祀叫丹朱为尸,可见唐虞之世不但祭祖父有尸,连祭天亦有尸了。那丹朱是个专好漫游之人,对于各种典礼向未经意,而且尤怕受它的拘束。现在忽然听见帝舜叫他做尸,不禁惶恐之至,连忙稽首固辞。帝舜以为他是谦让,哪里肯准。丹朱没法,只得来和娥皇、女英商量。娥皇道:"天子叫你做尸,因为你是先帝的后裔,隆重你的意思,你何以如此不知好歹?"丹朱道:"我岂是不知好歹,实在我于各种礼节丝毫不懂,答应了之后,万一有失仪之处,惹人笑话,岂不是求荣而反辱么?"女英道:"不懂可以学,不妨赶快学起来。"丹朱道:"现在向何处学呢?且为期已迫,临阵磨刀,恐亦来不及了。"娥皇道:"既然如此,我们替你向天子说说看吧。"

丹朱去后,这日晚间,娥皇、女英就将丹朱的苦衷告诉帝舜。帝舜道:"原来如此,这件事情极容易,决不怕失仪的。并且到那时自有引赞的人在旁边指导,引赞的人怎样说,就依怎样了做就是了。好在做尸的人完全是个傀儡,除坐坐之外,没有别的事情,更无所用其学。"女英道:"可否先准丹朱到那边去观览一回,使他熟一熟那边的道路门户?"帝舜道:"可以可以,只要叫他去问秩宗伯夷就是了。"二女大喜,就饬人通知丹朱,丹朱就去访伯夷。伯夷问明来意,就领他到郊祀之所去参观。原来那郊祀之所在南门之外,前面尽是山冈,连接东面的苑囿,树木参天,禽兽充牣。那郊祀之庙建筑在大广场上,四面并无墙垣。丹朱随着伯夷进入庙中,这时离郊祀之期不足七日,执事人员已都在那里布置。一切乐器亦都陈列整齐,有好些乐工和舞生正在那里演习,叮叮咚咚,翩翩跹跹,非常好听好看。丹朱对于乐律亦从未研究过,除出钟鼓琴等知道外,其余竟有许多不知其名。适值乐正夔矜踔而来,见了丹朱,慌忙行礼,说道:"难得大驾光降。"丹朱还礼之后,不知措词,信手指着一个木所雕成、形如伏虎、背上有二十七个钼铻的乐器,问道:"正要请教,这是什么东西?"乐正夔道:"这个名叫敔,背上的钼铻刷起来能够发声。奏乐之时,敔声一起,乐就止了。"丹朱拿来试了一试,觉得"杀辣杀辣"的声音,非常难听,便不再问。忽然看见一面小鼓,鼓下有柄,两旁有两根细线,线上各坠着一颗珠子。他就问这是什么。乐正夔道:"这个是鼗鼓。"说着,拿起柄来一搓,两旁的珠子飞起来,打在鼓上,不绝的"毕剥"有声。丹朱看了大喜,取过来搓了好一会才放手。又指着一个漆筒问道:"这是什么?"乐正夔道:"这个叫柷,所以起乐的。柷声一起,乐声就合起来了。"说着,将筒一摇,筒中有椎,震动起来"祝祝"有声。丹朱觉得无甚好听,亦不取来看。随即信步登堂,伯夷和夔后面跟着,但见堂上乐器亦不少。丹朱忽然指着一张瑟问道:"这张琴的弦线何以如此之多?"乐正夔道:"这是瑟,不是琴。琴只有五弦、七弦两种,瑟最多的有五十弦,最少的五弦。"丹朱听了也无话可问,瞥眼看见旁边悬着许多玉磬,觉得有趣,便拿了椎,叮叮咚咚个个敲了一会,又向上走,就是神座了。

当下伯夷就指引他道:"将来郊祀的时候,君侯为尸,从那里进来,就坐在此地。"丹朱指着前面问道:"此地摆什么东西?"伯夷道:"下面陈列牲牢、礼犨、笾豆、铡羹之类,再下面,就是天子和群臣行礼之地。"丹朱道:"天子向我行礼么?"伯夷道:"是。"丹朱道:"我在何处答礼呢?"伯夷道:"不必答礼,只需坐受。"丹朱一想,舜是天子,他拜我,我不必答礼,真是难得之事,我可以吐这口气了。想到这里,不禁欢喜起来,便不再问,又到各处参观一转。但见这庙共有五殿,当中是祀天之所,左右、旁边、上下各有两个神座,供奉的是什么神，丹朱亦不去细看，就匆匆地辞了伯夷和夔归去。伯夷、夔等见丹朱如此纨绔傻气，都佩服帝尧不传子而传贤的主意实在不错，相与嗟叹，按下不提。

且说帝舜郊祀之所，当中祀天，旁边左右四个神座究竟供的是什么神祇呢？丹朱虽不去细看，编书的人却不能不叙明。原来古帝王祀天，旁边必定有几个配享的神。这配享的神大抵取前代帝王功德巍巍的人来做。但是自帝尧以前，帝王往往出于一家，所以他那个配享的就是他的祖宗。至于帝舜，崛起草茅，他的祖宗蟜牛、敬康、穷蝉等等并没有什么功德著名，就是他的始祖虞幕，功德亦很有限。照后世帝王的心理看起来，我既然做了皇帝，我的祖宗当然已经尊不可言，即使一无功德，亦要说他功德如何如何的伟大，叫他来配天似乎是极应该的。但是帝舜是个大圣人，他的心里以为天下是公器，不是一家一姓之私物，况且郊祀之礼又是国家的大典，为民祈福，为岁求丰，为国家求治安，都是在此时举行，与寻常追远尽孝的祭祀迥乎不同。所以他不敢存一点私心，不拿自己的祖宗来充数，另外选择了四个人：一个是黄帝，一个是颛顼，一个是帝喾，一个是帝尧。《礼记·祭法篇》有一句说："有虞氏禘黄帝而郊喾，祖颛顼而宗尧"，就是说这件事情。闲话不提。

且说郊祀之期既已渐近，帝舜即率领群臣斋戒。到了郊祀前一日夜半，帝舜穿了敤首所绘画刺绣的那件斑驳陆离的衣裳，头上戴着一顶画羽为饰的冕旒，名称叫皇，手中执着玉圭，坐了一乘华美而有铃的车子，名称叫鸾车，亦是帝舜特别制造的。到得郊外，已是五更，随即与群臣入庙，恪恭将事。省牲之后，继以迎尸。那时丹朱冕服整齐，由赞礼者引导，从庙门外的别室中直至庙中神座上坐下。

这时乐声大作，堂上之玉磬声、琴瑟声与堂下之管声、鼗鼓声、柷声、敔声遥遥相答,中间更杂以悠扬的笙声与洪大的镛声,正所谓八音克谐、六律不忒了。一成既毕,帝舜向尸献爵,陪祭的群臣相揖相让,以次的各执其事。奏乐二成,数十个乐工抗声而歌,所歌的诗词无非是颂扬赞美。接着,堂下的舞生执着羽翟,舞蹈起来,舞节与乐声高低抑扬,无不合拍。在这个肃雍壮穆之中,凡是与祭有职司的人,随着帝舜,固然竭恭尽敬,毫不敢懈怠失仪,就是那百姓来观的盈千盈万,亦都屏息敛气,一声不敢喧哗。听到乐声极盛的时候,仿佛庙堂之上灵旗飒飒,阴风往还,的确有鬼神祖考来格来享似的。再看坐在上位的虞宾丹朱,平日虽以傲慢著名,但到得此际,在这种庄严大典之下,亦只能恪恭祇敬,一动也不敢动。所以可见古圣制礼以教百姓,改变气质,范围群伦,的确有一种极神妙极伟大的作用在里面。就是后世宗教家要宣扬他的大法,亦必有一种极庄严的仪式,才能够使人信仰,大约这个理是一样的,闲话不提。

且说初献之后,继以亚献,乐已奏到六成了,将到三献的时候,下面忽然抬上一只大镬来,供在当中,随即又有人扛了一盂沸水来倾在镬中。然后帝舜过来,恭恭敬敬地将那俎上陈列的牺牲浸在汤中,这个名叫燜。原来有虞氏的祭祀以气为尚,鬼神所以能够来享的不过气而已矣。沸汤血腥,蒸腾四溢,庶几神明可以享到,是这个意思。三献既终,天已大明,祀事将毕,韶乐已奏到第九成。大家只听得乐器之中,凭空似又添了一种声音,悠悠扬扬,缭曲清越,如鸾吟,如凤鸣,刚而不激,柔而不随,庙内庙外,人人听得快乐之至。忽然天空之中一阵鸟翼之声,原来来了无数凤凰,栖在庙外树上,对着庙门一齐引吭长鸣,那鸣声与乐声高低应节,一样悦耳。过了片时,燔柴送尸,祀事遂毕,乐声既止,凤亦不鸣。

这时庙内外观看的百姓闻所未闻,见所未见,个个乐不可支,手舞脚蹈,极口称赞帝舜的盛德。有一个老百姓道:"我小的时候,听见父老说,帝喾高辛氏祭祀作乐,亦有凤凰、天翟飞来歌舞,不过凤凰只有一对,没有现在的多,而现在却没有天翟。想来盛德的君主所感召的休祥,亦不必尽同的。"有一个百姓说道:"刚才最后的那个乐器非常好听,难说这些凤凰还是它引出来的呢。"有一个道:"我仿佛听见说,这个乐器名字叫箫,是圣天子亲自创造的。"一个问道:"你看见过么?"一个道:"我没有看见过,不过我和乐正府中一个乐工相熟,知道有这一件乐器。假使不是圣天子亲手所制,哪里有如此好听,哪里能够引出这许多凤凰来呢!"众人正在一路归去、一路问难之时,忽见前面有一个衣服华丽的白发老者,由许多人扶掖着,上车而去。百姓之中有认识他的,一齐嚷道:"这个不是天子的父亲瞽叟么?"大家一看,正是瞽叟,他因为听说今日举行郊祀大典,又奏韶乐,非常歆羡,不给帝舜知道,乘夜私自坐车出城,杂在众多百姓之中入庙观看。如今归去,却被众百姓看出了。一个老百姓就说道:"圣天子的行事我项项都佩服,便是他的大孝我亦很佩服,不过他既然做了天子之后,对于他的父母,应该加上一个尊号,才是尊重父母之意。譬如今朝这样的大典,如果他父亲已有了一个尊号,那么在祭祀之中就可以派到一个职司,可以堂而皇之在里面观看,不会像我们百姓那样在堂下庙外挤挤望望了。况且他对于兄弟尚且封他一个诸侯做做,独有他的父亲仍旧是个庶人,未免太卑视他的父母了。我所不佩服的,就是这一点。"内中有一个老者道:"我想圣天子素来大孝,他的不加父母以尊号,必有一个理由,我们不知道罢了。"那人道:"我想有什么理由,无论如何,身为天子,父为匹夫,总是说不过去的。"

不提众多百姓一路议论纷纷,且说帝舜祀事既毕之后,在别室休息,大家以凤凰来仪之祯祥都归功于帝舜所作之箫,于是那个韶乐以后就叫作箫韶，亦叫韶箾。帝舜因为乐正夔制作有功，亦封他一个地方，就是现在四川省奉节县，从前叫夔州府，因乐正夔的封地而得名。后来帝舜又叫夔制造各种之乐，以赏赐有功的诸侯；又叫他做主宾客之官，以招待远人，这都是后话不提。

第一百四十六回

舜巡狩审乐　石户之农逃舜入海

舜三到会稽　舜到武夷山

盘瓠之结束　彭祖修道之法

且说帝舜定制,五载一巡狩。郊祀礼毕,转瞬新年,帝舜就预备出行。朝中之事自有大司空伯禹和百官主持。秩宗伯夷、乐正夔均随帝同行。到了动身的那一天,帝舜先到父母处去拜辞,计算路程,足有大半年的离别。帝舜看见父母的年纪大了,不胜依恋,然而既做了天子,为国为民,极为重要,岂能以私情而废公事。当下亦只能含忍着,辞了父母,一面嘱咐娥皇、女英及弟象、妹敤首等小心奉养伺候。娥皇等都答应了。帝舜行出南门,早有大司空率百姓在那里恭送,一切自不消说。

且说帝舜巡狩,照例是先到东岳的,所以径向东行,经过诸冯山、王屋山、濩泽、姚墟等地,都是从前桑梓钓游之地。缅想当年,忽忽已数十载,从前如此之艰苦,今日已如此之安乐,不禁感慨系之。到了泰山之后,东方诸侯毕集,帝舜率领了举行柴望大典。在柴望的时候,奏起箫韶之乐给诸侯观看,使他们知道帝德之盛。朝觐礼毕,帝舜吩咐东方两伯,各贡献东方之地所有的乐。那时第一个伯是八伯之长,号称阳伯,就将乐贡上来。乐正夔细细审定,知道他的舞是侏离,他的歌声比余谣,名叫晳阳。第二个是仪伯,又将乐贡上来。乐正夔细细审定,知道他的舞是馨哉,他的歌声可比大谣,名叫南阳。看官!要知道帝舜为什么要两伯贡乐,叫乐正夔去审定呢?原来古时候看得乐是很重要,审声可以知乐,审乐可以知政,一切民风民俗的美恶厚薄,从乐上都可以看得出,这就是贡乐的理由。

且说两伯之乐贡过之后,诸侯无事,逐渐散去。帝舜偶然记起他的老友石户之农,遂屏去舆从,独与伯夷步行往访。路径帝舜是熟悉的,不用寻访,到得石洞口,只见风景依然,不过旁边另添了两间茅屋,屋中有些妇女在那里操作,想来是他的邻人。那石户农的妻子正在洞外,向着太阳缝纫。帝舜虽则有三十多年不见,她的身材规模尚有一点认识,知道不误,遂上前躬身行礼道:"老嫂!多年不见,石户兄此刻在何处?"那石户农的妻子向帝舜仔细看了一看,才起身还一个礼,说道:"客官贵姓?我不认识你。"帝舜道:"某就是虞仲华,老嫂不认识了么?"石户农的妻子说道:"说起虞仲华先生,从前是有一个的,常来舍间谈谈,不过那是农夫,和客官的装束大不相同。不知道就是那个虞仲华,还是另外还有一个虞仲华?"说到此处,回头向洞中叫道:"儿呀!出来。"说声未了,只见洞中跑出一个赤足短衣的青年来,手中还拿着炊具,年纪约在三十左右,眉目很是清秀。石户农的妻就向他说道:"这个客官说是寻你父亲的,不知道有没有弄错,你领他到父亲田里去认一认吧。"那少年躬身答应,将炊具递与母亲,一面说道:"既然如此,请母亲进去照顾炊爨,儿去去就来。"那石户农妻放下缝纫,接了炊具,入洞而去。

那青年才转身向帝舜、伯夷二人行一个礼,说道:"家父在田间工作,二位请随某来。"说完,自向前行。帝舜等在后跟着,一面走,一面和他攀谈。哪知这少年学问极其渊博,议论也极超卓。帝舜暗想,这个真是家学渊源了。后来又想到自己的长子均,年纪与他相仿,实在不成材料。现在看了石户农之子,相形之下,真是令人又羡又愧。后来又想,人之贤愚,半由天赋,半亦由于教育。我历年来以身许国,政事之多,一日二日万几,没有可以教子的时候,实在也有点耽误他。从前先帝有丹朱的不肖,亦是犯着这个弊病,可见人生在世,这个政治生涯是干不得的,这个天子大位更是不可以担任的。后来又想到父母如此高年,风中残烛,我却抛撇了他们在外边乱走,定省之礼缺乏,犹其次之,万一有点意外,我之罪岂不大!我的悔哪可追呢!想到此地,万分不安,恨不得立刻将这天下让给他人,自己可以养亲教子。正在一路走一路想,忽听那石户农子说道:"二位且在此稍待,容某去通知家父来。"帝舜听了,猛然抬头,只见远处田间有一个农夫,举起锄头正在那里掘地,正是石户之农,不禁大喜,不等石户农子来邀,就和伯夷一同过去。到得田塍边,石户农子正在通报,帝舜已经举手高叫道:"石户兄!久违了。"石户农转眼一看,也说道:"原来是仲华兄,难得难得。"说着,便弃了锄头,过来相见,又与伯夷相见,问了姓名。石户向舜道:"听说仲华兄已贵为天子,到此地来做什么?"帝舜就将巡狩路过、思念故人、特地奉访之意说了一遍。石户农道:"承情承情,不过此地田间没有坐处,恐污了你的衣服,我们到上面去吧。"说着,就让舜等先走,自己在后面跟着。他的儿子携了锄头,又跟在后面。帝舜道:"从前弟在此相见的时候,兄尚未抱子,如今世兄已这样大了,而且英才岳岳,可羡之至。"石户农道:"乡野痴儿,承蒙垂誉,惭愧得很。"

正说时,路旁有一块大石,石户农道:"就在此坐坐吧。"当下大家坐下。石户农吩咐儿子先回去,然后与舜叙述旧情,倾谈了不少时候。后来帝舜渐渐劝石户农出仕,而且露出要以天下让给他的意思。石户农道:"出仕之后,果然能有益于百姓,那么我亦甚愿,即使天下让给我,我也愿受。不过这个出处,是人生之大节所在,一时不能答应,且待我细细忖度一番,三日之内给你回信如何?可以答应,此番就和你同去,如不能同去,请你亦不要夺我的志愿,预先说定。"帝舜道:"那个自然。"后来又谈了一时,日影早已过西,石户农道:"仲华兄为国为民,必定很忙,现在时候不早了,本待想和从前一样邀到舍间去午饭,不过贱妻脾气有点古怪,知道仲华兄做了天子,必定局促之极,所以不敢奉邀,两日后再见吧。"说着,立起身来告别。帝舜、伯夷看他上山,直到看不见,才找别路而回。

过了两日,帝舜和伯夷再到石洞访石户农,哪知邻人说道:"石户农前日归来,立刻督率妻子,将所有紧要的家具都收拾起来,次日天微明,夫负妻戴子驮,都下山去了。我们问他为什么缘故,他们不肯说;问他们到何处去,亦不肯说,真是怪事!"有一个妇人说道:"那石户农回来,到了他家里,夫妻谈天,我仿佛听见石户农说一句'卷卷乎后之为人,葆力之士也',下面的话就听不清楚。又听见他的妻说一句道:'这种人装作不认识最好。'下面的话又听不清楚了。不知他们究竟为什么事。恐怕就是二位前日来,有事要逼迫他,所以他们要逃呢。"帝舜听了,亦不分辩,暗想,石户农这句话正是骂我德行不足,他的妻子不认识我,原来是假的,亦真不愧为高人之妻。但是不答应亦不妨,前日明明约定在前,何必要逃呢?正在纳闷,伯夷在旁问那邻人道:"石户农在他处有亲戚么?"邻人道:"不听见说有。"伯夷又问道:"石户农曾离开此地到他处去过么?"邻人道:"亦不常有。只有一次,洪水平了,泰山东北面脚下听说发现一个什么古迹,有什么古人写的字,他们夫妻两个曾经到那里去看,过一个多月才回来,此外竟不大出门。"伯夷又问道:"那日石户农动身,诸位知道他们从哪一方面去的?"邻人指指道:"正是从这面东北去的。"伯夷听说,谢了那邻人,就向帝舜道:"依臣看来,石户农一定到那古迹地方去躲避了,帝何妨到那边去寻找呢。"帝舜道:"人各有志,他既然如此,即使寻到亦岂能相强?况且未见得能寻到呢。"伯夷道:"如果寻到,可以将不强迫之意表明,使他可安于故居。倘寻不到,顺便访访那古迹亦是好的。"

帝舜听了颇以为然,于是回到行宫,带了从人,径向泰山东北麓而来。先访问古迹,果然一访就着,原来那古迹在一个石室之中(现在山东寿光市东北),有二十八个大字,刻在石壁上。洪水之时为水所浸没,所以大家不知道,水退之后,才发现出来。帝舜和伯夷、夔进去一看,读它的文义,大约是仓颉氏所刻,的确可贵,遂吩咐当地之官吏,加以保护。后来此地土人就叫它藏书室。到了周朝,文字改变,那石壁上文字竟无人识得。孔夫子听见了,亦曾经去访过,所以又叫孔子问经石室,通常总叫仓颉石室。到了秦朝,李斯识出了"上天作命皇辟迭王"八个字。到得汉朝,叔孙通又说识出了十三个字,究竟错不错亦不知道,这是后话,不提。

且说帝舜访过石室之后,就访问石户农踪迹。果然据土人说,三日之前,有两个老夫妇和一个壮年男子,搬着家具,由此地经过,往东北浮海去了。帝舜听了,怅怅不已,只得起身,带了众人径向南方而行。这时不过二月下旬,帝舜暗想,此刻到南岳为时尚早,我从前和苗山朋友有约,假使巡狩有便,去望他们的,现在何妨绕道去望他们一望呢。想罢,就吩咐众人,先向苗山而来,一路无甚可记。

到了苗山,那些老朋友如西溪叔叔、东邻伯伯等人一番热烈欢迎,自不消说,但是究竟因为贵贱悬殊,名分隔绝了,言谈之间不免受多少的拘束,不能如从前那样的爽利。住了五日,帝舜要动身,他们亦不敢强留。临行时,东邻伯伯拿出两个橘子、两个柚子来,献与帝舜道:"这是出在闽海里的东西,在帝看来,或者不稀奇,见得多呢,但是在我们却很难得。去年有几个朋友从闽海中回来,送我每种十个。我每种吃了一个,家里的人又分吃了几个,剩下这几个舍不得吃,虽则有点干,幸喜还没有烂,恰好敬献与帝,以表示我们百姓的一点穷心。"帝舜道:"那么你留着自吃吧,何必送我,我现在正要到那边去呢。"东邻伯伯哪里肯依,帝舜只得收了,别了众人上路。伯夷问道:"如今往南岳去么?"帝舜道:"现在时候还早,朕闻瓯闽二处之地本来都在海中,自伯禹治水之后,渐渐成为陆地,与大陆相接,所以橘柚这种果品渐渐输到内地,想系交通便利之故。朕拟前往一游,以考察那沧海为陆的情形。"说罢,就命众人再向南行。

越过无数山岭,到了缙云山,便是从前帝尧在此劝导百姓之地。从前前面尽是大海,此刻已经成为陆地,只有中间蜿蜿蜒蜒的几条大水(就是现在浙江南部瓯江的上源)。帝舜等再向南行,已到瓯闽交界之处,但见万山重叠,枫树极多,所有人民,服式诡异,言语侏僬,出入于山岭之中,行步矫捷,往来如飞。帝舜要考察他们是什么人种,便叫侍卫去领他们几个来问问。哪知这些人民看见侍卫走到,都纷纷向山中逃去,好不容易才找到一个,领来见帝。这时正当初夏,南方天气炎热,那人又是裸着上体,帝舜未及和他谈话,只觉他两腋下狐臭之气阵阵触鼻,非常难闻,只得忍住了,问他道:"你是什么人的子孙?"那人摇摇头,不懂。帝舜又问道:"你的老祖宗是谁?"那人又摇摇头,嘴里叽哩咕噜说了好些话,帝舜亦不懂,只可听他自去。

过了一日,帝舜正在前行,忽然遇到十几个商人,却是中原人。

帝舜就问他们,那些土人的历史可曾知道。那些商人对道:"说来很奇怪,小人们往来瓯闽等地,和他们做交易,懂他们的话,据他们自己说是盘瓠的子孙,但不知道盘瓠是什么人。他们在岁时祭祀的时候,所供奉的画像就是盘瓠。据他们说,他们拿盘瓠做祖宗和我们以盘古为祖宗是一样的,盘瓠就是盘古呢。据他们说,盘瓠晚年出猎,坠崖而死,他们子孙用了极隆重的仪节将他葬在龙凤山,坟墓甚大,据说周围可三百里。龙凤山据说在南海地方。"帝舜听了,恍然大悟,也不再问。那些商人辞别而去。帝舜向伯夷和夔道:"原来高辛氏时候的那个盘瓠有这许多繁衍的子孙,竟想不到。"伯夷道:"臣听说那盘瓠之子一部分在衡山之西,一部分在苗山东南的海中。如今沧海为陆,或者此山之土人就是犬封氏之后呢。"帝舜道:"大约如此。但是自此以西都是南山(现在的南岭,古时通称南山),峰岭相接。爬山越岭,到处移殖,亦是他们的长技,或者是从西方迁来亦未可知。"

君臣讨论了一会,翻过山岭,便是闽境。只见那东南一带山岭之中,沮洳颇多,其水质尚带卤性,想见沧海为陆,时间尚属不久。西南一带,山势嵯峨,风景甚佳,帝舜便到西南山中望望。但见一道泉流从山中下来,汩汩奔腾,极可赏玩,帝舜等就沿了那泉流而上。每过一个曲折,风景一变,接连过了八个曲折,地势愈高,风景愈美。帝舜君臣都觉有趣,都想直穷其源。

到了第九个曲折处,忽然见有两间茅屋,掩映在修竹之中。乐正夔道:"我们从山下来,一路并无人迹,此处忽有茅屋,想来不是野人,必是隐君子了。"帝舜亦以为然,遂一同过去,渐渐闻得丝竹之声。帝舜道:"一定是隐君子。"说罢,走到茅屋之前,只见里面坐着两个少年,年纪都不过二十左右,面如傅粉,唇若涂朱,颇觉美秀。一个在那里鼓瑟,一个在那里吹竽,见帝舜等走来,就抛了乐器,站起来问道:"诸位长者,从何处来?"帝舜道:"请问二位,贵姓大名?为何在此荒凉寂寞之区?"一少年答道:"某等姓彭,某名叫武,这是舍弟,名叫夷,志愿求仙,所以来此。空谷之中无足音久矣,不想今日遇见诸位,请问诸位长者贵姓大名?来此何事?"当下伯夷就一一告诉了。武夷二人慌忙伏地,稽首行礼道:"原来是圣天子,适才失礼,请恕罪。"帝舜亦还礼答道:"公等是世外之人,何必拘此世俗礼节呢?"彭武道:"不是如此,臣父与圣天子从前是同朝之臣,所以论到名分,圣天子是君主;便是论到世谊,圣天子亦是父执。在君主之前、父执之前,岂可失礼!"帝舜忙问:"尊大人何名?"彭武道:"上一字篯,下一字铿,在先帝的时候受封于彭,所以臣兄弟就以彭为姓。"帝舜道:"原来如此,尊大人久不在朝了,现在何处?"彭夷道:"家父虽受封于彭,但志不在富贵而在长生,因此到国不久,就舍去了,到处云游,访求道术。起初因为淮水之南出产云母,所以在淮水之滨住了多年。(现在安徽凤阳县东南四十里云母山,即彭祖采药之处。)后来在南面又发现一个石洞,在那洞里又住了多年。(现在安徽含山县南八十里,白石山下有洞,洞口初极狭,俯偻而入,约十步,乃渐高广,莫知远近。又有二石龙,鳞甲皆具,又有石钟乳,常有石燕飞集。此洞一名彭祖石室。)如今到梁州去了。"帝舜道:"那么二位应该随侍前往,何以抛却严父,独在此地?"彭武道:"家父子孙众多,不必某兄弟伺候。就是某兄弟得便亦常往省视,亦并非弃而不顾。"帝舜道:"此刻尊大人究住在梁州何处?有何人随侍?"彭夷道:"住在岷江中流一座山上,那山有两峰如阙,相去四十余步,家父看那个形势好,就此住下。因为家父所居,就将那山取名叫天彭山,那两峰之间叫彭门(现在四川都江堰市)。到那边一问,无人不知道的。现在随侍之人除众兄弟多人外,尚有一个女孙,系某等长兄之女,对于长生之术极有研究，家父最所钟爱，是以各处随着家父云游，从不相离。"（现在四川眉山县彭山区有彭女山，是彭祖女孙随祖修炼得道之处。山上有礼拜石，有彭女五体肘膝拜痕及衣髻之迹，深有数寸。）

帝舜听了，不觉悠然遐想，原来这时已动飞升的念头了。当下就问彭武兄弟道："朕与尊大人虽同朝日久，但因勤劳国事之故，刻无暇暑，而尊大人又性喜寂静，往往杜门不出，所以聚首畅谈的时候很少。偶然遇到，所谈者亦无非国家治术、民生利病而已。朕那时对于神仙长生之术亦绝不注意，所以一向未曾谈起。现在听二位世兄说起来，尊大人修炼方法竟是从服云母入手。从前朕有一个朋友叫方回，亦是服食云母的。但是朕问他服食的方法，他说朕将来总须为国为民做一番事业，不应该和山野人一样着这个长生的迷，所以决不肯明白告朕。此刻此人已不知何处去了。现在尊大人服食云母之法，世兄可知道么？"彭武道："向承家父指示，并与方先生服食方法相比较，亦略略知道一二。大概方先生服食云母的方法，是用云母粉五升，煎起来，等到它要干了，再加松脂三升，和它相拌，又加崖蜜三升，合并蒸起来，从早晨直到晚上，不管天冷天热，它都会凝结。凝结之后，搓成弹子大，每日三服。服后别项东西都不能吃，但可饮水，或服大枣七枚，这就是方先生的方法了。家父服食方法，是用赤松子的古方，用云母三斤、硝石一斤，先用顶好的醇酒将云母渍起来，三日之后，细细打破，放在竹筒中，再将硝石一并放进去，再用一升半最好的醇酒放进去，放在火上煎之，一面用筷不住地乱搅。过了多时，凝结如膏，然后拿出来，放在板上，半日，待它冷却，再碎成细粉。每日平旦，用井华水服之，七日服一次。百日之后，三尸虫俱下，其黑如泥，将这个粪用竹筒盛起，拿到冢上去埋葬，那就是有效的第一步了。不过这个时候三尸虫既去,不免起一种反感,就是人身精神总觉惆怅不乐,忽忽如有所失。但是这个关头最为要紧,假使因此将云母停止服食,那就所谓功亏一篑了。倘再坚忍,照服下去,一月之后,精神便可以恢复,身体转觉轻健。二百日之后,转老为少,颜色仿佛如童子。家父服云母粉的方法及效验如此。"

帝舜道:"三尸虫究竟是个什么东西?"彭夷道:"三尸虫名虽是虫,实则是个通灵的东西,所以亦称三尸神,自人有生以来,即潜住在人体之中,专为人患,不为人利,人的容易老,大半是他的缘故。原来三尸神的心理,专以使人夭死或得祸为快乐,所以他们的害人不但耗减人的精神气血而已,就是寻常做了种种过失或罪孽之事,他们亦会跑到天上去奏知上帝,请求降罚,岂不是有害于人,无利于人的东西!"帝舜听了,更是骇然,忙问道:"他们既然会得直上天庭,奏知上帝,那么竟不是虫,一定是神了?"彭夷道:"是呀,他们都有名有姓呢。"帝舜更诧异,忙问道:"姓名叫什么?"彭武道:"他们兄弟姊妹共有六个,但是男女分处。男的三个住男子身上,女的三个住女子身上,都是姓彭,与某兄弟同姓。男的三个,一个叫倨,一个叫质,一个叫矫。女的三个,一个叫青姑,一个叫白姑,一个叫血姑。"帝舜道:"他们住在人身中什么地方?"彭武道:"上尸住头中,中尸住腹中,下尸住足中。但有时亦共居于腹中。有时上尸居脑中,中尸居明堂,下尸居腹胃,亦不一定。"

帝舜道:"他们既然居住在人之身体中,应该扶助人的生长,那么他们亦可以久居。假使人的身体坏了,岂不是失了巢穴,于他们有什么利益呢?"彭夷道:"有缘故的,原来他们以人的身体为食物,平日住人体中,食人之精神气血,总嫌不足。到人死了,他们就是尸虫,可以大嚼人之遗体,岂不爽快!因为这个缘故,所以利人之死了。但是人虽已死,他们却有神通,能够飞到新生的人之身中去,因此他们的巢穴永不患没有。所以修炼长生的人总以斩除三尸为第一要务。"帝舜道:"他们上天报告过恶,是日日去的么?"彭武道:"不是,他们六十日去一次,去的这日一定是庚申日。所以修道的人逢到庚申日,往往一日一夜不睡,使他们不能出去,名叫守庚申。守过三个庚申,三尸伏;守过七个庚申,三尸灭。但是守庚申之法究竟不是个根本解决之法,因为三尸虫虽灭,他的遗质仍然留在人体中,难保不有复活之一日,所以不如用药将他们打下,而且将他埋葬,可以使他不致复活,永斩根株,而云母粉之功效最为明显了。"帝舜道:"他们一定要庚申日出去,是什么缘故?"彭武道:"庚申日是个尸鬼竞乱,精神蹂秽的日子,所以他们乘此出去。修炼的人遇到这一日,沐浴清斋,彻日彻夜,自己警备,屏除一切可欲之事,以免为尸鬼所扰乱。便是自己夫妻,不但不同席,而且不交言,不会面。因为六十花甲,到此已将尽了,又逢着庚金申金,克伐过甚,接着第二日又是辛酉,正是剥极的时候。庚申日的夜间尤为重要,所以要守住。"帝舜道:"三尸虫在日间不会出去么?"彭夷道:"三尸神出去总是乘人熟睡之时,因为三尸虫是附着在神魂上的,人当醒时,神魂凝固,他不能出去。但是这个人假使为酒色所迷,为货利所困,或者为各种嗜欲所中,那么虽则不睡,亦终日昏昏,神不守舍,与睡梦无异,那三尸虫亦能出去。"

　　帝舜听到这许多道家的话,真是闻所未闻。当下又谈了些神仙之事和服食导引的方法。彭武兄弟虽则年轻初学,但究竟是彭祖的嫡传,所以帝舜得到的益处不少。这日就在山上住宿,次日方才下山。后人将这座山取名武夷山,就因为彭氏兄弟隐居于此的缘故。

第一百四十七回

舜遇元秀真人　　舜南巡奏韶乐
善卷逃舜入深山　　北人无择逃舜,自投清泠之渊
舜让天下于子州支父

且说帝舜别了彭武、彭夷兄弟,随即下山,只见那山岩石罅之中时有粗劣陶器之类散布着,又见有独木舟横塞在断崖之上,沧桑为陆的证据的确明显。于是径向西行,越过几重山,早到彭蠡大泽南岸。只见有许多百姓,扶老携幼向西北而来。帝舜忙问他们何事。百姓道:"此去西北一座山上,来了一位神仙,极其灵验,我们刚才去朝拜而来。"帝舜道:"这神仙叫什么名字?从何处来的?"百姓道:"他的道号叫元秀真人,从何处来却不知道。"帝舜道:"那么朕亦便道去访访他看。"说罢,便叫从人依着百姓所指之路而去。

过了一日,到得一座山,风景非常幽秀,问山下的居民,他们都说道:"元秀真人正在山上呢。"(现在江西高安县西北之华林山。)帝舜正要上山,只听得山上一派音乐之声,远远见许多羽士,衣冠整齐,向山下而来。帝舜盼咐从人将车避往一旁,且不前进,看他们下来做什么。不一时,那些羽士渐渐行近,有些执乐器,有些提香炉,中间簇拥着一个少年,星冠霓裳,眉目秀美,神气不凡。看看相近,那些羽士即站立两旁,少年翔步而前,向帝舜拱手道:"圣天

子驾到,迎候来迟,有罪有罪。"帝舜听了,深为诧异,慌忙下车还礼,问道:"上仙可是元秀真人?何以知某来此?"那元秀真人道:"此处立谈不便,请山上坐吧。"于是众人一齐上山,仍旧由乐人拥护着。到了半山,只见一片平坦地上造着一间广厦,门外一个坛,竹木花草,布置得极其幽雅,而房屋仿佛已是老旧。

元秀真人邀帝舜、伯夷、夔等到后面一间精室中坐下,帝舜便问道:"上仙住在此地,已长久了么?"元秀真人道:"某浪迹萍踪,居无定处,去岁偶然过此,爱其幽静,且此屋系浮邱公隐居的故宅,所以暂住的。"帝舜道:"那么上仙栖鹤宝山究在何处?"元秀真人道:"向在昆仑山,世俗所称为西王母的就是家母。"帝舜听了,非常起敬,便道:"原来上仙就是西王母之子,真失敬了。云华夫人是令姊么?"元秀真人道:"是舍妹。某等兄弟姊妹各自排行,舍妹瑶姬在姊妹中行第二十二,某于兄弟中行第九。"帝舜道:"令慈大人和令妹,这次替世间治平水土,功在万世,真可感激。"元秀真人道:"这也是天意,家母和舍妹不过代行天意,何功之有?所惭愧的,某忝为男子,如此大事,当时竟不能前来稍效微劳,殊觉歉然。"帝舜道:"想系另有公务。"元秀真人道:"并非另有公务,不过厌恶尘嚣耳。此次果然与圣天子相遇,亦是前缘。"帝舜又问起西王母,元秀真人道:"家母极想来拜谒圣天子,只是不得机会。大约三年之后,一定来拜谒了。"帝舜连声道:"不敢不敢。"后来大家又闲谈了一阵,元秀真人劝帝舜最好不要到北岳去,即使要去,亦不宜久留。帝舜忙问何故,元秀真人道:"北方幽阴之地,今年天气又未必佳,所以能不去最佳。"帝舜听了,不禁踌躇起来,暗想天气不佳,何至于不可前往,莫非有什么危险么?待要细问,料想他未必肯明说,且到那时再看吧。当下帝舜又请教元秀真人服食导引及脱胎换骨之法,元秀真人详细说了一番,帝舜得益又不少。时已不早,遂与伯夷、夔起身兴辞。元秀真人仍用音乐亲送至山下,方才回转。

帝舜径向南岳而来。这时已是五月初旬,诸侯到者已有多国。柴望既毕,朝觐之时,帝舜问起三苗遗民的情形,才知道他们沾染恶习已深,一时未能改变,不胜太息,就叫各诸侯须用心地化导他们,一面又问起从前玄都氏的遗民现在如何。众诸侯道:"玄都氏遗民受三苗民众之压迫,颇觉可怜,现在散居各处,人数尚很多。"帝舜道:"玄都氏亦是古时的大国,颇有历史上的位置。只为他末代的君主有谋臣而不用,唯龟筮之是从,忠臣无禄,神巫用事,遂致亡国。现在已经数百年了,既然他的遗民受苗民之压迫,可怜如此,朕拟再封他一个国土。兴灭继绝,本来是圣王的德政。汝等朝觐既毕,归国之后,可分头细查,假使他们遗民之中有才德可取、众望所归之人,会同奏闻,朕将加以封号,令其复建国号。"众诸侯听了,唯唯答应。

礼节既完,照例由两伯贡乐。夏伯所贡之乐,其舞叫漫彧,其歌声比中谣,名叫初虑。羲伯所贡之乐,其舞叫将阳,其乐声比大谣,名叫朱干。贡乐既毕,乐正夔细细考证过了。一日,帝舜又大会诸侯,奏韶乐给他们听。(现在湖南湘潭市西八十里有韶山,相传即帝舜南巡奏韶乐之地。)众诸侯听了,无不佩服,欢欣而去。

帝舜又向南行,先到有庳,考察一回政治。象那时不在国中,帝舜亦不多逗留。再越过苍梧山,看见那盘瓠之子孙熙来攘往,不计其数。帝舜见他们犷悍野蛮,想用音乐去感化他们。时值五月之末,天气酷暑,就在此暂住,有时与夔讨论音乐,弹弹琴,有时令乐工奏一会韶乐,给人民观看。那盘瓠的子孙亦在其中,听了韶乐之后,果然似乎有点感动,帝舜大喜。(现在广东曲江县东北八十里,有韶石,相传舜南巡奏乐于此。上有双阙、球门、凤阁等名,故旧称韶州府,一名虞城。又有鸣弦峰,在英德市南山之背。又有皇冈岭、皇潭,皆以舜南巡时游迹所至得名。)

过了两日,转向西北而行。一日,到了一处,忽然随从之人都昏昏欲睡,就是帝舜等亦各有倦意。帝舜料到必有奇异,忙叫从人快向后退,但是有许多人已睡倒在地,呼呼作鼾,接着那俯下去挽扶的人亦都睡倒了。帝舜大惊,忙传令且慢去扶睡倒之人,先寻土人来问问,是否受了山岚瘴气之故。从人答应,寻了两个土人来。土人说道:"这是看见睡草了。"帝舜道:"怎样叫睡草?"土人道:"此地山上出一种草,假使闻着它的气,便昏昏欲睡;假使看见了这草,便倦极睡倒,所以叫睡草,一名醉草,又叫懒妇箴。大概诸位必是看见了这草之故。"帝舜道:"睡草形状如何?"土人道:"我们只听见如此说,从不敢去看它,所以形状如何亦不知道。"帝舜道:"那睡倒之人有危险么?"土人道:"不妨事,等三日,他自醒了。"

帝舜没法,只得叫从人暂且停住,以待他们之醒,自己带了伯夷等另向他处游玩。忽然一阵风来,香气扑鼻,细看前面一带,弥望尽是桂树。因问土人道:"此间桂树都是六月开花的么?"土人道是。伯夷道:"这种桂树有什么用处?"土人道:"用处多呢,最大的是取作栋梁或楹柱,风来之后,满室生香。年代最古的桂树,它的皮可以做药料,年代不久的也可以供香料之用。它此刻开花,到十月才结子,桂子、桂花、桂叶都可以榨油,以供饮食之用,其味甚佳。"说到此句,又说道:"难得圣天子到此,小人等无以为敬,请圣天子稍待,我们去拿些来奉献吧。"帝舜慌忙辞谢。那土人道:"据父老说,几十年前,洪水未起的时候,先朝圣天子巡狩,曾经到过此地,后来从没有天子来过。现在难得圣天子又来,真是我们小百姓的幸福,区区一点桂油值得什么呢。"说罢,已飞驰而去。隔了一会,每人手中各提着四瓶桂油而来,一定要帝舜收下。帝舜无法,只得以币帛为酬,那两土人均欢欣鼓舞而去。

　　帝舜向伯夷等道:"先帝南巡,遭三苗之祸,朕以为仅到荆州,不想竟至此处,土人传说想来是不错的。先帝德泽在人,至今民犹称颂,不可不留一纪念。好在这几日须等那些熟睡之人,不能上路,正好作此事。"伯夷等都道不错,于是帝舜立即叫从人伐木垒石,草创一间房屋,屋中立一块帝尧的神位。那时睡熟之人早已醒了,帝舜即率领众人恭行祭祀。那些土人听说天子在此为帝尧设庙设祭,都来帮忙并观看。帝舜祭过之后,他们亦都上去向神位叩拜。(现在广西桂林市东有尧庙。)等到帝舜等去后,他们又索性将这房屋扩大起来,春秋祭祀,并且另拨出十几亩祠田,以为经常费之用,取名叫天子田。这亦可见帝尧之德能令百姓没世不忘了,闲话不提。

　　且说帝舜在岭表逗留很久,那时南方交趾等国的君主听见了,都纷纷前来参见,或遣代表请求内附。帝舜一一加以抚慰,大家都满意而去。祠过帝尧之后,帝舜见交趾等回既已抚慰,深恐南方气候物类与中土人不宜,遂还辕而北,到了沅水流域,这条路亦是从前帝尧所走过的。帝舜闻知此处有两座山,是黄帝藏书之所(大小酉山,均在湖南沅陵县境),不知洪水之后,有无损坏,打算便道前去探访,于是顺着沅水而下。到处遇见的都是盘瓠的子孙,原来此地离盘瓠石室已不远。帝舜想去看看那石室,不料已走过了头。一日,遇见几个盘瓠子孙,和他们谈谈,颇有礼貌,而且能识中国字,不禁诧异。仔细盘问,才知道是一个姓善的老先生教的,暗想,这姓善的老先生不要就是善卷么!当下就问善老先生住在什么地方。那盘瓠子孙道:"就在前面山上石穴中。"帝舜大喜,就叫盘瓠

— 1358 —

子孙领道,率同众人,径向前山而来。

刚到山麓,只见一个老者,白须飘飘,拄着杖,正在那里饱看山色。盘瓠子孙便指给帝舜看道:"善老先生在此地呢。"帝舜急忙上前,向之施礼。善卷丢了杖,亦忙还礼,一面问道:"诸位是何处公侯?莫非就是当今天子么?"当下伯夷上前介绍。善卷忙向帝舜拱手道:"圣天子驾临,山林生色矣。"帝舜极道仰慕之意,善卷随意谦逊两句,便说道:"帝驾既临,且到寒舍小坐如何?"说罢,拾起杖,拄了先行。帝舜等跟着,转过山坡,崖下已露出一个石穴,穴外有大石十余块,善卷就请帝舜君臣在石上坐下,并说道:"穴内黑暗,不如在此吧。"帝舜道:"老先生从前遇见先帝的时候,所居似不在此处。"善卷道:"是呀,从前老夫住在这条沅水下流,崇山相近。后来受三苗氏之压迫,挈家远遁海滨,居住多年。洪水平后,三苗远窜,老夫仍归故里。数年以来,无可消遣,忽然想起黄帝轩辕氏曾有书籍数千册藏在此山。老夫耄矣,还想借秉烛之光,稍稍增进点学问,因此又住到这里来。"帝舜道:"某此来亦想访求黄帝遗书,不想就在此地。"善卷道:"此地名叫小酉山,藏书不多,大酉山在此地东南十里,所藏非常之富,可惜现在已是零落无几了。"帝舜忙问何以零落,善卷叹口气道:"三苗之政,是今而非古,凡是中国的古法,他们都认为是废物,不合时宜的,所以对于那些藏书自然不去注意,不去保护了。那些人民又失于教育,不知公德,来此看书的人,名曰研究古籍,实则形同窃盗,自然逐渐化为乌有。后来三苗既亡,那些盘瓠的子孙又繁衍到此地来。他们更不知古书为何物,拿去劈柴、烧火,任意糟蹋,因此黄帝所藏竟是无几了。"

帝舜君臣听了,均连连叹息。善卷又道:"幸亏此山较为偏僻,尚多留存。老夫到此之后,遇见人民来此观书的,都以'公德'

二字和他们细讲。对那盘瓠子孙,更和他们说明古书之可宝,不可毁弃,又教他们识字,以便读书,近来居然好得多。"帝舜道:"老先生盛德感人,在先帝时已经著闻,如今又复如此,真可佩服。"善卷道:"区区之力,何足称道!不过老夫的意思,穷而在下,亦不能肥遁自甘,抱独善其身之宗旨。觉世牖民,遇有可以尽我绵力的地方,必须尽的。"帝舜听了,益发敬佩。又谈了一会,帝舜便要将天下让给善卷。善卷笑道:"从前唐尧氏有天下的时候,不教而民从之,不赏而民劝之。现在帝盛为衣裳之服,以炫民目;繁调五音之声,以乱民耳;丕作皇韶之乐,以愚民心;天下之乱,从此起矣。老夫立于宇宙之间,冬衣皮毛,夏衣绨葛,春耕种,秋收敛,逍遥于天地之间,而心意自得,吾何以天下为哉!请帝不要提起这话了。"帝舜被他抢白一顿,不觉惭愧,但见他说得真切,也不再言。当下就和善卷到石穴中翻阅了一会书籍,时已不早,告辞而行。善卷送到山下,待帝舜行后,深恐他再来纠缠,遂弃了小酉山的石穴,向南方乱山之中而去,不知其所终。现在湖南辰溪县西南有善卷墓,想来他死于此处,就葬于此处,这是后话不提。

且说帝舜别了善卷,径向北行,沿云梦大泽的西岸,逾过桐柏山,这时已是孟秋时候。一日,正行之际,路上遇着一个担物的老者,觉得非常面善,一时却想不起是何人。那老者低着头,从帝舜车旁挨过,既不行敬礼,连正眼儿也不看一看,大家都觉得有点古怪。隔了一会,帝舜忽然想起,说道:"这个是北人无择呀!"忙叫停车,先叫从人去赶,然后自己下车,急急地走过去。那时北人无择已被从人止住,正在相持。帝舜见了,忙拱手为礼道:"北人兄!多年不见了,刚才几乎失之交臂,你一向好么?现在在何处?"北人无择道:"一向亦安善,无所事事,不过如从前一样,东奔西跑而已。"帝舜道:"弟这几十年来,常遣人各处寻访,总无消息,今日诚为幸遇。"北人无择道："你寻访我为什么？"帝舜道："弟自摄政以后,极希望天下的贤才都登进在朝,相助为理。如今躬履大位,更觉得力不胜任。吾兄之才德胜弟十倍,如肯为民出山,弟情愿以大位相让,这是弟真诚之言,请吾兄……"

帝舜刚说到此处,不料那北人无择已经勃然变色,厉声地说道："怪极了！你这个人,本来好好在畎亩之中,不知如何一来,势利之心萌动,忽而跑到帝尧门下做官去了。既然如此,你尽管做你的官,做你的天子,贪你的势利罢了,何以还不知足,又要拿这种污辱的行为来污辱我？我实在羞见你这个人！"说着,气愤愤地抛了担物,转身就跑。帝舜给他一顿大骂,惶窘之至,正要想用别话来解释,忽见他急急跑去,慌忙上前追赶,嘴里连叫道："北人兄！北人兄！不要生气,请转来,我还有话说。"那北人无择犹如不听见一般,仍旧疾走。帝舜从者看见帝舜且叫且赶,当然大家一拥上前去赶,看看赶近。北人无择回头一看,叫声"不好",路旁适值有一个大渊,便向渊中耸身一跃,登时浪花四溅,深入渊中。帝舜从人等出其不意,大吃一惊,慌忙奋身入水,七手八脚来救,好容易寻着,抬到岸上,哪知大腹便便,吃水过多,业已气绝身死。

这时帝舜、伯夷等均已赶到,见到这个情形,不由得不抚尸大恸。然而事已至此,无可如何,只得买棺为之盛殓,并为之营葬。遇到土人一问,才知道这个渊名叫清泠之渊。后人议论这北人无择,有的称赞他的清高,有的说他过于矫激,纷纷不一。但是仁者见仁,智者见智,各有各的主见。依在下看来,甘于贫贱,宁死不愿富贵,这种人正是世俗的好针砭。假使中国有些人能知道此义,何至于争权夺利、使人民涂炭呢？闲话不提。

且说帝舜自北人无择死后,心中大为不乐,暗想,我此番巡狩,为时不过半载,倒对不起两个朋友。石户之农被我逼得不知去向,北人无择竟活活地被我逼死,我实在太对不起朋友了。想到此际,懊丧万分,于是一无情绪,急急来到华山。那华山诸侯柏成子高与帝舜最相契,在帝尧时代,帝舜摄政巡狩,封了华山,总和他相往还的。这次柏成子高前来迎接,依旧到他宫中去小住。哪知先有一个客在座,柏成子高介绍他和帝舜相见,原来就是帝尧的老师子州支父。帝舜看他年纪已在百岁以外,却生得童颜鹤发,道气盎然,足见他修养之深。当下帝舜就问他一向在何处。子州支父道:"麋鹿之性,喜在山林,叨遇盛世,不忧饥寒,随处皆安,并无定所。柏成君是个有道之士,偶然经过,便来相访,亦无目的也。"帝舜道:"先生道德渊深,是先帝之师,某幸睹芝颜,光荣之至。某闻当时先帝初次与先生相遇,系在尹老师家。某受尹老师教诲之恩,时刻不忘,奈到处寻访,总无踪迹,怅念之至。先生必知其详,尚乞明示。"子州支父笑道:"尹先生是个变化不测之上仙,存心济世,偶尔游戏人间,所以他的名号亦甚多,忽而叫无化子,忽而叫郁华子,忽而叫大人子,忽而叫广寿子,忽而又叫力牧子,忽而又叫随应子,忽而又叫玄阳子,忽而又叫务成子,上次看见又叫尹寿子,随时更变,亦随地更变,某亦记不得这许多。此刻大约总仍在人间,但是叫什么名号,不得而知了。"

帝舜听了,才知道尹寿就是务成老师的化身,前时当面错过,真正可惜。当下又向子州支父道:"尹老师是真仙,所以学问如此之渊博,经纶如此之宽裕。但先生和尹老师是朋友,那么学问经纶一定不下于尹老师了。况且又是先帝的老师,某不揣冒昧,意欲拜请先生出山,主持大政,某情愿以位相让,请先生以天下民生为重,勿要谦让。"子州支父听了,又笑道:"这事却亦很好,不过从前先帝让位于某的时候,某适有幽忧之疾,治之未暇,因此不能承受。

如今数十年来,幽忧之疾如故,正在此调治,仍旧无暇治天下,请圣天子原谅吧。"帝舜还要再让,柏成子高在旁说道:"子州君决不肯受的,帝可无须再客气了。"帝舜听了,只好作罢。又谈一会别事,子州支父告辞而出,从此亦不知其所终。

第一百四十八回

舜西教六戎　舜北巡狩,恒山飞石
瞽叟夫妇逝世　西王母来朝

过了两日,西方诸侯已群到华山,帝舜就举行柴望大典,率诸侯恪恭将事,然后觐见诸侯,问他们政治的得失和民间的疾苦,这亦是照例之事。有一个析支国诸侯奏道:"臣的国境逼近西戎,他们政治既不讲求,风气又极犷悍,干戈日寻,互相吞并,不特人民遭殃,且恐将来为国家之大患。臣土地褊小,无能有为,请帝察夺。"帝舜道:"他们共有几国?"析支国君道:"从前不下十余国,现在共存六国,均以种类为结合。一种叫徯夷,一种叫依猶,一种叫织皮,一种叫耆羌,一种叫鼻息,一种叫天刚。"帝舜道:"待遇远人,总以教化为先。朕当遣人前往教导劝化,或者可以革其恶俗。且待朕回京之后,与百官详细讨论,再设法吧。"

朝觐之礼既毕,照例两伯贡乐。秋伯贡的乐,其舞叫蔡俶,他的歌声比小谣,名叫苓落。和伯贡的乐,他的舞叫玄鹤,他的歌声比中谣,名叫归来。乐正夔照例审定一番。诸侯纷纷归去,帝舜亦渡过大河,回到蒲坂,急急地先去省视二亲。原来已有半年多不见了,相见之下,倍形依恋。帝舜就将这次巡狩所经历的事情和二亲谈谈。到了晚间,帝舜侍膳,觅瞽叟食量增加,觉得古怪。后来私下问敤首,敤首道:"父亲自夏天以来,身体甚健,饮食因而增多,又欢喜到外面去走走。我和三哥说,照这样子,父亲要活到二百岁呢。"帝舜道:"父亲能如此,固然甚好,但我看究竟是高年的人,饮食一切总以小心为是。我不在家,妹妹,总要你设法劝谏,不可使父亲多吃,宁可多吃两次,倒不妨事。就是母亲欢喜吃肥浓,亦非所宜。我在这里,总常劝劝,我出门之后,三哥于卫生之道不甚讲求,两个嫂子又不善措辞,全在吾妹留意。"敤首唯唯称是。过了几日,帝舜将教导六戎的方法与群臣商议妥帖,又选派几个干练明达之士,叫他们前去宣抚教导。那些西戎果然从此安静了,这是后话不提。

且说帝舜回都一月有余,到了孟冬上旬,又拜辞父母,率领了伯夷、夔等,径出北门,到朔方去巡狩,目的地是恒山。这时正值小阳春天气,一轮红日照得非常之热,竟有初夏光景,帝舜等在路上颇觉烦渴。哪知行近太原,天气骤变,朔风凛冽,削面吹来。又走了两日,飘飘荡荡地降下一天大雪,帝舜等依旧冒雪冲寒前进。哪知一路过去,山愈多,雪愈大,路愈难走,前行马足屡次失陷,车轮更难推动。但是仰望天空,雪仍旧是一团一块地飘舞下来。帝舜至此,进退两难。伯夷道:"前在彭蠡,那元秀真人说北岳不可去,这话可是应了。"帝舜道:"此地是大茂谷,去恒山已不远,再等他几日吧。"伯夷道:"依臣看来,即使此时雪止了,如此严寒,一时决不会融化,那么仍不能前进,等亦无益,不如归去吧。祭岳之典,通告诸侯改期举行,亦未始不可。"帝舜道:"这个未免太失信于诸侯了。况且此刻北方诸侯来者已不少,所不到者,只有恒山以东的诸侯。那些已到之诸侯,经过如许行路艰难,无端忽叫他们归去,下次再来,使他们多一次跋涉,于情理上亦说不过去。"乐正夔道:"依臣的意思,不如在此向着北岳遥遥致祭。已到此地的诸侯,随同举行朝觐审乐之典,其余阻雪不能来者,俟下次再随同举行,亦是从权之一法。"帝舜听了,觉得此法亦不甚妥善,但亦想不出别法,尽管仰着头,睁着他那重瞳的双眼,看天空的雪,遥望恒山,竟在白雾之中,丝毫看不见。

忽然在那白雾之中发现一颗黑点,冉冉而来,愈近愈大,直到帝舜面前,骤然落下,轰然大声,震动山谷。那些不留意的人前仰后合,个个站立不住,帝舜亦为骇然。仔细一看,原来是一块大石。这时随从的人和会集的诸侯个个闻声而来。伯夷道:"此石落下之地,距帝所立处不过几步远,真危险呀!"乐正夔道:"石是重物,自空下降,其势必急疾。此石冉冉飞来,其势殊缓,甚觉可怪!"于是众人纷纷揣测,有些说是陨星,但不会横空而来,有猜它是山崩的,但不会飞得如此之远。后来有几个到过恒山的人说道:"这块石很像恒山顶上庙门旁边的那块石。"有一个道:"是,是,很像很像!"有一个道:"如果是那块石头,石上应该有'安王石'三个字。"有许多人听说,就跑过去看。那石已有一半埋在雪中,掘开雪一寻,果然有"安王石"三个字刻在上面。于是众人一齐欢呼起来,说道:"这是山灵不要帝踏雪冒险,所以飞下这块石来挡驾的。不然,石何以会得飞,飞得这么远,而且恰巧落在帝面前呢?"

这句话一传,大家都以为然,齐来劝帝不必前进。帝舜还是犹豫,乐正夔道:"臣刚才主张望祭,帝未俯允,想来以为太觉疏慢之故。如今这块石远从恒山飞到此地,明明是恒山的代表,请帝就向此石致祭,岂不是尽礼么!"帝舜一想有理,于是就用此安王石代表恒山,率领已到的许多诸侯举行柴望之典,随即行朝觐之礼。那时两伯之中到者仅冬伯一人,于是就叫他贡乐,其舞叫齐落,其歌叫缦缦。乐正夔刚要照例审定,忽然外面有急使疾驰而至,从者一问,才知道是宫中二女所发的。帝舜一看,料想不妙,也顾不得朝仪,立刻叫使者进来。使者呈上二妃书信,帝舜拆开一看,上面只寥寥数语,是娥皇的手笔,大致谓"君姑玉体忽然违和,请急归"云云。帝舜至此,方寸顿乱,恨不得立刻插翅飞归,忙向众诸侯道:"朕因母病,拟即归,汝等亦可归去矣。"说着,就吩咐驾车,别了众诸侯,立刻上道。

且说帝舜心中起落万状,归心如箭,不巧地上皆雪,车轮迟滞,走了多日,才到蒲坂。急急归到宫中,只见弟象、妹敤首、娥皇、女英二妃、子商均等都在他母亲房中,瞽叟却不见。敤首见舜走到,泪汪汪地先迎上来,低声叫道:"你幸亏赶到,母亲的病势真不妙呢。"帝舜一听,魂飞天外,也不及和敤首答话,直到床前,只见他母亲朝着里面睡着,喉间呼呼的痰声。帝舜爬到床头,轻轻连叫"母亲",那母亲亦不答应。那象走过来,扯舜的衣服道:"二哥不用叫了,母亲自那日得病之后,并没有开声过,并没省人事过呢。"帝舜一面流泪,一面问道:"究竟如何得病?是什么病呢?"敤首道:"那天夜间起来小遗,不知如何一来,跌倒了,幸喜妹子在外间,听见声音,立刻起来,叫人帮着抬到床上,哪知已是牙关紧闭,昏不知人了。后来医生陆续请来,都说是中风,无可挽救的,至多只能用药维持到二十天。如今已是二十天了,如何是好?"帝舜听了,知道无望,泪落不语,忽然又问道:"父亲呢?"敤首道:"父亲因母亲这病,不免忧虑,前日亦觉有点不适,据医生说,是失于消化之故,刚才妹子伺候服了药,睡在那里。"帝舜听了,又是惊心,慌忙来到瞽叟寝门之外,只听得瞽叟咳嗽之声,知道未曾睡熟,便到帐前问安。瞽叟一见,大喜,便说道:"舜儿!你回来了,我正盼望你呢。你母亲这病恐怕不好……"

正说到此,只见象慌慌张张地跑来,叫道:"二哥快来,二哥快来,母亲不对了!"帝舜听了,只得说:"父亲暂且宽心,儿去看来。"说罢,急急地再跑到母亲房中,只见他母亲这时身体微微有点仰天,呼呼的痰声愈急。娥皇、女英正持了药,还想去救。帝舜忙过去看,哪知他后母痰声一停,眼睛一翻,竟呜呼了。帝舜这时,与二妃及弟妹等一齐举起哀来。这时瞽叟亦慢慢踱进来了,夫妇情深,禁不得亦是一场大哭。帝舜等因瞽叟年老,兼在病中,不宜过悲,只好收住哭声,来劝瞽叟。

从此帝舜遂不视朝,只在宫中办那送终之事,一切尽礼,自不消说。偶然想起母病之时,竟不能尽一日侍奉之职,非常抱恨。转念一想,幸而大雪封阻,未到恒山,犹得有最后一面之缘。假使到了恒山,往返时日更多,送终不及,那更是终身之憾了。不言帝舜心中的思想,且说瞽叟自从那日悲伤之后,次日病势陡重,卧床不起。医生诊治,都说脉象不好,须要小心。帝舜等此时更觉窘急,既要悲哀死母,又须侍奉病父,在病父榻前更不能再露哀痛之色,以撩父悲,真是为难极了。

一日晚上,瞽叟自觉不妙,将身勉强坐起,叫过帝舜来,说道:"舜儿呀!我这个病,恐怕难好了。"帝舜听到这一句,正如万箭穿心,禁不住泪珠直滚下来。瞽叟见了,忙道:"你不要如此,做儿子的,死了父母,当然是悲伤的,况且你刚刚死了母亲,又死父亲,这个悲痛的确是厉害。但是古人说:五十不致毁,六十不毁。你年纪已在六十之外,万万不可毁了。我防恐你要毁,所以交代你,你须听我的话。"帝舜听了,只得忍痛答应。瞽叟又叫敤首过来,说道:"你和二哥是最友爱的,二哥是大孝子,我死之后,如果他过于哀毁,你须将我这番话去劝他,不可忘记。"敤首亦忍泪答应。瞽叟又叫过象来,嘱咐道:"你是个不才的人,现在的富贵,全靠二哥的不念旧恶。你以后总要好好做人,不可自恃是天子的胞弟,任意胡闹。须知道法律是为国家而设的,就是我杀了人,二哥亦不能包庇,何况于你。我死之后,三年服满,你到有庳去,好好过日子吧。"象听了,亦唯唯答应。瞽叟忽然叹口气道,"我生了三个儿子,只有大的这个最晦气,活活地受了我的毒害,这是我一生的大憾事,到此亦无从追悔了。"帝舜听到这句,心如刀割,忙与敤首上前劝道:"父亲养养神吧,何苦说这种话。"瞽叟笑道:"人之将死,其言也善。我所说的,句句真话,有什么不可说呢。"说完,就睡了下去。娥皇、女英拿过药来,帝舜接着,请瞽叟吃。瞽叟略略饮了几口,摇摇头,就不要了。哪知到了黎明,就奄然而逝。帝舜等这时连遭大故,抢地呼天,真是悲伤欲绝。但到过于哀痛之时,想起瞽叟的遗嘱,自不能不力自抑制。这次两重大丧,并在一起办理,倒也径捷。那臣工的吊奠,诸侯的慰唁,络绎不绝。瞽叟夫妇亦真可说是生荣死亦荣的了。

过了两月,帝舜及象扶了父母的灵柩,到诸冯山相近的一座山中葬下(现在叫瞽冢山,在山西垣曲县北六十里),就回到蒲坂守制,一切政事概由大司空等同寅协恭、和衷共济的去办。帝舜此时倒也逍遥自在,不过看见了儿子均的不肖,不由得不忧上心来。原来帝子均的不肖与丹朱不同,丹朱是傲慢而荒淫,帝子均是愚鲁和无用。所以帝尧对于丹朱还想用围棋去教他,帝舜对于子均连教导的方法亦没有。好在他安分守己,并不为非作歹,成事不能,取祸亦不会,所以比较起来,帝舜尚略略宽心。后来决定主意,取法帝尧,不传子而传贤,那忧心更消释了。

瞬息三年,居丧期满,祥祭之后,象遵瞽叟遗嘱,就要告辞归国。帝舜不忍,又留住多日,才准其去。一日,帝舜照常视朝,查阅三年中之政绩,莫不井然有条,斐然可观,不禁大喜,乃向群臣赞美道:"天下能如此平治,皆赖汝等之力也。"于是信口作成一歌,其词曰:

股肱喜哉,元首起哉,百工熙哉!

那时皋陶在旁,听见这首歌词是称赞他们的,慌忙拜手稽首,向帝舜致谢,立起来说道:"帝归功于臣等,臣等哪里敢当呢!臣的意思,股肱必须听命于元首。元首正,股肱自不能不正;元首不正,股肱亦不会正。臣依此意,谨奉和二首。"说到此际,亦抗声而歌,连歌两阕,其词曰:

元首明哉,股肱良哉,庶事康哉!
元首丛脞哉,股肱惰哉,万事堕哉!

两阕歌完,帝舜知道皋陶在颂美之中仍带规勉之意,极为嘉叹,遂亦再拜的答他道:"汝言极是,朕当谨记着。"于是就退朝了。看官!要知道虞舜之世,明良喜起,播美千古,但看他君臣之间,你称赞我,我亦称赞你;你规诫我,我亦规诫你;如师如友,君不恃尊,臣忘其卑,所以能造成郅治。后世专制的君主,言莫予违,哪个敢说他一个不字!一朝之上,唯阿谄媚,成为风气。君自视如帝天,臣自视如奴仆,政治哪里会好呢!闲话不提。

且说一日,帝舜又在视朝,忽然看见一个女子,穿青色之衣,美丽非常,从下面走上来。这是从来所未有的,大家都稀奇极了,正不知她从何处跑来。帝舜便问:"汝是何人?来此何事?"那女子向帝舜行了一个礼,慢慢说道:"贱妾是墉宫玉女,姓王名子登,是西王母之使者,从昆仑山来。西王母要来朝见圣天子,所以叫贱妾特来通报,大约明天就来了。"说完之后,忽然不见。帝舜君臣无不诧异。大司空道:"王母本说要来,如今既饬人先来通报,请帝筹备迎接招待之事吧。"帝舜道:"远方宾客,有个来处,可以迎接。王母是神仙,从何处去迎接?至于招待之事,寻常典礼恐一概用不着,那么怎样?"后来大家商议停当,决定在大殿下,西向恭迎,一切都用最隆重的典礼。

到了次日黎明,帝舜和群臣都穿了最华美的法服,个个冕旒执玉,肃恭地站在殿外,西向恭候。忽然有三只青鸟连翩而来,到地化为大鹜、少鹜、青鸟三人。大司空是认识的,忙来招呼,并介绍与帝舜。帝舜问:"王母圣驾到了么?"三青鸟使遥向西方一指。大家看时,只见西方天空如白云郁起;氤氤氲氲,直趋宫殿而来,须臾渐近,隐隐听见云中有鼓乐之声和人马之响。又过片时,但见空中诸仙纷纷而下,仿佛和鸟翔一般,或驾龙虎,或乘白麟,或乘白鹤,或乘轩车,或乘天马,数约几千。最后只见一条九色的斑龙,曳着一乘紫云之辇,冉冉下来。辇旁有五十个天仙,个个身长丈余,簇拥着辇舆,手中各有所执,或执彩旄节佩,或执金刚灵玺,个个不同。辇既降地,王母扶着两个侍女下车。

　　帝舜细看王母,戴着太真晨缨之冠,冠上斜插一支玉胜,但是头发仍是蓬蓬然,牙齿仍是巉巉然,气象威猛,背后还露着一条虎尾,下面蹑着方琼凤文之履。那两个侍女却生得非常美丽,穿的是青绫之袿,年纪都像十六七岁。那时三青鸟使便过来介绍,请帝舜与王母升殿。帝舜让王母先登,到了殿上,帝舜即向王母稽首,说道:"王母慈悲,平治洪水,普救万民,恩德如天。如今反劳光降,何以克当?"王母亦还礼道:"这个是天意,我何敢贪天之功以为己力呢?"当下帝舜请王母坐了宾位,自己坐了主位。王母道:"我长久不到下界来了,久已想来,实在少机缘。现在略备些不腆之物,前来贡献,请圣天子不要见笑,赏收了吧。"

　　这时另有三个侍女,手中各捧着一件,走过来,放在帝舜面前。帝舜看时,一件是白玉环,一件是珮玉,一件是白玉做成的琯,名叫昭华琯。帝舜忙再拜稽首致谢。王母道:"我此番来朝,礼节至此,总算已毕。照例圣天子还要赏赐饮食的,但是我们都不食人间烟火,请天子可以无须预备。不过有一句话要说,我到人间来一遭不容易。圣天子和诸位公侯要到敝处昆仑山来一次,亦颇不容易。现在我既然来了,就此拜了一拜、谈两句话就走,未免太寂寞冷淡。所以我想借圣天子此殿,请一请客。我已有天厨带来,不知圣天子可否允许?"帝舜听了,忙再拜道:"已劳慈驾,兼拜赏赐,如今又赐饮馔,何以克当!但是某等君臣能尝所未尝,真是感激不尽。"王母笑道:"既承允许,那么先要易位,真是反客为主了。"帝舜正要谦谢,忽觉自己已经坐了宾位,王母已经坐了主位,不知怎么一来掉转的,弄得惝恍模糊,莫名其妙,便是殿上臣工亦都诧异之极,才叹仙家真有颠倒众生之妙用!

再细看那王母亦换过了一个,不是蓬头、戴胜、豹、齿、虎尾了,而是文彩鲜明,光仪淑穆,真是个庄严兼和蔼的天人,且年纪不过三十多岁,大家尤为不解。霎时间,席次都已设好,王母邀大司空到他旁边去坐,说道:"我们是熟人,可以谈天叙旧。"大司空遵命,就在帝舜下面坐下,其余臣工又在下面。那时天厨中的酒肴络绎而来,丰珍上果,芳华百味,无不毕陈。除出大司空外,其余诸人不但口所未尝,都是目所未见,正不知吃的什么东西。饮酒之间王母对于各臣工都有两句话语称赞,大约槩括他的终身及后福等。大家听了,似明非明,却不好细问。帝舜刚要开言,只听王母吩咐一声"奏乐",霎时间无数绝色女子,各执乐器,纷纷上前。有的弹八琅之璈,有的吹云和之笙,有的击昆庭之金,有的鼓震灵之簧,有的拊五灵之石,有的击湘阴之磬,有的作九天之钧,众声澈朗,灵音骇空。众人听了,觉得这种音乐可以使人飘飘欲仙,与韶乐又自不同了。

奏乐既毕,王母向帝舜说道:"我今朝来此,固然是朝见圣天子,但是还附带一件事。"说着,又向大司空道:"从前小女瑶姬赠大司空宝箓之时,有一个侍女的裙带给大司空压住解脱,大司空还记得这回事么?"大司空听了,惶窘非常,说道:"是有的,当初实出无心,惭愧之至。"王母笑道:"谁说大司空是有心呢?但是大司空虽出无心,天却有心。此女本是瑶宫玉女,既与大司空有此一段故事,就是姻缘,如今我已饬人送到府上去了,叫她伺候大司空吧。恭喜恭喜!"大司空听了,尤其惶窘,忙忙谦辞。王母笑道:"大司空尽力沟洫,菲衣薄食,辛苦已极了,收一个玉女奉养奉养,有什么过分呢!"说毕,就起身向帝舜告辞,说道:"我们隔四十年再见吧。"又和大司空说道:"我们隔五十年亦总要见的,再会再会。"其余臣工亦一一与之道别,升上紫云辇,人马音乐,霎时腾空向西而去,转瞬不见。三青鸟使亦随后化鸟而去。帝舜君臣如做了一场游仙梦似的,那殿中的香气足足有两月不散。大司空回到家中,才知玉女果已送来,经涂山氏留下,无可如何,只得老实收了她做妃子。

第一百四十九回

蒲衣逃舜　舜问于丞

舜作卿云歌　黄龙负图出河

说彗星

一日帝舜视朝,得到北方诸侯的奏报,说道:"那年从恒山上飞下之石,此刻又飞到太原了。"帝舜听了大为诧异,暗想,上次石飞,或许是阻我北进,此次又飞,是何意思呢? 莫非那日祀礼太草率么? 想罢,带了从臣来到太原,亲自考察,果见那块安王石矗立在那里。帝舜于是叫人就地盖起一所祠宇来,供奉此石,并且祭祀一番。然后再向东北而行,越过恒山,想到从前第一次出门时所耕之历山,此刻不知如何景象,一时怀旧情深,就屏去了驺从,独带一个侍卫之士前往观看。只见那边阡陌纵横,村落错综,已不是从前那种深山气象了。前日所耕种之田,已无遗迹可循,只有和灵甫遇到的地方还依稀可认。舜徘徊了一会,不免想到雒陶、秦不虚等人,此刻不知都在何处。

正在慨叹,忽听得有人叫道:"蒲衣先生! 难得,你几时来的?"帝舜回头一看,原来是一个五十多岁的男子,正在缓步逍遥,那问他的人却是一个妇人。只听那男子答道:"我来不多日呢。"那妇人道:"蒲衣先生! 你有多年不到此地,难得今朝又来,请到舍间坐坐吧。"说着,就邀那男子到路旁一间草屋之中去了。帝舜听见"蒲衣"二字,就想到从前师事的那个八岁神童。如今有几十年不见,那面貌当然认不出了,然而估量年纪,那神童到今日正是差不多,不要就是他吧!回想自己摄位之后,这几个旧时师友无日不在饬人探访之中,可是没有一个寻着。如今觌面相逢,宁可认错,不可失之交臂。想罢,就要到草屋中去访问。继而一想,终觉冒昧。后来决定主意,先叫卫士去探问他,是否豫州人,幼时是否住在有熊之地,此刻住在何处。卫士答应去了。帝舜独自一人回到行宫,隔了多时,那卫士还报,说道:"那男子的确是豫州有熊地方人,现在寓居西村一个亲戚家中。"帝舜大喜,次日一早,率领从人,前到西村去访蒲衣,一访就遇到。说起从前之事,蒲衣方才记得,竭力谦抑。帝舜便问他几十年来的经过,又将自己的经过细细告诉了他一番,并劝他出来担任国家之事,说道:"老师从前主张以礼敬教人,倘肯担任国事,那么苍生受福无穷。弟子情愿退居臣僚,恭听指挥,务请老师以天下为重,勿再高蹈。"蒲衣听了,笑道:"承足下如此推爱,容某细思之,如无他种牵掣,敬当遵命。"于是订定明日再行相见。到了次日,帝舜一早去访,哪知他的亲戚说道:"蒲衣先生昨日连夜动身出门,不知到何处去了。"帝舜料想他必是逃避,寻他无益,不胜惆怅,然而也无可如何,只好再向东北行。

一日,到了幽州界上,帝舜想起幽州的镇山是医无闾山,据伯禹说是很耸秀的,我何妨去一游呢。想罢,就径到医巫闾山,只见那山势掩映六重,峰峦秀拔,果然是座名山。山上产一种石,似玉非玉,据土人说,名叫珣玗琪(现在叫锦石),很为可爱。帝舜游历一遍,从西南下山,只见下面竟有一座城池,便问土人,才知道名叫徒河城(现在辽宁凌海市西北,相传虞舜时已有此城)。原来当地之人因为看见鲧造堤防,仿照他的方法来造的。当时有城郭的地方并不多,所以帝舜看了稀奇。这时徒河城里有一个官吏出来迎接,帝舜看他古貌古心,盎然道气,便和他谈谈,问他是什么官。那人道是丞。帝舜道:"汝曾学过道么?"丞道:"学过的。"帝舜道:"道可得有乎?"丞答道:"汝身非汝有也,汝何得有其道?"帝舜听了不解,又问道:"吾身非吾有也,孰有之哉?"丞曰:"是天地之委形也。生非汝有,是天地之委和也。性命非汝有,是天地之委顺也。孙子非汝有,是天地之委蜕也。故行不知所往,处不知所持,食不知所味,天地之强阳气也,又胡可得而有耶?"帝舜听了他这番超妙的话,知道他亦是个探玄之士,不觉非常欣赏,便拟邀他同到帝都去,授他一个大位。那丞再三固辞。帝舜不能勉强,嗟叹了一会,只得率领从人,径归蒲坂。

刚到国门,只见有五个老者,须眉皓白,衣冠伟然,在那里徘徊。帝舜看他们形迹古怪,而面貌又甚熟,仿佛曾经在哪里见过似的。后来忽然醒悟,想道,前次随帝尧在首山,有五老游河,告诉我们河图将来,忽然化为流星上入昴,岂非就是他们么!现在又来游戏人间,我不可当面错过。当下就吩咐御者停车,下车亲自向他们深深致礼道:"五位星君难得又光临尘世,幸遇幸遇!"那五个老者慌忙还礼,齐声说道:"圣天子向我们行礼,我们小百姓如何当得起呢!而且圣天子所说的什么星君,什么光临尘世,我们都不懂,不要是认错了人吧?"帝舜道:"某不会认错,五位一定是五星之精,上次已经见过,何必再深自韬晦呢?"那五老道:"我们的确都是小百姓,因为遇到这种太平之世,相约到帝都来广广眼界,并非什么星精,请圣天子千万不要误会。"帝舜见他们坚不承认,亦不免疑惑起来,既而一想,决定主意,宁可认错,不可错过。当下就说道:"既然诸位不承认是星精,某亦不好勉强,不过诸位年高德劭,这却是一定无疑了。某向来以孝治天下,对于老者特别尊敬,所以在学校中定有养老大典。现在无论诸位是否星精,务要请到学校里去，稍住几时，使某得稍尽供养之忱，未知诸位可肯答应否？"那五老听了，相视而笑。一个赤面老者说道："既然圣天子如此加恩，我们恭敬不如从命吧。"帝舜大喜，忙叫从人让出几辆车子，载五老到学校里去供养。帝舜更以师礼尊之，时常去向他们请教，他们亦常到街衢中来游玩，究竟是否星精，这是后话，慢提。

且说光阴易过，这年已是帝舜在位的第十四年，这时天下太平之极，宫廷之中，蓂荚又生于阶，凤凰巢于庭，天上有景星出于房，地上出乘黄之马。有一日，忽然有一乘金车见于帝庭，尤为前古所未有，真所谓千祥云集。帝舜自己也是欢喜，无事之时，总在那里与百官奏他的韶乐。一日，正在金石轰铿的时候，忽然天气大变，雷声疾震，雨势倾盆，风力之狂，更无以复加，房屋卷去，大木拔起，城里城外正不知道有多少！这时殿庭之中，乐器四散倾倒，桴鼓等都在地上乱滚；那些乐工、舞人更站脚不住，有些四处乱跑；百官也仓皇失次，霎时间秩序大乱，正不知道是什么变故，都以为是世界末日到了。独有帝舜，依旧是从容不迫地坐在那里，一手抱住一座将要倾倒的钟磬架子，一手执着一个衡，仰天哈哈大笑道："不错不错，这个天下的确不是我一个人的。钟磬管石奏起来，竟亦能够表示得出么？"说着，徐徐站起，将钟磬架子和衡都安放好了，整肃衣冠，向天再拜稽首，心中暗暗祝告道："皇天示警，想来是为这个天下的问题。但是某决不敢私有这个天下，一定上法帝尧，择贤而传之。细察群臣之中，功德之盛，无过于禹。现在敬将禹荐于皇天，祈皇天鉴察。假使禹是不胜任的，请皇天风雨更疾，雷电更厉，以警某所举之失当。假使禹是胜任的，请皇天速收风雨，另降嘉休，某不胜迫切待命之至。"哪知祝告未毕，雷声已收，雨也止了，风也住了。到得帝舜站起来，已渐渐云开日出，豁然重见青天。然而隔不多时，但觉氤氤氲氲、郁郁纷纷、似烟非烟、似云非云的一股气,满殿满庭的散布开来,差不多令人觌面不相见,亦不知这股气是自天下降的,还是自地上升的。又隔了多时,但觉那股气渐渐团结起来,萧索轮囷,飞上天空,凝成五彩,日光一照,分外鲜明,美丽不可名状。这时众人早已忘却惊怖,恢复原状,看了这种情形,都齐叫道:"这是卿云!这是卿云!"帝舜此时,见天人感应如此之速,亦乐不可支,于是信口作成一歌,其词曰:

卿云烂兮,纠缦缦兮,日月光华,旦复旦兮。

歌罢之后,群臣知道这种祥瑞都是帝舜盛德所致,大家都上前再拜稽首,推大司徒做领袖,恭和一歌,其词曰:

明明上天,烂然星陈;日月光华,弘予一人。

帝舜听了这首和歌,知道群臣之意还是推戴自己,于是又作一歌,将自己打算逊位之意略略吐露,使群臣得知。其词曰:

日月有常,星辰有行。四时从经,万姓允诚。
于予论乐,配天之灵。迁于圣贤,莫不咸听。
鼗乎鼓之,轩乎舞之。精华已竭,褰裳去之。

歌罢之后,群臣一齐进道:"臣等恭聆帝歌,似有退闲之意。帝年虽近耄耋,但精力甚健,何可遽萌此志?尚望以天下百姓为重,臣等不胜万幸。"帝舜道:"不然,昔先帝在位七十载,年八十六,拔朕于草野之中,授朕以大位,是以天下为公也。今朕亦年八旬,恋恋于此,不求替人,是以天下为私,何以对先帝?更何以对天下?朕意决矣。"群臣听了,不能复言。

过了几日,帝舜率领群臣向南方巡狩。到了河洛二水之间,猛然想起从前的故事,就叫群臣在河边筑一个坛,自己斋戒沐浴起来,默默向河滨祝告道:"某从前荐禹于皇天,承皇天允诺,降以嘉祥，但不知后土之意如何？如蒙赞成，请赐以征信，以便昭告大众，不胜盼望之至。"祝罢，就在坛恭敬待命。隔了多时，看看日昃，果然荣光煜照，休气升腾。帝舜知道是征应到了，但细看河中，波流浩渺，一泻千里，与平时一样，绝无动静，不免疑虑。又隔了片时，忽见坛外有大物蠕蠕而动，仔细一看，原来是一条五彩的黄龙，背上负着一个图，长约三十二尺，广约九尺。那龙来到坛上，将背一耸，图已落在帝舜面前，随即掉转身躯，蜿蜒入水而逝。帝舜与群臣细看那图，以黄玉为柙，以白玉为检，以黄金为绳，以紫芝为泥，端端正正一颗印章盖在上面，是"天黄帝符玺"五个大字。再将图展开一看，其文字大意都是说天下应该传禹的话。群臣看了，莫不诧异，禹尤跼促不安。帝舜笑道："不错不错，真是一定的。"

当下大家下了坛，帝舜率领群臣向嵩山而行，路上指着嵩山向伯禹道："这是中央的镇山，汝之封国去此不远，于汝颇有关系，汝宜前往致祭，以迓天庥。"伯禹刚要逊谢，忽见供养在学校里的那五个老翁又出见于车前。帝舜大惊，忙下车问他们何以离开京都，何时来此。五老齐声笑道："某等多年承帝豢养，感激之至。现在知道帝逊位已确定有人，某等在此亦无所事事，请从此辞，后会有期。"说罢，个个将身一举，倏忽不知所之。帝舜道："朕早知道他们是五星之精，他们犹不肯承认，如今果然是真了。"说罢不禁叹息一会。这时道旁凑巧有一间空屋，帝舜就叫人略加修葺，改为五星祠，以作纪念，又率群臣祭祀一番，这夜就宿在祠中。

君臣等正在谈论其神异，忽有从人报道，天上发现了五颗长星，甚是奇怪。帝舜君臣忙出门一望，果然天空有五颗大星，光芒作作，长各数丈。大家看了，一齐惊怪道："彗星，彗星！"帝舜道："朕看，不是彗星，还是五星之精在那里显奇表异呢。"众臣道："何以见得？"帝舜道："朕从前受业于尹老师，老师曾将天文大要细细讲授,所以朕于天文亦略知一二。大凡彗星的形式可分作二段,一段叫首,一段叫尾。但是彗首亦可分为二,一种叫彗核,是它当中如星的光点;一种叫彗芒,是包围在彗核四面的星气。但是有些离地较远或较小之彗星,则人往往仅见它的芒而不见它的核。大的彗芒,视径有和月亮一般,而它的核明如晨星,这是最显而易见的。至于彗尾,是彗星背日面的明光幡。小的彗星没有明光幡者多,即使有,亦暗而且窄。所以论到彗星的本体,不必一定有尾,而芒与核则是一定有的。现在这五颗大星虽和彗星相似,但细视不见有核,并不见有芒,究竟不知道它哪一头是首、哪一头是尾,这是一端可疑的。而且彗星是极不常见之星,就是偶尔出现,亦不过是一颗,决无五颗同时齐出之理。而且据尹老师说,彗星亦有它运行之轨道。它的出来是渐渐地由远而近,由小而大,它的消灭亦是逐渐的。昨夜并不见有彗星,今夜忽然发现,且有五颗之多,它的形式又多相象,无首无尾,这又是一端可疑的。不是彗星,那么是什么?当然是五星之精的变化了。朕所以如出揣度,亦是想当然耳。"

众臣道:"彗星不止一颗么?"帝舜道:"多着呢,据尹老师说,人的目力能够见到的,陆续发现已经有几百颗之多。人的目力不能见到的,想来一定还有不少。将来人类智力增进,如能发明一种望远镜,那么彗星的数目恐怕还要加多少倍呢。"伯益道:"众星没有尾,独彗星有尾,听说最长的竟有几千万丈之长,究竟何故?"帝舜道:"这个理由,朕也听尹老师讲过,大概有两个原因:一个是推力。考察彗尾,差不多都与太阳相背,仿佛受了太阳上面的一种推力,使它附着于彗星的质后而行。一个是吸力。大约彗星本体亦有吸力,所以能使附着于星体的物质虽受太阳的推力而不至于离散。这两个原因亦是想当然耳,究竟如何,还不能确实明了。"

伯益道:"有尾的是彗星,没有尾,怎样知道它亦是彗星呢?"

帝舜道："有两种可以看出。一种是它所行周天的轨道与众星不同。众星的轨道差不多总是圆的，彗星的轨道有好几种，有如抛物线形的，有如椭圆形的，有如双曲线形的。看到它轨道的形状，就可以知道它是彗星。一种是考查它的历史，它从前出来的时候，见于记载，是有尾的，那么此刻出现虽然失去了尾，亦可以认识。还有一种，是看它的形状，就是刚才所说有芒有核了。有芒有核，必是彗星。"伯益道："彗星之尾何以会得失去呢？"帝舜道："大约因为彗星的质量不甚大，拖着如许长的长尾，大有不掉之势，久而久之，吸力不能够收摄它，那成尾之质就分散于太虚，这就是彗星无尾之原因。但细考起来，不但彗尾能够消失，就是彗星亦能够消失。因为太阳的吸力在彗星向日背日两面，其力甚大，彗星禁不住这种力量，那个芒核就分散为几个，久而久之，全体就消失了。"

伯益道："彗星既然不只一颗，有时又要消失，那么现今所看见无尾的彗星，安见得它就是从前历史上见过的有尾彗星呢？"帝舜道："彗星轨道为椭圆形的，它的出现有定期，或十几年一见，或几十年一见，或几百年一见，根据历史所记载，可以推算得出，因此就可以知道。假使轨道是抛物线形或双曲线形的，那个仅能发见一次，以后不复再出。但是抛物线形的那一种，有人说它仍是椭圆形，不过极长极大一个圈子，绕转来或者需几千年，人间的开化迟，历史没有如此长久，所以说它不复再出，亦未可知。"

正说到此，忽听一个人叫道："五颗长星发生变化了！"众人忙抬头看时，只见那五颗星光芒渐敛，而不住地动摇，隔了许久，变成五颗明珠似的大星，次第排列在天空，仿佛一串珠子，连成一气。帝舜哈哈笑道："果然是他们！果然是他们！"说罢，就用手指道："这颗是水星，这颗是金星，这颗是火星，这颗是木星，这颗是土星。"众人看了，无不稀奇，都说道："这五星如连珠，是不大有得见到的。"这时夜色已深,四野昏沉如墨,众人露立长久,都有倦意,渐听得晨鸡喔喔,料想时已迨曙,正想入室休息,忽见东方似乎露出一道白光来。大司空道:"莫非天色已将明了么?"众人再注意一看,只见天际似乎隐隐有一朵黑云,黑云之下仿佛有光气拥护,久而久之,黑云之中露出一个大圆物,其白如玉,其大如镜。众人有的说是太阳,有的说是月亮,纷纷不决。陡见圆物旁边又涌起一个圆物,大小颜色都相仿佛,其初比第一个出现的低,后来渐渐升高,两个一样齐,仿佛一对白璧。后来两个互相摩荡了一会,毕竟是后来的那个占了上风,那第一个出现的渐渐低落。忽然之间,红光四射,旭日东升,两个白璧和黑云都不知去向了。众人见所未见,个个称奇。帝舜道:"今日真难得,刚才是五星连珠,此刻是日月合璧,都是祥瑞。"回头向大司空笑道:"这个都是汝受命之符兆呢!"大司空听了,惶恐逊谢。这时天已大明,众人回到室中,略略休息。早餐之后,煦风拂拂,天气大和,帝舜取过琴来,一面弹,一面又作了一个《南风之操》,其词曰:

  反彼三山兮,高岳嵯峨。天降五老兮,迎我来歌。有黄龙兮,自出于河。负图书兮,委蛇罗沙。案图观谶兮,闵天嗟嗟。击石拊韶兮,沦幽洞微。鸟兽跄跄兮,凤皇来仪。凯风自南兮,喟其增悲。

歌罢之后,又休息一会,便率领群臣,返旆还辕,归到蒲坂。次年,就叫伯禹到太室山去祭祀,算是禅位的第一步。

第一百五十回

入学用万　息慎氏来朝

大频国来朝　孟亏养鸟兽

有一年春天,照例又是儿童入学之期,帝舜与群臣商议道:"教孝教弟,明礼习让,这种科目固然是做人基本的要事,但是恐怕将来有两种缺点:一种是关于儿童本身的,专讲静,不讲动,身体发育恐受影响。一种是关于国家前途的,专尚文,不尚武,民气逐渐委靡,易流于积弱。这两种流弊,似乎不能不预先防到。"

群臣听了,都以为然,于是大家讨论起来。有的主张增加射箭一科,有的主张增加御车一科,纷纷不一。大司徒道:"臣以为,射御二科固然是好的,射可以观德,御可以习勤,不但能够养成武士,而且仍不失教育原则。但是,只可施之于已经成年的生徒,若是儿童,体力未足,恐怕不甚相宜。现在规定,七岁入小学,十五岁入太学。七岁的儿童叫他射御,固然万万不能胜任,就是十五岁的儿童亦似乎尚早。臣的意思,最好添一种舞的科目。从前阴康氏的时代,因为阴多滞伏,民气壅闭,于是创出这种舞法,以教百姓,后来民气果然多发扬了,所以舞这个方法于人身极有价值。舞有两种:一种是徒手舞,盘旋进退,俯仰高下,演出种种的节目,与儿童兴趣极相合,凡七岁初入小学的儿童,都可以用的。一种是器械舞,又可以别为二类,一类是文,一类是武。文舞用籥、用羽,武舞用干、用戚。羽答籥较轻,易于挥洒,凡年在十二岁以上之儿童,可用之。

干戚较重,舞动不易,凡十五岁以上入太学之学生可用之。如此排定程序,以次而进,练习到后来,不但技艺娴熟,而且力气亦可以增加。古人有两句诗,叫'有力如虎,执辔如组',就是说这个舞的效果。所以臣的愚见,以为要提倡武事,振作士气,寓之于教育之中,以入学之初添加舞干戚羽籥一科为最宜。这科名目可定为万舞,未知帝意如何?"大众听了都赞成,于是就叫乐正夔等预备起来,从十七年二月入学起,以后都用万舞了。

又过了多年,忽报息慎国君来朝,帝舜即命百官按照典礼招待。到了觐见的那一日,行礼既毕,息慎国君献上弓矢,说道:"小国僻处远方,无物可以呈贡,只此土产,聊表微忱,请赏收吧。"帝舜一看,只见那弓长四尺,矢长尺又五寸,弓矢的材料非铁非石,矢镞长约二寸,亦非铁非石,正不知是何物造成。再看有一张弓的弦上,有一处隆起一个结,仿佛曾经断了接过似的,料想必有缘故,一时不便就问。照例谦谢一番,收下。到得次日,设席款待,帝舜和群臣相陪。因为大司空从前是到过息慎国的,就叫他坐在旁边,以便谈话,渐渐说到息慎国的风土,帝舜便问那弓矢材料的来历。息慎国君道:"这种材料名叫楛木,颜色有黑,有黄,或微白而有纹理,实在并不是木类,出于水中,坚硬可以削铁,不容易折断的。这种做矢镞的材料名叫石砮,有两种:一种出于山,取的时候必先祭山神;一种出于水,相传系松树之脂,入水千年,化成此物,有纹理如木质,绀碧色,坚胜于铁。小国那边山林多禽兽猛鸷,人民以射猎为生。非此种坚硬的材料不能适用。听说此种材料各处都没有的。"帝舜道:"那么弓弦的材料与各处亦不同么?"息慎国君道:"弓弦材料与各处相同,不过有一种续弦膏,亦是各处所没有的。小国因为瘠苦,无贵重之物可献,单单选了这几张弓矢,拣而又拣,试而又试,以求完善。不料有一张弓弦竟试断了,行期已促,不及更换,就用续弦膏接续。形式虽然难看,但是格外坚久,请帝试试。"帝舜道:"那续弦膏是什么东西做的?"息慎国君道:"小国山里有一种蛇,名叫胶蛇,长不过三四尺,用刀斩作三四段,顷刻之间复连合为一,再斩作五六段,亦复合为一,而行走愈速。取之之法,斩断之后,每段赶快用木条夹住,掷之墉外,或悬之树上,才不能复连。将此蛇捣碎成膏,去接续断弦,坚韧异常,用了长久,虽他处断了,而此接续之处永不断,真可宝贵的。"帝舜君臣听了,都以为异。

息慎国君又向大司空道:"那年大驾辱临,实在简慢得很。某久想前来,因为路途不熟,屡屡愆期,不想忽忽已几十年了。今朝再见,欣幸之至。"大司空道:"某当日因君命在身,未能久留,深以为恨。某当年到贵国的时候,正值隆冬,贵国多穴土而居,但不知夏天如何,是否仍是穴居?"息慎国君道:"夏天穴居易致疾病,所以多改为巢居。"帝舜道:"贵国禽兽既多,不知其中有可以为人利用的么?"息慎国君想了一想道:"有的,小国东部一处山上,产生一种兽,非牛,非马,非犀,非象,大家叫它'四不像'。它性极灵,能代人做一切事务,如运物、打磨、掘土等类。它平时住在山上,不轻易下来,偶然下来,亦不损人一草一木。人如要它做事,但将乐器一吹,它就成群而来。假使要它做的事务只需一兽可了,那么它就独留一兽,其余都上山而去。这兽给人做事,必待做完后才肯归去,否则不肯去。做完之后,就是要留它,它亦不肯留。做完事之后,人倘使怜其辛苦,给它食物,它亦决不肯食,这种真是奇兽呢。"众人听了,都诧异之至,说道:"天下竟有如此替人尽义务而不食酬报的异兽!那种争权夺利、草菅人命的人,对着它真要愧死呢。"

这时宾主劝酬,馔已数上,中有咸肉一味,息慎国君尝了,不绝地道好,并且问是用何种材料烹成。大司空道:"并无别物,不过用盐渍起来而已。"说着,就指指席上所列制成虎形之盐给他看。息慎国君道:"这种异物敝国那边是没有的。小国那边和味的方法,只有用木材烧成灰,取汁而饮之。那种滋味万不能如此肉之佳。"帝舜道:"贵国东边亦临大海,海水可以制盐,贵国人何以不制呢?"息慎国君道:"小国那边去海尚远,夏天跑过去,处处隔着弱水,交通不便;冬时遍地冻结,交通虽便,但是海水亦结冰了。所以小国人民屡次想去制造,终于不能,想来饮食之微亦有幸福的呢。"帝舜道:"贵国既然弱水为患,当时大司空到贵国之时,何不令其施治?"息慎国君道:"当时亦有此意,以时值隆冬,弱水统统冰结,无从施治。待要等到长夏,时日太长,料想天使不能久待,只好不说了。"帝舜道:"贵国弱水泛滥的情形如何?损失大么?"息慎国君道:"并不泛滥,只是不便于交通。小国的弱水大概分为两种,一红,一黑。春夏之际,山中水泉下注,到处成为沮洳,并不甚深,但是人涉其上则半身顿时陷没其中。在那时如忍耐勿动,呼人救援,尚有更生之望,倘若自逞其能,用力挣扎,则愈陷愈深,立刻可以灭顶,这是最可怕的。小国土话,这种弱水名曰哈汤,恐怕无法可施呢。"帝舜便问大司空,大司空道:"臣当日访问到此,亦曾研究过,其原因是土为患,不是水为患。那种土亦不是原有之土,是无数大树、亿万落叶,经水泉涵濡所化成之土,所以既软又腻,年代愈久,堆积愈深,因此可以没人。施治之法,只有将大树砍去,风吹日炙,久之自能干硬,但是旷日持久。而且这种千年大木一旦尽行砍去,亦未免可惜,所以恐怕做不到呢。"息慎国君听了,亦点点头。当下宾主又谈了些他事,宴罢归馆。帝舜优加赏赐,息慎国君欢欣鼓舞而去。

又过了两年,忽报大频之国来朝。帝舜君臣听了"大频国"三个字,都不知道,连游历遍海外的大司空亦莫名其妙,想来总是极远的地方了。帝舜吩咐,招待礼节格外从优,不负他远来的一番盛意。早有乐正夔主宾客之官前去招待,才知道大频之国远在北极之外,从古未曾通过中国。因为大司空远到北极,风声所播,他才慕义千辛万苦而来,真是难得之至。朝觐之礼既毕,照例宴饮,并奏韶乐以娱宾。酒过三巡,乐过三成,暂时停止,帝舜便探询他国内的民情风俗。据大频国君说,他国之人民善于灾祥之数,不但可以验本国之灾祥,并能够验外国之灾祥。帝舜便问他怎样验法。大频国君道:"北极之外,有一大海,名叫潼海。这海水不时荡涌,高可隐日。其中有巨鱼大蛟,从来无人见过,所以它们的真形亦无人知道。但知道它们一吐气,则八极皆为之昏暗;一振鬐,则崇山皆为之动摇,是极可怕的。但是平常时候它们亦很安静,不吐气,不振鬐。假使天下世界有一国的君主昏暴无道,它们就要动起来了。最近八十年前,海中的大蛟陡然地蠢动,其长紫天,以至三河齐溢,海渎同流为害。但究竟是哪一国君主无道,酿出这种大变,现在还不能知道。"

帝舜道:"刚才贵国君所说的三河,是哪三条河?"大频国君道:"就是天河,地河,中河。天河在天,世俗之人叫它银河。地河在九地之下,深不可见。中河是地面流通之河。这三条水,有时通,有时壅。大概圣君在位,则三河水色俱溢,无有流沫;假使换一个昏暴之君,浊乱天下,那么巨鱼吸日,长蛟绕天,是一定的道理。"帝舜道:"中国的学说与贵国不同,中国叫银汉,亦叫天河,但亦知道它并不是真河,而是无数小星,远近攒簇而成。因为远望过去和河相仿,所以叫河,其中并没有水,而且上下隔绝,哪里能与地上之水相通呢?"

大频国君道:"据小国所闻,确是天上的真河,而且有人曾经到过的。从前有一个国民,要想穷究一条大水的上源,乘舟而去,不知道走了多少个月,到了一处,有城郭,有房屋,仿佛是一个都会,只见房屋里有一个绝色美女,在那里织机。他就上岸去问,此处是何地。那女子未及开言,外面来了一个美丈夫,左手牵了一只牛走进来,便问那人到此地来做什么。那人便将穷水源之意说了一遍,又请问此处是何地。那美丈夫听了,笑笑道:'足下要寻的水源恐怕寻不到了,还是赶快回去吧。某名叫河鼓,那女子是我之妻,名叫天孙。某夫妻两个,一年中来此一度,究竟此地是什么地方连我们亦不知道呢。'那人听到这话,非常诧异,正在发呆,那美丈夫又说道:'足下既然万里而来,空手跑了回去未免太辜负了,一点没有凭据,回去和人说,人亦不相信。某有一物,可以奉赠,请足下带回去,并寻到某地方,有一个卖卜之人,将现在这番情形告诉了他,并将此物给他看,或者他能够知道一二。'说罢,放了牛绳,走到那女子身畔,俯身拾了一块石子,递给那人道:'这个就是凭据,足下拿了,可以赶快回去。'那人接了石子,莫名其妙,只得急急转身。他依了那美丈夫的话,寻到某地方,果然有一个卖卜之人。那人便将石子交给他看,并告诉他经过情形。那卜人大骇,说道:'这一块是织女的支机石呀!足下莫非到天上去过么?'后来又向案上检查了一会书,便说道:'果然,足下到天上去过了。足下遇见那美女、美丈夫的那一天,不是某年某月某日么?'那人应道:'不错。'卜人就将所检查之书递给他看,只见上面载着:某年、某月、某日,客星犯女牛。照这件故事看起来,穷地河之源,可到天河,与牛女星相见,岂不是天地两河相通的证据么?"帝舜见他所说的都是神话,待要去驳诘他,又碍着他远来的诚意,只能唯唯,不置一辞。

这时,适值韶乐又作,大家暂且观乐,不再谈论。过了片时,乐到六成,那凤凰又翩翩来仪。大频国君看得羡慕之至,便问帝舜:"这凤凰居在何处?"帝舜道:"从前是由海外而来,此刻就住在这宫苑之中。"大频国君听了,便请求去参观。帝舜答应,随即指着伯益向大频国君道:"此地一切上下草木鸟兽之事,都是归他管理的,等一会就叫他陪贵国君去吧。"大频国君答应,称谢。隔了一会,宴终乐止,时候尚早,伯益就领了大频国君向宫苑而行。到了苑中,只见树木森森,鸟兽甚夥,独有那凤凰总栖息在梧桐之上,"归昌,归昌"的乱叫,不下数十只,羽毛绚烂,仿佛一图锦绣,后面及两旁护卫的文鸟亦不少。大频国君正在看得有趣出神,猛不防一只大鸟飞过来,向着伯益高叫一声"父亲!"那伯益应了他一声,而且问道:"这几日内,苑中的鸟兽都无恙么?"那大鸟亦答应道:"好的,都无恙。"大频国君仔细一看,原来那只大鸟生着一张人面,所以能说人话,不禁大骇,便问伯益道:"这是妖怪么?"伯益道:"不是,这是大小儿孟亏。"大频国君听了,尤其不解,怎样一个人会生鸟儿呢?这个理由不但当时大频国君不解,就是此刻读者诸君亦必是诧异,待在下将这事来细细说明。

原来伯益自从娶了帝舜之女之后,隔了两年,居然生育了,哪知生育下来的不是个人,却是和鸟卵一般的物件。大家惊异,就要抛弃它。伯益忙止住道:"这种生育方法古人有的。从前有一个国君,他的宫人有孕,亦有一卵,弃于水滨。其时适有一个孤独的老母所养的狗,名叫鹄仓,看见了,就衔了这卵去给孤独老母。老母就用孵卵的方法放在自己怀中,用衣覆着,暖它起来。过了几日,居然一个小儿破壳而生,后来才干出众,非常有名。所以这种生产法古来是有的,不可将它抛弃,孵它起来吧。"伯益之妻听了,果然孵它起来,数日之后,孵壳而出,哪知并不是人,竟是一只鸟儿!伯益至此,亦不禁呆了。伯益之妻尤其羞耻得不了。两夫妻明明都是人,为什么会生出鸟类呢?登时喧传远近,议论纷纷。有些人说,伯益治水,烈山泽而焚之,杀伤的禽兽太多,所以皇天降之以罚,使他生一只鸟儿,以彰天报。有些人说,伯益之妻夏日裸卧庭中,受了什么邪魔的交感,所以生此怪物。有些人说,伯益终日在那里研究鸟兽的情状,用心太专,那受胎之始,必定是神经上受了特别的感触,所以有如此之结果。外面议论既多,伯益夫妇听了自然更加难过,几次要想将这怪物处死,但是终于不忍。又因那怪物虽是鸟形,但它的头与面颇带人形,且啼哭之声亦与小儿无异,因此更踌躇不决。后来帝舜知道了,便和伯益说道:"朕闻古时有人生产一鹤,以为不祥,投之于水。他的叔父说道:间世之人,其生必异,岂可鲁莽就抛弃了他?赶快跑去救起,只见那只鹤羽毛蜕落,已变成一个小儿,但是身上还有长毛盈尺,经月乃落。照此看来,或者这小儿也是间世之人,将来羽毛脱落,仍能返人本体亦未可知。即使终于如此,亦是汝等骨血,何妨抚养他呢!"伯益夫妇听了帝舜的话,果然养他起来,给他取了一个名字,叫大廉,号孟亏。三年之后,羽毛丰满,能够高飞,言语、性情与人无异,不过他的起居饮食与人不同就是了。伯益夫妇给他在室中构一个巢,又架几根横木,以为他栖止之所。但是这孟亏通常总是翱翔于空中,或在茂林之间与众禽兽为伍,深知各禽兽之性情,尝和他父亲说道:"鸟兽亦是天生万物之一。自人眼看起来,像煞人贵而鸟兽贱;自天眼看起来,与人一律平等,并无歧异。人拿了鸟兽之肉来充庖厨,亦出于不得已。所谓'弱之肉、强之食',就是鸟类之中,鹰鹯逐鸟雀,亦不能免,鸟类对于人亦何敢抱怨。但若是用种种残酷的方法去宰割它,或者食其幼稚,或者覆其窝巢,或者要绝其种类,那么鸟兽要怨愤了。莫说鸟兽无知,它亦自爱其生命。能救它之命,它亦能知报答;无故戕害它的命,它亦有修怨之心,不过不能人言罢了。所以王者恩及禽兽,则鸟兽鱼鳖咸若,气类相感,是一定的道理。至于畜养之法,有两句话可以概括,所谓'先则尽其性,后则顺其性'而已。"伯益之职本在于调驯鸟兽,得到孟亏之助力,自然格外精明,因此就将鸟类的一部分叫孟亏去管理。后来帝舜知道了,就叫孟亏亦做一个虞官,以帮助伯益。直到夏朝,伯益早经去世,他仍在那里做虞官,号称鸟俗氏。后来因为夏代德衰,民间渐渐食卵,孟亏乃率领无数鸟类翩然而去,不知所之,更不知其所终,这是后话不提。

且说大频国君见了孟亏,不胜诧异之时,伯益就将他的历史述了一遍。大频国君尤其奇异,略略与孟亏问答几句,便再问伯益道:"孟亏吃的食物和人同否?"伯益道:"他与凤凰最相好,而嗜好不同。凤凰非竹实不食,孟亏非木实不食,人间烟火更不必说了。"大频国君又各处游玩一会,方才回到客馆。帝舜重加赏赐,过了多日,告辞而去。又过几日,忽报仲戡死了,帝舜非常震悼,追念其平日之功,除优加抚恤外,并特赐以谥曰肃。

第一百五十一回

封子义均于商　命禹摄位

禹复九州　禹征有苗

舞干羽,有苗格　玄都氏来朝

大频国君来朝之后,又荏苒数年,帝舜这时年已八十余岁了。自在闽山与彭武、彭夷研究飞升之术,又得元秀真人之指示,勤加修炼,于仙道已有根基,因此颇有冲举之志。但因尚有两项心事,办理未了,不免踌躇。

第一项是传禹之事,已经确定了,而儿子义均未曾安置妥帖,终必为碍。但是何以不早为安置呢?原来帝舜虽有子九人,而娥皇却无所出,都是女英及三妃登北氏所出的。女英所出的长子义均,自幼即归娥皇抚养,娥皇非常钟爱。因为钟爱的缘故,凡事不免姑息,因此义均不好学业,专喜欢歌舞。到得后来,习惯养成,而他的天资又笨,就是教导也教导不好。俗语有一句,叫作'外甥多似舅',不想四千年前早有这个成例。所以帝舜要传位给禹,固然是事势情理所迫,不得不如此,但是义均既已如此不肖,就是帝舜要传位给他亦是不可能了。帝舜是个大智之人,岂有不知道之理,不过要预先安置义均,势必仿照帝尧待丹朱的成法,先放之于外,方才不发生问题。但是义均如果他出,娥皇势必偕行,不但父子分离,而且夫妻暌隔,心中未免不忍。加之十余年来,娥皇体弱多病,禁不得再有愁苦之事以伤其心。因此,帝舜传禹之心虽定于十年以前,而手续颇难即办。这年是帝舜的二十九年,娥皇竟呜呼了,于是帝舜即下令,封义均于商,待过了娥皇葬期,即出就国。到得次年,葬娥皇于渭(现在陕西宝鸡市陈仓区),给她上了一个尊号,叫后育。礼毕之后,义均就拜辞父母,向封国而去,帝舜第一项心事总算办妥。

第二项是有苗之事。原来有苗之民虽经伯禹、皋陶的讨伐,恩威并用,暂时已经帖伏,然而三苗、狐功等陶铸之力实在不浅,好乱之性仿佛天生,年深月久,渐渐蠢动,又复不妥了。新近他们遗民中又出了一个枭雄,姓成,名驹,足智多谋,能言善辩,俨然是一个狐功的后身。他推戴了一人作为君主,锐志恢复狐功愚民、虐民、诱民的三大政策,并倡仪光复旧物。一时死灰陡然复燃,从三危山渐渐回到旧地,洞庭以南又复嚣然。帝舜知道这个消息,不好意思就将天下传禹,仿佛有避难卸责的情形,因而尚在考虑。

又过了一年,忽报有青龙一条,见于郊外。帝舜知道,这是伯禹将兴的先兆。一日视朝,就叫伯禹过来吩咐道:"朕自先帝上宾,忝陟大位,已经三十余年。现在年逾九旬,精力日差,实无能力再理此万几之事,巡狩方岳更不必说了。汝做事勤勉,所有这许多政务百官,自今以后都归汝去统治吧。"伯禹听了,再拜固辞。帝舜不许,伯禹只得受命。又过了多月,帝舜就向他说道:"伯禹!汝走过来,从前洪水滔天,儆戒至深。能够成功,全赖汝之能力。而且汝对于国事能够勤,对于持家亦能够俭,都是汝之贤处。汝唯其不矜,所以天下没有人和汝争能;汝唯其不伐,所以天下没有人和汝争功。朕既然佩服汝之大德,又佩服汝之大绩,朕看起来,天的历数在汝身上,汝终究可以陟帝位了。不过有一句话。汝要知道,大凡人身中总有两个心,一个叫人心,一个叫道心。人心最危险,道心最微妙。它们两个心刻刻在那里交战,人心战胜道心,就堕落而为小人；道心战胜人心，就上达而成为君子。但是贪嗔痴爱、饮食男女，一切都是人心，人心的党羽多，道心的帮助少。顺人心做起来，表面极甘；顺道心做起来，表面极苦。所以两个心交战，道心往往敌不过人心。汝以后一切做事，总须一意注重在道心上，使它精熟，那么人心才不能为患。既然能够保全道心，尤其要紧是执着一个'中'字，这个中字是先帝传授给朕的。因为道心虽是一个至善之心，但是应起事来，不见得一定对。天下有许多败事之人，问他的初心本来并不坏，只不过是或偏，或倚，或过，或不及。毫厘之差，遂致千里之谬，总是不能执其中的缘故。总而言之，汝将来在位之后，第一要慎，第二要敬。吾尽吾敬以事吾上，故见为忠焉；吾尽吾敬以接吾敌，故见为信焉；喜吾尽吾敬以使吾下，故见为仁焉。这三句，朕行之而有效，汝宜取以为法。假使四海困穷，天禄亦从此永终了。尤其可怕的是这张口，好是这张口，闯祸也是这张口，汝好好地去做吧，朕也不再说了。"

伯禹听了，再拜稽首，仍是推辞，说道："现在朝廷之上，功臣甚多，请帝个个卜一卜，哪个最吉，就是哪个，不必一定是臣。"帝舜道："伯禹！朕早已占过了。占卜之法，自己先定了主意，再谋之于玄龟。现在朕志先定，问之于众人亦无不赞成，鬼神许可，龟筮协从。卜筮之道，决不袭吉，何必再占呢！"伯禹只是固辞，帝舜一定不许。伯禹不得已，只得拜手受命，择了正月上日，受命于神宗帝尧之庙，一切礼节都和从前帝舜一样。

过了几日，伯禹就决议恢复九州之制。原来伯禹治水之时，早将九州之贡赋规划妥当。不料成功之后，帝舜主张分为十二州，业经帝尧允许，伯禹不愿与帝舜意见相左，所以那九州贡赋之制始终未曾拿出来。现在既然受命摄政，规划经国之要，财用最急，而贡赋又为财用之所自出，因此先行恢复九州之制，然后再将从前所定贡赋之法颁发于诸侯。其大致:定王畿为中心,向四面发展开去。王畿千里,其外东西南北四面各五百里,叫甸服。甸服之外,四面又各五百里,叫侯服。侯服之外,四面又各五百里,叫绥服。绥服之外,四面又各五百里,叫要服。要服之外,四面又各五百里,叫荒服。五服之中,甸服逼近王畿,归天子直辖,其法用赋。赋者,上取于百姓之意。其余四服,皆系诸侯之地,其法用贡。贡者,下之所供于上也。伯禹这种办法,是中央集权之法,比帝舜的颁五瑞更要进一层。因为那五瑞不过是受中央之命令,还是名义上之统一。如今不但名义上须受中央之统率,并且实际上每年须拿出多少货物来供给中央政府,货物的多少与种类都由中央政府指定,无可避减。诸侯的肯服中央与否,从前不甚看得出,因为他实际虽已背叛而表面上并无表示,亦只好由他去。如今每年须纳多少之贡物,贡物不到,即是背叛之据。而且从前可以推说交通不便,不能朝贡,自从伯禹治水之后,早将九州的道路规定好了,而且帝都即在大河之旁,各处之水大半与河相通,所以大半都是水路。如同雍州到冀州,是从积石山坐船,绕过从前的阳纡大泽,直到龙门山,再越山而达渭水,就可以径到帝都了。从梁州到冀州,由西倾山的桓水坐船,经过潜水、沔水、翻过山,到渭水,就可以由大河入帝都。从兖州到冀州,但须在济、漯二水中坐船,即可以由河而达帝都。从青州到冀州,由汶水坐船,转入济水,以达于河。从徐州到冀州,由淮水、泗水中坐船,径到大河。从扬州到冀州,由大江中坐船,入于淮水、泗水,以达于河。从荆州到冀州,或者由江之沱水,或者由汉之潜水,坐船,越过山,到洛水,以达于河。从豫州到冀州,径从洛水即可到达。照这个情形看起来,不但将贡物规定好,而且贡道亦预先指定,伯禹的计划真可说定得周到。

但是,这种中央集权的计划帝舜办不到,伯禹却办得到,是什么缘故呢？因为当时洪水泛滥，全靠他平治的缘故。伯禹既然代各地诸侯治平了洪水，保全了他们的领土，那么他们应当对于伯禹有点报酬，所以伯禹趁势规定贡赋之法，他们是决无异言的。而且伯禹亲历各地，情形熟悉，那种神力，诸侯又是亲见而亲闻，即使要反抗，亦有所不敢。因此之故，伯禹恢复九州之后，贡赋之法就付诸实行。

诸侯之中亦竟有敢反抗的，那就是有苗。原来那成驹恢复从前左彭蠡、右洞庭之旧地以后，三苗遗民群起欢迎，声势已不小，但还不敢公然背叛。到得此时，贡法颁布，成驹等便商议起来，决计不肯遵例纳贡，又阻遏南方各国，使他们亦不能入贡。成驹等所最恨的是玄都氏之国。因为三苗从前和伯禹交战的时候，玄都氏的遗民曾经助伯禹，做间谍，充向导，后来又分裂三苗的土地以立为国，所以最恨他。这次遂派兵前去逼迫玄都氏。玄都氏不能抵敌，只得叫人从间道飞奔蒲坂，前来告急。

伯禹知道了，就请帝舜加以挞伐。帝舜道："君子之道，重在责己。这个总是朕等喻教没有竭尽的缘故。久施喻教，他一定服的，朕等只须行德就是了。"伯禹道："三苗包藏祸心久矣，南有衡山，北有岐山，右有洞庭，左有彭蠡，他据有这种险阻，岂是喻教仁德所能感服的？"帝舜见伯禹如此主张，就说道："那么汝去征讨吧。"伯禹听了，稽首受命，退朝之后，就来校阅军马。这时大司徒夔已薨逝了，八元八恺已零落殆尽，皋陶亦年登大耋，不能从征，只有伯益年力甚富，伯夷是伯禹的心腹，于是就请了他们两个做参谋。此外材武兵将，都是年轻新进之士。伯禹检点完毕，委任真窥、横革、之交、国哀四人各将一军，分路前进。临出之前，照例要举行一个师祭。伯禹先期斋戒，到了祭祀的这一日，躬率伯益等文武大小将校，在一个玄宫之中恪恭将事。

哪知正在笾豆馨香之际,忽然神位之上出现四个大神:当中一个,人面鸟身;旁边一个,绿衣白面;左面一个,赤衣朱面;右边一个,长头大耳,须发皓然;同在那里受祭。大家都看得呆了。伯禹正要拜问他们是何大神,只听见当中人面鸟身的大神说道:"此刻三苗之国已乱得不得了,皇天迭次降以大灾,太阳之妖几个杂出,三日雨血,龙生于庙,犬哭于市,去年夏天严寒坚冰,地为之坼。种种不祥示警他们,他们仍不觉悟悛改。所以上帝特叫我来,命汝前往征讨,汝其钦哉!"说完之后,只听见旁边绿衣白面的大神又说道:"某乃司禄之神也。上帝因三苗大乱,命伯禹前往征伐,叫某特来降禄,一路兵行,无饥无馁。"说完之后,那左边赤衣朱面的大神又说道:"某乃司金之神是也。上帝因三苗大乱,命伯禹前往征伐,叫某特来赐金,一路兵行,无匮无乏。"说完之后,那右边长头大耳的大神又说道:"某乃司命之神是也。上帝因三苗大乱,命伯禹前往讨伐,叫某特来赐寿,一路兵行,无死无札。"说完之后,四个大神一齐不见。大家又是诧异,又是欢欣,知道这次出征是一无危险的。

祭祀既毕,伯禹就入朝辞帝,随即来到军中,一面驰檄南方各国,叫他们遣兵助征,在某地相会;一面即传令整队出发。一路浩浩荡荡,径向有苗国而来。到得云梦大泽北岸,各地诸侯来助战者果然甚多,有些遣将来,有些竟亲自来。伯禹看看所檄召的各诸侯,差不多都已到齐,只有一个郜侯不到。原来那郜侯就是允格的子孙,允格在颛顼帝的时候受封于郜。此刻他的子孙郜侯不知何故抗不遵命,竟不来会师。伯禹亦暂不理会,先召集了已到的群后,开了一个大会,又做了一篇誓师之词,以作士气,其词曰:

济济有众,咸听朕命。蠢兹有苗,昏迷不恭,侮慢自贤,反道败德,君子在野,小人在位。民弃不保,天降之咎。肆予以

>　　尔众士,奉辞伐罪。尔尚一乃心力,其克有勋。

　　誓词宣布之后,大众踊跃听命,即向云梦大泽南岸进发。那边有苗国亦派兵拒战。接了两仗,有苗军不支,渐渐向后引退。大军齐渡大泽,在南岸扎下营寨。伯禹叫了敢死之士,携了劝降之书,叫他们百姓及早归附,免致大兵一到,玉石俱焚。哪知有苗之民竟置之不理。伯禹只得传令,分三面进攻。那有苗之兵并不还击,只是敛兵守险。原来这就是成驹的计策,从前早经预备好的。成驹的意思,知道实力相扑,一定不能抵敌,所可恃者,全在地理上险阻。所以他遇到伯禹之兵,略略抵抗,随即退守他所预定的山岩。那边已筑有很坚固的防御工程,伯禹兵仰攻不能得手。

　　这时正值夏季,炎雨郁蒸,瘴气大盛。过往的飞鸟触着这气,都纷纷堕入水中,北方士兵如何支得住呢!看看攻打将近一月,虽然亦夺得几个山头,但是一山之外还有一山,要犁庭扫穴,正不知道在什么时候。伯益看得这个形势不妙,深恐从征诸侯因此懈体,藐视中朝;或者苗兵趁我疲惫,乘势冲出,反致失利,于是当着大众诸侯发一个议论道:"现在我师进攻不过三旬,苗民已只能退缩,并无反抗的能力。从此直攻过去,加以时日,原不难把苗民扑灭。但是某的意思,以攻心为上。苗民顽梗,如专以力服,恐怕是不对的。从前对苗民何尝不痛加攻伐,然而几十年之后,依旧如此。现在就是再胜了他,他的人民岂能尽行屠戮!仇怨愈深,终必为南方之患。某听说,唯德动天,可以无远而勿届。我们以为苗民指日可平,未免太自满了。满则招损,谦乃受益,这个叫作天道。某想苗民虽则顽蠢,终究是人类,没有不可以感化的。从前帝在历山躬耕的时候,日日向着昊天号泣。他的对于父母,总是负罪引慝。他见了瞽叟,总是夔夔斋栗,绝不敢有丝毫怨尤父母之心,所以瞽叟虽顽,后来亦终究相信顺从了。照这样看起来,至诚之道可以感格天神,何况有苗呢!"

　　大家听了,都以这话为然,于是伯禹不得已,只好传令班师,然而这口气终究不能不出。归途绕道,走过郡国,郡侯出来迎接,伯禹责数他抗不遵命之罪,就将他拿下,带到京都去治罪。其余四方诸侯亦各自散去。倒是有苗国人,正在竭力防守,忽然见大兵退去,反弄得莫名其妙。起初疑心是诱敌之计,不敢追袭。后来细细探听,知道真的退去,方才放心,但是究竟为什么缘故退去呢,猜度不出。有人疑心是帝舜死了,伯禹急急地要归去即位,但各处探听,并无其事。后来才知道是伯益一番以德服人之议论的缘故。成驹笑道:"他果然要以力服人,我且和他斗斗看,大不了我们再退到三危山去。如其他要以德服人,那么决不会再用兵来攻打,我们亦不必与他决裂,不妨敷衍敷衍他,给他一个面子。我们在这里,依旧做我们的事,看他有什么方法奈何我!"说罢,就叫了几个精细的中原人,暗暗到蒲坂去探听,看伯禹率兵归去后,究竟做些什么事情,回来通报,按下不提。

　　且说伯禹班师到京,即日陛见,将所以班师的缘故说了一遍。帝舜本来是尚德不尚力的人,听了之后,便说道:"这也很好,我们德不厚而行武,本来不是道理。我们前时教化还没有做得好呢,我们先来诞敷文德吧。"于是一面谨庠序之教,作育人才;一面又时时用万舞,舞干羽于两阶,表示对四海诸侯不复用兵。对于郡侯,念他是颛顼帝时功臣之裔,赦其死罪,将他家属一起都驱逐到幽州地方去。后来他的子孙却非常繁衍,自成一派,名叫阴戎,在春秋时候大为中朝之患,这是后话,不提。

　　且说帝舜舞干羽之后,那有苗的暗探就将那个情形回去报告。成驹向他的国君道:"那么我们只好到蒲坂去走一遭了。"三苗国君道:"为什么要去?"成驹道:"打仗之法,第一叫伐交,就是去掉他的帮手。从前他来攻我们,我们能够守得住,就是他失了帮手的缘故。他那时声势非不浩大,但是细按起来,助战的诸侯哪一个不抱怨他所定贡法之苛刻,哪个肯真个为他出力?亦不过敷衍面子而已。如今他改变方法,号称以德服人,我们若再和他反抗,他倒振振有词,说我们真个不可理喻,那么表同情于他的人倒反要多了。我们假使到他那里去朝他,一则敷衍他的面子,使他可以下台,不再来和我们作对;二则亦可表示我们一种怕软不怕硬的态度,使他下次再不敢轻易来侮辱我们;三则对于各国诸侯亦可以得到他们的同情。上兵伐交,就是这个方法。"三苗国君道:"我们跑去,他趁势扣住不放,如之奈何?"成驹笑道:"决无此事。他自称以德服人,如扣住来朝之诸侯,岂不是使天下诸侯都要疑虑么?下次哪个肯再去朝他呢?这个决不会。"三苗国君道:"万一朝见的时候,他竟敢教训我起来,说道某事当改过,某事当依他,那么怎样?"成驹道:"这却难说。然而不打紧,无论他说什么,只要一概答应就是了。横竖回到国里来,依不依,我们自有主权,他哪里能来管呢!"有苗国君听了有理,就立即上表谢罪,并请入朝,一面就带了几个臣子向蒲坂而来。

且说伯禹诞敷文德,两阶干羽舞了七旬,忽然得到有苗的谢罪表文,不禁大喜,以为文教果能柔服远人,于是吩咐筹备延接典礼,特加优渥,以示鼓励。过了几月,有苗国君到了,朝觐礼毕,循例赐宴。帝舜乘机训勉他几句话:第一项是,三苗、狐功的政策反道败德,万不可行,必须改去。第二项,说成驹是亡国之臣,专务私智,延揽小人,屏黜君子,如再重用他,恐怕不免于亡国。第三项说玄都氏之国亦系古国,闻贵国常用武力侵逼他,且遏绝他朝贡中央之路,不特背叛朝廷,抑且大失睦邻之道。这三项还望贵国君深加注意,庶可以永迓天庥。帝舜说一句,有苗国君应一句,貌极恭顺。

宴礼既毕,帝舜重加赏赐。过了几日,有苗国君拜辞而去。归到国中,正要将帝舜训诫之三项与成驹商议,哪知成驹忽染重病身死。有苗国君失了谋臣,不敢胡行,只好遵从帝舜之命。后来隔了几年,玄都国君来朝帝舜,且贡宝玉,这就是帝舜一席教训的结果。

第一百五十二回

舜封泰山,禅云云　舜居鸣条

舜南巡,迁宝瓮于衡山　舜遇何侯,仙去

帝舜四十二年冬天,霜降之后,草木仍旧青葱,绝不凋萎,大家以为稀奇。有人说是草木之妖。伯禹道:"这不是妖,是木气太胜之故。"帝舜听了,笑道:"恐怕是应在汝身上呢。朕德在土,汝德在木,克土的是木。前年青龙出现,青色属木,连年草木非常畅茂,亦是木的征兆。照这样看来,汝可以代朕即位了。"伯禹听了,非常惶窘,稽首固辞。帝舜亦不再说。过两日,帝舜向群臣道:"古来君主,治道告成,总要举行封禅之礼,以告成功于天。如帝喾及先帝各朝都是如此的。朕忝承大宝四十余年,仰赖先帝的遗烈及尔等大小臣工的辅佐,居然四海乂安,亦可以算为成功了。朕想举行一次封禅之礼,诸臣以为如何?"群臣听了,自然无不赞成。于是由秩宗伯夷筹备一切,择定了日期,率领群臣,径到泰山,所封的是泰山,所禅的亦是云云。礼毕之后,帝舜同群臣道:"朕有私事,尚想归去省墓一次,不免勾留多日。汝等各有职务,可先归去吧。"群臣闻言,纷纷先归。

帝舜带了几个从人,到诸冯山一带省过了墓,然后向各处游览。偶然到了一个地方,名叫鸣条(现在山西安邑县),爱其山水清幽,便叫人造了几间房屋,就此住下,不归蒲坂。原来帝舜这个办法,就是帝尧作游宫于成阳的办法,避开都城,好让伯禹独行其志,省得他有事总来禀白,可见帝尧、帝舜的心肠正是一样的。哪知鸣条地方离蒲坂近,不比成阳离平阳远,所以帝舜虽则避居鸣条,但是伯禹遇事仍是要来请示。帝舜觉得有点失计了。

一日,伯禹又来觐见,说道:"据南方诸侯奏报,有一个怪物出现于崇山,兽身人面,乘着两龙,他们不知道是何神祇,因来询问。"帝舜道:"汝从前号召百神,诛擒万怪,当然能够知道究竟是什么神怪,汝猜猜看。"伯禹道:"兽身人面,乘两龙的神祇甚多。不过出现于南方,当然是祝融了。"帝舜道:"汝看祝融无端而降,主何征兆?于国于民有害么?"伯禹道:"依臣看来,不过偶然耳,恐没有什么关系。"帝舜道:"那么恐怕亦应在汝身上呢。祝融是火神,木盛则生火,想来亦是汝之德所感召也。"伯禹正要谦谢,忽见外面递到一信,说是有庳国送来的。帝舜忙接来拆开一看,只见上面写道:

阔别觚棱,瞬经十载。河汾瞻望,靡日不思。本拟应循例入朝,藉修君臣之谊,亦联兄弟之情。不意去岁猝得痼疾,医药罔效,恐难久延。伏思弟早岁瞀谬,屡屡开罪于兄。承兄推骨肉之爱,不忍加诛,仍复分茅胙土,俾享尊荣。此德此恩,高天厚地。犬马齿虽尽,九原之下仍当衔感不忘也。弟年逾期颐,死亦何恨,所恨者不能归正邱首,并与兄为最后之一面,殊为耿耿耳。敤妹闻亦困顿床褥,衰颓之身,恐难痊愈。如弟噩耗到日,千乞勿使闻知,以增其悲,而促其生。并望吾兄亦善保玉体,勿为弟作无益之悲,则弟虽死之日,犹生之年。书不尽意。

帝舜看完之后,即顿足说道:"朕弟病危,朕须亲往一视之。"

伯禹道:"南方道远,帝春秋高,恐不宜于跋涉。"帝舜道:"不打紧,朕自问尚可支持。"伯禹知道帝舜天性友爱,一定要去,无从拦阻,只好不言,告辞而去。这里帝舜就进内,吩咐女英和登北氏预备行李。女英等闻之,皆大惊,苦苦劝阻。帝舜哪里肯听,说道:"吾弟病危,在理应该前去看视。况且现在祝融降于崇山,南方之地讹言朋兴。三苗之国本来是好乱而迷信神道的,会不会因此而发生变故,均未可知。朕虽已将大政尽行交给伯禹,但是于国于民有关系的,仍当尽其义务,不敢以付托有人而遂一切不管。所以朕此番出行,可以说不纯属私情,还带一点急公之义,就是镇抚南方。你们赶快给我预备吧。"女英等听了没法,只得督饬宫人去预备,按下不提。

且说帝舜的长女是嫁给伯益的,此外还有两个小女,一个叫宵明,一个叫烛光,都是登北氏所生,年纪都在二十左右。她们听说老父要远行,亦齐来劝阻。帝舜叹口气道:"你们来劝我,亦见你们的孝心。但是你们的意思不过以我年老,怕我死在外面就是了。殊不知人之生死是有天命。要死,不必一定在路上;不该死,不必一定在家里。你们放心吧。"二女道:"那么母亲等总同去的。"帝舜道:"不妨事,朕自有从人可以伺候。"烛光道:"父亲带了两个女儿去,如何?"帝舜忙道:"动不得!动不得!汝等岂没有听见高辛氏女儿的故事么?南方蛮苗有的性质不好,汝等怎可前往轻试呢!"二女听了,不敢复言,但念父亲垂老远征,骨肉乖离,实属可伤,姊妹两个只得暗暗一同垂泪。

过了一日,行装办好,正要起身,忽见伯禹带了百官前来劝止,说道:"现在有苗气势正高,心怀叵测,帝以高年,岂可往冒此险,还以慎重为是。"帝舜道:"朕以至诚待人,想有苗亦不致为难于我。倘有变故,朕自有应付方法,汝等放心吧。不过汝等前来亦甚好,有一项物件,是前代所遗下来的,此刻不知在平阳还是在蒲坂。汝等能替朕寻到,送来最妙。"群臣忙问何物,帝舜道:"就是帝喾时代丹邱国所贡的玛瑙瓮甘露。从前先帝时由亳邑迁到平阳,曾经颁赐群臣共尝过。汝等可将此物寻来,朕将携至南方。因为此露是仙品,可以却死长生,或者能救朕弟之命也。"众臣听了唯唯。伯益忙饬人两处去找。这里帝舜与家人及群臣作别,带了许多从人,就逾过中条山,径向南行。走到嵩山相近,那玛瑙瓮甘露已经送到。帝舜揭开一看,仍旧是满满的,不觉心中大慰,就载了玛瑙瓮,径向南行,直到云梦大泽。果有人报告有苗国君,有苗国君大惊,不知帝舜此来何意,忙召集群臣会议。那时成驹已亡,继任的人非常平和,亦颇有远虑,当下就说道:"放他过去吧,不必刁难他。"有苗国君道:"虞舜久已不巡狩了,前几次巡狩都是禹代行的,此次忽然亲来,难保不有阴谋。"那继任人道:"有庳国君是他的胞弟,前数月闻得正在患病。虞舜此来,必是去望病的。而且听说所带的人不多,又无兵队护送,必无他意,放过去吧。"

有苗国君正要答应,旁边一个臣子儳言道:"依我看,不放他过去。等他来了之后,擒住他,将他弄死,或者将他拘起来,叫人和伯禹去说,平分天下。他们要保全虞舜的性命,一定答应,岂不是好么!"那继任的人道:"我看不好。虞舜向来号称以德服人,四方诸侯和他要好得多。不比伯禹,崇尚武力,诸侯和他要好的少。况且他又是天下的共主,年纪又大了,现在轻车简从地来到此地,并无不利于我们的形迹,我们无端地拘他起来,或将他弄死,四方诸侯必定不直我们之所为,我们的形势就孤立了。况且伯禹久有即位之心,碍着虞舜不死,他这个天子的名义还不能实受。我们倘将虞舜拘起来,或弄死他,那么禹正中下怀,可以早即尊位,而且正可以趁此借报仇之名,奉词伐罪,与我们为难,以为他统一集权之计,岂不是我们倒反不利么？我的意思,虞舜此刻已经一百多岁了,能有几日好活！我们对于他,这个虚人情落得做的。所以我说不但应该放过去,而且此刻先要去迎接,一切礼节极其恭顺,给四方诸侯看看,知道我们对于中央政府并无不臣之心,那么将来伯禹如果再用非法的政策来钳制我们,我们和他反抗,大家一定原谅,且对我们表同情了。"

有苗国君听了这番话,极口称是,于是即刻带了许多侍从,备了许多礼物,亲自到云梦大泽南岸迎接、朝见。这时各地诸侯一路扈从帝舜而来的已不少,声势甚盛,有苗国君才佩服那谋臣的见识真是不错。朝见之后,就随同各路诸侯直送帝舜到南岳。这时南方诸侯听说帝舜南巡,来朝见的尤多。帝舜遂和众诸侯说道:"朕此次南来,是私人行动,并非正式巡狩。承汝等远来相访,感激之至,心实不安。但汝等既已前来,朕与汝等借此一叙,亦是难得之事。朕有一种异物异味,系先朝所遗,几百年了,此刻朕从北方带来,少顷到了衡山之上,与诸位共尝吧。"众诸侯听了,都不知道是什么东西,只得唯唯答应。帝舜径上衡山,先叫人择了一块平地,筑起一个坛来,将那玛瑙瓮安放在上面。却是奇怪,那坛上自从宝瓮安放之后,便不时有云气氤氲而生,如烟如絮,朝暮不绝。众诸侯见了,都觉得有点奇异。过了一日,帝舜大会诸侯,将这玛瑙瓮的历史告诉了他们,并且说时淳则露满、时浇则露竭的奇妙。诸侯等听了,似信不信。帝舜就饬人将宝瓮盖揭去,众诸侯上前一望,只觉一股清香直透脑际,非兰非麝,甜美无伦。瓮中盛着满满的宝露,其清如水,可以见底。帝舜又饬人拿了盂勺来,一勺一盂地分给各诸侯。大家饮了,其甘如醴,觉得遍体芬芳,个个精神陡长。足足舀了数十勺,但是细看瓮中依然满满如前,并无减少。众诸侯才知道它真是神物,那时淳则满、时浇则竭的话当然必定可信的。

这么一来,不但众诸侯格外倾心吐胆的诚服,就是心怀叵测的有苗国君亦打消他的异志了。有人说,这是帝舜的神道设教,一种柔服苗民的策略,不知究竟是不是。后来帝舜又与众诸侯就在坛下一座宾馆中共同宴饮。这日正值望日,一轮明月高挂天空,照得万里河山如银似水,大家都觉快乐非凡,尽欢而散。(现在衡山上有宝露坛、月馆等地方,就是当时之遗迹。)

次日,诸侯纷纷告辞归去,帝舜亦载了玛瑙瓮,再向南行。一日到了零陵(现在湖南零陵县),离有庳不远,忽有人来报,说有庳国君已去世了。帝舜手足情深,当然伤悼之至,但亦无法可想。本来载了宝露前来,原想仗它力医治象病的。现在人既死了,那么这宝露亦无所用之,于是就将它安置在零陵之地,自己却与从人急急赶行。后来零陵地方的人给舜造了一个庙,将这玛瑙瓮安放在庙前。不知何年何月,庙坍了,玛瑙瓮亦埋入地中。秦始皇南巡到零陵时,偶然掘地,得到这个瓮,可容八斗,亦不知道它是何人所造的。直到汉朝的东方朔,他是博古通今之人,知道这瓮的历史,方才给以说明,又给它做了一个宝瓮铭,因此流传到后世,这是后话,不提。

且说帝舜到了有庳之后,在象灵前恸哭祭奠一番,自不消说。一面仍叫象的长子承袭君位,并训勉了他几句。象的事情,至此总算结束。想想象的为人,屡谋杀舜,又想篡夺二嫂,平日又非常傲慢,可谓极无良心之人了。但自经帝舜感化之后,颇能改行为善。他在有庳地方虽然没有一点实权,一切治民的方法统由帝舜所派遣的人做主,但是他颇知道自己毫无政治知识,并不去过问,又不去掣那个代治人的肘,又不是今日要这项、明日要那项,做那骄奢淫佚、流连荒亡之事,所以几十年中,有庳的地方治理得很好。那些百姓不知道象是没有实权的,都以为是他用人得当所致,因此无不歌颂他。现在象死了之后，百姓就给立起一个祠来，春秋祭祀。照这样看来，象还不算是下愚不移，还算是个中材之人，然而舜竟能够感化他，这种力量亦可谓伟大了。现在灵博之山还有他的祠宇，大家尊他为鼻天子祠。虽则后来曾为唐朝的柳宗元所毁，但是不久依旧复兴。直到明朝，王阳明先生且给他做了一篇祠记。一个不孝不悌的人，有如此一种结果，亦足以豪了，闲话不提。

且说帝舜自从象死之后，郁郁不乐。从人恐怕他发病，都劝他出外游散，帝舜依他们，就向东南而行。一日，行到苍梧之野，路上遇见一个人，仙风道骨，气概不凡。帝舜诧异，就上前与他施礼，问他姓名。那人知道帝舜是天子，亦非常起敬，慌忙答道："小人姓何，名侯，今日得遇天子，真是万幸。"帝舜便问他作何生业。何侯道："惭愧惭愧，小人无所事事，妄想成仙。除耕樵之外，专务修炼，以求飞升而已。"帝舜听了，摇摇头道："这个恐是空话。朕当初亦曾研究此事，吐纳导引，行之颇久，神明虽是不衰，然而飞升谈何容易！"何侯道："不然，成仙之人有两种：一种是根器浅薄之人，全恃自己苦修而得，如小人就是这一类。一种是根柢深厚的人，不必怎样苦修，时刻一到，自然有上界真仙前来迎接，如圣天子就是这一类。小人飞升之期已不远，圣天子飞升之期亦到了呢。"帝舜听了这话，哪里肯信，说道："朕向来最恶的是谄媚谀词。南方无人可谈，今日和汝相遇，汝万不可再以这种话来触耳。"何侯笑道："这个不是小人的话，是赤松子的话。赤松子现为昆林仙伯，治理南岳衡山，前日曾向小人说，圣天子超凡入圣之期到了，明日过此，汝可善为引导。小人所以前来迎接。"帝舜听了，益觉不信，说道："赤松子游戏人间，在先帝时确系有的，但既然要引朕超凡出世，何不亲来，而叫汝来？假使汝是个凡人，不过和朕一样，何以能引导朕？假使汝是仙人，必有仙术，必须试演一二与朕观看，朕方能信汝。"何侯笑道："这亦容易,寒舍不远,可否屈驾暂往一坐,小人自有以副圣天子之望。"

帝舜听他如此说,要试验他的真假,便欣然带了从人跟着他走。起初路旁尽是梧桐,后来迤逦入一山麓,两旁尽是翠竹苍松,仰望山势,觉得比衡山还要来得高,有九个峰头,隐隐约约,掩映于烟霭之中。帝舜到得此间,心旷神怡,不但忧郁顿释,而且尘虑尽消。又走了一程,已近山腰,何侯止住步道:"寒舍到了,请里面小坐。"帝舜一看,只见门临溪水,后接危峰,茅屋数间,精洁之至,进内坐下,那些从者无可容身,都在门外憩息。何侯家中别无他人,只一小童,烹泉供客。何侯至此,先向帝舜耳边窃窃私语了一阵,不知说什么话。从人等从门外望之,但见帝舜连连点头而已。后来二人对谈,声细语微,足足有一个时辰,忽然帝舜站起来,向那从人道:"汝等行帐都带来么?"从人答道:"都带来。"帝舜道:"今日时已不早,朕就寄住在此,汝等亦在此住下吧。"从人答应,自去支帐炊饭。这里帝舜与何侯一直谈至夜深,方才就寝。

次日,二人依旧继续谈,从人等亦不知道他们谈的是什么,但听何侯说一句道:"明日大吉,晚间可以去了。"帝舜连连点首。又过了一日,帝舜拿了几块竹简,提起刀笔,各各在上面写了几句话,就放在案上。又吩咐从人预备盘水,沐浴过了,换了一套新衣。看看近晚,帝舜叫过从人来,吩咐道:"朕今晚就要上升于天了,汝等待朕上升之后,可急急归到帝都去通报。朕另有遗书几件,可以拿去,所有话语都写明在上面。"此外别无它语。从人听了帝舜这番话,正似青天一个霹雳,亦不知道他说的是神经病话还是真话,但亦不好究诘,只好唯唯答应。又过了片时,已到黄昏,天空中忽起音乐之声,顿时异香扑鼻。这些从人抬头仰望,渐见西北角上彩云缭绕,云中似有无数仙人,各执乐器而来,中间几个像是上仙气象,又与群仙不同。后面又有瑶车、玉轷、霓旌、羽盖,四面簇拥着,冉冉径向何侯之家而来。这时帝舜与何侯亦走出茅屋,西北向拱手相迎。那时众仙已到地上,只见当中一个上仙向帝舜拱手道:"某等奉上帝钧旨,以汝在人间功行已满,着即脱离尘世,还归上界,就此去吧。"帝舜听了,稽首受命。那瑶车、玉轷已到面前,帝舜随即上车,只见何侯拱手向帝舜说道:"请先行,请先行,再见再见。"那时瑶车、玉轷已渐渐上升,由群仙簇拥着飞驰而去。

这时帝舜从者目睹帝舜上升,初时惊疑骇怪,如痴如梦,大家不能作一语。继而帝舜去远,望不见了,大家回想,不禁都悲慕痛哭起来。这时何侯站在旁边,劝他们道:"圣天子龙驭上宾,做了上界真仙,是极难得、极可喜之事,汝等何必悲哀呢!"从人道:"我等随天子数十年,天子待我们的恩惠自不消说,如今扈从南巡,忽然仙去,以后无从见面,怎得不悲伤呢!况且我们有保护天子之职,如今天子杳然不见,我们何以回去复命呢?虽说确是升天,但是这种虚无缥缈之事,除出从前皇帝之外,古今少见,哪个肯相信呢?"何侯道:"不要紧,天子虑到这层,所以于飞升之前留下几个书札,叫你们拿回去,作为凭信。谅来天子的笔迹大家总能认识的。还有一层,某亦虑到有这个疑问,所以暂时不去。如果朝中不信,某亦可以做个证人,汝等放心,赶快归去通报吧。"众人听了有理,就互推了几个人,拿了帝舜的遗嘱星驰入都,前去报告。其余的人都在此伴住何侯,以等音信。

第一百五十三回

二女奔丧,血泪染竹　方回凭吊舜坟

二女溺水作湘神

且说帝舜南巡之后,女英、登北氏及宵明、烛光等非常记念,所幸帝舜沿途发信报告平安,略可放心。自从到了零陵,闻象死信之后,心绪不佳,信遂少写,后来竟不写信,以此大家又忧虑起来。

一日,敤首那边忽然有人来请女英等过去,说有事要谈。敤首是病久了,女英等以为是商酌医药之事,哪知不然,只听敤首说道:"我昨梦见二哥,不像个天子模样,坐着一座瑶车、玉辂,有霓旌、羽盖拥护着,自天空降下来,向我说道,已经不在人世间了,叫我和二嫂及侄女等说,不要悲伤,人生在世,总有一日分散的;并且劝我,久在尘世,受病魔的缠绕,亦属无谓,不如同到天上去逍遥快乐吧。我问二哥现在天上做什么,他说道:'上理紫微,下镇衡岳。'说完之后,又向我说道:'明日良辰,我来接你吧。'我还要问时,二哥已升空而去,我亦就醒了。照这个梦看来,二哥有点不妙呢,不知道近日有信来么,三哥之病亦不知怎样。那个宝露之味,恐怕是无效的。我吃了许多,毫无好处,明日恐怕要不起了。"女英等听了这番话,非常焦灼,惦念帝舜,但是口中只得宽慰敤首,说道:"妖梦是不足为凭,只怕你平日挂念极了,做的是心记梦,你放心吧,静心养养。"敤首听了,亦不言语。

哪知到了次日,敤首果然呜呼,死的时候,空中仿佛有音乐之声。女英等更加着急起来,既然痛悼敤首,益发忧虑帝舜。后来想想,只有遣人到南方去探听消息,但是往返总需数月,哪个能有如飞的捷足呢?忽然想到大章、竖亥,是有名能神行的,便饬人到蒲坂和伯禹商量,要他叫大章、竖亥二人前去探望帝舜。哪知大章、竖亥两个刚刚被伯禹差遣出去,一个从东到西,一个从南到北,实地测量四方的步数去了。女英等没法,终日焦闷,宵明、烛光二女更是不住垂泪,深悔当日不曾硬要同去。如此愁苦的生活足足过了三十多日,忽然随从帝舜南巡的人有两个回到蒲坂,将帝舜升仙之事报告伯禹,并将几个遗嘱呈上。一时朝堂震惊,疑骇非常。伯禹的猜度,以为帝舜被有苗人所害,如从前三苗、狐功毒帝尧的法子,这个飞升上仙是假造的。但是从几个遗嘱看来,那笔迹的的确确是帝舜所写,丝毫不错,而且给伯禹的遗嘱上面写着"真泠"二字,就是遗命的意思,下面写着几句道:

　　汝戒之哉!形莫若缘,情莫若率。缘则不离,率则不劳。不离不劳,则不求文以待形。不求文以待形,固不待物。

照这意思看来,与帝舜平日之议论颇合。又看到另外的遗嘱,是训诲商均兄弟和处分家事的话,亦绝合帝舜的口气,决非他人之所能伪为,像煞升仙之事的确是真的了。大家看了一会,觉得这事颇难措置,只得跑到鸣条来,和女英等商议。那时女英等已知道这个消息了,大家都哭得死去活来。宵明、烛光二女口口声声说要到南方去考察一番:"究竟父亲此刻在不在世界上了?如不在世界上,或是死去,或是升仙。如果死去,必有尸骸,尸骸在哪里?如果真个升仙而去,必有灵验,我们至诚祷告,必求父亲给我们一个实信,或者降凡一走,或者托梦相告,那么我们才可以放心。似此无凭无据的,究竟人到何处去了呢?我们不哭死,也要闷死了。"

伯禹等到了鸣条之后,朝见女英,女英就将二女之意告诉一番。伯禹道:"二位帝女年纪太轻,恐有危险,还请慎重,或者由朝中派人去吧。"女英道:"这话极是,妾身亦如此想。"说罢,就去和宵明、烛光商量。哪知二女去志甚坚,说道:"危险这一层,女儿等早虑到。不过因为父亲年老远出,一去不归,虽则说是升仙去了,但究竟是不是真的升仙呢?这种消息必须亲身到了那边,细细考察,才能明白,才能放心。朝廷中另派人去,无论如何我们总不能消释这个疑虑,所以请母亲允许我们去吧。讲到危险,大不了如从前帝喾高辛氏的女儿一样,但是女儿等早有防备。"说着,两人就从袖底各抽出一柄利刃来,其锋如雪,说道:"如遇着危险的时候,女儿等就以此毕命,决不含忍受辱,请母亲放心。人生世上,无过一死,死了之后,万事全休。与其听见父亲在外生死不明,含糊苟且以生,还不如冒险而死的好。请母亲准女儿等去吧!"女英听了,益发伤心,便再出来和伯禹等商议。伯禹道:"照这样情形看起来,只能让二位帝女去了。好在朝廷中百官亦正在商议派人到那边去探听实信,二位帝女同去亦使得,只要多派几个侍卫就是。不过仅仅二位帝女去呢,还是帝妃亦同去呢,仍请示下,以便某等预备。"女英道:"此层妾等尚未讨论过,容少停再相告。"说罢,又转入后宫,与登北氏商量。宵明、烛光是登北氏亲生的女儿,登北氏哪里肯让他们万里独行,当然要和她们同去,庶几有个照顾。再则,如果得到帝舜确耗,并不是升仙,而是其他意外的不测,二女至性激烈,难保不有身殉之事,到那时亦可以有个劝慰。所以登北氏决定同去。女英呢,本来亦要同去的,因年老多病,悲哀之后身体更觉不支,大家劝阻,只好不去了。此外同去的还有帝舜的四个少子。其余诸子,除商均在他国中,已专人去通知外,尚有四子留侍女英。

过了几日,一切行李备好,登北氏带了二女四子,随着所派遣的人,径向南方而行。过了云梦大泽,有苗国君民竟并不为难,让他们一路过去。原来苗人已知道帝舜升仙之事,苗人迷信本是极深,现在眼见帝舜升仙,那种仰慕佩服已不消说,对于帝妃帝女等当然十二分的崇拜,哪里还敢有其他之想,所以大家得安然前进。一路溯湘水而上,过了零陵,到了帝舜升仙的山下。那些留下的帝舜从者早已望眼欲穿,日日在山下探望,忽然看见大批人来,料想是朝廷人到,慌忙上前迎接。帝妃等至此,忍不住双泪直流,便问那些从人道:"先帝在哪里升仙呢?"从人用手遥指道:"就在这山里。"于是引着众人,曲曲弯弯,径向山腹而行。遥见何侯的数间草屋已觉不远,那从人就指与帝妃等看道:"这数间草屋就是姓何的住宅,先帝上升就在此屋之外。"帝妃等听了,个个向那草屋凝视,恨不得立刻即到。后来相隔不过十几步路,那留下的从人尽数上前迎接。忽然之间,只见那间茅屋四边烟云骤起,仿佛那茅屋渐渐升高,转眼已在半空,但听得鸡鸣天上,犬吠云中,隔了一会,茅屋愈高愈小,渐至不见,再回看原处,只见茅屋全无,但余一片平地。帝舜从人支帐露宿的物件却一切尚在。

众人至此,都看呆了。帝女等至此,方才相信升仙之事是实。但转念一想,父亲虽是升仙,而做子女的从此不能依依膝下,并见面而无从,这种终天之恨,如何消释?想到这里,不禁号啕大哭起来。左右的人劝道:"帝已升仙,哭亦无益,现在既到此间,不如再走过去看看吧。"帝女等听了有理,遂止住泪,再往前行,到得茅屋旧基所在,只见百物全无,但有衣冠一堆遗弃在地上,衣冠之中还裹着一个白玉琯,是西王母所赐,帝舜常带在身边的。这堆衣冠,据从人说就是升仙的这日所换,从人等不敢轻易去动它,以致犹委在地上。这时帝女等睹物思人,登时又大哭起来。这番哭,却哭得凄惨极了,足足哭了一个时辰。二位帝女泪尽继之以血,连鼻涕都是猩红的,有时挥在地上,有时挥在竹上。那挥在竹上的,竹的颜色就因之大变,后来别成一种,斑痕点点,大家就叫它湘妃竹,亦叫斑皮竹,就是这个出典,亦可见得至诚能感物了,闲话不提。

且说众人将帝女等苦苦劝住,就商量归计,因为二位帝女目的已达到了。但是二女仍旧不肯,说道:"从前历史上所载,黄帝乘龙上升之后,其臣左彻取其衣冠葬之桥山而庙祀之,留一个纪念于后人。现在我父亲亦上升仙去,所留下的衣冠等物明明在此,我们也应该做一个坟,将衣冠等葬下,留个纪念,方才回去。"那伯禹所派遣的人说道:"夏伯诸位本有这个议论,要想在鸣条山附近给先帝造一个坟呢。"宵明一听,就不以为然,说道:"先帝升仙之地在此,纪念应留在此,为什么要留到鸣条去?"烛光道:"姊姊!随他去吧,他们造他们的,我们造我们的,何必去管他。"登北氏听了,颇以为然,于是就叫从人在附近选择一块地,造起坟来。虽是衣冠之葬,一切仍与真者无异。因为帝舜微时善制陶器,即位之后,各物以陶器为上,就是棺椁亦是用瓦制的,所以这次用的是瓦棺。衣冠之外,并西王母的白玉琯亦殉葬其中。帝妃和二女等就住宿在附近之地,监造坟工。说也奇怪,那坟工开始之时,忽然有大群飞鸟从空而来,其状如雀,个个衔了沙土来帮助作坟,顷刻之间,成为丘垄,众人都看诧异极了。而且还有奇怪的,那些鸟儿能吐五色之气,又能够变其形状,在树木上是飞禽,一到地上就化为走兽。它们所衔来的沙,其色青,其形圆,粒粒都像珠子,积成丘垄。大家就给此地取一个名字,叫珠丘。这种沙珠又轻又细,往往因大风一起,它即随风飘荡,飞散如尘,因此大家又叫它珠尘,的确是个宝物,服食了可以不死,佩戴了可使身轻。可惜当时没有人知道这种妙处,就是那种鸟儿亦没有人能知道它的名字。直到坟工完毕之后,众人星散。

　　过了多时,才有一个人跑到坟上来凭吊。这人姓方,名回,是帝舜微时的老朋友,从前皇、英下嫁,是他做的媒人。帝舜贵了,他与灵甫、雏陶、续牙、伯阳、秦不虚、东不訾等避匿不见,到此刻已八九十年。灵甫等六人已逐渐死尽了,只有他是服食云母粉之人,依然尚在,听说帝舜升仙,在此地造坟,他就跑来凭吊一会。可巧这时,那些蛮苗慕帝舜的德,仰帝舜的升仙,大家都到坟上来朝拜,看见那种鸟儿,都觉得诧异,议论纷纷不一。方回就告诉他们道,这鸟名叫凭霄雀,是一种神鸟。那些蛮苗见方回野服黄冠,不知道他是什么人,都似应非应、似信非信的,不甚去理他,方回亦不再言。后来看见风起尘飞,他深知道这是宝物,随即掏了许多,大嚼一饱,并且作了两句七言的赞,叫作:

　　　　珠尘圆洁轻且明,有道服者得长生。

赞罢之后,徜徉而去。那些人看他如此举动,嚼沙唊尘,疯疯癫癫,以为他是有神经病的人,亦不去理他。哪知方回后来竟成仙人了,可是仍旧游戏人间,不到天上去。直到夏启的时候,他又出来做宦士。大家知道他是个神仙,有一日,诱他到一间空屋中,闭他起来,又用泥四面封塞,不让他向外走,要想求他传授仙道。哪知转眼之间,方回已不知去向,那门上之泥中却留有一颗方回的印子,无论如何弄它不开。所以当时人有两句话,叫作"方回一丸泥,门户不可开",但是方回从此竟不知去向了,这是后话,不提。

　　且说帝妃、帝女等在那监造坟工之时,眼见凭霄雀这等灵异,益信帝舜升仙之事是不假。但是,照古人制字的意思看起来,人在山上曰仙,那么虽则上升,或者仍旧在这山上亦未可知,不过肉眼看不见罢了。看到这座大山有九个峰头,峰峰相似,究竟在哪一个峰头呢?姊妹互相猜度,疑心不已。后人因此给此山取名叫九疑山。(有一说,帝舜登到这山上,疑心禹有篡位之意,北望大悲,从臣作九悲之歌,因此这山叫九疑。这种话恐怕完全不对吧。)等到坟工造完,姊妹俩秉着虔诚,向坟前祝告一番,一定要请帝舜下凡相会,或者示以梦兆。祝毕之后,又要求登北氏允许她们遍历九个峰头,寻访父亲踪迹,登北氏也答应了。哪知遍历九个峰头,并无影响,夜间也无梦兆,二女不觉又悲哀欲绝。登北氏恐怕她们哭坏身体,只得自己止住悲伤,劝她们不要再痴心妄想了,赶快回去吧。二女无法,只得遥向九疑山及帝舜坟墓痛哭一场,就和众人起身。

一日,到得潇水与湘水相汇之处,从人已预备船只,大家舍车登舟。二女上船之后,那思亲之念仍不能已。这时适值九月望后,秋高气爽,一轮明月荡漾中天,与水中的月影相辉映。二女晚餐之后,不能安寝,正在与登北氏闲谈,忽听空中一片音乐之声,宵明疑心道:"不要是父亲下凡来与我们相会么?"烛光道:"是呀,我们到船头上去望望吧。"说着,姊妹两个就起身携手,径向船头。登北氏和侍女等亦随后跟来。哪知二女到得船头,不知如何,立足不稳,径向水中双双跌了下去,只听得扑通一声,浪花四溅。登北氏大吃一惊,狂呼救命,那时夜色深了,船中人都已熟睡,听见登北氏狂叫,大家从梦中惊醒转来,问明缘故,才纷纷各找器械,前来捞救。正在扰攘之际,登北氏忽然看见二女自江中冉冉而出,装束与前大不相同,一齐向登北氏敛衽,说道:"女儿等本来是此水之神,偶然谪堕尘世,现在蒙父亲救度,已经复归原位了。父亲现为天上上仙,上理紫微,下镇南岳,凡所经游,必有天乐导从,刚才所听见的音乐,就是父亲的钧天韶乐。(后世称为'湘灵鼓瑟'。)父亲在天上甚安乐,女儿等此后或在天上,或在湘水中,亦必甚为安乐,请母亲万万勿念。女儿等不孝,中途暌离,不能侍奉母亲,尚请原谅。此刻父亲在上面等着呢,女儿等不能久留,今去矣。"说罢,再一敛衽,倏忽不见。

登北氏这时如梦如醉,耳有所闻,目有所见,但是口不能言,手不能动。直到二女上升之后,方才醒悟转来,不禁大哭道:"汝等都去了,叫我一人怎样?何妨就同了我同去呢!"说着,就要向船外扑去。左右之人慌忙拦住,一齐劝道:"帝妃请勿着急,小人们一定用心地打捞,特恐时候过久,捞着之后能不能救治,那就难说了。"登北氏道:"还要打捞她做什么,刚才两位帝女不是已经上天去了么?你们难道没有看见?"大家听了登北氏的话,莫名其妙,互相诘问,都说没有这回事,反疑心登北氏悲惊过度,神经错乱了。登北氏知道又是神仙变幻的作用,也不再说,走到舱内,自去悲伤。这里众人仍旧打捞,直到天明,绝无踪迹。有几个识水性的,没到水内去探察一转,亦一无所见,大家都诧异之极。登北氏方将夜间帝女现形情事说了一遍,众人都说道:"原来和先帝一样的成仙去了,叫我们从哪里去寻觅尸首呢!"于是各自休息一会,整棹归去。这一场往返,可说是专苦了登北氏一个,既然寻不见帝舜,又失去二女,那种愁苦自不消说,然而亦无可如何。后来伯禹即位之后,将帝舜的少子封在此处,做一个诸侯,登北氏就随她少子来此就国,与她女儿成仙之处相离不远,时常可以去流连凭吊。那荆州南部的人民景仰二女的孝行,又在湘水旁边给她们立了一个庙,叫黄陵庙,春秋祭祀。后来又给宵明上一个尊号,叫湘君;给烛光上一个尊号,叫湘夫人。从前夏禹治水到洞庭之山,曾经遇见两个女神,常游于江渊沅澧之间,交潇湘之渊,出入必以飘风暴雨。宵明、烛光是否就是她们转生,不得而知。

后来的人都以为湘君、湘夫人就是尧的女儿娥皇、女英,那竟是大错而特错了。莫说帝舜三十年葬后育于渭,娥皇早经去世,即便不死,这个时候年纪已在百岁以上,白发老妪哭其夫婿,血泪斑竹,至以身殉,于人情上亦不大说得过去。考湘君、湘夫人就是尧二女的这句话,出于秦始皇的博士口中。秦始皇渡洞庭湖,大风,舟几覆,便问群臣,湘水之神是什么。博士以为就是尧的二女、舜的二妃。后世之人根据他的话,都信以为真。其不知秦始皇是烧诗书、愚黔首的人,那种博士胸中所读之书有限,随口捏造,哪里可作准呢。有人又怀疑,帝舜并非南巡而死,而是死在鸣条的。所以《孟子》上说:"生于诸冯,迁于负夏,卒于鸣条。"他的原意是以为舜已传政于禹,不应再亲自南巡。这句话从表面上看来亦不错,但是《礼记》上有"舜勤众事而野死"的一句,如果真卒于鸣条,那么并不是"野死"了。况且天子出行,统叫巡狩,不必一定是正式朝会、省方问俗之事才算巡狩。那时禹虽摄政,一切大典固然应由禹恭代,帝舜不必躬亲,但是象的封国实在有庳,帝舜是友爱之人,记念其弟,到有庳去探望,是情理中所有之事。史上尊重帝舜,所以仍旧说他是南巡耳。现在海州虽有苍梧山,但是舜的坟墓,书所不载,可见不是那个苍梧山了。独有九疑苍梧则历代多保护尊祀之。每到祭祀的时候,如果太守诚敬,往往听到空中有弦管之声。汉章帝时候,有一个零陵的学者,姓奚,名景,又在那个地方得到白玉琯,考订起来,就是西王母给舜的,那么舜的坟墓在南方更可知了。后来道州舜的祠下,凡遇正月初吉,山中的狙类千百成群,聚于祠旁,五日而后去。去后又有猿类千百成群,聚于祠旁,三日而后去。那地方的人给它取个名字,叫狙猿朝庙。可见衡山地方舜的灵爽千古特著,亦可作为舜死在南方,坟墓确在南方的证据了。

第一百五十四回

启结交天下贤士　禹避商均

禹即天子位

且说伯禹自从帝妃、帝女往南访帝舜确耗之后,与群臣商议道:"先帝虽是升仙,然从此不可复见,与寻常身死无异,理应发丧成服。"大家都以为然,于是就择日治丧,为帝舜持服,又为帝舜在鸣条地方造了一个假坟,以留纪念。在这三年之中,虽则伯禹仍是照常摄政,但是追念帝舜,亦时时哭泣,形体为之枯槁,面目为之黧黑。

到得三年丧毕,和伯夷、伯益等商议道:"先帝虽有遗命,传位于我,但我受先帝大恩,如何敢夺义均之位呢?现在我且效法先帝故事,退避起来,且看诸侯和百姓的动作如何,再定去就吧。"伯夷听了,非常赞成。伯禹就将政治交给皋陶、伯夷诸人,自己即出亡而去。那时帝舜的次妃女英已离去鸣条,就养于商均了。三年丧毕,听说伯禹出亡,就和商均说道:"伯禹失踪就是学先帝让你母舅的方法呢。他既然让你,你亦应该学你母舅,避他一避。"商均哭道:"这个假戏文儿不愿做,做了之后,一定将来要倒霉的,何苦来!不要说先帝之志本来是禅位给他的,儿不可和他争;论到才德,他高到万倍,儿亦不能和他争;即使抹去才德,单讲势力,他摄政十七年之久,势力广布。今朝造城郭,明日责贡赋,处处有霸占天下的野心,诸侯和百姓哪一个不怕他?即使他现在避开了,他手下的人多着呢。诸侯即使想归附我,亦不敢归附我。百姓即使念先帝之余德,要推戴我,亦决不敢推戴我。我到那时避了出去,有什么面目走回来呢!岂不是徒然给人家见笑?所以儿的意思,只当不得知,听他去吧。"女英道:"这个不然,你和他竞争,当然是竞争他不过。但是你不避他一避,他没有一个比较,就显不出他天与人归的情势,他的心里恐怕终究不舒服,何苦来留这么一个痕迹呢!况且以礼而论,他让你,你亦应该让他,方才不错,且因此可以见你能够克承先帝之志。不能因为说不到让字,就不让的。"商均听了,颇以为然,于是亦退处于阳山之南、阴河之北,以示避让,按下不提。

且说伯禹避到什么地方去呢?原来他出门的时候不是一个人走的,带了他儿子启同走。这时启亦有七十多岁了,他从小的时候,伯禹虽则治水服官,勤劳在外,没有亲自教诲他,但是涂山后女娇却深明大义,善于教子,真是千古第一个著名的贤母,因此将启教育得人才出众,而且仁孝明慈。伯禹眼看丹朱、商均都是不肖,独有自己的儿子能够如此,颇慰心怀。启长成之后,涂山后常告诉他生母诞育他的故迹。启听了悲不自胜,就常到轘辕山下去省视、展拜那生母所化的石头,因此于那一带的人情风土非常熟悉。他虽是个贵族公子,但是外出之时总是布衣徒步,与平民一样,绝对看不出他是阀阅中人,亦可谓是恶衣食的夏禹之肖子了。

有一年,启展拜母石之后,随便闲游,到那箕山、颍水凭吊巢父、许由的高踪。忽见路旁来了一个人,眉目疏朗,气宇英俊,亦是来游历的。那人见了启,亦仿佛钦慕的样子,着实将启盯了两眼。启便上前施礼,请教那人姓名。那人还礼,答道:"姓杜,名业。"说完,亦还问启的姓名。启但告诉他姓名,并不细说身家,于是两人互相起敬,就在许由冢前一块石上坐下,闲谈起来。起初不过泛话,后来渐渐说到巢、许二人,启极口称赞他们的高尚,可以为千古模范。杜业听了却大不以为然,说道:"依某的意思,这种人表面看看似乎可以佩服,实在是万不可以为训的。一个人生在世上,应该为天下群众出力,方才不虚度一生。如其没有才学,倒也罢了,但巢、许二公能使知人则哲的帝尧让他以位,那么有才有学可想而知,为什么不肯出来担任政事呢?如果有了才学而不遇到清明之世,或者没有荐举他的人,他不肯钻营奔竞,自媒自荐,因而老死空山,倒也罢了,但帝尧是千古圣主,亲自识拔他们,不可谓不得其时,不可谓不得其主,何以如此之绝人逃世?甚至连听了几句话都要洗耳!假使人人都是如此,以为道德之高,试问天下之大,哪个来治理?虽有圣主,哪个来辅佐?岂不是糟了么!所以我说,他们是不可为训的。"

启听了这番议论,颇觉有理,便故意驳他道:"那么照老兄的意思说起来,莫非他们竟应该直受不辞么?"杜业道:"不是如此说。帝尧以天下相让,是谦恭的意思,是竭力推崇他们的意思。假使说叫他们做官,是自己以天子自居,而叫他们做臣仆,未免看得他们人格太低了。天下可以相让,就是自己情愿听他们的指挥号令,所谓举国而听命的意思,并非真个要将天下让他们呀。只要看帝尧后来禅位于现在的天子,先使九男事之以观其外,又使二女嫁之以观其内,又使之慎徽五典,纳于百揆,宾于四门,经过多少时间,用了多少方法,考试他,确定之后,方才使之摄政而传以位,其难其慎如此!正见得帝尧是圣天子,以天下为公,必定要为天下得到一个妥惬允当之人,始能放心,岂有偶然相遇而立刻就拿了天下相让的道理。巢、许二公果然有点见识,应该听得出帝尧的口气,知道帝尧的心思,君位万不敢当,臣下何妨一做呢。"启听他这话更为有理,便再问道:"那么以老兄的才学,如果遇到明主,有人荐举,当然肯出来为国家效力、为民生造福的了?"杜业听到这话,不禁引起他的雄心,顿时眉飞色舞,慷慨激昂地说道:"实不相瞒,某有经世之志久矣。平日集了二三知友,研究治国平天下之道,自以为尚有把握,可以一试。果然有明主起来,能用我们,我们一定可以致天下于治平,只是哪个能够荐举我们呢?"启听了,又忙问道:"贵知友共有几人?现在何处?某可以一见么?"杜业道:"某知友有三人:一个姓既,名将,擅长于武事;一个姓轻,名玉,擅长于理财;一个姓季,名宁,擅长于吏治。可惜此刻都散在各处,无从介绍,迟日有机会再相见吧。"启道:"老兄几个知友,或长于文治,或长于武功,或长于财政,都有专门之学,那么老兄想必是集大成了?"杜业忙道:"这个哪里敢当,某所研究的是教育一端。某等四人曾经商量过,将来如能遇到圣主,一人得位,必须互相援引,共同辅佐。计算起来,国家大政不过文治、武备、教育、财政、礼乐、宾客、刑法诸大端而已。某等四人各研究一项,庶几将来同朝共事,可以各尽其所长。可惜还有几项没有遇到专门人才,所以某等约定出外到处访求。老兄如果有得遇到,还望介绍。"启听了,非常佩服,便说道:"那么小弟归去,先请家君将诸位荐举如何?"杜业问道:"尊大人何人?现居朝中何职?"启便告诉了他。那杜业格外起敬,说道:"原来老兄就是夏伯的公子,小弟着实失敬了。某等志切用世,如承荐举,定当尽心竭力,使天下乂安,不负盛意也。"说着,便将自己的住址说明,又谈了一会,方才分别。

启归到蒲坂,便将经过情形告诉了伯禹。伯禹道:"既然草野中有如此贤才,当然荐举,汝可先和他们去说明。"启答应了,便来访杜业。凑巧季宁、轻玉二人也同在一起,另外还有一个人,姓然,名湛,是轻玉去结识来的,此人善于词令,长于交际,亦是一个人才。当下启到了之后,先和众人泛泛谈了一会,颇觉得都是气谊相投,便将他父亲答应荐举他们的话说了一遍,并且邀他们同到蒲坂去。哪知季宁说道:"我们能够借此出山,发展我们的抱负,固然很好,但是此刻还有点不便,请再稍迟几年吧。"启听了,觉得出于意外,便问为什么缘故。大家都笑而不言。启颇觉失望,但是亦不好再问。自此以后,启与杜业诸人常常通信,常常往来,非常莫逆。

且说杜业、季宁这班人都是讥嘲巢许、抗志功名的人,为什么启要荐举他们,他们倒反推避起来呢?这期间有一种理由。原来那日杜业别了启之后,便去找到季宁、轻玉等,告诉他们有这么一回事。他们初听,都以为甚好,后来轻玉说道:"据我的意思,不如且慢。"大家问他为什么缘故。轻玉道:"现在天子退闲,夏伯摄政,照从前的往事以及夏伯的功绩看起来,这个天下当然是夏伯的。帝子义均一定争他不过。但是夏伯摄政以后,统一天下的志向太大,手段太辣,恐怕到那时四方诸侯未必一定肯归附他。即使归附他,亦不过一时胁于大势,未见得能够持久。所以我想,我们彻底地为夏伯设法,为公子启帮忙,还是慢点去辅佐他好。且在下面为他们努力宣传,做一番下层工作,于他们较为有点利益。如若一径在他手下任职,到那时反有些拘束顾忌,且限于一隅,不能到处普遍宣传了。"大家听了,都以为然。这就是他们不肯立刻就受荐举的原因。

后来这些人果然到处演讲伯禹的功绩如何伟大,德行如何之美茂,并且亦代启宣传,说启如何如何的才德。那杜业的才学口辩都是很好的,本来夏禹治水,拯济人民,人民早已心服,再加以杜业诸人这样到处一说,那九州人民自然格外倾心,不但倾心于禹,并且连带的倾心于启。这种暗中运动,禹和启都是不知道的。后来杜业等又结交了一个施黯,一个伯封叔,一个扶登氏,都是非常之才。一代兴王卿相之选,差不多他们都已预备好了,专等帝舜一死,夏禹就好即真。但是这种运动都在民间,民间虽已传遍,而朝廷之上则殊无所知。后来帝舜南巡,采访民间风俗,亦渐渐有点知道。但是帝舜以天下为公,禅让伯禹出于至诚,亦绝不介意。到了苍梧的时候,偶然与其他侍从之人谈及,后来辗转传讹,遂说道禹有篡窃之心,舜有疑禹之心,因而作九悲之歌,九嶷之山名且因此而得,这种话之不可信前人早已说过。帝舜既有让禹之决心,听说禹要篡位,何必疑? 更何必悲? 禹在那个时候,摄政已十七年之久,天下大权尽在掌握,即真不过早晚间之事,何必再有叛舜的痕迹? 所以民间有这种传说,就是因为杜业等有这下层工作的缘故。不过他们所以要做这个下层工作,并不是反对舜,而是怕舜死了之后,天下人心不尽归禹,所以有这番举动。经在下彻底的说明,读者诸君想来总可以明白了,闲话不提。

且说伯禹那日带了儿子启出门,商量避让的地方。启主张到轩辕去,祭那块化石,伯禹很以为然,于是就很秘密地向轩辕而来。一日,住在一个逆旅之中,只听见隔着墙壁有好多人在那里谈天。一个说道:"现在伯禹弃掉了我们百姓,不知避到什么地方去了。我们以后推戴哪个做天子呢?"另一个说道:"先帝的世子商均,听说亦避开去了。现在找伯禹的人甚多,如同商均这种人,他虽说避开,恐怕没有哪个去找他呢。"又有一个说道:"先帝待我们百姓并非不好,不过那个商均听说太无人君之德,我们哪里敢推戴他,弄到将来自讨苦吃么?"又有一个说道:"现在我们总以赶快寻着伯禹为是,寻着了拥戴起来,那么大事就定了。"又有一个说道:"我从前听见杜先生说,伯禹如其避让,一定避到此地来的,叫我暗中留意,现在不知究竟来不来。"说到此句,声音忽然低了,听不清楚。伯禹忙和启说道:"我看在此地不妙,不如走吧。"启亦点首称是。

到了次日黎明,父子两个带了从人,立刻动身,到了阳城地方住下(现在河南登封市),亦不敢去看那块启母石。父子两个杜门不出,并告诫从人不许声张,只说是做贸易之人,来此暂住的。哪知从人们到外边去听见的消息,百姓纷纷扰扰,无非是搜寻伯禹的事情。有的昼歌,有的夜吟,有的竟登高而呼,都说道:"伯禹果真弃掉我们,我们何所仰戴呢?"照这样情形看来,大家竟是中了风魔一般。这几个从人就来告诉伯禹。伯禹慨然说道:"果然百姓一定推戴我,那么我亦只好直受了。"过了两日,从人又来告诉伯禹道:"这几日外边甚为热闹,听说各州的人都有赶到这里,不知是什么缘故。"伯禹听了,亦不言语。又过了两日,伯禹父子正在午餐,忽听得外边一阵喊声,震天动地,仿佛人有几万的样子。那从人仓皇跑进来说道:"外边人已挤满了,当头有十几个人,手中各执着一面小旗,旗上写着'荆州代表''雍州代表''青州代表''豫州代表'等等,硬说要见夏伯。小人们回复他,这里是做贸易的商人,偶然在此暂住,并没有什么夏伯。哪知这班人一定不答应,发起喊来了,请夏伯定夺。"伯禹道:"那么请他们进来吧。"

从人领命出去,须臾,即领了十八个手执小旗的人进来,其余的人都在外面,绝不闯入,仿佛极有训练、极有组织的样子。此次伯禹所住的房屋本不甚大,十八个代表进来,竟无坐处,只得都在阶下站着。见了伯禹,行过礼之后,便有一个代表中之代表说道:"如今先帝上宾,四海无主,百姓惶惑,务恳夏伯即日莅都,早登大位,俾某等九州人民克享升平之福,不胜盼切之至。"说罢,一齐再拜稽首。伯禹亦答拜,说道:"先帝虽上宾,先帝的元子尚在,理应该元子嗣位,请诸位去请商均吧。"代表道:"商均虽是先帝冢子,但素无才德,某等百姓未能信服。就是先帝在日,亦知道他的不肖,所以远徙他在商地,而请夏伯摄政。如其尊他做天子,不但非

— 1426 —

某等百姓之愿,且亦非先帝之志。还是请夏伯早登大位,以从民望,不要再推让了。"伯禹还要谦让,忽然空中呼呼风响,其黑如墨,陡然见黑风之中有一条大动物,长约数十丈,蜿蜒天矫,直升上去,拿空而立。众人细看,原来是一条黑龙。转瞬之间,忽然不见,风亦停止,依旧是红日杲杲。大家都看得诧异,众代表又向伯禹说道:"这个可见就是夏伯龙兴之兆。龙者君德,黑色者是夏伯之色,夏伯治水,其色尚玄。如今上飞于天,正是天与人归的现象,何可再推辞呢!"伯禹不得已,就答应了。众代表出来,告诉大众,这时一阵欢呼之声,又是震天动地。过了一会,伯禹出来,向大家致谢,大家簇拥上车,一齐向蒲坂而行。后人记载上有两句,形容当时百姓归附伯禹的情形,叫"惊鸟扬天,骇鱼入渊",亦可谓惟妙惟肖了。

第一百五十五回

颁夏时于万国　作贡法

土地国有,平均地权

　　且说伯禹在阳城地方,给百姓簇拥着,回到蒲坂,就正式即天子之位。因先封于夏,所以国号就叫作夏,于是从前的伯禹以后就改称夏禹了。夏禹即天子位,礼毕后大会群臣,商量一代的制度。这时先朝耆旧之臣非死即老,所存者除皋陶、伯益父子外,还有夏禹心膂之臣伯夷、乐正夔及奚仲等数人。那奚仲自帝尧时做工正之官,到得帝舜时,共工分官,他却不在内,仍旧在夏禹的司空部下,因此也做了夏禹心膂之臣。到得此刻,夏禹就叫他做车正之官,独当一部。他善于制车,方圆曲直都合于规矩钩绳。他有一个儿子,名叫吉光,亦善于造车,他们所造的车,总是机轴相得,异常坚固。后世的人说以木为车,始自他们父子,其实不然,不过他们父子造得独好罢了。奚仲又改良驾马之法,后世之人又说驾马是奚仲发明的,其实亦不然。他们父子又创造一种用人力推挽的车子,名字叫辇,夏朝一代,颇喜用之。因此奚仲父子,夏禹非常任用,又封奚仲于邳(现在江苏邳州),做个诸侯。后世遂有夏后氏尚匠之说,都是为奚仲父子的缘故,闲话不提。

　　且说夏禹即位之后,除出几个旧臣及心膂之臣外,还有一个昭明的儿子,名叫相土,颇有才干,夏禹亦任用了他。此外,就是他儿子启所荐举的杜业、轻玉、然湛、施黯、既将、季宁、扶登氏、登封叔这班人了，统统都用起来，真所谓拔茅连茹，一时朝廷之上顿觉英才济济。第一项要商量的，便是建都问题。决议下来，是在蒲坂东面的安邑地方（现在山西安邑县），取其仍在冀州而近于浊泽，民可以赖其利。议定之后，便派扶登氏和季宁两个前去经营。一切宫室、宗庙、学校等等悉仿前朝的制度，而略略加以损益，大要总以简朴为主。第二项要商量的是历法。大概古时一代之兴起，必定要改正朔、易服式、殊徽号、异器械，以变易天下之耳目，这个就叫革命。但是服式、器械等又从历法而出，所以历法尤为重要。

当下众人主张纷纷不一，昭明站起来说道："自伏羲氏以来，正朔代代不同。伏羲氏建寅，神农氏建子，黄帝亦建子，少昊建丑，颛顼、帝喾皆建寅，帝尧建丑，先帝建子。照这样看来，现在应该建子。大概建子之朝，以十一月为岁首，以半夜子时为朔，一交子时，就是第二日的日子了。建丑之朝，以十二月为岁首，以鸡鸣丑时为朔，一交丑时，就是第二日的日子了。建寅之朝以十三月为岁首，以平旦寅时为朔，必须黎明寅时才算是第二日的日子。这三种历法都是极有理由的，但是比较起来，自然以建寅为最不错。为什么呢？自开天辟地一直到世界复返于浑沌，大概有十二万九千六百年，拿了十二支来分配，恰好每一支得一万余年。第一个一万余年，是天开的时候，那时天空之中纯是一股大气，百物无有，所谓天开于子。第二个一万余年，是地辟的时候，这时地上已渐渐有山有水，但是百种生物一概仍无有，所谓地辟于丑。第三个一万余年，是人生的时候，那时地面上已渐渐有生物，由下等动物而进为上等动物，又渐渐进化为人，所谓人生于寅。建子的朝代是取法于天，名叫天统。建丑的朝代是取则于地，名叫地统。建寅的朝代是以人事为重，所以叫人统。但是历法这项东西是应该切于实用的，建子建丑，虽则说是王者法天则地，名目极好听，而按到实际，尚未能尽合。为什么呢？第一项，建子建丑与四时的次序不合，春夏秋冬，一年的四季是如此的。假使建子，以十一月为岁首，那么刚刚在冬之中心；假使建丑，以十二月为岁首，那么刚刚在冬的末尾，一年四季的次序应该叫'冬春夏秋'，不应该叫'春夏秋冬'了。但是即使改叫'冬春夏秋'，亦不妥当，因为九十日的冬天还不完全的，有一半或一大半尚在去年，应该叫作'冬春夏秋冬'才妥，但是决没有这个道理，所以不如建寅的妥善。第二项，一岁之首叫作正朔，必须有一番更新的气象和万事创始的精神，方才相合。春耕、夏耘、秋收、冬藏四种工作，是农家必不可易的次序，冬天正是万事结束的时候，反拿来做岁首；春天正是万物萌动的时候，反不拿来做岁首，气象精神都失去了，这是不如建寅的第二个理由。第三项，十一月、十二月、十三月这三个月农工简单，虽则都可以叫作三微之月，而比较起来，十一月中正是收藏之时，民间不能无事，在十一月之前，尤其不能无事。农夫终岁勤劳，岁尾年头，祈福饮蜡，应该给他们一种娱乐，且亦要预备的。如以十一月为岁首，则农功尚未完，岂有余闲可以娱乐？以十二月为岁首，虽有余闲，而十一月间农事刚了，预备亦嫌匆促，这是不如建寅的第三个理由。而且建子必以夜半为朔，建丑必以鸡鸣为朔，将一夜之中分为前后两日，时候既属参差，计算又难准确，不如以平旦为朔的直捷了当，未知诸位以为如何？"

大家听了他这番议论，都非常赞成。历法建寅，以平旦为朔，这个议案就通过了。历法既然建寅，那么国旗所尚的颜色一定是黑，祭祀的牲口必用玄，戎事必乘骊，朝用燕服、收冠而黑衣，国家教育之宗旨尚忠，这些都有连带关系，均已就此解决，而毋庸再议。为什么缘故呢？原来古人这种定制，是取法于植物的。十一月之时，阳气始养，根株黄泉之下，万物皆赤。赤者，盛阳之气也。故以十一月为岁首而建子的朝代,其色必尚赤,其教必尚文。十二月之时,万物始牙而白。白者阴气,故以十二月为岁首者,其色必尚白,其教必尚质。十三月之时,万物始达孚甲而出,皆黑,人得加功,故以十三月为岁首者,其色必尚黑,其教必尚忠,就是这个缘故,闲话不提。

且说建寅议案通过之后,夏禹正要另提议案,既将站起来说道:"历法建寅,可为万世标准,固然甚好,但是臣的意思,王者法天以昭示万民,这个原则是不可废的。唐虞两朝的历法是法天则地,所以其纪年仍用载字,以表明仍旧不废民事之意。现在历法建寅,既然注重民事,假使那纪年的字样仍旧叫载,未免废弃法天的原则,而且亦太重复了。臣考天上的木星,亦名岁星,越二十八宿,宣遍阴阳,恰恰十二月一次,是极准的。可否将载字改作岁字,一载为一岁,那么天与人交重,两者不偏废,未知众意如何?"大家亦都赞成。

杜业立起来说道:"从前先帝注重历法,敬授人时,原是以农事为重的意思。但是臣的愚见,还要进一层,不但使人民要知道务农的时日,还应该使万国诸侯都遵行现在所新定的国历。为什么缘故呢?世界上事事能划一,则庶政容易办理。倘使国自为政,那么其纠纷甚大。帝尧之时,洪水滔天,对于诸侯无暇顾及。先帝摄政之初,已虑到这层,所以创立五瑞之法,颁之于群后,又四时巡狩,考察律度量衡,使之相同。律度量衡是民间日用必需的东西,历法亦是民间日用必需的东西。律度量衡要它们相同,而历法倒反不同,你国是正月,我国中已是二月,他国中又是三月,会合拢来,岂不是参差紊乱之至么!况且历法至精至微,差以毫厘,谬以千里。现在政府承历代之后,测量推步的器具较备,而自帝尧以来,二羲二和分宅四方,孜孜考察,帝尧及先帝又天亶聪明,长于天文,时加指导,历算之精遂为万国所不及。所以臣的意思,就中央政府之尊严而言,就万国统一之便利而言,就历法之精密无讹而言,皆有使万国遵行此新定国历之必要,未知众意如何?"

大家听了,亦都以为然,于是又商量如何推行此新国历之方法。轻玉主张:"每岁冬季十月或十二月,由司历之官将次岁的月日,大建或小建,弦、望、晦、朔在何日,有无闰月,应闰某月,二至、二分各节气的时日分数等,一切都推算明白,分为十二册或十三册,每月一册,颁布于诸侯,使他们谨敬领受,藏之宗庙。每月之朔,用一只羊,到庙中去祭告,请出一册来检用。这个方法未知可行否?"季宁道:"方法呢,当然是如此。不过收藏请用这种手续,似乎可以不必限定,因为现在第一步是要他们遵行国历,换一句话,就是要他们奉行我们的正朔,听我们的号令。假使手续太烦,或操之过激,使他们发生一种反感,或者竟不遵行,或者阳奉而阴违,那么又将奈何呢?"夏禹道:"是呀,立法之初,不妨宽大,现在只要希望他们遵行,至于收藏请用等且不必去管它吧。"这时司历之官是从前二羲二和的子孙,官名就叫羲和,此时亦列席会议。夏禹便吩咐他们去照办,并派登封叔及昭明同去帮忙,这件议案才算结束。

第三项议案是财政。财政问题包括出入两种,而收入方法尤为重要,须加审慎。因为支出总以节俭为主,可省则省,可缓则缓,还有一个斟酌;至于收入,哪项应收,哪项可多收,哪项不可多收,稍不审慎,一经定下之后,百姓就非常吃苦。但是如果一概少收,则一切政费从何取给?凡百事业从何建设?所以是最难的。当下轻玉站起来说道:"现在九州已经恢复,一切贡赋办法已经确定,但是依臣的愚见,还须有一个根本办法,财政上才可以日有起色,绝无后患。贡赋两项,贡是万国诸侯来贡的,赋是王畿之内政府直接叫百姓交纳的。诸侯之贡只能作为赏赉诸侯之用,如朝觐之时,以甲国所贡赏乙国,乙国所贡赏丙国之类。或者作为政府特别之用,如荆州所贡包茅,以供祭祀缩酒之类。此种收入,只可作为临时费,不能作为经常费。经常费的收入,还是以田赋为大宗。但是如何收法?年有丰歉,地有肥硗,多寡轻重,煞是问题。臣愚以为百姓现在所种之田,所住之地,所取材的山林,所取鱼的川泽,本来都不是他们自己制造出来的,都是天生的,既然如此,他们哪里可以私占?应该统统都收归国有,不许人民私有。凡人民要住屋,要种田,要取木材,要食鱼鳖,统统来问政府要,由政府颁给他,每年收他多少赋。那么每年有多少收入,按册而稽,可以确有把握,即可以量入为出了。"

说到此,季宁立起来驳他道:"土田山川都是天之所生,以供给万民的。现在统统都算国有,不准人民私有,这个道理恐怕说不过去。还有一层,现在人民所有的田,虽说本来不是他们自己制造的,但大半是他们披荆斩棘、辛苦艰难而得来,或者祖宗相传,已历数世。一旦收归国有,岂不是近于豪夺么?"轻玉道:"我看不然,土地等系天之所生,国家也是天之所立,君天下者曰天子,明明是受天命而来治理的。先帝虞舜有两句诗,叫'普天之下,莫非王土;率土之滨,莫非王臣。'照这个意思说起来,岂但土地尽是国有,连他们人民的身体还是国家所有呢。况且土地国有和土地私有,两者的利害大相悬殊。天之生人,五官四肢虽是相同,而智愚强弱万有不齐。愚者不敌智者,弱者不敌强者,这是一定之理。土地假使私有,则民间即可以买卖,那么智而强的人,势必设法以吸收愚而弱者之土田,数百年之后,可能发生贫富两个阶级,富者田连阡陌,贫者无立锥之地。这种不平的现象,最足以引起社会之不安宁,国家欲求其太平,难矣!若土地国有,由国家支配,每人耕田只有若干亩,每家住宅只有若干亩,智而强者不能独多,愚而弱者不致独少,那么一切不平等之现象就可免了。古圣人所谓治国平天下,就是这种平法。古圣人所谓'不患寡而患不均',这种就是均法。除出这法之外,再要想求平均之法,恐怕没有呢。至于现在他们所有的土田,亦不必一定去夺他,只要依政府所定之办法加以限制,或给以追认而已。譬如政府所规定的办法,每人是田一百亩、住宅五亩,他们如果不到此数,政府当然补足他,他们不但毫无损失,而且还有进益。如果他们所有不只此数,那么可以定一种土地收买法,由政府给他多少货币作为代价,岂非不是豪夺么!还有一法,并不必收买,将他所余之田暂时存记,等他子孙众多的时候,平均摊给,岂不是更便利么。"

季宁道:"这个道理虽不错,但是人的心理总是自私自利的多。种自己的田,肯尽心尽力;假使不是自己的,是国家的,今朝分给我,明朝说不定分给别人,那么何苦尽心尽力,岂不是于收获有关系么?"轻玉道:"不是如此。土地虽属国有,但是耕种和居住不妨世袭。譬如父死了,可以转给其子,子已有田,可以转给其孙,或转给其次子,不是忽而给这人,忽而给那人的。况且政府并无规定不许世袭的明文,并未限定耕种的日期。他如果先怠惰起来,那么他是惰农,政府对于惰农应该有罚,于他自己一无所利,何苦来呢!只有年老而独、无可承袭之人,政府才收回,另给他人,何至因此而惰呢?"

季宁道:"世界人口总是愈生愈多,一人必给他许多田地,恐怕将来人多地少,不敷分配,那么怎样?"轻玉笑道:"足下之计虑,可谓深远矣。但是照现在状况看起来,人满为患,恐怕至少要在几千年之后。几千年之后如何情形,自有聪明圣哲的人会得设法,变通补救,此刻何必鳃鳃过虑呢!"季宁道:"照足下这个方法,恐怕仍旧不能平均。因为一家之中,人口有多寡,体力有强弱,年寿有长短。如每人土田平均,那么人口多的,寿命长的,祖孙父子兄弟所受的田亩必多,和那单夫独妻寡弟少男的比较,进益总要增多,久而久之,岂不是仍有贫富等级么?"轻玉道:"这个亦有章程规定,要等到他壮而有室了,才给以相当之田,过了六十岁,他的田即须收归。这样一来,相差不会远了。"

施黯道:"田地国有,有这许多理,不错了。名山、大川、林木、薮泽,都要收归国有,有什么意思呢?"轻玉道:"大概百姓有知识的少,无知识的多;有远虑的少,只图目前的多。山林薮泽等等如果任百姓自由去砍伐捕捉,将来势必至于有山皆童、无泽不竭,这是一定的趋势。收归国有之后,山林薮泽等每处起设官来,专理其事,何时准百姓去伐木取薪,哪几种可取,哪几种不可取,取了之后如何设法补种,件件都有规则,那么材木才无匮乏之虞。鱼鳖等亦然,何时可捕,何时可猎,都有定时,数罟有禁,围猎有禁,都有规定,那么鱼鳖禽兽等肉才不可胜食了。总之,一国譬如一家,政府譬如一家之主,对于财产等应该有种种的统计,对于子孙家人等的生活应该有切实的指导,万不可一切听他们去乱干,决不能只知道高坐室中,责他们的孝养侍奉,就算是个家主了。鄙见如此,诸位以为如何?"众人听了,无不佩服,土地国有这个议案总算成立。

但是收归之后,百姓每人应该给他多少田,每家住宅应该给他多少地,这个问题又要讨论了。大家商议结果,授田以一个人力耕所能来得及为标准,定为五十亩。住宅以一家八口能容得下为标准,定为五亩。一家八口,就是自身夫妇两个,上有二老,下有子女四人,以此最多数为计算。但是,住宅在城里则于耕种不便,在城外则城中又太空,且不免种种不便。后来又商议,将五亩划开来,半在城中,半在城外,听他们居处从便,亦可谓计虑周到了。最后乃议到赋税之法,究竟五十亩田每年取他们多少税呢?施黯以为不妨从多,他说:"国家建设进行之事甚多,虽则多收他们几个钱,但是仍旧用在他们身上,人君不拿来滥用,官吏不拿来中饱,就对得住百姓,百姓决不会怨的。"季宁道:"这个万万不可,建设事业须循序渐进,不能于一朝之间百事俱举。那么只要平日节省一点,已足敷用。况且现在土地已归国有,一切建设材料大半已不必购备,只需工食就够了。但是人民对于国家的建设,都是自身切己的问题,即使每岁农事完毕之后,叫他们来做几日工,付给他们一点工食,想来他们亦甚情愿,这是从事实上来论,不必重赋的一个原因。二层,天之生财,只有此数,不在政府,即在百姓,而在百姓胜于在政府。古人说:'百姓足,君孰与不足?百姓不足,君孰与足?'这句话很不错的。所以最好的办法,莫如藏富于民,民富就是国富,民贫当然国贫。譬如养牛求乳,养鸡求卵,牛鸡肥则乳卵自多,牛鸡瘦则乳卵必少。这是从理论上来说,不应重赋的一个原因。第三层,古人说:'君子作法于谅,其弊犹贪、作法于贪,弊将若之何!'这句话亦是很不错的。现在圣君在上,我们这班人在这里办事,重赋收入,原是能够涓滴归公,实在用于建设。但是后世为君者能否尽圣?为臣者能否尽贤?万一有不肖之人,假借建设之名,肆行搜括,借口于我们,我们岂不是作俑之罪魁么!这是从流弊上来说,不可重赋的一个原因。"

夏禹听了,便说道:"不错不错,应该轻,应该轻。依朕看来,十分之中取它一分,何如?"杜业道:"十分取一,原是好的,但是依臣看来,还应该加以变通。因为年岁是有丰歉的,国家的政费是有预算的。年岁丰时,照预算十分取一,不生问题;假使年岁歉时,照预算十分取一,他们要苦了,政费又发生影响了,这是应该预计到的。所以臣的意思,收取总以十分之一为原则,而临时不妨有变通。丰年或收十分之二,或十分之一点五,歉岁或只收二十分之一,或竟全蠲。此法不知可行否?"大家商议一会,觉得此法亦未尽善。因为丰歉是无定的,年丰多收固然无问题,假使年歉少收,或不收,则政费预算不免动摇。而且调查估算麻烦异常,一或不慎,浮收滥免,流弊丛生,亦不可不防。辗转讨论,后来决定一个办法,就是校数岁之中以为常。譬如十年之中,每年收获多少,将它加起来,以十除之,就是每年平均所收获之数。在这个数目之中,十取其一,作为定额,不论丰歉,年年如此,这个办法叫贡法。因为十年之中,丰年也有,歉岁也有,平均计算,丰歉都顾到了。夏朝一朝都是用此法,以为尽善尽美了。但是此法实在不善,后来有一个名叫龙子的,批评它道:"乐岁粒米狼戾多,取之而不为虐,则寡取之;凶年粪其田而不足,则必取盈焉。为民父母,使民盼盼然,又称贷而益之,恶在其为民父母也。"这个批评可谓确当。但是当时立法之意,原想百姓丰年多储藏些,留为歉岁之补偿,然而百姓虑浅,哪里肯如此!一到凶年,要照额收他,就不免怨恨。这亦可见立法之难了。

第一百五十六回

改封丹朱、商均　养老求言
跌蹄出见　作乐、作雕俎而群臣谏
薄丧礼

且说夏禹即位,将历法、贡法两项大政议妥之后,就饬有司详订章程,预备颁布。过了两月,扶登氏等回来报告,说安邑新都已建筑好了。于是夏禹择日率领众臣迁到新都。那边宗庙、宫室、学校等已式式俱全,正所谓又是一番新气象了。迁都之后,第一项政令,就是优待前朝之后,改封帝尧之子丹朱于唐。(现在河南唐河县西直到淅川县境皆是。其西有水名叫丹水,都是以丹朱得名。淅川县并有丹朱的墓,想来以后就死在此地了。)又改封帝舜之子商均于虞(现在河南虞城县)。商均徙封之前,其母女英早经死去。陕西商县旧有女英冢,唐时曾为盗发,得大珠镠金宝器玉碗等甚多,现在还在与否不得而知了,这是后话不提。

且说夏禹改封朱、均之后,第二项政令,是视学养老,大致和帝舜相似,而略改其名称与仪式。国学定名叫学,大学叫东序,在国中;小学叫西序,在西郊;乡学定名叫校。帝舜上庠下庠的意思是养,而夏禹改作序,就是习射的意思。古语说:"尧舜贵德,夏后氏尚功。"即此一端,已可概见了。养老之礼,国老在东序,庶老在西序,用飨礼不用燕礼,亦与帝尧不同。第三项政令,是以五声听治,用钟、鼓、磬、铎、鞀五项乐器,放在庭中,每种乐器的簨虡上各刻着一行字。钟上面刻的是"喻寡人以义者鼓此";鼓上面刻的是"导寡人以道者挝此";铎上面刻的是"告寡人以事者振此";磬上面刻的是"喻寡人以忧者击此";鞀上面刻的是"有狱讼须寡人亲自裁判者挥此"。夏禹又尝说道:"吾不恐四海之士留于道路,而恐其留于吾门也。"后世君主或非君主,对于百姓言论往往竭力的箝制,务为摧残,百姓有苦衷要想上达难如登天,斯真可叹了,闲话不提。

且说夏禹即位之后,政治一新,天下熙熙,那祥瑞天休亦纷纷而至。瑞草生于郊,醴泉出于山,这种还是普通事。后来民间喧传,有一只神鹿在河水之上跑来跑去,这个已是前代所未见之物了。一日,有许多百姓,牵着一匹异马,跑到阙下来献,说道:"小人等前日在山里砍柴,遇到这匹马,看它非常神骏,小人等无所用之,特来贡献。"夏禹看得那马的确有点奇异,吩咐暂且留下。那些百姓都赏以币帛而去。又一日,忽然喧传郊外来了一只会说人话的异兽,登时轰动全城,扶老携幼,纷纷向城外去看。夏禹知道,亦率领群臣前去考察。只见那兽形状如马,夏禹便问它道:"汝能人言么?"那异兽果然回答道:"能。"夏禹又问道:"你从何处来?"那异兽道:"我向来游行无定,隐现不时,但看何处地方有仁孝于国的君主在位,我就跑到何处。现在我看到此地祥云千叠,瑞气千重,充满了神州赤县,料到必有仁孝之主,所以我跑来了。"夏禹又问道:"汝有名字么?"那兽道:"我是后土之兽,名叫趺蹄。"夏禹道:"从前轩辕氏时代,有一种神兽,名叫白泽,能说人话,并能够知道万物之情、鬼神之情,汝能够么?"那趺蹄道:"我不能够。我只能对于现在的物件知道认识。"夏禹听了,便叫从人将前日百姓献来的那匹神马牵来,问它道:"这是什么马?"那趺蹄道:"它名叫飞菟,生长在方泽地方,每日能行三万里,亦是一个神兽。如遇到王者能够勤劳国事、救民之害的地方,它才跑来,寻常轻易亦不出现的。"夏禹道:"既然如此,这飞菟亦不必养在宫厩,留在此与汝做伴,听汝等到处遨游,自由自在吧。"趹踶道:"这个很好。"那飞菟亦似能解人言,赶快跑到趹踶身边,两个相偎相依,非常亲热。过了片时,两个神兽一齐跑向山林之中而去。自此之后,或在山林,或游郊薮,出没无时,大家看惯了,亦不以为意。

且说夏禹看了趹踶之后,回到朝中,群臣皆再拜稽首称贺,说道:"我王盛德,感受天祥,臣等不胜钦仰之至。"于是有主张作乐的,有主张举行封禅之礼的,纷纷不一。夏禹因为新近即位,谦让未遑。杜业道:"王者功成作乐,封禅告天,原不是即位之初所可做之事。但是我王与众人不同,八载勤劳,洪水奠定,大功早已告成了。如今天休既集,正宜及时举行,何必谦让呢。"大家听了,同声附和。夏禹不得已,乃答应先行作乐,封禅之礼且留以有待。这时乐正夔已病故,精于音乐之人一时难选,只有老臣皋陶历参唐虞两代乐制,是有研究的,于是这个作乐之事就叫皋陶去做。皋陶以老病辞。夏禹道:"扶登氏于音乐尚有研究,可叫扶登氏襄助,一切汝总其成吧。"皋陶不得已,与扶登氏受命而去。

一日,夏禹视朝,杜业又提议道:"臣闻王者功成作乐,治定制礼,如今乐制已在筹备中,礼制亦宜规定。从前先帝时只有祀天神、祭地示、享人鬼三礼,但是要而言之,三礼实只有一礼,不过祭祀而已。臣以为人事日繁,文明日启,礼节亦日多,决非仅祭祀一端所能包括。如同婚嫁、丧葬等等,假使没有一种适宜之礼做一个限度,势必流弊无穷,于风俗民心大有关系。"夏禹听了,极以为然,说道:"朕的意思,治国之道以孝为先。父母生前必须孝养,那是不必说了;父母死后,亦应本事死如事生之意,祭祀必尽其丰,以尽人子拳拳之心。不过丧葬之礼不妨从俭。因为葬者,藏也;藏也者,欲人之不得见也。既欲人之不得见,那么还要奢侈做什么?况且古人有言:'死欲速朽'。死了既然欲速朽,更要奢侈做什么?天生财物,以供生人之用,人既死了,何需财物?拿了生人所用之财物纳之墓中,置之无用之地,未免暴殄天物了。况且世界治乱难定,人心险诈难防,墓中既藏多数有用之物品,万一到了世界大乱之时,难保不启人之觊觎,招人之发掘,那么岂不是爱父母而倒反害父母,使已死遗骸犹受暴露之惨么?还有一层,世界土地只有如此之大,而人则生生无穷。人人死了,墓地以奢侈之故竭力扩张,数千年之后,势必至无处不是墓地,而人之住宅田地将愈弄愈窄,无处容身了。到那时坟墓不遭发掘,恐怕是不可能之事。古人所谓'死欲速朽',一则可免暴露之惨,二则不愿以已死的残骸占人间有用之地。但是不得已而被人发掘,犹可归之于数,假使以殓葬奢侈,启人盗心,而遭发掘,于心上能忍受么!汝等议到葬礼,务须体朕此意,以薄为原则,未知汝等以为如何?"施黯道:"我王之言极是,昔帝尧之葬,不过桐棺三寸,衣衾三袭。先帝之葬,不过瓦棺。天子尚且如此,何况以下之人呢。"

又过了几日,夏禹视朝,然湛呈上所拟定的一切告民条教。内中有二条是山林薮泽收归国有后,对于百姓伐木取鱼的限制。一条是春天斧斤不许入山,一条是夏天网罟不许入渊。又有一条是,赋税十分取一之外,又用百姓的气力以补赋税之不足,称作九月除道,十月成梁。夏禹看到这条,便说道:"既然取了他们十分之一的赋税,又要用他的气力,未免太暴了。"然湛道:"臣以为土田、人民都是国家所有的。土田分给他们,叫他们种,但不是白种的,所以要收他们的租。住宅分给他们,让他们住,但不是白住的,使他们艺麻、织布、种桑、养蚕,所以要收他们的布帛。人民亦是国家所有的,那么对于国家应该报效,尽点义务,所以要用他们的力气。

还有一层,人民的心理,要使他们知道急公去私,地方才能够治。道路桥梁,虽说是国家之事,实则就是人民的公事。假使道路崎岖而不修,桥梁破坏而不整,这种人民的心理已不可问了。但是人民中只知有自己而不顾公益的多,所以政府必须加以督促,规定时间,订为法令,使他们做,才可以养成他们的公益心。"夏禹听了,点头称是。又看下去,只见对于百姓的农工亦有按时告诫之语,叫作"收而场功,待乃畚梮,营室之中,土功其始,火之初见,其于司里,速畦塍之就,而执男女之功"。夏禹看了,极口称赞,说道:"小民知识短浅,不时加以指导,未有不日即偷惰者。编成短句,使他们熟读,亦是一法。"须臾,看完全文,便吩咐照行。

　　刚要退朝,只见伯夷拿了他所拟定的礼制呈上来。夏禹接来一看,只见上面写的第一条是天子的祭礼。其中所用的祭器,新制不少,具有图说,绘在旁边。一项是簠,一项是巌,一项是巌俎,一项是鸡彝,一项是龙勺,都是前代所无的。夏禹看了,非常喜欢,说道:"致孝鬼神之物,朕不厌其华。这几种祭器可谓华美了。但是朕意,还要施以雕刻,方为尽美。现在仅用墨染其表,朱画其里,似乎还有点欠缺。"这时群臣列席者,知道夏禹平日极俭的,现在忽然有这个表示,都非常诧异。皋陶首先谏道:"这个未免太侈靡了。从前先帝仅仅将祭器加漆,非但为美观计,亦为经久起见,但是群臣谏阻的已经甚多。现在于加漆之外,还要加之以雕刻,恐怕不可以示后世呢。"皋陶说完,一时大小臣工起而谏止的足有十余人。独有施黯说道:"这有什么要紧呢?大概自奉与奉先是两项事情,自奉宜薄,而奉先则不妨过厚。即如帝尧和先帝,都可谓盛德之君。论到帝尧,堂高三尺,土阶三等,茅茨不剪,住的是白屋,穿的是大布鹿裘,吃的是粝饭、菜粥、藜藿之羹,用的是土簋土瓶,乘的是素车朴马,可谓俭之至矣。但是他祭祀之服却用冰蚕之丝做成,华贵美丽,稀世所无,岂不是奉先不妨过厚么!论到先帝,甑盆无膻,饭乎土簋,啜乎土型,亦可谓俭之至了。但是他穿的祭服以日、月、星辰、山、龙、华虫作绘,宗彝、藻、火、粉米、黼黻绨绣,以五彩彰施于五色作服,亦是华美无伦,岂不是奉先不妨过厚么!现在我王平日宫室极卑,衣服极恶,饮食极菲,俭德与二帝相辉映,为奉先起见,所用之祭器奢侈些,正见我王之孝敬,有什么妨害呢?"大家给他这番话一说,倒也无可批驳,那提议竟就此通过。

夏禹又提议道:"先帝在位,封弟象于有庳,而对于瞽叟未有尊号,以致民间有卑父之谤,朕甚惜之。朕先考崇伯,治水九载,劳苦备尝,不幸失败,赍志九原。朕每一念及,摧折肝肠。今朕上承皇天眷佑,并荷二帝盛德之感,又获诸臣僚翊助,得将此洪水平治。但是回念此皆缵修先考之绩。即治水方略,亦大半秉承先考平日之训诲。朕成功而先考失败,皆'时、运、命'三者为之耳。今朕忝膺大宝,而先考犹负屈未伸,朕清夜以思,真不可为子,不可为人。现在对于先考,宜如何尊崇之处,汝等其细议之,加入天子祭礼之中。但如果于理未合,即行作罢,朕不敢以私恩而废公议也。"皋陶道:"老臣思之,窃以为不可。先崇伯是曾奉先帝尧、先帝舜之命诛殛之人。假使先崇伯果然无罪,则二帝之诛殛为失刑;假使不免于罪,则今日之尊崇即不合。况且尊崇之法,不过爵位名号而已。爵位名号是天下之公器,不是可以滥给人的。人子对于父母,但能尽其孝养之诚,决不能加父母以名爵。如果加父母以名爵,则是人子尊而父母卑,名为尊父母,实则反轻父母了。先帝不尊瞽叟,不但是天下为公之心,亦是不敢轻父母之意。所以老臣以为不可。"皋陶说时,那张削瓜之脸上,颇露出一种肃杀之气,大家望而生畏。夏禹忙道:"朕原说如于理不可,即行作罢。现在既然士师以为不可,毋庸议吧。"

轻玉站起来说道:"臣意不是如此。臣闻圣人之训,母以子贵。母既可以子而贵,当然父亦可以因子而贵了。除非圣人之言不足为训,否则父以子贵即不成问题。况且平心论之,子贵为天子,享天下之尊崇,而其父母犹是平民,反之良心,未免有点不安。先帝之不尊瞽叟,是否无暇议到此处,或者是瞽叟的不愿意,或者别有苦衷,不得而知。然而先帝所作的那'普天之下,莫非王土;率土之滨,莫非王臣'这四句诗,小臣无状,诽谤先帝,窃以为总是错的。试问瞽叟在不在'率土之滨'?是不是'王臣'?如是王臣,则不尊瞽叟错了;如不是王臣,则诗句错了。这个恐怕不能为先帝讳的呢。当时东方的野人曾有一种谣言,说道:先帝在位的时候,每日视朝,瞽叟总是随着臣工一体觐见。皋陶君当日身列朝班,想必知道这种谣言之不可信。但是何以有此谣言?就是为不尊瞽叟之故。现在我王想追尊先崇伯,固然是不匮之孝思,亦为要避免这种无谓之谰言。为人子者,固不可以封其父母,然而臣民推尊总无不可。古人说:'爱其人者,爱其屋上之乌。'乌尚应推爱,而况及于天子之父么?天子有功德于万民,万民因感戴天子,并感戴天子之父,尊以天子之名爵,是真所谓大公,岂是私情么?如说先崇伯以罪为先帝所诛,无论当日所犯是公罪,非私罪,即使是私罪,而既已有干蛊,有人盖愆,那么其罪早已消灭,与先帝的失刑不失刑更无关系。假使有罪者总是有罪,虽有圣子,干蛊、盖愆亦属无益,那么何以劝善?何以对得住孝子呢?"夏禹听到此处,伤心之极,忍不住纷纷泪下。皋陶听了,明知轻玉是一片强词,然而看见夏禹如此情形,亦不忍再说。其余群臣,亦不敢再说。只有杜业站起来说道:"现在此事不必由我王主张,由某等臣下联合万民,共同追尊就是了。"夏禹忙道:"这个不可,这个不可。"既将道:"自古有'君行意,臣行制'之说,现在就由臣等议定手续,加入祀礼之中,请我王勿再干涉吧。"

夏禹听了,亦不再说。于是再将伯夷所拟的礼制看下去,看到丧礼中有两条:"死于陵者葬于陵,死于泽者葬于泽,桐棺三寸,制丧三日,无得而逾。"国哀立起说道:"从前洪水方盛,这种制度是权宜之计,不得已而为之。现在天下治平,再说短丧薄葬,恐于人心过不去吧。况且至亲骨肉,最怕分离,人情所同,生死一理,应当归葬祖墓,使之魂魄相依。俗语说:'狐死正邱首,仁也,不忘其本也。'今规定死于何处,即葬于何处,岂非使人忘本而不能尽孝么?"季宁道:"不然,孝的原则,生前是奉养,死后是祭祀,与坟墓无关。被发祭于野,是夷狄之俗,不可为训。从前神农氏葬荼陵,黄帝葬桥山,都是死在何处即葬在何处,并无葬必依祖墓之说。千山万水,一定要搬柩回去,势必用坚美的材木,桐棺三寸万万不行,那么丧礼的根本就一齐推翻了,如何使得呢!古人说得好:'形魄复归于土,命也。若魂气,则无不之也。'可见得父母的形骸虽葬在他处,而父母魂气仍可依着人子而行,何嫌于不能尽孝呢!至于制丧三日,并非短丧,乃是在父母初死三日之中,诸事不作,专办大事,以尽慎终之礼。三日之后,农者仍农,工者仍工,商者仍商,不以父母死而废其所应做之事。有一种制度,父母死了,限定几日不出门,几年不做事,甚且在父母墓前结庐居住,自以为孝,实则讲不过去。圣人制礼,须使其彻上彻下,无人不可行,方为允当。几日不出门,几年不做事,庐墓而居,在有资财的人可以做得到,倘使靠力作以度日的,那么怎样呢?都是无礼不孝之人么?制丧三日,所谓'过之者俯而就之,不致焉者跂而及之',使彻上彻下,人人可行,如此而已。况且孝之为道,在于真心,不可伪托。外面装得极像,而心中一无实际,何苦来呢?现在是尚忠时代,以诚实为主,与其定得过分,使大家不能遵行,而又不敢不遵行,弄得全是虚伪骗人,还不如索性短丧,倒也爽直。从前有一位大圣人,他的一个弟子问他道:'三年之丧未免太久,一年恐怕已够了。'大圣人反问他道:'父母死了,你穿的是锦,吃的是稻,你中心安么?'那弟子答道:'安的。'大圣人道:'既然你心里安,那么你去短丧就是了。君子居丧,因为居处不安,闻乐不乐,食旨不甘,所以不肯短丧的。现在你既然心中安,那么你去短丧吧。'照此看来,这个弟子虽则不能为孝,尚不失为直。比那苫块昏迷,罪孽深重,一味饰词骗人,而实则一无哀痛之心的人,究竟好些。所以大圣人亦就许他短丧,就是这个意思。"国哀听了,亦不言语。

夏禹又看下去,只见写着道:"祝余鬻饭,九具,作苇茭而墙置翣,绸练设旒,立凶门,用明器,有金革则殡而致事。"便问道:"怎样叫明器?"季宁道:"就是寻常日用之物,如盂盘巾栉等,埋之于土,亦是事死如事生之意。"夏禹听了亦不再说。时已不早,即便退朝。

第一百五十七回

大雨水灾　柏成子高逃禹

仪狄作酒　禹恶旨酒而作戒

作肉刑　孟涂代皋陶为士师

郊鲧而诸侯不服

这年正是仲夏之时,天降大雨,数十日不止。安邑附近,水深数尺,平地尽成泽国,小民荡析离居,苦不胜言。大家以为洪水之患又要复见了。夏禹忙与群巨商议急赈之法,并教百姓聚起土来,积起薪来,以为堵御之用。又教那些低洼地方的百姓都迁向丘陵之地,暂时居住。隔不多时,四方诸侯纷纷奏报,都说大雨水溢。夏禹仍旧用堵御、迁徙两个方法叫他们补救,一面又通告天下,注意沟洫,尽力的开浚,足足闹了大半年,方才平靖。然而百姓元气不免暗伤。夏禹因此不免疚心,总以为是自己德薄之故,胸中郁郁不乐。

一日,西方诸侯柏成子高忽然上书辞职。夏禹看了大惊,谓群臣道:"柏成子高是个仙人,从帝尧时代已做诸侯,在先帝时,并无退志。现在朕初即位,他忽然辞职,不知何意?"昭明道:"这个照例须加挽留的,先降旨挽留吧。"夏禹沉吟一会道:"他的词气很决绝,空空一道挽留的文字恐无济于事,朕亲自一行吧。"施黯道:"诸侯辞职,我王亲往,来免太屈辱了。"夏禹道:"不然,柏成子高非他人可比,他的辞职必有缘故,非朕亲往不能明白。况且他是三

1447

朝老臣,论理亦应该亲往为是。"说罢,就叫皋陶摄国政,自己带了真窥、横革等,驾着马车,车上建着大旗,径向华山而来。原来车上建旗以别尊卑等级,亦是夏后氏之制度。夏禹叫车正奚仲制造的,有绥,有斾。还有大司徒阕的孙子相土,那时正代阏伯做火正,但是他亦精于制造,想出方法来,用六马驾一乘车,走起来非常之迅速,从此以后,皇帝所乘的车子叫六飞,就是这个典故,闲话不提。

且说夏禹驾着马车径到华山,哪知柏成子高已不知去向了。再三探听,才知道他在一处地方耕田。夏禹乃带了真窥等步行过去,果见柏成子高身衣被裼,手执锄犁,低着头,在野田中耕作。夏禹忙跑到他前面,立着,问他道:"从前帝尧治天下,你老先生立为诸侯;帝舜治天下,你老先生不辞;现在先帝传位于我,你老先生竟辞为诸侯,而来此为农夫,究因何故?尚乞明示。"柏成子高道:"从前帝尧治天下,不必赏而百姓自然相劝于为善,不必罚而百姓自然相戒畏为恶。帝舜亦是如此。所以我都愿做一个诸侯。现在你赏了百姓仍旧不仁,罚了亦依旧不仁。恐怕天子之德从此而衰,刑罚之制从此而立,后世之乱从此而始矣。夫子!你作速回去吧,不要在此地耽误我之耕作。"说罢,装起一副很不满意、很不高兴的面孔,低着头,依旧去耕作,再也不回头一顾。夏禹受了这场斥骂,大下不去,木立了一响,料想柏成子高不会再来理睬,无磋商之余地,亦只得同真窥等怏怏而归。到了安邑,左思右想,心中总是不快。尧舜之时,何以大家总是恭维他们,没有斥责的?如今我新即位,何以就有人鄙弃我,连诸侯都不要做呢?再想想看,柏成子高所说,赏了,百姓仍旧不仁;罚了,百姓依旧不仁,这个现象的确有之。从我摄政到现在,年数不为不多,这种过失不能推诿到先帝身上去,完全是我不德之故。况且天下大雨,酿成空前之奇灾,亦是不可掩之咎征,这事如何是好呢?越想越闷,忧从中来,不觉饮食无心,坐卧不宁起来。

这时宫中,除涂山后之外,还有三妃九嫔,共十二个。天子一娶十二女,这是夏朝的制度。三妃之中,自然以王母送来那个云华夫人的侍女玉女为第一。大家因为她是天上神仙,特别尊重她,就是涂山后对于她亦另眼相待,因此都叫她帝女。那帝女是天上住惯的,于天上的一切饮食等等都非常熟悉。她到了夏禹宫中,赏识了一个宫女,名叫仪狄。因为仪狄生得敏慧,一切都教导她,便是夏禹亦非常宠爱她。这仪狄在不在九嫔之列,不得而知,但是总要算夏禹贴己之人了。这时夏禹从华山回来,忧愁连日不解,大家都彷徨无计。帝女忽然想到一物,遂和涂山后商议道:"妾从前在敝主人云华夫人处,知道解忧最好的良药无过于酒,饮了之后,陶陶遂遂,百虑皆忘,所以有'万事不如杯在手'之说。现在我王这几日忧愁不解,年龄大了,恐怕弄出病来。妾想请我王吃一点解解闷,不知我后以为如何?"涂山后道:"果然可以解忧,亦不妨一试,但恐无效耳。"帝女道:"寻常之酒无效,妾有天厨旨酒,是从前教仪狄制造,酝酿秬麦,醪变五味而成,与寻常之酒大不相同,到现在已有多年了。此等酒愈陈愈好,一定能够解忧的。"涂山后道:"既如此,姑一试之。"

到得晚间,夏禹退朝归来,那一双愁眉愈觉不展,不住地长吁短叹。涂山后便问:"今日外朝,又有何事,累我王如此忧愁?"夏禹叹道:"前日柏成子高责备我,我原想和皋陶商量,怎样明刑弼教以为补救的。不料皋陶老病愈深,不能出来。今日朕亲去访他,见他行动艰难,言语謇滞,实在不好和他多说,连个商量的人都没有,你看可叹不可叹呢!"说罢,又搓手顿足,连连长叹几声。帝女在旁说道:"叹也无益,想来外朝贤智之臣甚多,明朝朝会,提出商议,总有一个妥善办法,现在姑且丢开吧。再如此忧愁下去,恐怕于身体不甚相宜呢。"正说到此,晚膳已开,帝女道:"妾有斗酒,藏之久矣,其味尚佳。今日拿出来,请我王及我后饮一杯,何如?"夏禹此时,心中实在还在那里想皋陶之病,帝女之言并未十分听清楚,随口应道:"也好。"于是帝女就叫仪狄去温酒来。少顷取到,其香四溢。当下夏禹、涂山后和帝女等就团坐起来,夏禹先饮了一杯,觉得其味甘美之至,便说道:"好酒!好酒!"仪狄听了,急忙奉壶,再斟一杯。夏禹又饮完了,顿然眉宇舒展,便问道:"这酒是哪里来的?"帝女道:"这是瑶池酿法,妾教仪狄照法制造的。她这人真聪明,酿得真不错。我王既以为好,再饮一杯吧。"于是取过壶来,又斟了一杯。夏禹听了,便想到从前在王母处的大会,这是生平最得意之遭遇,不知不觉,悠然神往,连日忧愁尽行忘却了。又连饮几杯,渐渐谈笑风生,与一妻众妾追述往事,精神百倍。仪狄见夏禹如此,又频频斟酒,足足饮了十余杯。夏禹的酒量,本不如尧饮千钟、舜饮百觚,况兼又是旨酒,格外禁不住,不觉醺醺有醉意。仪狄还要斟酒,涂山后见夏禹有点失了常态,便阻止道:"够了,不用再斟了,吃饭吧。"夏禹道:"其味甚佳,不打紧,再饮几杯。"于是仪狄又斟了几杯,还是涂山后竭力劝阻,方才罢饮。饭罢之后,又和涂山后等嬉笑闲谈,直至更深,方才胡乱就寝,这是夏禹从来所未有之事。

一瘄醒来,已是红日三竿,这时大小臣工在朝堂上已等久了,人人无不诧异。原来夏禹视朝,承帝尧、帝舜成规,总在黎明时刻。此刻到了红日三竿,还不见到,大家疑心他是暴病了。后来饬人到宫中探听,才知道是困酒未醒,大家都觉出于意外,只得纷纷归去。且说夏禹醒了之后,见红日大明,不觉大惊道:"今日睡失觉了,赶快去视朝呀。"说着,便翻身而起。哪知鼻管,喉间尚含有酒气,猛然想起昨晚饮酒之事,不禁爽然,暗想道,我受酒之害了。适值这时仪狄走来伺候,夏禹想起她昨晚殷勤劝酒之事,更觉悚然。又想道,酒之为物,已足误事,再加之以女色,其何以堪!毕竟夏禹是个大圣人,勇于改过,当机立断,立定决心,从此之后,旨酒永不沾唇,对于仪狄亦渐渐疏远。倒是那仪狄,为好反成怨,未免太冤枉了。但是夏禹亦并不是怨仪狄,不过怕再受她的迷,防微杜渐而已,闲话不提。且说夏禹起身之后,知道众臣工已来问过,早朝已散了,不禁大悔大恨。这日在宫中亦不他出,便将昨日之失误和凡有可以害人之事以及治民之法,随手写了几条,预备传之子孙,作为训诫。内中有一条叫:"民可近,不可下。民惟邦本,本固邦宁。"另一条叫:"内作色荒,外作禽荒。甘酒嗜音,峻宇雕墙。有一于此,未或不亡。"这两条是后来夏禹的子孙太康失国了,太康之弟兄追述祖训,作了歌曲,方才传到后世的。其余还有哪几条却无从查考了。

到了次日,夏禹视朝,群臣纷纷进谏,夏禹完全认错,并说道:"酒之为物,误人至此!朕想起来,后世君主必有以酒亡其国者。"说完,又将所以然的缘由说明。施黯道:"柏成先生的话未免太过了。文明日开一日,那么人民知识日进一日,同时道德方面却日退一日,这是一定的趋势。臣以为尧舜之世,不赏而民劝,不罚而民从,不必一定是天子德盛之故。现在之民,赏而不劝,罚而不从,不必一定是天子德衰之故。文明进步,势有必至,理有固然。要想补救之法,臣以为宜加重刑罚,最好仿照三苗国的办法,创立肉刑。从前唐虞两代主张用象刑,纯是从良心上着想,希望激起他们的羞耻,而且使他们可以改过,不致终身废弃。这固然是仁爱之心,但是人的良心微乎其微。第一次,第一人,或者还有几分羞耻之良心发现;次数一多,人数一多,那么就觉得数见不鲜,恬不为耻了。况且犯法的人,或者杀人,或者伤人,人家受他的损伤不少,而伤人杀人的人仅仅在他衣服上做一个记号,既不痛,又不苦,何所惮而不为?而那个被伤被杀的人,倒反是残废终身,或者含恨于九泉,是真所谓'宽以待莠民,刻以待良民',不平之事,无过于此!臣愚以为现在民风浇薄至此,未始非唐虞两代刑罚过宽所酿成。天有雨露,不能无风霜。时有春夏,不能无秋冬。宽仁之后,非继以威猛不可,未知我王以为如何?"

夏禹未及开言,横革道:"这个恐怕太不仁吧?从前三苗乱政,沿蚩尤之弊,作此惨酷之肉刑,我王治水到荆州之时,曾经声其罪而讨之。现在自己来作肉刑,岂不是尤而效之,罪又甚焉么!"施黯道:"不是如此。仁有大小,小仁者,大仁之贼也。所以古圣人说:'小不忍则乱大谋。'刑罚的用意,不但是对于已经犯罪之人施之以警诫,亦是要使未曾犯罪之人知畏惧。已经犯罪之人,譬如他伤人已经伤了,杀人已经杀了,追悔亦已无及,就是将他刑戮或诛杀,亦何补于被伤被杀之人?然而因为已无所补,竟不办他之罪,或办以不痛不苦的罪,那么不但使受害者不平,就是犯罪者一想,我伤了人,杀了人,所得的结果不过如此,下次何妨再一试呢。那旁边观看的人心里一想,他伤人杀人,结果不过如此,我何妨亦来试一下呢。照这样一来,要想保全一个犯罪的人,而使被害者不平,又使犯罪者仍复乐于犯罪,不犯罪者亦想落得犯罪,岂非小仁是大仁之贼么?假使严重刑法,哪个敢来尝试呢?先帝所谓'辟以止辟,刑期无刑',如此才可以得到这种效果。岂是妇人之仁、养痈成患的方法所能做到的么?至于三苗之所以用肉刑,与我们现在所以要用肉刑的意思完全不同。三苗的意思是在立威,使人民怕他。我们要的意思是在惩凶,使人民不敢犯法,哪里是尤而效之呢?"横革道:"同一肉刑,他的用意如何,哪个能辨得出呢?"施黯道:"这个容易。以立威为主的,不论是非曲直,以从顺违忤为标准,冤枉惨死之人必多。以惩凶为主的,专论是非曲直,以法律刑章为标准,冤枉惨死之人绝少。这就是分别了。"

夏禹听了,叹道:"朕德不能及先帝,讲到用肉刑,恐怕真是势所必至,别无他法了。不过既用肉刑,一出一入,关系甚大,万万不可稍有冤枉的。皋陶老病,能否复原,殊不敢必。假使没有如皋陶这样的人,还以不用肉刑为是。"季宁道:"皋陶的治狱,固然是他的聪明正直,能服民心,但是他遇到疑难之处,迟回不决,亦须要叫獬豸来试一试,方才明白,可见一半亦全在那只獬豸之功。如今獬豸已死了,以我王请召鬼神的能力,只要向鬼神再讨一只獬豸来,何事不可了?何必一定要皋陶呢!"夏禹刚要开言,杜业立起来说道:"这倒不必如此,某有一个相识之人,姓孟,名涂,他不但有折狱之才,而且还有一种异术。在那听讼之际,两造曲直如果难分,他只要作起法来,那不直之人或有罪之人,衣上就有血迹发现,证据立刻确凿,无可抵赖,岂不是不怕冤枉么!"夏禹听了,大喜道:"果然如此,较獬豸还要好了。獬豸虽能触邪,但究是兽类,且不能说话,人心或者还有些不服。至于衣现血迹,那么真神妙了。这人现在何处?可肯出仕么?"杜业道:"此人居住离京都不远,臣以君命召之,当肯来就职也。"夏禹道:"那么汝去召他来,朕当重用。"杜业稽首受命。当下肉刑议案遂通过了。但是为慎重起见,又定了几条赎刑,犯死罪者,如证据尚差而有怀疑,可以千馔为赎。中罪,五百馔;下罪,二百馔;每一馔合六两。过了几日,孟涂到了,夏禹就叫他做理刑。皋陶之后,刑狱之事总算有继人了。

又过了几日,扶登氏报告,乐已制成,自始至终亦是九成。夏禹遂定名叫作"九夏"。这时适值各方诸侯来朝,夏禹趁此举行郊祀之礼,众诸侯都留京助祭。祭祀之先,众诸侯听说那配天的是鲧,都很不舒服,纷纷议论。有的说:"鲧是个犯罪之人,有什么功德可以配天？未免太私心了。"有的说："从前帝舜的郊祭用帝喾来配天，不用瞽瞍，足见大公无私。"有的笑笑说："夏后氏号称尚功，以鲧配天，不知道有什么功？"有的太息道："我们的见识究竟不及柏成子高，他想来早料到有这一着，所以预先将诸侯辞去。现在我们怎样呢？助祭的时候，是拜他的老子鲧呢，还是不拜？如果拜，心里难过；如果竟不拜，于势似有所不可。这真是为难了。"有一个说道："如果他老子鲧果然有德有功有名望的，我们崇拜英雄，当然拜。可是论到名望，他是四凶之一；论到功绩，他是湮水害万民之人；论到德行，他是畏罪潜逃、拘获被戮的人。这种人配我拜么？我们的气节在哪里呢？"

内中有一个诸侯，叫汪芒氏，世守封嵎之山（现在浙江德清县武康东南三十里），姓釐，有的说姓漆，名防风，身长十丈，足长三丈，龙首牛耳，连眉一目，状貌与众不同。他的气性是很激烈的，听大家说到此处，便气愤愤地叫道："我决不拜！我决不拜！我告病，我先回去。"这一阵大噪，好似半空中起了一个霹雳，于是接连有几个诸侯都是这样说，看看要决裂了。后来有几个诸侯劝道："我们既然到了此地，为这一个问题忽然散去，题目未免太小。我们固然不肯和那种诌媚无耻之徒那样甘心拜人家的祖宗，自以为荣，但是亦不可为已甚。大家就此散去，未免使夏禹太难堪了。我们且看他在郊祀的时候另外有没有不合礼之处，再作计较。诸位以为如何？"有好些诸侯平日与夏禹接近的，都赞成道："是，是。"计算起来，却是多数，于是防风氏和那些激烈的诸侯亦只好暂时隐忍。

到了郊祭这日的鸡鸣时候，夏禹穿了法服，戴着皮弁，乘了钩车，建着旌旆，由群臣簇拥着，径向郊天之所而来。那时各地诸侯都已到齐，人数众多，挤在一处，且各有职司，不能一一细看。独有那防风氏,因生得太长,种种典礼都不适宜,只得派他做个纠仪之官。他站在一边,举起一只大眼,将那祭祀场中所有物件并自始至终的礼节,都看得一览无余。他觉得迎尸、省牲一切典礼都与前代无大分别,只有那乐舞用六十四人,分为八列,每列八人,是前代所无的。还有那乐器、礼器陈设等亦有与前代不同之处。鼓是有脚的,安乐器的簨虡是雕龙形的,鸡彝是雕出一个鸡形,龙勺是雕出一个龙形,盛牲之俎在虞舜时代只有四足,此刻于四足之中再加之以横木,又施之以文彩,其名曰嶡俎。各种器具都有雕勒粉泽流鬃其上,又缦帛为茵,蒋席有缘,觞酌有采,笾豆有践,尊俎有饰,五光十色,华美非常,防风氏亦觉得很不满意。

　　到得祭的时候,夏禹稽首伏地,深深祝祷。杜业在旁高声朗诵祝文。各方诸侯细细听去,大略前半是为国祈福、为民祈年的意思,后半说的乃是"自己的天下受之于舜,将来亦必定传之贤人,决不私之一家一姓,以副列圣授受之意。兹查群臣中惟皋陶老成圣智,夙著功德,今谨荐于皇天,祈皇天允许,降以休征,不胜盼祷之至"等语。祭毕之后,诸侯纷纷散开,又复聚拢来。

　　大家对于夏禹深深不满。防风氏道:"夏禹向来是以俭著名的,而且以俭号令天下的,现在所用器具如此奢靡,简直是言行相违,何以服人?"有一个诸侯说道:"最好笑的,是他荐皋陶于天。皋陶老病垂危,朝不保暮,哪个不知道。他倒要久后禅位于皋陶,岂不是虚人情么?"有一个诸侯说道:"我听见说夏禹的儿子启纠合了无数心腹之臣,正在四出运动,传播声誉,要想承袭这个王位。夏禹果然死了,哪里肯传贤呢?"

　　旁边有一个扈国的诸侯(现在陕西西安市鄠邑区),是夏禹的本家,听了不以为然,代夏禹辩道:"决无此事,夏禹是至公无私,一定传贤,决不肯上负二帝的。至于启的阴谋运动或者有之,但是我相信夏禹决不知道他们所做的事情,如果知道,决不许他们做的。"有一个诸侯笑道:"贵国系夏禹同宗,果然君位世袭,于贵国君亦有光宠,恐怕到那时贵国君亦甚赞成呢。"有鄦国君大怒道:"岂有此理!果然到那时不传贤,我决不与之甘休。"说罢,愤愤。众诸侯见他认真了,齐来解劝。防风氏道:"将来的传贤不传贤,是另外一个问题,即以现在之事而论,总觉使人不服。"这句话说完,只听见"不服,不服!"各处响应不下二三十声。后来众诸侯商议道:"既然不服,在此何事?回去吧!"那不服的诸侯就都纷纷归去,共计有三十三国。其余信服夏禹的各诸侯仍旧依礼,告辞而去。

第一百五十八回

禹作城郭　会诸侯于涂山
海神朝禹　禹铸九鼎
黄龙夹舟　桑林祷雨
下车泣罪

且说夏禹郊祭之后,看见诸侯之不服而去者有三十三国之多,心中不免纳闷,正要想和群臣商量如何修德以怀柔诸侯,哪知四方接二连三地来报告,说某某国宣告不服了,总计起来,又有五十三国之多。为什么缘故呢?原来那起初不服的三十三国诸侯归去,沿途传说夏禹如何如何的奢侈,以致不服的愈多了。夏禹听了格外忧虑,当下与群臣商议。

既将主张用武力征服。伯益道:"这个恐怕不可。从前三苗不服,曾经试过武力的,那时还在先帝全盛之时,尚且无效,如今不服之国又如此之多,万一武力失败,那么岂不是更损威严么!臣意总宜以修德为是。"季宁道:"依臣看起来,先王鲧创造城郭以保卫百姓,这是有功千古的善法。现在各地虽有仿造者,但尚是少数。臣的意思,最好饬令效忠朝廷的国家,于所有要害地方一律都造起城郭来,以免受那背叛国的侵迫。王畿之内亦择地建筑,示天下以形势,庶几进可以战,退可以守,待时而动,较之空谈修德而一无预备的究竟好些。"杜业道:"臣的意思,这次诸侯背叛,其中总有几个心怀不轨的人在那里煽惑。名虽有八十六国,实际上恐怕不过四五国。天下之事,隔阂则误会易生,亲近则嫌隙自泯,推诚则怨者亦亲,猜疑则亲者亦疏。现在诸侯之变叛尚是极少之少数,假使朝廷先筑起城郭、修起武备来,那么诸侯将互相猜度,岂不是抱薪救火的政策么!臣的愚见,我王遍历九州,平治水土,救民涂炭,这种神武与恩德是大多数的诸侯所佩服与感戴的。现在既然生有隔阂,应该召合集各方诸侯,在某处地方开一个大会,开诚布公,和他们彻底地说一说明白,那么本来没有嫌隙的诸侯可以因此益亲,决不会再受他人之煽惑,有些误会的诸侯亦可因此解释,不致愈弄愈深。这个方法,未知我王以为如何?"夏禹听了,点头称善。季宁道:"那些背叛的诸侯,到那时未必肯来,来的必是忠顺之国,于事何补呢?"杜业道:"依我想起来,未见得不来。一则,銮舆所到,不免震惊,岂敢再露倔强之态?二则,背叛之国未必皆出本心。三则,邻近诸侯可阴饬他们代为疏通,那么不会不来了。来的既多,不来者势成孤立,到那时,就是真心背叛的诸侯恐怕亦不敢不勉强一来。兵法所谓伐交,就是此种政策呢。"夏禹听了,又连声称是。这时计算起来,不服之国以东南两方为多,于是酌定一个适中的地点,就在涂山。又选定日期,分遣使臣如飞而去,令各方诸侯克期到会。

过了多日,夏禹留伯益、真窥、横革等诸老臣在京留守,自己带了杜业、季宁、既将、施黯、轻玉、然堪等新进的六人,径向涂山而来。这时涂山后的父亲老涂山侯早经去世,现在的涂山侯已是涂山后的侄孙。听见夏禹驾到,竭诚欢迎,自不消说。一面又引导夏禹看他所预先选定的开会地方。夏禹一看,依山临水,一片大广场,果然好一个所在。(现在安徽怀远县涂山之南,有地名禹会村,亦叫王会村,即此。)广场之中的朝会之所和燕享之所,广场之外的休息之所和居住之所,都已布置得整整齐齐。夏禹大为诧异,问道:"朕发令通知,计算没有几日,汝能布置得如此,真神妙了!"

涂山侯道："臣布置此会场差不多已有半年多了。"夏禹听了,益发诧异,便问道："半年之前,汝尚未奉到令文,并且朕亦还没有在此大会诸侯之意,汝何以能预知呢?"涂山侯道："这是臣老祖宗所教的。"夏禹一听,恍然大悟,忙问："现在老祖宗供在何处?朕欲前去一拜。"涂山侯固辞不敢。夏禹道："朕另有道理,汝不必谦辞。"涂山侯不得已,只能领夏禹到那间供老祖宗的屋里。

夏禹一看,屋中并无别物,只供着那九尾白狐的画像,白须飘拂,潇洒欲仙。夏禹连忙下拜,秉着虔诚,轻轻祷祝。涂山侯在旁回叩,但觉得夏禹口中念念有词,却听不出他所祷祝的是什么。哪知到了夜间,那九尾白狐果然仍化一老翁,来与夏禹晤谈。杜业等在外室窃听,但觉喁喁细语,一字也听不清楚。最后仿佛有两句,叫"功成尸解,还归九天"。大家听了亦莫名其妙。过了几日,各路诸侯陆续到齐,果然不出杜业所料,忠顺者固来,就是那从前宣布不服者亦来,真是不可思议之事。计算起来,足足有一万国,真可谓空前之盛会了。而会场所设席次、住处,恰恰足数,一个不多,一个也不少。那些诸侯看了,都诧为奇异,而不知全是九尾白狐弄的神通。

到了正式大会的这一日,夏禹穿了法服,手执玄圭,站在当中台上。四方诸侯按着他国土的方向,两面分列,齐向夏禹稽首为礼。夏禹在台上亦稽首答礼。礼毕之后,夏禹竭力大声向诸侯说道："寡人这次召集汝等到此地来开这个大会,为的是汝等诸侯中有许多宣布不服寡人的缘故。寡人德薄能鲜,原不足以使汝等诸侯佩服。但是汝等诸侯前此已推戴寡人为天子了,既然推戴寡人,即使寡人有不是之处亦应该明白剀切的责备、规诫、劝喻,使寡人知过,使寡人改过,方为不错。决不可默尔不言,递加反对,是古人所谓狐埋之而狐搰之也。寡人八年于外,胼手胝足,平治水土,略有微劳,生平所最兢兢自戒的是个骄字。即先帝也常以此戒寡人,说道:'汝惟不矜,天下莫与汝争能;汝惟不伐,天下莫与汝争功,古来盛名之下,有功之下,其实是最难处的。现在众诸侯之不服寡人者,是否以寡人为骄么?人苦不自知耳,如果寡人有骄傲矜伐之处,汝等诸侯应当面语寡人。其有闻寡人之骄而不肯面语寡人者,是教寡人之残道也,是灭天下之教也。所以寡人之所怨恨于人者,莫大于此。请汝等诸侯以后万万不可再如此,寡人不胜盼企之至。"演说既毕,这时众诸侯听了纷纷各有陈说。夏禹听到那言之善者,无不再拜领受答谢。过了多时,大会礼节告终,诸侯各退席休息。

到了晚间,夏禹盛设筵席,大享众诸侯。广场之上,列炬几万,照耀如同白昼,再加以时当望后,一轮明月高挂天空,尤觉得上下通明,兴趣百倍。正在觥筹交错之际,忽然大风骤起,四面列炬一齐吹灭,大众顿时喧乱起来。幸喜得明月在天,尚不至于黑暗,耳边又觉得雷声隐隐,而细看天际又并无纤云,不胜奇异。陡然之间,只见东方一大队人马从空而来,陆续跟在后面的还有不少,转眼间已到会场,纷纷降下。众人一看,有骑马的,有步行的,有披金甲的,有披铁甲的,有不披甲而用红绡帕抹其首额的,估计起来,足足有千余人之多。最后又有无数甲胄大将,乘着龙、蛇、车子等纷纷下来。又有几个女子,亦都下来了。这时万国诸侯在月光之下都看得呆了,又惊,又奇,又怪,正不知他们是什么东西。是神呢?是妖呢?为祸呢?为福呢?看看那些人的面貌,虽不甚清晰,然而似乎丑恶的多。大众至此,默默无声,都用眼来看夏禹。只见那时夏禹早已站了起来,大声问道:"寡人在此大享诸侯,汝等何神?来此何事?"只见最后从空中下降的甲胄大将有四个,先上前向夏禹行礼,并自己报名道:"东海神阿明,西海神祝良,南海神巨乘,北海神禺强,听说夏王在此朝会诸侯,特来朝见。"夏禹听了,慌忙答礼,说道:"从前治水海外,深承诸位帮忙,未曾报答,今日何敢再当此大礼?请回转吧。"四海之神即鞠躬转身,各驾龙蛇,冲霄而去。转眼又是四个大将上前向夏禹行礼,并自己报名道:"东海君冯修,西海君句太邱,南海君祝赤,北海君禺张里,闻说夏王在此地朝会诸侯,特来朝见。"夏禹又慌忙答礼,说道:"从前治水海外,深荷诸位援助,未曾报答,今日何敢当此大礼?请回转吧。"四个海君即鞠躬转身,各上车乘,腾空而去。转眼又是四个女子,上前向夏禹行礼,并自己报名道:"东海君夫人朱隐娥,西海君夫人灵素简,南海君夫人翳逸廖,北海君夫人结连翘,闻说夏王在此地大会诸侯,特来朝见。"夏禹亦答礼说道:"从前治水海外,深蒙诸位夫人扶助,未曾报答,今日何敢再当此大礼?请转身吧。"四海君夫人听了,亦各点首行礼,转身各上云车,昂霄而去。其余甲胄之士、红绡帕首之卒,亦一队一队地簇拥着各人的主人,纷纷而去。霎时间风声也止了,雷声也寂了,依旧是万帐深沉,月华如泻。

四方万国诸侯仿佛如做了一场大梦一般,才知道夏禹有这般尊严,虽神祇对于他也如此十分的尊重,因此才倾心归附,即使有不满意者,亦不敢再萌异志。有人怀疑,世间君主朝会诸侯,与海神无涉,无来朝之必要,或者亦是那九尾白狐代为去运动出来,以震慑诸侯的。但是事无确证,不敢妄断,闲话不提。

且说夏禹大享诸侯,宴饮完毕,诸侯各归帐次。到了次日,夏禹对于各诸侯又重加赏赐,并申明贡法,以后务须按照规则交纳,毋得延误。众诸侯皆唯唯听命,分道而去。夏禹亦率领群臣回都。刚到中途,忽然都中有急报递来,说是皋陶薨逝了。夏禹听了,不胜伤悼,急急赶行。到都之后,亲往皋陶家中临奠,并慰唁伯益弟兄。过了三日之后,举伯益为相,继皋陶之任。又将皋陶庶子二人各封之以地:一个地方在英(现在安徽英山市),一个地方在六(现在安徽六安市),以奉皋陶之祀。皋陶还有一个儿子名叫仲甄,才干优越,夏禹亦加重用,后来封地在何处,因历史失传,已无可考了。

　　到得这年冬天,郊祭之时,夏禹又改荐伯益于天,希望将来可以传位,这亦可见夏禹不私天下之一端,从前诸侯疑心他荐皋陶是虚人情,的确错的。且说夏禹自涂山大会归来之后,于政治一切绝少革新,而对于臣庶愈觉虚心而谦恭。每月的朔日,多士前来朝见,夏禹必问他们道:"诸大夫以寡人为汝么?知道寡人有汰侈的行为而不肯面语寡人者,是教寡人之残道也,灭天下之教也。故寡人之所怨于人者,莫大于此也。"这两句话,是涂山大会时对诸侯演说之词,然而后来每月必说,亦足见夏禹行己虚心,知过必改。有时夏禹出行,看见耕田之人相并而立,必定对着他们凭轼而致敬,说道:"这是国家根本之人呀!"走过一个十室的小邑,亦必定下车致敬,说道:"十步之内,必有芳草;何况十室,岂无忠信之士,寡人安敢不致敬么!"因此之故,各处士人仰慕夏禹的谦德,纷纷前来求见,有的陈说事务,有的指摘过失,络绎不绝。但是夏禹对于这种人,无论何时,随到随见,决不肯使他们有留滞在门口之苦。如果他们的话说得善,很有理由,必对他们深深拜谢,因此来见之人越多,夏禹亦越忙。夏禹的从人代他计算,有一年夏天,夏禹正在栉沐,忽然有士来求见了,他急忙辍沐,握发而出见;见过转来,刚要再沐,又有士来,再握发而出;如是者有三次。又有一天,正在午餐,忽有士来,急忙将口中之饭吐了,就去见他,客去再食,客来又吐饭而出,如是者有七次。有一天见客,跑进跑出,吐哺、握发足有七十次,这亦可见夏禹之勤劳好善、不自满假了。

　　夏禹在政治闲暇的时候,亦常炼习神仙之术。自涂山归来之后,更抽空著了两部书,一部名叫《真灵玄要集》,一部名叫《天官宝书》。这两部书都是讲究神仙之法的。原来夏禹自遇到云华夫人以后,号召百神,所交际的真仙不少,耳濡目染,于仙术早有研究。后来又得到《灵宝长生法》,时常服习,因而更有冲举之志。这两部书著成后,适值三载考绩,政治又忙,猝猝未暇。等到考绩办了,施黯来请示道:"现在九州所贡之金,年年积多,作用何处呢?"夏禹想起从前黄帝轩辕氏功成铸鼎,鼎成仙去,现在何妨将这许多金来铸鼎呢?后来一想,不好,果然如此,又要引起诸侯之责备了。后来又一想,我可以变通办法,何必一定要学前人呢?于是决定主意,说道:"朕的意思,拿来铸九个鼎吧。那一州所贡之金,就拿来铸那个州的鼎,将那一州内的山川形势都铸在上面。还有寡人从前治水时所遇到的各种奇怪禽兽、神怪等等,寡人和伯益都有图像画出,现在一并铸在鼎上。将来鼎成之后,设法将图像拓出,昭示九州之百姓,使他们知道哪一种是神,哪一种是奸,庶几他们跑到山林川泽里面去时,不会遇到不顺的东西,如同魑魅魍魉之类亦决不会得见到,岂非也是于百姓有益之事么?"施黯道:"那么这九个鼎重大非凡了。"夏禹道:"是要它重大,愈重大则愈不可迁移,庶几可久远。"施黯道:"这样大工程,在何处鼓铸?在都城之内呢,还是在都城之外呢?"夏禹道:"不必限定,由汝自择适宜之地罢了。"施黯领命,向伯益处取了《山海经》图,自去择地经营,悉心摹铸不提。

又过了几月,已是夏禹在位的第五岁。夏禹承帝舜之制,亦定五岁一巡狩。这岁是巡狩之期,正月下旬动身。凑巧去年一年天气亢旱,四方纷纷告灾。这年立春以后,仍是红日杲杲,一无雨意。夏禹从安邑一路向东行去,看见那田亩龟坼、人民暵干之象,不禁非常忧虑。一日,行到析城山东麓,但见一片桑林,有许多百姓正在那里砍伐。夏禹见了大惊,忙问道:"桑林是很有益的,何以去砍伐它?"百姓道:"去年无雨,直至今日,树已枯了,横竖无用,所以砍伐。"夏禹听了,大为叹息,忽然一转念,仍叫百姓:"不要砍伐,寡人自有道理。"百姓听了,只好停止。

夏禹吩咐从人,就在此处住下,斋戒沐浴起来,一面吩咐预备祭品。三日之后,夏禹就在桑林之旁向空设祭,秉着虔诚,祷求甘雨。哪知诚可格天,不到一时,风起云涌,大雨旋来,足足下了三日三夜,四境沾足,方才住点。夏禹此时阻雨不能上道,亦只得留住。三日之后,那些枯桑居然都有了生意,百姓的歌颂仰戴自不消说。后来隔了四百年,商朝之初,天又大旱,至七年之久,商汤祷雨,亦在此地。一个桑林,竟有两个圣主祷雨的故事,亦可谓先后辉映了,闲话不提。

且说夏禹在桑林祷雨之后,即便动身,二月中旬到了泰山,觐过东方诸侯,都是循例之事,无甚可记。从泰山下来,径向南行,到了云梦大泽之旁,大江之滨(现在湖北武昌区相近),舍车登舟,扬帆前进。忽然船身颠簸欹侧,舟人不解,叫水手入水一看,原来有两条黄龙,夹住了船,正背着走呢。舟中人听见这个消息,都吓得魂不附体,顿时五神无主。只有夏禹是经惯的,神色不变,笑笑说道:"吾受命于天,竭力以劳万民。生是我的性,死是我的命,龙有什么力量,它来做什么呢?我看到这两龙,老实说,不过和两条蚰蜒罢了。"说完之后,但觉船身平稳如常,想来那两条龙已俯首低尾而逝了。众人益佩夏禹的盛德,能够胜过妖物。五月,到了南岳,朝觐礼毕,遂到苍梧之野,去省视帝舜的陵墓,低回俯仰,不胜感慨。

刚刚回车,忽见市上簇拥着一大堆人,夏禹不知何事,忙饬左右前去探问。左右回来报告,那边正在杀一个有罪之人呢。夏禹听了,心中老大不忍,急忙下车,步行过去,直入人丛之中,抚着那罪人之背问道:"你为什么要犯到这种死罪呢?"那罪人知道是夏禹,以为天子怜恤他,亲来抚问,一定有赦免之希望了,便仰面求赦。夏禹又问道:"你究竟犯的什么罪?"那人迟疑一会,说道:"是打死了人。"这时典刑之官亦立在旁边。夏禹便问:"证据确凿么?"那典刑官道:"确凿之至,一无疑义。"夏禹道:"那么无可宥免。"即立着看犯人斩首。斩首之后,夏禹看着那尸首,不禁纷纷泪下。左右之人问道:"这罪人证据确凿,罪应该死,我王又可惜他做什么?"夏禹道:"民之犯法,不是由于失养,就是由于失教。教养两项的权柄操之于君主。犯法是犯人的罪,失教失养而使他们至于犯法,又是哪个之罪呢?古人所谓'万方有罪,罪在朕躬',就是指此而言。寡人听见古人说:'天下有道,民不离幸;天下无道,罪及善人。'尧舜之民,人人能以尧舜之心为心,所以犯法者绝少。现在寡人为君,百姓各自以其心为心,所以犯法的人多。今朝这个人的斩首虽则咎由自取,然而推原其始,未必不是寡人害他的,所以不能不伤感他、矜恤他了。"这时四面百姓听了,无不感诵夏禹仁德。

第一百五十九回

禹让天下于奇子　东里槐责禹
天雨金、雨粟　禹藏书于各处

且说夏禹自在苍梧下车泣罪之后,转身北上,渐近西岳。这时适值秋收之际,四野黄云,年歌大有,夏禹见了非常快乐。一日,到了一处,瞥见水边树下有一个人,坐在矶头钓鱼,头戴箬笠,手执鱼竿,黑须修目,气象潇洒。树旁站着一只黄犊。夏禹觉得他有点古怪,一路暗想。车子已经过去,夏禹仍叫停止,下车步行,想到水边去和那个人谈谈。哪知回到水边,那钓鱼人已不知去向。夏禹不胜怅怅,只得上车再行。过了一会,左右报告,伊国侯来迎接。原来此地在伊水之旁,是伊国的境界。夏禹与伊侯相见,寻常慰谢寒暄的话说毕,便问他境内有无隐逸的贤人。伊侯道:"有一个名叫奇子,才德兼优,惜乎是巢许一流人物,不肯出仕的。"夏禹忙问他的相貌、年龄和职业。据伊侯所说,确像刚才所见的那个钓鱼人。夏禹益发钦慕,便想去访他。伊侯道:"他住在南门外山下。正式去访他,他一定不肯见的。如我王果要见他,只有改易服式,出其不意地前去,或者可以见到。"

夏禹答应,立刻改换衣服,伊侯也改换了,屏去从人,君臣两个径向南门而来。到得山下,只见一带树林里面,隐隐露出几间茅屋。伊侯道:"从这里右边过去第三间,就是他的住所。"两人刚转过林,只见一人骑犊肩竿,手中提着鱼篮,刚刚到他门口。伊侯一看,正是奇子,忙指与夏禹。夏禹一看,正是刚才所见之人,不禁大喜。原来奇子刚才钓鱼之后,骑犊向他处购物,从别路而归,故此恰恰与伊侯、夏禹同到。他回转头来,看了伊侯、夏禹,便想逃避。伊侯是他素来见过的,夏禹是从前治水之时到此地,亦认识面貌。现在看见他们微服而来,料想一定是又要拉他出去做官,因此便想逃避。伊侯忙上前扯住道:"圣天子特地下顾,先生如再隐遁,未免太不近人情了。"一面说,一面介绍与夏禹。夏禹先上前施礼道:"久仰大名,特来造访,尚乞勿拒为幸。"奇子不得已,亦放下鱼竿,还礼道:"世外之人,辱承枉顾,未免太屈尊了。既如此,请到蜗居中坐坐吧。"于是三人一同进入茅屋之中,分宾主坐下,彼此闲谈,渐渐说到道德政治。奇子所说,别有见解,与人不同,夏禹甚为佩服。暗想,从前帝尧让巢许,帝舜让石户之农、善卷、子州支父等,今我遇着这位高贤,何妨效法尧舜,让他一让呢!想罢,便邀请奇子出山辅佐,且吐出愿以天下相让之意。奇子笑道:"老实不瞒你圣天子说,官不是人做的,天子尤其不是人做的。即以圣天子而论,从前辅佐帝舜,可谓苦极了,凿山川,通河汉,弄得头上没有发,股上没有毛。所以舜的让你,并不是爱你,是拿了辛苦来送你。我生出来是舒服惯的人,决不能学你这样的劳,请你不必再说了吧。"夏禹起先听伊侯说,已知道他是巢、许一流的人,如今听他的话又说得如此不客气,料想再让也无益,又谈了一会,即便兴辞。在路上与伊侯嗟叹不已。

过了几日,夏禹到了华山,朝觐之礼一切均循旧例。礼毕之后又向北行。原来施黯铸九鼎,选定的地方是在荆山之下(现在陕西富平县西南),夏禹因此特地绕道前往视察。只见许多工人技师等正在那里绘图的绘图,造坯的造坯,锤炼的锤炼,设计的设计,非常忙碌。夏禹向施黯道："朕闻这种金类有雌有雄,最好选择雄金铸五个阳鼎,选择雌金铸四个阴鼎,五应阳法,四象阴数,方为适宜。至于九州之中,何州宜属阳,何州宜属阴,由汝等自去悉心研究分配,寡人不遥度。"施黯听了,唯唯受命。夏禹离了荆山,又上龙门,直向恒山而行,朝觐过了,已近残冬,匆匆回都。

一日,经过一处山僻之地,见茅屋之外有一个士人,负暄读书。夏禹过十室之邑,照例是必定下车的。如今又见那人读书,益发钦敬,就下车步行过去一看,原来他读的是"三坟"。那士人看见夏禹走到,亦起立致敬。夏禹问他姓名,那士人道："姓东里,名槐。"夏禹和他立谈几句,听他口气,似乎是很有学问的贤者,便问他道："寡人看汝颇有才识,何以隐居不仕？"东里槐道："遇到这种时世,做什么官呢？"夏禹听他口气不对,便问他道："寡人多过失么？"东里槐道："多得很呢！从前尧舜之世,象刑以治,现在你改作肉刑,残酷不仁,是乱天下之事一也。尧舜之世,民间外户不闭,现在你作城郭以启诈虞,以兴争斗,是乱天下之事二也。尧舜敬奉鬼神而不尚神道,现在涂山之会,你号召些神怪来威吓诸侯,是乱天下之事三也。尧舜之世,不亲其子,丹朱、商均早封于外,现在你的儿子启仍在都中,与各大臣交结,干预政治,将来难免于争夺,是乱天下之事四也。尧舜贵德而你独尚功,致使一班新进浮薄之少年遇事生风,以立功为务,是乱天下之事五也。在这种时代,我哪里还肯出来做官呢！"夏禹听了这一番责备,作声不得,只得敛手谢过,就匆匆上车而归。

回到安邑,次日视朝,便将处士东里槐所责备的五项与群臣说知,并说道："外间舆论对于寡人如此不满,寡人看来终非好气象。"杜业道："这些议论臣亦早有所闻,不过这种事实都是气运使然,或者时势所迫,不能不如此,没有方法可以补救,我王何必引以为忧呢?"季宁道:"城郭一项,照那处士所说,是乱天下之事。臣看起来,实在是固国卫民的极好方法。弊在一时,利在万世,愚民无知,但顾目前,不识大体,所以有这种非议。请我王宸衷独断,照臣前所建议,饬令各处都建筑起来,并且缮修甲兵,以为预备。臣闻古人有言:天下虽安,忘战必危。又说:天生五材,谁能去兵?况且现在天下汹汹,既有这种猜疑,难保不有蠢动之诸侯借此以为背叛之端。假使另外没有消弭的善法,而又不急修城郭、急治甲兵、是坐而待亡之道也。"然湛道:"臣意也是如此。臣闻上古之世,以石为兵,神农氏之时用玉,到得黄帝之时才用铜。我王从前凿伊阙、通龙门,仍是用铜作器具。自从发明了用铁之后,那个锐利远胜铜器万倍。假使用它鼓铸起来,制为兵器,威服三军,天下诸侯哪个敢不服呢?"杜业、轻玉等听了,对于两说也非常赞成。

夏禹不得已,于是饬令各地修造城郭,缮具甲兵,并且作法三章:一曰强者攻,二曰弱者守,三曰力量相敌则战。然而这个法令一下,天下诸侯又纷纷怀疑,这亦是夏禹时代不及尧舜的一端。但是夏禹虽然德衰,天下却非常太平,公家有三十年的积蓄,私家亦有九年的积蓄,所以仍不失为隆盛之世。有一年,天上接连雨金,先后共有三日。人民损伤虽多,而金之所入足以补偿而有余。有一年,天上接连雨稻,先后亦是三日,人民非常获利。究竟是何理由,不得而知。但是,当时的百姓都以为是禹德格天,得到上天的瑞应。夏禹自此之后,亦绝少兴作。闲暇之时,不过修习仙术而已。过了两年,天上忽然发现一种怪象,原来是太白星日间都能看见,一连几日,方才灭没。大家正猜不出它是祥是灾,纷纷议论。忽然施黯来报道,九鼎铸成功了。夏禹大喜,知道太白昼见是为这个缘故,便吩咐将那九个鼎都迁到安邑来。但是那九鼎非常重大,荆山到安邑路又甚远,中隔大河,迁移不易。足足用了几十万人夫,费了三四月光阴,方才迁到。夏禹一看,阳鼎五,阴鼎四,上面图画都非常精妙,遂将施黯及他手下的工人技师优加慰劳赏赐。从此之后,这九个鼎就算是国家最紧要的重器,大家要想夺天子做的,不说夺天子,只说要问这九鼎的大小轻重,就可知他是要想夺天子位了。后来夏朝为商朝所灭,九鼎就迁于商朝的都城亳邑。商朝为周所灭,九鼎就迁于周朝的镐京。后来成王在洛阳地方营造新都,又先将九鼎安置在郏鄏地方,其名谓之定鼎。直到战国之末,周朝为秦始皇的父亲昭襄王所攻,取了九鼎,迁之于秦。但是有一个忽然飞入泗水之中,求之不可得。另外还有八个,到秦灭之后,究竟如何结果,却无可考。不过这九个鼎居然能传到二千年之久,有一个而且通灵能飞,真可谓神异之物了,闲话不提。

　　且说夏禹自从九鼎铸成之后,知道自己脱离尘世之期近了,作好种种预备打算。过了一年,正是夏禹即位的第八岁,正月初吉,就下了一道命令给万国诸侯,定于某月某日在扬州之苗山大会。命令发出,夏禹自己亦整备行装,叫伯益摄政,和杜业、轻玉、季宁、然湛、施黯等在都留守,自己将平日所著的《真灵宝要集》《天官宝书》《灵宝长生法》等书,又将治水时所用的赤碧二珪,伏羲氏所赐的玉尺,轩辕氏的铜镜等,统统带了走。又自以为年届百岁,起居需人伺候,特引古人"行役以妇人"之礼,叫帝女亦随侍而行。到得动身的前一日,叫真窥、横革、之交、国哀四个人过来吩咐道:"汝等四人,随寡人平治水土,历尽勤劳艰辛。现在年纪尽老耄了,好好保养余年,俟寡人归来再见吧。"真窥听了这话,莫名其妙,不知道他话中含着什么意思,只得唯唯答应。夏禹回到宫中,又叫过儿子启来吩咐一切,并且赐启一块美玉,名叫延喜之玉,说道:"我向来不贵宝玉的,但是从前捐璧于山的帝尧,亦曾经授帝舜以苕华之玉。照这样看来,玉之为物亦未始不可宝贵。汝其善藏而善守之。"启再拜而受。夏禹又与涂山后话别。回转头来,看见一个少子站在身旁,是平日所钟爱的,因又想起一事,再叫过启来,吩咐道:"汝这个小兄弟,我打算给他一个封国,在褒的地方(现在陕西褒城县)。我明日即须动身,已来不及,将来又恐忘却,汝须代我记着。"启唯唯答应。

到了次日,夏禹起程,宰相伯益率领百官至南门外恭送。忽见有两人匆匆而来,原来是大章、竖亥二人。夏禹在帝舜未崩时,叫他们去测步大地的,如今方回来报告。大章所步的是东极至于西极,共总有二亿三万三千五百里零七十五步。竖亥所步的是南极至于北极,共总有二亿三万三千五百零七十五步,两数相同。所以他们两个同时出去,同时回来。夏禹见了,遂慰劳道:"汝等多年在外,仆仆奔走,辛苦极了,作速去休息吧。"又吩咐伯益,对于二人须重加赏赐。伯益听命,和群臣自回朝中不提。

且说夏禹这次出行,并非直到扬州,他的心思是要将他所有的秘书、宝物等分藏在各山,以便后世有缘的可以得到。所以他的出门先向西南行,从风陵堆逾过黄河,直到熊耳山(现在河南卢氏县南七十里),选择了一块地方,叫从人开凿一间石室。夏禹本来有预备好的一个金匮,石室凿好之后,便将他携带来的各种图书宝物之中拣了几种,放在金匮内,就拿到石室之中去藏着,然后又叫从人用土石将石室遮住,隐在里面。到得后来,土人但知道夏禹曾经在此山藏书,究竟所藏何书及藏在何处,均不得而知了。这时帝女在旁问道:"天下名山有九,熊耳山并非天下名山,藏在此地是什么缘故?"夏禹道:"熊耳山是洛水发源之地,洛水最有神灵。当初帝尧授帝舜、及帝舜授寡人以天下,皆于此水中得到祯祥。又从前寡人治洪水时,亦曾在此水中得到宝书及九畴等等。水中不可藏书,所以藏在此水发源之山中,以作纪念。"帝女听了,方始明白。

熊耳山藏书之后,夏禹又向王屋山而来。帝女又问道:"我王本来说要到泰山去行封禅之礼,现在何不一直沿大河之南岸而走呢?"夏禹道:"不然,寡人尚有事未了。当时寡人治水到王屋山时,曾承王屋山清虚真人西城王君传授宝文,是为朕有志学仙之初步。原约功成之日送还原书,所以现在不能不绕道一往。"

过了两日,到了王屋山,访问西城王君,原来他又到非想非非想处天去了。那留下守洞之人已得到西城王君的预告,即领了夏禹入洞。帝女本来是天上神仙,亦得随入。其余之人皆在洞外守候。夏禹等入洞之后,经过小有清虚之天的正殿清虚宫,曲曲弯弯,又到了南浮洞室。那个天生石匮依然尚在,夏禹遂将宝文放入匮中,与帝女辞了守洞之人,循旧路出洞,再向东北行。一日,到了一山,水石清秀,仿佛仙家之地,夏禹爱其风景,又择了一块地,命左右将山石凿成一洞,将自己所著的一部真经藏在里面。左右的人偷看那书,觉得是刻以紫琳,秘以丹琼,装潢得非常华丽。后来这个洞就叫林屋洞(现在河南林县)。夏禹藏过书之后,才直向泰山而来。那时秩宗伯夷和那些属下的礼官都已在此等候了。东方诸侯来参加的亦不少。夏禹遂率同登到绝顶,将预备好的文字掘坎藏埋,又用土石堆积得甚高,这就是封禅之礼的封字。下了绝顶,秩宗就请夏禹到云云山去行禅礼,因为从前帝喾、帝尧、帝舜都是如此,所以早在那边预备好了。夏禹道:"禅礼照例是应该在泰山下举行的,不过寡人此次各处一走,太迁延了,苗山大会之期已近,再在此举行禅礼,迟留数日,恐怕误期。寡人想禅是祭天,无处不有天,即无处不可以祭,且到苗山再去举行吧。"于是下了泰山,匆匆向南而行。

到了大江之口,上了船舶,扬帆直驶,渐渐已到震泽。从前所牵的崖崿山俨然在望,然而当初是惊涛骇浪,而今已水平如镜,各处沙洲涨积的甚多,回首前尘,忽忽已数十年,不觉感慨系之。一面推篷回望,一面将往事告诉帝女。晚间收帆,泊在包山岛下,从前治水时曾经来过,并且叫地将等探寻地脉过的。岸边矗立着一个祠宇,庙额"水平王庙"四个大字,原来所祀的就是水平。夏禹看了,叹道:"能御大灾,以死勤事,水平兼而有之,真可以俎豆千秋了。"这日夜间,众人悉入睡乡,夏禹轻轻向帝女道:"此山下有隧道,分通各州,称作地脉,是一个极好的所在。寡人有灵宝方、长生法两种,打算就藏在这个里面,汝看好么?"帝女道:"甚好,不过妾想几千年之后,假使有人得到而不能认识这个文字,恐怕亦是无益的。"夏禹道:"这却难说,安见得那时没有大圣人能认识它呢?"说罢,携了灵宝方、长生法,拿了赤碧二圭照着,独自一人向穴中而去。过了许久,方才出来。这赤碧二圭自从治水之后,几十年来才第一次用它。那时左右之人个个安睡,除出帝女以外,竟无第三人知道。

后来隔了一千几百年,到周朝春秋之末,吴国的君主阖闾要造宫殿,伐取山石,无意之中在一块无缝之大石中,发现一个大洞,其深不可测。吴王就问群臣,哪个能够进去探探它的底,但是没有一个敢答应。有两个人冒险进去,走了两日,不能探到洞底,也就回转了。那时凑巧有一个人,姓山,名隐居,住在这座包山上,自称龙威丈人,大家都说他是仙人。吴王从前游历包山,曾经遇见过他,此刻忽然想到他,只有他或者能够进去,于是就和龙威丈人商量。龙威丈人果然答应了,就进洞去,足足走了十七日,终究走不到洞底,也只好就回转了。恰好夏禹所藏的那部紫文金简的灵宝方、长生法并玉符等都在那路旁,他就顺便拿了出来,献给吴王,做个证据。可是那书上的文字竟没有一个人能认识。后来打听到鲁国孔老夫子是个博物家,就叫人拿了这些书件去问孔子,但是还不肯直说它的来历,扯了一个谎道,是一个赤雀衔来放在殿上的,要想试试孔老夫子的本领。哪知孔老夫子一见,就知道了,说道:"这是灵宝方、长生法,夏禹所服的。夏禹将仙化,封之于名山石函之中,现在竟有赤雀衔来,真是天之所赐了。"经孔老夫子这么一说,那夜夏禹独自一人私做之事方才揭晓,闲话不提。

且说夏禹在包山下住了一夜,次日依旧扬帆南驶。哪知事不凑巧,到了浮玉山相近,夏禹所坐的船竟全体破坏,沉溺于水,大家都落在水中。幸喜那时已将近岸,其水不深,恰好落在一块大石上。究竟这船忽然破坏,是否和那周朝时候荆国人作弄昭王的故事一样,有心用胶船来陷害,不得而知。但是,那时落水的人个个都有点怀疑了。哪知忽然之间,不知何故,那块大石突然浮起水面,仿佛一只大船一般,载着夏禹等一径直到苗山脚下,方才停止。这时大众都诧异之极,有些猜是夏禹运用神力,如那牵𡺾崿山之故事的;有些说夏禹洪福齐天,有鬼神随时在暗中护助的;议论不一。这只石船,到后世犹搁在苗山脚下。到得刘宋文帝元嘉年间,有人在船侧得到铁履一缃,想来当然亦是夏禹从人的遗物。但是那铁履究竟有什么用,不得而知了,闲话不提。

第一百六十回

禹会诸侯于会稽山,戮防风氏　禹尸解仙去
防风氏臣报仇　启即天子位
灭有扈国

且说夏禹到了苗山之后,那时万国诸侯已到得不少。百姓听见夏禹驾到,亦都来欢迎。到得一处,只见新建筑的宫观不少,都是预备给夏禹住的,但那上面的匾额有的题"尧台"二字,有的题"舜馆"二字,旁边都有铭记,称赞尧舜之功德。夏禹见了,暗想,他们来欢迎我,而竭力称赞尧舜,就是表明我之功德不及尧舜而已。我现在已将出世,何必再与他们争闲气,统统都随他们就是了。到了大会将开之前一日,各国诸侯差不多到齐,只差了一个防风氏。那防风氏国离苗山最近,偏偏不来。夏禹心中非常不满,暂且不表示。

次日,夏禹大会诸侯,朝觐礼毕,便将平日考察诸侯功德优劣的一张成绩单发表,如某某有功,某某有过,某某平平,某某功过相抵,某某过不掩功,某某功不掩过之类,条分缕析,纤悉不遗,确实允当。众诸侯看了,无不震悚佩服。夏禹对于那有功的加之以奖励,对于有过的加之以训诫,其余或奖戒并施,或奖多戒少。自此之后,那座苗山就改名为会稽山,就是为在此会计诸侯功过的缘故。到了第三日,夏禹又召见各地耆老,询问他们地方的疾苦。然后又会集各国诸侯,向他们发布两条政纲。一条是叫他们应该普及教育，注重于诗礼。一条是民间所用之铨衡斗斛等应该注意，使它们齐一。从前帝舜时代，每次巡狩，都以此为考察之一种。无如日久顽生，愚民无知，往往任意私造，轻重不等，大小不一，以致欺诈迭生，争讼以起。而在上的人以为这种是小事，不去理会它，其实与风俗民情大有关系，以后务须随时审察，使它划一，是亦为政之要道。众诸侯听了，皆唯唯答应。夏禹又说道："寡人在北方，听见众诸侯对于寡人的筑城郭、修戈甲之事大不满意，所以时有反侧之谋。但是寡人所以要如此的缘故，亦无非为卫国卫民而已。现在与众诸侯约，寡人已有决心尊重众诸侯之意，将已筑成的城郭统统拆去，将浚治的池隍统统平去，将所有的戈甲统统焚去，与尔众诸侯以赤忱相见。但愿尔众诸侯此后对于中央政府亦恪尽臣道，无有猜虞之心。那么天下统一，永无战争，实是万民之福。未知尔众诸侯以为如何？"众诸侯听了，一齐稽首道："我王果能如此推心置腹，臣等如还有不服的，那真是叛逆之臣了。"夏禹亦大喜，即命从人将所带来的戈甲一概先焚去，又发命令叫各地将已造的城池即行毁去，将造者停工，未造者勿造。众诸侯见了，无不欢欣鼓舞。

又过了一日，夏禹叫秩宗伯夷将那预备好的禅礼物件检点齐集，就率领众诸侯在会稽山举行禅礼，以告成功于天。自古以来，禅会稽的只有夏禹一个而已。又过了两日，刚要散会，忽报防风氏来了。夏禹大怒，叫他入见，责备他不应该后到。那防风氏自恃身体长大，悍然不服，那个大头昂在空中抗声辩道："从前你所发的政令都是扰乱天下之法，所以我不愿来。如今你自己已知改过，下令取消，所以我仍来。来与不来是我的自由，即使我竟不来，你奈何了我呢！"夏禹听了，勃然大怒道："从前涂山之会已和众诸侯说明，如果寡人有骄汏不德之处，应该和寡人直说。汝何以不说，倒反在此煽惑诸侯,哪是什么理由?现在既已后到,又出言无理,实属不成事体,按照军法,后期者斩!"说罢,回顾左右:"与我拿下斩首!"左右得令,纷纷前来。但禁不起防风氏的大脚一踢,统统都踢倒,有几个竟至踢死。防风氏指着夏禹大骂道:"你这个文命小子!竟敢来得罪我,我踢死你,看你怎样?"说着,举起大脚,竟踢过来。夏禹见左右之人或伤或死,正在没法,忽听见他说又要来踢自己,不觉惶窘之至,口不择言地喝道:"会稽山神何在?"蓦地一人从外飞来,刚刚将防风氏的大脚擒住。众人一看,原来是个龙身鸟首的怪物。大家知道他是会稽山神了,无不惊怪。防风氏亦大吃一惊,但是右脚已不能动,急忙俯首用拳来打,哪知拳刚伸出,又给会稽山神龙爪抓住。防风氏虽勇猛,至此已无法可施。然而会稽山神急切亦竟奈何他不得。两个神人相持许久。夏禹要想叫人去杀他,只见他身在半空之中,寻常之人不过与他的腿膝一样齐,哪里杀得他着呢。然而又没有在他身上千刀乱斩之理,待要想推他倒来,无如他力大如虎,急切决推他不倒。辗转思维,无法可想,忽然叫道:"有了!"忙令左右,赶快用畚锸挑泥,在防风氏身边堆起来,要堆得和他身体一样高,庶几可以施刑。

这时观看的百姓甚多,看见夏禹的神力如此之大,大家都来帮忙,七手八脚,顷刻之间已造成了和堤防一般的一座塘(现在名叫刑塘岭,在浙江绍兴市西五十里),和防风氏一样高。但是戈甲统统焚去,刑人的刀都没有了。凑巧,夏禹身边尚存一柄宝剑,剑腹上刻有二十八宿之形,剑面上记星辰,剑背上记山水,是夏禹前所亲铸了佩带的,便解下来付与左右。左右之人拿了剑,爬上堤防,朝防风氏的头颈上猛砍过去。防风氏早想争持,无如身躯为会稽山神所绊住,不得动弹。宝剑砍过去,他只能厉声号叫,其声愤惨。这时人丛之中亦有两个人惨叫道:"我们不报此仇,誓不做人!"众人听了,无不诧异,正要寻觅,忽听得大声陡起,恍如天崩地塌,仔细一看,原来防风氏已被杀死,身躯倒了下来。众人一看,只见他的长度足足横有九亩之地,血流成渠,腥气四溢,真是异种。这时会稽山神事务已毕,向夏禹行礼,倏然不见。夏禹就叫人将防风氏尸首埋葬,用了数十人才能扛动。那个头安放在车上,他的眉毛高出在轼的上面,想见其头之高大了。后来到得周朝春秋之时,吴王筑会稽城,发现一骨,其大可以专载一车,莫名其妙。叫人到鲁国问孔子,孔夫子告诉他,这是防风氏之骨,大家方始恍然,后话不提。

且说夏禹杀了防风氏之后,诸侯无不震惧。夏禹向他们解释一番,诸侯陆续散去。夏禹又将他从前在此山上所得的金简玉字之书及赤碧二圭等,依旧埋藏在会稽山中,就是那杀防风氏的宝剑亦选了一座山(现在浙江绍兴之秦望山)藏它起来。诸事已毕,夏禹就向帝女说道:"我们可以去了。"帝女点首称是。到了次日,夏禹忽说有病,午餐之时,胃纳骤减,数口之后,即停箸不食。左右要来撤去,夏禹道:"寡人食余之物,不可以再使他人食之。"当即回顾帝女道:"汝可倾去之,以留一个纪念。"帝女答应,随即将那食余之饭用手撮了,向空中四面撒去,有些落在山中,有些落在泽畔,有些落在江中。左右之人看了,也不知道她是什么作用。哪知到了后来,这落在山中的就变成一种石子,状如鹅鸭之卵,外有壳重叠,中有黄细末如蒲黄,或状如牛黄,糜糜如面,可食。(现在浙江嵊州市北十五里,有余粮山,即以产禹余粮石著名。此山又名了山,山下有了溪,就是说禹之事功终了于此之意。)那落于泽畔的,变成一种藤类,叶如菝葜,根作块状,有节似菝葜而色赤,味似薯蓣。那落于江中的,随潮流至扶海洲上,变成一种筛草,其实食之如大麦。这三种,后人统称禹余粮。有一说,夏禹战胜而弃余粮,化而为石,所以叫禹余粮。这一说不知它的出处。查夏禹战争,都在未即位之前,那时事功正方兴未艾,不能称为了。又战胜而弃余粮,揆之情理,既属暴殄天物,抑且近于骄傲,不合夏禹之为人,故不采取,闲话不提。

且说夏禹自从那日病了之后,日日加重。左右劝进医药,夏禹一定不许。到了晚间,除出帝女之外,并不许有人在他屋中伺候。有一日,夏禹忽然起来,沐浴更衣,到得夜间,左右之人觉得夏禹所住的院内光明四彻,且人语声甚杂,不知何故。然而夏禹吩咐不准进去,亦不敢进内。到得次日,进内一看,只见夏禹冠服整齐,仰卧榻上,近前细视,已呜呼了。到处寻觅帝女,则不知所往。大家非常着急,但是已无可如何,只得饬人星夜往安邑通报。一面由秩宗伯夷预备殡殓,一切悉遵夏禹生前所定的法令,衣衾三领,苇椁四寸,桐棺三寸,此外并无别物。就在会稽山旁择地营葬,亦是夏禹定令"死于山者葬于山,死于陵者葬于陵"之意。葬时土地之深,穿下七尺,下不及泉,上不通臭,仅仅足以掩棺而已。又取一块大石以作下窆之用。现在此石尚在,名叫窆石,石上刻有古隶文,无人能识。葬毕之后,又在坟旁给夏禹立一个庙,庙中刻像供奉,兼刻一个帝女之像,在旁边侍立,大家都叫她圣姑,到得后世尚在。后来夏禹坟上时有大鸟飞来给他守护,春天拔草根,秋天除荒秽,年年如此,因此称作鸟社。县官禁止百姓,不得妄害此鸟。他祠庙下的祭田又有无数大象来给他耕田,也是年年如此。百姓都说,神禹之神,到死了都还是神的。山东有一口井,深不见底,就叫禹穴。后人以为禹穴就是禹陵,那是弄错了。闲话不提。

且说那个夏禹是真个死了么?不是的,他是尸解。那日夏禹起来沐浴更衣之后,与帝女种种都预备好。到得夜间,更深人静,只见天上降下两条龙来,龙上跨着一个人,亦降下来,向夏禹说道:

"某姓范,名成光,是上帝遣来迎接大禹的。上帝因大禹功德圆满,就此请和某同去吧。"这时夏禹所住的院内顿觉光明洞达,如同白昼。夏禹与帝女遂跨上龙背,范成光别跨一龙,相将腾空而起。夏禹心中一想,以为必定是直上天门了,哪知不然,两龙直向南行,到得一座山上降下。那地方形势甚熟,仿佛是南海附近之地。夏禹大疑,便问范成光道:"为什么到此地来?"范成光道:"上帝吩咐如此,说大禹对于尘世还有一件俗务未了,故必须到此一行。"夏禹便问是何俗务。范成光道:"某亦不知。"夏禹更疑,然亦无可如何,只得与帝女降下龙来,各处散步。

  凑巧有两个人从身畔走过,那两人看见了夏禹,似乎颇为诧异,狠狠地注视了一下。然后两个人低头并肩地走了过去,一路窃窃促促,不知作何说话,又不时回转头来望望,目露凶光。蓦地间,两人都拔出利刃,转身飞奔,齐向夏禹扑来,口中大叫道:"文命小子!不要逃,我们今朝要报仇了,斩你千刀,方泄我恨!"说时迟,那时快,离夏禹已不到咫尺。夏禹此时已是尸解之仙,倒也不慌不逃。陡然一阵大风,无数霹雳,两条龙升在空中,如电一般地抢过来,将两个人一爪抓住,两人顿然不能动。夏禹便问他们道:"我向日与汝等有何仇怨?汝等乃如此恨我!"两人道:"汝是文命么?是现在的夏王么?"夏禹应道是。二人听了,益发切齿道:"你这个无道之君!以武力魔术杀我的君主防风氏,我们立志要替君主报仇。今朝巧巧遇着你,又有毒龙助你为虐,实在可恶之极!你赶快杀了我们吧,你不杀死我们,你小心,总有一日要死在我们手里。"夏禹听了,就说道:"原来汝等是防风氏的臣子,那日高叫报仇的就是汝等了。臣各为其主,汝等能为君主誓死报仇,真是忠臣。寡人不但不忍杀汝等,且甚敬佩汝等。以后寡人亦将上升于天,决不会再给汝等遇见,不畏汝等之复仇。汝等可好好地归去。"说罢,向两龙举手示意。两龙将爪一放,防风氏二臣顿时恢复了自由,呆立了半晌,眼看着夏禹和一个女子跨上龙背,又一个人另跨一条龙,都要飞去。他俩知道此仇今生已不能报,便大叫道:"君父之仇不共戴天,你死则我活,你活则我死。如今你既然活着而去,我们宁可死了,做厉鬼来杀你!"说罢,拿起利刃,各向自己当胸一刺,鲜血直冒,顿然倒在地上死了。我国千古忠臣,当以这两个人为开始。夏禹这时在龙背之上,看到他们如此情形,不禁且敬且惜,不免从龙背上再降下来一看,说道:"可惜!不想他们竟都会得自杀的。"范成光道:"假使要他们复活转来,亦甚容易。"夏禹道:"用什么方法呢?"范成光道:"大禹且在此稍等,容某去去就来。"说罢,驾着一条龙向西而去。少顷,即转来,手中拿了一把草给夏禹看道:"这是不死之草,出在鬼方(现在贵州安顺市),煎了汤,灌下去,人虽已死,也可以复活。"夏禹道:"那么从速灌吧。"帝女道:"他们是不愿和你共戴天日的。万一灌醒之后,他们见你在此,依旧寻死,岂不是白救了么!我看,不如避开为是。"夏禹听了,颇以为然,于是向他处避去。这里范成光将不死草煎好,给二人灌下,不到多时,果然复活,不过胸前一洞已直透腹背,与穿胸国人相似了。二人复活之后,范成光细细劝慰他们一番,叫他们不要自杀,跑到海外去,就可以算不共戴天了。二人颇以为然,后来跑到海外,娶妻生子,后嗣非常繁衍,渐渐组织成一个国家,不过胸前都有一洞,变成种类,便是贯胸国的老祖宗。自此之后,夏禹俗务尽了,由范成光御着二龙,与帝女直上天门,遨游仙界,不复再出现于人世。

　　我的这部上古神话演义,本来到此也告终了。但是神话虽完,事实却没有完,就此止住,未免太没结煞,所以只好再续几句。且说夏禹之子启在安邑得到了夏禹的讣音,发丧持服,一切朝廷政事仍归伯益总摄,自不消细说。到得三年之丧毕,伯益避居于阳城,启亦避居于禹始封的夏邑,都是仿照尧舜父子的旧例。但是天下诸侯和百姓却不仿照旧例,不到阳城去推戴伯益,都到夏邑来推戴启,说道:"启是吾君的儿子,我们应该奉他为君的。"这期间有没有另外的黑幕,不得而知。据战国时孟夫子的解释,有两种理由:一层是,伯益之相禹也历年短,施泽于民未久,及不来舜、禹摄政的年代长,德泽之入人人深。二层是,启贤,能敬承继禹之道,不像那丹朱、商均的不肖。但是这两层理由其实甚不充分:第一层,伯益佐禹治平水土,历仕三朝,施泽于民亦不能算不久。第二层,夏启并未作官,能不能承继禹之道,天下诸侯和百姓何从而知之?如说平日已在那里辅佐政治,与诸侯相交结,那么即使没有与伯益争天下之心,亦不免有争天下之嫌了,闲话不提。

且说夏启自从为诸侯百姓推戴之后,他就在夏邑地方即天子位。他和禹既然是父子相继,那定都的问题当然不必提及。他的第一项政令,就是大享诸侯于钧台(现在河南禹州市就是夏邑地方)。那时伯益亦邀来参与。过了几日,诸侯簇拥着他回到安邑,造了一个台,名叫璿台,又大享诸侯。一年之中两次大享诸侯,都是前代所无。究竟是联络手段,还是酬庸大典,就这件事看起来,亦未免使人可疑了。哪知夏启第二次大享诸侯,正在兴高采烈之际,忽然外面递到一道檄文。夏启一看,原来是有扈国所发的,檄文之意,大致说:"尧舜以来都是传贤,现在先王禹早经荐伯益于天,而启竟敢私结党羽,煽乱诸侯,攘夺天下,既违列圣官天下之心,又乖先王荐举伯益之意,不忠不孝,实属罪大恶极,大家应该群起声讨。"下面又盛赞伯益的功德,劝众诸侯加以推戴等语。夏启胸有成算,并不惊怪,便将那檄文传示诸侯,并且说道:"寡人本来避居先王旧邑,不敢承此大宝。承众诸侯暨百姓殷殷推戴,迫不得已,才敢觍颜承绍大统。自问才德不及费侯益远甚。有扈国君的话实属允当,寡人即当就此退居藩服,敬请费侯益缵承大宝,以符先王之志。"说罢,就离座,作欲出之势。那时众诸侯既已拥戴在前,此刻又正在餍饫他的盛馔,一时哪里翻得过来,都站起来挽留道:"决无此事,决无此事,此不过有扈国君一人的理想,臣等都不以为然,请我王万勿逊避。即如费侯益,今日亦在座,他岂肯僭夺我王的大位呢!"说着,大家的眼睛都注视到伯益身上。伯益此时居于嫌疑之地位,大下不去,亦只能离席,竭力挽留夏启,一面又竭力为自己辞让,表明心迹。相持了许久,夏启方才归座,不再让了。享罢之后,诸侯纷纷归去,伯益也告了病假。夏启优加存问,礼貌殷挚,将伯益之次子若木封于徐(现在江苏徐州),以示殊异。但是伯益之心终觉不安,次年,就告归,回到他所封的费国去,不再做宰相了。伯益既去,那有扈国亦始终不肯臣服,仿佛与朝廷脱了关系,相持至两年之久。夏启屡次遣人前往疏通,有扈国君终置之不理。夏启深恐日久发生他变,因与杜业等臣下商议,起兵征讨,而苦于无名。后来想出一个办法,说有扈氏威侮五行,怠弃三正,将一个空空洞洞、无凭无据的罪名加在他身上,然后带了六师,亲往征伐,直到有扈国郊外甘的地方。哪知有扈国人拼命拒战,六师之众竟不能抵敌。后来夏启归去,修治兵甲,经营武备,重复再来,才将有扈国打破。那时有扈国君因气愤病卧在床上,夏启率领兵士直入其宫中,亲自到床边将有扈国君击死。所有有扈国君的子孙,虽则不遭杀戮,但是都将他们降为牧竖,苦贱不堪。看官想想,仅仅是个"威侮五行、怠弃三正"之罪,何至于要如此之酷毒待他呢?从此看起来,亦是夏启得天下可疑之一端。然而自此之后,再没有诸侯敢与夏启反抗。官天下之局改为家天下,就确定不移了。

引用书目

书经	易经	周礼
礼记	尔雅	左传
孟子	大戴礼	尚书大传
书经注	论语疏	周礼疏
周礼正义	礼记注	月令章句
毛诗义疏	尔雅注	尔雅翼
韩诗外传	诗经疏	左传杜注
公羊注疏	五经异义	经义述闻
五经通义纂	周书王会篇	禹贡锥指
礼纬	乐纬	尚书纬
孝经纬	春秋纬	易纬
诗纬	龙鱼河图	河图括地象
河图玉版	遁甲开山图	遁甲开山图解
锥书甄耀度	真灵位业图	论语谶
归藏易	连山易	尚书纬注
启筮	开筮	史记
史记正义	汉书	汉书注
后汉书	后汉书注	三国志注
晋书	晋书注	南史

北史	宋书	魏书
隋书	唐书	旧唐书
陈书	宋史	金史
元史	明史	通典
文献通考	续文献通考	通志
续后汉书	唐国史补	清史
路史	马氏绎史	十六国春秋
前燕录	先圣本纪	帝王世纪
荒史	古史考	列国传
高士传	逸士传	神仙传
列女传	列仙传	高道传
轩辕本纪	穆天子传	黄帝内传
武帝内传	西王母传	圣贤群辅录
茅君内传	东观汉记	皇览
六韬	稗史	水经
水经注	太平寰宇记	三辅黄图
三辅旧事	晋太康地记	职方外记
三秦记	十道山川考	城冢记
方舆胜览	九州要记	括地图
舆地志	舆地纪胜	明一统志
清一统志	山川考	元和郡县志
郡国志	五岳图	各省考略
读史方舆纪要	山经九域志	地理志
十三州记	三齐纪略	山川纪异
十洲记	都城记	吴郡图经续纪
九疑图记	南海经	朝鲜世纪

安南国志	洞庭山记	陕州志
湘中记	登天岳山记	岳阳风土记
青城山行纪	荆南图志	乌鲁木齐杂记
滇志	蜀记	粤述
卜魁风土记	嵩高山纪	浔江记
岭表录	吴地记	岳麓志
国名记	名胜志	上党记
毗陵志	张掖记	衡山记
荆州记	荆楚岁时记	柳边纪略
安定图经	雒南县志	洛阳伽蓝记
岭表异录	四川旧志	四川邑志
梓潼县志	雷州府志	星槎胜览
荆南图副	珲春志	金华府志
海上纪略	裨海纪游	甘肃镇志
黄山图经	新安志	述征记
南越志	入蜀记	庐山记
丹阳记	交州记	巫咸山序
四明山记	会稽志	桂郁岩洞记
禹陵旧经	广志	地志
南游记	淮水考	始兴记
青城山记	苗俗记	说蛮
陕州志	高丽图经	宁古塔纪略
黑龙江外纪	长白山录	西征日记
随銮纪恩	荷戈纪程	云中纪程
奉使日记	征西记略	蜀道驿程纪
从军杂记	粤西偶记	豫章纪

谦本图旅行记	四书释地续	地学杂志
地文学	天文新编	特殊民俗小史
岳渎经	外国图	三才略
三才图会	国语	国语注
国策	老子	庄子
管子	荀子	列子
列子注	尸子	韩非子
淮南子	淮南子注	墨子
黄帝内经	山海经	山海经注
吕氏春秋	吴越春秋	越绝书
竹书纪年	竹书纪年注	孔子家语
汲冢周书	论衡	说苑
新书	新序	扬子法言
风俗通	白虎通	正字通
易林	文子	慎子
邓子	鹖子	符子
尹子	孔丛子	随巢子
鹖冠子	抱朴子	金楼子
文中子	子华子	玄真子
田俅子	关尹子	春秋繁露
演繁露	世说新语	谭子化书
裴氏新语	蔡邕独断	文心雕龙
刘向别录	潜夫论	新论
中说	黄帝出军诀	黄帝玄女兵法
酉阳杂俎	太平御览	潜确类书
册府元龟	鹤林玉露	玉堂闲话

墨客挥犀	太平清话	庚辛玉册
芸窗私志	西溪丛话	山堂肆考
朝野佥载	蒿庵闲话	梦溪笔谈
杜阳杂编	奚囊橘柚	虞初新志
海录碎事	南部新书	闻见录
闻见后录	小学绀珠	诚斋杂记
弨龙札记	致虚阁杂俎	古文琐语
涌幢小品	避暑漫钞	潜邱札记
吾亦庐稿	庸盦笔记	岳正类博稿
阅微草堂笔记	蕉廊脞录	太平广记
神武秘略	中华古今注	伏候古今注
说文解字	广韵	韵谱
韵会	韵府	诗谱
博雅	广雅	埤雅
玉海	世本	姓苑
姓纂	姓氏急就篇注	典略
典术	纬略	事始
孔帖	白帖	集韵
洞冥记	幽怪录	幽明录
录异记	异苑	梦书
博异志	乘异记	续齐谐记
瑞应图	谈荟	说宝
耳新	里乘	说林
说林注	天中记	玄中记
南方草木状	续博物志	博物志
竹谱	琴操	古琴录

古琴疏	刀剑录	群芳谱
花木考	观物博异	释名
稽古名异录	普安博物记	广博物志
志林	庶物异名疏	幾暇格物篇
本草纲目	本草拾遗	樗蒱经
五木经	物类相感志	相贝经
神异经	搜神记	述异记
拾遗记	大业拾遗记	后搜神记
徵祥记	穷神秘苑	墨薮
字源	广川书跋	画史会要
律吕本考	饮食谱	箕龟论
宋陈氏乐书	古今艺术图	朣仙肘后经
太上感应篇	神仙感应篇	云笈七签
法苑珠林	真诰	九天生神经
玉枢经注	诸真玄奥	太微灵书
真仙通鉴	北河剑经	四极明科
太霄琅书	二仪宝录	灵宝要略
善信经	起世经	法念经
真源赋	婆娑论	意林
洞览	臆乘	玉烛宝典
治平广略	朱子语类	颜氏家训
太公金匮	汇苑详注	兔园册注
神仙感遇传	北户录	三余帖
翼圣传	宝椟记	五行书
始学篇	圣惠方	独异记
祥验集	侯鲭录	蟠桃记

— 1489 —

丹铅录	海市记	符瑞图
诺皋记	自纪篇	物理论
司马法	集真记	清冷传
玉匮经	琅嬛记	宣室志
挥麈录	集仙录	资暇录
脩真录	枕中书	十真记
狐疑论	睽车志	辍耕录
瑞应记	初学记	大唐乐
又冠编	古今乐府	古逸诗
文选	文选注	楚辞
楚辞注	韩昌黎集	柳宗元集
苏文忠集	邵康节集	魏王朗表
庾开府集	显志赋	海潮赋
辟雍颂序	陈子昂文	珊瑚钩诗话
张衡赋注	松陵集	祝由科书序
巫山神女庙碑	唐太原令路公碑	帝尧碑
少室山少姨庙碑	舜庙碑	禹庙碑
黄陵庙记	两粤歌谣	子不语
镜花缘		